卢沟桥抗战

刘俊杰　著

中国言实出版社

图书在版编目 (CIP) 数据

卢沟桥抗战 / 刘俊杰著 . –– 北京：中国言实
出版社 , 2014.10
ISBN 978–7–5171–0867–2

Ⅰ . ①卢… Ⅱ . ①刘… Ⅲ . ①纪实文学 – 中国 – 当代 Ⅳ . ① I25

中国版本图书馆 CIP 数据核字 (2014) 第 225039 号

责任编辑　　田　萍

出版发行　　**中国言实出版社**
　　　　　地　　址　　北京市朝阳区北苑路 180 号加利大厦 5 号楼 105 室
　　　　　邮　　编　　100101
　　　　　编 辑 部　　北京市西城区百万庄大街甲 16 号五层
　　　　　邮　　编　　100037
　　　　　电　　话　　64924853（总编室）64924716（发行部）
　　　　　网　　址　　www.zgyscbs.cn
　　　　　E – mail　　zgyscbs@263.net
经　　销　　新华书店
印　　刷　　北京温林源印刷有限公司
版　　次　　2015 年 7 月第 1 版　2015 年 7 月第 1 次印刷
规　　格　　710 毫米 ×1000 毫米　1/16　26.5 印张
字　　数　　400 千字
定　　价　　68.00 元　ISBN 978-7-5171-0867-2

勿忘国耻，梦圆中华

——写在《卢沟桥抗战》出版之际

今年 7 月 7 日，纪念全民族抗战爆发 77 周年仪式在中国人民抗日战争纪念馆隆重举行，中共中央总书记、国家主席、中央军委主席习近平出席纪念仪式并发表重要讲话，号召全党全国各族人民要大力弘扬抗战精神，不断增强团结一心的精神纽带、自强不息的精神动力，继续朝着中华民族伟大复兴的中国梦奋勇前进。纪念全民族抗战爆发 77 周年活动的举行，在海内外产生了广泛影响。

1937 年 7 月 7 日，日军蓄意挑起七七事变，发动了蓄谋已久的全面侵华战争，一时间卢沟桥畔狼烟四起。在中华民族生死存亡的危机关头，中国第 29 军将士奋起抵抗，与进犯日军殊死搏斗。面对亡国灭种的严重危机，在中国共产党的积极努力和推动下，以国共合作为基础的全国抗日民族统一战线正式形成，亿万中华儿女团结一致，奋起抗敌，展开了气势恢宏的全民族抗日战争，并在世界东方开辟了第一个大规模反法西斯战场。

卢沟桥抗战，是中国军民英勇反击日寇侵略的缩影，是中华民族团结御辱的不朽诗篇；卢沟桥的枪声，唤起了中华民族的觉醒，吹响了中华民族团结抗战的号角。卢沟桥抗战成为全民族抗战爆发的起点。

刘俊杰以深沉动人的笔触撰成《卢沟桥抗战》一书，深刻反映了那段峥嵘历史。该书是以 1937 年全民族抗战爆发为大场景创作，生动形象地歌颂了中国第 29 军官兵为保卫卢沟桥、保卫华北浴血奋战的英勇事迹，全景式展示了国难之时，中华儿女团结在中国共产党所领导的全民族抗日统一战线旗帜下，奋勇杀敌、共度时艰的壮丽画卷。

作者刘俊杰生长于永定河畔，父亲是第 29 军老战士，自幼深受第 29 军大刀队杀敌故事的耳濡目染，对抗战历史有着深厚的情感。上世纪八十年代，大学毕业后，他回到家乡，在县文化馆从事文史研究工作，并利用业余时间创作了大量反映卢沟桥抗战的文学作品，代表作有电影文学剧本《卢沟晓月》，长篇章回小说《血染卢沟千古月》、影视剧本《帝国阴谋——一九三七》等。其中，《帝国阴谋——一九三七》荣获中国作家协会重点剧目扶持奖及中共北京市委宣传部、市文联举办的2013年度"讲好中国故事，唱响主旋律"影视剧推介活动十佳剧本奖。

近来，日本政府及右翼势力肆意否认、歪曲侵略历史的言论日益甚嚣尘上，并试图通过修改和平宪法及解禁集体自卫权，改变战后国际和平新秩序，重走战前日本军国主义老路，这一系列行为无不是对人类良知的肆意践踏和对国际社会底线的挑衅。

中国言实出版社及时出版《卢沟桥抗战》一书，一方面是对全面抗战爆发77周年的纪念，另一方面则是通过真实的历史有力回击日本政府及右翼势力否认、美化侵略历史的荒谬行径。我真诚地希望通过本书的出版，能让更多的人重温中华民族的英勇抗战历史，感受先烈英勇不屈的抗战精神。

历史是最好的教科书，也是最好的清醒剂。让我们一起走进77年前的历史风云之中，感受中华儿女万众一心、众志成城的民族之魂。让我们一起通过了解卢沟桥抗战来铭记历史，缅怀先烈，珍视和平，警示未来。

最后，衷心祝愿《卢沟桥抗战》顺利出版，为爱国主义教育献上一道丰盛的精神飨宴！

中国人民抗日战争纪念馆馆长

2014 年 7 月

目 录

第三章

读圣旨将军陷泥潭　赴北平和谈梦难圆

第四章

拒通牒军长扬国威　守南苑沙场伟丈夫

第五章

喝苦酒张自忠临危受命　辞北平宋哲元伤心吐血

第四章

拒通牒军长扬国威　守南苑沙场伟丈夫

第五章

喝苦酒张自忠临危受命　辞北平宋哲元伤心吐血

第一章

冒风险请贤撑危局　　避纠缠将军回山东

一　漆黑雨夜，蒙面人夜潜车库

一个黑影潜进戒备森严的华北冀察政务委员会后院，钻进宋哲元的卧车库内……

公元 1937 年初春的一个夜晚。

春雨，轻轻地洗涤着树叶上的灰尘，冲刷着古都北平铁狮子胡同内的"华北冀察政务委员会"的门牌，似要洗去上面的灰尘和污垢。四周静悄悄的，叠立在暗夜中的建筑群，似一群群张着黑黝黝大口的猛兽，令人心悸不安。

街头上，不时有摩托车、巡逻车驶过，路边一盏盏路灯，强睁着昏黄的眼睛，伴守着昏暗的街道，而摇曳的树枝，又把驳离不定的影子投射在地上，水洼处在灯光的晃动下，折射出变幻不定的光韵，显得一切都在飘忽不定，没有根基。远处，时而有零星的吵嚷声响过，给沉默的都市涂抹上战乱时代的阴影。

远近的一切都似睡了，夜静得令大门口的哨兵感到不安。他不时晃动着身体，用警觉的眼睛窥视着四周，即使远处的街道偶尔有一辆汽车驶过，他也要观察许久，直到汽车驶远，哨兵才移回哨位。夜越来越深，夜越来越静。附近只有哨兵在游动，要不是哨兵脚步的轻微摩擦声，人们定会认为这是座无人居住、缺少香火的庙宇。

这座成"山"字型的中西式建筑群，就是原北洋政府所在地。北洋政府垮台后，物易其主，成为华北冀察政务委员会的首脑机关所在地。后半夜，春雨渐大。房檐上的滴水砸到地上啪啪作响，哗哗的流水声由近及远，由高到低连成一片。大门口的门洞内，一条强壮如牛的猎狗黑豹正蹲在暗影中谛听着四周的动静。无章无曲、无头无绪的流水声搅乱了它的听觉，它支撑一会儿，便倦怠地合上了眼皮。

院内有一条约三米宽的柏油马路，穿过三道门两道岗，直通后院，靠北面建有一排高大的房子，铁门，铁窗，铁梁柱，这就是被冀察政务委员会委员长宋哲元将军指令严加守卫的车库，库内停放着一辆最近从国外购进的美国道吉卧车。

就在守卫人员刚躲进屋内避雨时，一条黑影敏捷得似幽灵般从墙角暗处走过，他像小白蛇在草尖、麦芒上飞行一样，"唰唰"地只有些轻微的响动，黑影敏捷地来到车库门前停住。此人身穿半身紧袖雨衣，脸带面罩，只露双眼，一副夜行者的打扮。他回头扫了一眼，见四下无人，返身刚要拧锁，忽听"嗖"地一声，猎狗黑豹窜上前来，黑影早有准备，一扬手，将一块带有诱人香味的肉准确地扔到狗的面前，黑豹嗅嗅，一口叼起，跑到别处去了。黑影再次拧开锁，把铁门轻推一条缝儿，侧身挤进去，然后将铁门缓缓关闭。

车库内，漆黑一团，伸手不见五指。一辆崭新的美国道吉卧车静静地停在里面，黑影摸索着来到车头前，四仰八叉地躺下，手扳着汽车底盘，慢慢地蹭进去。"嘣！"来人一使劲儿，头磕在车杠上，疼得他倒抽着凉气。他不顾疼痛，从口袋里摸出一个黑糊糊的东西，拧亮微型手电，原来是一枚梅花瓣形烈性定时炸弹。他摘下手套，迅速掏出一根细绳，开始将炸弹绑在汽车的弹簧垫上。

"嚓嚓……"，车库外传来哨兵的脚步声，黑影吓得敛声屏息，趴在地上紧张地听着，额头上的冷汗伴着雨衣的雨珠淌下来。巡逻士兵脚步声渐渐远去，黑影再也不敢耽搁，匆忙中未能来得及将炸弹绑牢，便忙着像大豆虫一样蠕动着身子由汽车底下退了出来。他躬着腰来到铁门旁，从门缝儿里往外窥视院内的动静。

"嘟嘟……"，一阵尖利的哨声划破雨夜的宁静。不远处传来哨兵惊恐的喊叫："不好了，黑豹死了！"

守卫室里一阵慌乱，紧跟着跑出一队持枪的士兵，朝呼喊的方向奔去。

车库的大铁门轻轻启动，黑影儿从门缝儿中钻出，反手将门拉严锁上，蹑手蹑脚地躲进暗处。他背贴着围墙侧行着，时时警觉地观察四周的情况。见警卫们都跑去看中毒的猎狗黑豹，雨水又很快地淹没了自己的足迹，黑影儿心里很是得意。他暗暗地骂道："蠢货，围着死狗报丧去吧！"黑影沿着墙根来到院角的一株大树下，三抓两爬，猫似的攀到树上，顺着伸向墙外的树杈儿爬去。"咔，"一根小树枝被他踩断后垂下，险些触着电网，黑影吓得蹲在树杈上，望着高高围墙上红灯闪烁的电网，不敢乱动。他等待树杈儿稍许平稳后，才像螳螂似的伸出一条腿，爬向墙外。

围墙外恰是一条东西走向的窄胡同，北侧是大片的居民区，大树的枝杈儿几乎遮满胡同。树杈儿上垂吊着一根粗绳，在夜雨中摇晃着。黑影俯身抓住绳索，不料，树杈上下猛烈地弹动，折断的树枝刚好触到电网。顿时，警报器尖利地吼叫起来。黑影一惊，尖叫一声，手一松，由十几米高的树杈儿上摔了下去。墙外的地面，虽不是水泥铺成，但人走车轧，日久天长，也十分坚硬。黑影重重地摔在地上，挣扎了几下也没有爬起来。不远处，隐藏在路对面门洞下的几条黑影疾速朝出事地方跑来。

街上，哨声、喊声骤然响起，附近的巡逻士兵也纷纷跑向出事地点。

眼见情况危急，接应人中的为首者迅速抽出手枪，对准跳墙人的脑袋就是两枪，又飞起一脚，将其踢倒在路旁。然后，把手一挥，带领手下随从，躬腰曲背地跑走了，转眼间逃得无影无踪。

巡逻队赶来，很快发现了倒在泥水中的死尸。巡逻队长将死尸翻过个来，扯去面罩，揪着头发，蘸着旁边水洼里的积水洗去他脸上的血迹，再用手电筒一照，不禁惊叫起来："啊！'墙上飞'？"他急忙关闭了手电筒，吩咐士兵："把死尸抬走，快去报告宋军长！"

此时，执掌华北军政大权的二十九军军长兼华北冀察政务委员会委员长的宋哲元早已被惊醒。

他姓宋名哲元，字明轩，山东乐陵县人。他行伍出身，早年跟随冯玉祥，曾参加过"直奉战争"、"阎冯讨蒋"战争，戎马半生，用生命换得上将军衔，后兵败失利，被迫退隐故里。余部驻防山西阳泉、辽县、沁县一带。后收编为西北军改编为二十九军，南京政府见二十九军势力增大，决定将其南调。宋哲元深知蒋介石的人品，担心自己不是蒋的嫡系，早晚得被吃掉，苦思多日后，选派能说会道的幕僚萧振瀛带上重金去南京游说。

萧振瀛去南京，表面上代表宋哲元面谢蒋委员长的委任，实际是要拉拢南京政府执掌要权的头面人物，设法取消二十九军南调的命令。江湖出身的萧振瀛抵达南京后，下榻在南京的中央大饭店，每天四下探听门路。

3

凡被他认为能和蒋介石说上话的，他就三日一小宴、五日一大宴地请，吃了喝了还不算，走时还拿着。不多几日囊空如洗。萧振瀛一纸电文拍回，催要续款。宋哲元接到告急电文，勒紧裤带，将款项源源寄出。

俗话说"有钱能使鬼推磨"，经过萧振瀛一番奔走，蒋介石一纸电令作废，应允二十九军不必南调，并默许其向东往平津地区发展。

平津地区不比山西土地贫瘠，交通不便。这里地势平坦，土地肥沃，自然条件不知胜于山西多少倍。这样，二十九军很快壮大起来。

1935年春夏之交，华北形势由于日寇日益加紧侵略而紧张起来。在中国共产党《八一宣言》的鼓舞下，全国人们抗日呼声日趋高涨。虽然成立了既不像汉奸殷汝耕把持的"冀东防共自治政府"，也不完全隶属南京的"冀察政务委员会"，但迫于全国人民的抗日情绪及广大二十九军下级官兵的抗日呼声，宋哲元对日实行"表面亲善，实际敷衍，绝不屈服"的对策方针。同年，日本国内阶级矛盾日趋尖锐，少数军阀、政客急于发动战争，以转移国内人民的视线，转嫁经济危机，图谋占领华北，进而扩展到全中国和整个东南亚。原以为扶植宋哲元就可不费一枪一弹，吞并华北，谁知打错了算盘，宋哲元颇富爱国之情，多次挫败日寇的阴谋，使日本人的计划落空。日寇急于图谋华北，又采用了对付奉系军阀张作霖的政策，一拉二诱三打。一拉是用亲日派背后拉拢，再用利害相威胁；二诱是封官许愿，赠以重金、弹药、枪支；这两手若不奏效，再用最后一招：三打，即派刺客打黑枪，得逞后换上为其卖命的傀儡，张作霖就是这一策略的牺牲品。日寇见宋哲元不是他们理想的代理人，就派特务乘雨夜潜入冀察政务委员会后院，以图不轨。谁料又如前几次，枉费了心机。

被打死的"墙上飞"是谁，为何巡逻队长看清他的面目要惊呼呢？

原来死者是天津日本特务便衣队的小头目，名叫蒋尚飞，人称"墙上飞"。此人专门从事刺杀、投毒、残害等坏事，在京津一带臭名昭著。他经常率领一伙人，不穿军装，不戴番号，暗藏武器，为非作歹，横行于城镇乡村。闹得人们寝食不安，鸡犬不宁。他们的老窝就设在天津的三野公馆内。

提起三野公馆，天津的年长者无人不知，无人不晓。20年代初，在天津日租界厂石山街的宏济里，有一幢特别讲究的楼房，正门上方高悬"三野公馆"四个鎏金大字。这就是日本驻天津的秘密特务机关。十年后，这幢楼房的主人又嫌此地狭窄，迁到芙蓉镇街。房子换了，牌子依旧，整日出出入入的仍多是身穿长袍马褂、人模狗样的绅士、汉奸和土豪。他们的势力结成一张巨大的网，伸展到平津各地区各行业，施展淫威，从事秘密搜集情报的任务。公馆的主人是日本人，名叫三野友吉，官衔少佐。他来中国负有重要使命，其中之一便是网罗日本浪人，操纵便衣队，培植亲日派，分化瓦解中国官员、扩大日本在华势力。

三野友吉的根基是很深的，十几岁便入日本陆军大学学习，毕业时成绩名列前茅，日本天皇曾多次接见、嘉奖他，在日本陆军省享有相当高的荣誉。他毕业后，任天津日本驻屯军参谋。凭着他能说一口流利的中国话，在平津一带广泛交游、结识了一些官僚政客，笼络了众多军政要人。他操纵的特务便衣队在天津有恃无恐、肆无忌惮的猖狂活动，却没有受到制裁，完全因为他的庇护。在天津期间，为结交社会上的三教九流，他也养成吸鸦片的嗜好，此恶习改变了他青云直上的命运。有一次，他奉调回国，升任联队长，正当授勋之时，烟瘾发作，他竟一头从马上栽了下来，不但磕得鼻青脸肿，还丢了官被赶出了军营。接替三野友吉的是个矮胖的日本人，名叫土肥原，此人也是个中国通，鼻上架着一副眼镜，对上级对下属总是笑眯眯的，骨子里却阴险狡诈，狠毒凶残。他接任后，立即花样翻新，使三野公馆有烟有酒有女人，成为一个销魂落魄的魔窟。

土肥原不但结交社会上的下九流，也网络名人学者，假冒斯文。他的魔手伸向上流社会的酒吧、咖啡厅、书房，仅只几年的时间，在华北就形成一股很强的亲日势力。

随着日寇在华势力的扩张，土肥原的羽翼渐丰。他的旧友新交，趋之若鹜。像苍蝇见了血腥，紧盯不放，一小撮卖身投靠的民族败类也成为三野公馆的座上客。便衣队成为平津社会动荡不安的一个祸源，也是历届天津行政长官最头痛的事。

刺杀宋哲元正是便衣队蓄谋已久的阴谋。开枪暗杀，宋哲元防范很严，而且他的行踪诡秘，难以下手。炸火车不现实。在日本陆军省的严厉斥责下，最后商量再三，才决定采用定时炸弹炸汽车的方案。因担心北平地下便衣队会露马脚，便从天津调来蒋尚飞担任杀手。原想干好后，不留痕迹，再将此事嫁祸于共产党，挑唆华北当局和共产党的关系，借以分化、瓦解二十九军上层的抗日力量。谁知偷鸡不成，却蚀一把米，反而留下了把柄。

巡逻队长当即命人将蒋尚飞的尸体抬走，进行技术处理。然后，他忙去找宋哲元的随身副官告之此事。刘副官得知消息后，吃惊不小，迅速穿好衣服，顾不上擦把脸便慌忙跑向办公大楼。刚到门口，便被十几名倒缚双臂的士兵给拦住了，恳请他在军长面前求求情，免于一死。其中有个东北口音的大个子低着头，抽抽搭搭地说："刘副官，看在咱们是东北老乡的份上，让军长免俺一死吧！俺犯了军法，使军长的爱犬死了，该当杀头，可俺家还在鬼子手里，我的妻子儿女还在日寇的铁蹄下苦苦挣扎，仇没报、恨没消，我死不瞑目哇！如果实在不能赦免，就请军长让我跟鬼子拼命吧！倒是落个为抗日而死的呀！"

"刘副官！"一个满脸络腮胡须的老兵边擦眼泪边说："您跟军长说，我没有别的心愿，只盼死后把我埋到东北的土地上去，死我也要睁着眼，看着咱们二十九军胜利收回东北！"

"我会尽力的！放心吧！"士兵们的爱国热情使刘副官热血沸腾。他连声答应，决心以死相谏。保全这些普通士兵的性命，让他们日后去把热血洒到抗日的战场上。他好言安慰了士兵们几句、就分开众人穿过走廊，登上楼梯。刚拐过墙角，就听到军长宋哲元的办公室内传来瓷器的破裂声。宋哲元操着浓重的山东口音吼道："饭桶！一个排看不住一个车库，使我的爱犬黑豹死得不明不白，我都枪毙了你们！"

刘副官推门进屋，见警卫排长正跪在地上面对宋哲元含泪求情。此刻，宋哲元双手叉腰，正在大动肝火，微凸的肚皮被气得急剧地起伏着。他脸色阴沉，站在屋子中间，犹如一尊铁塔。见到刘副官进来，猛一挥手道："刘副官，去叫执法队来！把这一群废物一律军法从事！看日后哪个还敢再玩忽职守！"

"军长，我们没有……"警卫排长只说了一半，又忙把话咽下去。

刘副官几步上前，低声说道："军长，黑豹的死因现已查明，蒙面人是……"余下的话他还没说出口，静观宋哲元的反应。

"什么？"宋哲元猛地转身，"查明了？快讲？"

"这……"刘副官沉吟一下，"军长，是否把他们都毙了再讲！"

"不！我宋哲元刀下没有屈死的鬼！不然，日后有人该说我乱杀无辜了。"

"那您就让他们起来吧！"

宋哲元摆摆手："要不是看在你在喜峰口杀鬼子不要命，我非立即毙了你不可。”

警卫排长慢慢站起来，垂手退立一旁。

“军长。”刘副官往前移了一下，低声说，“对方有来头啊！死者是天津日本特务便衣队的小队长，人称‘墙上飞’。从他衣袋里的药物遗迹来看，与黑豹中毒的药物是一致的。军长，看来日本人在打您的主意了。但目前还没发现他们的确切企图。据附近的百姓讲，近来，常有中国人打扮的日本人在附近转悠，好像在观察地形。他们会不会……”

“会什么？怕个屁！”没等刘副官把话说完，宋哲元怒目圆睁，发起肝火，“好你个狗日的东洋鬼子，竟然来打我的主意，真是翻错了眼皮！”

“军长，警卫排的弟兄都自缚在门口，听候您的发落呢。”刘副官见已有转机，忙近前为士兵们求情。

“发落？发落个屁！我不能做让日本人高兴的事。”宋哲元说着走到警卫排长面前，“去！告诉弟兄们，别嫌弃我脾气不好，治军不严，难以服众啊！”

“谢军长！”警卫排长冲宋哲元重重地磕了三个响头。

宋哲元一挥手：“别来这一套虚的，有本事到战场上卖把力气，那才叫汉子！”他又指着刘副官说，“快谢谢刘副官！以后抽空多看点儿书，长长见识，为家乡的父老争口气。”

“是！”警卫排长连连点着头，退出办公室。

宋哲元走到窗前，拉开窗幔，见院内靠东墙根儿处，十几个倒缚双臂的士兵站在那里。他心里一热，这些士兵多好哇！只叹自己内受南京政府的气，外受日本人的挟持，窝囊啊！他一掌拍在窗沿上，顺手推开窗户，外边早已是雨过天晴。晨风阵阵吹来，一扫他心头上的阴云。他紧锁的眉头舒展开来，长长地呼出一口闷气，这才觉得心里舒畅了一些。

突然，一个念头涌上心头，倘若自己真的遇到了不测,谁来接替自己呢？一三二师师长赵登禹远在河间，对平津人情地貌不熟，难当此任；一四三师师长刘汝明外号“刘善人”，可他并非善良之辈；平西三十七师师长冯治安资格较嫩，恐怕难孚众望！想到这儿，宋哲元缓缓地摇摇头。他又像过筛子似的滤起身边的几个副军长，萧振瀛虽对重建、发展二十九军出力不少，可他书生气十足，不可委以重任；秦德纯忠厚有余，刚武不够，时而对日抱有幻想。余下的陈觉生、张壁、潘毓桂等人不是倾心东洋就是老蒋派来的，绝非德才兼备之人。宋哲元苦苦地思索着，眉头越皱越紧。忽儿他眼睛一亮，脑际间跳出佟麟阁，对！就是他！

宋哲元拍了一下自己那油亮的脑门，尔后伸展着腰肢，活动着腿脚。

"军长，请用早点。"勤务兵端着一瓷盘糕点进来，刘副官手拿一摞报纸进来放到桌上。

宋哲元转身吩咐："刘副官，你让司机把汽车开到楼下，我今天上午出去。"

"军长，这——"刘副官沉吟片刻道，"上午不是要与日方谈合办矿山的事吗？"

"你告诉我方代表，答应开矿的条件。但路不能修，就说这是南京的指示。日方如有什么问题，让他们找南京交涉去吧！"宋哲元不耐烦地挥着手说。

"汽车要快！十分钟内开到门口。"宋哲元冲着刘副官的背影喊。

忽儿，他又有些不安，邀请佟麟阁下山，他会来吗？我这样做是不是太草率了？捷三耿直，办事认真，眼里揉不得半点沙子。当初，他就是因为不同意成立冀察政务委员会的人选，主张对日作战，意见未被采纳，才愤而辞职的啊？想到这儿，宋哲元再也吃不下去，像坐进没底的轿子，感到有些不踏实，他似乎又看到佟麟阁那张因气愤而涨红的脸，那剑似的眉毛，还有那炯炯有神的双眼，宋哲元推开早点，在屋内徘徊着、思考着。唉！我他妈的这是怎么啦？老了老了倒优柔寡断起来了。刘备为请诸葛亮辅助他打江山，三顾茅庐，我为民族大业，为华北的父老们就屈尊去请他出山吧！他索性横下一条心，让他讽刺挖苦几句，甚至骂上几句也认了！

恰在此时，刘副官气喘嘘嘘地跑进来："军长，车库的门像被人打开过。警卫排长说在没有对汽车全面检查前，车不能出库，更不能让您坐，以防不测。"

"真是老鼠胆！别疑神疑鬼的！老子就不信那一套，该着井里死河里死不了。身为军人怕这怕那，何以统领全军！快！命令快把车开过来！"宋哲元生性就怕别人说他胆小，每当这种时候，脖子一梗，犟得厉害。别人都不敢做的事他敢，却也从未出过事。用他的话说，他是福将，自有神灵保佑。

刘副官近前一步："军长，我看还是小心为妙哇！"

"你呀！"宋哲元一指刘副官，大步走出，"砰"地把门带上，气哼哼地说，"我看你们都快变成老娘们啦！身为国家官员，没走路就思前虑后，何时能成就大业？"他很快来到后院，见警卫排士兵排成一线，防止人们靠近车库。警卫排长一回头，见是军长到了，忙高喊一声："立正！"附近的士兵个个立正，行注目礼。

宋哲元不耐烦地说："磨蹭什么，把车开出来。"

司机不敢违命，忙钻进车库。士兵们由车库门前闪开，汽车倒出。

宋哲元拉开车门，探身就要上车。

警卫排长急忙上前拦住："军长……"

"你还有事嘛？"宋哲元手扶车门头也没回地问。

"依我看，我看您就……"警卫排长欲言又止。宋哲元一把拿开警卫排长的手，钻进车里，厉声吩咐："开车！"司机一踩油门，汽车发出一阵吼声，屁股冒出一股浓烟。

"宋军长，您不能啊！"警卫排长跑到汽车前，拦住汽车。

"快躲开！"宋哲元把头探出窗外，严厉地命令道。他侧目给司机使个命令的眼色。

警卫排长声泪俱下："轧死我也不躲开？"他慢慢地跪下去，趴在汽车前。

"嘀嘀嘀……"司机按下喇叭，慢慢启动。旁边两个眼疾手快的士兵，上前猛地拉起警卫排长，汽车擦身而过。刘副官见宋哲元执意要去，紧跑几步，猛地拉开车门，跳上汽车，车轮辗着水花，箭一般离去。

二　晨赴香山，请挚友将军碰锁

抗日名将佟麟阁曾与冯玉祥将军共同在察哈尔组建抗日同盟军，又在喜峰口大败日军，但当日寇步步进逼华北之际，他却毅然辞别一切职务，在香山隐居，原因为何？世人应该知晓了。

汽车驶出冀察政务委员会的大门，沿铁狮子胡同向西穿过阜成门，直向京西香山方向驶去。燕山山脉自西南向东北横亘在华北北面，成为北平的天然屏障，山脚下有座山峰名为百花山，这里倚山傍水建有几间瓦舍。从远处望去，绿荫掩映，只隐隐绰绰露出几片瓦角，一派田园风光。此地隐居的人既非道人长老，更非文人学者，而是曾使日寇闻名丧胆的佟麟阁将军。

佟将军原名凌阁，字捷三，河北省高阳县边家坞村人。少时喜读经史，常以班超投笔从戎、岳飞精忠报国等历史故事激励自己，决心长大后立志从军救国。辛亥革命后，革命的浪潮席卷中国大地时，他毅然弃文从武，追随冯玉祥将军，转战沙场。他谦恭谨慎，秉公行事，足智多谋，且治军严明，常以"见利思义，见危授命"及"文官不爱钱，武官不怕死"等激励自己，与士卒同甘苦、共喜忧。每遇作战，便身先士卒，奋不顾身，屡立战功，深受冯玉祥的赏识，从士兵逐级晋升为军长。

1933年3月9日，佟麟阁奉命与宋哲元率领华北二十九军赶到喜峰口堵击日军进攻华北的部队。在黑夜中部队夺得喜峰口两侧高地，把日寇压住。翌日清晨，他带增援部队分由两翼增援，用大刀、手榴弹与日军白刃肉搏。激战两昼夜后，敌人又大举增兵，发起攻击，企图夺回山头阵地。二十九军官兵待敌人进至百米以内，突然出击，奋勇杀向敌阵。日寇见偷袭未能实现，复以大炮、飞机轮番轰炸，佟麟阁见硬拼下去，恐怕对我军不利，便建议迂回敌后，用近战、夜战取胜。宋哲元采纳了他的建议，组织大刀队，乘气候恶劣，出其不意地袭击敌人。

突袭部队顶风冒雪，夜出潘家口，拂晓前即到达日军特种兵营地，趁日军正在酣睡，突袭部队手持大刀摸进敌营，犹如砍瓜切菜。领队赵登禹首刃敌炮兵大佐于梦中，激战数小时，重创日寇，毙敌、俘敌甚多，夺回了喜峰口。这是长城抗战的唯一胜利，也是东北沦陷后日寇受到的一次最沉重的打击。捷报传出，大大鼓舞了中国人民的抗日斗志。

喜峰口的胜利，暂时遏制了日寇进攻华北的态势。不曾想南京政府却签订了屈辱的"塘沽协定"使华北的门户敞开，日寇势力侵入华北。佟麟阁为抗议政府腐败，愤而辞职，协助冯玉祥到察哈尔成立抗日同盟军。冯玉祥任司令、佟麟阁任一军军长、吉鸿昌任二军军长、方振武任三军军长，曾一度收复康保、沽源、克复多伦。谁知何应钦又与日方勾结，出卖抗日同盟军，致使同盟军腹背受敌，冯玉祥被迫出走山东，吉鸿昌兵败被释兵权。佟麟阁的抗日热情再次受到压抑，待南京与日寇签定"何梅协定"华北组织冀察政务委员会时，佟麟阁不受高官厚禄诱惑，更不愿与妥协势力同流合污，再次退归田里，等待报国时机。

佟将军在隐居的日子里，表面上寄情于诗琴书画，实际上常夜读兵书战策，坚持锻炼身体，洞察风云，借阅进步书刊，保持着与外界的联系。

前不久，为邀请佟麟阁出山参加冀察政务委员会的工作，华北军界的几位师长：张自忠、冯治安、赵登禹、刘汝明等曾多次上山，联袂相请，并给他合买一处房子。但佟麟阁不愿染指华北政局，或婉言拒绝，或锁门躲避。这使宋哲元有些恼火，可为国家民族生存大计，他终于亲自上山，决心在民族危亡的关头，联合仁人志士，共赴国难。

奔驰的汽车里，宋哲元默默无语。他忧虑着当前动荡不安的时局，心情更加郁闷，思绪怎么也赶不走早晨发生的令人不快的一幕。他感到有些头疼，摇下车窗玻璃，探出头去，任凭凉爽的山风吹拂着自己发烫的脸。

刘副官担心这样太扎眼，引人注目，轻声提醒："军长，这样目标太大，您也会受凉的。"

宋哲元将头缩回来，却依然注目着庄稼稀落的田野，荒芜的村庄，旧破的房屋，衣衫褴褛的百姓们面带菜色，凄凉景象惨不忍睹，他感到有些内疚，忙收回目光，继而仰靠在车座上，长叹一声。"唉！战乱给百姓带来的灾难太大了。"汽车停在佟宅前，宋哲元揉着干涩的眼皮下车后，却见门上挂着一把大锁，四周静悄悄没有声响。他在门前呆站了一会儿，便心神不安地在门前徘徊起来，脸上露出几分不耐烦的神色。刘副官靠近院门，隔着门缝儿又看了好一会儿，退回悄声对宋哲元说："军长，佟先生果真不在家，里边的房门锁着，窗户也关着，一个人影也不见。"宋哲元点点头，表示知道了，他转身走向车门，司机已把车门打开，让他上去。刘副官紧跟过来说:"军长,不再等等了?"宋哲元摇摇头:"他这是有意躲我,看来他对我的苦衷不理解呀!"刘副官见此情形只好作罢,也随后上了汽车,愤愤地说:"佟先生也太过倔犟了,真比三请诸葛亮还难,连军长面子都不给!"

宋哲元忙摆摆手,止住下属的议论解释说:"不!你不了解他,看来积怨太深了,三次请不出,我就再请四次、五次,总会使他动心的。不过,他这些日子也够愁苦的。前不久,我看到他写的一首诗,字里行间就流露出这种情绪,唉!就是总也见不着他的面。"汽车拐过山坳沿着不平的山路回城去了。

就在汽车刚离去工夫不大之时,从山坡后的松树林转出一位穿中山服的中男青年。他45岁左右,脸膛微黑,胡须稀疏,目光炯炯,两道又浓又黑的剑眉,显出刚毅、果敢的神色,他冲汽车开走的方向鞠了个躬,低声说道:"宋兄,别怪小弟不仗义,只怨您脚踩两只船呀!"此人正是佟麟阁。

身后走出他的夫人彭静智,她衣着朴素,举止文雅,是位典型的贤妻良母式的东方妇女。她走到佟麟阁面前,温柔地说:"捷三,我看你还是换个环境吧!这里经常来人,快踏破门槛子啦!既不利你养伤,也会落下你架子大的闲话来。"

佟麟阁缓缓转过身来,惆怅地说:"我身上的伤好治,心里的伤难愈啊!"佟夫人见丈夫如此伤感,很不是滋味,一句话也没说,只是深情望了望丈夫,然后轻轻地弹掉沾在他身上的草叶、尘土、默默地走到门楼前打开院门,走了进去。

佟麟阁仍旧站在原地,他远眺北平方向,喃喃自语:"灾难深重的祖国,水深火热中的父老乡亲,我这做儿子的,何时才能为你们效力呀!"说着热泪已盈满眼窝,他痛苦地低下头,步履沉重地走进院门。

屋内,陈设极为简单,只摆着一套陈旧的中式家具。佟麟阁坐在椅子上,捧起一本书,刚看了两行,佟夫人走到身边,放下一只带盖的茶盅,提醒道:"捷三,诵经的时候到了。"

佟麟阁放下书,起身走向堂屋。彭静智见丈夫走出,便拿出针线笸箩忙着给孩子们缝补衣服。隔壁屋内传来丈夫低吟圣歌的声音:"上帝出生,众生降服……"随着这熟悉的祈祷声,她的眼前,浮现出丈夫的件件往事。

1927年秋,彭静智随丈夫驻军天水,当时佟麟阁任甘肃省陇南镇守使,终日致力于刷新政治，兴办地方福利，禁烟禁赌，提倡妇女解放释足。他常常微服出访，暗里视察民情。一次，佟麟阁在巡察时，有位妇女欲投河自尽，被他发现，忙拦住问明原因。原来是这位妇女在娘家时没有缠足，16岁嫁到婆家。婆婆嫌她脚大，有碍家风，就强行将她按倒，用石滚把脚压扁，再用白布紧紧缠裹。这女子不堪忍受这般痛苦，趁家人不注意，逃到河边要寻短见。佟麟阁亲自派人将她婆家的人找来，耐心讲解释足的好处，并让其立下字据作为保证，还拿出自己的津贴20块大洋，为妇女调治脚伤，感动得全村人一直把他送出村外好几里远。

　　也是在此县，县长袒护亲友，欺压百姓，抢夺民妻。有人将此事告到佟麟阁那儿，县长得知后，非常不安，偷偷送来五百块大洋求他高抬贵手。佟麟阁不仅严厉斥责了县长，还让他背着大洋去游街，自此，天水的豪门再也不敢胆大妄为，百姓们得以安居……

　　佟夫人缝着孩子的旧衣服，想着往事，既挂念卧床多年的老公爹，又惦记着几个未成年的孩子，而最使她放心不下的还是佟将军的身体。那还是在察哈尔组织同盟军抗日时，在一次激烈的战斗中，佟麟阁负了重伤。是护兵拼死拼活地把他抢下火线，医好了伤口，却留下了严重的残疾。而今，他这样忧国忧民，身体能顶得住吗？想到这儿，佟夫人刚欲去劝佟将军休息一会儿，忽然，一个仆人跑进门来，悄声说："夫人，山下又有一个骑马的来了！"

三 松林巧遇，智囊苦口辟谣言

被誉为"智囊"的二十九军副参谋长张克侠，在繁忙的公务中，抽出时间，独自骑马上了香山，目的是什么？他是为公还是为私？他的话语为何与众不同，他在国民党军队里当官，却为何不像浊世中的其他人，他的真实身份是什么？这不是一个个难解的谜吗？

正在感叹时事艰难的佟麟阁妻子，得知山下有人来了，顿觉不安。多事之秋，丈夫难得有个清闲之处，避开尘世的烦忧，再说，他那负过伤、需久养的身体也不允许过分地操劳。不管来者何人，在身份不明、来此目的不明的情况下，还是暂时躲避一下为好，不然，一旦打扰了丈夫刚刚平复不久的心境，再恢复就难多了。想到此，夫人忙走进屋，低声和佟将军耳语几句，佟麟阁随即放下经书，穿上外套，抄起猎枪，由侧门出去，躲入山坡上密林中。

蜿蜒曲折的山路上，一批雪白的战马翻蹄亮掌，飞奔而来。骑者纵马挥鞭，两旁的树木急速向后闪过，耳旁的风呼呼作响，但他仍嫌马跑得慢，又在马屁股上抽了一鞭，战马长嘶一声，如闪电似的冲上山坡。

骑马者是位军人，二十九军副参谋长，中共地下党员张克侠。他系河北献县人。早在1915年，张克侠为抗议袁世凯政府接受日本政府强加于中国人民头上的丧权辱国的"二十一条"愤而考入北京清河陆军军官学校，立志用生命和鲜血拯救危难的祖国；1923年，张克侠从保定军官学校毕业后，加入冯玉祥的部队。翌年一月，投入到孙中山大本营军政部任少校科员并兼任陆军讲武学校教育副官及队长；1925年他担任北伐军第一营营长，后返回冯玉祥将军的部队；1929年张克侠从苏联回国后重返西北军，任张自忠师参谋长；"九一八"事变后，他积极参加抗日活动，曾担任察哈尔抗日同盟军的高级参谋；后同盟军兵败，张克侠再次回到旧部二十九军，秘密从事抗日工作。最近，张克侠接到上级党的指示，"西安事变"后，国民党上层人物发生分化，不少人站到倾向抗日的一边。要他抓紧时机，利用大好形势，在华北掀起新的抗日高潮。张克侠飞马来到佟麟阁的住宅前，只见院门虚掩，非常安静。他把马拴在门前树林内，刚欲推门，门却"吱"

一声打开了，佟夫人笑容可掬地走出门来，热情地招呼道："张副参谋长，里边请！"

张克侠上前几步："嫂夫人，捷三兄在吗？"

佟夫人笑吟吟地回答："他一大早就上山打猎去啦，到现在还没吃饭呢！"

"是这样……"张克侠逗趣道："大嫂，您准备好饭菜，一会儿我和佟兄喝两杯！"

"那好哇！"佟夫人热情地回答。在所有的来客中，她最喜欢这位副参谋长。认为他为人坦率、热情，而且才智过人，知识渊博，便一直把他当亲兄弟看待。每逢他来时，有什么好吃的顺口的都端上来，对他也无话不讲。今见他来，分外高兴，一边往院里让着他，一边说："要知道你来，我就拦住你哥，不让他上山了。"

张克侠摆摆手："嫂子，你去准备饭吧，我到山上找佟兄去！"

"快去吧，他刚上山，还没走远，见面你好好地劝劝他，这些日子他整天愁眉苦脸，唉声叹气的，真让人揪心啊！"佟夫人忧心忡忡地说道。

张克侠停住脚步安慰佟夫人说："大嫂请放心，我会解开佟兄心里的疙瘩的。"说完转身向山上走去。

沿着绿茵茵的山坡，张克侠避岩石绕树木，步步登攀。山坡上，碗口粗细的马尾松、雪松和枫树茂密得难见天日。各种山花盛开在杂草中，宛如在硕大的绿地毯上编织的美丽图案，更显优雅、娴静。小溪中流水潺潺，击石穿罅，顺流而下，其水流声响，恰似一首首动人心弦的美妙乐章，令行人忘情和陶醉。要不是有重要的使命在身，张克侠真想躺在草地上睡他三天三夜。他不由得赞叹：这里太美了，多么理想的公园和疗养圣地呀！将来人民当家做主了，一定在这儿建个像样的疗养所，让劳动人民在闲暇之余或假日到这里来疗养。是的！这个愿望一定要实现！想到这儿，他加快了脚步，转过一个山坳，忽儿听到前面的树林内有沙沙的声响，他警觉地隐身在一块岩石后，仔细察看，却一时没了动静。他又向前走去，刚走出十几步远，忙又听到一阵轻微的脚步声，却闪到一棵大树后，抬眼望去，只见这里地势平坦，阳光充足，鲜嫩的青草连成一片，呈现出无限生机，一只野兔正用前爪拢着草尖，嚅动着三片嘴，有滋有味地吃着嫩草，时而抬起头，那对圆圆的眼睛，警觉地向四周张望。

一株千年古柏后面，缓缓伸出一杆猎枪，枪口随着兔子吃草的动作转动着。"砰"一声枪响后硝烟喷出，兔子应声蹿起，即刻重重地跌在草地上。树后跑出手提猎枪的佟麟阁，他快步走到死兔前，检查击中的部位。忽然，空中传来"嗡嗡"的飞机声。他抬头仰望，见一架日寇的侦察机由远及近飞过来，撒下五颜六色的传单，像在湛蓝的天空抹上一片斑驳陆离的油漆，使人心里很不舒服。

远处的山坡上，一群放牧的孩子仰望着飞机，跳跃着呼喊："飞机飞机扔炸弹，不要白米要白面。"

"哗啦"佟麟阁装上子弹，眼喷怒火，枪口指向飞机，粗壮的手指贴近扳机。张克侠忙从岩石后闪出，疾步向前："捷三兄，别开枪！"

佟麟阁猛回头，见是张克侠，忙抛下猎枪，快步跑过来，激动地喊道："哎呀！老弟，没想到是你来啦！"俩人互挽着手，来到树荫下。

佟麟阁侧脸问："老弟，你是怎么知道我在这里？"

张克侠故意神秘地一笑："枪声告诉我的呗！"

佟麟阁热情地拍拍他的肩膀，夸赞道："你真不愧智囊，能掐会算。"

张克侠赶忙摆摆手。他在反复思量着如何开口，以便打动佟麟阁的心，让他出山抗战，完成此行的重要任务。张克侠捡起猎枪摆弄着，随口说道："好枪！德国新造的双筒猎枪，佟兄够闲在的呀！退居仙境，终日念念经、打打猎，真乃神仙过的日子呀！"

"唉——"佟麟阁闻言长叹一声，重重地坐在一块大石头上，久而无语。

张克侠见几句话已触动他的心病，便接着问："佟兄，最近又看什么新书呢？"

佟麟阁把目光移到张克侠的脸上，心绪不宁地说："还不是老祖宗写的《孙子兵法》《资治通鉴》之类，再好的书我也静不下来心读哇！"忽儿，他的眼一亮兴奋地说："克侠，你也甭干那中不中、洋不洋的差事了，上山跟我搭伴儿改读点儿书得了。"

张克侠听后莞尔一笑，放下猎枪，掏出一张报纸递过去："你看看这个，就知道我能否答应你的好心邀请了。"尔后，他像自语又像讲给佟麟阁听似的说道："这消息报道的目的怕不是日寇借口防共，而是要大举侵略中国的信号吧！"

佟麟阁托举着报纸的手微微发抖，目光停在《日德意缔结反共协定》的标题上，久久凝视，眉头越皱越紧。张克侠又掏出《救国时报》送给佟麟阁说："你再看看这个。"佟麟阁接过报纸低头读着，两只手渐渐攥成了拳头，胸膛急剧地起伏着，而后愤然站起，手"啪"地拍在大树上，他仰望蓝天，两眼简直要喷出火来。

张克侠上前拉他坐下："佟兄，光生气不行呀！坐下聊聊。"二人席地而坐，张克侠手揪一根草芯儿放在嘴里咀嚼着，十分关切地问："捷三兄，你的身体近况如何？"

"唉——"佟麟阁再次长叹道："外伤不足虑，但心病难医呀！"他略作停顿后，接着又说："想我同盟军攻占多伦后，十万大军正可一鼓作气收复东北，可……他老蒋又签订《塘沽协定》《何梅协定》将中国人的脸都丢尽了。作为军人……"他不愿再提伤心事，便双手抱着头，沉默起来。

张克侠试探地问："捷三兄，日后有何打算呢？"

"退居乡里，不在其位，不谋其政，也省得受窝脖气！"

"那……那军长上山相邀，张自忠他们联袂相请，我三顾茅庐，你还如此固执？"

佟麟阁忙不停地摆手道："不是我不给你们面子，诸位同仁的心情我是一清二楚的。可我的脾气，眼里揉不得沙子，看不惯世间不平之事，怎能在冀察政委会里苟且偷生！再说你对我隐退不是不知道哇！想我佟某戎马半生，冲锋陷阵，不就是要使国家富强，百姓平安，过上富裕日子吗？我何尝不想高举抗日的旗帜，收复东北，把东洋鬼子赶回他们老窝呢？可眼下，东北丢了，华北又危在旦夕，北平当局洋不洋，中不中，一旦北平换上了太阳旗，你我不都成了历史罪人吗？"

张克侠愤而不平地问："那你就甘做局外人，置华北的父老兄弟姐妹于不顾，醉心于诗情书画，寄情于山水吗？"

佟麟阁慢慢垂下头，耸耸肩，无可奈何地说："可冀察这种名存实亡的特殊局面，日寇欺负、老蒋压迫，你让我怎么办？我想抗日！我想救国！我想……可机会呢？好机会都白白错过去了。有多少青年血洒疆场，而他们却不能瞑目，他们的心愿没实现。我恨！我恨哪！我恨这个社会！恨我自己为什么没有战死疆场？"佟麟阁说到悲愤处，泪花闪闪，内疚地低垂下头。

见佟麟阁动了感情，张克侠转步上前，劝解道："佟兄，不要过于伤感了！过去的事就让他过去吧！重要的是现在和将来，我的意思是请您出山……"

"你不要说了，我绝不会到冀察政务委员会干事，做帮虎吃食，助纣为虐的汉奸勾当！"

"佟兄，你不要听信传言，别人不信，难道连与你同生死、共患难十几年的弟兄的话都不相信了吗？佟兄，你好糊涂啊，你相信军长和弟兄们都是那种人？果真如此，谁还来请你，赶还怕来不及呢？告诉你，军长的日子也是很艰难。他是真心邀请你下山，辅助他训练部队，有朝一日，高举抗日大旗，直下东北，收复失地的呀！"

"噢？"佟麟阁感到有些动心，抬起泪眼，表示出感兴趣，愿意继续听下去。

见佟麟阁心有所动，张克侠沉思片刻又说："佟兄，你或许还不清楚，在你退居香山的这些日子，华北的局势更加严峻了。首先是在北平的东大门通州，日寇策动汉奸殷汝耕成立了所谓的'冀东防共自治政府'。而后，日寇又策动了丰台'失马事件'，强行驻兵丰台。前不久，又发生了'察北事件'、'张保事件'，这些说明了什么？你还不明白吗？日本人的目的，意在将二十九军挤出华北，使日本人的势力从华北扩展到全中国。"

"痴心妄想！"佟麟阁双眼喷火，牙齿间迸出四个字。

"佟兄，近日，日寇又向明轩兄施加了新的压力，他肩上的担子不轻啊！"

"竟有此事？"

"我还能骗你？前不久，日寇唆使华北部分亲日派，搞什么华北独立自治，要求明轩兄脱离南京政府，闹得可凶了。"

"明轩的态度怎样？"佟麟阁急切地问。

时局动荡，宋哲元举步艰难。动荡岁月中的 1937 年春天，北平纷纷传言冀察政务委员会要与南京政府闹独立，连自治政府的旗帜、图徽都绘制好了。社会上谣言纷传，实情究竟如何，历史作出了回答。

佟麟阁得知日寇拉拢宋哲元，欲将华北自治，心情十分紧张。因为他知道，华北局面复杂，各种力量、各派势力都想插手，攫取各自的利益，特别是日本人，垂涎华北已久，为达目的，什么手段都可能使用，而一旦华北军政要人立足不稳，就有可能落进日方的陷阱不能自拔，做出有损民族国家之事。

"军长的态度很坚决，多次拒绝了日方要求。"张克侠转告佟麟阁说。见佟麟阁仍有疑虑，张克侠又说："军长的日子过得很艰难，日本人想拉拢他，南京政府又极力排挤他，不给枪、不给钱，还派特务监视他。就拿去年的'一二·九'学生案件来说吧，要不是南京那批特务们搞乱，怎么也不会弄成那么大，那么糟糕。要说军长没有抗日的热情，那是亏心，只不过决心不够大罢了，他这个人，就是瞻前顾后的。"

佟麟阁见张克侠能推心置腹，恰当评价宋哲元，不住地点头，表示赞同。蓦地，他似想起什么似地问："传言军长搞了一套自治政府的旗帜图案是怎么回事？"

"唉！那都是潘毓桂、张璧之流搞的鬼。那两个家伙的为人，你还不明白，他俩早就丧失民族气节，认贼作父了。日本人没来时，就到处积极拉线挂钩。日本人来了，可找到好主子啦，一头扎进东洋人的怀抱，做起忠实的走狗来。"

"记得一次，潘毓桂的爸爸去找他，旁边有个日本人，他爹叫他的名字，他竟把老头子轰了出去。追到门前训斥道'我是参议员，在家我叫你爹，在外你得叫我官衔！不然让日本人看了多不体面呢！'这些话差点儿没把老头子气死。宋哲元怕他们这批败类搞乱，便采用笼络手段，许以官衔，发津贴。这下他们更趾高气扬了，整日吃喝嫖赌，投机钻营，发国难财。在日本主子的指使下，专事策反、拉拢和行贿，妄图分化瓦解二十九军高级将领。"

张克侠又将潘毓桂和张璧到宋哲元寓所为日本人当说客的事给佟麟阁细细说了一遍。

那天，潘、张二人受日本人差遣，来到宋哲元寓所想做一件祸国殃民的事儿，张璧用柔细的手指推了推眼镜，然后按响了门铃。门岗探头一看，接过他二人递上来的名片，通报后带他们走进里面。

武衣库宋哲元的寓所，房屋有些陈旧，庭院里倒也收拾得干净、整洁，踏上台阶，潘毓桂摇着头，酸声奶调地说："唉呀！堂堂的冀察政务委员会委员长住得这么寒酸！张璧，你这铁路局长，以后给委员长拨点款，建个高级官邸。"

张璧埋头走路，没有顾及四周，他心里已在打鼓，这趟差事是吉是凶难以预料啊！他们穿过门厅，发现摆设的家具擦得透亮，沙发、地毯很是气派，阳光充足处摆放着几盆奇花异草，显出主人颇有闲情逸致。当时军长正靠在沙发上，一边休息一边翻阅《国民日报》，他有些发胖的身体，压得沙发"咯吱咯吱"直响。军长对他们的到来不感兴趣，坐着没动。潘毓桂近前一步，躬身叫道："军长……"

宋军长缓缓转过头来，放下茶杯，挑起眼皮，指着沙发不冷不热地说："坐，随便坐吧，看茶。"

刘副官进来，在潘、张面前各放一杯茶水，然后退出。

"二位，近来忙乎点儿什么呀？"宋军长微闭眼皮有些调侃地询问。

"忙……"潘毓桂闻言站起，又觉不妥，坐下后、探着虾米腰，伸着仙鹤似的小细脖，献着媚笑说，"军长，我……我们忙着起草了冀察自治方案，并绘制了自治政府的旗帜图案。"他见宋哲元的态度傲慢，透出了已明了他们此行之意，再无隐瞒的必要，便小心言明，生怕面前这位草莽英雄出身的军长突然拍案而起，对他们军法从事。

"噢，是吗？"宋军长粗重的眉毛一挑，装出很感兴趣地问。

"愿为军长效犬马之劳，死而无怨。"张璧讨好地忙着表示。

宋哲元急忙移开目光，感到恶心，担心再看一眼这两个家伙的猥琐神态，就会吐出来。他端起茶杯，吹吹茶末，轻轻喝了一小口，舌尖在杯边上舔舔，不无讽刺地说："这么说，你们很辛苦啦，我得好好谢谢二位了。"

"岂敢、岂敢……"老奸巨猾的潘毓桂觉出宋哲元在戏谑他们，可又不敢露出不快的神态，只顾顺坡而下，假戏真唱了。他滴溜着眼珠子，想尽早摆脱窘态，暗地用手揪张璧的衣角。

"那……"张璧厚着脸皮，掏出一迭纸，恭敬地送到宋哲元面前，态度虚伪地说，"就请军长赏脸，这是自治方案和自治政府的旗帜图案。请您过目吧！"

宋哲元对外面招呼道："刘副官。"

刘副官闻声而进，见宋哲元一摆手，忙从张璧手中接过图样，转身放进档案柜。

张璧的腰弯成六十度，像张弓似的凑到宋哲元面前低声下气道："军长只要宣布脱离南京，日方将全力支持，要枪有枪、要钱有钱，半壁江山就姓宋了，说不定您还有面南坐北，黄袍加身的时候呢！"

宋哲元仰身躺在沙发上闭上眼，露出厌烦困倦的神色。

二位说客还想再说点什么，见宋哲元原来伸张的手指慢慢收拢、攥紧，知道再说下去不仅不会有结果，甚至可能惹翻了他。那时，在日本人面前也不好交账，所以二人只得起身告辞。见他俩要走，宋哲元身子动也没动，淡淡地喊："送客！"

等他们二人刚刚走出门，他就猛然从沙发上坐起，愤而不平地骂道："什么东西？乌龟王八蛋也配见我！拿着日本人狗屁冷箭来吓唬我，老子不是三岁的娃娃！明明是火坑，非得推我下去。我他娘的哪儿点对不起他们？忘恩负义的小人！刘副官，快把那东西烧掉，别脏了我的档案柜！"

刘副官忙近前几步，小声告诫道："军长，您小声点儿，免得他们听见。"

宋哲元的火气更大了，冲到门边，拉开门，冲着外边喊："我就是让他们听的，要不是看在我祖父与潘汝楼是旧交的份上，早让他吃一颗黑枣啦！"

此时，潘毓桂、张璧恰巧走到前院房檐前的树荫下，听罢宋哲元的话语，吓得冷汗顺着脊梁骨泪泪流下。二人快步走向庭院的大门，由于心慌，潘毓桂在迈门槛时，忘记撩起长袍，被钉子挂住，往外一跑，"咔——"地撕掉一大块……"

"唉……"山坡上佟麟阁听到张克侠讲到这儿，惋惜地长叹一声。他以拳击掌，不无遗憾地说："明轩兄就是顾虑太多，要是，我非把他们抓起来！枪毙。"

张克侠摆摆手，截住他的话说："这类夹脖气也确实够军长受的。前些年，他压制过抗日活动，可如今一旦觉悟，就会认识到由于自己的过失，给中华民族带来的灾难，我们要耐心帮助他。"

亲日派的小报曾危言耸听地登载有关宋哲元与日方签订"经济提携协定"条款的消息。但内幕如何？是日本人威逼的结果，还是宋哲元一时头脑发昏……

"帮助他？不是他早就与日方勾结，签订了什么'经济条款协定'。要与日本人一块儿开矿、修路、通航吗？"佟麟阁截住张克侠话头反问。

"那是传言，不是实情！"说着张克侠又讲述了前不久发生的一件事。

那天，宋军长应邀出席日本人举办的酒会，他驱车来到日本在华北驻屯军司令部门前，两道厚厚的嵌着铁皮包头钉的大门缓缓闪向两边。

小汽车驶进院内，戛然停住，陈觉生从车门前里钻出，迈着小碎步跑到右车门前，拉开车门，躬身道："宋军长，请！"

宋哲元身穿便服、慢慢腾腾地下了车，用疑惑的目光扫视着院内，尔后他登上台阶，缓步向门口欢迎的人群走去。

陈觉生像条跑前跑后的哈巴狗，抢前几步，指着为首的身穿军服的日本政要介绍说："这是田岱皖一郎司令官。"他又点头哈腰地把宋哲元介绍给对方："田岱司令，这是冀察政务委员会委员长、二十九军军长宋哲元。"

宋哲元矜持地点点头，表示听见了，并抬手向前。田岱皖一郎满面笑容，忙着握手寒暄，众人尾随他们身后依次步入内厅。

豪华的宴会厅内，早已聚集着一些社会各界的头面人物，有穿奇装异服的女人，有穿西装的男客，还有大腹便便的工商各界代表，以及身着笔挺军服的日本军官，还有身穿黑制服的伪军官、便服的汉奸……整个宴会厅乱哄哄的，像个蛤蟆坑。

宋哲元被簇拥到宴会贵宾席前，田岱皖一郎摆手示意众人就座。然后，咿哩哇啦地说通日本话。旁边一个瘦得像螳螂似的翻译，亮开公鸭嗓儿把田岱皖一郎的话翻译过来："田岱皖一郎司令官代表大日本帝国欢迎宋哲元先生前来赴宴，同时祝贺'经济提携条款'签字生效，请诸位同僚干杯！"

"噼哩啪啦"宴会厅响起一片掌声。

宋哲元闻言，脑袋"嗡"地一声大了许多。他一时竟忘记该怎样克制自己，猛地站起来，抢步到陈觉生的面前，揪住他的衣领，从牙缝里迸出："你，你这个狗娘养的骗我！"

陈觉生被窒息得脸红脖子粗，忙用乞求的目光看着田岱皖一郎，渴望主子救他一命。

田岱皖一郎忙插到他俩中间，分开二人。随即，田岱皖一郎摆摆手，陈觉生揉着红肿的脖子退了出去。

田岱皖一郎的眼笑成一条缝，用生硬的中国话说："宋先生，何必呢？请原谅鄙人用此种不礼貌的方法，不然，怕请不到宋先生啊！"

宋哲元气愤不语，怒目而视。

田岱皖一郎努努嘴，门厅内转出戴眼镜的土肥原，像虔诚的信徒捧圣经似的，捧出早已预备好的"经济提携条款"的文件夹，放到宋哲元面前。

宋哲元扫了一眼，见封面上写有"关于中日双方合伙开矿、修路、通航和收购棉花等问题的协定"，他伸手推开文件夹，转对田岱皖一郎愤而不平地问："司令官阁下，这恐怕不是赴宴的内容吧！"

"不，不……"田岱皖一郎把头摇得拨浪鼓似的，竖起小拇指用生硬的中国语说："小小插曲的、小小的。只要提笔那么一划……"他学着签字的姿态。

宋哲元后退一步，拒绝签字。

田岱皖一郎脸上杀机顿起，一双小眼里射出逼人的凶光。他蛮横地恐吓道："你的，不愿与帝国合作吗？"

周围的日军官手握战刀，剑拔弩张，步步围拢。大有一旦拒签，就立即将宋哲元剁成肉泥之势。宋哲元不愧行伍出身，是多年久经沙场的老将。他眼珠一转，端起酒杯，一饮而尽，举着空杯招呼："喝酒呀！菜都凉了。"

宴会厅里的气氛稍有缓和，胖绅士偷偷地擦着汗，有的拿筷子，有的端酒杯。田岱皖一郎眼光利剑似的扫过四周，刚欲动筷子的人们又都雕塑般地呆立不敢动了。

田岱皖一郎逼视宋哲元。

宋哲元避开他的目光，放下酒杯，顺手拿起筷子，田岱皖一郎伸出毛烘烘的手抓住宋哲元的手腕，厅内静得出奇，沉闷得令人窒息。土肥原再次把"条款"推到宋哲元面前，递过笔。

宋哲元已无退路，万般无奈接过笔来，草率签上名字后，愤然掷笔。

田岱皖一郎铁青的脸渐渐现出血色，野蛮的目光灵活了，宋哲元伸手抓起酒瓶，嘴对瓶口，"咕嘟咕嘟"一气喝个瓶底朝天，日本人为他的海量吃惊。他大口吃菜，旁若无人。忽然，他猛地扔掉筷子，狠狠瞪了田岱皖一郎一眼，推开土肥原，径直走向厅门口。

众人面面相觑，让开一条路，不值是拦呢？还是不拦为好。

田岱皖一郎招呼土肥原近前，小声嘀咕几句，土肥原追出。

宋哲元含羞带辱，愤愤地来到车前，猛地拉开车门，一头钻了进去。汽车猛地一窜，像头惊狮，冲向大街。

宋哲元坐在车里，气恨难消，命令司机道："快！再快点！"

汽车的里程表的表针已指向时速八十公里。宋哲元还嫌太慢，不耐烦地揪着衣扣，司机不安地说："委员长，街上人多，再快难免……"

"少废话！"宋哲元挥手打断司机的话，说着双手捂面，靠在座位上，几滴悔恨的泪顺着指缝淌落下来。

汽车驶进冀察政务委员会的大门，停在院内。司机下车后，拉开后门车。宋哲元紧闭双眼，久久不愿下车。

刘副官由门厅内跑出，上前欲扶宋哲元，见状不解地问："军长，您怎么啦？"

"没，没什么。"宋哲元从痛苦中醒过来，擦了一把泪，蹒跚地下了汽车。一时间，他像苍老了许多，刘副官搀扶着他回到办公室，进屋后他便颓然地倒在安乐椅上、手掐太阳穴，陷入痛苦的思索中，日酋田岱皖一郎那个可怖的驴脸在他眼前晃动，怎么也赶不走。躺了一会儿，他想睡也睡不着，烦躁地跳起来，在屋里来回踱着步，焦虑得像只困兽。

刘副官悄然而进："军长，秦德纯市长来电话，北大、清华高校的学生上街游行，要求武装抗日，请示……"

宋哲元心里正不痛快，这消息犹如火上浇油，火气"腾"地冲到脑瓜顶，他陡地转身，瞪圆两眼，吼道："派军队，用机枪把他们都突突了，一个不留！"

刘副官近前两步，为难地说："这……军长，这次他们的口号变了，不再喊您是卖国贼了，说什么拥护您出来领导抗日，支持咱们二十九军武装保卫华北，还有……"

宋哲元摆摆手，示意刘副官不要再说下去。他在屋里又走了几个来回，脸色稍有好转，站定后说："让警察包围，劝他们回家。这些学生也够难的。"

"是！"刘副官心里一阵高兴，转身朝外走。

刚到门口，宋哲元又从后面喊道："注意劝说，不要流血……"即刻，他又像半堵墙似的倒在安乐椅上。

当晚，宋军长紧急召开高级将领重要会议。当时，与会者都感到纳闷，不知道开什么会，人们显得很轻松，不时有人嘻嘻地发笑，少数人低声猜测着今天会议的内容，注视着门口。

"军长到！"传令兵的高嗓门儿，使会议室内像突然停演了一场戏，顿时鸦雀无声，军官们的手习惯地紧贴裤缝行立正礼。

宋哲元挺着胸，迈步进门。刘副官忙接过大衣、帽子，挂到墙上。宋哲元走到会议桌首位，站定后示意诸位落座。他寻视了一下会场，掏出手枪，"啪"地拍在桌上，心情沉重地说："弟兄们，如认为这样还不能减轻我的罪过，枪在这儿，就毙了我吧！"他拍着手枪，屋内人们愕然不已。

何基沣站起："军长，都是自家弟兄，有话直说吗？咱们生死同当。"

宋哲元摆手叫何基沣坐下，他简略地把白天发生的事讲了一遍后，接着说道："我告诉诸位，负有军事责任的，如赴日方邀请，必须做好发生意外后，何人接替的准备，以免遭到日方要挟。"他咳嗽一声，清清嗓子，又说："今天，我被迫在条款上签字，乃日寇强逼所致，日本人提出的条款是完全无效的！这件事使我吃一堑，长一智，对付的方法，就是拖而不办！"

军官们窃窃私语，继而醒悟宋军长讲话的内涵，掌声骤起。

宋哲元打开手枪机头，顶上子弹，高举过顶："现在，我郑重宣布：今后，如果谁胆敢私自与日本人来往、勾结，就如此灯！"说着，他一甩胳膊"啪"地一枪，墙壁上的一盏灯应声而爆，破碎玻璃片纷纷落地。

……

"好！"佟麟阁脱口喊道，兴奋的脸上有些发红，他见自己在张克侠面前有些失态，忙移开目光，又低下头默默地走路。

张克侠紧走两步，跨到佟麟阁前头，居高临下地喊道："佟兄，你还有什么心事？倒是说呀！捷三兄，军长是怕遭不测才邀请你下山的，自打军长拒绝执行那些卖国条款，日寇便衣队就盯上他了。今天日寇特务队的"墙上飞"潜入政委会后院，触电而死，内幕尚未弄清，恐怕就是日本人伸出的黑手！"

佟麟阁为发泄内心的情感，奋力折断路旁一棵手腕粗的枯树，抛向山下。飞机的嗡嗡声又在天际响起，渐渐飞临头顶上空，在附近山坡上低空盘旋，吓得牛群、羊群散伙般地惊慌逃窜，牧童嚎哭着，佟麟阁脸沉如水，越发难看。他双手紧握成拳，凝视着空中那团铅色的乌云。

张克侠毅然调头就走："佟兄，你实在不愿下山，我也不能勉强。但日本的既定国策你是知道的。据从日本国内来的可靠消息说，大批日军即将来华，华北危在旦夕，中华民族危在旦夕，你就甘心只图洁身自好的名声吧！"说罢，拂袖欲去。

佟麟阁急忙拦住："张老弟慢走，我有话说！"张克侠转身站住，用期待的目光望着佟麟阁。

佟麟阁慢慢说道："我提两个条件，不知依得依不得？依得我就下山；依不得，你们另请高明。"

张克侠紧紧拉着佟麟阁的手："什么条件？老兄你快讲！"

佟麟阁得知山下的局势紧张，怦然心动，既想出山帮助宋哲元组织二十九军抗战，但又怕玷辱了自己的名声，故而想提出几条下山的条件。他见张克侠询问，一时竟不好意思提出什么了，他沉吟片刻，审视一会儿张克侠坦诚的脸，见这位老友情真意切，也不好再推辞，决意出山。

"条件很简单：一、我佟麟阁出山不做官，冀察政务委员会内任何职务不干；二、由我在南苑组织一个军事训练团，广招天下有志爱国青年，经过培训，使他们成为初级指挥员，建立抗日的中坚力量。"佟麟阁讲完出山的条件后，静静站在一边，观察着张克侠的反映。

张克侠见佟麟阁一脸严肃的样子，十分有趣，再也憋不住，仰脸一阵哈哈大笑，一拍大腿道："就这么定了！"

"定了？你答应了？"佟麟阁冲过去，紧抓着张克侠的肩膀，欣喜地问。

张克侠微微一笑："佟兄，你刚才说讲条件，我的心里就紧张得'咯噔'一下，生怕你提出的条件苛刻，小弟不能满足你的要求啊！可这两条，也正是我们……"他差点儿说出这也是我们党的主张，话到唇边又咽了回去，急忙改口道："这也正是我们大家的意思。"

"我们，我们是谁？"机敏的佟麟阁已从张克侠片刻犹豫的目光中看出他有什么秘密没说出来，急切地问。

张克侠没有正面回答他，故意岔开话题说："佟兄，我还有急事，要么立即回去，日后再详谈吧！"

"好！"佟麟阁爽快地答应，两双手紧紧地握在一起。

"看来，只有把鬼子赶出中国，我再解甲归田啦！"佟麟阁用留恋的目光，寻视着山上的一草一木，满怀深情地说。

铅灰色的云层里，终于透出一线阳光，投射在苦难深重的大地上。他俩兀立在"鬼见愁"峭壁上，面对东方，佟麟阁高声诵道："东北耻，犹未雪……"

二人合："华北恨，何时灭？"

回到宅前，佟麟阁热情邀张克侠吃过饭再走。

张克侠婉言谢绝了，他急切地跨上战马，高声说道："佟兄，你要抓紧收拾一下，明天我派人来接你，说不定日寇已想到我们前面去了！"说完摆摆手，忙策转马头，飞奔而去。

四　软席包厢，狼披羊皮藏祸心

翻阅历史档案，1937 年春，曾有一日本高级教育代表团来华视察，其头目是谁？目的究竟为何？原来那位高级代表，竟是后来的侵华司令。

事实还真的让张克侠说中了。在东北满宁铁路线上，一列火车正在往关内奔驰，一节高级车厢内，负有特殊使命的日本教育总监部部长香月清一正与土肥原窃窃私语。

香月清一——何许人也？他是日本自 1936 年"二二六"事件，皇道派被少壮派镇压下去后，才提拔起来的少壮派人物。他此次前来中国，以考察教育为名，行不可告人之事，他一是探听情况，研究侵略中国的计划；二是了解日本在华驻屯军军情，准备撤换皇道派中一些对侵略不够积极的将领。此刻，他一身便装，一副学者的打扮，给人和蔼可亲的印象，丝毫没有显露出他的身份。他办公的软席车厢内，也都摆满了书和报纸，宛如博学的专家一般。

身体已显肥胖的土肥原，隔着茶几，探过头说："部……"香月清一忙摆手没让他说下去，示意门口。土肥原忙起身，蹑手蹑脚地走到车门旁听听，除了火车"嚓嚓"的响声外，什么动静也没有。他把车门轻启一道缝，探出头，见四周除了打盹儿的警卫外，没有任何人，又缩回头重新坐到沙发上。香月清一口气严肃地叮嘱："记住，从现在起，无论在什么场合，不许称我为部长，以防不测！我此次来到中国，只是考察教育，别无他图。"

"我这记性该死！"土肥原后悔地拍着后脑勺，汇报说，"顾问阁下，据最新情况说，天津方面派出的刺客又没成功，'墙上飞'送了命，还把尸体留给了人家，估计宋哲元会严加防范，我们更难下手了。"

"八格雅鲁！"香月清一狠狠骂道，恼怒地站起身，从茶几上端起一杯酒，欲喝又停在嘴边，命令道，"以后必须停止这种偷鸡摸狗的暗杀，杀了一个宋哲元，会出第二个，第三个……弄不好，会更加激起中国人的仇日情绪，走向反面。在东北，我们不就是因为炸死张作霖，反而促使他的儿子归顺了南京吗？我们要干，就干大的，不但要消灭宋哲元，消灭他的二十九军，而且要消灭一切抗日的军队和仇日反日的人！"

土肥原见香月清一发火，赶忙站起身来，垂手而立。仅这一席话，就使他深感香月清一不是一般的鲁莽军人，对此他佩服得五体投地。

"这次你先潜回丰台，制造事端，待机夺取卢沟桥。我回国后，尽快奏明天皇，让陆军省增兵华北。今年中国风调雨顺，庄稼长势不错。秋季，华北天赐粮仓，唾手可为大日本所得。"香月清一挥动着拳头，显示出少壮得志，骄横不可一世的神态。

土肥原忧心忡忡地说："不过，二十九军可不大好惹，喜峰口我险些丢了命。"

"唉！此一时彼一时也。你的放心，大日本帝国的飞机，大炮、坦克一开到中国，隆隆声就足以把中国士兵的胆子吓破，你忘了我们没费吹灰之力就得了东北三省。"香月清一凑到土肥原耳旁轻声说："此外，老蒋与我们合作。"

土肥原颇感意外地睁大眼睛，"啊"了一声。

香月清一把他按到沙发上，继续用骄傲的口吻说："别忘了，蒋介石是我们帝国士官学校培养的学生。他一直把共产党视为心腹之患，无暇顾及华北，蒋某历来对大日本帝国采取妥协政策。"

"内有妥协，外有强兵，中国灭亡之日可待。"土肥原喜形于色，自言自语地说。香月清一遥望着车窗外，似是自语、又似说给土肥原听："你们要采取各种手段，迫使宋哲元离开北平。群龙无首，夺取华北易如反掌。"

"可是，我们没有什么良策啊！"土肥原一脸愁苦。

正当华北冀察政务委员会陷入困境之际，当家人宋哲元却以去山东老家省亲为由，拍屁股一走了之，其缘由鲜为人知，却原来他自有苦衷……

世界上有许多怪事，譬如日本人想挤走宋哲元，几次都因阴谋败露没有达到目的，而日本人做不到的事，却让南京政府促成了。再说宋哲元去西山请佟麟阁出山相助回来，未能如愿以偿，想起自今晨发生的事，件件不痛快，处处不顺心，他坐不是、站不是，拿起报纸看两眼就扔掉了，点着烟，刚吸两口就觉得不是滋味，又掐灭了。他一时心灰意冷，什么事情都不想做，索性用张报纸往脸上一蒙，躺在休息室的沙发上，合上眼皮，想眯一会儿，以消解心中的烦闷。

"叮铃铃！"电话铃响，刘副官推门而进，见军长在休息，便抄起话筒。"喂？噢噢……"他忙捂住话筒，低声问："军长，田岱皖一郎催问……"

宋哲元厌烦地摆摆手道："说我不在！"扭头又合上眼皮。

刘副官背转身，对着话筒："喂，军长出去了。"尔后，他"啪"地一声挂上电话，又摇头叹息道："唉，一天就来九次电话催问了。"说着走到衣架前，摘下大衣，给宋哲元盖在身上，然后蹑步走出去，轻轻带上门。

不大一会儿，电话铃再次骤起，宋哲元双手捂耳，在沙发上辗转侧卧，后来猛然跃起，抓起电话摔在地上，倒头又睡。

门被推开一道缝儿，刘副官手持名片，探进头，窥见摔在地上的电话机，又赶忙把门掩上。他来到会客厅里，见潘毓桂、张璧正在焦灼地向门口张望，烟灰缸里已经堆满烟头、火柴棍儿，墙上壁挂钟时钟已指向十二点，张璧站起身欲走，见刘副官进门复又坐下，刘副官客套地说："让二位久等了，军长不在。怎么办？吃过饭再走吧？"

这两位都是社会油子，聪明得很，知道这是逐客令。张璧猛然起身抓起礼帽有些恼意地说："不在也好，请你转告宋哲元，就说日本人已见他无合作诚意，如再敷衍下去，一切不良后果，由他负责！"张璧这东西狗仗人势，把最后一句说得又重又响。刘副官则更干脆，在二人刚迈出门槛时，便"咣啷"一声将门关上。

刘副官刚欲转身，身后的门就又有节奏地响起来。他不耐烦地嚷道："军长不在，有事以后再来！"

"先生，我有要事见宋军长！"门外传来女子的声音。

刘副官闻言一愣，忙打开门，见门外站着一位亭亭玉立的日本姑娘。刘副官惊愕地后退一步："小姐，你找错地方了，这里是……"

"扑哧"一声，那位姑娘笑了："我没找错呀！这不是宋哲元将军的寓所吗？"

"是呀！"刘副官脱口而出，随之警觉地问道，"您怎么称呼？来此有何贵干呢？"

"噢，先生，我叫小岛幸一，刚从东京来，与宋哲元将军的长女宋景昭小姐同在伦敦求学，我来……"

"噢，快请进！"刘副官热情地将小岛幸一姑娘让进了会客室。

"宋将军在吗？"小岛幸一边走一边问。

"这……"刘副官一时语塞。说在吧，又怕军长不见；说不在吧，人家姑娘大老远地来了，又受大小姐之托，万一耽误什么事，军长怪罪自己担待不起，想到这儿，他眼珠一转说："刚才军长不在，这会儿可能回来了，我去看看。"说完，一溜小跑来到休息室，轻步走到宋哲元跟前，悄声说："委员长，有个日本……"

刚说出"日本"两个字，宋哲元的火又"腾"地升了起来："我不是说过吗。我不在，概不会客！"

"可……可这是个姑娘……"刘副官为难地解释。

"姑娘，老娘也不见！"宋哲元说完又倒头躺下，愤而侧脸向里。

刘副官走出几步又折回，大声提醒说："军长，来人是大小姐在伦敦的同学！"

"啊？"宋哲元猛地坐起来，"你怎么不说明白呢？"说着，他起身就往外走。

刘副官忙着提醒："军长，你没穿军服。"

"噢！噢！"宋哲元来到洗漱间，擦把脸，穿上军服，把那几根稀疏的头发梳了又梳，拢了又拢，然后系好风纪扣，在刘副官的陪同下，来到会客室。

小岛幸一正在欣赏墙上的名人字画，听到脚步声，忙转身上前，抢先热情地说："宋将军，见到您这样的抗日英雄，非常荣幸！"

宋哲元闻言一愣，不禁皱了皱眉。

小岛幸一忙解释说："宋将军，我常听令爱景昭讲二十九军的事，在我心目中，您是位了不起的民族英雄。您看到我在《泰晤士报》上发表的那篇介绍中国华北二十九军在喜峰口大捷的文章了吗？"

宋哲元眼睛一亮，抢上一步说："谢谢您！原来那篇文章是您写的，还是个日本人，难得呀！"

"宋将军，我们广大的日本人民也是反对战争的，也是酷爱和平的！如果中国当局都像您那样英勇抗战，日本也可能不敢侵略中国！日本青年也就不会死在异国他乡了！"

宋哲元连连点头，刚一见面，他就被眼前这位日本姑娘文雅而有条理的谈吐征服了。他忙摆摆手，谦虚地说道："小姐过奖了，我哪是什么英雄，华北落到这步田地，说来惭愧呀！"他指着沙发让坐："小姐快请坐，刘副官泡茶来！"

"是，"刘副官快步走了出去。小岛幸一掏出一封信递给宋哲元说："令爱托我带一封信来，我也乐意和您见面，准备毕业后写本反映日中人民友好的小说。"姑娘侃侃而谈，汉语说得标准而流利，如不见其人，只听其音，一定会以为她是位中国姑娘。

刘副官端上香茶，宋哲元看看女儿的信，知道了小岛幸一的一些情况。她是日本一大资本家的女儿，因其父没有儿子，便给姑娘起了个男孩的名字，其表舅香月清一是日本国内有影响的少壮派，疯狂的军国主义分子，但小岛幸一自幼爱读书，特别喜欢中国文学。到英国留学后，接触到进步思想，她极力反对日本侵略中国，主张中日友好。这次回国，就是放弃课程想说服表舅改变侵略中国的政策，对她可以放心，尽力提供方便，帮助她。信中最后几行写道："爸爸，我学费已用完，望能再寄一万元来，小女恳请！"

宋哲元先看信时还喜滋滋的，及至看到结尾，便又烦躁起来，"啪"地把信摔在茶几上，转了两圈，对小岛幸一说："小姐，我女儿向我介绍了您的情况，我很高兴您的来访，对日本来说，只要不用武力，任何问题都可以通过谈判解决。"忽儿他又问，"见到您表舅了吗？"

小岛幸一嫣然一笑："不巧得很，我刚回国，他就到中国来了。我才追到中国，说他又回国去了。我一定要找到他，尽力说服他放弃野蛮的侵略计划！"

"好好！太谢谢您了！我代表华北的父老乡亲谢谢您了！"宋哲元诚恳地表示。继而，他脸上又严肃起来，斟酌一下话语说："小姐，您回伦敦后，请转告我的女儿，说目前国难当头，我没有那么多钱供她上学，如她愿意念，就自己想办法勤工俭学，我仅有的钱还要装备部队，别让她生活得太奢侈了！"

"这……宋将军，您可错怪景昭了，她每日连熟菜都不大吃，暑假也不准备回来，节省下的钱都捐给中国的抗日组织了！"

"原来是这么回事！刘副官，你再给大小姐寄去2000元，不！寄500元吧，让她暂且度日。"

小岛幸一起身告辞："宋将军，我希望我们再见时，我们两国的关系就能正常化了，请您多保重！"

"请小姐吃过饭再走吧！"宋哲元真心挽留着。

小岛幸一摇摇头说："谢谢！我下午还要赶上去沈阳的火车呢！"

宋哲元对刘副官吩咐："快去，让司机将小姐送到火车站！"

"不麻烦您了，我的包车还在外等着呢！"说着，小岛幸一姑娘快步走出了屋门。

送走了日本姑娘，宋哲元的心情好了些，他在院内踱着步，随手拎起喷壶，往花圃里浇着水。门外摩托车响，刘副官跑出去，拿进一封电报，递上前报告："军长，南京来电。"

宋哲元放下喷壶，在裤子上擦了擦手，接过电报，匆匆扫视一遍。眉头紧锁："电告蒋委员长，说我身体不爽，不便亲往南京接见。"

刘副官掏出笔，记下后走近些，低声告诉宋哲元："潘、张二人又来求见，让我挡驾了。"

宋哲元搔着有些谢顶的脑袋自言自语道："不过，躲着不见，终非长久之计，你再向南京发封电报，说我申请回山东省亲。"

刘副官"唰唰"几笔记下，转而递给宋哲元请求："军长过目。"说着递过铅笔，请他签字。

宋哲元接过笔，签完姓名，转身走开。刘副官追前几步问："军长您看，那个日本特务'墙上飞'的尸体怎么办？"

"这还用问我？埋掉算啦？"宋哲元的心头又罩上一团阴云，脸色阴沉沉的。

一线夕阳，透过烟色的窗帘，投射到地板上，室内零乱不堪。宋哲元摘下挂包，往包内塞着文件。院内一阵汽车响，他站到窗前，见院里停下一辆汽车。车上装满皮箱等物，一些士兵来来往往地忙碌着，刘副官推门而入，近前低声道："军长，张克侠副参谋长来见。"

"快请！"宋哲元摘下帽子，掸着沙发上的灰尘，顺手将一团乱纸扔到沙发旁的废纸篓里。

张克侠风尘仆仆地踏进门来，脸上微带笑容。见到宋哲元"啪"地打个立正，敬礼后问："军长您好！"

宋哲元走上前，亲热地拍拍他的肩膀说："算了，这又不是军部，有什么事吗？我的小老弟。"

在二十九军高级将领中，张克侠的年纪最轻。他学识渊博，是全军上下深受欢迎的人物，但此刻他来寓所，实出宋哲元的预料。

张克侠挺直腰板，毕恭毕敬地说："我一来给军长送行，祝您一路顺风；二来……"他扫了外面一眼，宋哲元见状，忙说："密室里坐。"

俩人并肩踱进密室，宋哲元带上门，拉上窗帘，打开台灯，与张克侠促膝而坐。张克侠掏出香烟，按着打火机，替宋哲元点上烟，自己也抽上，深吸一口，吐出一团浓烟之后说："军长，您让派出的侦查员回来了。"

"噢？"宋哲元精神一振，靠近张克侠。

张克侠弹掉烟灰，缓慢而又沉重地说："日本国内政界派别争斗十分激烈，军国主义很嚣张，青岛、大连、山海关等地已增兵。日军的陆军配置大量坦克、大炮、飞机正欲陆续来华。前天，日方又有一艘运输船停泊塘沽，卸下 50 门大炮，30 辆坦克。"

张克侠说到这儿，再也坐不住，站起身来踱步。稍停了一会儿，他恳切地说道："军长，我们不能对日寇一忍再忍，一让再让了！我军与日寇的冲突必不可免，应付只是暂时的，而绝对满足不了日寇的贪婪欲望。再者，我们已像那位农夫，肉都丢尽了，骨头也没了，而日寇这条豹狼还是对我们穷逼不舍，不把我们吃掉绝不善罢甘休。眼下唯一的办法就是像农夫那样，和豹狼斗智斗勇，或可求得生存的希望！"

张克侠狠劲在烟灰缸里拧灭烟头，继续说："另一方面，蒋介石最近已令关麟征、黄杰等部集结新乡一带，扼守黄河北岸、意在与日寇夹击，消灭我部。如果我们一再迁就日寇，后退，咱们二十九军还能向何处退呢？南面有中央军不让过黄河；西面阎锡山闭关自守，独霸一方；西北有傅作义称雄一隅，我军如放弃华北，便无险可守，无援可济了。只有在保定、石家庄平原地区挨打受气，军怒民怨，将士离心，会不打自溃的，军长，这可是最危险不过的呀！"

"停！"宋哲元光亮的前额上沁出一层细密的汗珠，他用手止住张克侠，拉他到地图前，"唰"地拉开帏幔仔细地审视着，喃喃自语："四面楚歌，想不到我宋哲元成了当今的楚霸王了！"

"此言差矣！"张克侠见宋哲元神态紧张，马上话锋一转，语气激昂地说："您说哪儿去了，楚霸王怎么能和您同日而语呢！此一时彼一时嘛！只要您拿定主意，决心抗战，可置之死地而后生。诗曰'山穷水尽疑无路，柳暗花明又一村'嘛！

"此话何意？"宋哲元擦着汗迫不及待地问。

"这叫天无绝人之路，您多年南征北战，久经沙场，眼下的问题是难不住您的！"张克侠启发着宋哲元。

宋哲元的脑袋涨涨的，沉思良久，仍是打不定主意，只得追问："张老弟，名人快语，说说你的意见，路该怎么走？"

"坚决抗日，只此一条路！"张克侠一拳擂在地图上，斩钉截铁地说："我们二十九军爱国教育素不后人，抗日士气，极为高涨，您总不会忘记喜峰口，士兵们是怎样英勇杀敌的吧？也不会忘记平津各界代表给您佩戴的抗日英雄大红花吧？更不会忘记众百姓拥戴我们抗战的热烈场面吧？"

宋哲元不停地颔着首，张克侠转回到桌子前，端起茶杯喝了一口水道："再者，眼下宋军长拥兵十万，加上地方保安、警察大队，不下十几万人，又有像您这样能征惯战的老将指挥，还怵小日本几千人马吗？"

"老弟过奖！愚兄惭愧。"听到下属夸奖，宋哲元的心里像吃了蜂蜜那样甜，忙谦虚地说。张克侠滔滔不绝，有理有据的见解，消除了宋哲元的顾虑，他急切地说："依你之见，我们当向日寇宣战了？"

"不！为今之计，不妨暂与日寇周旋，但当务之急需做好抗战的准备。必要时以守为攻，抢占山海关，缩短防线，扼险待援，赢得全国人民的同情和支持。那时，南京绝不敢袖手旁观，不予支持，其突击消灭我部的企图必将不售！"

张克侠一番推心置腹的话语，声声叩击着宋哲元的心弦，他满意地点点头，扔掉烟蒂、两眼凝视着地图迫切地问："张副参谋长，就眼前的局势，我们应采取什么样的措施呢？"他拉上帏幔，坐到沙发上。

张克侠板着手指说："一，加强抗日思想教育，在部队中，改变那种传统的教育方式和内容，增强士兵的纪律观念和民族自尊心，同时，抓紧培训下级官兵；二，实行民主政策，不能再镇压爱国的抗日活动，做出亲者痛、仇者快的蠢事了；三，加强情报处工作，及时掌握日伪兵力的部署动向，做到知己知彼；四，两军对峙，以攻心为主。采用各种方式，积极争取伪军反正。"

宋哲元飞快记下要点，"嚓"地撕下一页，交给张克侠说："这几项工作，虽说有的已在全军展开，现在我命你全权负责！"张克侠接过纸条掖起又说：

"军长，再告诉您一个好消息，佟麟阁决定出山了！"

"太好了。"宋哲元一拳捶在沙发上兴奋地说："我又多了一条臂膀，咱们二十九军如虎添翼啦！"他兴奋地站起身，来回踱步，狠命地吸着烟，思考着如何委任佟麟阁。踱了几个来回后，他走到写字台前，伏下腰，不一会儿递给张克侠一份任命书："这是我的命令，你转交佟麟阁，任命他为二十九军副军长兼南苑军训团团长。"

"是。"张克侠行军礼，接过命令高兴地说，"我一定把军长的意思转达给他。"张克侠近前两步，指着窗外不解地问，"军座，院里汽车上的东西？"

"那是我回山东省亲随身带的。"宋哲元的脸上微微有些发红。

"不，军长，我说的不是这个意思。我是说这样太暴露目标，起身的时间可要保密呀！"他想说应吸取张作霖皇姑屯被炸的教训，又怕引起宋哲元的不快，话到嘴边又咽了回去。

"你放心，我不是张作霖！"宋哲元非常自信地说。

"宋军长，时间允许的话，我建议您到卢沟桥去视察一下，那儿可是北平的重要门户哇！"张克侠向宋哲元提醒道。

"对，言之有理，何旅长也几次来电话，报告日军寻衅的事，张副参谋长，那你就陪我走一趟吧！"宋哲元说着，不由分说，拉起张克侠向外就走。道吉车驶出寓所，风驰电掣般向卢沟桥飞奔。

五 长辛店街，凶神刀剖欺弱兵

二十九军虎将何基沣屡立奇功，被日本人称为"凶神"。但他对百姓如何，也那么凶吗？一个士兵吃了百姓的花生米不给钱，想一走了之，遇上了"凶神"，结果又怎样呢？

北京西南之隅 20 公里外的永定河上，有座金朝时用大石块建筑的石桥，名曰卢沟桥。建桥费时长达 3 年之久，桥身长 660 米，宽 20 米，建有 11 个桥洞。两旁桥栏上雕刻着许多石狮子，千姿百态，惟妙惟肖，自古就有卢沟桥的狮子数不清之说，可见石狮子数量之多。元明清以来，时加修整，乾隆皇帝亲笔题的"卢沟晓月"汉白玉石碑，矗立在东桥头北侧，日夜陪伴着这座闻名中外的建筑物。卢沟桥风光是"燕京八景"之一，这里景致秀丽，是进京上府的差官、商贾之人歇脚的地方。桥东宛平县城内，茶榭酒楼林立，十分热闹。自古以来，文人墨客过此，写下了许多世代相传的不朽诗篇。不仅如此，卢沟桥因其独特的战略位置，历来是兵家必争之地。

随着日寇增兵华北，局势紧张，卢沟桥更加成为战略要地，宋哲元选其精锐的三十七师何基沣一一〇旅吉星文的二一九团，驻防在这里，旅部就设在距卢沟桥五六里的长辛店。长辛店虽小，但它却是北方铁路的心脏，许多大的铁路工厂都建在这里。新建的小镇上，平日里你买我卖，铁路工人，附近的庄稼人便把小镇作为进行交易的场所。窄小的街道上，人流熙攘，小贩的叫卖声此起彼伏，各家店铺门脸上的招幌随风摇动。

这天，恰逢集日，街上人来人往，格外拥挤。忽儿，一名保安队士兵扛着枪，手里托着一包五香花生米，边走边吃。

后面一位蓬头垢面、衣衫褴褛的约摸有 40 多岁的庄稼人紧追，一边追一边喊："老总，吃花生米还没给我钱呢！俺一家老小还等着……"庄稼人紧赶几步，抢到前面，拦住那名保安队士兵。

士兵推开庄稼人，吼道："去你妈的，老子抗日流血，吃你几颗花生米还要钱！"

"老总行行好，俺小本生意……"庄稼人不肯松手，一声声地哀求着。

"滚，老子还管你什么本不本！"士兵把花生米掖起，扬手欲打。

突然，半空中伸出一只有力的大手，将士兵的手腕紧紧抓住。士兵抬头一看，顿时吓得"扑通"跪在地上。庄稼人见此也呆呆地站着，一时不知如何是好。

军官温和地问："老乡，他为什么要打你呀？"

庄稼人战战兢兢，哆嗦着嘴唇说不出话来。

旁边有一位胆大的顾客代为回答说："长官，哪位弟兄见这位乡亲卖花生米，坐下就吃，临走还拿一包。向他要钱反要打人！"

军官微笑地问："老乡，是这样的吗？"

庄稼人点点头，看看士兵，但又怯怯看看围观的人。他的腰越来越弯，深深地低下头去。

军官上前一把抓住那士兵的衣领，严厉地喝问："是你吃了拿了老百姓的东西没给钱吗？"

"我……没有……"士兵嚅嗫着，双腿发抖。

"执法队，挑开他的肚皮，看看他到底长没长良心？"军官厉声喝喊。

士兵胆怯了，跪地求饶："长官，饶我一回吧！我上有父母，下有妻小哇！"

执法队士兵跨前几步"咔——"撕开那士兵的上衣，怀里的花生米滚落满地。刺刀尖已经触着士兵的肚皮，旁观的人纷纷低下头，不忍看即将发生血腥一幕。

庄稼人似乎明白了将要发生的事，双膝跪地哆哆嗦嗦恳求："长官，饶了他吧！他还年轻，一时糊涂哇！"庄稼人眼望着军官，瘦骨嶙峋的手作着揖："让他打鬼子去吧！"

军官扭过头，严厉地命令："执行！"

庄稼人不顾一切地冲到士兵面前，保护着他。执法队面有难色，军官厉声喝道："呆着干什么？还不快执行！"

"哗啦！"围观的民众跪地一片，一位白胡须的老者恳求道："长官，看在乡亲们的份上，就饶他一死吧！让他去戴罪立功。"

军官感动了，他上前扶起老人说："百姓乃军队之父母，你们受尽了日本鬼子的欺辱，再受自己孩子的气，还有活的路吗？像这样的不孝子孙，败坏军纪的东西还不该处死？"他依次把众人扶起："看在乡亲们的份上，今天便宜他了。"军官说着，从身边侍卫腰间抽出鞭子，走到庄稼人面前说：

"给，抽他五十鞭子！"

庄稼人畏缩着不敢接鞭子。"打呀！儿子欺负老子，这不该狠狠地教训教训他！"军官往庄稼人的手里塞着鞭子。

这时，一匹马从远处箭打而来，传令兵从马上跳下，挤进人群，行礼报告："何旅长，军长已到宛平县城，请速回！"

"何旅长，他是何旅长……"人们闻言骚动起来，纷纷挤上前，想亲眼看一看这位使日寇闻名不寒而栗的抗战英雄的容貌。

老者问执法队士兵："他就是外号'凶神'的何基沣旅长吗？此人真不愧他的绰号，对坏人凶、对好人善呢！"

执法队士兵微笑着颔首，待老者挤上前时，何基沣已分开众人，跨上战马，急驰而去。

卢沟桥头，宋哲元坐的美国道吉汽车爆炸了，部下以为他会动怒，不想结果却出人意料。原来宋将军一向爱憎分明，知道谁是该恨的人。

卢沟桥东岸，有一座不大的城，说其叫城不如称为城堡更恰当。它东西约二里许，南北不足一里，是先人为把守北平通往华北的要道卢沟桥而修建的，此城别看不大，却已有几百年的历史了，并因其位置重要，闻名中外。此城南北没门，只有东西二门，特别是紧邻卢沟桥的宛平县城西门，位居永定河东岸，高大威武，似雄狮，俯瞰着几十步远的卢沟桥，忠实地守护着先人用血汗建造起的冀中连接京师的交通要道。

宋哲元身披黄呢大氅腰挎军刀，挺着将军肚，缓步登上卢沟桥。此时，夕阳西下，为白色的桥身，镀上一层金色。河水静静地流着，蜿蜒伸向远方。雄伟的堤岸上，柳树成荫，犹如两条绿色的巨蟒，守护着历来被称为"第二浑河"永定河的洪流。河套内杂草丛生，一片绿葱，时有羊群出现在空旷的河滩上。

望着远处的卢狮山，宋哲元感慨地说道："这里的景色真美呀！怪不得古人都爱在此诌诗吟曲的，连意大利人马可·波罗都称赞这是座无可比拟的，世界上最美的桥哇！"

"军座喜读古诗，不妨也吟诵一首吧！"张克侠接过宋哲元递过的望远镜，不失时机地鼓励道。他意在借此激发宋哲元对祖国山河的热爱，写出爱国诗篇，以此鼓舞广大士兵的抗日情绪。

"什么湿呀干呀的，胡吟几句吧。"宋哲元的兴致很高，欣然允诺，他抚摸着桥栏，吟诵道："卢沟桥畔战端多，南攻北守烟云过，吾军焉能同日语，治军严明拯山河。"

"好，好诗！"宋哲元刚刚吟完，众人就齐声喝彩，有的还带头鼓起掌来。

突然，远处传来一阵马蹄飞奔的声音。众人举目望去，见是何基沣策马而来。他翻身下马，行礼道："报告军长，何基沣前来报道。"等宋哲元还过军礼后，何基沣歉疚地又说："不知军长亲临，有失远迎，请军长恕罪。"

"笑话！"宋哲元不以为然地挥挥手，问，"训练任务完成得怎么样了？"

"弟兄们都很卖力气，不怕吃苦！"

"好！"宋哲元招招手，众人随他步上桥头，宋哲元侧过脸对何基沣说，"何旅长，你们训练得越好，日本人就越不敢轻举妄动。"他单手叉腰，指点着东北的方向说，"一旦时机成熟，我们就可以派兵向察哈尔、热河出击，收复东北失地。我要在山海关建一座高高的纪念碑，刻上有功人员的名字！"

"太好了！军长，这可是数万将士多年来的心愿啊！全国人民盼望六年了。"张克侠闻听宋哲元抒发胸志，十分感慨。众人说着，视察起工事。

何基沣向军官们不时地指点介绍，遇到工事坚固的地方，宋哲元满意地笑笑，不理想之处，他就摇摇头，作些指示。

一行人来到桥头堡，何基沣拉开墙上的帏幔，请示道："军座，我们是这样布置的，一营驻守卢沟桥，东西桥头各一连；三连机动，二营驻守铁路桥，三营驻守县城，保安队作后应。一旦危急，城内的援兵，五分钟内就可增援。同时，我旅机动部队驻防长辛店北侧，遇有紧急情况随时可策应反击。"

宋哲元满意地点点头说："总的还不错，城内还可多设几个临时指挥所，以备万一。"

"是！"何基沣立正回答。

宋哲元回头："张副参谋长，你把北平外围日军的军事情况介绍一下，好让他们心里有底。"

张克侠由公文包内拿出地图，在屋中央的桌子上摊开。然后，用铅笔指着说："北平外围的敌情是很严重的：北平路沿线，西起丰台，东至山海关，均有日军驻扎，兵力约一万人；北平的东面，有完全听命于日寇的组织翼东防共自治政府；北平的北面，有在热河集结的敌军；在北平的西北面，有日寇收买的李守信和王英的土匪队伍。仅有北平的西南面的卢沟桥，尚为你部防守。但不能忽视的是，驻扎在丰台镇的日军牟田口联队一本清直大队却构成了对卢沟桥的致命威胁。"

张克侠的一番介绍，使在场的中下级军官十分震惊，均感形势的严峻，屋里的空气一下子凝固了，连咳嗽声音都没有。张克侠扫了众人一眼，声调更加沉重："现在，你部扼守的位置在平汉路的卢沟桥，已成了北平的唯一门户。军事上，我军控制住这个门户，就进可攻，退可守。如一旦失去卢沟桥，北平就会变成孤立无援的死城！所以，卢沟桥这个战略据点，现已是敌我两军必争之地！"张克侠讲完以后，桥头堡内许久无人说话，人们心头似压块千斤巨石。

宋哲元见状，爽朗地大声笑道："哈哈，都让日本人唬住了，东洋鬼子也没啥了不起的。喜峰口一仗，小日本不也是哭爹喊娘的吗？走！到外面透透风去。"

晚霞映红了半边天际，落日余辉点缀着卢沟桥，使她更加绚丽多姿，众人顺着卢沟桥漫步。张克侠走近何基沣，轻拍着他的肩膀说："何旅长，吉团长去庐山受训，你肩上的担子不轻啊！"

何基沣深有感触地点点头。他刚欲说什么，却见宛平县城内腾起一股烟尘，随即传来一声沉闷的爆炸声。正在惊愕间，却见刘副官满脸惊慌地跑来，离老远就高喊道："军长，不好了！您的道吉车爆炸了！"

众人一怔，满脸惊色，不约而同地将目光转向宋哲元，深恐他会发脾气，惩罚什么人。此时，宋哲元却一脸坦然，挥挥手道："炸了？那好哇，旧的不去，新的不来嘛！"

"军长，这准是日本人下的毒手，您可要小心呢！"何基沣关切的说。

"怕什么！被日本人恨是好事嘛！不然的话，你们又该骂我是汉奸了。"宋哲元戏谑地开着玩笑。他的情绪感染了周围的人们，骤然袭来的紧张气氛渐渐消失，人们又轻轻地笑起来。确实正如大家所料，宋哲元乘坐的美国道吉车爆炸的原因正是日本人所为。那天深夜，蒙面人夜潜车库，刚把定时炸弹绑在汽车的底盘上，还没来得及将炸弹上好定时弦，就因怕巡逻士兵发现而仓皇逃窜。所幸的是车上没人，致使日寇谋杀宋哲元的阴谋又一次成为泡影。正当大家庆幸之际，宋哲元猝不及防地回过头来，笑问张克侠："张副参谋长，你看卢沟桥对我们二十九军来说，像什么？"

此刻，张克侠脑子里正盘算如何派人摸清日本人的下一步行动计划，保证宋哲元的生命安全。突见宋哲元提出这个问题，他猝不及防，脑子里一时没转过弯来，嘴角动几下，竟没能回答上来。宋哲元有个嗜好，就是爱突然发问，一是让部下解答疑问，二是想借此考察部下学识、才干，反应敏捷的对答如流，他就高兴，反之，宋哲元就会沉下脸来，虽不会当众训斥，却也使人难堪。张克侠当时虽未接上话茬，但他只是略为沉思后，旋即达到："像咽喉。"

"说得好！"宋哲元高兴的一拍桥栏杆，"咽喉，北平的咽喉！"他转过脸对身后的军官说："你们听着，谁丢了卢沟桥，就等于让日本人掐住了我们的脖子，卢沟桥对我们太重要了！"

永定河浑浊的河水上，飘来一具男孩儿尸体，是自杀还是他杀，当人们把男孩儿尸体捞上来后，掏出堵在他嘴里的毛巾，案情才大白……

事有凑巧，此时卢沟桥北面五六百米的河滩高粱地里，两个农民打扮的人正手举着望远镜，窥视着卢沟桥，也在念叨着这句话。当他们看到卢沟桥两侧建有坚固的碉堡，持枪的士兵严加警戒时，暗自惊叹："卢沟桥防守得好严啊！"

"咦！"当化了装的日军大佐松井特务机关长看到宋哲元站在桥头上时，望远镜险些从他手里掉下来，惊疑地自语道："他怎么还没有死？"松井旁边的那个家伙就是由东北取道天津来丰台的土肥原，他带来了新的侵略计划，下午，就潜伏到卢沟桥附近侦察地形来了。他们继续窥视着，在一张纸上不断地画着标记。"哗哗"一阵高粱叶响，吓得二人蛇盘龟息，趴在地上不敢动。许久，他们才敢活动发酸的腿脚，刚欲举望远镜，"哗哗啦啦"的响声又传了过来。透过高粱叶的缝隙，他们看见有位十二三岁的男孩儿在割草，那男孩儿光头赤臂只穿条裤衩。松井对土肥原使个眼色，收起望远镜，慢慢地后退着爬走了。

河边上，那男孩儿顾不得擦去脸上的汗，急急忙忙地割着草，他的身后留下一长串的草堆儿。土肥原肩背草筐，手提镰刀，走近割草的孩子，他满脸堆笑地打起招呼："喂，小兄弟，割草呢？"

孩子听到喊声猛地抬起头，见是陌生人，忙往筐边靠了两步，做好逃跑的准备。

"小兄弟，别害怕，你叫什么名字？是哪个庄的呀？"土肥原故作亲热地问。

"我叫常山，附近村的。"孩子一边回答，一边胆怯地后退着。

"噢？常山，来，别躲，我是河西的。"土肥原说着凑近蹲在孩子前面。

"河西的？那你过河衣服怎么没湿呀？"常山天真地问。

附近的高粱地里，松井见同伙儿被问得答不上话来，低声骂着土肥原："八格雅鲁。"为他的拙嘴笨舌，不能自圆其说而焦急。

"啊，这……"土肥原一时语塞，用力扯着前衣襟，指着太阳说，"我，我晒干了！"

"那，你是河西哪个村庄的？"常山见土肥原撩衣襟时露出手枪，便直劲儿地追问。

"唔唔……"土肥原手指河西，"就是大堤下那个村。"他十分恼火，又不便发作，只得随声附和，顺口答音，他掏出一把日本糖，递到常山面前，这糖更引起了常山的怀疑。他双手背到身后，明亮的眸子上下打量眼前这位不速之客。常山一步步后退着，土肥原步步紧逼，随手剥块糖硬塞进常山嘴里，余下的按到孩子手里，常山吐出糖块，又把手里的糖扔到地上，摇头说："我不吃你的糖，我妈不让我要人家的东西。"

土肥原为稳住孩子，一屁股坐在草堆上，笑眯眯地问："小兄弟，你的知道桥上有多少驻军吗？"

他这满口的中国话，可又不时地冒出一些日本腔，更增加了常山的疑惧。他急忙把草敛到一起装上筐，背筐欲走。土肥原抢前一步，拽住常山的胳膊，追问："桥上机枪的多少？"

常山猛然甩掉土肥原的手，撒腿就跑。土肥原眼露凶光，大步追上，抓住常山的后衣襟，常山往前猛拽，但终因力小，挣脱不掉。他转身对土肥原的手狠狠砍去，镰刀到处，血光一闪，土肥原大声惨叫着松开手，捂着鲜血淋淋的胳膊，常山趁机扔下背筐，钻进了高粱地。土肥原穷追不舍，不小心绊在草筐上，摔个结实的狗吃屎，弄得满脸是泥，他气急败坏地高喊："抓住他！抓住他！"边喊边朝常山扑去。

高粱地深处，松井这只狡猾的狐狸，见常山跑过来伸出一条腿，将常山绊倒。尔后他趁势骑在常山身上。二人扭打在一起，常山又抓又咬，但终因力气小渐渐被松井压在下边翻不过身来。土肥原赶来狠毒地用皮鞋踢常山的脑袋、胸脯，待他打累了，气喘吁吁地问："松井机关长，怎么处置他？"

松井嘀咕几句日语，土肥原跑着把草筐找了回来。常山又哭又骂，拼命反抗。土肥原掏出毛巾，捏着常山的鼻子，塞进他的嘴里，然后，解下筐绳，把常山捆了个结结实实。

土肥原"呼哧呼哧"地喘着粗气，恨得咬牙切齿。自长这么大，特别是来到中国，他历来是捆别人、打别人、杀别人的手儿，今天却让一个孩子砍了一刀，他怎能不恨呢？他琢磨着整治常山的办法。

这时，松井掏出手枪，"哗啦"顶上子弹。土肥原忙上前拦住："别开枪，中国军队听见枪响，咱们就没命了！"

松井收起了手枪，从地上拾起；镰刀照着常山就要砍，土肥原架住他的胳膊说："慢着，还没问口供呢！"松井只得放下镰刀。

土肥原包扎好伤口，又凑到常山面前，掏出他嘴里的毛巾，满脸堆笑地说："小孩儿，我们朋友的，你说，桥上军队的多少？"

常山怒睁双目，"呸！"将一口唾沫吐到土肥原脸上，随即高声叫喊起来："快来人哪！"

土肥原忙又恐慌地捂住他的嘴，松井掏出手枪，点着常山的鼻子，恶狠狠地威胁："小东西，不说就打死你！告诉我们就给你糖，还给你好多好多的钱！"

常山被捂住嘴，想喊喊不出，想骂不可能，急得直流眼泪。两个家伙见软硬兼施都没有使孩子屈服，只得又把毛巾塞进常山的嘴里，抬起孩子向河边走去。常山用他仅有的一点力量反抗着，又蹬又踹，脸上大滴大滴地淌着汗，眼里盈满泪花。

湍急的永定河水，像条黄龙翻滚着，奔腾向前。

土肥原站在河边，狠狠地骂道："小兔崽子，找你的龙王爷爷去吧！"然后，同松井一起用力将常山向河中扔去。

"扑通"河面溅起水花，常山在水面上挣扎几下，眨眼沉入水中。望着常山被水淹没的情景，土肥原的胖脸抽搐着，表情凶残冷酷，发出阵阵得意的笑声。

"啪啪……"河对岸的中国巡逻队,在卢沟桥附近的军事禁区内发现了两个陌生人,便鸣枪警告。

土肥原和松井吓得急忙钻进高粱地,犹如枪下逃生的兔子,蹦跳着溜走了。

此后不久,常山的尸体在下游被发现。人们发现堵住他嘴的毛巾是日货,推测凶杀案是日本人所为。此事被报界披露后,舆论顿时沸沸扬扬,这就是当时著名的无辜少年被害案的真相。

六　昆明泛舟，假情侣暗传秘语

颐和园是人们游玩和情侣约会的好去处，但他和她，虽说同划一条船，同撑一把伞，貌似情侣，但说的话却十分保密，不愿也不敢让外人知道，因为他们是一对假情侣……

春天的古都十分美丽，颐和园昆明湖畔风景十分迷人，一位身穿西服的青年男子沿着堤岸看似悠闲地散着步，而他那黑白分明的眼睛却警觉地巡视着。忽然，他发现十七孔桥下，一叶小舟停靠在桥洞里。船舱内，一位姑娘面朝里坐着，头部和脸部被一把张开的黑伞遮住，像是等候情侣的到来。男青年加快脚步，向桥边走去。

十七孔桥头，男青年买了两瓶汽水，并在桥栏上轻轻磕了两下。停在桥洞的那只小船便迅疾地荡了过来，船上的姑娘将旱伞擎过头顶，左转三圈，右转三圈。男青年侧目观察周围无异常情况，奔过桥来，跳上小船，双桨击水。湖面上泛起层层涟漪，小船驶向湖心。

船上男青年低声问："翠芝同志，等好久了吧？"

姑娘微笑不语，收起旱伞，露出丰润的脸庞。她20岁上下，剪着短发，明亮的大眼睛内闪亮着青春的神采，她就是北平中华民族解放先锋队负责人，共产党员王翠芝。她用桨在湖面上击着水花，低声说："你走这些日子，我们就像失去头雁的雁群，事情很多，可又不知该干些什么，军义同志，你去延安，见到毛泽东同志了吗？"

"见到了，毛泽东同志还在他的窑洞里请我吃饭，并表扬我们前一段的工作有成绩。"军义兴奋地讲述着，脸上泛着红光。

"你，你撒谎，我不信。"王翠芝嘴里这样说，可语气里却分明告诉别人，对此她是深信不疑的。

军义往前移了移，低声说："告诉你，中央派刘少奇同志来北平，领导我们的工作！"

"真的？这太好了！"姑娘忘情地攥住军义的手，待她发现，忙不好意思地放开了。她往后挪挪身子，眼里闪烁着希望的光芒，冷静下来后，她又问："最近，中央有什么指示吗？"

"有哇！"军义点燃一支香烟，眼睛望着远方，深沉地说："中央指示，随着抗日民族统一战线的成立，要集中力量，组织广大民众掀起轰轰烈烈的抗日救亡运动，动员影响华北二十九军抗战。最近，据可靠情报讲，宋哲元对日寇的态度已有明显的转变，日渐强硬，这就是民族统一战线的威力呀！中央特别肯定我们抗日宣讲团的做法，在我们讲演宣传的地区，如固安、于垡、礼贤、青云店、良乡等地，农民已经组织起来，成立了各种不同形式的抗日组织。因此，要求我们在此基础上多做民众工作，深入到工厂、农村、兵营里去，动员下层人民抗战。除特殊情况外，不搞示威游行。"

王翠芝不停地点着头，中央的指示，像茫茫黑夜里点燃的明灯，指明了前进的方向。回忆从前的游行集会，手举小旗喊口号，收效甚微，白白给反动派授以把柄，使一些优秀青年流血牺牲。王翠芝深切感到，中央的指示，真如一场及时雨，滋润了她干涸的心田。

军义望着神情专注的王翠芝，脸上露出一丝微笑，他咳嗽一声接着说道："另外，中央强调指出：不能简单地罢课，要一边学习，一边斗争，并要求我们做好教授们的工作，争取全社会的一切可以团结的力量，支持、投入抗战！"军义放下船桨，撬开汽水瓶盖，递给王翠芝一瓶，继续讲述到："青年正是学习的好时机，只有好好学习掌握本领，才能把工作做好。眼下，首先是民先队、北平学生救国联合会、东北各界救国联合会等团体，要加强联系，团结行动，通过各种渠道，不同方式，影响冀察当局，督促他们做抗战准备！"

"那，那对右派学生怎么办？"王翠芝想到校内学运的状况迫不及待地问。

军义递过油纸管，俩人对视一下，军义又说："对这批人，一面做好工作促使他们转化，唤起他们的民族感，一面努力争取中间大多数同学，孤立其顽固分子。但不易采取简单、粗暴的办法。还有，中央决定挑选一批进步学生、参加华北二十九军在南苑、西苑举办的军训团集训，逐步改变目前二十九军的军官成分，一旦蒋介石放弃平津，就把部队拉上山去打游击，建立敌后根据地。"

王翠芝侧耳聆听，生怕丢下一个字，油纸管扎在瓶外，她也没有察觉。

军义见状哈哈大笑，姑娘低头一看，明白自己的失态之后，脸涨得绯红。

军义为活跃气氛，换了一个话题："另外，你让组织上打听你家消息的事，至今还没有线索，但你放心好了，总会有结果的。"军义见王翠芝脸色发窘，有些不好意思，忙岔开话题。

谁知此话正触痛姑娘的心事，王翠芝眼圈红红地说："恐怕他们都不在人世了。"

"不会的！"军义安慰她道，"你放心，组织上将尽力帮你查找！"王翠芝用手在湖面上轻拂着湖水，她忽然抬起头，大胆地说："军义同志，我可以去学习吗？"

"你？"军义颇感意外迟疑一下说，"以后有机会，你到延安去，那里才有我们真正的学校！"

"去延安！"王翠芝神往地自语着，眼里闪出兴奋的光芒。附近有小船荡来，他们操起桨，荡向湖心。

她，一个弱女子，被特务盯住，又被猎色的男生追逐，能否脱身是个难题，不凭运气，只靠自己的机智，逃出了魔掌……

天近中午，军义和王翠芝弃船登岸，办完退船手续，二人告别之后，军义就先走了。王翠芝独自来到公园门口，这里人群熙攘。身穿黑制服的警察挥着警棍，驱赶着商贩。街道旁的乞丐向行人伸出枯瘦的黑手。王翠芝在报亭买了一份报纸，借着里面的水银镜观察身后有无"尾巴"。尔后，她来到汽车站。一边看报消磨时光，一边候车。

这时，园门口涌出一群学生，不停地吵嚷着，一位梳着大背头，眼架金丝镜，身穿花格衫，脚蹬着锃亮的皮鞋，混在人群中的男生，格外引入注目。他一眼看见王翠芝，便和同伴们嘀咕几句英语，跑过来，拿腔捏调地高喊道："王翠芝。"

王翠芝正在专注地看报，猛听有人喊她，不由得心里一惊。抬头一看，却是同学吴学适，对此人她极力反感，不仅讨厌他男不男女不女的打扮，更讨厌他婆婆妈妈的粘乎劲儿，但她想起刚才军义的嘱托，忙起身迎了上去。

在30年代北平的学生中，由于各自出身和所受的教育不同，政治观点也不相同，有赞成抗日的，也有亲日的；还有亲英、亲美的，但大多数进步学生是爱国的，却也有小部分是埋头读书或走上邪路的，吴学适就属于后者的极端分子。王翠芝走上前问："哟，怎么是你，春游来了？"

"嗯。"吴学适不置可否地点点头，"他们说这儿新来了一名苏州歌伎，弹得一手好琴，就争着非来不可！"说到这儿，他见王翠芝皱起眉头，忙一改洋洋自得的神态，说道："其实，我不愿来这儿，是他们硬拉着过来的！"他话锋一转，做出关切的样子问："怎么？就你自己来玩吗？怎不叫个伴儿？

"我心里烦闷，自己图个清静，你最近不是很忙吗？"翠芝反问道。

"被你猜中了。"吴学适忙炫耀地说，"翠芝，我的研究课题已有重大突破，关于贾宝玉爱吃胭脂的问题，已找到确凿证据。不久，世界上将发表爆炸性新闻，你将发现，红楼梦的研究者之中将升起一颗璀璨的新星。"他一边说，一边左顾右盼，目光直直地盯在过往女人的白皙的脖颈和隆起的胸脯上，等他回头时，王翠芝已站回队列中，埋头看报。

吴学适赶忙追了过来，故作热情地说："翠芝，我跟你商量一件事，胡适老先生让我到美国深造，你说我去不去？"

"你问我呀？我可没那份闲心，干涉你的宏图大业！"王翠芝冷冷地说。

"那，你也跟我一块儿去吧！胡老先生让我带个助手去，咱俩是同乡同学，你的功课又好。

王翠芝看也没看他一眼，不无讽刺地说："我可没那份福气！"

"怎么？你怕没有经费吗？家父为我准备了十万美金，有我花的还能缺了你的！"

一辆破旧的公共汽车驶来，人们蜂拥而上，王翠芝只顾说话，最后才挤上车，车门欲关时，吴学适犹豫片刻，扒开车门，也挤了上去。汽车叮叮当当地开了起来，车厢内闷热不堪，各种难闻的气味直呛嗓子，熏得王翠芝的头阵阵发晕，乘客挤得无法挪动。吴学适紧挨着她站着，喷出的热气吹进她的脖颈里，王翠芝厌恶地歪着头。

吴学适故作心疼地说："哎呀！我说翠芝，刚才咱们要辆出租车多好，省得受这份罪。"他絮絮叨叨地说着，见姑娘没理睬他，便改口又说："翠芝，你们净搞些罢课、游行示威的有什么用？喊口号、贴标语，就能把日本人赶跑了？真是瞎胡闹！"他大声地吵嚷，吸引了车厢内许多人惊愕的目光。

王翠芝恨透他了，这不等于把自己的身份公开了吗？真是卑鄙无耻！万一车上有特务，会给工作带来多么大的损失啊！王翠芝虽是又气又急，但在众目睽睽之下又不便和他争吵，只得暗地捅他、扯他的衣襟。吴学适觉得这一招儿奏效，对姑娘的暗示置之不理，反而抓住王翠芝的手不放，追问："你们的组织最近又搞什么活动了？"

王翠芝怒不可遏，真恨不得狠狠地扇他两耳光！她想暗自抽回手，却被吴学适死死抓住。她低声喝斥道："你胡说些什么！喝醉了？"

"喝醉？你们才喝醉了呢？整天讲演、写标语、撒传单、荒废学业，国家大事你们管得了吗？"吴学适信口开河，毫无顾忌大声小喇，随后并将身体往王翠芝身上靠了靠。他暗自盘算：只要特务把王翠芝抓起来，他只需花个三头五百的，托个人情保出来，王翠芝你能不感谢我的救命之恩？漂亮姑娘会不倒在自己怀里？那梦寐以求的姑娘，就成了网中之鱼，口中之肉了。

车厢内一阵骚动，两个头戴鸭舌帽的家伙，由汽车前门扒开乘客，向王翠芝跟前凑过来，情况十分紧急。

"放开我，你这个疯子！"王翠芝急得眼睛都红了，奋力挤向汽车门口，想摆脱这个混蛋的纠缠。

吴学适央求道："翠芝，听我的，科学能救国？放弃你的主义，钻进书的海洋里去吧，不要管别的事了。"

车上的乘客看出特务们要抓王翠芝，故意拥在中间，不让他们挤过去。特务们左挤又晃就是难动身，两个家伙气急败坏地拔出手枪大声吼道："闪开！"受到恐吓的人们乱了营，一时间，车厢内叫喊声、扭打声、乱成一团。

"吱——"汽车猛地一个急刹车，人们往前边一拥，将两个特务压倒在地，"哐"，车门打开，"啪"王翠芝狠狠地抽了吴学适一个响亮的耳光，趁他抽手捂脸的刹那间，她挣脱开他的手，迅速地跳下了汽车。

路上等车的人们蜂拥而上，又把好不容易挤到门口的特务给拥了回来。

汽车又快速驶动了，特务们挤到司机耳边狠狠地骂道："妈的！谁让你停车开门的？"

司机猛地转过头："站到了，还不停车！"

两个家伙气哼哼的命令："停车！快去抓住共产党！"

司机突然刹车，两个特务不曾提防，一下子撞到汽车前挡风玻璃上，其中一个将汽车前挡风玻璃撞破，脑袋钻出车外，玻璃破损处卡住了他的脖子，上下一动就流血，疼得他杀猪似的直喊救命。另一特务爬起来，揉着额上磕起的青包，用手枪逼着司机。

司机沉着地指着卡住脖子的特务说："我跑不了，你还是先去救他吧！"

特务瞪了瞪眼，只得收起手枪，去敲边上的玻璃。被卡住脖子的特务声嘶力竭地叫道："哎哟，你他妈的要毁我呀！"

司机趁特务不注意，悄悄摸出车板子，照准他的后脑勺狠命地砸下去。那个特务连哼也没哼一声，像条麻袋倒在地上。司机急忙打开车门，招呼众人："快跑吧！"他第一个跳下车，钻进了胡同。

吴学适见事与愿违，闹大了，怕吃罪不起，也慌忙挤向门口。身后一工人恨恨地骂道："都是你他妈这个败类闹的！"他伸脚一绊，用力一推，吴学适来了个狗吃屎，重重地摔倒车下，人们纷纷踏着吴学适的身子挤下车，有的还往他的身上吐唾沫，这小子着实尝到了众怒难犯的滋味儿。

警车呼啸着驶来，看到的是一个重伤员、一个卡着脖子的特务和血肉模糊的吴学适。哨声在古城的上空急促地响起来，特务、宪警们匆匆忙忙地奔跑着，拦截盘查过往的行人。

埃得加·斯诺先生是中国人民的老朋友，他写的《西行漫记》名扬全球，但他在进步学生面临被特务迫害的紧急关头，态度如何呢？黑暗年代的那个普通的夜晚，记下这段史实。

王翠芝逃离特务的魔掌之后，急忙赶回学校，刚穿过一条胡同，却见对面闪出一个人，那人帽子压得很低，几乎看不清脸庞，在与她擦肩而过时，低声说了一句："注意后面有狗！"便脚步不停地跑走了。王翠芝心里一阵紧张，她不是担心自己的安全，而是党的指示还要等她去传达，万一发生意外，她来不及多想，毅然拐进校门。

未名湖上平静无波，教学楼前，柳荫正浓。此刻，王翠芝无心赏景，身后的"尾巴"还没甩掉，她沿着堤岸，快步行走，想靠路熟摆脱他们。几次努力，均未奏效，正在焦急之刻，忽儿看见在燕大新闻系任教的斯诺夫妇正沿湖边散步，忙迎上前说了几句英语。斯诺夫人海伦·福斯特听到有两名特务跟踪她，顿时气冲牛斗，便对王翠芝说："别慌，跟我们迎着他们走！"两个特务刚拐过一幢楼角，猛然间看见被跟踪的学生和两个美国人迎面走来，顿时慌了手脚，想避开已来不及。王翠芝指着他们，气愤地说："就是这两个东西，不怀好意，老是在后边追着我！"

特务们深知燕京大学是美国人办的。即使有再硬的靠山也不敢得罪他们。日常，他们对美国人就有一种恐惧心理，现在见到斯诺夫妇横眉立目，在被追踪的姑娘带领下，前来兴师问罪，先自胆怯了三分，忙垂首退立一旁，喏喏不敢作声。斯诺先生把这两个家伙严厉训斥了一顿，便挥挥手让他们滚蛋，两名特务甘认倒霉，弯着腰像条夹尾巴狗似的赶忙溜走了。

王翠芝见他们走远，紧握着斯诺先生的手，连连说："谢谢先生！"

斯诺夫人抚摸着王翠芝的肩头，热情地说："姑娘，请到我们家里坐一会儿吧，前面不远就是。"

王翠芝看看时间，欣然同意。她很早就读斯诺写的书，早想拜访他，却一直不得机会，不想今天倒也凑巧。走进斯诺的家门，王翠芝不禁一怔：房间里陈设十分简朴，除去写字台和一对皮沙发外，还有几个书柜，透过书柜的玻璃，可见里面整齐排列着各种版本的外文书籍。斯诺夫妇请王翠芝坐在靠窗的那只沙发上，斯诺讲述了他去延安的经历和见闻，当他提到毛泽东、周恩来、朱德等中国共产党的主要领导人时，竖起大拇指称赞他们是中国当代的杰出的人物，是中国的希望。王翠芝还是第一次在一个外国人的口中得知延安的情况，那么生动，那么详细和真实。斯诺先生十分健谈。斯诺夫人在一旁用欣赏的目光看着丈夫，不时地插话道："这些日子，他正在赶写《西行漫记》，饭顾不得吃，觉也顾不得睡，人都瘦了。"

斯诺摇摇头说道："中国的国民党，目前虽然强大，却不能赢得民心，必然要失败。"尔后，他竖起拇指用称赞的口气说："你们是这个，中国的反法西斯英雄！我恨墨索里尼，恨希特勒，一切反动分子我都仇恨他们！"说到这儿斯诺先生站起身，身躯挺得笔直，两手紧握成拳，眺望着外边的天空。

海伦·福斯特由书橱内取出一封信，递给王翠芝："这是宋庆龄给你们燕京大学的回信。"王翠芝接过，展开信笺，急切地看着，信是用英文写的，大意是鼓励青年抗日要有行动，不能再相信读书救国那一套，要宣传民众、组织民众、武装民众，要对消极抗日采取行动。看完信后，王翠芝越发相信抗日救国势在必行，是任何人也阻挡不了的历史潮流。

晚霞把余晖投射到斯诺家小客厅的窗户上，王翠芝起身告辞，斯诺夫妇一直把她送出门口，才依依相别。

由斯诺家回到宿舍，翠芝只觉得浑身酸痛，简直连上楼的力气都没有了。她勉强地爬到三楼，来到房间里，同学们已把晚饭给她打好了。她匆忙吃完饭，喝口水就瘫倒在床上，迷迷糊糊睡着了。不知什么时候，她听到身旁有人小声说话："别喊醒她了，这几天她太累了。"

她翻身坐起，见女同学姚丽和小黄她们正在化妆，这才记起今晚全校要举办"工农商学兵大会"。工，是指校内电工、自来水工、食堂大师傅、宿舍楼清洁工、工友等；农，指学校四周的菜农；商，就是海淀镇附近、校园一带商店的老板、店员、小贩等人；学，是指全校各系的进步学生；兵，是指驻兵西苑附近的二十九军官兵、警察等。

同学们见王翠芝睡醒了，纷纷询问："翠芝，你吃过晚饭了吗？"

王翠芝点点头，猛然似忆起什么，忙问："各界观众组织得怎样了？"

姚丽抢先道："别人没问题，就是那些当兵的，不知道来得了来不了。"

"怎么回事，不是都通知他们了吗？"翠芝有些不放心。

"按咱们事先的计划，我们早将请柬和《八一宣言》头三天就送去了。只是各兵营到目前还没有回复，是来还是不来没有确切的消息。"小黄忧心忡忡地说。继而又问："翠芝，你说这联欢会还开不开？"

"照开不误！说不定一会儿他们就来了呢？"王翠芝忙着梳洗，她抓起木梳，拢拢秀发又问："小黄，各兵营的请柬是怎么送去的？"

小黄停住正在化妆的手回答："唉！我们去的时候，各兵营的大铁门紧闭，喊了半天，里面也没有人应声。没有办法，我们只好将请柬绑上石头，扔进里面。也不知他们发现请柬没有，真急人。"

"我看哪，发现没发现请柬一个样。"姚丽发表着见解，"你们想啊！即使当兵的想来参加联欢会，当官的不允许。晚上，他们又怎么离开兵营呢，看来我们把事情想得太天真了。"

"赶快准备吧！演出的时间快到了！"王翠芝催促道，忙扯过一件外衣穿上，匆匆跑出屋门。

"咚锵咚锵"宽敞的大礼堂传来锣鼓声。当王翠芝她们赶到会场上时，会场内已挤满了观众，座无虚席。场内气氛热烈，大幕徐徐拉开，首先演出的是话剧《放下你的鞭子》，戏演到高潮时，观众中爆发出一阵阵热烈的掌声。

恰在此时，大厅的门"哐——"地被撞开，十几名警察闯进来，场内顿时一阵大乱。

闯进燕京大学礼堂的警察是奉命前来制止进步学生宣传抗日演出的。

闯进来后，他们立刻把守住各个门口，不许出入，有几个家伙直接穿过观众席，跳上舞台，夺过演员高举的鞭子，踩在脚下。演员一时都愣住了。观众却以为这是在演戏，全体起立，高呼："夺得好！让他们放下罪恶的鞭子！打倒汉奸卖国贼！坚决抗日！"

这十几名警察被弄昏了头，不知如何是好，十分儿狼狈。王翠芝赶忙上前，因势利导地说："感谢各位兄弟前来参加演戏！"她一摆手，同学们端过热茶，递上香烟。观众又喊起来："拥护英雄二十九军抗战，支持冀察当局保卫华北！感谢警察弟兄前来参加大会！"

这伙警察哭笑不得，一个小头目挤上前，对王翠芝说："奉上司命令，不许你们演这玩艺儿！"

王翠芝忙拿出冀察当局允许的证明，警察看后无话可说。嘟囔道："妈的，好人全让当官的做了，让演不让演全是他们。"同学们见警察态度缓和，有的拉有的拽，把他们请到前排椅子上就坐。节目又开演了，演出相声《贪梦》，说到挖苦讽刺日本人时，前排警察也被逗乐了。及至演出话剧《打回老家去》时，警察也气愤地痛骂起日本人在东北的暴行。忽儿，台下不知谁领头唱起《毕业歌》：

> "同学们，大家起来，
> 担负起天下的兴亡。
> 听吧，满耳是大众的嗟伤，
> 看吧，一年年国土的沦丧。
> 我们是要选择"战"还是"降"？
> 我们要做主人去拼死疆场，
> 我们不愿作奴隶而青云直上。
> 我们今天是桃李芬芳，
> 明天是社会的栋梁，
> 我们今天是高歌在一堂，
> 明天要掀起民族自救的巨浪，
> 巨浪，巨浪，不断地增长！
> 同学们快拿出力量，
> 担负起天下的兴亡！"

　　台上在唱，台下在唱；工人在唱，农民在唱；学生在唱，教授在唱；商人在唱，屋内在唱，室外也在唱。这歌声汇成巨大的声浪，冲向天空，飞出校园，飘向遥远的旷野、群山，警察被感动了，他们站起身，走到台上，面对观众，一次次鞠躬谢罪。

　　夜深了，三星已移到正南，人们还不愿散去。他们唱救亡歌曲，朗诵战斗诗篇。群情激奋，民族的豪情鼓舞着他们在中华民族最危急的时刻，唱出了民族的心声和正气。王翠芝兴奋极了，她再一次看到了民族团结的力量。她忘记了疲劳，又是领唱，又是带头呼口号，联欢会开得出乎意料的成功，人们都是含着热泪离开会场的。观众都快走尽了，警察小头目找到王翠芝，紧握着她的手歉疚地说："姑娘，兄弟公务在身，多有冒犯，其实，咱们都是中国人哪！"

　　"对呀，我们都是中华民族的子孙！"王翠芝把他们送到校门口。

　　警察小头目又说："兄弟在大木仓路任职，今后你们如有什么活动，事先通知兄弟，我当尽力相助！"

　　"好！好！谢谢你！"王翠芝连声答应。送走了警察，在回宿舍的路上，她突然萌生了一个新的念头：如果组织北平各校学生救国联合会小分队，到平津二十九军各部队去演出，教唱救亡歌曲，启发广大官兵的爱国热情，其成效或许比罢课、游行示威、贴标语更好。她急忙赶回宿舍，从床上将几名同学喊醒，详细地把自己的想法一说，同学们一致拥护，并补充了许多新的内容。大家委托她起草一份报告，待上级党批准后，立即行动。

　　喧闹的校园平息下来，静悄悄的，没有一点儿声响。王翠芝铺好信纸，却不知从何写起。她走到窗前，窗外，红楼图书馆的轮廓透过夜幕隐约可见。毛泽东同志曾在这里工作过，李大钊烈士在这里战斗过。而今，这里表面上好似平静得像一泓湖水，可实际上，这里再也无法放下一张平静的课桌了。如果不是帝国主义的入侵，不是国民党政府的腐败，在这里求学、读书、研究先进的科学技术，那该多好哇！这对她一个猎户的女儿来说，是做梦也想不到的。如今，党派她到这里来学习，可在这动荡不安的年月里，她怎能安心读书呢？同学们都睡了，她久久地站在窗前，眺望着美丽的校园，浮想联翩。她那颗少女的心想到了童年、少年和现在，也想到了将来，为使明天的青年在这里安心读书，自己只好忍痛放弃部分学习时间。谁说爱国青年不想读书？谁说他们不爱学习？他们是为祖国、民族的大业才这样做的呀！

　　想到这些，王翠芝毫无倦意，她转身回到座位上，奋笔写道：军义转告父母，我们建议成立宣传小分队，深入到军营等处，教唱救亡歌曲……

　　笔尖划动纸面，像蚕吃桑叶那样悦耳动听。当晨曦把第一缕光线投身到校园时，王翠芝才伸展着腰肢站起来。她打开窗户，听到一阵鸟啼时，倦意的脸上露出了笑容。

七　南苑训兵，佟将军险遭不测

国民党二十九军之所以在抗战之初英勇抗战，其中一个重要的因素就是下层爱国官兵是坚决要求抗日的，而培养他们的学校，南苑军训团又是怎样进行爱国主义教育的呢？倘若读完此文，对此或许会有些深入的了解……

晚上的演出有惊无险，获得极大成功。王翠芝由此获得启发，抗日宣传必须深入农村、厂矿及军队，获得社会上的广泛支持，才有希望。她与同学们研究后，连夜写出报告，请求上级组织批准她们的计划。时隔不久，民先队得到上级回复，同意她们的做法。王翠芝组织燕京大学的民先队员，成立起"抗日宣讲团"到北平附近各地巡回演出，受到驻地军民的热烈欢迎。

这一天，王翠芝率领一支小分队，前往京南重镇南苑宣讲抗日救亡道理。他们早早吃过饭，天刚亮便上路了，出永定门，越过北大红门快速向南苑出发。

南苑距北平十公里，是北平南郊有名的重镇，自古以京都的南大门著称，历代都有重兵把守。明、清两代，南苑一带是皇家苑囿，俗称南海子，是皇帝行围射猎的场所。苑囿内饲养着麋鹿、野牛、野马、雉、兔等各种珍奇动物，并建有多处亭台楼榭，供皇帝、大臣及达官贵族等骑射游玩。随着清朝的衰败，"八国联军"的侵入，苑内饲养的各种动物被洗劫一空，许多的宫殿，被付之一炬，成为荒芜人烟的一片旱海。

民国初年，这里的苑囿被拍卖，军阀们各霸一方，在此经营起各自的庄园。以后，南苑修建了飞机场，它的战略位置日益重要，成为虎踞北平的屏障之一。

佟麟阁出山后，整饬军纪，励精图治，在南苑创办了军训团，下设三个大队，广募天下热血青年，刻苦训练，认真学习军事，决心为中华民族培养一批文武兼备的军事人才。宋哲元回山东后，二十九军军部也搬到这里，由佟麟阁主持日常工作，军事训练、行政事务，把他忙得两头不见日头。

王翠芝带领的宣传小分队，来到南苑受到热烈欢迎，使学生们深感意外。在操场上，他们见到军训团学员们身穿灰布军装，打着裹腿，臂章上写着十个字"真爱民，不扰民，誓死救国。"在朝霞的映照下，特别引人注目。训练场上，号声嘹亮，口令声威武雄壮，学员们操练整齐，步伐有力，行进的队伍高唱着《新兵歌》，歌词大意为：

> "当兵须知守本分，
> 保护国家，爱护百姓，
> 当与人民同死生，
> 食民膏，饮民食，
> 兼知人民的疾苦。"

在军部接待室内，佟麟阁热情地接待了大学生们，并亲手把沏好的茶，依次送到正站在窗前向外观看的同学们手里。他转而对王翠芝说："你们来得正是时候，有些学员脑子里还是一瓶浆糊，稀里糊涂，只知吃喝嫖赌，没有丝毫的民族观念。你们就从《大刀歌》教起，鼓励他们杀敌立功。"

王翠芝等人点点头，说："请副军长多关照。"

佟麟阁摆摆手："别客气，都是为了救国嘛，走，吃饭去。"

学生们刚想推辞，佟麟阁忙解释道："我们训练团每天两顿饭。与士兵同吃一锅饭，可以多了解他们嘛！走吧，别客气。"

当佟麟阁领着大学生们来到饭堂时，士兵们正在排队等候。

饭堂内，热气腾腾，只听见锅碗的磕碰声。

士兵们唱起了开饭歌：

> "这些饭食人民供给，
> 我们应该为民努力，
> 帝国主义国民之敌，
> 救国救民我辈天职，
> ……"

佟麟阁跨进饭堂，士兵们"唰——"地立正行礼。佟麟阁高举右手，威严地问："帝国主义是谁？"

"小日本！"士兵们齐声回答。

佟麟阁几步跨到队前，激昂地讲道："弟兄们，嘴里长牙那是吃饭的，要肚子里长牙才行！你们必须抓紧学习，强化训练。同时，要加快修筑工事，以防犯敌人的突然进攻。"讲完这几句话,他高声宣布:"解散,吃饭!"

饭菜端上来,士兵们狼吞虎咽地吃起来。

王翠芝等人端起饭碗,蹲在佟将军对面慢慢地吃饭。这些同学,多出身名门贵族,在家当小姐,让人伺候惯了。上学后也没有经过这样的场面,当着众多士兵吃饭,小口还有些难启呢!她们刚吃几口,士兵们就已放下碗筷,整队而去了。大学生们瞪着惊奇的眼睛,由衷地赞叹道:"吃得真快呀!"

王翠芝看看表,感慨地说:"仅用五分钟,佟将军真是训练有方啊!"她再看佟麟阁手里的饭碗内,一粒米也没有了,低头看看自己的碗,还有多半碗饭没有来得及吃,很是不好意思。

听到学生们的夸奖,佟将军摇头表示不满意:"军人,就得动如虎,伏如鼠,坐如钟,站如松,能耐得住三天的饥渴!"他在水池上涮净自己的饭碗,抱歉地一笑说:"你们慢慢吃,我先走一步。"他走出饭堂时,肩不动,臂不摇,腰板平直,标准的军人姿势。可谁知在他的腰间、腿上都残存着弹片呢!

空荡荡的饭堂内,只剩下几名大学生了。待他们离开饭堂时,士兵们的每天的时事教育课已开始了。军训团员的成份有三种:一是来自二十九军的下级军官,编为一大队;二是在平津招募的初中文化水平的青年,编为二大队;三是海外华侨为挽救祖国的危亡,前来参军抗日的青年,编为三大队。这三种人中,当属第一种人员更为复杂。有的对日本鬼子恨之入骨,杀敌报国态度坚决,有些则是纨绔子弟,自己托人花钱买来的官,什么国家民族的安危都不放在心上,日夜惦念的是天桥娼妓馆又来了哪位姑娘,惦念自己怎样爬上更高的职位。就在大学生来南苑的这天,一大队的教室里发生了一场纠纷。

教室里,坐满来自基层的连、排军官,讲台上,戴着高度近视镜的政治教官正在讲话:"大家欢迎张副参谋长!请他给大家讲话。"学员们"哗"地立正行礼。张克侠点头示意学员坐下。他瞧瞧黑板上写的"人之初,性本善",神情严峻地说:"值此国难当头,百姓惨遭涂炭之际,还讲这些老掉牙的内容!"

政治教官面有难色,为难地解释道:"上面指令,课本须经国民党部批准,才能授课。"

学员们愤然不平，议论纷纷。姜平起身，恳切地请求："张副参谋长，您给我们讲讲打鬼子的事吧！"

学员们众口同声："对！您就讲讲吧！"

张克侠登上讲台，神情激动地说道："好吧，我就从日本为什么侵略中国讲起！"

"好！"学员们热烈鼓掌。

张克侠提高嗓门，话语激昂："说起日寇为什么侵略中国，这首先得从日本国内的矛盾讲起。30年代初，日本国内发生经济危机，垄断资本家为转嫁经济危机，更加残酷地榨取工人的血汗，遭到广大工人的强烈反抗。前不久，日本的工人阶级在东京举行大示威，抗议垄断资本家提高物价，要求增加工资。日本统治集团和工人阶级的矛盾日益尖锐。为了转移国内人民的视线，缓和国内矛盾，垄断资本主义必然要发动侵略战争。其次，日本为与其它帝国主义争夺中国这块殖民地，掠夺中国的物产资源，把中国变成它的投资场所和销售市场，这个目的也只有靠发动侵略战争才能达到。再者，随着帝国主义国家政治、经济发展的不平衡，使帝国主义的实力对比迅速发生变化，必然引起重新瓜分世界的战争。"张克侠有理有据的分析，使学员们大开眼界。虽然他们一时还难以理解这么许多深奥的道理，但他们深知这些话是真实的、可信的，个个都睁大求知的眼睛，聚精会神地听着。

"去年八月，日本和德国签定了友好条约，今年意大利也加入了这个条约，组成轴心国。这样，东、西方的帝国主义就勾结起来了，共同抗击英、美的势力，中国就成了帝国主义的盘中肉。几只恶狗争夺一块肥肉，必定要打起来，倒霉的是谁呀？弟兄们你们说说！"张克侠用简练的语言，循循善诱，提高下级军官对时局的认识，洗涤他们心灵上的污垢，唤起他们的民族自尊心，启发他们的觉悟。

"中国！倒霉的是中国！"学员们异口同声地回答。

"对！倒霉的首先是中国的老百姓！"张克侠擦了一把汗，挥着拳头愤慨地说，"鬼子占了东北以后，又干了些什么呢？大家说说。"

"鬼子在长白山脚下烧毁老百姓的民房！"

"鬼子在长春、哈尔滨用机枪扫射无辜的平民！"

"鬼子在沈阳把布匹、古董装上火车运回本国！"

学员们历数着日本鬼子的罪行。

"对！鬼子在东北烧杀抢掠，奸污妇女，我们身为中国人能够视而不见吗？弟兄们，我们谁无父母？谁无姐妹兄弟？谁无妻室儿女？难道我们就这样甘心受人欺侮吗？"

"不行！我们要收回东北，为死难的同胞们报仇！"学员们义愤填膺地吼着，窗上的玻璃被震得直响。张克侠的话在学员们的心头燃起一把火，勾起东北学员思家的情绪，想起亲人在日寇的铁蹄下遭受着非人的虐待，有的不禁低声啜泣。政治教官也被感染，在一旁悄悄地抹着眼泪。

突然，后面角落里站起个瘦长脸的军官怪声怪气地喊："弟兄们，别听他的赤化宣传，这些话违反蒋委员长的既定国策！"

姜平怒问："什么既定国策？"

"那还用问，攘外必先安内！共党不灭，内患不除，就根本谈不到抗日！"瘦脸军官呲着牙、咧着嘴，阴阳怪气地回答。

学员们发出唏嘘声。

"你小子还是不是中国人？"姜平猛然站起，几步抢到瘦脸儿军官面前，指着他的鼻子问："你小子有没有良心？"

"良心？"瘦脸军官由鼻腔里哼出这两个字，恬不知耻地问，"良心多少钱一斤？"

众学员愤怒地吼着："把这小子轰出去！枪毙了他！"

"打死这个狗特务！"

姜平伸手揪住瘦脸儿军官的脖颈，像抓小鸡儿一样提了起来。在几名学员的帮助下，将瘦脸儿军官搡出门外，摔他个四仰八叉。气得他声嘶力竭地喊着："我去报告委员长，枪毙你们！"学员们低声议论："这小子是南京派来的特务，赶走他！"

学员们群情激奋，控诉着日寇侵占东北，他们耳闻目睹的暴行，发泄着对国民党当局的消极抵抗政策的怨气。

恰在此时，佟麟阁推门而入，身后跟着王翠芝，二人会意地点点头。佟军长侧身介绍道："这是张副参谋长。"王翠芝的目光与张克侠相遇时，猛然一愣，这个人好眼熟哇，好像在哪里见过，却又一时想不起来，只有一两秒钟，她便恢复了常态，大方地伸出手说："我叫王翠芝，燕京大学中文系的学生。"

佟麟阁转对学员说："其它的我就不用多介绍了，这位学生是民先队员，教歌来啦！大家欢迎。"

学员们起立鼓掌。王翠芝丰润的脸庞上泛起兴奋的红晕，她一甩短发，大步走上讲台，心里却像鼓锤在敲击心弦，"咚咚"直跳。她镇静了一下，顺手拢了拢短发，高声讲道："英勇的二十九军的弟兄们，抗战的英雄们，今天，我来教唱著名音乐家麦新，为歌颂二十九军喜峰口抗战创作的《大刀进行曲》。"

学员们一阵兴奋，不少人低声议论。

王翠芝姑娘虽说没上过讲台当过教员，可她多次在街头演讲，面对台下几十名军训团学员，她一点也不怯场，转身拿起粉笔，在黑板上写上几个遒劲的粉笔字《大刀进行曲》，博得台下不少敬佩的目光。写完后她高声道："大家注意，我唱一句，你们跟着学一句。"

"大刀向鬼子们的头上砍去……"

二十九军的弟兄们，西北、东北、山东、河北等各种口音，汇成粗犷、悲壮、浑厚、奔放的声浪，震撼着人们的心灵，使无数中华儿女热血沸腾、斗志昂扬。这亢奋的歌声，犹如一股股春风，复苏了千万颗冷漠的中国心，激发无数的优秀中华儿女投身到民族解放的搏杀中去。

战争岁月，瞬息万变。当发现有人用枪瞄准你，并已经扣动了扳机之时，你是往前趴下？还是往后躺？如何躲避子弹，这是一门高深的学问，是战争锻炼了人，使人变聪明了。

见教室内恢复了正常的秩序，学员们学得都很认真。张克侠暗扯佟麟阁的后衣襟一下，二人悄悄退出，他们漫步来到一片树林里，见四下无人，张克侠关切地问："佟兄，你近来感觉怎样？千万要注意身体呀！这些日子，你明显地瘦了。倘有差失，嫂夫人怪罪，小弟可担待不起呀！"

"别说怪话了！说真的，军长离开这些日子，把我忙得快要脚丫子朝天了。真恨不得能长出四只手、两个大脑才合适。眼下，各部队的训练参差不齐，真感到有些力不从心了。要知这样，我还不如在香山做耕田闲士好呢！这真是当官不由己，当差不自在呀！"佟麟阁半真半假地微笑着说。

初夏时节，林中绿草如茵，中间被踏出一条羊肠小路，蜿蜒无尽伸向远方，漫步中，张克侠没有理会佟麟阁的牢骚情绪，沉思片刻，他有些不解地问：

"佟兄，你说怪不怪，军长走后，平津反到平静下来了，我怀疑日寇肯定又在暗中搞什么新花样。"

佟麟阁收敛了笑容，急切地问："怎么了？北平有什么迹象吗？"

张克侠摇摇头，从树枝上摘下几片树叶，放在掌心。尔后又说："日本人比以前规矩多了，但他们决不会放下屠刀，立地成佛。同时，他们可能在暗中调兵遣将，策划什么新的阴谋。"他们说着话沿着新挖的防护壕墙，来到西营房，见许多士兵正在烈日下赶修工事。忙走上前，打过招呼后，帮一名士兵把一根檩条放到肩上。然后，又向南面继续巡察。他们来到南小街，边检查营围外的工事，边商量着眼前急于开展的工作，佟麟阁扫一眼营围外半人高的庄稼，转过身来说："庄稼长得真快，前两天刚过膝盖，这两天快齐腰了。"

"是啊！时不待人嘛。"张克侠颇有同感，继而又问，"捷三兄，最近有什么打算吗？"

"我想再忙过这几天，召开一次高级军事会议，商讨各师训练、防御中的问题，特别是对士兵的爱国思想教育，急待改进，不能总是袭用那老一套了。还有，目前全军各部队驻防太分散，各师、各地区都有各自为政的倾向，必须尽快把部队收拢一下，关键时刻好攥成拳头打出去。不然的话，犹如五指伸开，什么也抓不住，还有被人家一节一节剁去的危险。"

"好！我支持你的想法。回去后我马上了解一下各师的情况，先初步拟定一个方案，再请你审定。"张克侠讲完自己的最近打算，佟麟阁表示完全赞同。

突然，张克侠手指前方树林惊叫一声："佟兄快看，那两个人是干什么的？"佟麟阁顺他手指的方向看去，突见树丛后闪出两个穿便衣的男人。见有人来，那两个家伙飞快地奔向拴在几十步之外的两匹战马。

佟麟阁一惊，莫非敌特前来窥探军营？他立即拔枪在手，转身对后喊："警卫员，抓住前面那两个家伙。"

警卫员飞快亮出手枪，追向前面。

此刻，那两个便衣人已跑到战马前，慌乱地解着缰绳。

警卫员高喊："站住，不许跑！"

"砰！"对方首先开火。冲在最前面的警卫员应声倒地。

那两个家伙仓促跳上马背，猛抽战马，逃向林外田间土路。

佟麟阁怒不可遏，怒吼一声："快开枪！"

"砰、砰——"警卫员连续两个点射，马上的那两个家伙中一人中弹，栽下马来，另一个纵马逃向远处。

佟麟阁抢前几步，登上路旁的一个坟头，甩手一枪，将那个骑马逃跑者也打下马来。然后，快步奔向那个受伤的警卫员。此时张克侠已将受伤的警卫员扶起，佟麟阁关切地问："伤在哪儿，厉害吗？"

警卫员的伤势很重，已不能说话，他的脸痛苦地抽搐着，头上滴下大颗的汗珠。

佟麟阁命令另外一名警卫员："快！你马上把他背到军卫生所去！"

"那您——"警卫员担心地问。

"快去吧！我一个大活人，怕什么？"说着，他和张克侠一起，帮助警卫员背起伤员，再三叮嘱，"要快，路上不要颠！"

"是！请副军长放心。"警卫员含泪应道。

送走警卫员，张克侠陪同佟麟阁来到路沟旁，走到那名被警卫员击毙的尸体前，仔细察看后，发现那人面部特征很像日本人。张克侠用脚踢了一下，见那家伙确实已死，便对佟麟阁说："副军长，这家伙像日方便衣队的特务，看来日本人已在打南苑的主意了。"

佟麟阁一言不发，紧咬嘴唇，两眼直直地盯着尸体。死者看上去很年轻，也就18岁左右，白净面皮，重眉毛，双眼皮，嘴角刚生出茸毛，还带有一股没有成熟的孩子气，佟麟阁的脸色变得十分难看，喃喃自语："我这是怎么了，信奉耶稣，仁慈为怀，不再杀生，而他还是个孩子，我在干什么呀！"说着，他扔枪在地，捂着脸蹲在地上。

"佟兄，你这是干什么？"张克侠走过去，捡起手枪，把佟麟阁拉起来，愤而不平地说："这哪儿是我们的过错？不错，他还是孩子，这个年龄正应该上学。是战争，是日本帝国主义发动的罪恶的侵略战争，夺去了他年轻的生命。有罪的不是你佟麟阁，也不是我张克侠，更不是他的父母，而是日本法西斯军阀。你想想，日本鬼子侵占我们的土地，疯狂地屠杀妇女和儿童，难道还不许我们自卫吗？我们这不叫杀生，这叫自卫！是正义的。"

张克侠一番铿锵的话语，在佟麟阁耳边回荡，使他深受基督教熏陶的心灵，受到重重的敲击。他抬起泪脸问："那……那你说仁慈的主日后能宽恕我们吗？我们的灵魂死后能够安息吗？"

"佟兄，你言重了。只要能把日本鬼子赶出中国去，让千千万万的老百姓过上平安日子，生灵免遭涂炭，人们是永远不会忘记你的。人生自古谁无死，留取丹心照汗青。待你百年之后，年年清明节，你的坟前总会有人敬上花圈，烧些纸钱，慰藉你的亡灵。否则，有谁知道你是谁？难道你不知道？日本鬼子闯进东北大地之后，糟蹋了多少妇女，又杀害了多少儿童？又有多少家庭妻离子散，家破人亡？佟兄，人家都把刀架在了你的脖子上，你怎么还相信'仁慈的主'，还自责什么自己不该杀生？你，你好糊涂啊！"张克侠双手叉腰，气得在草地上来回踱步。

此刻，不远处的杂草中，伸出一支黑洞洞的枪口，瞄向了张克侠。原来，刚才那个被佟麟阁打下马，摔昏了的日本特务，苏醒后又缓缓爬起来，听见两名中国军官在附近争执什么，便举起手枪瞄准了那名站立着的中国军官，只是对方来回走动，一连几次都没有能将目标套进准星内，心急手慌，那家伙手哆嗦着扣动了扳机。

"砰！"枪响人倒，张克侠仰面倒地。那家伙跳起来，迅速逼近佟麟阁，企图活捉一名中国军官，立个大功，问出南苑军事兵力布置详情。蹲在地上的佟麟阁猛听耳边一声枪响，抬头一看，见张克侠已经倒地，急忙扑上前问："张副参谋长，你怎么啦？"

"不许动！动就打死你！"还没等佟麟阁扶起张克侠，身后就响起了一声低沉的喝喊，同时，一只凉冰冰的枪口顶住了他的后背。佟麟阁没有慌，眼珠一转，决意生擒这个家伙，他顺势往前一趴，那家伙手枪顶空了，他猛地一个凌空扫蹚腿，便衣特务倒也灵巧，纵身一跃跳起，躲了过去。但还未等他站稳，佟麟阁翻身飞起一脚，将他的手枪踢飞，两人赤手扭打起来。虽说佟麟阁满身武功，但因年龄已大，负过伤，几个回合之后体力渐感不支，气喘起来。这家伙果然是日本人，刚一交手，佟麟阁从他带有关东军特点的拳脚功夫上就得出了这个判断。那家伙自认为稳操胜券，步步紧逼，狞笑着扑向佟麟阁。恰在千钧一发之际，躺倒在地的张克侠翻身跃起，抢步到佟麟阁面前，趁那家伙惊愕的刹那间，挥起有力的铁拳，一拳将他击倒在地。原来，刚才张克侠并未中弹，起初那会儿，他听到了草地上传来的响动，只是没有声张，他担心如果与对方对射起来，唯恐佟将军出现危险。又怕那家伙被击毙后，无法审问口供，他灵机一动，站起来踱步。自己目标大，手里拿着枪，敌人肯定会首先向自己开枪，他把生的希望留给佟麟阁，把死的危险留给自己。就在他踱步的时候，眼睛紧盯着敌人，见对方枪身一动，他便往后一仰，才没有被击中。这是他和同学在苏联留学时，研究、试验无数次，才获得的假死克敌制胜的办法。张克侠见那家伙被自己的铁拳打得翻身倒地，蠕动着爬不起来，忙快步上前，扶起佟麟阁问道："佟兄儿，伤到哪儿没有？"

佟麟阁摇摇头，见张克侠安然无恙，抚摸着胸口说："张老弟，可把我吓坏了！万一你有个好歹，我怎么向冯老将军、向宋军长交待呀！"

"怎么会呢。"张克侠笑道。

"刚才枪一响，你往后一仰，我还以为真被击中了呢？你这是什么招儿？不往前趴，而往后仰？"佟麟阁不解地问。

"往前趴，容易被对方发现没有击中，而再给他开第二枪、第三枪的可能。同时，往前趴也会引起对方的警觉，也不利于爬起来攻击敌人。而往后仰，给对方造成被击中的错觉，可用一个鲤鱼打挺站起来，又快又麻利，对敌人出奇不意，对自己有利啊！不要担心我，倒是你，佟兄让人忧心啊！"

"我倒无所谓，你如有闪失，我无法向二十九军全体将士，无法向全国同胞交待呀！"

他俩说着，来到躺倒在地的便衣特务跟前，喝问道："说，你是什么人，为什么前来刺探情报？"

那家伙翻了翻眼皮，什么也不说，装死狗。

这时，警卫连长领着一排巡逻队赶来，佟将军吩咐："把这个家伙捆好，带到团部去，一会儿我要好好招待他！"

"是！"战士们答应一声，抢步上前，把便衣特务结结实实捆粽子一般捆牢，带走了。

佟麟阁转身对巡逻排长说："你们要昼夜巡逻，见到私闯军事禁区，侦察地形的可疑之人，立即逮捕。对拒捕者，可以开枪，一个也不许放跑。"

巡逻排长立正行礼："保证完成任务。"尔后，一抬手，带领巡逻队跑走了。

"走吧！张副参谋长，到团部去，我给你压压惊，今天要不是你，我恐怕还要栽到那家伙手里。"佟麟阁感慨道。

"哪能呢，只不过是佟兄胸负重伤，要不然像那样的菜货，十个八个恐怕也不是你的对手啊！"

　　"唉，好汉别提当年勇！走吧！快晌午了。"佟麟阁招呼道。二人沿营围赶向军训团团部。

　　路上，张克侠笑问："佟兄，你不是不愿杀生吗？为何还下达开枪的命令。"

　　"不杀生，"佟麟阁咬牙道，"不杀生，我不杀好人！"

　　快到军营门口时，佟麟阁转对张克侠道："人活着不能太软了，心慈手软办不了大事！北平城里的事你多费心，必要时，可先把那些汉奸都抓起来，南苑方面我会尽力的！"

　　张克侠点点头。暗想，像佟将军这样的人，还得多做工作，道理讲明之后，他们都会成为抗日的中坚，挑起拯救民族危亡的大梁来。

　　"张老弟快走哇！咱们大难不死，得好好庆贺一番。"佟麟阁一拉张克侠的衣袖，把他由沉思中唤醒，二人快步赶回军训团团部。

八　城门洞内，林大壮力拒蛮兵

一位普通的菜农靠卖菜糊口，不想在城门洞内与强蛮的日军相遇，为了自己的尊严，面对着亮闪闪的刺刀，他冲了上去，一场生与死的较量在城门洞内狭窄的地方展开。

要说战争中最不幸的还是百姓，特别是普通百姓。有钱有权的人家，战乱一来，可以逃到安全的地方谋生，虽受些颠沛之苦，可还是能活下去，而那些吃上顿没下顿的穷苦人可就难了。自日寇为了逐步蚕食华北，强迫南京政府签定"何梅协定"后，除在北平城外，如通县、丰台等地派有驻军外，在北平城内的日租界地，也借口以保护日侨为由，增派了驻军。这些日军不断地挑起事端，殴打警察和平民百姓，炫耀武力。冀察当局为保全华北局面，苟且偷安，不断做出让步，明明日本人招惹是非，非但得不到应有的惩处，反而被包庇、纵容。日本人更加猖狂，连附近的警察、侦探、治安人员都不敢管他们。不是望风而逃，就是低头弯腰。日久天长，日军更加有恃无恐，公开在大街上列队行走、操练、进出城门，到近郊进行实弹演习，借以恫吓中国的军心、民心。

这一天，日军驻北平东交民巷的一个小队，又照例肩扛"三八大盖"步枪，跑出营房，皮靴踏在石板上，发出"吭吭"的响声。太阳药膏旗在阳光下飘动着，日军跑上大街，警察忙挥动绿旗放行，并投以蔑视、仇恨的目光，一位年迈体衰的老太太躲闪不及，被鬼子推倒在路旁，行人赶忙上前扶起老人。

日军旁若无人，大步向建国门进发。城门外，菜农林大壮上穿白布短衫，下穿灰布短裤，推着装满小葱的独轮车，急急地朝城里赶。他三十来岁，生得细腰宽背，胸肌发达，显示出东北庄稼汉子的朴实、强健。车重路远，时值天气炎热，豆大的汗珠不断地由他那憨厚的脸上淌下来。当他推车来到城门洞中间时，正巧日军跑过来，他赶忙把独轮车靠在一边，停下来退在一旁，想等鬼子队伍过去后再赶路。谁知跑在前头的鬼子见门洞内停放着一辆独轮车，上认为碍事前一脚踹翻，鲜嫩的小葱撒了一地，坚硬的大皮靴无情地践踏着林大壮辛苦了一冬一春的劳动果实。鬼子的暴行，气得林大壮肝火升腾，初始时他愣怔怔地看着，不知如何是好。当他意识到准备用卖葱的钱为岳父买药治病，准备换回一家老小用以糊口的粮食化为泡影之后，他再也忍不住怒火，一个箭步冲上前，抓住踢翻独轮车的那个鬼子，怒吼道："站住，赔我葱！"

"八格！"鬼子兵凶狠地怒骂一声，回身一个嘴巴扇过去。

林大壮一低头躲过这一掌，气冲头顶：好你个东洋小鬼子，真是欺人太甚！他一把抓住鬼子的衣领，往怀里一带，脚下一绊，把鬼子摔个狗吃屎。林大壮祖籍东北，猎户出身，自小拜师习武，练就一身好功夫。日本人侵占东北后，他才逃进关内。被摔倒的鬼子没想到一个普通的中国人，竟敢还手，并使他当众丢丑，十分恼火，爬起来后恶狼般扑向林大壮。林大壮脚步灵活，躲闪敏捷，只是不愿招惹是非，才没有动真格的，只是闪身让过，没有还手。不料想那个鬼子竟视他软弱可欺，步步紧逼，招招打向林大壮的要害部位，急欲置他于死地。林大壮让过几招，渐被激怒，他暗自忖道：妈的！不给你点颜色，你不知道我的厉害！他看准一个空隙，抢前一步脚下用绊，双掌趁势一推，日本鬼子站立不稳，噔噔后退数步，摔个后仰壳，脑勺磕在城门洞墙上，疼得他呲牙咧嘴，倒抽冷气。其余的日军见此哈哈大笑。

见帝国的士兵吃了亏，日军小队长脸孔涨红，嗥叫一句日语，鬼子兵们立即收敛了笑容，有两个鬼子端着明晃晃的刺刀，扑向林大壮。林大壮见事情闹大，横下心来，他临危不惧，见刺刀要扎到胸前，猛然一蹲，闪到一旁，两把刺刀一齐扎进城墙。林大壮胳膊一夹，抢过步枪猛然一抄两个鬼子的脚腕子，低喝道："去你妈的！那边玩去吧！"两个鬼子兵猝不及防，"咚咚"一连两声摔出丈余。

鬼子们做梦也没想到，被他们视为懦弱可欺的民族里，竟有一个小小的百姓，胆敢反抗皇军，大大地扫了皇军的威风。日军小队长恼羞成怒，抛下手枪徒手扑向林大壮，想用柔术制服眼前这个推小车的农民。围观的鬼子闪到一旁，欣赏着狼与小羊的搏斗。

"呀……"日军少佐一个饿虎扑食，扑向林大壮。

林大壮闪电般躲开，一个黑蛇出洞，直捣对方心窝。日军少佐见对方破了自己的招术，忙后退一步，改为二龙戏珠，两手出拳，打向对方太阳穴。林大壮随机应变，调换招式。日军少佐连用几招都未得逞，急得呀呀直叫。

城楼上，守城哨兵见城门洞内挤满了人，堵塞了交通，忙从马道上飞奔下来，跑进城门洞，挤进人群一看，见一中国农民被鬼子围在中间，双方正在格斗。慌忙挤出，边跑边呼喊："不好了，鬼子要杀人了！"这时，他猛然看见一辆汽车驶来，忙伸出手臂拦住去路，急切地呼喊："快停车，鬼子要杀人了！"

汽车猛然刹车，张克侠推开车门问："怎么了？有什么情况？"

"那，那边鬼子，鬼子……"哨兵手指城门洞急得说不出话来。

张克侠跳下汽车，一挥手："走，咱们去看看！"他招呼守城部队一群士兵，奔向城门洞内。

城门洞内，格斗更加激烈。日军少佐急得眼珠发红，再次扑向林大壮。林大壮越战越勇，他虚晃一招，用了个喜鹊登枝，乘对方扑上前之机，双手抓住日军少佐胳膊，往后一仰，单脚猛蹬日军少佐小腹，往后一甩，日军少佐如同弹丸一般，跌倒在地上，磕得鼻青脸肿，趴在地上喘气。日军士兵见少佐栽了跟头，嗥叫着端起刺刀，逼向前来，林大壮抢步上前，抓住日军少佐，挡在胸前，步步后退。鬼子一点点逼近，日军少佐挥舞双手咋呼着，生怕刺刀扎着自己。

此时，林大壮什么都顾不得了，只想和鬼子拼个鱼死网破。他猛地将怀里的少佐一搡，又在他后腰上狠踹一脚，就在日军少佐扑向锋利的刺刀，鬼子纷纷躲避、退让之际，林大壮趁势猛力举起手推车，圆瞪二目，逼向手端刺刀的鬼子兵。鬼子们胆怯，哇哇乱叫。日军少佐趴在地上，挣扎坐起，嗥叫着："死啦死啦的！开枪！"

"咔嚓"一名日军顶上子弹，端起步枪，瞄准林大壮，死神即将降临。

"不许开枪！"围观的中国人一齐怒吼，"呼啦"站成一排，挡在林大壮与鬼子中间，保护着林大壮，怒视着鬼子的枪口。

日军少佐呆愣片刻，挥手喊道："统统死啦的。"

鬼子们纷纷子弹上膛，端起步枪。

恰在这危急时刻，凭空响起一声炸雷，"不许开枪！"声出手到，猛托枪身："啪啪"几颗子弹射向空中，打得城门洞顶上砖沫纷飞，人们的耳朵被震得嗡嗡直响。

日军少佐挣扎着爬起来，抹一把血肉模糊的脸，恼怒地问："你的什么人，胆敢阻拦皇军？"

"中国人！"张克侠正义凛然道，"我不许你们在中国的土地上横行霸道，胡作非为！"他威严镇定，铿锵有力的话语震慑了侵略者。日军少佐瞧瞧对方的少将军衔，再看城门洞内外怒火冲天的中国军人、百姓，狡辩道："他的良民的不是！向大日本皇军挑衅，打伤皇军官兵的，我的带走！"

"慢！"张克侠摆手道，"少佐先生，你恐怕搞错了。他一个小小的老百姓，怎么敢向你们挑衅？再者，他是中国人，只有中国政府才有权处理。来人，把他带走！"

林大壮放下独轮车，几名中国士兵拥上前，架住林大壮，推着走向一边。

日军少佐鼻子都快被气歪了，日军一小队包括自己在内，好几名士兵被打，岂能白白让他逃脱。倘若日后传扬开去，同事们一定讥笑自己无能，士兵们也一定看不起自己，说不定还能影响到自己加官晋级的前程呢，决不能就此善罢甘休，丢了大日本帝国的脸面。日军少佐想到此，猛然拔枪在手，眼露凶光，嗥叫一声。鬼子们端起明晃晃的刺刀，逼向林大壮。

张克侠也火了，他见日本人不服软，肝火升腾，下决心拼全力也要保护中国普通百姓的安全，不能让日军在光天化日之下，横行霸道，任意杀戮中国人。他见鬼子们要动手，也高喊一声："二十九军准备！"

"唰——"城门洞内外几十名中国士兵听到命令，闻令而动，抽出明晃晃的大刀、步枪、手枪，围上前，怒视着被围在中间的鬼子。这些下级官兵平时饱受日军欺压、侮辱，今见有位少将军衔的军官发出命令，个个奋勇向前，恨不得把这伙儿可恶的鬼子剁成肉酱，方泄心头之恨。

城门洞内，寒光闪闪，冷气森森。张克侠逼前一步，厉声逼问日军少佐："想动武吗？"

自古以来，人们评判做官的标准，只有两类：贪官、清官。有的狐假虎威，欺压百姓；有的身穿虎皮，却心地善良。一位菜农初遇一位被他称为"好人"的军官。城门洞内，中日两国军队对峙，张克侠舍身救出菜农林大壮。

骄横惯了的日军官见部下吃亏，十分恼火。他眨巴眼皮几下，思量着强行惩治中国公民的理由，但在众目睽睽之下，一时语塞，气得脸发紫、嘴发抖，说不出话来，想再次动手，却又被中国守城部队团团围住，担心周围中国士兵手里的大刀会把他们的脑袋切西瓜一般砍下。日军少佐眼珠一转，来了个光棍不吃眼前亏。他摆摆手，示意士兵们放下手端着的刺刀，握紧拳头恐吓道："你的纵容部下，侮辱皇军，我的控告你！"言罢，他一挥手，带领着几十名鼻青脸肿的士兵，顺着中国士兵为他们闪开的一条生路，夹着尾巴溜走了。

"弟兄们没事了，你们执行任务去吧！"

"长官，你们真地饶了我？我打了日本人。"林大壮接过有人递过的小褂后，疑惑地问。当他确信真放他回家后，深鞠一躬，感激地说："感谢长官救命之恩。"

张克侠爽朗一笑："没什么，你叫什么名字？"

"林大壮。"他边回答边把独轮车放好，拾拣着地上残存的小葱。

"可惜呀！都没法要了！"张克侠惋惜地说着也蹲下来，帮助林大壮收拾起来。

这时，司机把车开过来，张克侠说："林老弟，我用汽车把你送回家吧？"

"啊！不！不！"林大壮深受感动。他平生第一次遇到这么和蔼可亲的国民党军官。北平的老百姓有句口头语：好铁不碾钉，好男不当兵。意为兵匪一家，都是欺压百姓的。林大壮心存疑惧，语不成句地拒绝着，忙推起独轮车，惊慌地走了。

张克侠转对司机说："你先回参谋部吧！我去去就来。"说完，他便紧随林大壮赶向城外，张克侠时刻不忘党的主张，发动民众。他老早就想组织起一支农民武装，总想多接近人民，多了解他们，在民众中打下良好的工作基础。

东城护城河外的林荫外，张克侠赶上林大壮。

菜农见那位军官又追上来，不解地问："长官，您还有事吗？"

"噢？是这样，我担心日本人再找你的麻烦，送送你。"

"你……"林大壮感动得不知说什么好，又给张克侠深鞠一躬。

张克侠赶忙摆手："快别这样，都是中国人，客气什么！赶紧回家吧！"

林大壮应允一声，推车走路，张克侠缓步相随。走了几步，林大壮很是过意不去，又感激地说："多谢长官，今天要不是您舍命相救，我早就没命了。"

"看你，又说见外话了！助人危难，不畏强暴，才算得上真正好男儿啊！"

林大壮若有所思问："长官，您说，咱们能斗得过日本人吗？"

"你说呢？"张克侠笑而未答，反问道。

"我想只要全国的老百姓齐心，准行！一定能把小日本赶出中国去！"林大壮考虑一会儿才说，眼里闪烁着希望的光泽。

"在理！只要百姓齐心协力，日本鬼子在中国是站不住脚的。"张克侠寓意深长地说，"一滴水，太阳出来很快就会被晒开，而千滴万滴水，就能汇成滔滔巨流，能冲破任何阻拦，奔向大海！试想，有什么力量能阻挡四万万民众汇成的滔天巨浪呢？"

林大壮这位憨厚、勤劳、勇敢的菜农，很少听到有人讲这么通俗易懂的道理。残酷的现实，使他懂得了团结起来的力量。他从眼前这位不知姓名的二十九军军官的话语中受到鼓舞，看到了希望。他脸上的疑云逐渐散去，毫无保留讲述了自己的身世、家庭现状，表达了对现实社会的不满。他俩也不知说了多少话，走了多少路，不知不觉，高大的城墙被甩在了身后，护城河也在前面拐了一个弯，向东流去。林大壮放下小车，拦住张克侠，诚恳地说："长官，您别送了，前面三岔口，我该拐弯了。"

张克侠停下来，他站在路边，打量一下林大壮强健的体魄，思量片刻道："林老弟，参加二十九军吧！"

林大壮听后一阵欣喜，但瞬间脸上又袭上一层阴云，摇摇头说："不行啊！参加二十九军，打鬼子杀汉奸，这当然好。可说不定，哪一天部队接到命令，说声走就开拔了，家里老的老，小的小，怎么过呢？"

张克侠一时沉默了。是啊，这是个难以解决的难题。林大壮推车走向岔路。蓦地，张克侠似忆起什么，快步追上前去，掏出一把钱，塞进他的口袋，转身大步离去。

望着眼前那位好心的军官渐渐远去，林大壮呆愣半晌，"扑通"一声，单腿跪地，高喊一声："长官，今后如有打鬼子的事，别忘了我林大壮！"说罢，站起身抹一把红红的眼圈，推起独轮车，赶回村庄。救命之恩，在林大壮眼里，是好长官之举，其实，他哪里知道，救他的不是一般的长官，而是具有正义感、爱国爱民的中华优秀儿女呢？当然，对于张克侠的真实身份，在林大壮的眼里，更是难解的谜了。

车轴的"吱呀"声渐渐远去，终于消失在远处的田野里。张克侠跨步路旁的土岗上，凝视着。不知怎地，他的心里油然而生一种愧疚感，深感肩上担子沉重，自己又未能做好工作。他沿着城墙往回赶，一时间，心头被缕缕惆怅紧紧缠绕，深感肩上的担子更重了。

二十九军内两位身负特殊使命的人，在动荡岁月中邂逅相遇，有说不完的心里话，既有同事的友谊，还有战友情，更有不能公开的秘密，同志关系。他俩虽说都穿着国民党的军官制服，却同是另外一种信仰的人。

战争的阴影笼罩下的北平，十分萧条。城墙内外，到处是垃圾成山，护城河内漂浮着杂草死狗，臭气难闻。军队加强了戒备，行人稀落。

日寇就要进攻的消息，闹得北平城内城外人心惶惶，路上行人稀少。有钱人家都嗅着风收拾细软或南逃，或出洋。只有那些想走无路的下层市民，还在过着心惊胆战的日子。张克侠走着路，忽儿想起一件事：前不久，冯玉祥将军夫人李德全托人捎来一封信，要他把妻子李德伦和孩子们安排南下，找个安全的落脚地。张克侠固然愿意，安顿好家眷，免去后顾之忧。他可以踏下心来，投身抗战工作。但考虑到会给亲日派、汉奸们以造谣的口实，张克侠没有那样做。只得婉言谢绝冯玉祥将军妻子的好意。可张克侠也知道：妻子马上就要临产，万一战争突发，一家老小生死难以预测了！近来他很忙碌，东奔西跑，一直没有回家，万一夫人李德伦坐月子怎么办？大儿子木铁刚刚十几岁，他怎能够送他母亲去医院？想到此，张克侠心里发慌，好似预感到什么不幸的事情即将发生，他加快了脚步，急匆匆赶回家里。

"嘟嘟……"张克侠刚拐上东直门大街，迎面驶来一辆挎斗摩托车，嘎然停在他的身旁，车里的传令兵行礼后报告："张副参谋长，请您速回情报处去，靖处长正在等您！"

张克侠跨上摩托车坐斗，摩托车飞快奔驰。

他们刚来到情报处时，情报处处长靖任秋正在洗脸，张克侠一边摘下军帽扇着风，一边笑问："任秋，什么风这么快就把你吹回来了？"

"什么风，抗日的风呗！"靖任秋说着玩笑话。他三十多岁，满脸络腮胡须，目光炯炯，透着机敏、干练，爱与人开玩笑，打个哈哈："你大参谋长的命令，让我速去速归，我哪儿敢耽误！误了军机，你会杀头的呀！"

"哈哈……"俩人对笑，靖任秋摆弄着刮脸刀，张克侠端起桌上的茶杯，一气喝干，急切地追问："靖处长，情况怎样？"

"我说你别急嘛。"靖任秋不急不慢地说，"不刮净胡子，你弟媳不认识了我咋办？"

张克侠从靖任秋那从容不迫、满有把握的语气中，已猜测出一切顺利，他可能带回来了什么喜人的消息。忙坐下来，边喝茶边静候着靖任秋刮完脸。

靖任秋很快刮干净胡子、擦干脸，掩上房门，坐到张克侠的对面，开口笑道："老张，党的决定英明啊！"

"喔？你快说说。"张克侠催促道。

"这一次，我到了辽西、冀东、热河及察绥等地，各部队抗日情绪普遍高涨，不少有民族正义感的伪军，不堪忍受日军的压迫、虐待，派人和我方私下联系，伺机反正，杀个回马枪。"

张克侠倒上一杯茶，轻放到靖任秋面前，尔后，走到门前，警觉地向门外巡视，见走廊里没有人，这才放心地走回原处坐下来，静心听取靖任秋的汇报。

靖任秋喝口茶又说："特别是通县的冀东防共自治政府统辖下的保安队张砚田、张庆余两部，都已联系好，必要时，他们随时可以干掉鬼子，反正起义，听从我们的调遣。"

"很好，日寇后院起火，对我们是最有力的支持！看来，我党的抗日主张建立广泛的民族统一战线的倡导，已深得广大民众的欢迎。各地已遍布干柴，只待我们去点燃了！"张克侠感慨道。

靖处长点点头表示赞同。继而又说："不过，听说宋军长很早以前，就跟张砚田、张庆余有联系，也不知他们是什么关系，怎么认识的？"

"不管他们怎么认识，什么关系，只要对抗日有利，对民族有利，我们就要去努力争取！"

张克侠果断地说："如果通县的伪军能反正，就是插进日寇后背的一把尖刀哇！"他激动起来，在屋内来回踱了几步，站定在靖处长面前说："靖处长，此事宜趁热打铁，宋军长临走前已同意发给他们每人两万元。明天，你带款再去，敲定后，要他们好好训练部队，必要时就从日寇后院放上一把火，烧他狗日的！"他将拳擂在桌子上，震得茶水四溅。

"克侠同志。"靖任秋压低声道，"据敌人内部可靠情报，日本陆军省又派一个机械化师团到秦皇岛。华北驻屯军司令田岱皖一郎病重，接管他的是日本陆军省教育本部部长香月清一。据传，他即将前来赴任。"

"这个情报很重要，你应尽快回家一趟，向母亲汇报，早些采取对策！"

"张副参谋长，听说南京又派人来啦！"

"可能又要与日寇进行什么交易。"张克侠气愤地说。两人抽烟，思索着。张克侠猛然捻熄烟蒂，坚决地表示："不管情况多么复杂，我们共产党人一定要肩负起挽救中华民族危机的重任！"

"对！就是流血牺牲也在所不惜！"靖任秋上前，激动地握住张克侠的手，同志情、战友情，如同两股暖流汇集到一起，他们顿感力量倍增。靖任秋又问："老张，还有什么指示吗？"

"眼下的工作很多，但最主要的是要利用当前国共两党关系缓和的时机，尽量营救狱中的同志们尽快出狱，增添我们党的骨干力量。"

"明白了！"靖任秋双脚并拢，有力地保证道。

院内一阵汽车响，侍卫高喊："南京政府专员到。"

张克侠、靖任秋相视一眼，各自会意。张克侠指指里间侧门说："靖处长你回避一下，忙别的工作去吧！我来应付他们。不然，让他们缠住就难脱身了。"

靖任秋走进室内后，张克侠整整军服，戴好军帽，精神抖擞地大步迎出屋门。

九　情报处里，识假象洞察杀机

人类社会，错综复杂，各个历史时期的人们，都在为各自不同的目的活着，有的人出卖良心，只为一时的荣华富贵；有的人抛家舍业，为自己的理想而奋斗。请柬里面有刀光，笑声里藏杀机，这种口是心非的场面过去有，现在有，将来还会有！

刚与情报处长靖任秋商量完下一步推动抗战工作的安排，张克侠又忙着接待南京的来客。南京的来客可不是一般的客人，他们大多是负有特殊使命前来北平的。对他们不仅说话要谨慎，招待也要周到，稍有不满意，小报告打上去，不是通共就是亲日的罪名，让你吃不消，弄不好，不是丢了饭碗，就是掉了脑袋。张克侠忙过一下午，才把这些"大爷"送进宾馆去休息。

傍晚，张克侠送走南京来客，刚想坐下来喘口气，门岗通报："张璧，张先生求见。"张克侠心里"咯噔"一下子，暗想日本人的鼻子真长啊！他来情报处很少有人知道。看来，日寇和汉奸已在跟踪自己了。不然，他们怎么会到情报处来找自己呢？不行！今后的行动一定要更加严密，不能让敌人摸清底细。张克侠正欲传话，概不见客。但又转念一想，回避恐怕不妥。既然他们已知我在这里，不见反而不好，不如看看他们到底要要什么鬼花招，自己也正好旁敲侧击，察言观色，从中看出什么端倪。想到此，张克侠忙对门岗说："快请张璧先生客厅坐！"见侍卫走后，张克侠忙用凉水擦把脸，拢拢风纪扣，军容整齐地步向会客室，准备接待他讨厌的客人。

张璧也是冀察政务委员会中的头面人物。自打宋哲元为笼络他，花五万元在北平堂子胡同给他买下两间客厅，一套带有后花园的公寓后，这小子更美了。走路时鼻孔朝天，对一般人他连眼皮也不眨，就连对二十九军旅、团长级军官，他也是哼着哈着不屑一顾。张自忠为他的公寓购置两套西式家具后，他更狂得不知怎么好了。张璧虽是自命不凡，但对张克侠却是从来不敢怠慢。不管在什么场合，只要一瞧张克侠那两道如电似的目光，张璧就心虚，如芒刺背般感到不自在。多好的酒也没味，多香的菜看他也咽不下去。他觉得张克侠的目光，似一把犀利的宝剑，能穿透他的皮肉，看到他的五脏六腑里，使他不寒而栗。张璧为把自己打扮成有身份、有教养的上层社会名流，多热的天也是长袍马褂、礼帽、墨镜、文明棍，一派绅士、政客的派头。他迈进会客室门槛时，见张克侠已正襟危坐地等他，忙抢步上前，躬身施礼，满脸堆笑道："张副参谋长，您好啊！"

"坐吧！"张克侠手指沙发淡淡地说。尔后又问："张先生，你找我有何贵干呢？"

"啊！这……有……"张璧被张克侠开门见山，劈头一问，有些语诘，吱唔两声，他从前襟处掏出一张大红请柬，双手捧送上前，殷勤地说："张副参谋长，愚兄奉命前来，特送请柬一张，邀请您今晚前往长安大戏院听戏。散戏后，设有丰盛晚宴和舞会，据说伴舞的女伴都是新从东洋请来的名妓呢！"

"是吗？"张克侠装出颇感兴趣的样子，刚欲追问是谁举办宴会，主办人是谁，张璧的后一句话却不打自招地供了出来。他眉头一皱，便装模做样地演戏道："有这么好的事，可惜呀！"

"张将军，请您务必光临呀，您的戏票座位号是五排一号：主宾席。准备为您伴舞的三洋佳代子也是一流的姑娘呢！您看，这是那位多情的日本姑娘特意托鄙人带给张将军的信物。"说着，他掏出一个精制纸盒，双手恭送到张克侠面前。

张克侠接过纸盒打开后一看，一股扑鼻的香气溢出，呛得他险些打出喷嚏来。盒内是一张二寸的女人照片，一个半裸的东洋妖艳女人正冲着欣赏者媚笑，一对大眼脉脉含情，十分诱人。盒盖那面放着一块秀美的小手帕，上绣一朵含苞欲放的荷花。张克侠扫过一眼后，关上纸盒，推到张璧面前，冷冷地说："张先生，我对此毫无兴趣，谢谢你的一片苦心！"

"张副参谋长，您别误会，这并非我张璧之意，是日本驻北平领事馆参赞的意思。我是说咱俩都姓张，一笔难写两个张字，我才来主动给您送来的。"张璧说着，声音发颤，手也不由自主的抖起来，生怕对方恼火，轻则怒骂一顿，重则轰赶出门，再抽打一顿。可令他深感意外的是张克侠非但没有发火，反而掏出一盒烟，抽出两支，自己吸一支，又递给张璧一支。

张璧有些受宠若惊，忙掏出火柴，讨好地为张克侠点上香烟。他把香烟叼在嘴里，欲点燃抽几口，又觉不妥，忙晃熄火柴，恭敬地坐在一边，静候着对方说话。

"张先生，既然如此，你为何不早些邀请，我也好把事情安排好，痛痛快快地玩一回，像这样临时抱佛脚地现抓，可不大礼貌啊！"张克侠为弄清日本人举办宴会的真实意图边抽烟，边套问张璧的实底。

"不瞒张将军，这还不是日本人临时决定的吗？"张璧往前凑凑，前探着身子有些诡秘地说，"上午，从日本华北驻屯军天津司令部发来急电，让晚上务必把二十九军团以上高级军官全部请到，参加宴会，还说……"

"全部请到宴会上！"张克侠闻言一惊"腾"地站起，脸色骤变。

张璧见状一惊，自知走了嘴，忙截住话头，不再往下说。

张克侠正想听下文，忽见张璧把话打住，不再言语，再一看自己已失态地站起来，忙掩饰说："院里好似有人在喊什么？我没听清，张先生，快讲下去，我还在等你精彩的下文呢！"

老奸巨滑的张璧嘿嘿地一笑："张将军，别的没什么，就是那个意思！告辞，我该走了，您一定去呀！"说着站起来，走向门外。

张克侠迅速地思考着：要不，先把张璧扣下，审问一下情况再说！不行，如走露消息，敌人一定会发觉，可能还要采取别的阴谋。眼下，最要紧是尽快通知佟麟阁，让他以军部的名义通知全军将士谁也不能离开驻地。看来，宴会是日寇的一个重大阴谋。今晚，他们有可能会有新的行动。他一愣神的工夫，张璧已溜到门口。他忙上前相拦："张先生，别着急走哇，你的话还没说完吗？看来张先生没把我当自己人看呢！有话藏着掖着，不肯明说嘛！？"

张璧见张克侠拦挡，不便急于离去，忙停下来。解释道："张副参谋长，别误会，参赞先生只是说，舞会完了，可以跟日本娘们睡一睡，别的我可什么也不知道，也没有说啊！"这家伙也唯恐话多语失，泄露什么机密，连连否认。尔后，又应酬几句道："张将军，你可千万一定要去呀！我走了。"说着，连茶几上的帽子也顾不得拿，急匆匆地走出房门。

"张先生，你的帽子。"张克侠提醒道。

张璧又转过身来，忙不迭地点头："啊啊，是的！是的！"此时，他究竟说了些什么，恐怕连他自己也不清楚，出门时只顾回头看张克侠，险些撞到门框上去。

"张先生，别崴了脚！"张克侠一语双关道。

张璧走后，张克侠忙赶到处长办公室，抄起电话："喂，我要南苑军部，找佟麟阁副军长。"令他欣慰的是，电话很快接通，话筒内传出佟麟阁的声音："我是佟麟阁，有什么事吗？"

张克侠正欲转告从张璧口里探到机密情报，忽然意识到，不行！日军既然有重大阴谋，对冀察当局及二十九军首脑机关的电话一定监听起来。一打电话，敌人立即就全知晓，采取对策。他抬头看看表，已5点多钟，距7点钟还有一个多小时，估计赴会的二十九军团以上军官出发赴宴还要等一段时间。他果断对话筒里说："佟兄，你呆在军部别走！我马上派人给你送去一份礼物。"

"什么礼物？"佟麟阁问。

张克侠不便明说："你见面就知道了。千万等着！"他挂上电话快步走到写字台前，在一张信纸上写下：今晚有狼烟，不能赴日宴，速告团旅长，驻守在军营。他连写十几封，装入信封封好，对门外高喊："来人。"

警卫员跑进屋后问："副参谋长，有什么吩咐？"

"去！快把通讯排长叫来。"

警卫员快步跑出。不大工夫，通讯排长跨进房门，张克侠走到面前神情严肃地说："现在，有一个重要任务，每两个人拿一封信，近处骑自行车，远处骑摩托车、骑马，尽快送到各个营房，延误时间者，一律军法处置。路上如遇阻拦着，开枪冲过去，并让各位收信人收到后，速打电话告我。"他转身抓起盖有"机密"火急字戳的信函，递给通讯排长。

"马上执行！"通讯排长转身跑出。

院内传出一阵摩托车的发动声，张克侠站到窗前，望着院内紧张的情景，他的心丝毫没有轻松。他望着突突跳跃的秒针，计算着时间、路程，北平离南苑十公里，离卢沟桥20公里。10分钟过去了，30分钟……

"嘟嘟"电话铃声骤然响起，张克侠几步跨到电话机前，抓起话筒："喂，我是张克侠，佟副军长，什么？我家里打去电话，夫人要坐月子，医院不让住？"张克侠脑袋嗡嗡直响。刚才，他以为佟麟阁接到了他的急信，给他回电话，要他放心，谁料是家里的急事："什么？要我马上赶到协和医院去？不行！我离不开！"

话筒内传来佟麟阁的吼声："什么？人命关天的大事，你离不开！扯淡，你快去医院，天塌下来由我顶着，这是母子两条性命呢！快去！我命令你马上就去！"

"捷三兄，我确实有重要情况，不能离开！"

"那你快说什么重要情况！快说呀！"佟麟阁发火了，震得话筒受听器嗡嗡直响。

"佟兄，电话里不方便，不能告诉你。"

"胡扯！什么事不能告诉我？我是代军长，负责全面指挥。"

张克侠见佟麟阁误会了自己，内心十分委屈，他强抑眼泪，情真意切地恳求："佟副军长，你别逼我了！我在等电话。等一会儿你就知道了。你先把电话挂上，我要听别的电话。"说完，他"啪"地撂下话筒，仰靠在沙发上。不知怎地，他心乱如麻，眼前浮现出妻子难产时痛苦的面容，大儿子木铁急得哇哇直哭，还有佟麟阁发怒时那铁青的脸色。他再也难以自制，跳起来奔向卫生间，用冰凉的清水洗去自己的愁苦和焦虑。

突然，电话铃声猛然响起，张克侠顾不得擦脸，冲过去抄起话筒，正是佟麟阁的声音，但刚才的凶劲儿早已荡然无存，而是带有歉疚之意："张副参谋长，不！张老弟，你的信我收到了！我代表二十九军、平津的父老谢谢你！感谢你及时送来最重要的礼物。你的信，证实了我的预测，我们已采取了必要的措施。只是我没有找到你，请老弟放心吧！好了！有话再面谈吧！你千万要回去看看弟妹呀！我拜托了！"佟麟阁语气低沉，再也说不出话来，缓缓地挂上了电话。

紧接着，接到急信的各部队电话一个个打来，汇报急函已收到的情况。随着电话的增多，张克侠紧绷的神经才缓慢松弛下来。他感到有些劳累，但当他猛地忆起什么后，立即站了起来，大步走出。

每个人对自己的心爱之物都是十分珍惜，不到万般无奈之际，谁都不愿把珍贵的爱物当掉。但当亲人受难需要钱时，亲情比爱物又不知珍贵多少倍。当年张克侠当金表，确实令人感动。

历史有许多巧合，人生也有许多意想不到的巧合，就在"七七事变"的前夕，张克侠通过张璧送来的请柬，判断出日本人在北平周围将有重大军事行动，他当机立断采取应急的措施，对日方可能策划的阴谋进行了防范。也就是在这关键时刻，他的夫人临产，国事、家事，对家人的亲情，对佟将军的友情，都搅在了一起。无奈，他只得听从佟麟阁的命令，匆匆赶往医院。其实，他又何尝不愿早点回到亲人身旁呢？

在北平的东城，有座美国人办的协和医院，是美国参加八国联军打败清政府签定不平等条约，索取赔偿银两后，用中国的偿银在此建立的医院。这天傍晚，在协和医院昏暗的走廊里，张克侠的夫人李德伦女士脸色苍白，挺着沉重的孕身，虚弱地靠在条椅上。分娩前的阵痛使她的脸上滚下一颗颗汗珠，儿子木铁站在一旁，扶住时时就要昏迷的母亲，焦急地呼喊着："妈妈！"

一位大夫从楼梯上疾步下来，小木铁上前拦住他的去路："大夫，救救我的妈妈吧！"

大夫侧头打量他们母子一眼，冷冷地说："我不是说过多遍了吗？医院床位少、病人多，加上伤兵无法安置。"

"那，那我妈妈她……"小木铁恐慌了。他担心母亲挺不住，上前拉住大夫的白大褂，苦苦哀求着。

"放手！你拦住我也没用，楼上有床位，先交200元押金。你住得起吗？没钱找我也没有用，快准备钱去吧！再迟你母亲就保不住命了。"大夫说着，用力打开小木铁的手，生怕会沾上他什么病菌似的。

"可我妈妈没人照顾呀！先生，您先让我妈妈住上床位，我找爸爸要钱去！"小木铁右手被打开，左手又拉住大夫的白大褂。

"松手！我还有急事呢！"大夫恼火了，大声吼道。用力掰着木铁的手，"咔——"白大褂撕了一条大口子。大夫大怒，抬手打了木铁一个耳光："快松手！"

此刻，张夫人苏醒过来，挣扎着站起说："铁子，不要求他，咱们回家！"

"回家？没那么便宜，赔我的白大褂！"这回是大夫攥住小木铁的手。木铁右手被大夫拉住，左手求救般伸向母亲，李德伦女士欠身去拉儿子，身体失去平衡，倒在地上。

小木铁挣脱大夫的撕掳，扑向母亲，急切地呼喊道："妈妈，您怎么了？您不碍事吧？"

附近有人围上来，帮助张夫人，愤怒指责大夫道："你怎么动手打孩子？他还小不懂事。你没看见他妈妈身子这么重，快要生产了吗！真是不通人情！"

那大夫被数落得满脸羞愧，挤出人群溜走了。

小木铁扶住母亲，痛哭失声，张夫人也泪水涟涟，泪水、汗水相伴着淌下来。

"孩子，别哭了！"此时，张克侠身穿便衣赶来，忙拉过木铁，扶住妻子。小木铁见是父亲来了，委屈地哭得更欢了。他猛地侧过身子，赌气地说："你别碰我！你不是好爸爸！你是不是不要妈妈和我了？"

"傻孩子，净说气话。爸爸不是回来了吗？"儿子的话，句句剜着张克侠的心。他揽过儿子，轻轻为他擦去泪痕，关切地问："德伦，你感觉怎么样？"

夫人李德伦嘴角动动，一股鲜血流出来。她一直咬牙忍受着难产的痛苦，把舌尖都咬破了。她什么也没说，指指隆起的腹部，又无力地合上眼皮。

张克侠心头一阵发酸。自结婚后，他为事业走南闯北，带着夫人颠沛流离，很少有个安静悠闲的住处。一年四季，他很少几天在家，哺育孩子及繁重的家务都落在妻子身上了。他欠着妻子多少情多少债呀！张克侠忙把妻子安顿在长条椅上，吩咐儿子说："孩子，你在这儿守护妈妈，爸爸去去就来！"他急步来到住院处，掏出身份证，说明情况。负责人见他是二十九军高级军官，自然不敢怠慢，忙不迭的赔礼、道歉。

妇产科护士很快推来一辆平板车，把李德伦女士抬到上面，迅速推进了产房手术室，忙着抢救。

安置好这一切，张克侠抹去头上的热汗，他来到住院交费处，一摸钱包，口袋空空的。此刻，他这才忆起：下午把钱都给了林大壮。他忙在走廊外找到儿子木铁，附在他的耳边，低声吩咐起来。

"是！"木铁答应一声，跑走了。刚走几步，木铁又返回来说："爸爸，我妈妈说过，那几件衣服有纪念意义，不能当。"

"快去吧！听爸爸的话，将来咱们有了钱，再买新的！"张克侠爱抚地摸摸儿子的手，又顺手摘下金表塞在儿子手里："快去吧！路上小心，快回！"

"爸爸……这……"木铁还是有些不肯。

"别犹豫了！你妈妈住院用钱！去吧！"张克侠挥挥手，坚决地说。

"嗯！"木铁懂事地答应一声，转身跑走了。

孩子走了，张克侠的心也随之不安起来。街上秩序混乱，没有安全感，小木铁刚刚十几岁，他能办好这件事吗？

风雨飘摇的北平，各种人员混杂，三教九流，各种帮会混迹于街上，到处乱糟糟的。张克侠暗自庆幸没有穿军装出来，不然非让伤兵包围不可。协和医院为显示美国人仁慈的假象，装潢门面，专设了一个伤残军人治疗所，打出救死扶伤的幌子，收住一些伤兵，实不过为沽名钓誉而已。

等了一会儿，张克侠心神不宁地走到医院门口看看，没有儿子的身影，忙又赶回到产房外。他等了一阵子，不放心又转到医院门口，妻子分娩，儿子跑当铺，两下里都牵着他的心。他真有些后悔，不该让小木铁一人前去，要是碰见流氓小偷，兵痞恶棍怎么办？他不敢想下去。几次想去找找儿子。可妻子分娩，在闯女人的生死关，生死瞬间之事，自己走后，倘若发生紧急情况，难以应付怎么办？无奈，张克侠又踱回产房门前。他刚要抬起手腕看看几点了，忙又放下，金表已给儿子拿去当了。那块金表，还是在北伐战争时，他当营长立战功后，上级奖给他的。如今物去人在，国家的命运日益恶化，连他这个身为少将的高级军官，生活都这么拮据，普通百姓就更可知了。再看看周围，医院内处处脏乱不堪，旧绷带、医药瓶，丢弃得满地皆是。那些伤胳膊断脚、缺鼻子少耳朵的伤兵，脏兮兮的难以分辨军服的颜色，头发蓬乱，一脸灰尘，或躺或坐，呻吟、谩骂、吵成一团，张克侠不忍看下去。暗下决心：日后，一定要把伤兵统一管理起来，改善住宿环境、组织医治，不能让这些为国家、民族流血牺牲的士兵受此虐待。

协和医院，本是美国人施舍所谓"博爱"之处，但却有一队日军闯入进行骚扰。是为捣乱，还是另有目的，当中国军队赶去平定时，美国人又态度如何呢？

张克侠刚欲坐下来，歇歇走乏的腿脚。忽听医院门口传来一阵杂乱的呼喊声，紧接着他发现有不少女护士惊慌地四处乱跑。他赶忙步出门诊楼，只见医院门前停着一辆日军卡车。车上正陆续跳下十几名如狼似虎的日军士兵，嚎叫："花姑娘，花姑娘的有！"这些家伙疯狂追逐拦截来不及逃走的护士，硬把她们拖上卡车。见此情景，张克侠气愤填膺，他大步冲过去，伸手拽住佩带少佐军衔的日军军官，厉声怒喝："住手！谁让你带人为非作歹、胡乱抓人？"他用力过猛，竟把那家伙拎小鸡般提起，转了两圈。

"呀呀！"周围的几名日军看见了，嗥叫着扑上来。恰在此时，院长领着一位四十多岁的美国人急匆匆跑出，院长高喊："不得无礼！美利坚合众国驻本院代表，豪克森先生来了！"

豪克森生得高大，健壮得像头牛。他身穿肥大裤褂，满头的金发披散着，深陷在眼窝内的蓝眼珠发出灼人的目光，令人望而生畏。他迈着方步来到近前，摆手说了一串美国话。院长喊道："诸位，协和医院是美国办的，代表美国利益，日本人不得在此滋扰，如有捣乱者，严惩不贷！"

日军少佐的脑袋摇得拨浪鼓似的，抢步到豪克森面前，挥着粗短的胳膊高喊："帝国在华的利益的，日、美均摊！美国的不能独占。中国花姑娘的漂亮，皇军的玩玩！"

趁此时机，张克侠挤出人群，奔向电话间，他深知要想制服日本人的野蛮暴行，非得以硬对硬，中国驻军非出面不可。

豪克森与日本军少佐的虎、狼斗还在继续，两人争吵着，各不相让，各自捋胳膊挽袖子，横眉怒目，就要动手，一场争斗就要发生。

突然，大街上传来一阵尖利的警笛呼啸声，三辆中国治安部队的巡逻车飞驰而来，堵住医院大门，日军少佐见事不妙，喊句日语，丢下被抓捕的妇女，跑向卡车欲逃。但为时已晚，中国士兵已将卡车团团围住，用手枪逼住司机，一阵拳打脚踢，把十几名日军士兵全部捆了起来。

张克侠由电话间奔出，吩咐一声："押上警车，全部带走！"

"慢！"豪克森上前阻拦。

张克侠忙出示身份证。豪克森看过后，用商量的口吻说："张将军，日本人到协和医院闹事，这儿是美国人的租界，还是把他们交给美方处理吧！"

张克侠迟疑一下，答应道："既然如此，我们就将他们移交给美方，希望贵方按照有关国际公约，正确处理！"

"一定一定！"豪克森连连点头答应。摆摆手示意院方人员，将被捆起来的日本人押向后院。

处置完这件事，张克侠又向巡逻队队长交待几句，赶忙奔向产房。"哇哇……"产房里传出婴儿的啼哭声。听到这有力的哭声，他顿觉浑身轻松了许多，忘记了疲劳。

女护士奔出产房，微笑着说："先生，恭喜您得了个儿子。"

"太好了！"张克侠十分兴奋。产房的门被打开，张夫人被推出来。她似刚从水里捞出来一般，头发潮湿，脸白如纸。张克侠帮助护士把妻子安顿到病房里，正欲给妻子去打一壶开水，一名护士走来，悄声催促："张先生，大夫催您快交住院押金呢。"

"这就去。"张克侠应酬着，猛地忆起儿子木铁还没有回来。算来儿子木铁走了快一个时辰了，怎么还没回来呢？他的心又悬起来，奔到医院门口，又痴痴地望起来。

"爸爸……"正在张克侠脖子望酸，焦急难耐时，一个瘦小的身影扑到他的近前，抱住他问："您等急了吧？"

"啊！儿子！可把你盼来了。"张克侠惊喜地把儿子搂到怀里。父子分离虽只有这么一会儿，他却如同隔了三年一般。他细细地打量儿子，见他一脸油汗，汗衫拧成绳状，系在腰间。并让装钱的部位紧贴在胸口。孩子用心良苦，真可谓万无一失啊。

张克侠心里一热，猛地抱起足有七八十斤重的儿子，走进医院大门。

"爸，"木铁伏在张克侠耳边低声问，"您知道我是在哪儿把钱用衣服藏起来，缠在腰上的吗？"

张克侠摇摇头。

"告诉您，我是在一个没人去的厕所里，没有一个人发现。"木铁似在诉说深藏在心底的秘密，轻声细语着。

张克侠鼻子一酸，在小木铁那稚嫩的脸蛋上亲了一口。

交完住院费，还剩一些钱，张克侠抽出两张，塞给木铁："孩子，你拿去买点吃的吧！"

"不！爸爸！我不用，妈妈刚坐月子,需要补养。"木铁又把钱还给父亲。

望着儿子，张克侠思绪翻滚，眼睛潮湿了。

父子俩来到病房里，张夫人已醒来，只是显得很疲惫，气血不足。张克侠轻声宽慰道："你别急，安心养着吧！住院费已交过了。"

妻子用温柔的目光打量着丈夫，似是陌生了许多。这些日子丈夫瘦了，黑瘦黑瘦的,连眼窝儿都深陷下去了。她心疼丈夫，没白天带黑夜地忙工作。刚四十挂零的岁数竟像五十岁的样子。当她的目光在丈夫的手腕上时,惊问："你的金表呢？"

"喔！"张克侠装出突然忆起的样子，说，"我把它放在参谋部抽屉里了。"

"不！妈妈，爸爸把金表、大衣全当了。"木铁在一旁插话道。

"你呀！你……院我不住了！快去把金表给我赎回来！那是你的心爱之物，怎么能随便当掉呢？"说着李德伦女士责备道，支撑着就要下床。

"那算什么？旧的不去，新的不来嘛！"

张克侠忙上前拦住妻子，让她躺下，俯身瞧着婴儿，逗趣道："小家伙投错胎了，恐怕又要跟我受罪了。"

"报告。"门外传来传令兵的喊声。

张克侠忙离开妻子，整整衣服，走向门口："请进！"

传令兵跨进门，行礼后报告："张副参谋长，请您速回参谋部，卢沟桥有情况……"张克侠忙摆手制止他再说下去，俩人前后走向门外。

"砰"地一声房门关闭，一层木板再次隔开他们深深的夫妻情。

丈夫疼爱妻子，妻子需要丈夫的关怀。特别是当妻子分娩之际，更需要丈夫的关怀照顾。但当守在产床旁的张克侠，听到卢沟桥方向传来隆隆的炮声后，又该做出如何的选择呢？身为军人，他的选择当之无愧。

人言：少年不知愁滋味。其实，这句话并不全面，也并非真理。动乱年代的孩子早懂事、早知愁、早当家，木铁就属于知愁的少年了。他目睹父母的一次次分离，心里酸酸的，不知该说什么。这一来更急坏了张夫人，她躺在床上，内心惴惴不安，用急迫焦灼的目光盯着门口。不一会儿，张克侠迈着急急的步子推门进来，走到床前，俯身安慰妻子说："你安心养着，一两天后，我派车把你接回家。"

"那你……"妻子见丈夫脸色严峻，没有把后半句话问出，只是眼巴巴地看着丈夫，希望从他那儿得到更多的情况。

"来，孩子！"张克侠揽过大儿子，叮嘱道："你已经是半大小伙子啦！在张家要顶起大梁啊！"

"嗯。"木铁懂事地点点头，仰起脸说："爸，刚才我说您不好，我错了！我……"

孩子欲言又止，羞愧地垂下头，在父亲那宽大的怀里抽泣着。张克侠扳起孩子的脸，为他擦去鼻窝里的泪珠，拍拍木铁的肩膀说："唉……爸

爸失职呀！好啦！不要哭了，爸爸走后，你要小心伺候妈妈和弟弟。不要
贪玩！"

"哎！"木铁答应着，一对对泪珠溢出，顺鼻窝淌下。张克侠虽说久
经沙场，可也并非铁石心肠，他不忍看到儿子那悲切的面目，忙侧过脸努
力克制自己的情感。他蹲下身子，为儿子抻抻弄脏的衣服，爱抚地摸摸儿
子的头。尔后，毅然转身走向门口。

"你，你真的就这样把我们娘儿仨扔在医院，走了？"夫人李德伦目
送丈夫离别的身影用充满无限惆怅、心酸的语调，轻声问了一句。话虽不多，
声音也轻，却如无数钢针扎在张克侠的心上。他的心几乎破碎了，腿似灌
了铅一般，再也迈不动步。夫妻多年的情感，使他牵肠挂肚。他缓缓转回身，
当目光接触到妻子那柔柔的目光时，他触电般地呆住了。妻子产后很虚弱，
脸颊苍白如纸，眼窝凹陷，颧骨突凸，还有襁褓中的婴儿，不太懂事的儿
子木铁。这一切都是那样的揪着他的心、挂着他的肠啊！再说又正值战乱
年月，生死无定，说不定这次分别既成永别。他内心一阵激动，猛地跑回，
扑到妻子床前，攥住她那瘦骨嶙峋的小手，泪水簌簌流下……

"德伦，原谅我吧！我不是好丈夫，更不是好父亲。我愧对你们母子
啊！"张克侠半蹲半跪在床前，请求妻子的原谅。出身书香门弟的李德伦，
识书懂礼，知道丈夫肩负重任。不但日夜操劳，且随时有生命危险。今见
丈夫如此，她的眼泪也犹如断线的珠子一般淌落下来。她一边轻轻地抚摸
丈夫的头发，一边垂泪道："克侠，是我不好，拖累了你……"

"不！全怪我，结婚这么多年，你跟我福没享，净吃苦了！我……"

李德伦忙捂住张克侠的嘴，不让他再说下去，她一指门口，轻柔地说：
"克侠，这些话让它留在心里吧！你看，孩子在笑我们呢！"

张克侠起身，走向一边，擦拭着泪痕。

李德伦把压在枕头下的钱摸出两张，递给木铁："铁儿，快去给你爸
爸买点儿吃的去。"

"哎。"木铁接过钱跑出房门。

见孩子走了，屋内没有旁人。李德伦抬抬身子，轻声说："克侠，不
是我拦你，从你的眼神里，我能看出一定发生了严重情况。你不说我也知道，
世上只有他的女人最了解她的丈夫。更何况我们不是一般的夫妻呢！多少
年来，我们患难与共，度过一道道难关，真可谓患难夫妻了。眼下，我心

里有句话，拿不准当说不当说？北平危在旦夕，我又赶上月子里，动弹不得，孩子又小。你能不能先把我们娘几个先送到乡下，你也好安心抗战哪？"

平心而论，妻子的要求合理，也不过分。但是，他怎能答应呢？张克侠在床前激动地踱着步，似有千言万语要跟妻子说，可一时又不知该从哪儿说起才好。说实在的，他又何尝不愿把家眷安置到安全地方去呢？前不久，妻子李德伦的姐姐冯玉祥的夫人还来信，要他把她们娘几个送往山东，去与冯玉祥将军一块儿到泰山脚下去住。可眼下不成，倘若那样，会造成什么影响呢？他走到床边，坐在妻子身旁，好言相劝道："德伦，你的话也是我的心愿，我也巴不得这样做。可你不明白，假如我把你们娘儿几个送走，汉奸、投降派就会抓住把柄，大肆造谣，同事们也会鄙视我。身为军人，怎能做临阵脱逃的事呢？"

"你，你难道不管我们母子了？"李德伦说着又抹开眼泪，用力甩开丈夫的手，生气地背过身子不再理睬丈夫。

"哪儿的话，我怎能不管？"张克侠上前扳过妻子的肩头又说，"德伦，东北三千万父老都还生活在水深火热之中。目前，华北朝夕难保，全中国都可能沦为日本帝国主义的殖民地。我，一个军人怎能为保全家庭而忘国耻呢？"他点燃一支香烟，狠吸一口吐出一团浓烟后，又说："德伦，你放心，我一定会妥善安置你们母子的。"

"嘀……"院内传来摩托车的鸣笛声。

张克侠知道，这是传令兵等得焦急，按响喇叭在催他。他走到妻子身边，俯下身在她缺少血色的脸上轻轻一吻，安慰道："德伦，我去了！今天晚上可能要发生决定中华民族生死存亡的重大事件。"

李德伦亲手给他整整衣领，恋恋地望着丈夫。尔后，轻轻推了丈夫一把，催促他："走吧！快走吧！"

"原谅我吧，德伦。"张克侠看看妻子、婴儿，一步一步退向门口，扶住门框后，又足足注目妻子许久，似乎要把屋内的一切，用眼睛这架照相机全部如实地拍摄下来，储存在大脑的记忆库里，永远铭记在心头。

"轰隆隆！"北平西南方向的卢沟桥一带传来隐隐约约的炮声，张克侠猛地一震，转身时，清瘦的脸庞又重新呈现出刚毅的神色，他轻轻地关上门，转身大步离去。楼道里传出张克侠那清脆、坚定、有力的脚步声。

李德伦侧耳谛听着，当丈夫那熟悉的脚步声完全消失后，她抱起婴儿，把脸紧贴在孩子那稚嫩的脸蛋上，痛哭起来。

房门轻轻启开一条缝，木铁轻步走进屋，懂事地走到母亲身旁，轻声说："妈妈，您别伤心了，爸爸不在，有我呢！您哭坏了身子，弟弟没有奶水，爸爸知道了，该怪我没有照顾好您了。"

在苦难的岁月中长大的小木铁，懵懵中知道了许多，他长大了，过早地肩负起家庭生活的重担。

十　宛平东门，何基沣严辞日酋

出于吞并华北战略的需要，侵华日军急欲占领卢沟桥。但面对守备森严的宛平县城，深感军事力量薄弱的日军又采取了何种手段呢？原来日军早有准备，白天的行动只是虚晃一枪，更大的行动是借助夜幕的掩护开始的。"七七事变"的那一年，是国内国际政治风云变幻莫测的动荡岁月，气候也异常的闷热，似乎在蕴酿着什么不幸的灾难。

公元 1937 年 7 月 6 日，这天上午，在华北重镇，铁路枢纽丰台镇通往宛平县城的土路上，一中队日军在膏药旗的引导下，肩扛步枪，在向卢沟桥方向前进。春旱无雨，沙多路干，当一双双大皮靴踏在沙土地上时，荡起一阵阵烟尘。强烈的太阳光下，一把把刺刀折射出耀眼的寒光，构成一片刀林。

在卢沟桥东面百十步远的东大堤上，建有一座城池。因宛平县署设在此，故而称为宛平城。此城建于明崇祯十三年（公元 1640 年）名曰"拱北"，至清代改叫"拱极城"，为保卫京城而建，实为桥头堡。内置拱极营，传说设兵 283 名，与城碟，石狮同为三个 283，只是无从考证。别看此城小，却建筑坚固，城墙厚实。基础条石六层，上面砌砖，高三丈。因城小没有设四门，仅设有东门，顺治门；西门，威严门。城中仅一条大街，贯穿东西。出东门可直达丰台、北平，出西门可越过卢沟桥，直达冀中、山西。因此，宛平城是虎踞卢沟桥，扼守北平的西南大门的唯一屏障。

当驻守丰台的日军第三大队第八中队刚刚行进到离宛平县城二里许的时候，驻守宛平县城东门，顺治门城楼上的哨兵就发现了鬼子的队伍。忙跑下城楼，沿马道跑到城门洞内的哨所内，向值勤排长报告了刚发现的敌情。值勤排长立即集合吹响警笛。城门洞内营房里的士兵紧急集合后，跑步进入城门外两侧呈八字形、用沙袋构成的阵地。驻守宛平县城的是二十九军三十七师一一〇旅吉星文团三营九连。这个连训练有素，作战反应极快，眨眼的工夫机枪掀掉罩衣，枪眼内伸出黑洞洞的枪口，监视着城东大道。与此同时，四名强壮的士兵奋力转动绞盘机，两根手腕粗的绳索被绞动，吊桥木板离地，吊桥缓缓升到高空。那年月，没有电，也没有机器，要想吊起几百斤重的吊桥，全靠人力。待把吊桥拉起，四个士兵已累得大汗淋淋。值班室内，值勤排长鲁大非狠劲摇动电话机，急忙向营部报告。东城门外如临大敌，进入紧急战备状态。

恰逢一一〇旅长何基沣前来宛平县城巡查，当他在营部接到东城门值勤排长打来的电话后，立即和营长金振中急忙赶到东城门。他俩站在垛口后，举着望远镜观察着日军的行动。

日军渐近，咚咚的脚步声，犹如闷雷，在大地上回响，震得人心发颤。见吊桥扯起，中国守军已经有准备，日军不敢盲动。他们停在壕沟外，身后骑马赶上来的土肥原，身穿一身崭新的军服，跳下马，径直来到壕沟外，手呈喇叭形高喊："喂，守城的士兵注意了，大日本皇军大佐一木清直要面见你们长官，有要事相商。"

"本旅长在此，有什么事？"何基沣站在城楼上，高声喝问。蓦地，他忆起宋哲元军长视察卢沟桥的嘱托，对日交涉应本着和平又不屈辱的原则，做到有理、有据。他沉思片刻挥挥手道："告诉你们长官，部队后退一百米，再谈会面之事。"

土肥原扭着大屁股跑回日军队列前，跟长相肥胖、大冬瓜一般的日军联队长一木清直嘀咕几句日语后，日军后退。

何基沣挥手示意，值勤排长指挥士兵放下吊桥。他在第三营营长金振中的陪伴下，步下城门楼，穿过城门洞，来到壕沟内的平地上。

在土肥原的陪同下，一木清直大佐手扶战刀，肩背盒子枪，趾高气扬地走过来。这两位一文一武日酋，似是从一个娘肠子里爬出来的，同样又矮又胖。他俩走在吊桥上，压得三寸厚的桥板上下直颤。

满身戎装，披挂整齐的何基沣早已气宇轩昂地叉腿站在桥头，他上下打量土肥原，一木清直几眼，决心以不变应万变，与被日本人称为中国通的土肥原及骄横跋扈的一木清直较量一番。他摆摆手示意撤掉机枪哨，迎着他们走过去。

一木清直叽里咕噜地说着日语，土肥原抢前几步，堆上一脸笑褶说："何将军，幸会啊！"他说着故作熟悉状伸出手，欲与何基沣握手，伸到半截，见对方背着手，没有握手之意，忙干笑两声又说："何旅长，皇军奉命要到河西长辛店地区去演习，要求允许通过宛平县城。"

"通过宛平县城，那可不行！"何基沣听罢，严词拒绝。又加重语气说：

"土肥原先生，宛平县城是我军驻防重地，外人一律不许通过！"

一木清直转动着粗壮的脖子，故作不解状侧脸问土肥原："土肥原君，他的什么的干活？"

土肥原恰如舞台上饰演丑角的演员，摊开两手，阴阳怪气地敲着边鼓："大佐先生，人家说了，不许通过。"

"演习的大日本皇军的军事任务，任何人都不得阻拦！"一木清直眼镜后那双狼眼闪烁凶光，口气蛮横地说。

"军人的职责是守卫国土，中国的领土不能任他人随意践踏！再者，宛平县城是我军驻防重地，驻防重地你懂吗？"何基沣语气坚决，针锋相对把"驻防重地"四个字咬得干嘣脆，不容有任何商量的余地。

见中方态度强硬，一木清直气得厚嘴唇成神经质地颤抖着，小仁丹胡乱跳，高举起拳头喊叫道："我的军人，是奉命演习！"他放下拳头，在何基沣面前晃动着，威胁道："军人的天职是服从命令，你的明白！非通过的不可！"

"通过？"何基沣被日方狂妄无理的要求激怒了，他跨前一步，怒吼道，"奶奶的，掉脑袋也不行！"

"唰——"一木清直抽出战刀，高高举起，恐吓地在空中挥舞几下："拒绝的统统死了死了的有。"

何基沣见日本人炫耀武力，也不甘示弱，他猛地抽出腰间的手枪，在膝盖上麻利地一搓，顶上子弹，大拇指一翘，打开手枪保险机，抢前一步，顶住土肥原的胸口。

"二位息怒。"土肥原被枪口顶着要害部位，吓得腿直哆嗦，生怕二人真动起手来，那样的话，第一个死去的就是他。他干笑着劝解道："一木清直大佐，都是公事，奉命而已，何必要伤和气呢？老朋友嘛！有什么事可以商量。"

一木清直无奈，收回战刀，插进刀鞘。

何基沣见日方有人出面打圆场，想起上司的有关训示，对日交涉，尽量少与日方纠缠，以免给对方授以口实。他想了一想只得强压怒火，愤然地收起手枪，转身欲走。

土肥原上前拦住："何将军请息怒，为避免日后再起争端，咱们可以好好谈谈嘛！"

"谈谈？谈什么？"

"啊！谈什么，就谈双方如何和平相处嘛！"土肥原斟酌着词句，力争促成此事。

何基沣抬头看看日头，转对一木清直余怒未息地说："要谈就谈吧！这太阳地太热，有什么话到城门洞去谈吧！"说完，他头也不回地走进城门洞。

一木清直与土肥原交换一下眼色，二人会意，然后紧步急随，跟着何基沣等人来到城门洞内。

顺治门城门洞可通车辆，宽有 2 丈，高过 3 丈。穿堂风吹过，凉爽宜人。何基沣命人抬来一张长条桌，搬来几把椅子，待大家落坐后，他话里软中带硬地说："二位先生，本人公事繁忙，有什么话快说！如提什么要求，可以去找宋哲元军长去谈，何某官职卑微，做不了主，没有权力满足日方的任何要求。"

土肥原闻言暗想：说得好听，宋哲元远在山东，如何能下命令？这显然属推诿搪塞之词。他堆起笑脸，躬身上前道："区区小事，何必惊动军长大驾呢？再说他远在山东老家，千里之外，鞭长莫及呀！何旅长，何必推辞呢！"他说完停在话头，眨动着眼镜片后一双狡黠的眼睛，暗中观察中国军官的反映。

"啊！"何基沣暗吃一惊：日本人的消息真够灵的。宋军长去山东省亲，二十九军内只有师、旅长以上军官及少数高参知道，连对冀察政委会内的亲日派都保密，日本人何以得知？他只得再打出第二张王牌："如非要通过，找副军长也可以。"

"那倒不必，不必！"土肥原讪笑着说，"只是路过而已，何必兴师动众呢！"他嘴上说不必，却从胸前口袋内摸出一封信，当作护身符一般呈递到何基沣面前："你们司令官的信息可以了吧！"

何基沣扫了一眼，见是冀北保安司令石友三写的一封信。他心头一沉暗骂："他娘的！日本人靠几个臭钱收买不少没有骨头的中国人。"他没有去接石友三的那封信，摆手拒绝道："土肥原先生，我们响当当的二十九军正规部队，上属宋哲元军长指挥，下属三十七师师长冯治安将军领导，石友三算什么东西？他管不着我们，他的信我们做手纸都嫌脏！"

"他……他是司令，冀察政务委员会委员……"

"司令？狗屁！请问二十九军哪个师、哪个团是他的部队？他不过是个懦夫罢了！不然，何以为你们写这封混账信？"何基沣想着石友三依靠日本人，做出的许多丧失人格、国格的丑事，激愤难平。他平生最讨厌那些与日本人勾勾搭搭、眉来眼去的民族败类。提起那些为日本人效劳的软骨头、势利小人，何基沣就恨得牙根发痒了。

中国驻军长官的严辞拒绝，激怒一旁的一木清直。平常，他有些瞧不起土肥原这些年龄稍长的联络官、顾问等人，认为这些人油嘴滑舌，光靠耍笔杆子挣碗饭吃。他信奉人世间只有军刀的作用是万能的；他崇尚武运，不信什么谈判、政治、外交的作用。他驻守丰台以来，制造的"丰台失马"和"丰台营房"事件，都因他秉承上峰旨意，态度强硬，而使北平冀察当局服软认输，向日本赔礼道歉，做出让步。这更助长了他的骄横外交政策，不把中国人对等看待。他盛气凌人地推开土肥原，小仁丹一噘，挥着短粗的胳膊吼道："帝国的军队所向无敌！小小旅长的，磨牙的不必，贻误军机责任大大的。"

见日军大佐一木清直又使用威胁、恐吓的手段，何基沣气壮如牛，霍然站起，挥着拳头，针锋相对道："别说你这小小一木，天皇来了也不行！"

"大日本皇军威镇亚洲，闻名全球！遇有阻拦，必以武力荡平一切！"

"哈哈哈！"面对日酋的狂妄无礼，何基沣朗声大笑。嘴角一撇，讥讽道："想你小小东洋三岛，乃区区弹丸之地；而我中华疆域辽阔，人口众多。天热时，挥汗成雨，吐口唾沫，就淹死你们。你……"他怒指一木清直的鼻子问："有何面目在我面前说三道四？想我二十九军，喜峰口一战，打得你们哭爹喊娘，抱头鼠窜。这些……"他转问土肥原道："土肥原先生想必有所领教了。"

何基沣一席慷慨之词，羞得土肥原面红耳赤，无言答对。一木清直黔驴技穷，猛地转身奔出城门洞，冲城外日军招手。日军跑步前进，欲抢占吊桥。

城楼上的中国守军早已防备日军的突袭，忙拉起吊桥。日军企图突袭抢占宛平县城东门的计划，又如肥皂泡沫，轻而易举地被中国守军粉碎了。

时近正午，谈判毫无结果，何基沣见日军图谋不轨，深恐夜长梦多，迟则生变，忙高喊一声："来人，送客！"

城内跑出一班中国士兵，手持步枪，肩背大刀，押解土肥原、一木清直走向城外。

土肥原仍似不甘心，垂头走了几步，转回头还欲再说几句什么，见何基沣等人已离去，只得悻悻作罢。

日方图谋北平已久，早在事变之前，就派人在卢沟桥附近买地，准备修建飞机场。大井村的百姓面对日方重金收买，做出了令人敬佩的回答：卖地我不干，挖祖坟的事我不干！万民请愿书就是这段历史的证明。

何基沣沿马道来到城门楼上，见城外的日军仍留在原地，没有退走之意，忙招呼值勤排长鲁大非过来，他手指城外的日军说："注意，你们给我盯紧点儿，若日本人挑衅，有什么越轨行为，无论官兵都要拼命向前，保持国家体面，切不可怕发生事端！"他吩咐完走开两步，又回身道："告诉你们，这可不是我何基沣的意思，这是宋军长的命令！"

"是！旅长放心！弟兄们的大刀早就磨得亮亮的，吹根头发都得断，只等砍日本鬼子的脑壳了！"金营长笑答道。

说话间，一名身穿黑色警服的警察由马道上跑来，近前行礼后报告："何旅长，王县长请您去一趟县公署。"何基沣点点头，又向金营长交待几句，便随着警察步下马道，沿着街道，向西直奔宛平县署走来。

宛平县城不大，店铺不少，只因战乱频起，许多店铺上板停业，只有少数"官"字号买卖，还有一搭无一搭地开着门，装点着市面，宛平县署就坐落在东西大街最繁华地段，街两侧紧邻着几家茶房酒铺、旅馆、饭店之类的买卖，以往多为来往商贾游人所备，现大多驻着军队。靠近县署有所大院，二十九军团部及第三营营部同在这个院内，只是团长吉星文赴庐山受训未归，团部人不多，出入的多为营部的人。团部东侧有户财主的房宅，虽然高大、宽敞，却很陈旧，里面是所坐北朝南的四合院，即为宛平县署办公地。县署的门脸为三间瓦房。左为传达室，右为警卫室，中间为门道。门外白墙上右画一挺高机枪，左画一挺重机枪，县属因年久失修，大门上的油漆剥落，围墙及门楼上的檐瓦已残缺不全，长满杂草，有些风独残年的味道。此宅原属财主大户，辛亥革命后，房子的主人早已不知去向，有人说其飘落在海外，有的说其搬到外地，却也无从查考，但遗留下的旧宅，却被派上用场。冀察政务委员会为方便河北省与日周旋，解决省主席冯治安驻防保定与北平相距遥远，有些矛盾难以解决的困难，便在此设立了河北省第三行政督察专员公署，辖治宛平、大兴、通县、昌平，并任命北平市政府参事兼宣传室主任王冷斋为督察专员兼宛平县县长。

何基沣来到宛平县署时，县长王冷斋已站在房前的石榴树下，手摇巴蕉扇正在等着他。王冷斋五十岁出头，中等身材，面目清瘦。他不似官场上有的官员，忙着敛财。从仕多年一直注意清政廉洁，并注意节制食欲，故而养就干练的儒者风度。虽至夏季，却也衣帽整齐，身穿一身合体的灰布长袍，头戴礼帽。官场的风风雨雨，养成他老成持重的内向性格，从不轻易把自己真实面目坦露给他人。近年来，他因经常看报读书，对国家、民族的前途甚为忧虑，有救国救民舍我其谁的君子精神，常以屈原、文天祥自比。因其对日态度强硬，主张抗战，故被宋哲元委以此职。他自担任宛平县长后，因地处多事之地，经常为地方上的事四处奔波，与日本人周旋，几次巧妙地拖延了日寇的侵略计划，在当地威望颇高。此刻，他见何基沣旅长走进大门，忙急步上前相迎，热情问候："何旅长辛苦了，鬼子走了吗？"

"唉！癞皮狗。"何基沣厌恶地挥挥手，想以此驱散心烦之事。一文一武两位官员一见如故，握手寒暄后，相约着步进客厅。王冷斋见何基沣眉头紧皱，似有不快之事，关切地问："何老弟，莫非有什么不顺心的事吗？"

性格耿直、脾气火暴的何基沣从不会拐弯抹角，见王县长探问，气哼哼地说："还不是他娘的日本鬼子捣蛋，不让我们睡踏实觉，吃踏实饭。"

"坐！"王冷斋手指木椅礼让道。

何基沣落座后，打量着会客厅，见屋内布置古朴、典雅，家具多为老式，漆成栗色，墙上挂着几幅名人字画，向阳处摆着几盆鲜花。或许是墙壁新粉刷的缘故，屋内有股淡淡的石灰粉味。二人分主宾坐定，差役端上茶来，转身欲走，王冷斋吩咐道："去，到地窖内弄两个西瓜来。"

差役答应一声，走出屋去。

俩人聊着天，工夫不大，差役端着切好的一盘黑籽红瓤的西瓜进来，放在二人之间的茶桌上。王冷斋拿起一角递给何基沣："来，第一角献给抗日英雄。"

"不客气！"何基沣接过咬了一口，脱口赞道，"好瓜！真甜！王县长，今天我可有口福了！"

"口福？是我有口福，沾了你的光了！"

"噢？"何基沣一怔，有些不解。

"何旅长，这是附近的百姓听说你们要打鬼子，送西瓜前来慰问抗日英雄的！要不是沾你的光，别说人家送上门来，就是花钱去买，也要自己去背呀！"

"百姓们待我们太好了！我们要是做出亏心事，真是无颜见百姓啊！"何基沣感叹道。

"是啊！百姓们太好了，"王冷斋也充满感情地叹息道。他又把一角西瓜递给何基沣，说："何旅长，我找你来，一是想商量一下如何把西瓜分到士兵中间；二是找你聊聊，心里很烦闷呢。"他咬一口清凉可口的西瓜，心火略消一些，继而感慨道："老百姓这样厚待咱们，是怕做亡国奴哇！"

常言道："狗都怕作丧家之犬，何况人呢！"何基沣颇有同感地附和道。他又拿起一角西瓜边吃边问："王县长，日寇在丰台以北修飞机场的事怎样啦？"

"唉！别提了，提起我就头疼！双方谈判不下十余次，日方所提条件均遭我方拒绝，上司的意思是既不说行，也不说不行，反正是软磨硬泡地拖下去，可真令人不安呢。上司的态度总是模棱两可，让我们这些跑腿的作难呀！要说我们的百姓那真是好样的。前不久，日寇见谈判不能达到目的，便变着花样从民间着手，土肥原带着一批汉奸、携带巨款，挨家挨户地劝诱每家农民卖地。大井村、小井村百分之九十的农民都把土肥原拒之门外，坚决不卖！"

王冷斋说起这些，滔滔不绝，历数家珍似的，他见何旅长对此很感兴趣，又继续讲道："土肥原连连碰壁，仍不死心，又想出毒计，专找贪财的土豪劣绅买地，并许给高官厚禄。中国人也真有丢人现眼的，大井村的陈二、高朋等势利小人得到巨款后，真在卖地的契约上签字画押。谁知深夜，巨款不翼而飞，这两家门上各都用飞刀插着一封短信，警告他们不要做对不起祖宗的事。这俩家伙吓得魂飞魄散。第二天忙又卖房、卖牲口，把钱给日本人送去。听说土肥原气得狠狠扇了这两个家伙几记耳光。自此，那一带再也没有人敢提卖地的事了。"

"痛快！这才叫恶人自有恶报。"何基沣击拳赞道。

王冷斋见屋内闷热，起身打开一扇窗户，又从墙壁上摘下一把扇子递给何基沣，继续讲述道："昨天，大井、小井村的百姓选出代表，到乡公所表示，谁卖地就是卖祖宗，猪狗不如，就是汉奸。"王冷斋说着走到文具柜前，拉开抽屉，取出一迭档案袋。抽出一叠纸说："你看看，这是各户代表咬手指，在给县署的万民折上按的血印，以此表示誓死不卖地的决心。"

何基沣赶忙站起，掏出手绢擦擦手，双手接过呈文，觉得重如千斤。他喃喃自语："这是中国百姓的爱国之心啊！"

"何旅长，日本人贼心不死，他们看这招棋不行，你猜怎么着？又耍开了新手腕……"

鸿门宴酒会自古有之，日方为拉拢中方官员，也采用了此招儿，只是手段更拙劣、更卑鄙……

王冷斋与何基沣促漆而谈，二人各诉苦衷，他见何基沣对此很感兴趣，又讲述了自身的一段经历……

"前不久，日本特务机关长松井大佐亲自出马，下帖请我、卓宜谋、专署林秘书和洪大中去赴宴，我们明知他们不怀好意，但也不能示弱，刀山火海也要去！我们是抱着牺牲的决心去赴宴的。"王冷斋说着，陷入了回忆之中：

"那天阴着天，飘着零星的小雨……"

在北平东交民巷台基厂二条，有座灰色的建筑物，门口阴森恐怖，除高墙深院、密如蛛网的电网外，还加了双岗。此处便是日本特务机关部，秘密的谍报机关，杀人魔窟。自"何梅协定"后，南京当局允许日本以保卫侨民为借口，在北平驻军后，这里便成了古都动荡不安的祸源。多年来，无数中华民族的优秀儿女、仁人志士、热血青年惨死在这里。自这所灰色巢穴成为洋人的庇护伞后，没有一天平静过。天上总是冷气森森，透着股股杀气。与此同时，这所阴森恐怖的宅院，每天都通过各种渠道，发出许多指令，策划一个又一个阴谋，许多侵略中国的罪恶计划都是在这里制定的，它的触须不仅伸向华北，而且蔓延到全中国及亚洲各国，是个与天津三野友吉公寓齐名的罪恶之地。

熟悉内幕的人都知道，日本特务机关部表面上是绿树成荫，花红草绿，甬路洁净，而刑房内的血迹一刻也没干过，年复一年地构成了其主人的一部肮脏的罪恶史。这座魔窟内，既有摧残人们的肉体的刑具，也有腐蚀人们灵魂的场所。在其首脑机关的右侧，有座小跨院，类似上海的大世界。

许多肢体发达、头脑简单的青年在这个设有白面馆、舞场、赌场妓院、酒吧的染缸里堕落为民族的罪人。

那天，当我们乘车到达时，日方代表松井、大使武官今井武夫、参谋长樱井、辅佐官寺平、秘书斋藤等早已迎候在门口。这些人见我们走下汽车，没有笑却强装微笑，一副殷勤好客的样子迎上前，净说些虚情假意的奉承话。我们虽说走南闯北，闯荡半生，可对这里却只是耳闻过，没有眼见过。初次涉足这块神秘的领地时，不免有些不安。在日本人的陪同下，我们走进宴会厅时，但见一拉溜摆开几十桌酒席，菜肴丰盛，真可谓山珍海味、佳肴美酒，陪客早已入座，有官僚政客，有商贾巨富，也有军人及文化名流。

当时，我被松井让到主宾席上，松井高声道："诸位，我给大家介绍一下，这位是宛平县署专员、县长王冷斋先生。他是我们大日本帝国亲密无间的朋友。今天他能够出席我们的宴会，本人深感荣幸。大家鼓掌，欢迎我们的朋友，王县长的到来！"

"噼噼啪啪……"宴席前急于饱餐的宾客纷纷鼓掌，渴望早点结束这烦人的前奏，甩开大嘴吃个肚圆。

见此场面，我忙站前几步，不卑不亢道："诸位，松井先生的话有些言过其实，实不敢当。今天，我既不是专员，也不是县长，是以私人身份，和在坐的各位一样，前来赴宴。我祝大家胃口好，吃个痛快！喝个净光！"

众人一片欢呼，立即抄起筷子、倒酒忙活起来。

松井这个气呀！日本人请客，好似我成了主人。松井还有许多话没有说，众人就吃喝起来，太不像话，可事到如今，他也只得如此。

工夫不大，我便被猜拳的吆喝声，日本歌女软绵绵的歌声吵得头发晕，恍若置身于五里云雾之中，唯有心里还如明镜般清楚，并不断告诫自己：冷斋，千万别喝酒！不然会出大事的。心里这么想着，只是举举筷子，装装样子，并没有真吃真喝，准备随时应付松井的进一步挑战。

坐在一旁的松井急得暗暗搓手，假意干笑着："王专员王县长，都是自家人，客气的不必！"他端起酒杯，举到空中："请！"见我没动，他一使眼色，旁边的今井武夫忙站起，又为我布过一箸菜，招呼一声："王先生请吧！"

此刻，我冷眼旁观，端坐不动，眼里射出一股凛然正气。

"来！今日开怀畅饮，一醉方休。"松井说着再次举起酒杯。

为戳穿日方的阴谋，我拦住松井道："机关长先生，想不到你神通广大，与市里的头面人物是挚交哇！"说着，我掏出一封市府下发的请柬，缓缓放到桌上。

松井被我不合时宜的话说愣了，但他马上明白了话中所指是讥讽他暗中与北平的汉奸相勾搭，忙解释道："哪里，哪里是挚交，不过认识而已。用你们中国人的一句话说：四海之内皆兄弟也。我们大和民族，就喜欢广交朋友啊！"

我欲擒故纵地说："恐怕未必吧。"

"萍水相逢，你我也是如此嘛！"松井生怕再盘问下去，会有泄密之语，传出去恐怕不利。忙岔开话题，转身高喊："写条子，写条子。"

内间屋转出两个花枝招展的日妓，袅袅婷婷，花蝴蝶一般飘至桌前，有的倒酒，有的点烟。女人的胳膊、胸脯，在宾客周围磨来蹭去。香水味、女人的发油味把我熏得头直发胀，几欲躲闪无空儿，日本女人越靠越近，我再也克制不住，怒不可遏地吼道："滚开！"

妓女们惊叫一声，酒杯砰然落地，蜜蜂般散去，避向一旁，引得人们都把目光转向这里。

松井脸上的肌肉神经质地抽搐着，犹如风吹日晒多日几欲裂开的紫皮茄子，火气冲到脑门儿上，却强力克制着。他强压肝火，嘿嘿干笑着，摆摆手："花姑娘的退下，县长的动肝火的不必！"

妓女们悻悻然退下，松井招呼侍者重换酒盏，再次殷勤地劝说："王县长喝酒。"并故作亲热状扳住我的肩膀，扶坐在椅子上，酒宴重新开始，而气氛更紧张了。

松井耐着性子端起酒杯提议道："祝王县长官运亨通，发财大大的！"

我面色坦然，稳坐如山。但却语气严厉，带有一股凛然不可侵犯的气势答复道："松井先生，请你自饮杯中酒，何必强人所求，侵犯他人利益，干涉邻国主权呢！"

松井递上的酒杯停在半空，进退不是，尴尬地"唔唔"两声附和道："也好也好。"

松井冲身后一摆手，土肥原从侧室转出，拿出一个文件夹打开，取出大井村、小井村的地图及修建飞机场的协议书。松井接过，双手呈上送到我的面前，用近乎求生的语调说："王县长，为剿灭共产党，建立东亚新秩序，就请您帮我一个忙吧！天皇已下谕书，责备我的无能，陆军省部也要追究我办事不力的责任，要把我绳之以法。老朋友，总不能见死不救吧？可怜我一家老小……"他演戏一般地恳求着："王县长，见死不救，非仁义之士啊！你自幼熟读四书五经，知情达理，总不能做不仁不孝、不忠不义之人吧！只要你在这上面签个字，我就好向上面交差了，你也可以得到一笔好处！"

我见松井合盘托出宴请的目的，站起拦住松井递笔的手，毫不相让地说："松井先生，此言差矣，我不签字，正是为做忠孝仁义之人。仁者，不杀生，知书；孝者，上敬祖先，下敬父母；忠者，报效国家，虽肝脑涂地，而义无反顾。我身为政府命官，如未得政府允许、百姓同意，就出卖祖宗的产业，那是国家的罪人。你说你有一家老小，可我有四万万同胞，如拿家庭和国家比，还不是沧海一粟、九牛一毛吗？想你松井先生怎么连三岁幼童都知道的道理也不懂呢？日本与中国隔海相望，为何偏把飞机场修到中国，强占中国的领土呢？如果中国要求把飞机场修到东京、大阪，想必你松井先生也不会同意吧？"

松井被我一通质问理穷词尽，语诘尴尬地逼视我，我也怒视松井。二人的目光似四把利剑，在空中激烈交锋。过了一会儿，松井又换上一个话题色厉内荏地说："如果阁下签字，我们保举你为北平市副市长，另外……"松井一侧头，土肥原从皮包里掏出一叠叠的钞票放在桌上。片刻之间，堆成一座小山。松井手指金钱："王县长不必嫌少，这是二百万元，算做定钱！事后另有高酬！"

"松井先生。"我扫视周围人们一眼，轻蔑地说，"你出的价钱是不是太少了。"

"太少了……"松井微愣，"王县长有何要求，我大日本帝国全力满足！"

"哼！"此刻，我的鼻腔里喷出一股鄙夷的声音。

"松井先生，收起你的鬼把戏吧！我的中国心是无法用金钱估价的！"

松井陡然变色，面露凶光："王县长，为日中亲善，务必请专员在协议上签字，以免引起你我都不愉快的不良后果！"

"不良后果，你又能把我怎样。"此时，我倒冷静大方起来，反宾为主，举起酒杯说："各位喝酒！酒席前不谈政事。这可是我的老规矩了。"我喝下一杯又满上举起酒杯说："松井阁下费尽心机，设宴为中日友善，我希望宴席间谈笑言欢，政事留待后议，如果强迫我签字，只有退席！"

"退席！"松井牙缝间迸出这两字，"说得轻巧，来得去不得！"

对松井的蛮横态度，我也不甘示弱，针锋相对道："即使失去自由也在所不惜！"

松井转身从墙上摘下战刀，冷不丁架在我的脖子上："王县长，你的不怕死吗？"

"死！蝼蚁尚且贪生，何况人乎？我们能为国为民去死，就是死得其所！屈原、文天祥都能为国捐躯，做为他的后裔，我也视死如归！"

此时，松井软硬都不能使我屈服，当着众人的面，他也不好把事情弄僵，像只斗败的公鸡，把战刀取下插回刀鞘，与土肥原相视后，会意地颔首示意，换上一副笑脸拽着我的胳膊说："友谊大大的花姑娘，跳舞的干活！"

在松井前拽后推之下，我只好硬着头皮来到舞厅。靡靡之音，悠悠舞曲，在厅内回响。昏暗的灯光下，日军官搂抱着妓女旋转，下流动作，不堪入目。松井指着一个浓妆艳抹的女人介绍道："这位是闻名三岛的三洋佳代子小姐……"又指着我介绍说："这是当今华北的社会名流，王冷斋王专员王县长。"三洋佳代子一挑柳叶眉，轻扭细柳腰，妖气十足地走到我面前，抓住我的手，搂住我的脖子柔声细语地撒贱道："专员大人，日后可要多多关照哟，咱们跳一圈儿贴面舞吧！"

我推开东洋女人的搂抱，态度冷漠地说："对不起小姐，我不会跳舞！"言罢，转身走向一边。

这时，几个日本女人分别走到中国官员卓宜谋、洪大中、林秘书跟前，邀舞献媚，均被我方官员婉言谢绝。

突然，一个名叫二妹的中国妓女惊叫一声："妈呀！我的钻石戒指丢了。"舞厅内一阵大乱，日本人立即翻倒沙发，到处查找，女人尖叫着跑走，我们趁机走出门外。

"我们是趁乱见松井上了厕所，赶忙跑回来的。"王冷斋讲完那段经历后又补充一句。

"娘的！东洋鬼子为达到目的，金钱、美女都用上了。"何基沣听完王冷斋讲述，了解了日寇的阴谋诡计，愤然骂道。他气狠狠地扔掉烟蒂，走到窗前。

"何旅长，你了解我的为人。我王冷斋为官多年，虽不敢妄言是一方百姓的父母官，可也不能黑了良心，做对不起国家和百姓的事啊！"王冷斋沉思片刻又说："今天我把你请来，就是想商量一下对付日本人寻衅闹事的办法。"

十一　城外壕边，武士惨败西瓜宴

军队是由人组成的武装集团，官兵也都是食人间烟火的凡胎俗子。当又饿又渴、被日晒折磨到极限的日军，面对中国军队品尝又大又甜的西瓜时，所谓铁的纪律瓦解了，江田岛的武士精神烟消云散，西瓜打败了枪炮。

此时，又有下属前来报告，日军仍滞留在东城门外，不知有何图谋。

得知宛平东门外的日军赖着不走，有图谋强占宛平城的企图，何基沣愤而站起来，激动地表示："王县长请放心，日寇胆敢强占一寸土地，我二十九军卢沟桥守军决心抵抗到底。"

"好！有何旅长这样的军人，百姓不但放心，我们身为文职人员也就宽心了。不管遇到什么风险，决不能在我们手上出卖祖国一寸土地，决不能在历史上留下千载骂名啊。"王冷斋动了感情，神情戚然地表示着决心。

"叮铃铃！"电话骤响，王冷斋抓起话筒："喂？是县署。东城门？我就是，何旅长也在。"他把话筒递给何基沣说："何旅长，您的电话！"

何基沣接过电话惊问："怎么，日军还没有走的迹象？"他抬腕看看表，时针指向下午一点。他用手掌捂住电话，转身对王冷斋说："王县长，日军至今不退，想必定有所图！"

"我看不妨这样……"王冷斋眼珠一转，走到何基沣身边，低声说着什么。何基沣连连点头，他挂上电话，二人会意地笑了。

大约一刻钟后，一班士兵抬着几筐鲜灵灵的大西瓜，来到宛平县城东门顺治门前，在壕沟前空场上，支起一个3丈长、2丈宽的大布篷，又摆了几张桌子，把切好的西瓜放在桌子上，上来一班士兵，围在桌旁吃起来，有的士兵还戏谑地招呼道："东洋小鬼子，来吃瓜吧！"有的士兵高举一角西瓜，踮起脚尖，做出像小孩儿过家家时的顽皮样，滑稽地表演道："馋馋，馋狗牙，馋得东洋鬼子满地爬。"

一班吃完换二班，轮流替换，隔着壕沟，把西瓜皮抛到壕沟外日军队伍前面的空地上。

城门楼上的垛眼处，沙袋构成的临时工事里，步枪、机枪都瞪着阴森可怖的眼睛，瞄着日军黄乎乎的队伍。

一壕之外，十几丈远的地方，日军的队伍静站在烈日下，把壕沟中国士兵的举动看得一清二楚。士兵们敢怒不敢言，默默地承受着毒日的烤晒。一木清直是个刚愎自负的家伙，谁的主意也听不进去。被中国士兵赶出来之后，他还不死心，抱有一丝幻想。当即命令士兵站在毒日下，想借此显示日本"武士道"的精神，炫耀日军所谓"铁的纪律"，借以要挟、恫吓中国士兵的斗志，使他们产生畏日情绪，在心理上瓦解守城士兵的斗志。

七月的天气，烈日如火球一般，吊在头顶上，恨不得把大地烤干晒焦，没有云没有风，这可苦了日军士兵，个个热得似从水里捞出一般。时间一分一秒地过去，由晨至午，日军滴水未进，有的支撑不住，工夫不大晒晕了好几个。而其余的仍如泥塑木雕般地站着。军令如山，谁敢提出异议，会以抗命军令被枪毙。"扑通"又有一个年轻的士兵倒下，队伍片刻惊慌后，很快又恢复了平静。出乎一木清直意料之外的是，中国军队抬来西瓜，这个特殊的武器同他的精神战较量，他的精神战崩溃了。

壕沟内，中国军队吃瓜、赞瓜、讥讽、嘲笑的声音，彻底摧垮了日军的精神支柱。日军有的舔着干烈的嘴唇，咽着唾沫，有的盯住抛到面前的瓜皮。连一木清直也不断地下咽着口水，恨不得抓起瓜皮啃一口。

日军秩序乱了，一木清直见士兵个个一蹶不振，蔫头耷拉脑袋的样子，十分窝火。他飞脚踢倒一个正在打瞌睡的士兵，发出撤退的命令："统统回去！"

被晒得昏了头的日军忙着整队，虽说已有不少人昏倒在地，但大多数士兵还能勉强支持，得知下达了撤退的命令，犹如打了强心针一般，搀着要倒的，抬着躺地的，溃不成军地排成队，再也没有往日的神气，骄横霸气早飞到爪哇国去了。日军在值班军官的带领下，垂头丧气地往回走。

城门上的中国守军见此，一阵呼喊："东洋鬼子缩头乌龟了吧！来呀！再让爷爷看看你们的武士道精神！"

丢失脸面的一木清直更是气急败坏，他低着头，铁青着脸，率领着手下，像批斗败的公鸡一般，赶回丰台驻屯军的老巢。

一木清直回到西仓库营房后，总觉得窝火，不发泄出来，憋得他心里难受，心毛手痒，坐卧不宁，看什么都不顺眼，一双小眼电灯泡一般，寻觅着发泄的对象和机会。指挥部门口，垂着站着他手下的三位小队长。他们回来时，见顶头上司的脸色涨如猪肝，吓得没敢回宿舍，一直恭恭敬敬地守候在队部门口，接受上司的训话。一木清直双手叉腰，厉声吼道："巴格，帝国的脸面统统让你们给丢尽了！"

"哈依。"日军小队长们双腿并拢，畏怯地盯着这位暴虐无常的顶头上司。

熟悉内情的人都知道：近来一木清直一直处于心急火燎的煎熬中。他策划一系列的阴谋，想不费一枪一弹侵占卢沟桥，可连续碰壁，使计划全部落空。月初，本土陆军省传来绝密命令，要他尽快谋取北平咽喉卢沟桥，至今已过去一周了，期限还有三天，可事情尚无什么进展，他怎么会不急得如热锅上的蚂蚁呢？

近来，驻守卢沟桥的中国守军防守很严，而且换防频繁，使他难以摸透驻守卢沟桥的真实兵力，好不容易花钱买通一些内线，探知一些情况，一换防又完了。没有可靠的内线，情况不明。所以，他一直不敢采取军事行动。最近，听说驻军的团长去庐山受训，没有指挥官。他认为正是好机会，便导演了上午那场戏。谁料，被日本人称为"凶神"的何基沣正在宛平城，使他碰了个硬钉子。

一木清直发泄一通后，又担心正在用兵之际不便得罪部下，倘若如此，可能没人为他卖命了。忙换上一副和蔼的面孔，招手让小队长们进来。转身从壁橱内捧出三把战刀，放到桌子上，用带有歉疚性的口吻说："诸位，别怪我发火，都是为帝国的利益嘛！"他抓起战刀，煽动道："各位江田岛的勇士们，为嘉奖帝国忠勇的武士，现赠给每位一把战刀，开辟出征服中国、共建东亚光荣的道路。"

日军小队长们由吃惊感到高兴，抢前一步，"扑通"一声单腿跪地，高举双手，垂首地面，依次接过一木清直赠给的战刀。顿时，他们犹如烟鬼注射了吗啡一般，立刻亢奋起来。

一木清直陡然转身，发出命令："枪炮的准备，行动的准备。"

"哈依。"日军小队长们起身立正行礼，转身而出。

勤务兵给一木清直挂上望远镜、挎上战刀，将桌上的地图收起，匆忙做着出发前的准备。

房门一响，日本特务机关长松井、土肥原二人缓步而进，见到一木清直正在准备，感到有些意外，土肥原旁敲侧击地说："一木大佐好大方啊！

想把脑袋给中国人送去。就凭你这点儿人去打何基沣的加强营，不是以卵击石、自进虎口吗？"

一木清直见松井机关长来了，忙跨前两步，行礼后报告："机关长，为先发制人，我欲采取武力，抢占卢沟桥。"他见松井微笑不语，没有表态，又转土肥原说："土肥原先生，今天已是七月六日了，贻误上锋的指示，恐怕我等都担待不起吧！"

"知己知彼，百战不殆。这是中国军事家的鼻祖孙子的名言，你怎么把这些都忘了。"土肥原冷冷地说，"你连卢沟桥附近有多少中国驻军都不知道，怎么能如期攻占？"

"那……"一木清直欲言又止。他知道这位矮胖的中国通，老谋深算，不但熟谙中国的风土民情，而且读过不少中国的兵书、战策，了解中国的政治、经济，也曾参与过许多帝国对华重要决策的研究制定，并时常提出高出常人的计谋。他迟疑一下问："土肥君，您的妙策的可有？"

土肥原搬过一把椅子给松井，微笑着说："一木大佐，总不能让我们打站票吧？"

"坐！请恕本人失礼！"一木清直赶忙伸手相让，并吩咐勤务员，"快！快搬座位来。"

落座后，土肥原扫了屋内一眼，说："大佐先生，实话告诉你，我把机关长请来，就是前来助你一臂之力的。同时转告你：驻屯军最高当局，定于今晚在北平长安大戏院，宴请二十九军旅、团以上军官看戏、跳舞，为大佐先生的成功奠定基础。"

"是的！我们决定，今晚由你部在卢沟桥以演习为名……"松井插话道，刚说到此处，门外传来木屐在水泥地上"咯吱，咯吱"的脚步声。他忙止住话头，待听到走路声渐远，才站起伏在一木的耳边低声说："给他来个兵不厌诈……"他小声嘀咕起来。

一木清直越听越兴奋，继而，抚掌大笑，竖起拇指夸赞："机关长棋高一等，我的不如！"

"报告，部队集合完毕。"日军值日官进来报告。

一木清直摆摆手，表示知道了。他站起来邀请道："二位，看看风景去如何？"

他们来到院内，见院内站满了全副武装的日军。一木清直走上前，值日官刚欲报告什么，他挥手道："集合的不要，解散回去，统统地睡觉。"

日军军官被弄糊涂了，瞪着眼睛，望着长官，不知所措。

爱国无罪，本来是天经地义的事，可在旧中国却相反。当两名爱国华侨青年，不远万里，风尘仆仆赶到华北抗日前线，欲投奔抗日部队时，等待他们的却是惨无人道的殴打，还有土牢生涯……在爱国华侨危难之际，佟将军向他们伸出了救援之手。

1937年初夏，日寇侵占了华北，吞并全中国的狼子野心逐渐暴露，激起无数爱国仁人志士的愤慨。他们纷纷抛弃各自舒适、安逸的生活，投身到反抗日寇侵略的前线，挽救中华民族危亡的斗争中。在南苑军训团，专门有一个大队，学员们都是来自海内外各地的华侨，他们怀着满腔热忱，不辞路途遥远，从世界各地汇集到这里，决心用青春的血肉之躯，捍卫祖国母亲的尊严。就在日军谋划侵占卢沟桥的风雨前夜，北平前门车站发生了这么动人的一幕……

7月7日傍晚，一列陈旧的火车，喘着粗气，犹如一名患有哮喘病的老人，在令人怜悯的呻吟中声中，驶进前门车站。车门打开，旅客涌出。自华北局势紧张以来，列车运行时刻表早已成为一张废纸。车次的安排，像是病人在打摆子，忽冷忽热，没有一定的规律。此时的火车站，早已没有往日的繁华、昔日的风彩，犹如一位风烛残年的老人，孤寂地守护着北平的陆运大门。

走下车厢的旅客，有小商贩，也有职员、农民及各色人等。人们似乎已很麻木，失去了生活的热情。下车后，很少听到呼儿唤女的喊声，大多各自匆匆赶路。忽儿，第四节车厢门口出现两名华侨青年，他们身上的衣服虽已破烂不堪，但从他们的气质或举止上，仍可感觉到他们不是一般的百姓。他们涉世不深，初来北平，看什么都用审视、好奇的目光，人生地不熟，连抬首举足都犯迟疑。来到站台上，他俩东瞧瞧西望望，不知该往哪儿走。当他俩找到出站口时，站台上的旅客已快走净。这样一来，他们更加引人注目了。他们迟疑地走向出站口，见警察在盘查行人，便停住脚步，进退不决。

出站口处，一商贩把手里拎着的两只鸡塞给一警察，警察接过一侧身，让商贩通过。另一位身穿连奶头都遮不住的破衣烂衫的老太太，连声哀求："老总，行行好让我穷老婆子过去吧！我这辈子也忘不了您的大恩大德。我大儿子病死了，小儿子被土匪抓走了，家里活不下去，这才来找我二儿子的，他在二十九什么团……"

"去！老东西，不打票坐车，抓起来！"坐在一旁椅子上的派出所所长发话了，这家伙四十来岁，黄净面皮，一对小眼眨动着，闪射出贪婪狡诈的目光，高跷着二郎脚做着敲骨吸髓的勾当，两名闻令而动的警察如虎似狼一般扑上去，老太太没用捆就摔倒了。

两名华侨青年见状，踌躇不敢上前。迟疑许久，身穿花格衬衫的华侨蹑步上前，对警察说："先生，我们是前来抗日的。"

"抗日？"警察斜视了他一眼，上下打量着他俩问，"票呢？"

"在车上，车上……唉！钱包让小偷掏了，东西也丢了，票也没了，您能不能……"

"能什么？能把你们扣起来！"旁边的所长答了言。他的三角眼立起来，一指两名华侨道："看看你们鬼鬼祟祟的样子，就不是什么良民。不是共产党的密探就是土匪，来人，把他们捆起来。"

侍立一旁的警察，恰似窥视猎物的狼犬，听到主子的命令，立即扑上来，扭住两位华侨青年。有的搂腰，有的拽胳膊掏出了绑绳。

"放开我，我们不是共产党，是华侨，前来投奔佟麟阁将军抗日来的！我们冤枉！"俩华侨呼喊着、抗争着，终于还是被逮走了。

事有凑巧，在出站口斜对面的一间小房子里，搭救过青年抗日先锋队队员王翠芝的汽车司机崔玉石，把这一切看在眼里。他怒视着出站口的一幕，把牙咬得咯咯直响，真恨不得冲上前，把这群为虎作伥的家伙打个落花流水。但他忍住了，悄悄抄起电话，拨动了电话号码。原来，他自那天弃车逃走之后，连家也没敢回，经熟人介绍，隐姓埋名，来到前门车站当杂役。今天，他又路见不平，便暗中相助，悄悄给南苑佟麟阁军部挂了电话。崔玉石家在大兴县，自幼进城当了工人，他耿直的脾气瞧不起社会上那些势利小人，仗着手中的权力，耀武扬威地欺压百姓。他深深地同情两名爱国华侨青年，他们还都是不满二十岁的青年呢！抗日有什么罪？犯了哪家子王法？打通电话后，崔玉石心情才稍许踏实些，当他听见火车站派出所里传出打牌的嘈杂声时，狠狠吐口唾沫，暗骂道："坏小子们，一会儿就有人来收拾你们了！"

派出所有个不大的门脸，别看这里庙不大，神仙不多，可香火却不断。请客送礼的络绎不断，打人、骂人声，更是日夜有之。所长的名字很少被人提起，但他有个绰号"雁拔毛"，在京门脸子这一带却是妇孺皆知。此时，雁拔毛和他的喽罗们正在打牌。

一个老警察漫不经心地说："所长，两个穷学生，关起来白赔窝头，放了算了！"

"你懂个屁！"雁拔毛一拍桌子道，"我说火柴棍，你他妈的是不是老糊涂了！你想要是回头咱们给他们家里发封信，让他们家里拿钱来赎。不来赎就按共产党嫌疑犯论处，不就来钱了！我跟你说实话，老子好几个月没捞外快了，你让我一家去喝西北风啊？"说着，他挽挽袖子拍出两张牌，大碱一声："老子出大天！"

夜深了，派出所内的打牌叫喊声，有增无减，弥漫在夜空中。

这时，两道汽车的灯光似闪电掠过火车站的站牌，一辆军用吉普车停在派出所门口，佟麟阁愤愤跳下车，大步抢上台阶，"砰"地破门而入。打牌的警察以为抓赌的宪兵来了，吓得屁滚尿流，忙往床下、桌下钻，有的屁股还露在外面。雁拔毛到底见过阵势，迎上前问："长官，你们是哪部分？我是所长，有事找我！"

"找的就是你！"佟将军话出手到，抬手就是一个大嘴巴，打得雁拔毛由桌前跌坐在椅子上，又摔倒在地上。佟麟阁怒斥道："你小子狗胆包天，也不睁开眼睛看看我是谁，竟敢扣留投靠我的人！"

雁拔毛捂着印着五个明显手指印的半边脸爬起来，撩起肉眼泡扫一眼来人的军衔，吓得灵魂出窍，脊梁骨嗖嗖冒凉气。他用膝盖当脚走，爬行到佟将军面前，声泪俱下哀求："长官饶命，是小人有眼无珠，冒犯了长官。我该死！我该死！我不是人……"说着，他用双手抽打起自己的脸颊。

佟将军一提雁拔毛的后衣领，怒喝道："起来，把关押的青年都放了，伤根汗毛就毙了你！"

"是，是！"雁拔毛捂着瞬间"发胖"的脸，诺诺连声。

雁拔毛领路，佟将军和随行人员来到后院靠厕所的一排低矮的房子前，打开铁门，一股发霉的潮湿气味扑鼻而来。佟将军打开手电，一线光亮投射在蜷曲在墙角的青年身上，他们被反绑双手，坐在潮湿的地上，愤愤不平地骂着。雁拔毛忙上前打开电灯。

佟麟阁大步跨进屋内，扶起他们，内疚地说："原谅我，来迟了。"

华侨青年疑惑地："长官是……"

"我姓佟……"

"佟将军……"俩青年像行走在沙漠上，许久没有喝水，突见一股清泉一样扑过去，伏在佟将军怀里抽泣起来。

"孩子，别哭。"佟将军像父辈一样抚摸着他俩的头，安慰道，"我来晚了，让你们受苦了。"

他擦去青年脸上的泪痕说："走，咱们回家。"

"嗯！"华侨青年哽咽着，泪水又涌出来。佟麟阁将他俩扶起，劝说道："别哭，男子有泪不轻弹，坚强些！你们叫什么名字？从哪儿来？"

"我，我叫李卫国，从菲律宾来。"高个子华侨回答道。他又指着旁边那位青年说："他叫常怀忠，从伦敦来。我们是在列车上认识的。"

"佟将军，您了解我们。"常怀忠强抑心头的欢喜表示道，"我们这些炎黄子孙，怎能眼看祖国遭受外敌践踏，母亲遭受强盗的凌辱而无动于衷呢！不错，在国外，我们有舒适的住房，可我们睡不着，我们心里装着长城、长江，惦念黄河、黄山，捍卫祖国的领土，使她免受摧残。"

"说得好！有志气！"佟麟阁脱口赞道，"你们血脉里流的是中国人的热血，不是水！"

站在一旁的雁拔毛呆若木鸡，满面羞愧，低头不语。

"佟将军，我有一事不明。"常怀忠指着雁拔毛说道，"中国人遭受这样的苦难，可像他这样的人，为什么还为虎作伥呢？我们不远万里，回国抗日，没想到却受到他这样人的刁难！"

"唉……"佟将军欲有所言，但只是长叹一声感慨道，"这原因三天三夜也说不清，用老百姓的一句话说，就是林子大，啥鸟都有。中国的事还不是就坏在这批见钱眼开的小人手里。不过，好人终归还是大多数。要不，中华民族就不会延续五千年了，中国也不会历遭异族侵略而不灭，要不是这里的工人给我去电话，我也不能及时赶到哇！"

华侨青年惊闻，眼睛一亮，闪烁出希望的光芒。

雁拔毛在旁闻言一愣，他的眼里闪过一丝狡猾的目光，但瞬间又恢复

111

了毕恭毕敬的样子。

雁拔毛哈腰点头地说："佟将军，今生得见您的尊容，真乃我家祖宗有德，三生有幸，请您到所里一叙吧！"

"你听着，现在正是国难当头之际，每个有良心的中国人都应尽力抗战，有钱出钱，有力出力，为国为民做点实事，别枉披一张人皮，净做煮豆燃豆萁的蠢事。"

"明白，小人明白！"雁拔毛唯恐答应不急，再挨嘴巴，便连连答应。

"佟将军，您下令让他把所有关在这里的人都放了吧，他们都是无辜的，刚才还有一个找儿子的老婆婆被他们扣起来了呢！"常怀忠请求道。

佟麟阁转身问雁拔毛："果真有此事？"

"小的糊涂，小的混蛋，这就放！"雁拔毛不敢隐瞒，点头如同鸡啄米。忙冲外喊："放人，打开牢门，都放了。"

佟将军和华侨青年来到院内，只见从牢内出来的人个个披头散发，面黄肌瘦，衣着不整，人鬼非是。李卫国指着一位老婆婆说："副军长，她就是前来二十九军寻找二儿子的老奶奶。"

佟麟阁抢前几步，扶住摇摇欲倒的老婆婆，亲切地问："老人家，您儿子叫什么名字？在哪个队伍？"

老婆婆借着灯光，打量佟麟阁将军许久问："你是长官吗？快救救我这孤苦伶仃、无依无靠的老婆子吧！"

"老人家，您儿子有名有姓一定能找到。"

"他小名叫二嘎，他爹姓崔，谁知他大号叫什么，只知以前在什么团，后来又调到什么桥。"老婆婆一边揉着红肿的眼睛，一边断断续续地说。

被关押的人都涌到院子里，陆续得知释放他们的是站在院中的佟将军，纷纷拥上前来表示感谢。佟将军挥手道："各位回家去吧，希望你们好好过日子，做个堂堂正正的有骨气的中国人。"

"感谢佟将军救命之恩！"人们挥泪默默离去，他们把佟将军的话牢牢地记在脑子里。

院里只剩下佟麟阁等人了，他安慰老婆婆道："老人家，别着急，先跟我回南苑军部，明日我派人去查找您儿子。"

"谢谢，谢谢你这位救苦救难、大慈大悲的活菩萨。"老婆婆语不连声，像位重病人找到了名医，从衰弱的身躯内发出由衷的感谢之声。

雁拔毛见到这一幕，深有感触地上前道："佟将军，卑职失察，愿备宴一桌向您陪罪。"

"谢谢你的好意，我公务在身，不便久留。我的人我请走了，想必你不太愿意吧？"

"哪里哪里，卑职愿意。"

他们来到派出所门前，汽车发动了。佟麟阁把老婆婆扶上车，然后招呼两位华侨青年："上车吧，天闷得厉害，马上就会有大雨降临。"话刚说完，一辆摩托车狂奔而来，车未停稳，传令兵跳下，满头大汗，跑前敬礼报告："佟将军，电报。"

佟将军接过电报阅完，脸陡然变色，从牙齿里挤出几个字："卢沟桥出事了。"他果断地一挥手吩咐司机："快，快回军部。"

雁拔毛把这一切看在眼里，汽车和摩托车驶出很远，他还愣着发呆，像做梦似的回味着刚才发生的一切，不知是后悔自己的所作所为呢，还是揣摩今天被打嘴巴不值得？也许他从中悟出点儿做人的道理，也许看出了什么苗头。

动荡岁月的北平上空，天阴得像锅底，大千世界迷迷朦朦，混混沌沌的漆黑一片，像罩在人们心头上的一块巨大黑布，不但遮住了月光、星光，也遮住了人们的眼睛，天太黑太暗了。

第二章

施预谋日寇动武力　　抗侵略华北起烽烟

一　城外演习，强盗寻衅图宛平

日军在中国的土地上进行军事演习，实属强盗行径，而当他们借口一名士兵失踪，欲强行要求进入宛平县城搜查，遭拒绝后，便露出一副狰狞面目。这一幕其实正是日方导演的丑剧，将中国人民推进旷日持久的八年苦难深渊中……

1937年7月7日傍晚，驻守在丰台附近的日军，在宛平县城东二里许的荒地里，正进行着以卢沟桥为假想攻击目标的军事演习。忽儿，由高粱地里钻出一条黑影儿，此人不走大路，也不走小路，专拣能隐身蔽影的树窠水沟旁穿行。此人身量不高，脚步很轻，像蛇由麦芒上爬行时发出唰唰的轻响，行动快而敏捷，前面有条沟，他涉水而过。不一会儿，躬腰爬上杨树林中的沙丘，伏在一棵杨树后，观察着演习的日军，他从腰间摸出一个黑乎乎的东西，"咔嚓"顶上子弹，对着荒地里演习的日军上空，砰砰砰连发数枪，借着枪口喷出的微光，模模糊糊看出了此人是土肥原。

沙丘下，演习的日军一阵混乱，日士兵有的躲进树林，有的原地卧倒，观察着突发的情况。

土肥原顺着矮树林，弯腰来到士兵躲藏的地段。他扯了趴伏在地的士兵一把，咕噜一句日语。那士兵一见是土肥原，顺从地跟在他的身后，爬走了，沙地上留下两道蜿蜒的蛇迹。

"嘟——"集合的哨声响了，演习的日军集合。列队后，一木清直站到队前，喊句日军口令，日军各小队便开始点名、报数。

三小队长上前行礼立正："报告，我三小队少了一名士兵。"

一木清直故作惊讶："怎么，少了一名士兵？"他转身对日军队高喊："士兵们，刚才我们演习时，中国军队乘机袭击我方，现有一名士兵失踪，一定要把他找回来，不能让他死在中国人手里。"

"走！找中国军队要人去！"一木清直做完蛊惑人心的宣传后，带队直奔宛平县城东门。

这天，驻扎在长辛店的何基沣，刚用电话传达完佟麟阁副军长来信的内容，情报处又送来万分火急的张克侠的亲笔信。他把来信那几行字反反复复看了许多遍，揣度信的分量。从这封信上，他似乎悟出了最近的严重形势。他把两封信摆在桌面上，反复对照后，终于明白了眼下的战局是一触即发之势。他立即通知召开全旅各团、营长会议，刚发出开会的命令，又立即取消，他深恐在开会的时候，日军突然发起进攻，部队无人指挥，处于被动状态。下午，他接到情报，说日军已把弹药发放到士兵手里，更增添了他猜测的依据。他把旅部的工作安排好后，带着两名卫兵，策马向宛平县城奔来。在永定河西岸的小青河岸边，恰遇上金营长派来的通讯员，得知详细情报后，他策马驰过卢沟桥，奔进宛平县城西门：威严门。守护西门的士兵见是旅长的坐骑来到，纷纷举手敬礼，他连礼都没顾得上还，急驰进城，登上东城门的马道后，他急匆匆地看看表，已是夜晚 10 点钟了。此时，王冷斋也气喘吁吁地赶到，二人握握手，什么也没说，快步登上城门楼，但见壕外站了黑压压的日军，一木清直手握战刀，在壕沟边焦急地踱着步。

何基沣抹去脸上的汗水，解开衣扣，高声询问："喂，城外的日军听明白，现在天色已晚，日军兵临城下，将至壕边，大军压境，你们有甚鸟事？"

一木清直见城门上有人喊话，顿时来了精神，挺着胸脯喊："我是皇军大佐一木清直，你是谁？"

"我，一提名叫你吓一跳，你的凶神爷爷何基沣。"

"何基沣？"一木清直倒抽一口凉气，暗想道：这凶神怎么没去城里赴宴，看来今晚上的事要棘手，可事到临头也不能就此罢休啊。他往壕边跨前几步，口气生硬地高喊："何旅长，适才皇军一中队在城东演习，中国军队开枪袭扰，帝国士兵丢失一人。何旅长阁下，皇军要求进城搜查，找回失踪士兵。"

见城外日军全副武装，杀气腾腾，何基沣忙和王冷斋交换一下眼色，用不容置疑的口气说："不行！现已夜静更深，城内居民早已入睡，日军进城多有不便。丢失士兵一事，我们即刻派人在城内查找，发现后，立即送还。开枪之事，我们着手调查，如确系我方所为，必酌情处理！"他马上回头对三营长金振忠说："你马上检查各守兵，有无开枪之事，迅速报来。"

"是！"金营长转身奔下城墙。

何基沣拉着王冷斋离开城墙垛口，低声说："王县长，请你通知警察局，挨家挨户地搜查，看看到底有没有丢失的日军士兵。"

"好吧！"王冷斋答应一声，奔下城门去打电话。

城外，一木清直见日军进城受阻，暴跳如雷，狂吼着："开门！快开城门，如果不许进城，皇军必以武力前进，以保证帝国士兵的安全。"夜色中，但见日军调动频繁，不时传来拉动枪栓的声音，日军在做进攻前的准备工作。

城上，何基沣坐立不安。日军以寻找士兵为由，要求进城，如让他们进城会怎么样？不让进城又怎么样？日军会不会以此为导火线挑起事端？"察北事件"，中国官兵本来是对的，维护了中国的主权和尊严。但事后，冀察当局反而迫于日方的压力，罢免了中国官员。现在如拒绝日军进城，日方会不会胁迫南京也罢免自己的官职？想到这些，他心里很是不安。忽然他又想起宋军长嘱托，张克侠副参谋长的告诫。罢！奶奶娘！他心一横，老子本来就是刨土坷垃出身，大不了回家种地抱娃娃，可绝不能让日军乘机而入讨得便宜！他跨到传令兵面前下达命令："通知各部队，马上调上城墙，防备日军突然袭击。"

"噔噔！"金营长跑来，跑得上气不接下气，"报，报告旅长，守军没有开枪的，下发的子弹一发不少。"

何基沣来到城墙垛口，向城外日军高喊："一木清直先生，守城士兵没有开枪之事，所发子弹一粒不少。"

他的话音没落，王冷斋陪着公安局长爬上城墙，对何基沣说："何旅长，全城所有街道人家，都像梳头发似的查了一遍，根本没发现日军的任何踪迹，百姓对日本人恨之入骨，绝不会有隐藏不报的。"

何基沣再次喊道："城外日军听真，城内搜查多遍，没有日军士兵。"

见讹诈进城的阴谋再次化为乌有，一木清直急得像热锅上的蚂蚁。他往上一推战斗帽，抽出战刀，对日军嚷叫着："咔西咪的！"发出准备战斗的命令。

日军立即散开，抢占有利地形，成战斗队形向东城门逼近。

"噔噔，"城墙的马道上奔来一个侦察员，跑到金营长的面前："报告，城南发现日军。"

"报告，城北发现敌情。"

"报告，东北高地上的沙岗，已被日军占领。"

"报告，鬼子的大队人马向卢沟桥附近迂回。"

有关敌情的报告像晴天骤至的乌云，接二连三汇集到宛平县东城门，犹如在人们心上压块巨石。

何基沣闻讯，勃然大怒："奶奶的，鬼子要动手。"

二　日军压境，守军不屈显铮骨

日军大军压境，兵临城下，中日冲突迫在眉睫。紧要关头，二十九军一一〇旅长何基沣命令：如果日军挑衅，坚决回击。

夜幕掩护了两军的战斗准备情况，日军两次想巧夺卢沟桥，占领宛平县城的阴谋破灭后，迅速采取第二套方案，决心孤注一掷，集结丰台一线的日军，妄图强占卢沟桥，扼住北平的咽喉，逼迫二十九军撤退或亲日，但他们哪里知道：驻守卢沟桥宛平县城附近的二十九军三十七师一一〇旅吉星文团，是该军的精锐部队，是抗战派的中坚。他们打错了算盘，看错了门神，同时，1937 年的中国，早已不是 1931 年的中国。此时，中国工农红军已胜利地经过二万五千里长征到达陕北，"西安事变"已圆满解决，中国共产党倡导的抗日民族统一战线已建立，国共两党第二次合作的新局面正在开始。抗击日寇的侵略已不仅仅是广大人民和进步人士的呼声，有正义感的国民党的将领也喊出了不抵抗就会亡国的吼声。何基沣此时虽不是共产党员，但他已接触了进步思想，认识到抗击外来侵略乃是军人的神圣职责，是每个中国人民的心愿。下完战斗命令后，他对金振忠说："金营长，你在此监视日军的行动，我回团部立即向军部报告。我命令你，如遇日军挑衅，一定坚决回击！"

"坚决执行命令！"金振忠双腿挺得笔直，声音因激动而有些发颤。作为二十九军一名普通的下级军官，早就渴盼上级下达这样的命令。以前，每遇日方挑衅，上司怕惹麻烦，对日军总是一忍再忍。如今，夙愿以偿，可以挺直腰杆做人了，他怎能不兴奋呢？他答应一声，忙沿着城墙去检查各连、排的战斗准备情况去了。

王冷斋也深感今天不同往常，必须火速向北平报告，他从宛平城东城门楼上下来，急急地赶回县署，饭没吃，水没喝，忙奔进电话室，抓起话筒，呼喊着："喂，我是宛平县署，有紧急情况报告，请给我接市长办公室的电话，要快！什么？市长出席日方的舞会去了？真急人。"此时，王冷斋心急如焚，虽是在夜里，他的脸上也在汩汩流着热汗。从种种不祥的迹象中，他预感到自己多日来最担心的事情发生了。身为政府官员，怎样做才能不辱使命，对得起国家、民族呢？他用已发霉变味的手绢擦去热汗，又继续呼叫："快！快把电话接到舞会上，我要找秦德纯市长讲话。"电话内没有声音，他赶忙放下话筒奔到门口，冲院内吩咐："洪大中，快去团部看看何旅长给军部的电话接通了没有？"

"当。"墙上的挂钟打点了。王冷斋浑身一颤忙转回身，见时针已指向深夜10点30分。他心里不安地敲着小鼓，头上不时地滴出一层层热汗。

电话铃响了，王冷斋奔过去抓起话筒，电话是秦德纯市长打来的。原来，傍晚他应邀出席日方舞会，看到日方人员嘀嘀咕咕，神色有些异常，说是宴请华北军政要员和二十九军高级军官，可出席者寥寥无几。到会者只有齐燮元、陈觉生之流。日方也无重要首脑参加，多是顾问、翻译等人到会。他觉得有些蹊跷，便趁机溜出来，返回市政府。刚进市长办公室，却见冀察政务委员会外交主任委员魏宗瀚及负责对日交涉的专员林耕宇正在焦急地等待他。见市长回来，二人赶忙站起来。秦德纯见他俩神色紧张，忙问："二位深夜来访有什么事吗？"

"市长，出事了。"林耕宇一脸愁苦地说，"刚才，日本特务机关长松井说，今天傍晚，有日军一中队在卢沟桥附近演习，但在整队时，忽有二十九军部队向其射击，因慌乱走失一名士兵，并见该士兵被迫进入宛平县城，日军要求进城搜查……"

"那不行！"秦德纯拒绝道，"卢沟桥是中国领土，日方事先未经中方允许在该地演习，已违背国际公约，妨害我国主权。走失一名士兵，中方不能负责，日军更不得进入宛平县城！"

"可日本人还在等您的消息呢。"魏宗瀚焦急地说。

"在哪儿？"秦德纯问。

"就在会客室，还说要跟您谈判。"

"荒唐！"秦德纯把刚抽一口的香烟扔掉，跺在脚下，脸色骤然阴沉下来。

"市长，日方代表松井、樱井、寺平他们赖在那里不走，说不见答复不罢休。您可快些拿主意呀。"林耕宇催促道。

秦德纯见事情严重，深思片刻说："这样吧，日方不是要谈判吗？你们给王冷斋打个电话，请他赶来，由你们三人应付一下日本人。千万记住：什么也别答应，能拖就拖！"

"这……"魏宗瀚有些为难，"市长您不出面合适吗？"

"合适，宋军长不在，你们有什么事都推到我身上，日本人也没办法。"秦德纯身为二十九军副军长兼北平市长，谙熟宋哲元多年的外交策略，也照方抓药。

"不过，秦市长，王专员那里，最好由您给他打个电话，我们都是同僚，没有隶属关系，怎好命令他前来与日方谈判呢！"魏宗瀚老于世故地说。

"行！你们去准备吧！"秦德纯应允。他说着走向电话。电话接通，秦德纯这才得知，王冷斋也正在期待着他的电话。日本人也够狡猾的，他们见二十九军高级将领多数未能如约赴宴，情知必有慧眼，识破鸿门宴的计谋，便临时改变布署，拖延了进攻的时间。因为他们知道，既然二十九军有准备，仅靠驻守丰台的一木清直所部是攻不下宛平县城的。所以他们立即电令从天津、通县秘密增兵丰台，决心一气拿下县城。与此同时，为麻痹中国当局的视觉，又抛出"谈判"的诱饵，以期达到集结兵力，一举而胜的目的。

秦德纯在与魏宗瀚等人商量后，认为谈判地点不宜在市政府或中方某地，应改在日本特务机关部。得到日方允许后，他自认为和平有望，即刻派出王冷斋、魏宗瀚、林耕宇、周永业等人为代表，前往日本特务机关部参加谈判。

王冷斋从电话里得知秦市长要他参加对日谈判，放下话筒，忙换上一身干净的衣服，在厨房里抓了两个馒头，叫了一辆汽车，出宛平县城西门威严门，绕道八宝山，赶往北平参加谈判。

其实，日方首先挑起事端，又倡议谈判，这都是蒙蔽舆论视听的手段，只是由于他们取胜的把握不大，故意拖延时间，等待援兵的一种策略而已。谈判只是个诱饵，哄骗善良的中国人上当才是目的。

以谈判为诱饵，或达屈人之兵的目的，或拖延时间，等待援兵，或麻痹敌方另寻战机，日方意在一箭双雕。而中方在和谈有望的影响下，不仅坐到了谈判桌前，而且答应日方前去寻找尸体……

王冷斋赶到台基厂三条日本特务机关部时，已快到午夜时分。他走进会场时，谈判已经开始，他轻轻地走过去，与谈判桌旁的中方代表点头打过招呼，坐在了空位子上，房内气氛异常，双方代表脸色愠怒，像刚刚争吵过的样子。

中方代表林耕宇站起来说："王县长，刚才松井已把日方的理由谈了，你再谈谈吧！"

王冷斋环视会场一眼，推开面前的茶杯，挺身而起，语气激昂地说："诸位刚才说了什么，我不知道，但我要告诉大家的是，日驻军诬告我驻宛平县城守军开枪之事，纯属无稽之谈。我方有充分的理由认定，开枪绝非中国军队所为。一、枪响方向是在宛平县城以外，我方在此并无驻军；二、城内守军也已查明，实无开枪之事，所发子弹一粒不少。所以，没有任何理由说是中国军队开的枪。"他摘下礼帽放在桌上，继续讲道："再者，所谓丢失日军士兵，更和我方无关。本县长已令警察搜遍全城，毫无踪影。由此可见，日军要求进入宛平县城搜查，纯属无理要求，也是毫无根据的。"

王冷斋话音刚落，松井"霍"地站起，改用流利的中国话讲道："演习时，确实有一名日军士兵失踪，如中方不信，可派人询问其他演习日军。为保障帝国士兵的人身安全，城外搜索无着，必须进城搜索，方可明查究竟。"

"笑话！"王冷斋冷笑一声又说，"夜间城门已闭，城外演习士兵怎能进城？即使日军士兵果有失踪之事，请教松井先生，别说一名，失踪一百名又与我方何干？"

松井被问得哑口无言，低首不语，手抓着脑后的几根头发，沉思一会儿，气急败坏地道："大日本帝国的士兵是在中国的领土上失踪的，凡是中国的领土，皇军都有权搜查。"

"对呀！"王冷斋顺口答道，"日军士兵，却在中国的领土上失踪，你们说怪不怪？还有权搜查呢？请问这权力是谁给的？简直是地地道道的强盗逻辑，你们无辜地杀害中国人，硬说是超度去西天享福。抢了人家的包袱，还说怕让人家累着，真是荒谬至极！"他一拍桌子，手指隔桌而站的松井，大声喝道："松井先生，我再次警告你：日军士兵无端跑到中国来，就难逃被杀、失踪的命运。如果呆在你们日本的东洋三岛上，会有这种危险吗？"

松井被问得满面羞惭，颓丧地坐在椅子上，一句话也说不出来。日方代表见此，也自觉理亏，加之不知详情，难以答对，中方代表见日方代表被驳得丧了气，不由自主地相互会意地笑起来。

见正面驳不倒中方代表，松井又变换了招术，再次抛出他们侵略中国的所谓理论依据，想用感情笼络人心。他双手由前额往上一将，像是活动一下脸部神经，又似换上一张脸皮，厚颜无耻地说："皇军是应中国政府之邀，帮助你们剿灭共产党，建立以大和民族为中心的东亚新秩序来的。同时，中方代表先生们……他用力敲下桌沿道："我提醒你们，日中两国同族同文，应力求亲善，哪有不让寻找日军士兵的道理？"

松井大言不惭的一席话，使屋内中方代表感到震惊，世上竟有如此寡廉鲜耻的人。王冷斋针对他荒诞可笑的理论问道："松井先生，我有一事不明，中日既像你宣传的那样，为何你们在天津屠杀两千多名中国建筑工人，弃尸海河？为什么还要枪杀我东北同胞？为什么还要奸污中国妇女？"

"这，这……"松井脸色一会儿红，一会儿白，瞠目结舌，无言答对。

王冷斋趁此进攻，提出实质性的问题："松井先生，你是军人，理应懂得信誉的重要，在双方谈判未达成协议之前，日军现在派重兵包围宛平县城，严重事件迫在眉睫，这又如何解释呢？"他的话，犹如一瓢凉水，浇在油锅上，人们为之哗然，纷纷把目光转向松井，逼视他做出回答。

"这是由于中方不允日方进城引起的。"松井巧言相辩。继而，他来了个恶人先告状："日方要求得不到满足，一切不良后果，必须由中方承担！"

"强盗逻辑！"王冷斋再次愤而站起，"难道你们还要仿效当年南京日领事馆'藏平自行隐匿'的故伎吗？还像'丰台失马'事件那样强占丰台似的霸占卢沟桥吗？"

"胡说！我堂堂大日本帝国怎么会做出此等丑事！"松井也站立起来，与王冷斋隔桌而立，探着身子，伸着脖子，唇枪舌剑地争吵着。

中方代表冀察政务委员会外交主任委员首席代表魏宗瀚见再争吵下去，毫无收获，起身拦住对方，调和道："二位息怒，为防止事态扩大，我建议不要再无休止地吵下去，应立即由中日双方组成代表检查组，前往宛平县城调查。事情清楚后，再协商解决方法。诸位意见如何？"他见大家都点头表示赞同，又说："我建议双方各派代表三人为宜，中方就请林耕宇先生、王冷斋先生、周永业先生为代表，前往卢沟桥视察。兄弟我身体不适，就免了！"

松井与日方代表嘀咕几句日语，也表态道："日方为了和平，同意魏先生建议，特派樱井顾问官，寺平辅佐官，斋藤秘书三人前往，不过请中方绝对保证皇军的安全。"

"放心！中国人是讲信义的，狗不咬人，是不会被人打的。"王冷斋一语双关的话语，引起中方代表一阵窃窃的笑声。

　　谈判又对一些具体细节进行了磋商，由于日方的刁难，进行的十分艰难，日方代表东拉西扯，就是不谈实质问题。一会儿大谈中日亲善，一会儿强词夺理，要求允许日军进城。特别是日本特务机关长松井更是老奸巨猾，反复强辩自己有理由攻击中方的正当驻防。时间一分一秒地溜过去，中方代表为求得谈判的实质进展，防止日方胡搅蛮缠，双方争吵不休，于事无补的后果，见天色半夜已过，尚无达成任何协议，多次敦促日方按中方提出的方案去办，日方无奈，只得同意前往宛平县城调查。经双方议定：组成联合调查组，共同前往宛平县城周围实地调查。中方指定代表为王冷斋、周永业、林耕宇三人。日方代表为顾问樱井、辅佐官寺平、秘书斋藤。

　　王冷斋出门一看，见院内停着两辆敞篷小汽车，三名日方代表没有乘坐同一辆汽车，而是分坐。前面一辆汽车为寺平，第二辆汽车有樱井、斋藤。中方代表也分别被安置到两辆汽车上，王冷斋、林耕宇上了第一辆汽车后，周永业上了第二辆汽车，显然这一切都是日方精心安排好的。

　　汽车发动，正欲出发。忽儿，两道强烈的灯光射来，一辆吉普车飞快驶进大门，戛然停下。日军联队长牟田口跳下汽车，径直奔到王冷斋面前，"啪"地行个军礼："报告王县长，我大日本皇军驻丰台一大队五百多人，大炮六门，已由大队长一木清直率领，向卢沟桥方向出动，事态甚为严重，请专员阁下以避免中日开战恶果来考虑，命令宛平县城中国军队退向卢沟桥以西……"

　　"我是文官，没有调动军队的权力。"王冷斋坚决拒绝。

　　"现在事情紧迫，应迅速处理。"牟田口仍不死心，跨前一步手扒住车厢说，"阁下为地方行政长官，应负责当地治安处理的全责，以免延误扩大，发生不必要的后果。"

　　"牟田口先生，你也太无知无礼啦！"王冷斋恼火道，"刚才，我们双方所商定的是调查后再处理。现在我所负的只有调查的使命，还谈不到处理！"言罢，王冷斋仰起脸来傲视着天空，不再理睬日方的请求。

　　"县长阁下……"牟田口联队长还欲再说什么，松井由台阶上走近，暗扯一下他的衣襟，牟田口无奈，只得作罢。

　　汽车驶出台基厂，出前门斜插广安门，直奔宛平县城的方向飞驰。公路两侧的庄稼已长成多半人高，黑乎乎的长势茁壮。汽车驶离北平越远，

123

王冷斋的心情越发难以平静。离宛平县城越近，王冷斋心跳得越厉害，生怕发生难以预测的突变。他看看同车的林耕宇，发现他正一支接一支地抽烟，闪亮的烟火照亮他那紧锁的眉头。显然，他也思考着什么。他俩中间坐着日方代表寺平。这个小个子日本人眼珠滴溜溜乱转，恰如夜幕中潜伏在山林中的山猫，窥视着四周随时出现的猎物，待机会来临时，准备闪电般地冲上去，捕获充饥的食物。

恫吓、谈判都使日方大失所望，未达到目的。他们一边暗中破坏协议，增兵卢沟桥；一边将中方谈判代表拉到阵地前沿，手挥战刀，威逼利诱。当如意算盘落空之后，枪炮声骤起……

后半夜的天空阴沉得更厉害了。马达嗡嗡地轰响着，汽车上谁都不说话，各自琢磨着心事。路面颠簸，座位的弹簧咯咯直响，很是烦人。汽车驶进大井村，拐弯时，司机无意间打开汽车灯，车灯一扫，蓦地，王冷斋发现村外的岔路上，似有日军大队人马在行进，足足有六七百人，黑压压长蛇一般，正从宛平县城东北侧绕过去，向卢沟桥进发。他为之一震，紧紧扳住车扶手喊："停车！快停车！"汽车停下后，王冷斋手指正在行进的日军，质问日方代表寺平道："先生，这是怎么回事啊？"

"这……我……"寺平语塞，把脸转向一侧，不敢正视王冷斋那犀利的目光，耸耸肩膀道："本人官职卑微，无可奉告！"寺平转身对司机怒骂："巴格！谁让你乱开车灯！"

王冷斋怒火满腔，催促道："快！快回县城！"

汽车启动。王冷斋、林耕宇再也坐不住。他俩东张西望，心神不宁，唯恐县城在猝不及防的偷袭下失守。前面是片小树林，穿过去后绕过沙岗，再有几百米远就到宛平县城了。王冷斋心焦如火，恨不得一步跨进县城。突然，树林内钻出两名持枪的日军士兵，高喊："停车！"他们伸出上有明晃晃刺刀的步枪拦住去路。此刻，假装瞌睡的寺平犹如抽足大烟，过足烟瘾的赌徒，抢先跳下汽车扶着车厢，心怀叵测地说："王先生、林先生，赶路劳累，请二位下车观观夜景如何？"

"不！我们没有那份闲情！快上车吧！立即赶回去谈判！"王冷斋断然拒绝。

　　"么西！"寺平一歪头，两名日军士兵跳上汽车，欲强拉王冷斋下车。王冷斋愤而站起，甩开鬼子的手，怒喝道："干什么？你们想干什么？放开！别摸脏我的衣服！我们会走。"他和林耕宇跳下汽车，在日军士兵的挟持下，跟寺平走进树林，爬上沙岗的东坡。

　　沙岗不高，却是这一带唯一的制高点，位于平汉铁路北侧，平苑公路西侧，离县城仅500米左右，又恰恰处于三角地带，战略位置十分重要。占据这个沙岗，进可以攻，退可以守，能同时封锁住平汉铁路、平苑公路及宛平通往丰台的三条要道。沙岗上，密植各种果树、松树，白天既可藏兵，又可乘凉，是个理想的制高点。不久前，驻守宛平的二十九军想在此建立一个外围据点。修建炮楼、碉堡的砖瓦木料，水泥都准备好了，可还未动工，夜间只派几个保安队看守材料。日军突袭，没费吹灰之力，就占据了这个有利的制高点。

　　王冷斋、林耕宇被日军胁迫来到沙岗上时，日军正在修筑临时工事。寺平掏出地图，展开铺在地上，用手电筒照着地图，手指正在修筑工事的日军，口气蛮横地说："二位先生，我不得不告诉你们，事态已十分严重，为防止双方流血冲突进一步扩大，现在已等不及调查谈判。王县长，只有请你速令城内驻军向西城门撤退，皇军进至东城门内五十米地带，再谈解决办法，以免流血事件的发生。"

　　"我十分感谢寺平先生的好心提醒。"王冷斋强压怒火，连嘲讽带挖苦地说："我以中方代表的身份提醒寺平先生，你们不要出尔反尔，自己打自己的嘴巴！刚才说先调查后解决，怎么又忘了？"

　　寺平恼火了，他见王冷斋态度强硬，一把拖过林耕宇，咬牙切齿道："林专员，你的说话呀！到底退不退出宛平县城？快说！"

　　林耕宇是文官，哪见过这种场面，他的腿哆嗦着，连说话的声音都变了："误会！误会！我们全都是误会……"

　　寺平一把将他推倒在地："什么的误会？"

　　王冷斋抢上前，插到寺平与林耕宇之间，大声道："寺平先生，我王冷斋是宛平县长，这里是我的一亩三分地，有什么话跟我说吧！我再说一遍，我和林专员都是文官，此行只负责调查的使命。你所提条件，离题太远，根本谈不上。就跟我要求你命令天皇撤退全部在华日军一样。"

　　"平日皇军演习的均可穿城而过，何以今日不能进城？"寺平敲打着地图问。

"寺平先生。"王冷斋一字一顿，拒理力争道，"你接任不到三个月，尚未明了以前情况。宛平县城从未允许日军穿城而过。你所说先例，究属何年何月？请拿出具体的事实证明。"

"啊？这个……"寺平被问得理尽词穷，回答不出。

暗影中，窜出腰挎战刀的日军指挥官森田联队长，他抢步来到王冷斋面前，一把抓住王冷斋的衣领，将他拽到面前，从牙齿间迸出一串凉森森的话语："王县长，你的大大的不够朋友，太不知好歹。皇军的大炮，威力无比，如拒绝我方要求，几分钟内，宛平县城顷刻就会被炸平，你也会被炸得粉身碎骨，你懂吗？王冷斋先生！"

王冷斋被勒得有些喘不过气了，他猛地挣脱森田联队长的撕掳，跳到一旁，怒指寺平，大声怒吼："我抗议你们的野蛮的行径，用武力挟持中方官员，破坏谈判！如事端扩大，日方必须承担全部责任！"

见中方代表并非熊包软蛋，软硬兼施均未奏效。

森田联队长把寺平拉到一旁，小声嘀咕半天。寺平转回来时，换上一副面孔，满脸堆笑道："王县长，玩笑的话，请你不必介意嘛！"

"无耻之极！"王冷斋拉着林耕宇愤然走向汽车，日代表寺平急步紧追。汽车发动了，中方代表带着愤怒和不平跨上汽车，驶向宛平县城。

汽车驶到宛平县城东门外，王冷斋等人跳下汽车，隔着壕沟向守城的金振中营长说明缘由，金营长命人放下吊桥，守军为防备日军在汽车进城时突袭攻城，先让哨位机枪压好子弹、士兵掀开手榴弹盖，以防万一。一切准备好后，才将吊桥放平，汽车刚驶进城内，立即又将吊桥扯起。

来到城内，王冷斋看到巍巍矗立的城墙，高大雄伟的城门楼安然无恙，心里踏实了许多，再一细看，见暗夜中的城墙垛口后、沙袋掩体内、碉堡里，都有中国士兵持枪以待，警觉地监视着城外日军的动静，王冷斋那颗悬着的心才落回实处。他悄悄拭去额上的冷汗，满意地笑了。

中日双方代表来到县署会客室内，刚刚落坐，日方代表樱井就高声道："诸位，基于目前一触即发的严峻形势，我方现在提出三点最基本要求：一、宛平县城内的中国驻军撤退到城西外10华里，以便日军进城搜查丢失皇军之士兵，否则日方将以炮火将宛平城化为灰烬；二、昨晚日方所遭受的损失，应由中方负责赔偿；三、严惩祸首，最低限度处罚营长……"

"住口！"一声响雷般怒吼响起，人们抬头一看，金振中手提盒子枪，带着两名警卫员大步走进来。他抢步到谈判桌前，"啪"将手枪往桌上一拍，厉声道："处罚我，先问问我的盒子枪答不答应？"

"你是谁？为何私闯谈判会场？"寺平问。

"我是谁？老子就是你们要处罚的营长金振中。至于问我为何私闯谈判会场吗？"金振中扫了会场一眼，庄重地说，"告诉各位，一是我应中方代表邀请，前来说明事情真相；二是这儿是老子的防区，我有权前来；再者，诸位的安全都要我来保护，怎么会是私闯呢！"

王冷斋站起来，手指金振中介绍："各位，这就是驻守宛平县城的二十九军三十七师一一〇旅二一九团三营营长金振中，他昨晚一直在东城门，现在请他介绍一下具体情况。"

中方代表鼓掌欢迎。

"诸位，昨晚之事，我看完全是日方蓄意挑起事端的借口。"金振中把茶杯放到桌上，又把手枪放到一侧，举例说明："这茶杯是丰台，这手枪是宛平县城，两地相距八里之遥，又是雨夜，日军偏偏到我驻军警戒线以内演习，其险恶用心不是暴露出来了吗？再者，我军实无开枪之事。日方丢失士兵，有何凭据，何人作证？即使如果有丢失之事，也应由日方带兵的负责，与我方何关？又有什么理由要求惩处中方驻军官员？"

"是呀！日方有什么理由要求惩处中方官员？"中方代表林耕宇颔首表示赞同。

"喔？金桑……"樱井换上一副和蔼的面孔，态度来了个一百八十度大转弯。起身上前拉住金振中的手："你的军人，我的军人，朋友大大的！"

金振中扭身走开，冷冷地说："樱井顾问官先生，你不必来这一套，有什么事就直说吧！"

"好的！痛快！我就喜欢你这样的军人。"樱井说着，追到金振中跟前，笑眯眯地问："金营长，我俩可否先私下谈谈？"

"没必要！这里是谈判地点，有什么事你就当着大家的面儿直说吧！"金振中断然回绝。

"那好！他们……"樱井一挥手，指指中方代表道，"他们文官的，统统草芥之辈，做不得什么主。你的这个……"他竖起大拇指，又说，"这个军人大大的，权力大大的！你的命令驻军撤出宛平县城，插上白旗，大日本帝国保证你的人身安全，并可升官发财！"

"哈哈哈！"金振中仰脸大笑。

樱井被金振中的大笑迷惑了，不解地问："你的笑什么？"

"我笑你错翻了眼皮！我笑你痴心妄想！我笑你狗眼看人低！哈哈……"金振中大笑着抓起手枪，一揪樱井的脖领，把他拉到谈判桌前，按坐在椅子上："你给我乖乖坐下来谈判吧，别痴心妄想了。"说完大步走出，忙着布置城防去了。

忽儿，日方寺平扫一眼墙上的挂钟，从座位上弹起，态度蛮横地说："中方代表各位先生们，现在已不是让不让进城寻找失踪日军士兵的问题，而是你们退不退出宛平县城，让不让出卢沟桥的问题。如果中方想要避免严重纠纷，必须让日军进城，中国军队退出！否则，请听……"

寺平的话音刚落，城东方向忽然枪声骤起，日军突然发动起攻击。弹声呼啸，掠过夜空。小小弹丸之地宛平县城，霎时被笼罩在战争的硝烟之中。

三　卢沟晓月，枪声惊醒睡梦人

日本觊觎华北，蓄谋已久。卢沟桥事变是日本全面侵华的开始，也是中国人民全面抗战的开始，但对于酿成中日两国人民的历史灾难，该由谁承担罪责，历史早已有了定论。但卢沟桥事变第一枪之争，仍为历史悬案。而重要的已不是谁首先打响了第一枪，更重要的是进步人类都应以此为戒，反思昨天的战争给人类带来的灾难。

半个多世纪以来，史学界一直争论不休的问题就是谁先打响了卢沟桥事变的第一枪，现据翻阅史料，首先是日军攻城在先，二十九军自卫在后，究竟是谁开的第一枪，因史料繁杂，证述不一，有的互相矛盾，尚且两军交战又在黑夜，很难肯定第一枪是哪位士兵、哪位军官所为。同时，挑衅者为逃避战争罪恶，也没有详细的文字记载。但有一点可以肯定：卢沟桥事变是日寇进犯华北，挑起战争蓄谋已久的阴谋。罪恶应由日本的战争贩子来负，具体到哪个人应承担卢沟桥事变之责，那就不重要了。因为中国人民，日本人民同受其害，包括充当炮灰的日军普通士兵，这一点在反思战争罪恶的岁月里，已取得了进步人类的共识。

那一天，在宛平县东城门城楼上，正在组织士兵戒备的金振中营长突遭城外日军袭击，他忍无可忍，怒视着城外猖狂攻城的日军，刚欲下达还击的命令，几名通讯员纷纷跑来。

"一连报告，日军向我军阵地发起攻击。"

"二连报告，日军搭云梯进攻北城墙。"

"三连报告……"

金振中没听完，脑顶冒火，转身对各连通讯员吼道："命令各连，给我狠狠地打！坚决消灭一切进犯之敌。"

"坚决执行命令！"各连通讯员冒着弹雨跑走。

"金营长，快看！"监视哨呼喊道。

金振中忙伏到垛口前一看，城外日军已逼近壕沟，正试图越过壕沟，爬上城来，他怒吼一声："打！"话出枪响，他手中的驳壳枪甩打出一阵弹雨，早已憋足劲的士兵似久旱的禾苗盼甘霖一样盼着指挥官下达射击的命令，一阵猛射，击退了日军的第一次冲锋。

日军为掩护攻城部队冲锋，猛烈射击。

宛平城的守军，受到东、南、北三个方向的火力的交叉射击，弹如雨下。城内流弹飞蝗一般，嗡嗡满天飞。这一下苦了城内的百姓。熟睡的市民们被骤起的枪声惊醒，为避开弹雨死亡的威胁，呼儿唤女，扶老携幼地奔出家门，躲向城墙外的防空洞。一位妇女怀抱吃奶的孩子，搀扶着年迈多病，吓得浑身发抖的老婆婆奔出家门，刚来到街上，一颗流弹飞来，击中妇女头部。她"扑通"一声栽倒，怀中的孩子摔出很远，吓得哇哇大哭。老婆婆泪流满面，扑到儿媳妇身边，呼喊着："孩子他妈，儿媳妇……"

年幼的孩子爬回来，扑到妈妈身上，嚎哭起来："妈妈……"

这撕心裂肺的哭声震撼着每个人的心灵，闻者莫不伤心流泪，悲惨的呼喊哭嚎在夜空中久久萦绕。

激烈的枪声，使宛平县署谈判桌上的气氛更加紧张。王冷斋拍案而起，严正声明："日军首先开枪，破坏大局，应承担挑起事端的一切责任！"

寺平没理搅三分，搜肠刮肚地寻找开脱罪责的理由："皇军开枪，出于万般无奈，乃被迫所为！"

"胡说八道！"王冷斋气呼呼地离开会议桌，走进办公室，对机要员说，"快！给我接通北平，电告北平市政府、南苑二十九军军部，报告开火情况，请求向卢沟桥增兵。"

南苑军训团内，面对战、和不定的各种军政人员，佟麟阁心情沉重地说：日军进攻，我们首当其冲，战死者光荣，偷生者耻辱。荣辱系于一身轻，系于国家民族者重。国家多难，军人应当马革裹尸，以死报国。

卢沟桥事变爆发后，日方为何采取打打谈谈的策略？这一方面是他们惧怕华北民众的抗日情绪和二十九军的十几万人的部队，以及以佟麟阁为首的抗战派；再则就是日方对华北军事和详细布置不摸底，情况不明，不敢盲动。原来，自宋哲元去山东省亲之后，他将北平的政务交给了秦德纯市长负责，把军备交给了佟麟阁、张克侠等人。为防止汉奸捣乱和日本人刺探情报，佟麟阁把二十九军军部悄悄地转移到了南苑，北平城内的军部只是个样子，日方监听、盯梢都失去了作用，真正的指挥中枢在南苑兵营内，日方得不到确切情报，使得二十九军赢得不少主动权，因而在当时有真假军部之说。

黎明前夕，坐落在南苑机场内，原著名爱国将领冯玉祥将军陆军检阅使署旧址的宇翔园，现已改为二十九军军部。自卢沟桥风云突变后，这里也是一片紧张气氛。各种情报从各地雪片般飞来，参谋们走路脚步匆匆，机要室内电键嗒嗒响个不停，参谋部、作战室内人影绰绰，异常繁忙。

佟麟阁自去永定门火车站，营救被关押的华侨青年赶回来后，饭没顾得吃，水没顾得喝，一边在军部作战室内听取各地电话汇报，一边一份份地阅读，分析各地送来的各种情况。同时，电话通知家住北平的二十九军高级将领秦德纯、张维藩、教育长张寿山、骑兵师长郑大章、参谋长张樾亭等，要他们速来军部参加紧急会议，商讨对策。综合各方面的情报，他分析日军将有重大行动。而二十九军主要将领没有出席日方的宴会，这实际上已胜了一筹，挫败日军大规模军事行动前，妄图囚禁冀察高级军政人员，作为挟持中国当局，提出满足日方狼子野心要求的阴谋。此刻，佟麟阁知道战争的胜负不仅是士兵人数素质及武器优劣的较量，更主要是双方指挥员智慧、胆略对抗的结果。日寇第一招儿受挫，为达到目的，还会不会有第二招儿？第三招儿呢？从情报上分析，有人报告：日本特务机关长松井、土肥原等日方高级人员都已云集卢沟桥，他们想必要在北平西南的这个交通要道上做什么文章。得出这样的结论之后，佟麟阁不安了，心提到了嗓子眼儿。宋哲元军长走时，把指挥二十九军部队的大权交给他掌管，把北平市政府要事委托给秦德纯，天津方面委托给张自忠师长。倘若此时日本人真地动起手来，他这个代理军长责任重大啊！如有差错，他怎么向宋军长，向华北父老交待啊！他再也坐不住，站起在屋内踱步思考着问题。佟麟阁南征北战几十年，深深知道，做为指挥十几万人马的指挥官，需要有运筹帷幄、决胜千里之外的谋略。任何丝毫的差错、疏忽，没有摸准敌人的血脉、下错药，损失就是千百人的性命啊！

他走到地图前久久凝视，筹划着全军在华北的布防情况：三十八师在天津，布防在廊坊至唐沽一线；三十七师在北平南苑至保定布防；一三二师在河间至大名一带布防，一四三师在察省全境布防。这样的布防面铺得过大、分散，可不易收拢啊！

"咚咚咚！"一阵有力的脚步声由院内传来，佟麟阁扭头一看，张克侠快步走进来。佟麟阁赶忙迎上前紧紧握住他的手，从他俩握手的时间和劲头上，早已心照不宣地诉说了各自内心的感情。

佟麟阁把张克侠拉到桌前，亲自倒了一杯茶，端过去放到他的面前，又把桌上的情报推给他，拍着他的肩膀说："张老弟，你快抓紧时间把这些情报看一遍，一会儿各师、旅长到齐了，马上召开军事会议。咱们好好跟小日本干一干，斗斗法！"言罢，佟麟阁大步走出。

"好啊！"张克侠显得有些兴奋，搬过一把椅子，紧张地看起来自各方面的情报。

半小时后，张克侠走进参谋部时，见佟麟阁、张维藩、秦德纯、张寿山、骑兵师长郑大章等人正站在屋中央的沙盘前，听取参谋长张樾亭关于北平兵力驻防情况的介绍："……现三十七师冯治安部，旅部在西苑，部队分住西苑、南苑、宛平及北平城内，驻守卢沟桥的为三十七师一一〇旅何基沣所部，该旅的具体分布是：旅部驻西苑，二二〇团驻八宝山，二一九团驻长辛店、宛平、卢沟桥。该团战斗力最强的为第三营金振中部，此营为加强营，下辖四个步兵连，轻、重迫击炮各一门，重机枪一连，总兵力约为一千四百人……"

"参谋长，宛平县城究竟有多少人防守？不能含糊其词。什么约有、或许、大概啦！"佟麟阁有些不满："这些词尽量少用！"

"是！副军长，我马上查清后向您报告。"张樾亭见自己被佟麟阁当众批评，有些不快，但这种场合不便发作，他赶忙掩饰过去。继而又说："刚才介绍的是北平西面、西南面的兵力布置情况，下面我再介绍北平北面的情况，北面为保安队石友三部，司令部在黄寺。北苑、清河、沙河、昌平，防守形势还是比较严的……"

佟麟阁听到此又皱皱眉头，刚批评完他在介绍情况时不能使用概念不清的词语，怎么又忘了？他刚欲插话，突然感到有人暗扯自己的衣襟，侧脸一看是张克侠。从张克侠的眼神中，他似乎明白了什么，忙把顶到嗓子眼儿的话咽回。

恰在此时，军训团第三大队队长冯洪国手持电文急步走进，来到佟麟阁近前说："副军长，卢沟桥来电。"

佟麟阁接过电文看到之后，交给张克侠，尔后依次传阅。佟麟阁眉头紧锁，来回踱步，屋内鸦雀无声。这份电文，犹如在每个人心头上压上一块千斤重石，沉甸甸的令人喘不过气来。

　　张樾亭还欲再说什么，佟麟阁摆摆手止住他，语气沉重地说："诸位，城东方面的防务大家或许都知道，还是宋军长在时的情况。城南呢，大家都了解，也就不必多说了！现在，眼下最急迫的是坚定一个信念，必须抗日！"

　　"副军长如必须抗日，不是就改变了宋军长的初衷了吗？宋军长的原则可是灵活外交啊！"

　　"樾亭兄，人家都把刀架在了咱们的脖子上，你怎么还谈灵活外交啊！"张克侠诚恳地劝说着。

　　"不管怎么说！这是宋军长根据南京政府的基本国策制定的方针，要改也得等军长回来！"张樾亭坚持着自己的观点。

　　"是啊！应马上把军长接回来，主持军政大事！他不在有许多问题解决不了啊！"张维藩提议道。

　　"接军长之事我已妥善安排。现在咱们急于商量的是对卢沟桥事件采取什么态度！"佟麟阁排除一切干扰，厉声问："诸位还有什么异议？"

　　"那还用说，日本鬼子动手了，咱们决不能含糊！"冯洪国插话道。

　　"对！我们决不能坐视日本人的侵略而不还击，失去保卫华北的大好时机！"张克侠随声附和冯洪国的话音道。

　　其他的人有的在沉默，有的在观望。佟麟阁激动得难以自控，他心情沉重地表示："诸位，日本帝国主义的侵略得寸进尺，是以亡我国家、灭我中华为目的呀！"

　　屋内寂静得能听到人们的心跳声、众人品味着佟麟阁话语的含义。沉思一会儿，佟麟阁又说："我们二十九军身处战端之首，应立即做好准备，全力抵抗日军的侵略！"

　　"副军长，我建议请冯治安师长立即电令八宝山、长辛店驻军连夜出动，增援卢沟桥。"张克侠建议道。他的话博得许多人的赞同，不少人低声议论，表示支持。

　　"各位，我建议咱们南苑也应早有准备，防备日军突袭，首先应该先将南苑四周的青纱帐割倒五百米，开辟出一圈开阔地段，便于监视日军行动，防备他们突然袭击。"教育长张寿山提出新的建议。屋内气氛活跃起来，参谋们也相继提出一些问题，有的说工事不够坚固，有的说弹药不充足，缺少重武器。见会场有些乱，佟麟阁摆摆手止住大家的吵嚷。沉思片刻，他转对门外喊："传令兵，命令各部队明晨6点全部行动，割倒阵地前面

500米内的青纱帐，战后再赔偿老乡们的损失。"

"是！"传令兵应声跑出。

"慢着！"佟麟阁在后面追前两步，手拍着前额自语道，"庄稼是农民的命根子，从春到夏，播种、耕耘、锄草，辛苦好几个月的劳动果实，现在割掉太可惜……"他有些犯难地踱起步来。

"这样吧！"他快步来到门口，对站在台阶上的传令兵补充说，"传令各部队只把庄稼压倒，一垅压一垅，系成结用草绳压住，战事完了放起来可以再长。这样，百姓的损失或可少些。"

"好主意！"张克侠眼一亮道，"如果鬼子进攻，还可用倒伏的秸秆绊住冲锋鬼子的腿，春秋战国时就有结草衔环为绊、以弱胜强的战例。"

"对呀！"佟麟阁兴奋地猛一击掌，"好！就这么办！快去执行！"

传令兵跑走了。人们又重回到沙盘前，佟麟阁语气沉重地说："诸位，宋军长不在，日军进攻，我们首当其冲。战死者光荣、偷生者耻辱。荣辱系于一身者轻，系于国家民族者重。国家多难，军人应当马革裹尸，以死报国！"

"我等誓死抗日，以死报国！"众人被佟麟阁慷慨激昂的话语所感染，齐声附和。

"轰轰轰！"卢沟桥方向传来阵阵闷雷般的炮声，众人谛听着，脸色越发严峻。

军事会议一直开到启明星升起，才告一段落。佟麟阁、张克侠步出宇翔园，乘一辆汽车驶向南苑机场。车上，张克侠又把对局势的分析陈述一遍，佟麟阁拉住张克侠的手说："张副参谋长，北平的局势很严重，请你速去速归，别让我们久盼！"

"捷三兄放心！"张克侠也紧紧握住佟麟阁的手，表达自己的情感。

说话间，汽车驶到跑道旁，飞机旁，副军长秦德纯、冀察最高法院院长、参议邓哲熙也已在等候。汽车在飞机旁停下，佟麟阁、张克侠二人跳下汽车，来到舷梯旁。

佟麟阁对即将前往山东乐陵邀请宋哲元速返北平的代表大声说："诸位，你们见到军长，代我致意。请他速归，以定军心。华北父老和全军将士都盼他早日回来啊！"

"捷三兄放心，我们决不辜负你的委托，一定尽快把军长请回来。"

张克侠再次表示，说话时，他眼眶湿润，眼泪差点流出来。

"副军长请回吧！秦市长也请回吧！"邓哲熙也挥着手呼喊。

张克侠走向舷梯，踏上几阶又回身握住佟麟阁的手："副军长请回吧！起风了。"

飞机滑动、加速，既而腾空而起，冲向茫茫夜空。飞机马达的轰鸣声渐小，逐渐消失在天际茫茫的暗夜中。

佟麟阁等人翘首凝望，他不停地挥动着帽子，夜风吹拂着他的头发，撩起他的衣襟，直到什么也望不到、听不见了，他才转回身走向汽车。

突然，一阵更猛烈的炮声，又由西北卢沟桥方向传来，佟麟阁的心抽紧了。他忧心忡忡地自语道："唉！宛平县城的战斗不知怎样了？"

四　深夜缒城，谈判者再入虎口

中日双方，为争夺卢沟桥展开激战。深夜，一名日方联络官潜进县城，既不为刺探情报，也不为破坏军事设施，而是通知中方派代表出城前去谈判，去者能否生还？日寇其真正用心何在？人们一时难以揣测……

宛平县城的守军因受抗日宣传的影响，作战英勇，他们凭借着坚固的城墙，多次打退日军的进攻，虽说他们也有死伤，但城外日军丢下的尸体更多。

日寇垂涎卢沟桥，又惧怕守军的大刀队。他们原想利用部分人的恐日心理，逼迫冀察政务委员会就范，撤出驻守在宛平县城的部队，让出卢沟桥，为进一步吞并华北铺平道路。出乎日方华北驻屯军最高当局的意料之外，他们遇到了自喜峰口抗战以来最顽强的抵抗，诈取卢沟桥的阴谋彻底失败，只得改为强攻。但又感兵力不足，所以只得采取有利就打，无利就谈的策略，等待增援部队的到来。

其实，日寇侵略计划蓄谋已久。早在1937年6月，日本东京就盛传："不久华北将要发生什么事。"在东京政界的消息灵通人士之间私下盛传着这样的消息："七·七"的晚上，华北将重演柳条沟一样的事件。果不其然，日本华北驻屯军真的就在这天晚上导演了日军士兵失踪，要求进宛平县城搜索的丑剧。事变爆发后，日本最高当局立即召开紧急会议，商讨对策，决定进一步增兵华北，并发表声明，反诬"因暴戾的第二十九军挑衅而在华北引起事端"。并声称，"对此关东军保持极大关心和坚定决心，严重注视事件的发展。"

驻守丰台的日军在得到上司的怂恿支持下，更加紧侵占宛平县城计划的实行，在强攻受挫之后，日军又生一计，图谋尽快谋取战略重地宛平县城。

此时，宛平县署内的谈判再次处于僵持状态，中日代表吵得口干舌燥，懒得再说什么。除王冷斋坐在椅子上看报纸外，其余的几个人有的伏在桌子上打盹，有的闲聊，消磨时光。

房门被推开，县署门卫领着一名军士兵进屋后低声说："王县长，外面有人找。"

"什么事？"王冷斋站起问。

"是这样，城外日军派来了联络官，他要见您。"守城的士兵一指院内说。

"噢？"王冷斋感到纳闷，"在这个时候，日本人派来联络官找我有什么事？"他来到院里，门卫作了介绍，那个日军官上前几步，"啪"地敬礼道："你的县长先生，皇军大佐森田联队长设便宴邀请县长大人、驻军何旅长、吉团长、金营长。"说着从胸前口袋内掏出一封信，双手恭敬地呈递到王冷斋面前。他又补充道："联队长让我转告，各位一定要去，以便面商停战撤军方案。"

王冷斋接过邀请信，自忖事关重大，自己不便擅自作主，应与何旅长、金营长商量后再做回复。他沉思片刻说："你先到传达室等一会儿，我们商量一下再答复你！"

"哈依！"日军官敬个礼，跟着门卫，在中国士兵的监护下，走向县署传达室。

王冷斋转身奔向县署秘书科，对洪大中说："你快去，把何旅长、金营长请到我这儿来！告诉他们，有重要事情商量。"

洪大中答应一声，快步奔出县署大门。

话说旅长何基沣由宛平城东门回到营部，当即向驻扎在保定的师长冯治安报告了敌情和处置情况。紧接着，他又电告南苑二十九军军部，得到上级坚决抵抗的命令后，他立即调整全旅兵力布置，命令全旅进入战斗状态，一切工作布置完毕，他的心情才稍许安然了些。他本想稍微休息后，便赶回长辛店临时旅部，但考虑到吉星文团长去庐山受训未归，遇有特殊情况金振中营长难以处理，他便留了下来，想在宛平城内多停留一会儿，以免发生难测事件。

何基沣军旅生涯多年，在冯玉祥将军的影响下，也养成夜读兵书的习惯。多年来，他不管战事多么紧张、训练多么艰苦，每天总要抽出余暇时间读读书、看看报，并养成了写日记的习惯。今天，他命人在营部里间临时搭起床板，摆上一张桌子，算做了临时住处。好在是夏季不需要被褥，只需支起蚊帐，没有蚊子叮咬，就算不错了。奔波一天，他感到有些累，靠在椅背上，打开行囊，勤务兵为他将烛光移近些，他抓起一本军事理论书，看两眼觉得没劲儿，换一本还是看不下去，把头仰靠在椅背上养神。

勤务兵打来洗脚水，轻声提醒："旅长，夜深了，该歇息了。"

何基沣洗完脚，劳乏减轻许多。他猛地忆起该写写日记了。忙吩咐勤务员："准备纸墨，一累差不点儿忘了大事！"

勤务兵很快找来何基沣所需的东西，摆放到桌上，何基沣趿着鞋走到桌前坐下，对勤务员挥挥手说："你去睡吧，有事我叫你！"

铺好纸，何基沣先在纸张页头上写上日期。此刻，从早晨到傍晚发生的事都一幕幕浮现在眼前，犹如电影画面一出现在脑际，他一笔一划，在那几页 16 开的黄色、带有红线竖格的毛糙纸上工整地记下了震惊世界事件的前后经过：

七日。

我军接到报告说：日军今日出外演习，枪炮都配备了弹药，与往日不同，本旅长何基沣当即据此报告了正在保定的三十七师师长冯治安并促其速返。

七日夜间，日军复在卢沟桥附近，十时左右忽有枪声数响，发于宛平城东以外，城内守军当即加以严密注意。十二时后，北平市长秦德纯来电对我说，日本特务机关部机关长松井向我方提出交涉，声称，有日陆军一中队夜间在卢沟桥演习时，仿佛见驻宛平县城内的军队发枪数响，使其演习部队一时呈纷乱状态，结果失落日兵一名。日本军队今晚要进城搜查等语，已被我方拒绝。其真相如何？速查明以便处理。

据查明我军无开枪之事，且每人所带子弹并不缺少一枚，更可证明。少顷，松井又来电话声称，我方如不允许，彼方将以武力保卫前进……

何基沣刚写到此处，院内传来一阵急促的脚步声。他刚欲站起，就见洪大中在营部警卫排长的陪同下，快步走来。洪大中刚一脚门里一脚门外时，就急切地说："何旅长，王县长请您和金营长马上到县署去一趟。"

"金营长去卢沟桥上巡哨去了，有什么事？"

洪大中摇摇头："王县长没说，只说有重要事情商量。"洪大中满脸热汗，因刚才走得急进屋后他还在喘粗气。

"那我去一趟吧！"何基沣掩上没写完的日记，跟着洪大中来到县署，王冷斋正站在门外等候，二人见面后也没顾上细说什么，忙把何基沣让进自己的卧室。此时，屋内已坐着一个人，见何基沣走进来，那人忙起身相迎。

王冷斋忙介绍道："这位是冀察政务委员会外交专员林耕宇，刚才上半夜在日本特务机关部谈判的代表。"尔后，又把何基沣介绍给对方，二人紧紧握手，似有相见恨晚之意。何基沣寒暄几句后，趁王冷斋吩咐听差准备茶水之机，仔细打量着室内的布置。设在耳房内的卧室只有十几平方米，靠北墙放着一张木板床，床头有个衣架，墙上挂着一幅郑板桥的竹石图，两侧挂着长条字幅。南墙靠窗处放着一张硬木写字台，上摆各种书籍及文房四宝，旁有一根雕花架子，上摆一盆菊花。屋子不大，却收拾得很整洁。献茶毕，三人各自在木椅上坐下。王冷斋把日方邀请信递上前，何基沣看完，气愤地丢在一边说："不理他！这些可恶的东洋鬼子，要打要谈来个痛快的！这打打谈谈的，谁知他们的闷葫芦里到底卖的什么药？"

"二位看，森田日酋的用意何在？"王冷斋给每人递上一把扇子问。

"我看是黄鼠狼给鸡拜年，没安好心！"何基沣明人快语地发表自己的见解。

林耕宇点头赞同。王冷斋敲着桌上的邀请书："这事比较难办！不去吧，日本人必诬我方和谈缺乏诚意。去吧，森田奸诈狡猾，诡计多端，我们一旦出城必被扣押作抵，那时，城内无人指挥，如群龙无首，日寇极有可能……"他说着，一掌拍在桌子上。

"唉！"林耕宇沉默片刻，长叹一声道，"明知是火坑，也得有人去跳哇！不派代表，日本人得理不饶人呢！"

屋内沉寂了，他们都感到这是个棘手的难题。

"我去！豁出这一百多斤了。"林耕宇有些激动，愤然道，"以往，我跟日本人打交道，总是直不起腰来，怕得罪日本人，刚才谈判时，还一个劲地说误会呢！现在我明白了！做人不能太软了！墙倒众人推，马善有人骑，人软有人欺！"

"你……"何基沣、王冷斋同声而问。

"对！我去！"林耕宇坚决地回答，继而又解释说，"你们二位身负重任，不便前往。只有我的生死对大局无关重要，身为国家外交公务人员，值此民族危难之际，匹夫正当捐躯，报效国家。"

"不！不！"王冷斋连连摆手，"林兄不能去！日寇残暴，反复无常，更何况两军相峙，此去凶多吉少啊！"

何基沣也连连摆手。

林耕宇决意前往，他走上前强抑自己的激愤，动情地说："我已逐步看清，日寇贪得无厌，不灭中国，野心不死。试想，国家灭亡，各位还有何面目苟活人世。再者，国家保不住，皮之不存，毛将焉附？"林耕宇说着激动得热泪盈眶，恳请道："你们就成全我吧！拼得一腔热血，也要证明我林耕宇的骨头是硬的！"

何基沣站起扶林耕宇坐下："林专员，鬼子非豺狼可比，毒如蛇蝎，你可要小心呢！

"何旅长，你放心吧！有你这样的抗日'凶神'将军做后盾，谅鬼子也不敢把我怎样。"林耕宇拉着何基沣的手，宽慰自己，"再者说，自古以来，两军相对，不斩来使。日寇如杀我一人，信誉就会丧失殆尽。为避免世界舆论的谴责，日本人眼前还不会丢掉假面具的。"

王冷斋思考许久，别无良策，见林耕宇决心已定，只得同意。他与何基沣相视一眼，做出决定。他上前拍拍林耕宇的肩膀说："林兄，那只有让你独闯一次虎穴了。"

生死离别，林耕宇热泪纵横，哽咽着："王县长，倘我有不测，请转告我的老伴及孩子们，告诉他们我是中国人。"

何基沣这位铁打的汉子也动了感情，他紧紧地拥抱了林耕宇，泪水洒到他的肩上。他们走出卧房来到县署传达室，与日方下书人说明此事。为防备敌人再耍新花招，决定让日军辅佐官寺平陪同前往。

何基沣拉过日方另一代表樱井，正色道："寺平，你转告森田牟口，如胆敢对林先生下毒手，我先宰了他！"

"不会！不会！"寺平吓得连连后退。

夜色中，他们决定缒城前往，众人登上西北角的城墙。永定河水哗哗的急流声，犹如一曲无穷无尽的乐章，奏响在空旷的古河道夜空里。岸边，时时传出一阵阵清脆的蛙鸣。激战的间歇，夜色显得分外宁静，此时，如果不是东城门外仍有零星枪声响起，一定会打动诗人对卢沟晓月美妙境界的艺术感受。王冷斋等人蹲在北墙上，仰望着漆黑的夜色，显得心事重重，似有许多话要说，却又不知该从何说起。

守城士兵找来两只柳条编成的大土筐，用手指粗的绳索兜儿住筐底，拴住筐沿。王冷斋握住林耕宇的手说："林兄，临别吉凶难测，有什么话吗？"

林耕宇故作坦然道："诸位放心，或许凭我三寸不烂之舌，说退鬼子呢！"

众人听罢，心里更觉发酸。王冷斋一阵苦笑，林耕宇拉住王冷斋的手

近前道："冷斋，你我相识多年，可直到今天，我才看出你颇有胆识，深
得民心，你要珍重啊！"

"唉！"王冷斋答应一声，呜咽着抹去眼泪，为他整整衣襟，坚定地说，
"你放心吧，我王冷斋决不做对不起国家、民族的事。"

林耕宇依次和众人握别，笑着说："各位请回吧！"他坦然的神态仿
佛不是去与杀人魔鬼打交道，倒似是去看戏、赴宴一般。

而人们从他的话语里，隐约感到一丝苍凉、悲壮的寒意。

大柳筐拴好，林耕宇坐进去，士兵们抬起轻轻放到城墙外，一点点地
往下放，土筐越放越低，而人们的心却越悬越高。

王冷斋转身对日方随同前往的代表寺平说："请寺平先生转告森田联
队长，我们身为政府官员，守土有责，不能擅离职守。"

寺平也坐到柳筐内，被放到城下。人们目送他们的身影消失，心里默
默地为林耕宇祈祷着，盼望他此行平安。

时间在人们紧张的祈盼中，一分一秒地溜过去，拂晓迫近了。

林耕宇和寺平等人被放到墙外，他们向西北走了几百米后，爬过京汉
铁路，前往谈判地点。途经宛平县城西北角沙岗下，林耕宇突然发现日军
一个炮兵阵地。他趁寺平不注意，躲进一棵大树后，仔细观察，发现柳树
林空旷地段，十几门大炮掀掉罩衣，日军正忙碌着，架炮、固定炮位、搬
运弹药、测试射击的距离、伪装炮身。暗夜中不时传来清脆的钢铁撞击声，
虎视眈眈地瞄准着宛平县城的方向。

日本大佐一木清直手握战刀巡视着，那双矮胖的短腿，拖着肥胖身躯
走动着，犹如嗜血成性的刽子手，进入屠场前躁动着一种焦虑不安的神情。

日炮兵发令员跑上前报告："准备完毕，请示允许射击。"

一木清直拧亮微型手电筒，看看手表，自语道："四点的差十分钟。"

他挥手发令："装炮！"

日本炮兵拉开炮栓，装好炮弹，手拉牵引线站到炮后，传令兵手举指
挥旗，站到指挥位置上，紧盯着长官那只高高举起，象征着权力的手。一
木清直高举的手又放下，招手道："各炮长的过来。"

几位炮长走到近前，围成半圈，等待着上司的吩咐。一木清直再次询问：
"你们都是按我的要求测定炮击的距离的吗？"

炮长们忙立正道："哈依！"

一木清直再次强调："检查炮击目标距离！"

炮长们答应一声转身奔上各炮位，测定射击标尺、距离，并相继报告炮击准备完毕。

一木清直高喊一声："目标的宛平县城内县署的，预备……"他的手高举到半空，望着突突跳跃的秒针，随时准备劈下来，发出炮击宛平县城的命令。

"不许开炮！"树后一声喝喊，奔出一个近似疯狂的人，把一木清直及周围的日军吓得一愣。林耕宇冲到一木清直面前，大声呼喊："大佐阁下，谈判还没有结果，你们不能背信弃义地开炮轰城啊！城内还有日方谈判代表樱井先生呢。"

一木清直看清来人是林耕宇，知道他的身份，以前早有耳闻。见他阻拦发炮，狞笑着问："不开炮的，谈判的你签字？"

林耕宇气得浑身发抖，怒指日酋骂道："你，你这个强盗！"

"哈哈哈！"一木清直得意地狂笑着，一步步逼近，眼睛里射出两道残忍的目光。他猛地拔出战刀，狂叫一声，只见刀光一闪，直向林耕宇劈来。

恰在此时，半空中伸出一只手，拦住了他劈下来的战刀，原来是寺平攥住他的手腕："大佐阁下，万万使不得，他是森田联队长请来赴宴的代表，还要谈判重要情况。若把他杀了，城内的樱井顾问、斋藤先生就全完了！再者，全世界都会谴责我们的！千万慎重啊！"

"谈判代表的！饶你一死吧！"一木清直收起战刀。

"杀了我吧！杀了我也不让你炮轰宛平县城！"林耕宇眼见城内王冷斋等人要遭殃，痛不欲生，呼喊着又扑向一木清直。但被旁边的两名日军士兵架住，动弹不得。

寺平挥挥手，吩咐一声："把他带走，送到森田联队长那里去。"

林耕宇被拖走了。夜色中，他大声呼喊着："王冷斋，你在干什么，快走开，鬼子要炮轰县署了！"这悲切的呼喊声在夜空中震荡，树枝为之颤抖，草叶为之流泪。

一木清直又举起了他的战刀，日军各炮长重新举起令旗。一场毁灭古建筑、毁灭生灵、毁灭文化、毁灭历史的罪恶炮击，就要开始了。

五　县署被炸，日酋步行测距离

日军炮轰宛平县城，首发便命中宛平专员公署，是日军的炮打得准？还是有间谍刺探情报？原来，此前日军官进城有马不骑，宁可步行，早就另有所图，其野心早就有所暴露，只是没被中方觉察罢了。

再说宛平县城内，王冷斋等人在城头送走林耕宇。何基沣赶回营部，向师部报告日军邀请中方代表前去谈判之事及采取新的防御对策去了。王冷斋在墙头上等了一会儿，考虑到一时半会儿不会有什么结果，日方代表樱井、斋藤、中方代表周永业等人还在县署等候，便回到了县署，时至后半夜，人人犯困，可特殊时期，谁敢睡觉。他一直坐在电话机前听候着消息。同时，他也挂念着林耕宇的安全。墙上的挂钟不知疲倦地摆动着，分针指向凌晨3点50分，王冷斋抬头望望那跳跃的秒针，不经意地数着一秒、二秒、三秒……突然，他的脑海里闪出一个人量数脚步的情景……

那是春天，王冷斋、洪大中应日方要求，前往丰台谈判在井村修建飞机场的有关事宜。回来时，日军驻丰台大佐一木清直一反往日的冷淡态度，热情地执意要送。王冷斋苦劝不止，只得随他自便，来到宛平县城西北角沙岗下时，已能望见宛平城东门那高大的城门楼了，王冷斋再次劝阻："大佐阁下，你回去吧！"

一木清直满脸堆笑地说："王县长，谈判的不成，咱们的私人友谊总可以保持吧！"

王冷斋不便再说什么，招呼洪大中一声，打马快走，一木清直紧跟在后，王冷斋再次谢绝："阁下请留步！"

"王县长，你们的中国有句俗话：为人为到底，送人送到家。怎么，王县长不欢迎我到舍宅一坐吗？"

王冷斋无奈，只得任其所为，他冷淡地说："如果大佐阁下有此雅兴，我们中国是有好客习惯的国家。"

俩人并行至沙岗南面。一木清直跳下战马提议道："王县长，战马劳累，我们下来步行吧！"

王冷斋没有理睬他的建议，骑马慢悠悠地走在前面，一木清直在后面紧步相跟，工夫不大，就累得他热汗直流。王冷斋见此，出于礼貌，好言相劝："大佐先生，骑马吧！不然会累坏的。"

一木清直摇着缰绳不肯，也不说话，单调地嘟囔着日语，根本不理睬王冷斋的建议，他迈一步嘟囔一句，像在数着什么。

当他们来到县署门前，一木清直眉飞色舞地指着又高又厚的影壁墙，狂妄地说："皇军大炮的厉害，两发炮弹，就可以炸倒这里的一切！"

"就可炸倒……"这句话回荡在王冷斋耳边。他眼前浮现出一木清直那可疑的步行情景、狡猾的微笑、狂妄的态度……他骤然惊起。大声呼喊："快醒醒，这里目标大，不宜久留！快转移！"

王冷斋一边招呼众人转移，一边吩咐洪大中快去通知驻军营部里的人，也要赶快撤离。县署、营部相距很近，可能都是炮击的重点目标，他们呼喊着，刚刚撤离走出县署大门几十步远，身后的县署院内就连珠般落下十余发炮弹。顷刻间，弹片横飞，房倒屋塌，硝烟弥漫，瓦砾成堆。

爆炸声中，县署大门被毁，许多房屋被掀去屋顶，王冷斋惊叹道："好险呢！再晚一会儿，就完了。"

众人的脸色也全吓白了，面面相觑，不知该说些什么。

与此同时，驻军营部也遭到炮击，好在金振中等人也刚刚撤出，才幸免于难，炮火声中，营长金振中从硝烟中钻出，高喊："何旅长，军部急电！"

何基沣一身尘土，满脸泥水，他接过电报，借着燃烧的树木，高声念道："凡有日进犯，坚决抵抗，誓与卢沟桥共存亡，不得后退一步！"读罢军部的命令，何基沣脸色铁青，眼喷怒火，挥手道："命令部队坚决还击！"

金振中答应一声："是。"把手一挥，率领增援部队，冲上城墙。

曙色终于撕开夜幕，将一线光明投射到东方。激战后的宛平县城，虽然弹痕累累，硝烟不断，但在朝霞的沐浴下，却显得分外的巍峨，驻守在卢沟桥及宛平县城上的全体官兵，在激战中迎来了新的黎明。

卢沟桥的炮声，惊扰了正在风景秀丽的庐山避暑的蒋介石委员长的晨梦。他接到华北最高当冀察政务委员会的电报后，先是一惊，继而又坦然了。他命人发来一纸电文：宛平城固守勿退，并须全体动员，以备事态扩大。同时，蒋介石立即发电，密令正在山东乐陵省亲的宋哲元军长速返，主持华北大政。

谁料，宋哲元长期受蒋介石消极抗战的影响，对事态的严重性估计不足，心存幻想，认为目前："日本还不至于对中国发动全面战争，只要我们表示一下让步，局部解决仍有可能。"基于这种指导思想，他一面电令前线部队扑灭当前之敌，而一面又指示："只许抵抗，不许出击。"错误的判断，束缚了前线将士的手脚，致使在战争之初，痛失歼灭日军主力之机，为卢沟桥抗战失败，埋下了祸根，使得日军源源增兵，战场上双方兵力对比逐渐发生了变化。

7月8日，日寇见智取卢沟桥的阴谋再次败露，谈判又已搁浅。为尽快占领扼守北平的咽喉，日军开始了猛攻，战争异常激烈。何基沣深知宛平县城的得失，关系到北平的安危，也关系到二十九军能否在北平站住脚。他从战斗一开始，就没有回过旅部，眼下更不能抛下激战的宛平城，独回长辛店了。他蹲在城墙根下，研究着地图，金营长提着枪，歪戴帽子跑来："何旅长，铁路桥失守，龙王庙丢了，卢沟桥吃紧！"

何基沣霍然站起，用手枪口一顶帽檐："奶奶的，怎么搞的？"他两眼血红，军装烧焦多处，他果断地挥手命令道："预备队，立即增援卢沟桥，丢了我要你的脑袋！"

"是！"金振中跑步而去。立时，号声、口令声四起，脚步噼啪声地由远而近，一队队士兵，身背大刀，扛着子弹箱，躬身前进。增援部队由威严门跑出冲上卢沟桥，桥上顿时杀声四起，枪声大作。

卢沟桥，这座金、明、清三代著名的建筑物，再一次经受着战火的洗劫，石栏板残破不全，弹痕累累，石狮子东倒西歪，半个身子，半个脑袋的残骸滚落满地。桥面上尸体横倒竖卧，血迹一滩滩，一洼洼顺着栏板的缝隙向桥下流淌，像房檐上悬挂的雨帘，使混浊的河水染上一层殷红的色彩。

士兵们或蹲、或跪、或趴、或伏，把枪架在石栏板上，射击阻拦着河套里由南北两面冲上来的敌人。

鬼子的冲锋队伍，在重机枪的掩护下，在督战队的威逼下，成梯队冲上卢沟桥，前面的倒下去了，后面的又涌上来，鬼子的炮火越发密集。

局势险恶，我方伤亡越来越大，有几处的日军已把云梯靠在桥墩下，企图爬上来。

金营长率领增援部队，风旋而至，猛烈地射击，投掷成束的手榴弹才阻止了鬼子的进攻。在战士们勇敢地反击下，鬼子终于败退了。

傍晚，激战一天后的战场，出现难得的寂静。卢沟桥西桥头，靠近小青河一面，苦战了一天的中国士兵，疲惫地靠着工事休息，他们或躺或坐，一边擦拭武器一边吃着干粮，一边议论着白天的战斗。然而，有谁知道：更残酷的战斗正向他们逼来。

日军随着援兵的到来，加强了对卢沟桥的攻击。日酋知道，中国军队以逸待劳，而他们远道而来，给养、弹药、兵力都严重不足，拖延下去，只会对自己不利，他们在侦察了卢沟桥附近的地形后，派部队迂回到永定河西岸，沿着大堤，借助树林的天然屏障，在夜幕的掩护下，偷偷地从岱王庙后摸出，接近桥头。

夜色中，桥下的哨兵腋下挟着枪，背西面东地站着，对身后敌情竟毫无察觉。鬼子摸上来，猛扑到他身后，哨兵听到身后有动静，掉头想喊，但鬼子的刺刀已刺进他的后心，哨兵颓然倒地。日军似饿狼闯进桥头阵地，霎时两军展开殊死的搏斗，刀枪的磕击声、喊杀声、呻吟声，汇成战争残酷的景象。中国守桥部队只有一个班的士兵，在几倍于守军的鬼子攻击下，寡不敌众，加上猝不及防，时间不长便全部战死。

正在城西巡防的金振中，忽听桥西喊杀连天，登高远望，隐约见大批鬼子涌上卢沟桥头，他急不可待地喊道："一连跟我来！"他掖起手枪挥着大刀，跑步冲上卢沟桥。士兵们听到命令，抛下饭碗，提刀相随。

冲上桥头的鬼子掩杀过来，两军在卢沟桥中间相遇，狭路相逢，分外眼红。中国士兵犹如飓风刮过，人人奋勇向前，闯入敌阵。鬼子正在得意偷袭成功，万没想到突然遭到一支强悍的大刀队的阻击，开枪已来不及，慌忙端起刺刀进行顽抗，混战中寒光闪闪，当即有几颗鬼子的人头滚落桥下，其余的鬼子见情形不妙，慌忙抱头逃窜。

中国战士越战越勇，刀带着风，挟着力，以泰山压顶之势，赶杀仇敌，大刀所到之处，鲜血迸溅，尸体横倒。

孙常虎舞动大刀，如入无人之境，鬼子的脑袋撞着他的刀，像切开的西瓜，满地乱滚。他削左砍右，指前杀后，边杀边数："11、12、13……"

岱王庙前，有个鬼子被尸体绊了一跤，欲待爬起，孙常虎赶到，一脚踏住他的后背，鬼子抱住脖颈连喊叫："饶命！饶命啊！"

孙常虎望着脚下的鬼子，猛然忆起弟弟的惨死。那是一个傍晚……

河滩上，他抱着从河里捞出来的弟弟孙常山，悲痛欲绝，他轻轻解开捆绑弟弟的绳索，抚摸弟弟的面颊，慢慢地从弟弟口中掏出毛巾，毛巾上的日文激怒了他，他狠命撕烂毛巾，揉成一团，扔到河中，然后用衣袖小心地擦净弟弟的脸上的水珠，抹去他眼角的沙子，整理着弟弟的破旧而凌乱的衣服。此时此刻，他再也忍受不住，泪水不禁夺眶而出，他悲怆地呼叫着："弟弟，哥对不住你呀！咱爹妈被鬼子枪杀了，咱们流落他乡，只盼着有天让你过上好日子，可你又惨死在鬼子之手……"

"哥，报仇哇……"孙常虎似乎听到弟弟那含冤带恨的控诉声，顿时血往上涌，双手抡起大刀，狠命劈下去。

"当——"孙常虎觉得手腕一震，睁眼看时，见大刀已被架住："旅长！你……"

何基沣表情异常严肃："对投降的鬼子是不许杀害的！他们也是人，其次才是战俘。"

"是人？"孙常虎瞪圆了眼，"不！他们是狼，是凶恶的豺狼！你看，脚下流着咱们弟兄的鲜血！还有我年迈的父母，幼小的弟弟都是被他们杀害的！他们要是人，还有一点人性的话，也不会屠杀这么多的无辜的中国人！"

何基沣耐心地开导着孙常虎："日寇罪孽深重，但不是日本人民，也不是普通士兵，而是日本的统治者，那些战争贩子！你先把他押到旅部，想不通也要执行命令！"

何基沣收起大刀，抬脚将孙常虎震落的大刀踢起，孙常虎接住，他转身而去，鬼子俘虏冲着何基沣的后影磕着响头，孙常虎不耐烦地踢了他一脚："走！让你狗日的拣条命。"鬼子兵疼得咧咧嘴，举着双手被押走了。

王冷斋目睹士兵们的壮烈举动，深受感动。他忙着去动员城内的各阶层、各团体、商人支持守城部队，驻军的伙房炸平了，人民群众便纷纷把烙饼、馒头、绿豆汤送上墙头。王冷斋忙完这些后，犒劳苦战的勇士们后，他刚踏上威严门的城墙马道，就见金振中手提大刀，身上的衣服冒着烟往下走来。他迎上前，关切地问："金营长，部队伤亡怎样？"

金振中笑道："守城部队打得艰苦，伤亡较大，但他们死得壮烈！沙滩上、河套里丢下的鬼子尸体足有好几百具，光是在桥头上就拾到了一百七十二颗鬼子的人头。"金振中显得很兴奋。

王冷斋递过一支香烟，并为金振中划火点着："金营长，做这样硬拼的买卖可不合算呢！"

"是啊！铁路桥我们三次反冲锋，都因敌人炮火太猛而未夺回来，只得另想个办法。"

"日军有大炮，其它装备也好，这样打下去，于我方不利呀！"王冷斋吐出一口烟说，"如能不让鬼子的大炮发言就行了。"

"是啊，有啥办法呢？"金振中在城墙上捻灭了烟头，眺望着远方问。

"哎，你看这样行不行？"王冷斋两眼一亮，"咱们二十九军的特长不是拼大刀吗？就发挥大刀的威力。以我之长，克敌之短。趁黑摸到鬼子跟前，就砍……"说到兴奋之处，王冷斋扬起手掌做砍头的手势。

"对呀！老兄，真有你的！"金振中拍着大腿，惊喜地喊道。他亲热地攥住王冷斋的手敬佩地说："看来，姜还是老的辣呀！"

王冷斋被说得不好意思，忙转过话题问："何旅长呢？咱们找他商量商量去！"

"好，他在'庆兴公'一连连部呢。"金振中拉着王冷斋的手跑下马道，急得王冷斋一个劲儿地嚷："慢点！慢点！我这老胳膊老腿的，跟不上你。"

"庆兴公"客栈是一家坐北朝南的买卖铺子，历来接待南来北往的官差旅客。中日战端一起，富商逃的逃、躲的躲，城里的买卖就冷落下来，庆兴公的掌柜为避战火，早收拾起细软逃往南方去了，剩下的客房就成了驻守一连的连部。它倚着西城墙，紧靠卢沟桥，后面是块开阔地，直到京汉铁路桥的东段。

王冷斋来到庆兴公客栈时，却见里面静悄悄的，探头一看，连里正开士兵大会，何基沣坐在一条板凳上，正在讲话："刚才，有的弟兄说趁夜色猛扑上去，可我们的火力不强，只有两挺重机枪，三挺轻机枪，压不住敌人的火力，我们会吃亏的。"何基沣说着摆摆手，表示此法不可取："弟兄们再动动脑筋，咱们每个人就算是一个臭皮匠，合起来也顶上几个诸葛亮呢！"

王冷斋、金振中怕打扰会场，在后面拣了两块砖坐下。

会场静悄悄的，人人都在专注地冥思苦想。

"报告！我有个想法。"暗中站出一个东北口音的战士。何基沣打量着此人，不禁一怔，忽地忆起下午的情景，忙点点头："你说吧。"

"我，我……"孙常虎犹豫起来，"我不会讲话，怕说错！"

"没关系，说错了算你没说嘛！"何基沣鼓励道。

"我想，现在最关键的是怎样压住敌人的火力。"孙常虎见何旅长点着头鼓励他，便接着往下说："要是能在城墙西北角，面临铁路桥那段，用沙包筑起一个类似炮楼的火力点，虽不算高，也能提高十几公尺，居高临下，也会打得前沿阵地的鬼子不能抬头，后面的鬼子就是开火也是瞎打。我们的敢死队再身披蘸湿的麻袋、棉被，头顶大桌子，身带手榴弹，手提大刀，在机关枪的掩护下，接近铁路桥，近距离后，投掷手榴弹，机关枪停止射击，敢死队迅猛冲杀……"

"好哇，好主意！"何基沣脱口喊道。他大步跨到孙常虎面前，拍着他的肩膀说："好样的，战后，我就送你到军官学校。"他转身向士兵们："弟兄们，你们说这个主意怎样？"

"好！"士兵们齐声喊道，兴奋地交头接耳。

"孙常虎！"何基沣喊道。

"有！"孙常虎挺身站起，响亮地答道。

"从现在起，我任命你为一连副连长、敢死队队长，组织抢夺铁路桥的战斗！"

"是！"孙常虎双脚一磕，敬礼回答后表示，"我们保证夺回铁路桥，为战死沙场的弟兄们报仇！"

庭院内，士气激昂。战士们纷纷跑到孙常虎面前要求道："敢死队算我一个！"

"我也参加敢死队！"

何基沣转身看见王冷斋站在门口，忙迎上前招呼："王县长，宛平县各界人民对我们支持太大了。"

王冷斋笑哈哈地取笑道："让人更高兴的是你'凶神'又长了个聪明的脑瓜，成为文武全才的名将。"

"哈哈！"何基沣仰头大笑，"王县长，过奖了。"

金营长近前说："何旅长，王县长找你也是为组织大刀队摸敌营的事。看来您已走到前面去了，真是不谋而合呀！"

"战争的残酷逼着让你想出办法克敌制胜嘛！"何基沣转身对王冷斋说，"王县长，还得麻烦你一下，县署无论如何要筹集一顿晚饭，让上阵的弟兄们冲锋前饱餐一顿。"

"这没问题，包在我身上啦！"王冷斋拍着胸脯满口应允。

"金营长，你立即通知各连，挑选 50 名身强力壮的战士，到城西墙根下集合！"何基沣转身命令道。

"是。"金振中转身跑步而去。

六　城下歃血，盟誓言抗敌卫国

歃血盟誓，是古代结交朋友的仪式。但在民族危急的关头，一群手持大刀的抗日志士，却采用了古代的方式，誓死报国杀敌，其心可昭，其志可扬，其心可嘉！

夜幕降临了，为宛平披上一层神秘的黑纱。县城西北角的墙根下，数十支火把熊熊燃烧，照得十几步开外的地方如同白昼一般。地上摆着各种各样的磨刀石，圆的、方的、高的、矮的、大的、小的，足有百八十块，火光照得人影晃动，每块磨刀石前都有虎背熊腰的士兵躬腰屈背，磨刀霍霍。战士们边磨边唱起了《磨刀歌》：

> 沾着永定河河水，
> 磨起我心爱的大刀片。
> 要问哥我哇哟，
> 为啥弃家把兵当，
> 可恨日寇占据了我家乡。
> 妹妹的红缨随风展，
> 刀刃锋利敌胆寒。
> 杀不尽那狗豺狼，
> 你的情哥心不甘。
> 心不甘哟，心不甘！

各连组织的"敢死队"陆续来到，士兵们肩扛步枪，身背大刀，雄纠纠，气昂昂，威武雄壮。在带队连长的口令声中，队伍解散，每人又从新磨好的刀堆上挑选出一把更锋利的，得心应手的大刀，各自试着刀锋。

何基沣、王冷斋等人疾步走来，身后几名听差、侍从，抬着几坛美酒。

何基沣命令金振中道："金营长快把队伍集合起来！"

金振中跨前一步，站到高岗处，大声喝令："各连敢死队集合！"

"哗！"士兵们闻声而动，迅速列队。

何基沣来到队前，挥着胳膊高声说道："弟兄们，国家养兵千日，用兵一时，在这关键时刻，要你们为国捐躯，为民出力，杀死鬼子，夺回铁路桥！有胆小的站出来。"连喊几遍无人答声。何基沣的目光在每个战士们的脸上扫过，士兵们个个腰板挺得笔直，注视着旅长的目光，毫无怯懦。

"旅长，您就下令吧！谁要孬种，就是乌龟王八蛋！"孙常虎气昂昂地说，引得周围一片笑声。

王冷斋近前一步表示："弟兄们，我代表宛平的百姓说几句，国家不会忘记你们今天的壮举，百姓们将把你们永远牢记心间，孩子们去吧！去战斗吧！去夺回应是我们自己的东西吧！战死者将永世共存！"他的声音发颤，再也说不下去。他抹着老泪走到酒坛面前，亲手打开坛盖，抱起酒坛，把酒倒进摆在地上的一个个空碗中，他双手捧起一碗酒，送到何基沣面前说："何旅长，这是宛平城父老们的心意，是为勇士们壮行的酒！"

何基沣神情严肃、庄重，他的双手发抖，嘴唇噏动着说不出话来。接过酒碗，咬破中指，鲜血一滴滴滴入碗内，酒顿时变成殷红。此时，他觉得周身的热血在奔突，胸膛里像烧着一把火。他甩掉帽子，脱去上衣，赤身裸露出强健的肌肉。大喊："不愿做亡国奴的弟兄们，喝下这碗壮行酒！"他率先扬脖喝下一口，然后交给排在队首的第一个士兵。士兵们学着旅长的样子，脱掉上衣，甩掉帽子，秃头顶锃光瓦亮，象征着与日寇血战到底的血酒，由队首传到队尾。

王冷斋也站在队后，他把酒喝下去后，"啪"地一声把空碗摔碎在城墙上，大吼道："宁为玉碎，不为瓦全！"

何基沣跨到磨台上，发出命令："一连敢死队进攻龙王庙，二连敢死队袭击铁路桥，我带三连敢死队夺回卢沟桥，金营长留守县城！"

"我不同意！"金振中反对道。

"胡闹！这是军令，军令如山！王县长的安全也由你负责！"何基沣眼喷烈火，他"当啷"一声抽刀在手，高举头顶，从牙缝里迸出两个字："出发！"

大刀队奔向城门，中华热血男儿们同仇敌忾、英勇御敌的脸庞在火堆旁闪过，一队队威武矫健的身影消失在夜色里。王冷斋抱着欲挣脱的金振中，含泪目送大刀队从眼前跑过。敢死队出发后，金振中跑向城楼，布置城墙的防务，防备敌人的偷袭。

城墙的西北角，临近铁路桥那一面，装满沙子的麻袋堆起两房高的工事掩体内，机枪压好子弹，严阵以待，居高临下地虎视着敌人的阵地。

大刀队利用夜色和各种地上建筑物的保护，悄悄向铁路桥靠近，并俯爬上开阔地带。"哧"一颗照明弹腾空而起，鬼子的哨兵发现了开阔地带有人运动，忙开枪报警。

与此同时，城墙上沙袋掩体后，金振中一挥手："打！"各种轻重武器同时喷射出愤怒的火舌，密集的弹雨在鬼子头上开花，打得鬼子不敢抬头。当他们清醒过来时，大刀队已冲到阵地前沿。成排的手榴弹爆炸的硝烟未散，大刀队已跃进日军工事，一股股凉嗖嗖的寒风直向鬼子脖颈砍去。孙常虎勇猛砍杀，鬼子的守桥部队支持不住，纷纷败退，大刀队趁势夺回了铁路桥。孙常虎站在铁路桥桥头，谛听着卢沟桥那里喊杀阵阵，他不禁喃喃自语："何旅长，你怎样了？"

当夺回铁路桥打响第一枪后，何基沣率领掩蔽在桥东两侧的大刀队杀上卢沟桥，似疾风吹落叶，犹砍瓜切菜般很快杀到了桥中间，当守桥的日军明白死神临近后，拼命进行顽抗。

日军刚刚在付出惨重的代价后，重占了卢沟桥，他们还没有来得及喘口气，便遭到中国军队的反击，很是惊慌。但日军知道，夺取卢沟桥不容易，如果得而复失，再想抢占，可就更难了。日酋挥舞战刀，督促士兵步步抵抗，妄图顶住中国大刀队的反击，保住他们做梦都想得到的战略要地：卢沟桥。人说，冤家路窄。杀得眼睛发红的何基沣怎么也没想到，在卢沟桥会遇见死对头，日军驻丰台第三大队联队长一木清直。一木清直是在沙岗炮兵阵地上，听说他的部队占领了卢沟桥，高兴得眉飞色舞，带着两个卫兵，立即赶来，想以视察的名义，给日军士兵打打气，鼓励他们守住卢沟桥，没想到的是，他来到桥上，还未来得及发表什么嘉奖、鼓励的言辞，中国军队就已冲了过来。他见自己的军队，在中国军队的勇猛反击下，步步败退，刚刚得到的阵地又要丢失了，气得他哇哇大叫，拔出战刀，冲了上去，想挽回败局。

一木清直亲自督战，后退的日军再也不敢后退，回过头来，与冲上来的中国军队，短兵相接，大刀对刺刀、对战刀，展开一场殊死的拼杀。一木清直见中国军队冲在最前面，为首的是一位刀挥似流星，出刀似闪电的壮汉，知道此人难以对付，忙喊句日语，立即有四个鬼子，端着刺刀，迎住何基沣。

何基沣面对呈半圆形包围状的四名日军全无惧色，抢动手里的鬼头大刀，砍、砸、磕，左冲右突，前挂后遮，只三个回合，两名日兵的脑袋已滚落在地，剩下的两个见状不妙，扭身便跑。一木清直见部下如此孬种，怒火中烧，挥起指挥刀，砍翻一名逃跑的士兵，跳上前，接战何基沣。

正欲乘胜追击的何基沣突见窜上来一名肩扛大佐军衔的日军官，借着火光，见是一木清直，多年来积怨的怒火直冲头顶。仇人相见，分外眼红，俩人也不答话，各把仇恨的怒火用在手腕上。攻、防、砍，各用重力，一招一式地拼杀起来。暗夜中，只见两道寒光上下翻飞，恰似两条银龙翻飞，各不相让，步步紧逼。

拼杀许久的何基沣有些劳累，开始喘起粗气。忽儿，他脚下被尸体一绊，往后倒去。一木清直乘机抢步上前，狠命一刀。"咔嚓"一声刀劈肉体的声音，兴奋得一木清直哇哇大叫。刀劈中国驻军旅长，这还了得，天皇不接见，也得晋升三级。他刚要得意，却见躺倒的何基沣一个鲤鱼打挺站起。一木仔细一看，差点把鼻子气歪了。原来，被绊倒的何基沣见日酋的战刀劈来，想躲已来不及，左边是桥栏，右边是具尸体，用大刀去迎，又怕刀碰刀一滑，会划伤手指，万般无奈，他急中生智，抓过那具死鬼子尸体，举到半空，一木清直果然中计，听见刀砍肉体的声音，没有再砍来第二刀。他赶忙站起，跳到一旁。一木清直发觉自己上当，砍中的是具尸体，却让对手从险境中逃脱。他顿时恼羞成怒，像赌输的恶棍般又挥刀上来。

何基沣倚住桥栏，喘过一口气来，他眼角扫过四周，见附近的鬼子都被中国士兵缠住，不可能有日军来支援一木清直，他的心踏实了。见日酋的战刀再次迎面砍来，何基沣迅即往上一跳，跃上桥栏，猛地一蹦，越过一木清直头顶，"当——"一木清直的战刀砍在桥栏上，金星乱冒，一木清直见连续两刀劈空，急得"嗷嗷"怪叫，乱了刀法。就在一木清直稍一愣神之际，何基沣反手一刀，一木清直往后急闪，重心闪出桥外，仰身掉到桥下急流中。

经过一场激烈的厮杀，卢沟桥又回到中国驻军手中。

何基沣伫立桥头，命令道："三连长，即刻打扫战场，把弟兄们的尸体抬回城内，日军尸体运到城东，交给日本当局，然后加紧抢修工事，防备鬼子偷袭！"

"是！"三连长答应一声，迅速布置去了。

一名士兵跑来："报告旅长，我二连敢死队夺回铁路桥！"

又一名士兵赶到："报告旅长，我一连敢死队占领龙王庙！"

何基沣如释负重吩咐道："命令各部队,立即加固工事,巩固已有阵地!"刚说完,他就瘫软地坐在桥面上。

旧中国被人称为一只睡狮,本世纪三十年代,中国共产党促使了睡狮的觉醒。但日本欲亡中国的野心也达到了疯狂的程度,是中国共产党高举抗日民族统一战线的旗帜,担起唤醒民族独立的重任。

世界上许多史学家研究了中华民族的发展史后,惊奇地发现:东方这个古老的民族,有着惊人的凝聚力和文化内涵,正是这种强大的凝聚力,延续了中华民族的发展,使得在任何外族侵略面前,都会涌现无数仁人志士、热血儿女,前仆后继地英勇斗争,甚至抛头颅洒热血也在所不辞。

1937年的华北,正是中国历史上最苦难的一页。多年的军阀混战,导致民不聊生,日寇的侵略更是雪上加霜,使得广大劳苦大众日益贫困。在中国共产党的宣传影响下,更多的民众正逐步认识到,只有反抗,打败侵略者才能得以生存,否则,不会有好日子过。

卢沟桥沉闷的炮声,震撼了古老的北平。许多人难以掩饰内心的激动,低声议论:"打起来啦!终于打起来啦!"

市民们奔走相告,脸上洋溢着喜庆之色,中国人民任人凌辱宰割的时代结束了;中国军队敢刀对刀、枪对枪地和日本打仗了,这对被压迫的民族该是多么值得庆幸、欢欣鼓舞的事情啊!当天,北平人民竟像过节似的放起鞭炮,庆祝中国人民敢于挺起腰杆反抗侵略的日子。

事变的第二天,7月8日,中国共产党发表声明:坚决支持华北二十九军何基沣部对日作战。这声明在全国进步报刊上登载后,举国哗然,纷纷募捐支援驻守卢沟桥的部队抗战;声援共产党动员全国人民抗战的正义主张。

燕京大学的校园里,教学楼飘下五颜六色的传单,一位教授从楼下路过,恰巧一张传单飘到他的胸前,他忙伸手抓住,轻声念道:"最新消息,我驻卢沟桥守军,组织大刀队克复平汉铁路大桥,占领龙王庙,夺回卢沟桥,重创日寇!"教授银须微颤,挑起手指赞道:"有骨气,不愧炎黄子孙!中国有希望,中国亡不了啦!"

王翠芝和姚丽迎面跑来,嘴里高喊:"募捐了!凡有爱国之心的人士,请募捐,支援抗战!"

"给。"教授毫不犹豫地掏出一大把钱，塞给姚丽说，"这是刚发的薪水，都捐献给抗日的将士！"

王翠芝伸手相拦："老先生，您这是多少？"说着掏出钱来欲数一数。

"快走吧！"教授推着他们催促道，"快走吧！中国人的爱国之心是无法用金钱来衡量的！"

募捐的人群围住王翠芝和姚丽，争相献出自己平日里节衣缩食省下来的钱。他们捐献的不仅仅是几文钱，更是献出了自己的一颗赤子之心啊！

募捐的人群刚散，小黄跑来，把王翠芝和姚丽叫走。三人来到校门口，见已聚集起一两千学生。小黄悄悄告诉她们，今天北平举行各界、各阶层、各团体统一行动的游行，支持二十九军抗战。

游行队伍沿着大木仓路向市内进发，沿途不断有人加入。中国沸腾了！古老文明的古都觉醒了！

学校的游行队伍汇集到东西长安街上，组成了声势浩大的示威洪流。王翠芝满身是汗，在人流中穿行着，边走边看着那带有油墨味的传单，刊头题词为《中国共产党为日军进攻卢沟桥通电》。时间是"卢沟桥事变"后的第二天（1937 年 7 月 8 日）这是她从民先队地下党刚刚领来的宣传品，读着上面的词句，她激动得热泪滚滚，兴奋地呼喊着。不知什么时候，她竟被卷进工人游行的队伍，巨大的声浪冲击着她的耳鼓，使她的脉搏同亿万人跳动着一个音符。千百双劳动的手高擎着"抗议日寇进攻卢沟桥"的巨幅横标，从西长安街走向天安门。

学生游行的大军走过来啦！千百个喉咙同唱着救亡歌：

"起来，不愿做奴隶的人们，

把我们的血肉筑成我们新的长城！

……"

民先队员手拿小旗，边舞动小旗边讲演："全中国的同胞们：北平危急！华北危急！中华民族危急！只有全民族实行抗战，才是我们的出路！"

王翠芝发现了自己的校友，忙挤过来加入到同学的行列中，她一甩秀发，振臂高呼：

"武装保卫华北，保卫平津！

决不让帝国主义占领我们的一寸土地！

为保卫国土流尽最后一滴血！

……"

她的声音沙哑了，仍在呼喊。旁边的姚丽抢过她手中的传单，又带头高喊：

"全中国的同胞们，团结起来！

筑成民族统一战线的坚固长城！

坚决抗击日寇的侵略！

把日寇驱出中国去！

……"

游行的队伍越来越壮大，汇成滔天巨浪，声震神州大地，中华大地掀起规模空前的抗日高潮，再一次显示了炎黄子孙的强大凝聚力。

中华民族到了亡国灭种的危险关头，举国振奋，从东海之滨到喜玛拉雅山，从黑龙江畔到天涯海角，每个有正义感的中国人都发出了抗日的呼声，义旗奋举，刀枪如林，掀起了声势浩大的救亡图存的高潮。而对此最先做出反应的，不是统治全国的南京国民政府，却是中国共产党领导下的延安。就在事变的第二天，7月8日，中共中央为日军进攻卢沟桥通电的最后一段激昂地写道："全中国同胞们，我们应该赞扬与拥护华北当局与国土共存亡的宣言！我们要求宋哲元将军立刻动员全部第二十九军，开赴前线应战！我们要求南京中央政府立刻切实援助第二十九军，并立即开放全国民众的爱国运动，发扬抗战的正气，立即肃清潜藏在中国境内的汉奸卖国分子，及其一切日寇侦探，巩固后方；我们要求全国人民，用全力援助神圣的抗日自卫战争。"

抗日的怒吼，喊出了四万万中国人民的心声，代表了炎黄子孙的意志。在这基于中华民族生存权力的号召下，素被称为"东亚病夫"的东方古国，呈现出一片前所未有过的民族大团结的形势。这可吓坏了日本帝国主义者。他们在宛平县城试探性的进攻遭到沉重打击后，限于在华北的兵力，还不能达到一口吞并华北这块肥肉的目的，便又调整了华北驻屯军的首脑人物，抛出"和平谈判"的烟幕弹。

七　日酋暴毙，作恶者遭天惩处

侵华日军司令田岱皖一郎作恶多端，杀人无数，其罪恶罄竹难书。就在他踌躇满志，肆意扩大侵华战争之际，突患暴病而死，是苍天对他的惩罚，还是争权夺利的结果，难辨真伪，但作恶者必自毙，这是谁也无法抗拒的自然法则。

日本当局原想在卢沟桥挑起事端后，以武力迫使二十九军就范，像"九一八"事变后那样，轻而易举吞并华北。不料，不仅遭到了卢沟桥守军的顽强抵抗，也引发了全国人民的抗日怒火，同时，日本朝野也上下震动，不少进步人士纷纷发言，指责日本当局好战，派兵扩大侵略中国战争的罪行。但日本帝国主义这辆战车一旦运转起来，就以惊人的速度走向侵略战争深渊。他们不顾中日两国乃至全世界的反对，积极策划更大的阴谋。

在天津警备森严的侵华日军司令部内，派系之争也在悄悄地拉开了帷幕。夜风吹来，桌上的文件纷纷飘落。"哗——"一阵冷入肌肤的夜风刮进屋内。天津日本驻屯军司令官田岱皖一郎的卧室内，一派颓丧气氛。病榻上的北宁路沿线日本最高决策人物田岱皖一郎身患心脏瓣膜症，病情越来越严重。他自六月份病重以来，前后几次住进医院，当听到卢沟桥发生战端的报告后，为稳定军心，他执意从医院搬出，命人从医院移来有关医疗器械，在他的卧室建立起特殊病房。他边治病边谋划日军新侵略计划。近来，他的病情越发严重。原来自1936年2月26日，日本皇道派派兵包围首相府，企图挟持日本政界要人改变既定国策被镇压后，统治派占了优势。他这个皇道派的主要成员，失宠受排挤。限于他来中国多年，在中国有一定的势力，统治派才没有立即处理他，但却日益削弱他的兵权。且早就有人传说，欲将他调回国内，以战绩微弱，贻误战机为由，将他治罪。说实在的，他做梦也没有想到，正在他将要一展宏图，施展宏才大略时，却成了帝国内部派系争斗的牺牲品。他心情郁闷，导致旧病复发，谁料就在卢沟桥刚刚动手，震惊中外的"壮举"即将成功之际，他病倒了，整日咳嗽、咯血，名医请遍，好药吃尽，病情非但没有减轻，反而越发严重。他知道，沉疴难痊，他将不久于人世。更为可怕的是他在病态下的睡梦中，闭上眼睛，脑子里就出现一幕幕恐怖的场面。说真的，他田岱皖一郎之所以能熬上这个宝座，那还不是尸体堆起来的！在国内，他殴打、惩处过多少士兵，残害过多少同僚？他已记不清。在中国，仅"九一八"事变这几年里，经过他下令枪毙的或砍杀的中国军民不下百人。而今，他担心这些冤魂会来找他算账，吞噬着他的灵魂。他害怕了，大声吼叫着，喊来侍卫侍立床头，保卫他的安全。但是，灯光摇曳的迷朦中，他的视线内，侍卫一个个也都变成了狰狞的恶鬼，伸着魔爪，吐着长舌，呲着黄牙，扑向前来，他急忙摸出枕下手枪，连发数枪，站在床前的恶鬼倒下了，侍卫们倒在血泊中，喷出的鲜血溅了他一脸。田岱皖一郎，这个屠杀中国人民的刽子手，大叫一声，口吐鲜血，气绝而亡。

谁料，田岱皖一郎的暴毙，并没有遏制日寇侵略中国的野心。就在田岱皖一郎的尸骨火化，还没有来得及运回国内之时，又一名臭名昭著的日酋香月清一踏上了中国的国土，接任田岱皖一郎的职务，充当起日本帝国主义侵略中国的急先锋。

踏上中国领土的第二天，在天津，香月清一立即召见了土肥原。

香月清一面带笑容，招手土肥原近前："土肥原君，卢沟桥的攻占没有？"

土肥原忙双腿并拢，施礼后报告："司令官阁下，卑职有罪，请司令官惩处卑职的无能。"

"哦？"香月清一摇头，不以为然地摆手道，"关系的没有，本土的大炮、坦克、飞机，即日将会运到，量此区区县城，何足为虑。"

"那眼下呢？"土肥原问。

"你不是和铁路局长陈，陈什么生相识吧？"

"对！他和卑职是密友，我的话他无所不听、无所不从……"

土肥原忙着回答，生恐惹这位刚上任的司令官不快，极力想给顶头上司一个好印象。土肥原善于奉迎拍马，他在踏进司令部之前，已从同僚那里了解了这位新司令的部分情况。得知香月清一来中之前任职教育总监本部长，在政府内部是个举足轻重的人物。只有取得他的欢心，自己才能步步高升，飞黄腾达。

"那，那很好，你的明天的就去找他，命令他的一切货物禁运，全部车皮都用来运送兵员和战略物资。同时，你还叫他和他的朋友潘毓桂、齐燮元等人多向宋哲元灌输些中日和善、抗战不利的主张，这对我们是会大大有利的。"

　　"是！是！"土肥原暗自佩服香月清一的高明，一边备战一边高喊和平，确实棋高一筹。

　　"土肥原先生，你的愿意演戏吗？"

　　"戏？"土肥原不解。

　　"对！演戏！"香月清一站起，拍拍土肥原的肩膀说，"最近宋哲元就要来跟我们谈判，我们要演戏给他看。你的不但要看，还要充当角色。"

　　"我……"土肥原手指自己的鼻子问。

　　"对！咱们就给他演双簧吧，中国的传统戏。我演红脸，你演白脸，一文一武，哈哈……"

　　"司令官，那内容？"

　　"内容吗？四个字：'和平谈判'。"

　　"和平谈判？"土肥原先是不解，继而彻悟，竖起大拇指连声夸赞："妙！妙！先谈判，兵力配齐，弹药充足再……"

　　香月清一脸色一板："泄密的杀头！"

　　"是是！"土肥原忙把快到舌头的话咽回。即刻，与香月清一会意后，二人仰天狂笑。

　　旧中国的社会性质，决定半殖地的官吏怕洋人，每当外寇入侵时，总有一些人为保全私利，而出卖民族利益。抗战之初的"主和派"和患有"恐日症"的人，就属于此类人。当然，他们何以做出一件件让抗日将士伤心之事呢？确有着深刻的历史原因。

　　抵御外侮，是每个民族任何一个公民的权力和义务，责无旁贷。但在中国漫长的历史长河中，几乎每朝每代都贯穿着爱国、卖国，主战、主和之争。在卢沟桥事变爆发后，以至以前或八年抗战中，投降还是抗战，仍然是阶级矛盾的焦点。当时南京政府，主和派有着相当的势力，与日亲善，共建大东亚共荣圈，仍是部分消极抗战和卖国贼的主要腔调，他们的言行深深地伤害了中国人民的感情，也给全民族抗战带来极为不利的影响。

　　日寇施放的"和谈"骗局烟雾弹，迷惑了冀察当局部分对日抱有幻想的首脑人物。南京政府游移不定的抗日态度，也不断给日益高涨的民众抗日热情浇冷水，使他们的热切期望一次次落空。

当二十九军前线将士苦战多日，渴望中国政府早日对日宣战，理直气壮地出击，全歼卢沟桥地区周围日军的时候，他们得到的不是出击的命令，却是一份令前线战士们心寒的声明。

宛平县城饱经多次战火的摧残，千疮百孔的城墙，越发使人感到悲壮、肃穆。金振中手举报纸，由马道跑上城来，高兴地呼喊："好消息！好消息！我国政府发表严正声明，阐述对日立场。"

城墙上正在擦拭战刀和抢修工事的士兵放下手中的活儿，追逐在金振中的身后，呼喊着："营长，给我看看……"

王冷斋恰从对面走来，见这里人声喧哗，急步走上前问："这么热闹，什么事啊？"

"特大喜讯。"士兵们回答。

"是吗？"王冷斋很感兴趣。

金振中挤出人群，把报纸送到王冷斋面前："王县长，你给念念。"

王冷斋以先睹为快的心情接过报纸，高声念道："我国外交部郑重声明：卢沟桥事件渐趋严重，责在日方。日如再误，远东将陷危机。蒋委员长电示华北严重局势方针，以正当防卫为原则……"王冷斋念报纸的声音越念越低，及至沉默。

这消息犹如在干柴烈火上浇上一桶冷水，使与日寇血战的将士感到心灰意冷，在抗日志士最需要支持、鼓励的时刻，平空却传来这么一个不痛不痒的所谓的"声明"，怎不令人痛心呢。

士兵们垂着头走开了，王冷斋依着城墙根不知说什么好，只是茫然地望着天空。

金振中抡起大刀，砍碎一块墙砖，愤愤不平地骂道："娘的自卫，自卫就是让人家打我们，我们不许打人家，这是哪个龟儿子的主意！娘的自卫！多少歼灭日寇的好机会都错过去了！娘的自卫！我那些好兄弟都白白地死了？娘的自卫……"他吼叫的声音一声比一声高，跌跌撞撞地走开了。

孙常虎骂道："奶奶的，我看有些人，说中国话，吃中国饭，却当洋奴为日本人干事。"

中国士兵纷纷表示不平，有的骂娘，有的发牢骚，一阵疾风吹过来，墙缝间生长的荒草倔犟着径杆，不肯低下那高傲的头。天空中飘来团团黑云，扬起阵阵灰尘，带有血腥气的旋风吹来，卷走了王冷斋手里的那份报纸，拧着旋，慢悠悠地飘起，飞到城外。

王冷斋感到浑身无力，望望空空的两手，感到犹如梦幻一般。这几天他似做了许多自己该做的事，可细一想又似什么都没做。他顺着墙垛口懒懒地坐下去，觉得那晒得发暖的城墙真舒服，靠在墙垛上，他似躺在母亲的怀里一样，很是惬意。他真不想再起来，就这样坐下去，永远坐下去，即使长眠在这里，他也心甘情愿。

"王县长……"洪大中呼喊着来到近前。

王冷斋没有回答，也没有动，依然靠坐在那里。仕途劳顿，他似找到了最后的归宿。

"王县长，中外记者前来参观，请您去接待。"洪大中焦急地说。

王冷斋本不想再站起来，就这样坐在这里，暖暖地睡一觉，可不知怎的，眼前总浮现出宛平城父老那祈盼的神情，还有何基沣那剑一样的浓眉、愤怒地面容，他坐不住了，浑身犹如注入了一股新奇的力量，挺身而起，掸掸尘土，走下城墙。

遭受战火摧残后的宛平县城，满目疮痍，一派凄凉。燃烧的物体，余烟未尽，天空中弥漫着烧焦烤糊的气味。死猪、死狗、死鸡，丢弃街头，令人惨不忍睹。

王冷斋来到城门，见中外记者们已经进了城，忙迎上前，经介绍后，便陪着记者们走向被炸毁的县署。记者边参观，边听王冷斋控诉日寇的暴行，讲述二十九军驻宛平守军英勇抗战的壮举。众人来到被炸毁的宛平县署门前，王冷斋指着已经瓦砾成推的县署，高声道："先生们，爱好和平的记者们，你们看看，这就是被日军炮火炸毁的宛平县署！"

"喔！"众人一惊，记者们纷纷打开照相机，拍摄被炸成废墟的县署。

王冷斋陪着记者们参观激战后的宛平县东城门、城墙，尔后，他又陪参观采访的人们来到卢沟桥上，记者们拍摄、记录，深为日寇的暴行感到气愤。这些被拍摄下来的照片做为历史的见证，飞向世界各地，全世界舆论哗然，纷纷谴责日本法西斯的暴行，支持中国人民反抗侵略的斗争。

送走中外记者，王冷斋感到很疲倦。吃过晚饭后，他草草地洗漱一下，再也支持不住，倒在床上，昏昏睡去。也不知过了多久，电话铃声把他吵醒，睁眼一看，外面已是满目晨曦，他赶忙爬起，抓起话筒，向市政府汇报情况。

八　宛平被困，电话不断有高招

中国人善良、朴实、勤劳，这是优点，但在狡猾的狐狸面前，这显然就是令人遗憾的缺点了。卢沟桥事变后，本是日方发动的侵略战争，责在日方，但打、谈的主动权，却在日本人手中，他们想打就打，想谈就谈，玩弄北平军政要人于股掌之上，着实让人痛心。

卢沟桥抗战将士虽对南京政府的态度不满意，也只是发发牢骚而已，仗还是要打的，城还是要守的，兵听将令草听风嘛！再说国家养兵千日，用在一时，服从是军人的天职。

有人说：狐狸再狡猾，也斗不过好猎手。就总体规律而言，这句话是对的。而一旦猎手称不上好，只是一般，或面对狡猾的狐狸，难免吃亏上当，留下被后人讥笑的历史遗憾了。1937年的华北冀察政务委员会的部分头面人物，正是被日寇狡猾的"和谈"诡计欺骗的猎人。7月11日，当卢沟桥事变已经发生的第四天，日本特务机关长松井，又导演了一幕"和谈"骗局的丑剧。

自卢沟桥打响后，北平市政府当局为防备日寇偷袭，采取了一系列治安措施，严加防备，增设许多哨卡，严格盘查进出城门的车辆、行人。进城者除公务外，一律禁止通行。运送粮食、蔬菜及军车等，一律持二十九军司令部、北平卫戍司令部联合签发的通行证，方可进城。

清晨，王冷斋从电话里得知要他赶到北平参加"谈判"的通知后，早早上路，同车的还有日方代表中岛笠井，汽车刚驶出宛平县城，来到西北侧的沙岗下，便被两名日军截住。王冷斋费尽口舌，日军就是蛮狠地不让通行。中岛上前解释，日方士兵蛮横地吼道："中岛代表的留下，你们的退回去！"说着，端起步枪，顶上子弹，便要开枪。无奈，王冷斋只得示意司机，调转车头，驶回宛平县城，绕道向西，经大灰厂、八宝山一线赶回北平，以往只需30分钟的路程，今天，却足足赶了好几个小时。加上道路堵塞，哨卡盘查耽误的时间，当王冷斋小跑着步上秦德纯官邸的台阶时，天已近傍晚。

王冷斋抹着热汗，急步走进客厅。见厅内已坐有二十九军副军长，北平市市长秦德纯、二十九军三十七师师长冯治安、冀察保安队旅长程希贤、高级参谋周思靖等人。王冷斋双手抱拳施礼道："诸位，失礼了，让你们久等了。"

"王县长，卢沟桥的情况怎样？"秦德纯未等王冷斋落坐，便急不可待地问。

"守军打得很辛苦，将士们很英勇。眼下急需派人增援。"

"怎么？日军又有新的行动吗？"冯治安不安地问。

"今晨，我接到秦市长电话，即刻与日方代表中岛乘车赶往县城，刚出县城，路过铁路涵洞时，就被日军士兵截住了。看样子，日本人根本没撤，反而增加了新的兵力。"

"真的？"冯治安惊愕地站起，再也坐不住。

王冷斋点点头，表示肯定，端起桌上的一杯温茶喝光，又说："从远处看，大井村方向的树林里烟尘迷蒙，似有日军大批机械化部队在调动。为怕我看到日军调动，日军哨卡强行阻拦汽车通过。纠缠半天，没有办法才又返回卢沟桥，绕道城西才过来的。"

"既这样，日本为什么还要谈判呢？"程希贤搔着短发问。

"是啊！日本人也太不讲信誉了！说是八点钟跟我们谈判，快过三个钟头了，还没见他们的人影，他们到底还谈不谈？"

"你们懂什么，日本人这叫'拳打武大郎'，欺负咱们人熊货软。我说我不来，你们非让我来，这不是白耽误工夫吗？算了！你们傻娘们等汉子，傻等吧！我回去了！"冯治安说着，向外就走。

"怎么？日本人住城里离得这么近，还没来呢？我以为你们谈完了呢！瞧我急得这脑门汗。"

"谈完了，那不就太便宜你了！"秦德纯苦笑一声，上前拦住冯治安，"冯师长别走，再等等嘛！"

恰在此时，门外传来侍卫的高喊："日方代表到。"

院内传来一阵皮鞋声。侍卫推开门，日方谈判代表冀察政务委员会日方顾问樱井、中岛笠井、高藤迈着整齐的步点走进来。中方代表缓缓站起，逼视姗姗来迟的日方代表。日本人大概也感到失约的可耻，感到很尴尬，竭力避开中方代表审视的目光，径直走到谈判桌前，拉开椅子入座。

日方代表中岛笠井看见王冷斋在此，并于他先期到达，不觉地一怔，二人目光相遇，中岛笠井自感惭愧，急忙垂下头，不敢正视王冷斋那愤怒的目光。

王冷斋想起早晨所受到的刁难，肝火上升，并没有因中岛笠井低下头而放过他，冷冷地责问："中岛先生，日方阻挠中方谈判代表进城，却放你过来，这未免做得太过份了吧？"

中岛笠井嘴唇动动，一时语诘，回答不出，旋即狡辩道："王县长别误会，我们觉得敌对双方，同乘一辆汽车，多有不便。我方是考虑到保全王先生的名声，才这样做的。"

"嘿嘿，恐怕是怕王县长看到你们军队违约不撤，又在调动重兵的实情，才故意不让他过来的吧？"冯治安冷笑一声，高声责问。

"冯将军言重了，中日亲善，怎么会有什么重兵调动呢？"樱井怕再纠缠下去，中岛笠井言多语失，露出马脚，赶忙接过话题。他说着，从公文包拿出一份文件，放到桌上，敲敲那份文件，眉毛一扬说："诸位看看，这就是华北驻屯军最高当局拍来的电文，要我方和贵方共同谈判，协议解决卢沟桥中方挑起的争端。"

"不对！什么中方挑起的事端？"王冷斋拍案而起，高声驳斥道，"这是混淆视听！"

"怎么？王县长对裁决还有什么异议吗？"中岛笠井打断王冷斋的话，反问道。

"当然！"王冷斋据理力争道，"刚才，樱井先生的论调里，有两点性质上的错误。"

"有这么严重？两点错误？哪两点？我等愿洗耳恭听！"日方代表樱井挑逗着。

"那好！"王冷斋抢步上前大声道："众所周知，第一，卢沟桥事件首先是日方借丢失士兵，非要强行进入宛平县城，遭到我方拒绝后，日方首先开枪、开炮，并违约不按协议撤兵，才导致今天严重局面的发生，责任根本不在中国；第二，卢沟桥事件根本不是什么争端，而是日方赤裸裸的侵略！请问，有什么样的争端使得你们明目张胆地开枪、开炮？"

"不对！是中国驻军不让日方搜寻失踪的士兵，日方无奈才……"樱井摇头晃脑，挥着手呼喊着。

"住嘴！"冯治安火往上涌，猛地一拍桌子，厉声道，"谁在吵闹，立即轰赶出去！"

"对对！有什么要求坐下来谈嘛！光争吵有什么用，还是谈一些实质性的问题吧！"秦德纯怕争吵下去，白耽误时间，息事宁人地把王冷斋劝解到一旁，按坐到椅子上。

会场内，争吵的双方都静下来。秦德纯扫过樱井递过来的电文一眼，见侍卫端上茶来，忙依次给日方代表送过一杯，试探性地问："日方倡议和平，但不知谈判的条件有哪些？"

"条件嘛，只有一个，二十九军撤出卢沟桥地区。"中岛笠井蛮横地说。

"啊？！"中方代表一怔，竟不知该怎样回答。

"办不到！"冯治安挺身而起，把手枪拍到桌子上，并转对外面吼道，"来人，把这几个畜牲给我绑了！"令出而动。"呼啦"一下子，门外闯进七八个卫兵，上前就要捆绑日方代表。恰在此刻，门外传来一声高声喝喊："且慢动手！"紧接着，一阵皮鞋响，日本特务机关长松井急匆匆赶进来，他一改往常的蛮横态度，脸带笑意，走到中方代表面前，逐次拉起每个人的手握握，近声说："这下可好了！和平了！"

他的举动迷惑了会客厅里的中、日双方代表，人们都不解地望着他。他走到会议桌首席位置，坐下来对双方代表摆摆手，示意各自坐下。

秦德纯附在冯治安耳边，低语了几句什么，冯师长摆摆手，示意卫兵退下。

"诸位！难道你们不感谢我这位和平的使者吗？"松井一脸笑褶，又抛出一句令人们摸不着头脑的话，他见代表仍是一脸疑云，兴奋地说，"告诉大家一个好消息，日军失踪士兵已找到！现在可以和平解决卢沟桥双方的冲突了。"

代表们一震，王冷斋扫了秦德纯一眼，颇感意外。

见中方代表没有什么反映，松井脸色一沉："怎么？难道各位不相信本机关长带来的好消息？"

"噼噼啪啪"，日方代表鼓起掌，人们小声议论起来。

"松井先生，感谢你为我们带来的好消息。只是这解决冲突的具体办法我们还不十分明了？"周思靖犹豫片刻追问。

"对！机关长先生，我们想听听日方对解决卢沟桥的具体方案。"秦德纯也不放心地问。

"停战协议三条：第一，中日双方立即停止射击；第二，日军撤退至丰台，华军撤向卢沟桥以西；第三……"

"不行！"王冷斋首先反对，"为什么日军撤至丰台原驻地？中方却要撤向卢沟桥以西？这不等于把宛平城、卢沟桥白白让出来了吗？"

"是啊！机关长先生，这是不太公平，我方难以接受。"秦德纯表示赞同王冷斋反对的意见。

"机关长的意思，卢沟桥是不是要划归日本人管辖？"冯治安脸带不悦，有些恼意地问。

"不！不！"松井见他的提议遭到中方代表坚决反对，脸上忙又堆起笑容，连连摆手，"本机关长的意思是把宛平城及卢沟桥附近划为非军事区，做为缓冲地带，避免皇军与中方的再次冲突！"

"避免冲突？那日军为什么不由丰台退回山海关以北？"王冷斋脑门子冒火责问道。

"机关长先生，以上第二条实难做到，如按日方提出的条件，别说南京政府，就是宋军长怪罪下来，我们几位也吃罪不起呀！"周思靖一脸苦相，恳求道。

"是啊！我们在华北已经给了日军许多便利，如再提苛刻条件，我等实难从命了。"秦德纯语气里也饱含了不满的成分。

"不撤退的不行！不撤退的统统消灭！"樱井高声喊道。

"巴嘎！"松井骂了樱井一声。樱井忙闭上嘴巴坐了下来。松井转动眼珠思索片刻，放缓口气道："宛平城驻军必须撤向卢沟桥以西！不过嘛，宛平城内防务可留下保安队维持……"

"保安队人数太少，别说守城，连治安也维持不了！"王冷斋提醒着秦德纯，担心他轻易上当。

"对对！松井先生，我方驻军可以撤出宛平县城，但我们是不是可以再增调别的保安队前去接防，比如……"秦德纯暗扯王冷斋的衣襟，示意他别说话。

松井推开椅子，站起走向一边，踱步思考，尔后站定下来，迟疑地说："可以调别的保安队换防，最好由石友三部的保安队担任。人数嘛，不许太多，最多不能超过二百人。"

"欺人太甚！老子的军队、地盘，我想调多少调多少，你日本人管得着吗？"冯治安发火道。

松井驳然变色，厉声吼道："中方代表谈判诚意不够！我们的退出！"

说罢，他一摆手，大步向外走去，日方代表也纷纷站起走向门外。

"松井先生……"周思靖追到门口，拦住去路，"松井先生，别急嘛，有什么条件好商量嘛！"

程希贤也赶至门口，递上一支香烟，周思靖忙掏出火柴为松井点燃。

松井狠吸一口，吐出一团浓烟，长出一口气道："那么，保安队人数限三百名，明天下午五点换防完毕。"

"可以！请坐下来谈！"秦德纯伸手相让，代表再次入坐，又开始相互攻击的舌战。

九　奔驰卡车，杀人恶魔逞凶残

日军视中国人为草芥，想杀就杀。但不屈的民族性格，也培育另外一种敢于反抗一切外侮的中国人。当日军的刺刀扎过来时，他们愤怒了，走上反抗之路，结果求得了生存。

傍晚，几辆满载抓来的修筑工事民夫的卡车，在北平通往丰台的公路上飞驰。民夫们个个衣裳褴褛，面黄肌瘦，脸带忧愁和泪痕。

押车的鬼子端着上有明晃晃刺刀的步枪，不时用刀尖捅捅民夫的胸口，或用刺刀背在民夫后背上恐吓地蹭蹭，恫吓民夫服从他的命令。

林大壮也是这几百名不幸民夫中的一个。他靠在最后一辆卡车的车帮上，把头低垂在身前一个大个子民夫的后背下，装出缩脖子弯腰、弓腿的样子，躲开日军士兵的视线，暗暗地在车厢帮上的棱角处磨着捆手的绳子。刚才一上车，他就吓了一跳，押车的鬼子不是别人，正是那天在城门洞相遇，踏烂他家小葱的鬼子兵，驾驶楼坐着日本军曹，也是那天拼杀的仇敌。他暗想，得想方设法逃走，不然被他们发现，小命就保不住了。同时，他又暗自庆幸，多亏被押解上车时，脸上沾满了泥水，不然准被他们认出来。

汽车越开越快、越开越远，民夫们不禁害怕起来。一个腿细得如同麻秸秆、鸡胸脯、细胳膊、大脑壳的孩子，显然没见过世面，望着两旁一闪即过的树木，害怕地说："这是往哪儿送咱们，怕不是去枪毙吧！"

民夫们闻言一阵骚动，有的哭儿，有的喊娘。

押车的鬼子大怒："巴格雅鲁！说话的不许。"

民夫们静了下来，而片刻之后，人们又不住地叹息、咒骂，哭喊声又起。那个孩子竟然号啕大哭起来。押车的鬼子火起，对准那个哭喊的民夫的胸膛刺了下去。那民夫呲牙瞪眼，身子一挺，痛苦地睁大眼睛，鼻子扭歪，嘴巴变形，双手抓住刺刀，慢慢弯下腰，颓然倒地。人们惊呆了，纷纷背过脸不忍目睹这悲惨的一幕。鬼子几次欲拔出刺刀，因被刺民夫尸体弯曲如虾，又双手握住刺刀，刺刀被热血烫弯。那鬼子兵呲牙咧嘴，右手翻腕，左手猛拧，又用兽蹄踩住民夫尸体，狠劲一拧，内脏发出骇人的响声。鬼子兵往后一坐屁股，大喊一声，抽出利刀。因用力过猛，那鬼子后退两步，撞在林大壮身上。林大壮一回头，正与日本兵打个照面，被他一眼认出。日本兵似乎从林大壮燃烧着怒火的眼睛里，看到了复仇的火焰，吓得他惊恐后退，却被脚下尸体绊了一跤，弄了一身血，挣扎着欲爬起来。

民夫们惊恐后退，注视着即将发生的一场生死格斗。

目睹日军的兽行，林大壮怒发冲冠，牙咬得咯咯响，头发竖起，怒骂道："奶奶的，鬼子不把咱中国人当人，杀个人比碾死蚂蚁还容易。"他胸中怒火燃烧，复仇的热血在周身奔突，他狠劲地磨着绳子。

鬼子见林大壮正在磨绳子，猜到了他的意图，爬起后端着刺刀又扑过来。

捆绑林大壮手腕的绳子三股已被磨断两股。

带血的刺刀扎到林大壮胸前，他一闪躲开，猛地一挣，绳子断了，他的手腕上渍出被勒破的血迹。

鬼子兵知道林大壮的厉害，又见绳子被磨断，惊慌得一愣神，动作慢了一点儿，刺刀刺空。但鬼子兵仗着手里有枪，不甘心失败。他后退一步，怪叫一声，大步上前，又凶狠地扑过来。

林大壮再次闪过鬼子的刺刀，一步抢到近前，一手抓枪，一手抄鬼子的屁股，怒吼一声："去你奶奶的！"鬼子兵似条装满粮食的布袋被扔下急驰的卡车，就如一个臭鸡蛋，脑浆迸裂，吐出一口黑血，一命呜呼。

司机听到车厢内有动静，赶忙刹住车，探出头来问："什么的干活！"

林大壮指着车后几十米处喊："不好了！皇军不小心掉下去了！"

开车的鬼子和军曹跳下汽车，跑到摔到马路上死鬼子的跟前，俩人扶起来一看，那家伙脑袋已摔裂，已然做异国它乡之鬼，无奈只得一人抬腿，一人抱头，抬起死鬼子走向汽车。

趁此机会，林大壮已将民夫们的捆绳割开，先被割开绳索的帮助后面没解开的，眨眼工夫，民夫们都自由了，纷纷跳车逃走。林大壮仇恨难消，他捡起日军的那支步枪倚着车厢推上子弹，瞄向车后的鬼子。

日军曹发现民夫逃跑，扔下死鬼子追过来恶狠狠地吼道："不许跑！站住，统统站住！"

"啪"一声清脆的枪声，日军曹似被人迎面狠推了一把，继而，犹如没根的草，栽倒在路旁。鬼子司机发现不妙，转身往回逃命，林大壮又将他套入准星，一搂扳机，那家伙也被打个透心凉，摇晃着倒进路旁水沟里。

林大壮手举步枪高喊："穷哥儿们，快逃命吧！"尔后，他由后车厢跳下来，来到汽车油箱旁，用刺刀扎破油箱，点燃了鬼子的汽车，喃喃自语了两句："孩子他妈，我给你报仇了。你安心地领着孩子走吧！"

"叭勾——"突然一声清脆的射击声传来，紧接着"哒哒"又传来一阵机枪的扫射声，打得路边的柳树叶纷纷飘落。前后两个方向都出现了鬼子的汽车，扫射着冲过来。

林大壮心里一惊，赶忙躲进路边的树丛后蹲下身来，察看四周的地形。这是一段沙丘路，道路弯曲，路面也窄，加上路两边生长着茂盛的树林，便于藏身。远处鬼子打来的子弹，只是把树叶穿掉一些，丝毫没有伤到他的皮毛。他胡乱地拾起一支步枪，又抓了一把子弹，忙向路边的沟里一跳，不想摔个筋头，摸摸没有伤到哪儿，赶忙在沟里翻身坐起，躬着腰迅速钻进了浩如烟海的玉米地里。

他一口气跑过几块玉米地，又穿过树林，直到听不见枪声后，才瘫坐在一条小河沟旁，把脚放进水里，又捧起清水喝了几口，这时，他的才心火才渐渐消减些。河面漂浮着几片树叶，顺流而下，望着远去的树叶，他又感到很茫然。家被毁了，亲人死了，事到如今该投奔谁呢？

"轰隆隆！"卢沟桥方向传来激烈的炮声。他竖耳谛听，忽然忆起二十九军里那位军官的话："参加二十九军吧！"对！去找那位好心的长官去，反正我也无牵无挂，一个人吃饱一家子不饿，还怕啥？想到这儿，他穿上鞋，挎着缴获的那支步枪，大步向炮声隆隆的卢沟桥方向奔去。

被日军团团包围的宛平县城，在与日军激战的十几个日夜里，始终没有中断与外界的电话联系，是日军疏忽切断宛平县城与外界的联系，还是我方另有高招儿，原来，这归功于一批跳跃着赤诚之心的普通中国人。

宛平县城靠西城墙根的西北角处，几块破油布被木杆高挑着搭成小布篷，成为宛平县署临时办公地。原县署被炸后，一张缺了一条腿的旧榆木八仙桌上，放着一架电话机，旁边还有几个旧文件柜、几条旧板凳，这就是县署的全部家当了。县长王冷斋手握话筒，一脸油汗，正在大声呼叫："喂……北平吗，秦市长，日军违约，突然向城里开枪。"

"什么时间？"

"由上午 6 时开始，现在还没有停……"

话筒内嗡嗡，声音微弱："什么？伤亡情况，正在调查，还不清楚。"

"轰隆。"一颗炮弹在附近爆炸，弹片呼啸着飞起，正打在支撑油布的木杆上。"哗啦"一声，布篷塌倒，把王冷斋捂在里面。趴在地上的王冷斋，还对着话筒报告着情况："喂，喂……"

周围的人赶忙过来，撑起木杆。

王冷斋爬起拍拍身上的泥土，吹吹话筒，一点声音也没有了。他无可奈何地扔下话筒。

洪大中提着一捆木柴过来。他三十来岁，高高的个子，白净面皮。此刻，却是胡子很长，眼珠发红，一脸焦急的神色，走近后不安地说："王县长，城里不仅粮食剩不多了，连木柴也仅存这些了。快给北平打电话，让他们快送些来吧！"

"打什么电话呀……"王冷斋指指电话，"哑巴了。"

"唉，内缺粮草，外无救兵。"洪大中颓然道。

"喂！"王冷斋走上前，拍拍洪大中的肩膀说，"老弟，不要泄气嘛！屈原的名句你忘了，'路漫漫其修远兮，吾将上下而求索'。咱们就求索求索吧！"

王冷斋走到另一部电话机前，抓起话筒来一听，话筒内传出轻微的电流声，他惊喜地说："这部电话线没炸断，能用。"继而又放下话筒，失望地说："丰台是在日军的占领下，总机怕不给转吧！"

"县长放心，我在总机那儿有个熟人。"洪大中满有把握地说，"这个关系可以利用一下。"

"太好了！那就辛苦一趟吧！"他抓住洪大中的手恳求道。

"我一定尽力！"洪大中指指身上的衣服说，"县长，您看我是不是得化化妆，换身行头？"

"当然！你这身衣服太显眼，应该打扮一下，县剧团有些道具收藏在南城墙根儿，一会儿你去挑件好的换上，最好扮成商人模样。"

炮弹又在附近爆炸，掀起的气浪呛得他们两人直劲儿咳嗽。俩人挥手轰赶着沙尘，弯腰快步跑走。

夕阳西下，一抹余晖渐渐隐向山后，饱经战火洗礼的宛平县城，被涂上一层金色，显得更为雄伟。身穿长袍马褂的洪大中在王冷斋的陪同下，避开街道，沿小巷来到南城根一处泄水涵洞旁。王冷斋紧握住洪大中的手，指着城内已成废墟的民房，叮嘱道："洪科长，为国为民，你就要深入虎穴了，没有别的说的，盼你多加小心，顺利而去，平安而归。"

"王县长……"洪大中知道，此去凶多吉少，极有可能今生今世再也难以见面，分别之际不免有些难舍难分。他眼睛发潮，真诚地说："王县长，咱们虽然只相识半年，但彼此可谓肝胆相照。人言：'与君一席话，胜读十年书'啊！我虽说才薄识浅，但知道该怎样做人，决不会给中国人抹黑，给王县长您丢脸！"

"咱们来日方长，我会记住你的！"王冷斋激动得胡须颤抖，眼里噙满泪花。

二人再次握手后，洪大中毅然跳下地沟，躬身钻进泄水涵洞内，爬向城外。

此时，正在巡视城防的何基沣旅长、金振中营长，站在宛平城南墙上，看见了王冷斋，招呼道："王县长，接防的保安队来了吗？"

"噢！何旅长啊！我不知道哇！"

"走！咱们到东城门看看去。"金振中招呼道。

王冷斋欣然应允，手提大褂前襟，顺着临时架设的云梯，爬上城墙。在翻上城沿时，他感到有些吃力，金振中上前拉了他一把。王冷斋跨上城墙后，微微有些气喘，他感慨道："不行了，老了，比不得你们年轻人。"

"年轻？哈哈，胡子都一把了。"何基沣摸着胡须说道，"王县长真会开玩笑！"

王冷斋这会儿才发现，自卢沟桥事态严重以来，何基沣多日忙碌，没空儿刮胡子，十几天的工夫，胡子已长有寸把长。他开玩笑道："何旅长，我看你的胡子别刮，日后演关公的戏就不用化妆了！"

"唉——"何基沣长叹一声，"我拿什么跟关羽比呀？关公护嫂，千里走单骑，过五关斩六将，斩颜良，诛文丑，一世英雄。我、我他妈的算什么？连守这么鸡蛋大的小城都不让守，愧对军人的称号啊！"近来，何基沣常发火："时局也太不让人顺心了。好不容易拼命流血地把日本人打退，想乘胜追击，可上级就是不让，下令只许抵抗，不许出击，这不，上头又命令撤退，多少次歼灭日军的好机会，都白白地放弃了！"他心里怎不憋闷呢，这就如被人砍了一刀，刀不快没被砍死，人家又去换锋利的刀去了，可自己不能反击，还在原地等着让人家换快刀来砍，谁不窝火啊！"

"何旅长别发火。咱们还是从长计议吧！"王冷斋劝解着何基沣。他们沿着城墙，向东走北拐，很快来到东城门。宛平城东门顺治门被日军炮火炸毁得十分严重，城楼已被炸塌一角，门窗、廊柱上布满弹痕。但仍似那身负重伤，却巍然屹立、威武不屈的勇士一样，忠诚地守护着宛平城的东大门。

登高望远，为了能看到远些，清楚些，金振中吩咐士兵搬开碎砖乱椽子，把楼梯口清理一下，他们爬上城楼最高处，手搭凉棚观望。何基沣也随后赶上来，他手举望远镜观察一会儿，又递给王冷斋。借助望远镜，王冷斋发现宛平城东北方向，时而有日伪军在树林里运动，时而有鬼子的汽车在奔驰，唯独没有发现保安队前来接防的影子。

何基沣焦急地说："王县长，市政府命我部下午 6 点开始撤退，7 点钟撤完，可现在 5 点 30 分了，还不见换防部队的影子，真急死人呢！"

"再等等吧！"王冷斋心里更急、更紧张。他十分担心一一〇旅二一九团三营撤走后，保安队没能及时前来换防，城内空虚，日军乘机强占了宛平城，真那样的话，他会遗恨终生的呀！

"王县长……"县署秘书跑上城墙喊道，他见王冷斋等人都在城楼上，便跑到近前，气喘吁吁地说，"王县长，北平的电话接通，北平市政府向松井询问炮击宛平城的缘由。日方答复，说炮击是为了掩护撤退。"

"谎言！全是骗人！"金振中骂道。

"强盗逻辑！掩护撤军为何炮轰宛平县城？为何炸毁民房？"何基沣也在发泄着怒火。

王冷斋没有再说什么，他手举望远镜，一遍又一遍地搜索着，想从那被放大几十倍的沙岗树林，田野上发现能带给他欣喜的人影。他隐隐约约地预感到：一定发生了什么不测。不然，视时间为生命的军队是不会无故迟来接防的。想到此，王冷斋忧郁地说："这么晚了，保安队还不来换防，莫非遭到了日军的拦截？"

听到王冷斋的自语，人们没有回答。此时此刻，人们最不希望看到的局面，似乎被王县长言中了，谁的心里不沉重呢！

十　街头硝烟，别乡亲士兵羞愧

保安队奉命前去宛平县城接防，这本是中日双方达成的协议，但在半路却突遭日军阻截，死伤过半，这就是日方与中方达成协议的结果吗？真正原因是日军另有所图……

上午，隶属石友三的冀北保安队就已接到前往宛平县接防的命令，他们即刻从驻地北苑出发，以急行军的速度赶往卢沟桥来接防。不料，队伍刚走到距宛平县城还有五六里地的丰台北侧大井村头时，突然发现村头的房顶上站着一名日军旗语兵，冲着中国军队摇晃小旗。保安队长忙问懂旗语的士兵是什么意思。士兵回答："此地禁止通行。"

保安队长知道军令如山，耽误换防时间会被军法从事。他赶忙爬到路旁的砖堆上，手举望远镜观察敌情，发现大井村的房顶上，架着机关枪，而且柴垛后、猪圈旁、土壕边，都有日军趴着，封锁着道路。一日军佐模样的人，手握战刀，在村头树荫下走动，布署着日军抢占大井村的有利地形。

保安队长收起望远镜，跳下砖堆，吩咐部队隐蔽，他带上警卫员，来到大井村头。保安队长递上公文说："我是冀北保安队的，奉命前往宛平县城接防。请你们闪开道路，让我们过去。这是日方签署的通行证。"

日军在此布防的为牟田口联队。联队长牟田口早已接到观察哨报告，前面发现中国保安部队，他原以为中国军队会一阵猛冲狠打，冲过大井村，那样的话就糟了。今见中国保安队一名少校军衔的人前来谈判，心里便有了底。他接过公文草草扫了一遍，看看日头，眼珠狡猾地一转，奸诈地说："不行！保安队通过的不行！"

保安队长据理力争："为何不许通过？这上面有日方代表松井、寺平的签字。为什么不让通过！"

"什么签字的？松井的什么人？特务机关长的，寺平的什么人？辅佐官的干活。他们军人的不是！"牟田口态度蛮横，他打断保安队长的质问，挥手道，"不许通过！就是不许通过！问话的不必！"

"这是命令，下午6点钟必须换防！"保安队长心急如焚，敲打着协议书说。

"命令！命令是纸上的东西，不是皇军的意志。"牟田口在戏耍中国军人，嘴角绽出一丝嘲讽的笑意。

"队长！别跟这家伙斗咳嗽了！我崩了他！"旁边的警卫员早已按捺不住满腔怒火，一把拉开保安队长，抢步上前，亮出手枪。

牟田口早已有防备，"呛啷"一声拔出战刀，周围的鬼子也嗥叫着端起上着刺刀的步枪，把保安队长和警卫员围在核心。

保安队长担心动起武来，生死是小事，耽误换防事大，忙上前按住警卫员的手腕，低声道："不许胡来！"

警卫员愤愤不平地收起手枪，装进枪套。保安队长大声吼道："小鬼子，我要上告你们的司令部！"言罢，一扯警卫员，二人愤然离去。

保安队长来到村外，回到队伍前，诉说了刚才的情况。中国士兵十分气愤，纷纷呼吸道："这伙狗东西！冲过去！"

"队长！咱们不能太软了！"

"队长，鬼子不拿咱们当人，跟他们拼了！"

队员们正在吵嚷，突然，"哒哒"鬼子机枪扫来一阵枪弹，一名保安队员当即倒在血泊中，几名士兵受伤。

"打！"保安队员们红了眼，不待下达命令，立即卧倒在路旁，开枪还击。日影渐移，太阳已平西，保安队几次突击都因日军火力猛烈，被压制得抬不起头来，没有成功，双方还在僵持。

保安队长见这样拖下去，不是办法，他灵机一动道："一中队在此阻击，二中队、三中队跟我来。"他说着一猫腰，带着士兵钻进庄稼地，绕开正面的大井村，迂回着赶向宛平县城。

此时，王冷斋站在宛平县城东城门上，谛听着大井村方向松一阵、紧一阵的枪声，急得他脸冒热汗，站立不宁。他几步抢到电话机前，抓起话筒，大声呼喊："喂，秦市长，二一九团三营已按约快要撤完，可接防的保安队还不见人影，市长你快想想办法吧！现在大井村方向枪声激烈，估计是接防保安队被日军拦截，双方发生了冲突！"王冷斋脸上的汗珠一颗颗滴落，天气炎热，他的心更热。有军队在城里，他心里踏实。如今，部队奉命调走了，他的心里空荡荡的，六神无主似的，没了靠山。

"冷斋，你不要着急，中日双方监视撤兵委员现已出发，一会儿就赶到，我已叮嘱他们前去交涉，估计日方会让保安队通过大井村，前往宛平县城接防的。"电话里传来市长秦德纯的声音。

可王冷斋还是放心不下，他又追问道："秦市长，撤兵委员都有谁呀？"

"都是你的老熟人，我方有林耕宇、周思靖，日方为中岛、樱井。双方已商定：分作甲、乙两组，甲组由林耕宇、樱井组成；乙组由周思靖及中岛组成。你要协助他们，确保宛平县城、卢沟桥的安全。"

"知道了！"至此王冷斋心里才轻松一些。他放下话筒，不免又嘀咕起来："谈判谈判，谈而不判，这几个人斗斗嘴皮子还可以，又有谁能做主哇，又有哪个军人听什么顾问的调遣？简直是浪费时间。他心里这么想，可嘴上没敢说出来，赶忙回到县署，布置迎接双方监视撤兵委员到达后的工作安排。

往日绚丽的夕阳，此时似乎失去昔日的风采，显得懒懒地打不起精神。为执行中日双方昨天下午达成的协议，驻宛平县城的二十九军三十七师一一〇旅二一九团三营士兵，背大刀、提着枪，怀着恋恋不舍的心情，撤下他们为之浴血奋战，击退日军无数次进攻的宛平城墙，沿着街道，撤向永定河以西。

街道两侧，站满宛平县城内的百姓，妇孺们哭泣挽留："好兄弟，你们没打败仗，为什么撤走哇！"

"孩子他叔，你们走了，就把我们扔给日本人吗？"

"弟兄们，你们别走哇！宛平县城你们不要了？"

士兵们无法回答乡亲们的挽留，他们低垂着头，神色黯然，泪洒一街地走向西门。他们愧对宛平城的父老乡亲，没有脸在他们面前抬头挺胸地走路哇！怪他们吗？他们是下定决心要与宛平城共存亡的呀！他们是把宛平城当作墓地来坚守的呀！可上级……他们是军人，军人的天职是服从，他们无能为力呀！

炸毁的县署门前，聚集着一大群老百姓。男女老幼，有的蹲、有的站、有的坐在砖堆上，眼巴巴望着向西开进的士兵们，只听见部队西行唰唰的脚步声，没有人说话。其实，百姓们从心里不愿这支部队走哇。这支部队比以往任何驻军都好，他们待人和气，纪律严明，打击土匪，自他们驻进宛平县城，这地界儿太平多了。如今，当日本鬼子就要打来，老百姓最渴望他们保护的时候，他们却撤走了，怎不令人失望呢。

王冷斋同几位县署官员急急走来，他的到来，引起百姓们的一阵激动。

人们热切地望着他，急切地渴望这位当地的父母官拿出办法，保全他们的生命财产安全。王冷斋不断地和人群中的熟人打着招呼，快步登上一堵被炸塌的院墙，环顾一下宛平县城的居民，似有万语千言想说，可一时又不知该从何处说起。他声音哽咽："父老乡亲、兄弟姐妹们，本人来到贵地任职，虽说时间不长，承蒙大家错爱，力撑危局，惭愧的是我王冷斋没有给你们带来多少好处。现在，我要告诉诸位的是，战火摧毁了你们的家园，破坏了你们和平的生活环境，这怪谁呢？只能怪日寇的侵略！"他挥挥手又说："今后，这里的战火更激烈，危险更大。所以，本县长晓谕你们：如愿离城者，可即刻准备，本县长已与驻军金营长联系好，军队派人护送。"

人群木然、沉默、寂静得令人感到恐慌，宛如一个没有生灵的世界。"哗啦"，又一堵房墙倒塌，为这沉寂的气氛更添几分悲凉。

"走？去哪儿呀，俗话说，金窝银窝，不如家里的穷窝。我们不走！"城里最年迈的长寿翁哭诉着高喊。他一拉开话匣子，人们顿如沸水一般，吵嚷开了。妇女抹泪、男人抽泣，孩子们哭嚎，几百人的呜咽声渐大，场面之悲惨，是没有经过战乱的后人们难以想象的。

"父老乡亲们，虽说故土难离，但我们还是要回来的。"王冷斋登高两步，高声喊道，"人言落叶归根，离开只是暂时的，伤心落泪赶不走鬼子，反而让那些禽兽高兴。我们要挺起胸膛活着！"

"对！我们要挺起胸膛生活！"人们赞同着，逐渐停止了哭泣。

一位年近九旬的白发老者颤巍巍走到王冷斋面前建议道："王县长，依老朽之见，可以把孩子、妇女转移出去，像我这把老骨头，都入土多半截了，还跑什么？死也死在家里。年轻人也都留下来，帮助修修工事，抬抬伤员，为保家卫国出点力吧！"

一群青年男子挤到王冷斋面前，恳求着："对！王县长，就让我们帮助守城吧！"

"乡亲们……"王冷斋激动得声音发颤，直到今天，他才认识到民众是多么的伟大、可爱，他走下院墙，握住青年们的手，连声说："乡亲们，你们的热情是好的，可子弹是不长眼睛的，你们还是都走吧！"

众百姓齐声道："王县长放心吧！我们誓死守卫宛平县城。"

何基沣带着两名警卫员骑马赶来，看到送行的人群，赶忙下马。他把马缰绳扔给警卫员，挤进人群，来到王冷斋面前说："王县长，我找了你好几个地方了，你也和我们一块儿走吧！"

"不，多谢你的好意。"王冷斋摇头拒绝，"身为宛平县一县之长，我的责任还未尽到，怎能拍拍屁股一走了之呢。"

"王县长，鬼子对你恨之入骨，留下来恐有不测啊！"

"人各有志，不得强求。你有命令不走不行，我誓与宛平城共存亡，决不离开！如有不测，决心以死报国！"王冷斋的话语博得人们阵阵掌声。

"冷斋兄有骨气！"何基沣抱拳拱手，以示敬意。他正正军帽，庄重地敬个军礼。尔后，握住王冷斋的手说："王县长，我军只撤出宛平县城，可卢沟桥还由我部驻守，相距近在咫尺，可谓唇齿相依，有什么事招呼一声，我何基沣决不吐半个'不'字！"

"好好！"王冷斋摇着何基沣的大手，连声称赞，尔后催促道，"基沣老弟，军务在身，愚兄就不挽留了！快走吧！别忘记宛平城的父老，别忘记乡亲们！"

宛平城西城门响起撤退的号声，何基沣走出人群，跨上战马，边向乡亲们致意，边充满深情地说："王县长、乡亲们多保重，咱们后会有期。"言罢，掉转马头，策马急驰而去。

王冷斋目送何基沣远去的背影逐渐消失，猛地忆起，保安队还未前来接防。他回顾百姓一眼，下了命令："妇女和儿童立即出城，青年人快上城墙，修筑工事，监视敌情！"言罢，他留下县署各科官员分头行动，自己带领青年人跑向东城门。

此时，驻军已奉命撤退完毕。王冷斋在东城门恰巧遇到乙组监视撤兵委员：周思靖、中岛，他们也正为保安队没有能按时接防而焦急。王冷斋听他们介绍完情况后，立即和周思靖商量，决定：由他和中岛立即前往大井村，去与河边旅团长接洽，要他们放保安队过来，要不然二一九团驻军即刻回防宛平城。

周思靖、中岛坐车走了，王冷斋的心随着太阳的西沉越发焦急。

忽然，东城门大开。一队狼狈不堪的保安队有的裹头、有的缠手、有的挂拐，面容疲惫地涌进城门。

王冷斋一惊，他做梦也没有想到，他望眼欲穿的保安队竟是这副模样，心里顿时冷了半截。他迎上前问："喂，你们来了多少人？"

"100来人吧。"保安队长衣裳不整，喘着粗气回答。

"不是说 300 吗？"

"部队上午就过来了，在大井村东遭日军阻拦，冲不过来。我只率两个中队绕过来的。半路又遇日本人阻挡，说是不许带机枪回去送机枪，又派 30 人把机枪送回去！"

"北平来电话，说是每挺机枪三个人。否则，日军不放行！"

"机枪为什么送回去？"王冷斋追问。

保安队长嚅嗫道："听说日本人要求的！"他也露出极为不满的样子。

"日本人放个屁都是香的！没机枪鬼子攻城怎么办？"王冷斋被这意外的情况惊呆了。此时，他预感到日寇在耍什么阴谋，便对保安队长说："快！快把部队带到小学校去，饱餐战饭，抓紧时间休息一会儿，今晚上有仗打。"

"有仗打？"保安队长余惊未息，吃惊地瞪大眼睛。

王冷斋命人带领保安队前往小学校歇息。他又急忙跑到电话室内，嘶哑着嗓子喊道："喂，秦市长，100 名保安队不够城防分配，请火速增援。"他打完电话，刚放下话筒，就见城门洞急急跑过来一个士兵，大声呼喊："王县长，我们抓到一个奸细。"

一个险些被日军杀害的民夫，认识到再也无法过日子，在妻离子散、家破人亡之际，毅然走向激烈的战场，要用生命去讨还血债，他的命运如何？其结果将是那个时代的缩影。

正在为不明城外情况而焦急的王冷斋，听到抓到奸细的消息，顿觉心头一喜，他思忖只要让奸细开了口，一定会得到不少有益的情报，他把招待保安队的事交待完毕后，挥挥手说："走！看看去。"

王冷斋擦把汗，直奔城门外而来。来到吊桥前，王冷斋见几名警察正扭住一位强壮的庄稼汉的胳膊，押着走过吊桥，来到近前，王冷斋细一打量，见被缚者身体魁伟、长相憨厚，不似奸诈亡命之徒，但他的衣服上血迹斑斑，却又难免让人生疑。他打量一下四周，见在城门外谈话，多有不便，便吩咐警察："你们把他带到里面去，有什么话到那儿再说。"

来到城门内警卫排驻地，王冷斋赶忙吩咐："快！快给他松绑。"

警察走上前，忙给解开捆绳。

"小伙子，你叫什么名字？是哪里人呢？"王冷斋近前问。

　　林大壮迟疑不语，只是上下打量眼前的这位面慈的长者，暗自揣度他的身份。此人没穿军装，看不出军衔高低，但态度和蔼，也没有将军的威严，可年纪这么大，又不像一般士兵，人们又很尊重他，从警察们恭敬的态度，他感到此人决非一般草民，他到底是谁呢？

　　恰在此时，旁边的警察说话了："喂？你不是要找城里最高最大的官吗？这就是王专员、王县长，你有什么话快说吧！王县长很忙！没空儿陪你……"

　　王冷斋摆摆手，示意警察不要再说什么。

　　王县长？林大壮早就对此人有所耳闻，今天一见面，倍感亲切。想起近日来自己所受的苦难，他竟如受屈的孩子一般，上前几步，抓住王冷斋的手，激动得眼窝内噙满泪花，语不连声地说："王县长，我可找到您了。"

　　王冷斋把林大壮扶坐到一条板凳上，又倒满一碗白开水端过去，递给林大壮，轻声安慰："小兄弟别急，有什么话慢慢说。"

　　"王县长，我要当兵打鬼子，我杀了人了！你看，这是鬼子的血……"他指着短裤上斑斑血迹说。接着，他咚咚一气喝下一碗水，讲述了如何被抓民夫，在汽车上鬼子如何杀人，他气愤不过，打死鬼子，放火点燃汽车的经过。

　　"好样的！"王冷斋挑起大拇指，高声称赞。继而，又问："小伙子，还没吃饭吧？"他见林大壮不好意思地点点头，转身吩咐一旁的警察："去！快去想办法给林壮士弄几个馒头来。"

　　"王县长，这恐怕……"警察有些为难。

　　"啰嗦什么，把我的晚饭给端来不就行了！"

　　"您，别这样，我不饿！"林大壮赶忙起身相拦。

　　"你别管！人是铁，饭是钢，一顿不吃就心慌！"王冷斋又把林大壮按坐到板凳上。继而，又说，"你想当兵打鬼子，你家里的人同意吗？"

　　"家……"林大壮闻言浑身一震，眼泪"唰"地流了下来。他呜咽着向面前这位和蔼的长者倾诉了内心的苦水："我叫林大壮，我家是东北长白山人，家里有几十亩土地，父亲是猎户，日子过得很殷实。为让后代识字，父母把他们兄妹送到县城去读书。后来，日本鬼子去了，全家被迫逃往关内。冻饿交加，父母先后离开人世。我和妹妹四处流浪，后来又失散了。我在城东吴庄招赘，刚过几天安生日子，万没想到，昨天鬼子闯进俺村里抓民夫，岳父、岳母、妻子、儿子惨遭杀害，我也被抓住，押上汽车。王县长，我要报仇！报仇啊！"

"小伙子，不要哭，这笔血债，我们总是要讨还的！"王冷斋听说林大壮的悲惨遭遇后，也很悲伤。他上前递给林大壮一条毛巾，让他擦去泪痕。

侍从端来了馒头，还有一盘咸菜。林大壮不再客气，抓起馒头，狠咬一口，蓦地，他似忆起什么，放下馒头，焦急地说："王县长，我向您报告一个重要情况，城西北角树林里，鬼子兵又开来一个大队，还有许多大炮呢？"

"是真的？"王冷斋惊问。

"错不了！我亲眼看见的，骗您砍我的脑袋。"

王冷斋忙抓过话筒，向北平报告："喂？秦市长吗？日军非但没撤，反而又向沙岗增兵了。宛平县城和卢沟桥危险，请示怎么办？"

给北平打完电话，他又要通长辛店何基沣处："喂，何旅长吗？日军又在沙岗处增兵，望你有所准备，策应宛平县城内的保安队一下。"

放下话筒，王冷斋上前握住林大壮的手，连声说："谢谢你，林壮士！"

"王县长您客气了，都是为打鬼子报仇嘛！"

"噔噔噔！"一阵急促的脚步声由远渐近。王冷斋一惊，不知发生了什么事，忙站起迎向门口，却见一位听差一脸热汗，气喘吁吁地跑来报告："王县长，日方代表樱井要求马上送他出城。县署的人不答应，他正大发脾气，说我们非法扣留他，把他做人质呢！"

王冷斋闻言一怔，暗自忖度：樱井此时要求出城，是不是有什么阴谋？怕不是日寇又要攻城，他怕被炸死才急着要求出城的吧！

面对王冷斋的疑问，听差没回答，只是摇摇头。

增兵、出城……看来这两者之间必有瓜葛。王冷斋暗想：刚才日军官送来香槟酒试探军情，暗里却又悄悄增兵，日顾问又急于脱身。他猛地想到什么，转对听差吩咐："别放樱井走！谈判没有结果，他不能回去！"

听差答应一声，跑步而去，王冷斋转对林大壮说："小伙子，你先休息一会儿，准备上城参战！"

"是！"林大壮欣喜应允，深深地鞠了一躬。

蓦地，王冷斋忆起什么，自语道："我得到小学校去看看，不知保安队准备得怎样了？"

十一　保安队员，宛平抗战杀强敌

宛平县城不大，只有一所小学，坐落在大街北侧，如今几排校舍已炸塌，仅残存着几间冒着青烟的破房，这在宛平城还算是较为宽敞和完整的房屋呢！院内一株百年松树被炸得横卧院中，破桌椅散落满地。

保安队员三五成群地或蹲或坐地围在一起，狼吞虎咽地吃着白面馒头、喝着绿豆汤。

几位年过古稀的老者忙着盛汤拿馍，老人一边分着馒头，一边叮嘱队员："吃吧，吃得饱饱的好打鬼子！"

一个队员接过馒头感谢道："老伯，让您费心了！"

"唉——"老人不以为然地摇摇头，"保家卫国，匹夫有责。为了打鬼子，我们什么都豁出去了，需要什么给什么！"

"您放心，我们决不让鬼子捞到便宜！"

"我说也是嘛，捞便宜，外国人都瞧咱中国的便宜好捞，也不怕烫了嘴！想当年义和团，杀得洋鬼子丢盔弃甲，尸横遍野。现在东洋鬼子趁咱国家腐败，又秃尾巴狗假横！要不老，我也挥刀上阵去杀鬼子！"老人的话语，搏得队员们一阵阵热烈的掌声。

恰在此时，王冷斋由校门口进来，亲热地和老人们打招呼。他走到大树前，站到倒伏的树干上，咳嗽一声说："弟兄们正在吃饭，又很劳苦，我本不该打扰大家，但我还是要罗嗦两句。你们初到宛平城，吃不好、住不好，招待不周，本县长深表歉意。但是，弟兄们知道吗？本县的粮仓已被大炮轰毁、烧光，现在你们手里拿的、口里吃的都是百姓们从牙齿上刮下来的！鬼子困城几天，百姓仅靠树叶、糠菜充饥，好吃的都留给你们！为什么？为的是让你们守住县城，别让日寇的铁蹄践踏他们的家乡啊！"

保安队员多数是穷苦人出身，有着对百姓的感情，宛平城里百姓的献身精神深深地感动了他们，一些人手捏馒头，再也吃不下去。

王冷斋又沿着树干登高几步说："弟兄们，百姓让我问问你们，你们能不管他们的死活，丢下城里的父老逃走吗？"

队员们一齐高呼："不能！坚决不能！我们誓守宛平城！誓与卢沟桥

共存亡！"

忽然，一群小学生跑进院子。

王冷斋见状大惊失色，急忙跳下树干，迎上前拦住队伍，关切地询问："小朋友，怎么没撤走？"

领队男孩儿天真地喊道："王爷爷不走，我们也不走！"

王冷斋很激动，从笼屉里抓了几个馒头塞给孩子，孩子们百般推挡："我们不吃！让叔叔、伯伯们吃饱了去打鬼子！"

王冷斋猛地抱住孩子，在孩子那黄瘦的脸上凝视片刻，然后将脸紧紧地贴到孩子的脸上。孩子用小手为他擦去眼角的泪珠说："王爷爷，你哭了！"

"不！爷爷没哭，是高兴的！"说着王冷斋忙背过脸去擦眼泪。

见此情景，一名保安队员，再也忍不住猛地跑开，失声哭了起来。

孩子们跑到院中央，面对队员们齐声喊："宛平县城小学慰问演出开始！"

一个男孩儿站出队列，环视周围一眼，用嘹亮的童音报告道："第一个节目，诗朗诵：《中国不会亡》。"

> "中国不会亡，
>
> 中国不会亡，
>
> 你看那爱国的王县长；
>
> 中国不会亡，
>
> 中国不会亡，
>
> 几百战士孤军守家乡。
>
> 四面是炮火，八方是豺狼，
>
> 宁战死，不退让！
>
> 宁掉头，不投降！
>
> 坚守卢沟桥，保卫宛平墙，
>
> 火红的军旗在炮火中飘扬，
>
> 飘扬……"

激动人心的童子音在院内回荡，飞出城外，传向那炮火弥漫的战场。

"咝——"一股带着凉风的声音响过，瞬间在街南爆炸，"轰隆"一声，大地摇动。站在树干上的王冷斋险些掉下来，他惊叫道："不好！鬼子攻城啦！"院里顿时一阵慌乱。王冷斋忙与保安队长小声说了几句什么，保安队长点点头，转身振臂高喊："部队立即抢占城墙，准备战斗！"

这所学校的后排房就在城墙根下，为上城下城方便，已搭好十几架梯子，爬到房顶，再上一层梯子，就可直接登上北城墙了。两分钟后，保安队员全部抢上城墙，并分为两队，似两支快箭，向东西城门疾驰而去。

其实，日寇并没有进攻，只不过是为骚扰城内守军放的冷炮。保安队员在各自阵地上擦拭着武器，整理着服装，修筑着炸毁的工事。不知是哪位，倚着城墙垛口弹起琴来。

此时的月色特别好，一轮明月，犹如妩媚的少女，躲在树梢间，凝视着大地上的万物。

明月缓缓高升，给宛平古城镀上一层素洁的银光，使战场的一砖一石都浸透着凄冷、悲壮。

一曲悲壮的歌声拨动着人们的心弦：

> "我的家在东北松花江上，
> 那里有无尽的宝藏。
> 还有那漫山遍野的大豆高粱，
> '九一八'，'九一八'，
> 自那个悲惨的日子，
> 离开了可爱的家乡。
> ……"

城门洞里，听到歌声的王冷斋咀嚼食物的两腮停止了蠕动，端在手里的水碗又放下了。他感慨地走出门洞，仰望明月，不禁潸然泪下："天哪！山河破碎，民不聊生，百姓多难！中华民族多难啊！"

忽然，王冷斋发现林大壮正手扶城墙哭泣，忙走过去。安慰道："大壮，光伤心可不行啊！报仇要靠行动，不是靠眼泪！"

他顺着马道走了几步，又回头招呼道："走！跟我上城墙修工事去！"

夜已深了，宛平城城墙上，人影绰绰，全城的青年和保安队员正在抢修被炸毁的工事。王冷斋不顾多日来的奔波劳累，年迈力衰，坚持上城墙参加到修复工事的行列里。他手拄一根棍子，从南城走到北城，又从北城走到南城，见到保安队员，他就鼓励几句；见到熟人，他就上前打招呼说几句夸奖的话。虽然他这几天很少睡觉，却仍然没有困意，军民同仇敌忾，誓守县城的壮举激励着他。他感到活得很充实，很有意义。以往，像他这样的专员大官，见到平民百姓，就像见了苍蝇，遇见臭汗熏天的士兵就躲得远远的。现在，他感觉到对这些人亲切起来，有了好感，加深了对这些人脾气秉性的了解。很多人见他神色疲惫，步履蹒跚，都劝他去休息。他只是微微一笑，扔下拐棍，搬起砖来。

　　繁星点点，战场上安静下来，人们都倦怠地合上了眼皮，而这暂时的寂静，正在酝酿更凶更猛更烈的风暴，像暴风雨来临前的大海，平静得令人可怕、令人心神不安。城墙上，除持枪的哨兵仍在陪伴月亮姑娘外，人们都躺倒在沙袋旁、木板上睡着了。

　　三星已转向西南，夜静静的像个睡熟了的少女，给劳累后的人们带来舒适、幸福的感觉。忽儿，城下传来悉悉索索的响声，一架云梯悄悄地靠在城墙头上，几个人影敏捷地爬上梯子，快速攀上城头，扑向站岗的哨兵。哨兵听到动静，转身见敌人已到近前，忙扳动枪机。"叭——"。静夜里的第一声枪响特别清脆震耳。保安队员闻声爬起，扑向偷城的鬼子，与爬上城来的鬼子厮杀在一起，霎时，平静的夜里展开一场殊死的拼杀，两名保安队员冲到城墙边上，奋力掀开云梯，断绝了后继敌人的来路，城上的敌人很快被收拾掉。与此同时，城下敌人的机枪猛烈扫射，两名据守城墙的保安队员，一人扑倒在城垛上，一人栽到城下。城下的日军指挥官眼见偷袭失败，集中炮火轰击宛平县城城墙，掩护攻城。鬼子们又抬着云梯攻上来，再次被守城部队的密集弹雨打下去。

　　王冷斋沿着城墙，半躬着腰，边跑边鼓励士兵道："保安队弟兄们，不要慌，瞄准打！"

　　"啪。"城外一颗流弹飞来，王冷斋的礼帽飞到城下。

　　离此不远的林大壮忙上前一拉王冷斋："王县长，您下去吧！城墙上危险！"

　　王冷斋摸摸头顶，笑着说："这样不更凉快吗？"

　　林大壮拉着王冷斋蹲在城墙垛口下，局促不定地问："王县长，有句话不知咱这小老百姓当说不当说？"

　　王冷斋对林大壮的问话起初没有在意，见他态度诚恳，赶忙说："只要对打鬼子有利。国家兴亡，匹夫有责，人人献计献策嘛！"

　　"我知道鬼子的指挥部设在哪儿，想去摸敌营。"

"哎？你怎么知道的？"王冷斋往近前凑凑，十分感兴趣地问。

"王县长，我初次到这边来，人生地不熟的，不认识路，误闯进鬼子的阵地，发现那边沙岗北坡后面的树林里，有好几个挎洋刀的鬼子，都戴肩章，围着一张大纸看什么。"林大壮手指东北的方向说。

"还有什么特点？"王冷斋急切地问。

"什么是特点？"林大壮不理解"特点"两字的含义，诧异地问。

"比如说吧！"王冷斋思考一下，双手比划着说，"就是周围还有什么东西。"

"好几个电话，还有用手按的哒哒响的什么机。"

"对！是发报机。"王冷斋兴奋地站起，一拉林大壮胳膊说，"走！咱们找保安队长商量一下，让他拨给你一班人，由你带路，偷袭敌人指挥所！一定能打乱敌人攻城的计划！"他刚直起身，一颗子弹擦着他的耳朵飞过，王冷斋用手一捂，鲜血从手指的缝隙间淌出，顺着脖子流下来。

林大壮一俯身，拉着王冷斋跑下城墙。

十二　同沐月光，战乱岁月兄妹情

月亮已经平西，宛平县城仍在激战之中。林大壮率领十几名身强力壮的保安队员身背手榴弹、肩挎步枪、手提大刀，由城墙下的泄水涵洞内灵巧地站出来，趁一团乌云遮住月光的刹那间，隐进城南的玉米地里。他们小心地避开敌人的阵地，穿行在青纱帐里。工夫不大，他们来到平保路旁的一片树林里，待敌人哨兵转过脸时，他和一个战士像山猫一样灵巧地扑上去，干掉敌人的哨兵，冲身后的树林里一挥手，跃过公路，钻进对面的高粱地里。他们来到京汉铁路旁，林大壮从草丛里探出头，左右看看没有动静，躬着腰爬上路基。刚要窜过铁轨，"嚓嚓……"一辆鬼子的铁甲车驶来，强烈的探照灯射过来，林大壮一仰身子，翻下路基，退回到草丛里。

铁甲车轰隆隆地驶过来，贼亮贼亮的探照灯扫射着周围，然后隆隆地驶走了。此时，乌云已飘过去，大地上的一切景物都明亮起来，能一目了然地看出老远。林大壮注视着乌亮的铁轨，路基上离此不远的哨兵，焦急地等待着阴云罩住月亮的那一刻。

林大壮抬头望望西下的明月。忽儿，他想起妹妹。她的乳名叫秋月，如果她还活着的话，也该有二十三了。他小声地念叨："妹妹，秋月妹妹你在哪里？"

这时，沐浴着同一束月光的王翠芝也没有睡觉，她也正思念着哥哥。手拿一张寻人启事，正在登上某报刊编辑部的办公楼。俗话说，人无千日好，花无百日香。自那日给卢沟桥送麻袋回来，王翠芝淋了雨，因受凉病倒了。高烧使她常说胡话，梦呓中经常念叨哥哥。要是平日，学习、工作，忙得她无暇考虑个人的私事，而一旦静下来，特别是病了，旁人都出去了，屋里只剩她孑然一身养病时，亲人的影子就一个个闪现在眼前，父母都已离开人世，不可能再见面了。而她唯一的哥哥也失散至今不知音信，是死是活全是个谜。此刻，病中的王翠芝多么想念哥哥呀！

同学们知道这事后，纷纷给她出主意。有的让她上大街上去贴小广告，有的劝她到报纸上登一则寻人启事。她采纳了后一条建议，病刚轻些，白天忙没空，乘着夜色由同学姚丽陪着，她来到某家报刊编辑部。

窄小闷热的编辑部内，几张办公桌上文稿如山。几位值夜班编辑正一边用报纸扇着风，一边改稿。王翠芝在姚丽的扶持下，走到一张办公桌前，对一位正在埋头书案的编辑说："先生，我想登一个寻人启事可以吗？"她说着从口袋里掏出一张纸递上去。

满头白发的老编辑抬起头，摘下眼镜，迟疑一下说："姑娘，眼下正是战乱，刊登启事恐怕也无济于事，何必花冤枉钱？"

"我，我就这么一个哥哥了，父母都让鬼子给炸死了。"王翠芝说着眼泪又流了下来。

"学生，我确实无能为力呀！"老编辑将启事推回来。

王翠芝知道，再说什么也没有用。她失望地将寻人启事的稿件收起，低着头走出编辑室。

北平城空寂无人的街道上，王翠芝与相伴的同学无精打采地踱着步。哥哥没找到，启事也没有登出，她的热情被泼了一瓢冷水，有些低落。

突然，警笛声响起，她的精神为之一振，大步向前走去。

十三　沙岗阵地，林家刀力劈日酋

一位久经沙场、杀人如麻，由日本江田岛军官学校毕业的高才生，狂妄自大，却被一菜农刀劈而死，其谜难解。原来中华武术源远流长，"林家刀"祖传秘绝在卢沟桥畔大显神威。

此刻，平汉铁路边，林大壮等八人见一朵小山似的黑云罩住月亮，忙像出洞的山豹一样窜过铁路，钻进对面的杨树林里，待日军哨兵听见动静，打着手电四下寻找时，他们早已穿行在密林里的暗影中。

宛平县城西北一千米左右，有座几丈高的沙岗，岗上密布松林，是个可进可攻、可退可守的理想的制高点。日军临时战地指挥所就设在沙岗上。前不久，一木清直在与何基沣桥头拼杀中被打入河内，拣得一条性命，他非但没有收敛蛮性，反而自吹江田岛的勇士所向无敌。在稍事休息后，他又赶到前线参与攻城作战。此刻，他正独自一人，狼吞虎咽地吃着肉罐头。见松井走过来，一木清直赶忙站起。伸手相让："机关长咪西咪西，请吃点吧！"

"一木清直大佐，宛平城何时能攻下呢？"松井不满地问。

"报告机关长，今夜一定能攻占宛平县城。"一木清直说着，赶忙由桌上拿起两瓶高级营养罐头，恭敬地送到松井面前，讨好地说："机关长，请您尝尝这个，这是新近从本土运来的。"说着，他又赶忙递过去吃罐头用的刀叉等餐具。

松井也确实饿了，他坐下来毫不客气地大吃起来。

"一木清直大佐，据传东京的报纸把你说成英雄，连天皇也准备嘉奖你呢。"松井的话里充满了醋意。他的话并不夸张，自卢沟桥事变爆发后，这里成了全中国及至全世界注目的地方，日驻屯军一木清直大佐成了新闻人物，在日本本土又是发表记者采访、又是登照片，好不光彩，而后台人物松井虽是直接阴谋的策划者、指挥者，但却只能充当一名奔走于中日双方之间谈判人的角色，他担心日后论功行赏，一木清直会压他一头，所以有些怨气。

"哪里，这还不都是机关长阁下的功劳。我只不过是在执行机关长制定的策略，划的道道罢了，有功卑职也不敢独吞呢！"一木清直赶忙奉承松井道。

"哈哈。不分彼此，不分彼此，同为帝国的利益效劳嘛。"松井挥着手，打着哈哈，抓起两瓶罐头掖进口袋里。

"嘣嘣……"一辆摩托车由远渐近，驶到林边，停在十几步开外的路旁。一名传令兵跳下摩托车，跑进树林，来到近前，行礼后报告："松井机关长，河边旅团长请你马上赶到司令部。"

正在美餐的一木清直、松井闻听相顾失色。松井缓缓站起，放下刀叉餐具，看看一木清直，又看看传令兵，一时难以揣测这突然而来的命令为他带来的福音还是祸事。

"有什么任务吗？"他试探性地问。

"不清楚，旅团长没有交待！"传令兵守口如瓶。

松井更发毛了。他扫了一木清直几眼，想从他的脸上窥测到某种暗示或鼓励。但令他失望的是，一木清直也瞪着呆滞的双眼，一脸茫然。

松井迟疑一下，和一木清直摆摆手，随传令兵走向停在树林外的摩托车。

殊不知，正是这突然而至的命令，才使松井这位日本帝国主义的战争罪犯、屡屡欠下中国人民血债的刽子手，捡了一条狗命，没有命丧卢沟桥畔，免为异国它乡之鬼，使之又苟活了几年，这自为题外之话。

躲在不远处树丛后，观察日军指挥所的林大壮，看到突然远遁的松井，惋惜地一拍后脑勺，埋伏在附近的中国夜袭队已经做好准备。他们个个已把手榴弹捆成一束，把拉弦套在手指上。林大壮低声道："弟兄们，看我一扔手榴弹，你们就一块儿扔，然后一齐冲上去。"

战士们会意地点点头，纷纷做好拼杀准备。

起风了，树叶被刮得哗哗地响。

林大壮带领着夜袭队战士们，借助树林的暗影，悄悄地蹑步接近敌人。

不知是谁暗夜中踩断了一根枯枝，日军哨兵听到动静，高喊一声："什么人？口令！"

"你爷爷！"林大壮大喝一声，往前一跃，一抬胳膊把成束的手榴弹甩向敌人。一批批索命的铁疙瘩像鹰隼一样，带着咝咝的风声飞出，响过一阵电闪雷鸣之后，日军炮兵指挥所内腾起冲天烟雾。桌子飞到半空，电话机无影无踪，鬼子的大腿、胳膊四散开去。一顶钢盔撞到树干上又滚落下来，当啷啷滚出老远。

乘着爆炸后未散的烟雾，林大壮率人旋风般冲上去，砍杀残余的日军。

狡猾的一木清直，闻听哨兵的喝问，情知不妙，顺势钻到桌子下。在手榴弹纷飞的弹片中捡了一条小命。他见大刀队冲来上，猛然站起，抄起桌子面，迎着夜袭队冲上前，恰巧和林大壮相遇。他自凭在军官学校练就的一身柔道，敏捷地躲过林大壮的几次凌厉攻击。林大壮刚与暗夜中的这位日本军人交手，就预感到自己遇到了劲敌。黑暗中，虽看不清对方的相貌和身份，但从他躲避刀劈的动作和气势上，林大壮感觉到眼前这个鬼子决非一般的对手。战场经验丰富、毫无惧色，却于防守中有进攻，他抡动的那张桌子，呼呼带风，很有力度，稍有疏忽，躲闪不及，碰到身体某部位上，轻则腿伤胳膊断，重则丧命。林大壮丝毫不敢放松，招招进攻，步步紧逼。他知道：此地决非久留之地，附近的日军闻讯后很快就会赶来救援，如被敌人粘住，陷进包围圈，再想脱身就难了。必须速战速决，尽快干掉这个老练的敌手。想到此，林大壮使出他家祖辈传的林家刀绝招儿，猛地抢前一步，先横着虚晃一刀，待对方跳起欲躲，双脚没有落地的刹那间，他猛地来个旱地拔葱，腾空跃起，居高临下，把虚晃的横扫变为立砍，抡起鬼头大刀，双腕用力，其势如力劈华山。暗夜中，只见寒光一闪，刀刃带着一股凉嗖嗖、凉森森的寒气，直砍敌手的脖颈。

日酋一木清直也是短兵格斗的行家，无奈慌乱中失落了战刀、手枪，只得靠手里的这张桌子抵挡，以求能死里逃生。躲过对方几次攻击之后，他竟想败中取胜，争得反攻的机会，他见对方横刀砍空，正欲探手抓住对方手腕，来个金猴索蛇，夺下对方的大刀。直到对方猛然跃起，锋利的刀刃迎面劈到头顶上时，才明白自己低估了对手。一木清直知道此刀的厉害，见势不妙，慌乱中，他想撤步来躲，可时已晚矣，求生的本能使他只得架起手中的唯一防御工具，桌面来迎。不曾想，桌面既非石头，也不是钢铁。薄薄的木板遇见沾钢淬火的利刃，就如砍瓜切菜一般。黑暗中只听"咔嚓"，"哎哟"两声，桌面断为两截。一木清直一侧头，肩膀没有能躲过去，刀刃带着复仇的力量，斜劈砍下，斜肩铲背，数学上的专业术语称为"一分为二"。一木清直这个残杀无数中国人民的罪魁祸首，受到了一位普通中国热血男儿应有的惩罚。

残余的日军见指挥官一木清直大佐做了刀下之鬼，斗志全无。如同鸟兽般逃散，跑得慢的、腿脚不快的几个，先后被砍杀。

林大壮寻觅一下，周围再没有残存的鬼子，忙上前割下被自己劈死的日军官的肩章，掖进口袋，见周围响起爆竹般的枪声，忙一挥手道："捡着地上的刀枪，快跑！"他一弯腰，带领夜袭队的战士们钻进密林里，夜色的帷幕很快掩蔽了他们的身影。

黎明前，夜袭队凯旋而归，安然返回宛平县城。他们立即被接到小学校，受到热烈欢迎，有人端来洗脸水，有人端来热乎乎的饭菜。

听完林大壮讲述完夜袭日军炮兵指挥所的经过，王冷斋接过那肩章，举到灯前一看，惊呼道："啊呀！这不是日军大佐的肩章吗？"他抢步上前拍拍林大壮的肩膀，连声夸奖："不错！好样的！不愧抗日的英雄，你的事迹要上广播、登报纸，上报上级嘉奖你。"

林大壮这朴实、厚道的庄稼人，被王冷斋一夸，倒有些不好意思起来，连忙摆手说："王县长，您别夸了。黑灯瞎火的，谁知他是谁，我就劈了。真要知道那家伙是大官，我、我或许还不敢杀他呢！"他戏谑的话语，逗得周围的人都笑了起来。

日酋一木清直大佐被我军夜袭队毙杀的消息，不胫而走，很快传遍宛平县城及卢沟桥守军驻地，阵地上一片欢腾，士气倍增。坚守宛平县城的保安队受到极大鼓舞，作战更加英勇、顽强，打退日军一次又一次的进攻。

拂晓时分，攻城的日军遭到重创后，终于似被抽了筋的恶魔，败下阵去。激战后的宛平县城，再次赢得了暂时的平静。

敌对双方坐下来谈判，本是解决争端的方法之一。但倘若一方毫无诚意，只是为达到援兵后继的目的，玩弄猫戏老鼠的花招，那就卑鄙了，特别是谈判双方各执一词尚未达成任何协议时，一方突然不辞而别，那其用心就更暴露无遗了。

为让夜袭队毙杀日酋一木清直的喜讯，尽快传遍华北、全中国，王冷斋抽得空隙后，立即赶到临时县署，抓起话筒，用颤抖得难以自控的激情，向北平政府报告："喂？喂？我是宛平县长王冷斋，我找冀察政务委员会北平市市长、二十九军副军长秦德纯报告……"

当话筒里传来秦德纯市长的声音时，他由于激动而结结巴巴地说到：

"秦、秦市长，报告一个好消息，我军夜袭宛平县城东北角沙岗下日军炮兵指挥所，消灭日军华北驻屯军、日本丰台驻军的头子一木清直大佐，及十几名指挥官。"

"嗨，我说冷斋老弟，你是被炮弹震昏了头吧？净说胡话！"电话里传来秦德纯不相信的戏谑口吻。

"真的，秦市长，他们还割下一木清直的大佐的肩章呢！此外，日军因指挥所被袭击捣毁，已停止了炮击。不信你听，现在还有爆炸声吗？"王冷斋以不容置疑的口气补充道。他怕秦德纯不相信，真的把话筒伸到窗外，让对方谛听宛平城里的动静。

电话里传来市长秦德纯的声音："王县长，请你派人把缴获的武器及肩章送来！我要调查！"

"是！我即刻派人前去！"王冷斋高声喊道。

电话里沉默了，大概秦德纯也在谛听远处传来的炮声。过了一会儿，话筒里传来秦德纯惊喜的声音："冷斋，我相信了，我请你把这次战斗的捷报写成书面材料，尽快上报军部，各报纸都要刊登这条消息，让全国人民都知道。"

"是！"王冷斋竟兴奋得做出军人敬礼的姿势，把周围的人都逗乐了。

喜讯传出，全国震动。神州大地，人们纷纷奔走相告，抗日热情极为高涨，沉重地打击了日寇的嚣张气焰。

日寇华北驻屯军策划的阴谋：妄图乘保安队换防之际，阻挠、破坏按时换防，再趁宛平城兵力空虚时，一举强占这个战略要地。计划再次落空后，日方深感兵力不足，难以一举达到消灭或将二十九军赶出北平的目的，便再次玩起"和谈"的鬼把戏。

1937年7月10日上午，二十九军副军长兼北平市市长秦德纯的官邸骤然热闹起来，各式各样的小卧车摆了一片，出出进进的多为华北的军政要员。

谈判地点设在秦宅客厅内，谈判桌是用长条桌临时拼成的，上铺雪白布单，两侧插有中、日两国国旗。中方代表有被日本人称为"反日元凶"的冯治安师长、冀北保安队旅长程希贤、绥靖公署高级参谋周思靖、林耕宇、王冷斋；日方代表为日顾问樱井、松井机关长、中岛、笠井、秘书斋藤。

松井粗野得像只猛兽，他站起用先发制人的口气说："诸位知道，中国军队没有遵守停战协定，进攻日军，致使我大日本帝国驻屯军一木清直大佐不幸阵亡，数百名士兵命丧异国他乡。为此，中国方面的要完全负责的！"

"松井先生。"王冷斋站起，驳斥松井的胡言乱语。他扫视会场的人们一眼后，大义凛然地说："我军毙杀一木清直，不错！确有此事。但松井先生不会不知道，一木清直是死在宛平城西北侧的沙岗后，这儿正是中国军队的驻防区。请问：这里既非日本国土，又非日军营地，更非日军司令部，他一个堂堂的日军大佐，到中国驻军的防地又有何公干呢？再者，数百日军士兵命丧异国他乡，这就更让人糊涂了。日本士兵有自己的国土，有自己的父母、兄弟姐妹、妻子儿女，不在家好好过日子，却跑到数千里之遥的中国来杀人、强占领土，这不是天大的笑话吗？断送日本青年幸福和生命的不是别人，而是你们。"

"话不能这么说吧！"寺平接过话茬道，"中国军队如从宛平县城撤退，就不会发生事端嘛。"

"此言差矣！"林耕宇站起愤然道，"寺平先生之言实属荒谬不当！我驻卢守军何基沣旅按约撤退，这是妇孺皆知之事。不信请看美国《纽约时报》的报道，再看看这个……"他又把一份来自英国伦敦的报纸摔到日方代表面前："这些援引你们日本国报纸的消息总可以证明中国军队是遵守停战协定，按约撤退的吧！"说到激愤之处，林耕宇气宇轩昂，用手一指日方代表道："而你们又做得如何呢？中途挟持中国官员的是你们，大井村阻挠中国保安队换防的也是你们，夜间偷袭宛平城，炮击县署，攻击卢沟桥的还是你们。时至今日，日军大批部队还赖在永定河京汉铁路桥附近不走，偷偷地挖工事，修筑机枪阵地。今晨五时，又有一大队日军增援到沙岗，运去大炮九门，这又该做何解释啊！"自上次在宛平城独赴敌营谈判后，林耕宇一改过去儒生的风度，处处以国家民族为重，为抗日他什么都豁出去了。短短几天，他似乎经历了好几个世纪的磨难，明白了许多道理。残酷的现实终于击破了他以往的幻想，对豺狼成性的日寇再也不能讲仁慈。活着就必须挺直腰杆，做一个有民族气节、堂堂正正的中国人。再不能对日本人低三下四、忍气吞声，鞠躬弯腰地苟活人世了。

"对！我非常赞成林先生的意见。"王冷斋插话道，"日方要对破坏停战协定、背信弃义的行为负责。确切地说：日军能否如约撤退，是继续进行'和平谈判'的首要条件。"

"诸位……"松井再次站起辩解，"刚才，王县长指违约之事，实乃因日方有数具阵亡士兵的尸骸尚未找到，留下少数部队以便搜索。""少数"两个字，松井说得特别慢和重，意在引起与会代表的理解，以掩饰日军没有如约撤回丰台的劣迹，骗取中方代表的信任和同情。

"既然是搜索尸骸，为何带着枪炮？筑工事挖战壕，也是为搜寻尸体吗？"王冷斋推开茶杯，愤然站起责问道。

松井被质问得理屈词穷，无奈地垂下头来。他沉思片刻，仍不甘心败下阵去，又搜肠刮肚地编造出新的理由："诸位，我方怕遭你方袭击，不得已才多留一些部队，以作警戒。"

会议室内，中方代表窃窃发笑，嘲讽日方代表松井的无理狡辩。松井受到奚落，面孔涨得通红，他又欲站起，不想胳膊肘碰倒茶杯，热茶四溢，烫得他乱甩乱擦，哇哇怪叫，出尽洋相。坐在首席位置上的樱井顾问官，见此情景，窘迫得如同热锅上的蚂蚁，坐立不安。其实，他当谈判代表团首席代表，只是聋子的耳朵——摆设。他什么主也做不了，更不敢得罪松井，只能以目示意，暗示松井等人稳住阵脚。

谈判陷入僵局，会场内陷入尴尬的气氛。

冯治安有许多事情要做，让他一次次出席谈判会议，他已很不满，多次拒绝到这种磨牙拌嘴，解决不了实际问题的场合来消磨时光，可上司点名要他参加，考虑到北平现任的几位官员，多为文官，调动军队、实施什么停战协议，还得他这军方实力人物说了算，他不参加，什么也决定不了。无奈，他只得痛苦地前来应付，巴不得马上散会，回到军营，去指挥他的千军万马。他见会议总是无休止地扯皮，早已有些不耐烦，站起来扫了会场一眼说："诸位，我看再争吵下去，也不会有什么结果。我建议，中日双方应该马上组织徒手搜索队，前往事发地点检查双方撤兵情况，有无违约行为。时间不宜太长，二十四小时为限；人员不要太多，中日双方各派代表三名，士兵五十名，到时无论发现尸体没有，日军必须撤回丰台。"他见众人没有在意他的建议，猛敲桌沿两下，厉声道："你们听我的，咱们就谈下去。不听！你们吵下去，恕冯某不奉陪，咱爷们抬腿走人！"

"好！这主意好！"中方代表赞同道。

日方代表似乎什么也没有听见，只是各自从牙缝间品茶、抽烟，对冯将军的提议不理不睬。

冯治安脸上有点挂不住了，他一把按住了樱井正欲端起茶杯的手，冷冷地问："我说，顾问官先生，你他妈的不是专来蹭茶的吧？"

樱井手腕被攥得生疼，故作惊讶状，推诿道："冯将军，冯师长，老朋友了，有话好说。"

"他妈的，老子是问你同意不同意我的建议？"

冯治安当着众多下属的面，被日本人愚弄的脸上火辣辣地冒火，他两眼灼灼放光，逼视着日方首席代表樱井，做出回答。

樱井非但没有恼火，反而赶忙抽回手，满脸堆笑道："好的！好的！组织徒手搜索队，大大的好。"

"那么！马上准备！"冯治安一招手，吩咐侍从，"快拿两份地图来！"

地图拿来后，分送到中日双方代表各一张，会场上的气氛活跃起来。中方代表议论着人选，在地图上寻找标记，设想着搜索区域、出发的地点和路线。

日方代表们把地图翻得哗哗直响，松井暗暗小声嘀咕几句日语，日方代表各自会意后，松井悄声问一旁的侍从："先生，厕所的哪里有？"

侍从人员领着日方代表松井、笠井、斋藤、中岛离开会议室，走向后院的厕所。

中方代表忙碌着，各自认真准备，发表着自己的想法和见解。王冷斋更忙，他边在小本上记录人名、地名，边在地图上做着标记。

"冯师长，我去给丰台挂个电话，让他们组织徒手搜索队员。"樱井走近冯治安，谦恭地说。

"去吧！你们去带顾问官打电话！"冯治安吩咐一旁的侍从人员。

樱井走了，悄悄地走出会议室，快出门时他又偷偷地回望了一眼，脸上现出一丝得意的微笑。

冯治安又忙伏身到地图上，察看起来。

中方代表们认真地准备着有关组织徒手搜索队的事宜，谁也没有发现，谈判桌前，已悄然失去了的谈判对手，日方代表已不辞而别，悄然离去，而中方代表还被蒙在鼓里……

"当。"靠北墙放置的那架柜式座钟，又不厌其烦，准确地敲响钟点。

中方代表们一惊，把目光转向座钟。时针已指向中午十二点，环顾屋内，顿觉空旷了许多。会议桌的对面，曾坐有日方代表的座位空荡荡的，那张地图也已然飘落地上，日方代表一个人也不见了。人们愕然，感到此事蹊跷，不安地议论起来："日方代表干什么去了，怎么都不见了。"

众人呆了，"啪！"王冷斋手里的铅笔掉在地上。他痴呆呆地竟想不起是否该把铅笔捡起来，愣怔怔地离开座位，安慰大家说："诸位先别慌，我去看看，你们先商量。"他急急地奔进厕所，里面静悄悄的。他又跑进电话间，连个日方代表的人毛也没有。他转回到前院，日方代表来时乘坐的汽车，也早已踪迹皆无。他急问大门守卫："喂，停在院里的日本人汽车，几时开走的？"

"走了一顿饭的时间了，他们说有紧急任务，必须赶回去。"大门守卫回答。

"是这样……"王冷斋如遭电击一般惊呆了。他急急跑回会议室，一头撞开房门，冲进屋后，惊喊："不好了，日本人跑了。"

"跑了？"中方代表们被这荒唐、突兀的消息惊呆了。

"叮铃铃。"电话室的铃声骤然响起，王冷斋奔进电话间，抓起听筒，惊问："什么？日军已由天津、古北口、榆关等陆续开来，啊！大炮坦克正向卢沟桥进发？五里店、京汉铁路桥失守……"王冷斋感到浑身发冷，一股寒气由手指传向手腕，顺着胳膊，冷进心里，他身体一晃，险些栽倒，赶忙扶住墙壁，才支撑住没有倒下去，而手里的电话筒却滑落在地，发出清脆的声响。

会议室内的中方代表隔着门，早已把王冷斋打电话的内容听得一清二楚，这消息无疑是给人们当头一棒，打得人们一片茫然，他们再一次品尝到了被欺骗的滋味。

"奶奶的小鬼子！我跟你没完！"冯治安猛地从椅子上站起，挥舞拳头，气恨地呼喊。

"娘的，这叫什么谈判，简直是拿咱爷们耍戏着玩！"

"就是！日方太不够意思！一点信誉也不讲！"

代表们纷纷谴责日方代表背信弃义，逃离会场的无赖行径。

自此，北平方面关于卢沟桥事变的中日双方谈判，再次破裂。日寇认为宛平城驻守的二十九军部队已调走，换防的冀北保安队不堪一击，拿下宛平县城易如反掌，只是时间的问题。所以，受到重创的森田联队得到增援后，他们毅然撕去了和平的伪装，向卢沟桥发动了更为猛烈的进攻。古都北平危在旦夕，再次被推向了战争的深渊。

第三章

读圣旨将军陷泥潭　赴北平和谈梦难圆

一　天津宾馆，将军再吓亲日派

一代爱国名将张学良在日本人的进逼下，带领十几万家乡军，退出东北，并自咎为千古罪人，他是奉旨行事，但"旨"难以公之于世，成为近代史上一大冤案。而驻守华北的二十九军军长宋哲元也收到一份"圣旨"，他遵旨办事，也是焦头烂额。面对国人的痛骂、同僚的指责，独居空房时，他再读"圣旨"，又是一种什么心境呢？

不料，此时的华北最高军政首脑却还陶醉在通过"和平谈判"解决卢沟桥事变的幻想中。以史为镜，可知教训何在？日寇在"和谈"的烟雾下，不仅迷惑了当时华北冀察政务委员会的一些军政头面人物，也迷惑了刚由山东乐陵被张克侠、邓哲熙等人接回天津的宋哲元。

宋哲元经过一段时间的休养，身体强壮多了，脸红扑扑地泛着油光，大概是刚刚洗过热水澡，显得精神饱满、容光焕发。他身穿宽大睡衣，坐在柔软的沙发上，闭目养神。这次他由原籍被人请回，心里既焦急、又得意。焦急的是他刚离开北平日子不多，日本人就动起手来，在卢沟桥首开战端，各种求战、主和的言语不时灌进他的耳中，日军增兵的消息也雪片般飞来。得意的是：怎么样？没有我应付，日本人要闹事吧！而解决中日矛盾，还得是我宋哲元，乖乖把我请回来。对南京、对日方，我宋哲元是个谁也离不开的人物！想到得意处，宋哲元睁开眼打量一下下榻的房间，莲花式吊灯，高级壁纸，宽大的席梦思软床，还有高档写字台、书柜。他这次来天津，既没有住进二十九军第三十八师师部，也没有住进天津市政府的高级客房，而是驻进天津最高级宾馆，给外人以公允，既不偏袒日方，也不听信中方，介于两者之间的"调停者"的身份。他很为自己的安排得意，竟高跷着左腿，打着节拍，哼起京剧《空城计》的唱段："我正在城楼观山景……"

"报告！"门外传来的声音，打断他的兴趣。他不耐烦地应了声："进来。"

门被推开，侍卫进来，送进当日的报纸，放到宋哲元面前的茶几上，轻声说："军长，张自忠师长、邓哲熙先生求见。"

"让他们进来嘛！"宋哲元翻着报纸说。

侍卫答应一声，轻步走出。

片刻之后，张自忠、邓哲熙先后走进，二人向宋哲元行礼，宋哲元赶忙站起来，摆摆手道："坐！请坐！"

张自忠打量室内一眼，说："军长，此处离师部太远，也不安全，还是尽快搬回师部去住吧！"

"是啊！军中不可一日无帅！还是请军长早日住进……"邓哲熙的话还没有说完，便被宋哲元打断："二位前来，还有别的事吗？"

"军长，日本人昨天提出四项条件，要求与我方谈判。"张自忠见宋哲元不愿听劝他搬家之事，忙把话题拉到正题上。

"喔？好嘛，哪儿四项条件啊？"

"日方要求我们：第一，华军撤离卢沟桥；第二，严惩华方肇事官员，正式向日方道歉；第三，取缔抗日活动；第四，力行反共。"张自忠一边扳着手指一条一条说出日方要求，一边观察宋哲元的反映。

宋哲元眼睛看着报纸，见张自忠的嘴不再翕动，抬头问："就这些，没有别的了！"

"就这些，难道军长还嫌不够？"张自忠睁大眼睛问。

宋哲元放下报纸，起身走到窗前，眺望着窗外的景致，许久转回身问："张师长，你对日本人的要求怎么看？"

"骗人之举，不过是缓兵之计罢了。"张自忠坦率地说出自己的看法。

宋哲元不以为然地摇摇头："我看目前日本人还不至于对中国发动全面进攻，只要我们做出一些让步，局部解决仍是可能的。"

"军长的意思是……"张自忠忧心忡忡地问。

"我看可以答应日方的四项要求，只要我们保住二十九军的地盘，就有东山再起之日！"宋哲元走到写字台前，端起茶杯，喝了一口。

"不！日本人贪得无厌，我们不得不防啊！军长，我建议收拢部队，攥成拳头，一拳把华北日军全部消灭！"

"张师长，看来你只是个将才，只知道打打杀杀，而不懂政治啊！"宋哲元不无嘲讽道。

张自忠闻言浓眉倒竖，刚欲再说什么。恰巧电话铃声响起，他抓起话筒："喂，我是张自忠，你是谁？噢，是鹿钟麟军长啊，找宋军长？噢……"

宋哲元几步抢到张自忠身边，抓过电话，捂住话筒，低声对邓哲熙说："你来接电话，就说我不在！"

邓哲熙接过电话："喂，鹿军长，宋军长不在，您有什么吩咐吗？什么，要跟宋军长谈谈抗日的事！那好哇！"

宋哲元站在一旁，听着听着话筒里鹿钟麟的声音，低声对邓哲熙说："告诉他，我最近很忙，抽不出时间，就说我有空请他去北平玩几天！去逛紫禁城、颐和园……"

邓哲熙大声地把宋哲元低声吩咐的话传声筒一般转达了出去。话筒里的声音沉默了，继尔"咯哒"一声挂上了，邓哲熙只好挂上了电话。

"军长，你这是干嘛！人家鹿军长是好心来帮助咱们抗日，你怎么这样对待人家！"张自忠不满道。

"帮助咱们抗日？他怕不是受蒋介石的命令，来和咱们抢地盘的吧！"

"军长，你有这种想法是很危险的！"张自忠大声喊道。站起身，愤而走向门外。

此时，邓哲熙见再谈下去也不会有什么结果，也起身准备离去，宋哲元拦住他道："哲熙兄别走！刚才我草拟一份对时局谈话，请你拿去报馆发表。"宋哲元说着，走到写字台前，拿起几张纸，递给邓哲熙说："你看看，有什么需要修改或不妥之处没有。"

邓哲熙轻声念道："卢沟桥事变发生，实为东亚之不幸，局部之冲突，能随时解决，尚为不幸中之大幸。……希望负责者以东亚大局为重，若只知个人利益，则国家有兴有亡，兴亡之数，殊非尽为吾人所能意料。"

站在门口的张自忠越听越烦，眉头拧成个大疙瘩。此时走不是，不走也不是。此刻，宋哲元拿出这篇谈话，显然是让邓哲熙读给他听的。他不走，心里憋气，走吧，宋军长不高兴。与他闹起隔阂，对抗日更为不利。

　　叮铃铃。电话声再次响起，邓哲熙没有再读下去，顺手抓起话筒，当他问清对方是何人有什么事后，紧张地说："宋军长，日方要求您明天去谈判。日华北驻屯军香月清一请您去。"

　　"要我去谈判？"宋哲元手托下巴，思虑片刻道，"谈判可以，不过，我不宜出面。明天，你同张师长一起去，顺便摸摸日方的底。看他们到底要打什么牌。"

　　"军长……"随着一声急促呼唤，张克侠急匆匆地走进来，他见屋内站着张自忠、邓哲熙，忙上前招呼一声后，摘下军帽，也顾不上礼貌，端起桌上的凉茶喝下一气，放下杯子道："军长，您怎么躲到这里来了，让我好找哇！"

　　"怎么？有什么情况吗？"宋哲元神色紧张地问。

　　"何应钦部长从南京打来电话，找您不在，我接的。他要我转告您说：'日方增兵，我方也应有所准备，现在已命令孙连仲、万福麟北上策应咱们二十九军行动了。'还要我们集中兵力，准备对日作战！"张克侠说着解开领扣，让电扇往脖颈里吹着冷风。

　　"奶奶的，早该这样。"张自忠见张克侠带来好消息，很是兴奋。他一扫刚才的颓丧情绪，把拳头握得紧紧的表示："军长，我们不能坐等挨打，要采取主动攻势作战。不然，我们是要吃大亏的呀！"

　　"是啊！先下手为强嘛！中央军政部都表示要抗日了，您还怕什么。"邓哲熙鼓动着宋哲元。

　　"怕，我怕什么？姓宋的从没含糊过！我是怕二十九军失去华北的地盘，就像没地的佃户受财主的气。抗日，我当然支持。但我们不能放弃和平谈判解决问题的可能！"宋哲元拍打桌沿说。继而，他转对张克侠说："这样吧！张副参谋长，请你按照目前敌我形势，尽快拟定一份对日作战计划，一旦时机成熟，立即付诸行动。不过，在和谈尚有一线希望之际，就不能轻易放弃，这不仅仅是我宋哲元的意愿，也是蒋委员长的意思，这是秦副军长前不久赴庐山拜谒蒋委员长时，他亲口讲的。"宋哲元说到此，显得很疲倦，挥挥手道："我累了，有什么事以后再谈吧！"说罢，走到沙发前，一堵墙似的躺了下来。

　　张克侠、张自忠、邓哲熙只得告辞。

　　"荩忱弟、哲熙弟，明天别忘了去日本人那里摸摸底。"他们走出门口时，宋哲元在后面叮嘱道。刚来到楼下，身后侍卫追来说："邓先生，宋军长要你把这篇谈话文稿拿去，并叮嘱一定要发表。"

邓哲熙接过，无奈地看看张克侠、张自忠一眼，将文稿折起，掖进口袋，叹喟一声："明轩这个人呢！哪儿样都好，就是太固执！"

"是啊！军长这个态度，弄不好要上当的！"张克侠十分忧虑地说。

他们来到门口，刚坐上汽车准备离去。突然，前面又驶来一辆小轿车，车停稳后，车门开处，陈觉生、齐燮元、潘毓桂，分别下车，提着大包小包的礼物，走上台阶。

"这几个狗娘养的来干什么！我下去把他们赶走！"张自忠气愤地说着，就要下车。邓哲熙一把抓住他："荩忱，不得莽撞！小不忍则乱大谋啊！"

"唉！宋军长老跟这几个活宝打得火热，他是怎么想的啊。"张自忠气愤地一拳擂在腿上。

"军长被这几位亲日派包围，终非好事。我们应想个办法，让军长摆脱他们。"张克侠面色忧郁，语调沉重地说。

"是啊！近朱者赤，近墨者黑。时间长了，白的也得被这几个家伙给蹭黑了。"邓哲熙颇有同感。

"别说军长了。我与这几个家伙打过几次交道，国人骂我是汉奸不说，连我回家，家人都不给我好脸色！"张自忠愤愤不平地说。

"是不是嫂夫人又让你跪搓板了？"邓哲熙开着玩笑。

"去你的！像你呢！弟妹让你打狗你不敢骂鸡！"张自忠搋了邓哲熙一把。

"不过，荩忱，你也该掌握一下对日交往的分寸，现在舆论是对你有些不利呀！"张克侠言外有意地说。

"我只不过是替罪羊，秉承明轩的意思去办。就拿前些日子日本邀请军长去访问的事说吧，他非让我去，结果，什么签订秘密协议啦等谣言全出来了，我张自忠是那样的人吗？"说到气愤处，张自忠大吼一声："开车！"

汽车行驶在街道上，卢沟桥事变后，张自忠已一面命令驻守天津的部队进入战备状态，随时听命，准备反击；一面加强了城内治安的管理，警察、保安队日夜巡逻，增加了哨卡，严加盘查可疑之人。采取这些措施后，市面秩序渐趋稳定。

车内，三人沉默着，张克侠掏出纸烟，为张自忠、邓哲熙各递上一支，点燃后说："二位，捷三上午来电话，催促军长赶回北平。可我看明轩的意思，近日内，他没有回北平的意思。北平情况严重，我想天津有荩忱独挡一面，又有军长坐阵，不会有什么问题。晚上，我先回北平帮捷三一把去。"

"唉！蒋委员长让军长去保定，他也不愿去。北平需要他，他也不想去。他在天津迟误下去，局面就更不好收拾了。"邓哲熙忧心忡忡地叹喟道。

"反正齐燮元那几个家伙在明轩耳边嗡嗡不是好事！依着我早把那几人给抓起来，枪毙了！可军长……"张自忠火爆脾气，说着火又上来了。

"这样吧！我走后，你们想办法让军长离开那儿，搬回他的寓所去。荩忱再以天津警备司令部的名义印发新的通行证。没有你的签字，任何人不许见明轩，汉奸亲日派不就接近不了军长了！"张克侠建议道。

"好主意！一箭双雕！这样既保卫了军长的安全，又让齐燮元一伙干瞪眼。"张自忠拍手称赞。邓哲熙也点头赞许。

"我走了！天津的大事就全靠你们操心了！"张克侠左手拉住张自忠，右手握住邓哲熙，使劲儿摇摇，似把千言万语的期望通过这一动作，电流般传达给他们。

"你也保重！给麟阁、德纯他们问好！"

战争年代，战友间的情谊分外深厚。汽车缓缓行驶，尾灯忽明忽暗，在黄昏渐暗的街道上留下一串飘忽不定的亮光。

在宋哲元看来，人世间没有什么比违心地做自己不愿做的事更痛苦的了。他送走张自忠等人，也似有些心神不定。华北目前的局势太复杂了。日本人、南京政府、共产党及各层势力争相在此角逐。日本人要吞并华北，自己心里是清楚的，也早有防备；南京政府要搞垮他这个西北军派系的地方派，也不得不防；共产党抗日的主张他宋哲元是拥护的，可弄不好就会授以日本人发动侵略攻势的口实。日本人一动手，中央军几十万人齐压过来，他这二十九军苦心经营的地盘还能保住吗？没有了地盘，我宋哲元还算什么？吴佩孚不也曾显赫一时吗？如今怎样？成为在野政客，得看别人脸色高兴喝点酒、吃点饭。张学良又怎样？撤出东北，国人皆怨。他带着那十几万人马，到处流浪，被发配到大西北同红军作战。人马没了呢，他也如吴佩孚一样。不行！我不能做吴佩孚，也不能做张学良。我就是我：宋哲元。宋哲元品着茶，躺在沙发上闭目养神，想到亢奋处，他挺身而起，走到衣架前，从外套上衣口袋内摸出一封信，走到门前上好锁，展开那封蒋介石给他的亲笔信，又轻声读起来：

明轩吾兄勋鉴：

戈参事（定远）来，接诵手书，感慰无涯。中正夙信吾兄公忠体国，必不负中央付托之重任。兹闻近况，益信兄苦撑精神，久而弥笃，幸为自慰，冀察之事，盼兄酌情处理。此间只有为兄负责，设法排除困难，决不使兄独受群谤。一切盼沉着应付，努力前进。成败毁誉，愿与相共。外间挑拨离间之言，别有作用，以后必更加甚。惟在彼此心照，均不置信而已。总之，中央依畀吾兄之重，有加无已而。中正对吾兄公私俱切，更不待言。长城在望，吾兄无北顾忧矣。余托由卓超参事面达一切。专此布覆，即颂迈祉。

中正手启

二六年六月二十二日

宋哲元看完他视如圣旨的将委员长来信，苦笑一声："这个老狐狸，左右逢源，进退都有理。"他正准备再详读一遍，进一步琢磨蒋介石信中的内容，忽听有人砰砰敲门。他一惊忙把信收好，走到门前，拉开门。见是刘副官站在门外，宋哲元有些不快，淡淡地问："什么事啊？我正休息。"

"军长，齐燮元、陈觉生、潘毓桂求见。"

"不见！"宋哲元砰地关上门，气得他直喘粗气。他几步跨到电话机前，狠劲地摇着，未等对方接通，就大叫道："警卫室吗？我是宋哲元，赶快把门外那几个家伙给我抓起来！"他喊完后，电话才接通，里面传出值勤排长的问话声："喂？我是警卫室，你是哪里？有什么吩咐？"

宋哲元缓缓放下话筒，他再也没有重复刚才的命令，却细细地权衡起利弊来。他知道自己虽没念过什么大学，对洋文也知之不多，但宦海多年，仕途险恶，将自己磨砺得精明起来。人在社会上混，要想成为人上之人，就应把握人生进程的风帆，左右局势，才能立于不败之地。正是凭着自己的聪明，他在同龄人之中脱颖而出，成为事业上的佼佼者，执掌华北大权，做事仔细想一想，是他成功的秘诀。这么一想，宋哲元感觉眼下这么做似有些莽撞，弄不好会激怒日本人，使华北形势更加复杂、激烈化。眼下他还需要这几位穿针引线，与日本人联系，以使他宋哲元与南京、日方呈三角之势，保持平衡。这种关系是他主持冀察政务委员会得以生存的条件。三方互为利用，蒋介石利用他与日本人周旋，他利用蒋介石做挡箭牌，拖延日方提出的一系列政治、经济、文化侵略计划。同时，对他这个西北军派系的小人物不可等闲视之。这就是他宋哲元得以在华北立足，并日渐发展起来的特殊土壤、气候和条件。

宋哲元放下电话，倒背手在屋内徘徊起来。他在反复思考，应该怎样处理这件事？既让这帮家伙为自己卖命，又得感谢自己。以往，他对这些人是敬而远之，采用"怀柔政策"，避免正面接触、激化矛盾。

敲门声又响起来，他走过去。

"军长，他们说带来了日军司令部要求和平谈判的建议，非要见您。"站在门外的刘副官怯怯地说。

宋哲元沉吟片刻，缓缓拉开门，低声吩咐："让他们进来吧！"

宋哲元应允后，急忙穿好军装，端坐在办公桌后，装出正在打电话的样子："啊！什么？全军将士要求抗战？南京政府的军队也正在北调，平津各界纷纷要求对日宣战？这个嘛？现在还没有必要，我正在与日方接触，争取和平解决。我的几个朋友正在从中斡旋。他们是谁，这个，告诉你们也没关系，他们是齐燮元、陈觉生、潘毓桂，还有张璧。什么？他们是汉奸？应该枪毙！不不！他们都是我的朋友……"宋哲元一边高声对着话筒喊，一边和正在走进来的齐燮元等人点点头，算是招呼。他"啪"地挂上电话，显出忿忿不平的样子，演戏般地说："这些人真是无中生有，非说各位是汉奸！"

"军长，对方是……"齐燮元脸上一红一白，很不是滋味，想问又不敢问。

"唉！是南京来的电话，非要对日宣战。还要我以汉奸罪逮捕你们，这、这是哪儿的事啊！"宋哲元一脸愁苦，摊摊两手，显出一副无奈的样子。

"多谢！多谢军长照顾！"潘毓桂说着，把手里的大包小包礼物送上前，"军长，这是日本人让我们给您捎来的，纯正的日本货……"

"啧啧……"宋哲元摇头说，"你们各位怎么这么不开眼呢！都什么时候了，你们还往我这里拿日本货？这不是往我姓宋的眼里扎棒槌吗？拿回去！拿回去！"他连连摆手，似在轰赶讨厌的苍蝇。他站起来走到门边，把门打开，似在暗示这里的一切都是公开的，没有什么秘密可言。他转回到齐燮元等人面前，见这几个家伙已是热汗满面，坐卧不宁了。暗笑道："这三个坏小子，还真让自己一段双簧给震住了。"他见齐燮元等人局促不安的样子，觉得很惬意，笑问道："诸位，此时前来，怕不是有什么重要事情吧？"

"军长，我们……我们……"齐燮元如骨卡喉，有话说不出。

"委员长，我们是想……"陈觉生也是满脸热汗，与往日的伶牙俐齿判若两人。

"有话直说吧！是不是日本人让你们来的？"宋哲元不愿再跟他们逗下去，耽误时间，直言问道。

"是、是日本人让我们来的！不，不，不是日本人让来的……"潘毓桂见窗纸被宋哲元捅破，很是惊慌，想实说又怕宋哲元发火，左右为难，刚说是又忙着否认。

"是我们自己要来的，日本驻屯军参谋长桥本君让我们带话，向您致意。他说愿意把卢沟桥冲突就地解决。日本本着不扩大的方针解决日华争端……"齐燮元鹦鹉学舌一般转达完主子交给他的使命，暗暗诅咒自己嘴笨，说话自相矛盾，自己打自己的嘴巴。

"好吧！我宋哲元一向主张和平，只要日本不再滋事，有什么条件可商量嘛。"宋哲元听完日方的态度，感到和平有望，很是高兴。

"真的？"齐燮元喜出望外。

"我宋哲元说话历来算数，你们回去后，转告桥本参谋长，明天，我派张自忠、邓哲熙前往，具体协商双方都能接受的停战条款！"

"太好了！军长真不愧当代英雄……"潘毓桂又鼓动起抹蜜的舌尖，干起吹捧他人的勾当。

宋哲元举起手，拦住他阿谀奉承的言辞，婉转地下了逐客令："时候不早了，我近日劳累，就不留各位了，有空儿再谈！"

齐燮元等人站起来又是施礼，又是伸手欲与宋哲元握手。宋哲元走向办公桌后，没有理睬他们伸出的手。他回头看见齐燮元等人带来的礼物还放在地上，厉声道："各位慢走！"

三个家伙一惊，脚步似被钉住了一般，回身望着握有生杀大权的地方土皇上，不知发生了什么事。

宋哲元一指那些礼物："拿着你们的东西。"

"军长，你看……"齐燮元感到为难。

"让你们拿着就拿着！罗嗦什么！"宋哲元发火了，浓眉竖起来，眼睛闪出灼人的目光。

齐燮元等人无奈，只得回身提起各自带来的礼物，尴尬地走出。

"吃日本人的东西可以，别长了日本人的心。"宋哲元在身后甩出了一句颇含深义的话，"砰"地撞上屋门。

三人闻言后，膝盖一软，险些吓瘫在地，各自悄悄抹去额上的冷汗，灰溜溜地离去。

屋内静了下来，宋哲元仰靠在沙发上，闭目养神。他的手又不由自主地伸向上衣口袋，摸出蒋介石的那封信，喃喃自语："蒋委员长，我为顾全大局，苦力支撑，目前到底是战？是和？你到给我一个明确态度啊！别总是让我宋哲元闷在壶里，总靠猜谜过日子吧？"

二　慈母寿诞，砸花瓶孝子显忠心

宋将军母亲沈太夫人庆寿，天皇送来"贺礼"，这在部分人眼里是极大的荣誉，而宋哲元却命人把花瓶拿出去砸了！此举深得沈老夫人赏识，却使亲日派胆颤心惊，寝食难安。

中国有句俗话：为人别当差，当差不自在。此语意在表达进入仕途后的人们的一种心境。确实如此，别说在别人手下了，即使过去的皇帝，有时的行为举止也要受约束，必须服从国家、民族的整体利益，像宋哲元兼任的二十九军军长及冀察政务委员会委员长之职，更是处于各种矛盾交错中心的漩涡之中，稍有闪失，就有可能得罪某派力量，失去一批人的支持。而宋哲元之所以能在华北站住脚，位居显赫，就在于他左右逢源，能够驾驭各派政治势力之上。他虽有生杀大权，要钱有钱，要权有权，但活得也不自在，也要忙于各种场合的应酬，因而他觉得活着很累。即使回到天津，也没有休息的余暇，甚至连家也没空儿回去一趟。

想到家，宋哲元想到了年过七旬的老母亲。他的手伸向电话："喂？给我接进德社，要沈太夫人接电话。"电话刚接通，他又挂上了电话。不，不能让母亲知道我来到了天津，老人家不能受煎熬，不能再让老人家为我操心了……宋哲元挂上电话，思绪陷入了对往日的回忆中。

那是去年秋天，4月16日（农历三月二十五日）是老母亲沈太夫人71岁诞辰前夕，自己由北平赶到天津。白天办理公务，晚上，他来到母亲住的寓所，商量给母亲庆寿之事。父亲去世后，母亲含辛茹苦把他们兄弟姐妹几个哺育养大不容易，受了不少罪。而今，母亲岁数大了，自己也该尽些孝道了。不料当自己刚说出打算庆贺母亲生日的想法后，母亲却说："儿啊！千万别再铺张了，等我活到80岁时，国家太平了再说吧！"

"娘，您的想法和我一样，但一些朋友总是撺掇我办，即使不张扬，一些亲朋故旧，也会来给娘拜寿的，我怎么办？"

"全都辞谢了吧！外人给我拜寿，我还觉得不自在。"

"那也好！不过儿正在台上，来给娘祝寿的想必很多，一概拒绝，也伤面子。我想请名角唱两场戏，也就应付过去了。"

"儿呀，你瞧着办吧，一切可要从简啊。"沈太夫人再次叮嘱。

宋哲元是位孝子，即刻命人按照母亲的吩咐去办。可就在慈母寿诞日的前一天，宋哲元忽然发现母亲房间的条案上，放着一个大花瓶。上面画着一日本美女，弯腰捧着一盘大寿桃。他很奇怪，便询问这花瓶的来历："母亲，这是谁送的？"

"这是王副官拿来的，我叫他先放在这里，等你来了。商量一下咋给人家送回去。"沈太夫人回答。

宋哲元立刻沉下脸来："母亲，日本人这是'黄鼠狼给鸡拜年——没安好心。'王佩忱这小子，竟敢违抗我的命令，看我怎么处治他！"

"呵！我在门外就听见委员长发脾气了！准是让手下人惹的！"当时，老部下萧振瀛，及在外地任职的妹夫李武台走进门来打着哈哈。他俩都穿着长袍马褂，满脸笑容。进屋后一边嬉笑，一边向老太夫人问安。

宋哲元没有因为他们二人进来就火气稍减，大吼一声："来人，把王佩忱给我找来。"

"噢？是王副官惹军长生气了？刚才，他找到我和李武台，把日本人送花瓶的事说了。他也有为难之处，怕委员长生气，央求我俩来做说客，替他解释解释。"萧振瀛忙接过话头，表白道。

"解释什么？他不收不就完了！有什么为难的？"

"不好办呢，委员长。今天上午日本驻屯军司令官田岱皖一郎带着秘书、翻译，坐着汽车，抱着大花瓶亲自送到老太太门前，说是特意给老太太拜寿来的。王副官说老太太身体不适，挡了驾。田岱皖一郎让王副官把这个大花瓶转赠老太太，说这是日本天皇送给老太太的寿礼，派军舰从东京直接运来，他亲自到大沽码头跪接，然后又亲自送到这里来的。王副官说您不准收人寿礼，田岱皖一郎说别人送可以不收，若是把天皇送的礼退回去，全日本都会引以为耻，他也没法交差。要是不收，他就一直坐在汽车上等老太太接见。王副官无奈，只好回禀老太太。后来，是老太太让他把花瓶拿进来，听候委员长发落的。"萧振瀛说完，装出一副为难的样子。

"田岱皖一郎这个无赖，满嘴食火，他随便弄个日本花瓶来，硬说是天皇送的，谁还能到东京找天皇查对去！"宋哲元这口怨气还是没消，说出的话硬梆梆的，噎人。

此刻，躲在门外的王佩忱早已悄悄溜进来，在李武台的暗示下，从条案底下拿出一个长方型的硬木匣来，走到宋哲元近前，低声说："委员长，您看。"

宋哲元扫了一眼，见木匣是用红杉木制成，匣的四面都涂着金漆，显得古色古香。匣盖上有个圆形大寿字，还刻着上、下款。上款为"宋母沈太夫人七秩——寿诞荣庆"，下款为："大日本天皇裕仁敬赠。"昭和××年×月×日。宋哲元看罢，仍不以为然，气哼哼地说："真也罢，假也罢，我宋哲元反正不能收他的寿礼，娘您说是不是？"

"唉！俺不希罕鬼子那东西！明天叫王副官给他退回去吧。"沈太夫人懂得儿子的心意，赶快表示。

"那不太好吧！老太太，要是为了这点儿小事伤了中日两国的和气，那可有点划不来呀！"萧振瀛赶快劝阻。

"那就送给萧市长吧！"沈老夫人打趣道，"萧市长把花瓶摆在客厅里，日本客人来了，看见天皇的东西，准得磕头礼拜的。"

萧振瀛听了沈老夫人的挖苦话，心里很不是滋味，可又不便言明，赶紧拱手道："饶了我吧老太太，振瀛可没有那个福气。日本天皇送给老太太的寿礼，我拿了去岂不折寿三纪吗？赶明儿个就没法伺候您老人家喽！"说着哈哈大笑起来。

"既然娘和老萧都不肯要，那就交给我吧！"宋哲元说着对二妹夫李武台招手："你过来，把这个瓶子拿到外面去，替我把它砸了！"

李武台先是犹豫，后见到宋哲元脸板得铁青，眼射寒光，知道他不是开玩笑，忙上前抱起花瓶走向门外。

"哗啦"一声，日本天皇送的寿礼就此粉身碎骨。

宋哲元又把盛装瓷瓶的木匣狠摔在地上，一脚踹烂。然后吩咐："王副官，把木匣残骸送到厨房去烧了！今后，谁再敢收受日本人的礼物，严惩不贷！"

王副官拿着那个木匣走了。沈老夫人犹如去了一块心病，宋哲元脸上也绽出了笑容。

正在宋哲元思念母亲往事之际，副官长走进来："军长，该吃晚饭了！"

宋哲元摆摆手说："算了，我今天有点累，想早点儿歇着。今晚回绝一切来访人员！"

"遵命！"副官长行礼后，悄步退出。

　　面对骄横跋扈的日方少壮派军官，谈判桌旁的张自忠忍无可忍，一个大背胯把日军官扔向玻璃窗外，"哗啦"一声玻璃粉碎，日军官满身伤痕跌到院子里。恰在这时，更高级的日方代表出场了。

　　由于南京政府的软弱外交，给了日寇以可乘之机，鉴于最高人物"既定国策"和威力，冀察政务委员会委员长也无能为力，只好去应酬一番，虽说明知是火坑、泥潭，也要去跳，这就是权力的作用。宋哲元虽说指派了谈判代表，但他不放心，深夜再次打电话给张自忠、邓哲熙，密商谈判要点。

　　翌日，二十九军三十八师师长兼天津市市长张自忠及冀察政务委员会参议长邓哲熙代表宋哲元前往日本驻屯军司令部，会见香月清一司令官。

　　香月清一听到通报后，很是恼火。暗自忖道："巴嘎雅路！宋哲元不来，却派两名下属来！我不能卖得贱，让他们回去。"想到此，他走到门口，刚欲把自己的打算和盘托出，土肥原似乎看出他此时的心思，近前说："司令，别看宋哲元没来，只派两个下属来，可这是好兆头啊！"

　　"噢？"香月清一颇感兴趣。

　　"这第一证明宋哲元还没下定是打是谈的决心，第二证明他对我方意图还没摸准。要是回绝这二位，情况可不妙哇。张自忠身兼三十八师师长、天津市长，军政二任于一身不说，他的师就有五个旅，他不抗日二十九军就失去一半兵力。邓哲熙是宋哲元的亲信，他的作用也不可忽视啊！"土肥原老谋深算，一席话说得香月清一连连点头。

　　"依你的意见呢？"香月清一问。

　　"来而不往非礼也！宋哲元不来，您可以不见，但可以让下属出面，多给他们的几个糖球叼叼，还怕他们不上钩！"

　　"言之有理！"香月清一连连点头。又问："土肥君由你出面怎样？"

　　"不！不！司令官，我跟他们都熟了，互相摸底，有些话不好说。依卑职之见，司令官该找一个他们不认识的，对中国历史较熟，态度强硬点的人为宜。"

　　"有道理，这样吧！我派此次随我来中国的高级参谋和知君去！"香月清一提出代表人选。

　　"司令官知人善任！果然棋高一筹！"土肥原很赏识香月清一挑选的和知，连声称赞。

两个半小时后，身着少佐军服的和知步进会客室时，张自忠、邓哲熙早已等得有些不耐烦，正欲起身离去，和知迈着方步走进来。

出于礼貌，邓哲熙站起迎上前，和知却一转身，走向会议室一边。这家伙24岁左右，鼻架金丝镜，看人从不正视，而是从镜片下边打量你，一副居高临下派头。

"喂？你们谁能作主啊？"和知傲慢地问，"谁能代表中国政府？谁能代表宋哲元？他为什么不来呀？"

一连串的问话连珠炮一般，轰得邓哲熙应接不暇，他赶忙上前说："对不起，宋军长他没时间……"

"没时间？没时间！这好办嘛，你们告诉他，让二十九军撤出卢沟桥，撤出北平城！不就有时间了吗？"

"这个，我们就是来谈判的，商量一下……"

邓哲熙的话还没有说完，和知就插话道："商量什么？看看你们历史，北平从没有驻过兵嘛！"

"混蛋！"张自忠再也不能忍耐，拍案而起，吓得屋内的人直哆嗦。

"你、你是什么人？"和知没有想到中国人也敢发火。他周围的中国人大多是唯唯诺诺，脖子缩进腔子，腰板伸不直，说话低声下气的奴仆，今见有人当场吼骂，心里着实吃了一惊。

"你爷爷，中华民国中将师长、天津市市长张自忠。你呢？你是什么人？"

"我？我是大日本帝国少佐参谋和知……"

"哈哈。量你小小少佐也敢对我无礼。告诉你：连日本天皇裕仁也要敬我三分，请我赴宴坐上席，你算什么东西？"张自忠义正词严，大声斥责。

"你、你敢辱骂大日本皇军！我……"和知想发火，手摸向腰间，可却没带刀，也没带枪，只得攥起拳头。在张自忠眼前晃晃，威吓道："我的拳头铁硬的。"

"骂你，我还要教训你这个有眼无珠的家伙。"张自忠说着，大步迎上前。

"嗵嗵嗵"，和知照准张自忠的胸口连打三拳。张自忠眼皮没眨，上前抓住和知的衣领，往前一带，另一只手抓住他的腰带，双手用力，大喊一声："狗日的，你给我滚开吧！"一把将和知举起，和知晃动着两手，却也无可奈何。张自忠用力一甩，把和知摔向玻璃窗。"哗啦"玻璃破碎，和知被扔到了窗外院内。

　　"摔得好！"香月清一司令官、桥本参谋长快步走来。

　　土肥原抢先介绍："这位就是大名鼎鼎的张自忠将军。"

　　"这位是香月清一司令官。"

　　香月清一伸出发黄的手指："张将军，久仰大名，今日得见！幸会幸会！"

　　张自忠转身欲走，他没有理睬香月清一的假殷勤，也不打算去握这位日酋的手。

　　"张将军，部下多有得罪，本司令官一定严加惩处！"

　　"张将军，我们刚刚收到本土命令，要与贵方代表谈判，咱们好好谈谈吧！"桥本参谋长劝解着，拦住去路。

　　"荩忱，这样回去，我们怎么向军长交待呀？"邓哲熙小声提醒并拉住了张自忠衣襟。

　　张自忠无奈，只得又坐回谈判桌前。

　　谈判重新开始，日方代表故伎重演，又开始编织起美丽的谎言。

三 北平车站，避记者将军苦难言

新闻记者的使命就是尽快报道带有新闻性的事件，告之读者想知道的事情。从天津回到北京的宋哲元，本身就有很大的新闻性，况且动荡不安的华北政局还要他主持。面对日本人的步步进逼，记者们想问、想了解许多方面的问题，但宋哲元却对记者避而不见，原来他有难言之隐。

人言：当事者迷。当时的华北政局已是一目了然，但有的人就是抱着和平的幻想，渴求奇迹的发生。日酋编织的美丽谎言，第一个上当受骗的人就是宋哲元。日寇利用他幻想将局面"恢复到卢沟桥事件发生前之和平状态"的心理，提出苛刻条件，为保住二十九军驻扎华北这块地盘，宋哲元委曲求全，答应了日方一个又一个要求。7月18日，宋哲元以祝贺香月清一就任日本驻屯军司令官名义，与香月清一会晤，并向日方道歉。尔后，命张自忠继续与日周旋。他公开向报界发表谈话说："和香月清一见面，谈得很好，和平解决已无问题。"第二天，7点30分，宋哲元军政首脑在准备乘日军为他准备的专车离津前，又到日军司令部吊祭了病故的田岱皖一郎，尔后登上了北上的列车。

列车一声长鸣，驶离了天津站，望着那渐渐退远的天津城，宋哲元恍若做了一场噩梦。这几天，他在天津寝食难安，究竟做了些什么？他一时竟回答不出来，感到有些茫然。工夫不大，他竟然昏昏然地睡去。

"呜——"火车的鸣笛声，惊扰了宋哲元梦乡的享受。他睁开眼，见火车缓缓行驶，车窗外铁路两侧，不时闪过一座座碉堡、炮楼及沙袋堆积的工事，不少持枪的士兵如临大敌一般，进入临战状态。宋哲元一怔，轻声问："刘副官，咱们这是到哪儿了？"

"军长，咱们到北平了，火车马上到站了。"

"噢？"宋哲元恍若在梦中。此刻的北平与一两个月前，他离开时大相径庭。他不满地嘟囔一句："中日和谈有望，何必搞得这么剑拔弩张？佟麟阁、秦德纯他们这是怎么搞的嘛？"

火车缓缓进站，锣鼓声、鞭炮声一阵紧似一阵。刘副官兴奋地说："军长，站台上站着那么多人，都是来欢迎您的。"

　　"好！"宋哲元睡了觉，精神很好，脸上又容光焕发，似是年轻了几岁。他不由自主地走到衣镜前，拢拢刚才睡觉时压乱的鬓发。

　　火车稳稳地停在北平前门火车站内，车门打开，宋哲元一身戎装，手戴白手套，在邓哲熙等人的陪同下步下火车。

　　"立正！"值日官一声喝喊，车站内顿时静了下来。值日官跑上前："报告军长，仪仗队准备完毕，请您检阅。"

　　宋哲元还过军礼，随着值日官大步走向前，检阅列队整齐，手持步枪、肩背大刀的仪仗队。

　　仪仗队很是整齐，士兵个个膀阔腰圆、英武魁伟、神情严肃，大刀把上的红绸被风一吹飘曳起来，煞是威武。宋哲元走过，看看自己的卫队，很是满意，大声问道："你们当兵前是什么人？"

　　仪仗队答："是老百姓。"

　　宋哲元问："你的父母、兄弟、亲戚是什么人？"

　　仪仗队答："是老百姓。"

　　宋哲元问："你们吃的穿的是什么人供给的？"

　　仪仗队答："也是老百姓。"

　　宋哲元问："你们是什么人的队伍？"

　　仪仗队答："是老百姓的队伍。"

　　宋哲元问："东三省是哪一国的地方？"

　　仪仗队答："是我们中国的。"

　　宋哲元问："东三省被日本人占去了，你们痛恨吗？"

　　仪仗队答："十分痛恨。"

　　宋哲元问："我们国家就要完了，你们还不惊醒吗？你们应该怎么办？"

　　仪仗队答："我们早就惊醒了。我们一定要团结一心，共同奋斗。"

　　宋哲元满意地摆摆手。欢迎观众听到仪仗队气壮山河的回答，兴奋地鼓起掌来。

　　宋哲元很满意自己的举止。这些对话是二十九军新兵入伍时的问答内容。今天在此加上这个内容，看似不合时宜，其实宋哲元是有双重打算的。一是让怀疑他对日妥协的人看看，他宋哲元历来是对部队进行爱国教育的。二是给夹杂在人群中的日本特务、耳目看的，你们日本人不要逼我太甚，我的二十九军部队是素来要求抗日的。宋哲元检阅完仪仗队，走向冀察政务委员会在北平的军政要人，与他们依依握手，说些思念的话。他紧紧握住佟麟阁的手，亲切地说："捷三，你们辛苦了。"尔后，又握住秦德纯的手说："德纯，你还好吗？我还怕见不到你们了呢！"说罢，仰头哈哈大笑。

　　欢迎仪式在铜鼓洋号的鼓乐声中进行着。此次，北平军政各界为欢迎宋哲元返平，组织了盛大的欢迎仪式，军政各界首脑都来到当时的前门火车站，站立在站台一侧，企望着宋哲元的归来。宋哲元主持华北军政大局以来，为保住地盘，与南京、日方进行斡旋，造成一个既不同于冀东伪政权，而又有独立性的地方政权。他苦心孤诣，经过几年的努力，终于将华北各部门都换上他自己的信得过的亲信，执掌各界大权。即使是亲日派，私人关系也与宋哲元交谊甚厚，听任他控制局面。此次北归，正值动荡之际，北平各界意见纷争不休，都盼他回来，主持个公道。所以，各界首脑为争得宋哲元的支持，人人都服饰一新，嘴巴刮得发青，挺着胸脯，期望着能跟宋哲元握握手，说句问候的话。

　　此时，宋哲元成为了新闻人物，他与各界首脑的会见还没有完，就被一大群记者包围了，并提出了许多问题。

　　"宋先生，此次卢沟桥事变，可否看出中日关系已然破裂？"

　　"宋先生，南京政府对和谈是否还有希望？"

　　"宋先生，听说你离开天津之前，前往吊唁日本驻屯军已故司令官田岱皖一郎？"

　　……

　　问题一个接着一个，一个比一个尖锐。

　　宋哲元感到应接不暇，有些狼狈。他大步跨上一个高台，挥着手发表简短演说："诸位，我宋哲元对日交涉，一律本着中央的精神去办，至于具体细节嘛，无可奉告。但我在此通告三点：一、二十九军绝对遵从中央命令，枪口不对内；二、冀察主权，不能任人侵犯；三、对日交涉仍本着和平原则进行！"言罢，他跳下高台，在卫兵的保护下，挤向停车场的汽车。

　　"宋将军，倘若日方全力开战，贵军有何打算？"

　　"宋将军，据传日方要求惩治驻军营长，撤退驻卢守军，你是否已答应了日方的要求？"

　　"宋将军……"

　　宋哲元逃跑似地钻进汽车，飞快离去。面对记者们咄咄逼人的提问，他如何回答呢？汽车在前后警车的保护下，驶离北平前门车站，向他的官邸武衣库飞奔。

记者们没有问出满意的答案，又追到武衣库，聚在门口，等待接见。门卫不让进，双方发生争吵。喧闹声惊动宋哲元。他心烦意乱，暗自埋怨："秦德纯，你这个家伙还搞什么欢迎会，惊动这些记者，出我的洋相！"初下火车，那种受人尊崇、检阅仪仗队时的志得意满的惬意早已烟消云散，而代之一种被人耍弄后的恼意。

记者们聚在门口，仍无意散去，而且人越来越多，接见他们吧，这些人嘴皮子太厉害，真令他招架不住。万一说了什么不得体的话，要么引起蒋委员长的不满，要么引起日本人的抗议，要么引起共产党和全国抗日民众的反对。唉！这个冀察政务委员会委员长难当啊！不接见吧，事情闹大了，也不好交待呀！久拖下去也不是办法。宋哲元急得在屋内转圈。在天津，天天有人找，不是下级官兵和各界人士找他要求抗日，就是齐燮元等人上门要求和谈，搞得他脑瓜发涨，说到北平来清静两天吧，北平也不安静！妈的！这该怎么办？他焦急地拍着光亮的脑门儿。

"军长，如您实在不愿接见记者，我看不如让北平市公安局局长陈继淹出面，招待一下，也许能使记者们散去！"刘副官见宋哲元愁眉不展的样子，上前建议。

宋哲元眼珠一亮："陈局长在哪儿？我给他打个电话！"

"陈局长还没有走，他送军长回来后，一直在客厅里等，怕您有事。"刘副官轻声说。

"好！你立即转告陈局长，让他对记者们宣称，就说我旅途劳乏，身体不适，不便接见，当日后有暇，再与记者面谈！"宋哲元吩咐完，疲乏地躺在沙发上。

"吱呀"一声，宋哲元官邸大门旁的小铁门打开了。苦等了许久的记者们站得腰酸腿疼，见小门开启，一阵欣喜。可一细看，出来的不是宋哲元，而是一身黑色警服的公安局长陈继淹，身后有几名手提驳壳枪的警察，众记者不满，一片唏嘘。

"诸位……"陈继淹摆手道，"并非宋委员长不愿接见各位。他对大家热忱负责的工作态度很是赞赏。只是他身体劳乏，让我向诸位致歉。宋委员长令本人转达诸君，决心本着国家立场、人民立场、中央意旨三原则，以期卢沟桥事件早日解决。盖能平既和。日前在天津谈话早已述及。如宋委员长日内有暇,当再奉请诸君面谈。"

"请问陈局长……"

记者们的第一个问题尚未提完,陈继淹一转身,带领几名武装警察已走进小铁门。"咣",小铁门关闭,又将墙内墙外隔成了两个世界。"噼啪……"冰凉的雨点砸下来,给记者们火热的激情兜头一瓢凉水,一阵暴雨袭来,记者们四散而去。

阵雨过后,已近傍晚。但大家企盼的宋哲元仍未出来接见,只是北平市公安局长陈继淹再次出来,搪塞了事,记者们不平却也无奈。被淋成落汤鸡的记者们,只得无功而返。

后人评价,宋哲元忠厚有余,谋略欠佳。实际上,1937年的宋哲元并非谋略欠佳,而是内心自有苦衷。那段时期,是他一生最辉煌的阶段,地位最显赫,集华北军政大权于一身,同时,也是他内心忍受着最痛苦的煎熬,性格最复杂的岁月。

宋哲元自山东乐陵返津,中途没有按南京的指示,直飞保定,先在天津逗留数日,极力谋求卢沟桥事变的和平解决。7月17日,他与日本驻屯军香月清一司令进行了会晤,达成所谓"停火协议",但实际上,宋哲元的"摸底工作"受到了日本人的愚弄。他不知道:日军真正的底牌,是在等待着援军开到,部署完毕后再大举进攻。欲以武力歼灭或击溃二十九军,迫使宋哲元投降或离开冀察,排斥一切不肯卖身投靠的爱国分子,把冀察政委会改变为一个类似冀东伪政府性质,彻头彻尾的傀儡组织。果真如此,宋哲元没有识破日寇的奸计,他还被蒙在鼓里,"和平"的迷雾障碍着他的视线,他还醉心于维持所谓的华北和平的局面。第二天,宋哲元走进铁狮子胡同冀察政委会委员长办公室,见到桌上、地上如山的电报、成堆的慰问信,他的眉头就皱了起来。他命人把办公桌上的东西搬开、擦净,他坐在宽大的转椅上,一时竟有些茫然,不知该做些什么。

"报告。"刘副官进来,敬礼后说,"军长,宋庆龄代表反帝大同盟发来电话,慰问二十九军驻守卢沟桥的部队,赞扬他们抗战有功……"

"知道了。"宋哲元挥挥手打断刘副官的报告,他扫一眼屋内成堆的电报、慰问信和一摞摞的汇款单,皱着眉头说:"刘副官,一会儿你找几个人来,把慰问信收拾起来。汇款单嘛,清点一下,是谁的退给谁,并在报纸上发表个声明，告之各界冲突已和平解决，谢绝各界捐款！"

　　"军长，这……"刘副官深感意外，手掂着汇款单说，"这可是全国民众的一片心意呀！"

　　"当然是民众的心意。正因为如此，我们才不能乱花。战事已平，咱们再花人家的捐款，心中有愧呀！"宋哲元挺身站起，他走到文件柜前，把里面的汇款单、募捐单抓起来塞给刘副官说："你马上去办！代表我本人，向各界表示感谢。动动脑筋，写几句感谢的文词。"

　　刘副官还想说什么，见宋哲元转身走到那幅"难得糊涂"的条幅前，欣赏起书法，迟疑一下，只得走出。

四　复兴门内，泣跪抗命力保屏障

素被称为"无冕之王"的记者，见到守城部队在日军进攻的威胁下，不是加固城防工事，而是强令拆除保护北平的屏障，气愤填膺，冒着煽动造反、被杀头的风险，直言进谏，最终使铁石心肠的宋将军改变了态度。

宋哲元料理完积压的公事，感到有些累，靠在椅子上打起盹来，但他总觉得心不静，合着眼皮却睡不着，只得盘算起下一步的计划。

"叮铃铃"电话骤起。宋哲元伸手抓过话筒："喂？我是宋哲元，什么？他们拒绝执行拆除防御工事的命令？扯淡！这是命令，不是小孩子过家家！还愿意？要见我，见我怎么样？见我也得执行命令！好！我马上赶到！"他"啪"地挂上电话，戴上帽子，扎上武装带，大步走出，高喊一声："刘副官，备车！"

北平城西复兴门外，聚集了许多人，宪兵队和守城部队正在争吵，各不相让，双方手持武器，剑拔弩张，大有一触即发之势。

"吱——"宋哲元乘车飞快赶来。车未停稳，他抢先跳下车，大步向前，高声喊："是哪个吃了熊心豹子胆的，胆敢阻拦执行军令？"

争吵的双方见已惊动最高长官，忙安静下来，再也不敢吱声，都怯怯的望着他，闪开一条路。宋哲元大步登上沙袋垒起的工事，环顾街道两侧砖砌的碉堡，架设的障碍物铁丝网，指点着说："瞧瞧，这像什么？哪儿是和平的景象？有碍市容、妨碍交通，马上给我拆掉，填平交通壕，恢复原貌。"

几匹马从城外箭打而来，何基沣从十几步外滚鞍下马，奔到近前："军长，工事不能拆啊！没有工事，士兵们会流更多血的，肉体是挡不住子弹的！"

"废话！"宋哲元沉下脸来，"和平了还要工事干嘛？给日本人留下话柄，说我们没有和谈诚意？执行，拆！"

"扑通！"何基沣跪在了地上，士兵们也齐跪在地上。何基沣恳求："军长，你要拆，就先把我按违抗军令处决吧！不然，我眼睁睁看着作战时能掩蔽战士身体的工事被拆毁，心里难受啊！军长，拆了工事，我们是要吃大亏的！"跪地的何基沣手抓胸膛，恨不得掏出自己的心，让宋哲元看看是红的还是黑的。

要是别人阻拦，宋哲元早就发了火，不枪毙也得抽他几十马鞭。可眼前跪的是他的爱将、战功赫赫的何基沣旅长。惩处爱军将领，舆论该怎么看待我宋哲元？不惩处吧，又该怎样收场？望着眼前这动人心肠的场面，宋哲元沉默良久，才摆摆手说："我们都是军人，这是南京蒋委员长的意思啊！不能怪我心眼儿死！"

恰在此时，城门洞内涌进来一群人。这里面有北平大学法律系教授张友渔，中文系教授朱自清，天津《大公报》记者范长江、王文彬，上海《新闻报》记者陆诒、耿坚白，北平《实报》记者音志华，《北平晚报》记者松亚农，《救国时报》记者崔娟及部分民先队爱国学生，他们刚去宛平县慰问守城驻军归来，走到这里看见这一幕，急忙奔过来。张友渔走上前，平和地说："宋军长，我们都是做学问的，按说不该干涉军务，可是……"他手指一个个疲劳不堪的记者、学生们又说："您看，这些人可以说都是有名望、有身份的人。可以说不愁吃、不愁穿，可他们却不避生死，前往战场采访。他们为的是什么？是为了华北，为了民族的生存啊！"张友渔说着，上前摘下陆诒的大檐凉帽，指着上面的弹洞说："同胞们，这位记者是从上海来的，离这里千里迢迢，在宛平城采访时，日军的流弹把帽子打了一个洞，险些送了命，他又是为了什么？就是为了向全国人民、全世界揭露日寇侵略的真相，唤醒人民起来抗日，支持你们二十九军保卫华北、保卫卢沟桥的正义壮举。可你们里面的一些人呢？他们被日寇的谎言所迷惑，还在做着亲者痛、仇者快的蠢事！"

"你、你敢煽动造反？"宋哲元脸孔涨红了。他万没想到在这里会遇见这些难缠的新闻界记者。

"不！我们不是煽动，只是想求你。"范长江把张友渔拉到一旁，挤上前说。

"求我？求我什么？"宋哲元冷冷的问。

"求委员长下令，不要拆除北平城内的工事。"范长江很有分寸地又说，"你想想，和平协议是双方共同达成的。如果日方不履行协定条款，只是中方一方执行，会有什么结果？所以，我建议委员长先调查一下，日方是否有诚意，如果日方真的撤兵了，再拆工事也不迟。不然的话，宋军长你可要上当了！"

"是啊！宋先生，你就让他们别拆工事了吧！"众记者齐声要求。不少人纷纷举起照相机，准备拍照。

宋哲元见再坚持下去，必犯众怒。他走下沙袋工事，上前扶起何基沣，大声道："他妈的！我又不是皇帝老子，给我下什么跪？这不是寒碜我宋哲元吗？好了，工事先不用拆了！听候命令再说！"

士兵们爬起来，走向一边。

今天这件事太让人窝火，如果就这样了结，恐怕对我不利，宋哲元暗自琢磨道。他见记者们要走，灵机一动，决定做出一个体恤下情的姿态，挽回自己的舆论形象。他大步上前，依次握握每个人的手，连声说："先生们，女士们，你们辛苦了！以后，再去前线采访，找我宋哲元，保证车接车送，哪儿能让大家步行去呢？"握完手后，宋哲元又跨上沙包堆，高声道："诸位，昨天你们采访，宋某因身体不适，怠慢各位，还敬请谅解。今天，我在这里要告诉大家的是：我宋哲元向主和平，凡事以国家利益为重。此次卢沟桥事件之发生，决非中、日两大民族之所愿，盖可断言，甚望中、日两大民族，彼此互让、彼此相信，彼此推诚，促进东亚之和平，造人类之福祉。哲元对于此事之处理，求合法合理之解决，请大家勿信谣言，勿受挑拨，国家大事，只有静听国家解决。"

出乎宋哲元意料的是，记者们没有鼓掌，反而迷茫地望着他，感到似有些更陌生了。

"宋军长，倘若日军全力进攻，二十九军该做出什么反应？"

"宋先生，听说齐燮元又在与日方谈判，是否确有此事？"

……

宋哲元被记者们连珠炮般的提问搞得有些发晕，他正不知如何回答，突见一辆汽车飞驰而来，尖利的刹车声，使人毛骨耸然。车门开处，张克侠飞快跳下，快步而来："军长，你叫我找的好苦哇！快！快回司令部！"

"有什么情况吗？"宋哲元为之一怔。

"回去再说！"张克侠挤进人群，来到宋哲元近前，拉起他就走。

"失陪了！各位请原谅！"宋哲元暗暗高兴，正在他难堪之际，张克侠赶来解了围，心里甭提多舒服了。

莫非又发生了什么情况？众人迷茫地望着远去的汽车。何基沣也顿生疑团，一定是又发生了什么意想不到的情况，要不然一向沉稳的张副参谋长不会不跟自己打招呼，这么风风火火的。何基沣转身对士兵说："弟兄们，不管发生什么情况，天是塌不下来的。但我们必须有所准备，水不来先筑坝，有备无患！大家动手，把拆坏的工事再修复起来。"他又转对宪兵队高喊："你们要是爱国的，也参加吧！"

"中！"宪兵连长沉思片刻，转而呼喊，"弟兄们，别忌恨我们！我们也不愿拆除工事，只是公务在身，没办法！"他招呼部下："你们还愣着干什么？快动手帮二十九军弟兄们一把！咱们都是中国人，一家人。"

敌对的情绪消除了，宪兵队融入了守城官兵抢修工事的人流里。

"咱们也等天黑再回去，先帮他们干一会儿！"张友渔提议。他的号召赢得记者、学者和民先队员们的响应，这些平日拿笔杆子的手，在团结御侮的旗帜下，拿起了铁锹、抬起沙袋，汇进到修复守卫北平城工事的浩荡洪流里。

在晚霞的沐浴下，士兵、宪兵、记者、学生、市民修整着被拆的残破不全的工事。

战争日趋残酷，大战的硝烟笼罩在每个人的心头，恰在这时，一位日本姑娘出现在二十九军部，是福是祸，她此来目的为何？一时成为新的疑团……

宋哲元赶回冀察政务委员会，来到办公室内，水没喝一口，就迫不及待地问："张副参谋长，有什么异常情况吗？"

张克侠回身关上门，从随身携带的公文包里掏出一份情报，递给宋哲元说："军长，情况不妙哇！这是情报处从各地搜集上来的情报，您看看吧！"

宋哲元从张克侠的脸色、口气上预感到问题的严重。他接过情报，走到转椅前，坐下后耐心地看起来，翻一页他的心沉一下，越看脸色越难看，当他看完最后一页，再也坐不住。掂着情报，喃喃自语："这……这不可能吧！上午南京来电还说，驻日大使许世英拜会了日首相近卫，他亲口答应卢沟桥事件和平解决呢！"

张克侠递过一支烟说："军长，日本人和谈是假，增兵是真。据东京消息，七七事变的当天，日本陆军省连夜举行会议，商讨对付办法。另外据传：六月底，东京就已盛传卢沟桥将于七月初发生类似柳条沟事件，情报传到华北，让人给压下去啦。"

"谁？"宋哲元一惊问道。

"现在还未查清，但肯定是二十九军内部日方安插有奸特。您可不得不防啊！"张克侠善意地忠告道，"此外，'七七事变'的前后几天，土肥原经常在丰台、卢沟桥、北平出没，最近却突然不知去向，此事不值得深思吗？"

宋哲元紧绷着脸，厚嘴唇微微发抖，脸上淌下一串串热汗。他重又翻阅手里的各种情报，想从中发现些什么。

"情况不仅如此……"，张克侠补充道，"您在天津会晤的香月清一，背景十分复杂，不是个简单的人物。今年五六月份，他曾以教育部总监部长的身份来华活动。此次来华之前，天皇裕仁接见了他，赠给他一柄金鞘战刀，陆军省为他设宴饯行。据说他带着一个新的侵华方案来此赴任，并一改田岱皖一郎明目张胆的侵略行为，实行更为狡猾的计谋，而且，他还贯打两张牌。"

"两张牌？两张什么牌？"宋哲元不解地问。

"一张牌是和平谈判，一张牌是军事进攻。大量迹象表明，日方正在调兵遣将，大批日军正从关外、关内、青岛、朝鲜开到华北。月初日军在华北只有两万人，现在恐怕得有七八万人了吧？"

"这么说，日军正酝酿大的军事行动了？"

"完全有这个可能。"张克侠肯定地回答。

"可他们总不会置全世界的反对于不顾，不顾舆论的谴责吧！总该顾及英、美的面子吧！"

"军长，美国至今还在保持沉默，事变已经十多天了，美国的官方宣传机构一直没有开腔。7月16日，中国政府向九国公约签字国美国和苏联等国送出备忘录，指明日本以大量军队突袭卢沟桥，侵略华北，显系侵犯我国主权，违背九国公约，巴黎非战公约和国际联合会盟约的条款与精神，促请各国注意。军长，你猜怎么着？"

宋哲元被张克侠介绍的内容所吸引，急切地问："别卖关子了，快直说吧！"

"气死人了，美国国务卿反应挺快，当日通告各国，声明美国对当前国际政局的一般方针是：不行使武力，不干涉内政，遵守条约。对于中日矛盾也本着这一精神处理。"

"妈的老美，整个一个滑头。"宋哲元发泄着不满。

"军长，美国貌似公允的态度，实际是对日本侵略中国的默许、支持，他们是想把中国的北半部交给日本，借以遏制苏联，牵制苏联在欧洲的行动。"

"不！不会！"宋哲元连连摆手，他走到转椅前，坐下来，从抽屉里摸出一盒烟，自己抽出一支叼在嘴上，又把烟盒扔给张克侠，狠吸一口烟后，才说："你想，我们华北有美国的势力，有他们的投资，燕京大学、协和医院都是美国人办的，日本侵占华北，他们总不敢惹怒美国人吧？依我之见，卢沟桥的日军行动，或许只是向我施加压力，逼我答应开矿、修路的条款吧！"

"军长，你还不知道：7月7日，日军驻台基厂的一个小队到协和医院去抓女青年做舞伴。恰巧我在此遇到，我让巡逻队给扣了。当时，美国人豪克森把捣乱被抓的日本兵要去，说由他们处理。可后来据传，豪克森请示美驻中国领事后，又把肇事的日本兵放回去了，并向日方赔礼道歉。这些意味着什么？日方在试探美国的态度，而美国人的纵容，正是促使日本决心尽快发动侵略战争的因素啊！军长，你可要当机立断！当断不断必有后患啊！沈阳的悲剧不能在华北再重演了！您可要三思而行啊！"

张克侠的话语诚恳，有理有据，句句拨动着宋哲元的心弦。他沉默了，手托脸颊沉思起来。张克侠把道理讲到这份上，觉得不能再说什么了，该让宋哲元思考一下，做出选择。

他踱到窗前，推开窗扇，望望院内。突然，他发现一辆摩托车飞驰而来，停在楼前，情报处长靖任秋由摩托车上跳下，又从挎斗里拉出一位日本男青年，然后，急步走进大楼。

张克侠正疑惑那日本青年是谁，为何而来？忽听走廊内传来靖任秋那急促、沉重的脚步声，忙转身说："军长，情报处靖处长来了，他可能要向您汇报什么情况。"

"不啦！我有些头疼。"宋哲元厌倦地摆摆手，仰身躺在转椅上。

"报告。"门外传来靖任秋的声音。

"靖处长，军长谢绝会客。"刘副官在门外阻拦。

"会客？我不是客人，我是他的部下！"靖任秋不顾刘副官的拦阻，猛地推开门，一眼看见宋哲元正愁眉苦脸地用手托脸颊仰靠在转椅上，他犹豫片刻，低声呼唤："军长……您……"他想退出，转眼瞥见站在窗前的张克侠暗暗朝他打手势，指指宋哲元，又指指嘴，示意他讲下去。靖任秋胆子壮了，抢步上前立正行礼："军长，有位日本……"

"我不见客，管他什么本？"宋哲元火了，怒气冲冲的打断靖任秋刚说半截的话，一转坐椅，背过身去，不再理睬屋内的任何人。

靖任秋有些犯难，不知继续讲下去好，还是不说好。他瞧瞧一旁的张副参谋长，见他正用鼓励的目光望着他。他挺起胸膛大声说："军长，有位日本姑娘小岛幸一刚刚从日本赶来，她说有重要情报要直接向您报告，其他人谁也不行，还说……"

宋哲元闻言挺身而起，急切地吩咐："还罗嗦什么，快请进！"

靖任秋转身跑出，宋哲元忙整理一下办公桌上的文件，抻抻衣服，大步迎向门口。

靖任秋把这位日本青年带进来，只见她一身戎装，配带着日本少佐军衔，来到屋内，猛地摘下军帽，脱去军装，这才露出她的女儿装。尔后，犹如一滩泥一般倒在沙发上。

张克侠忙倒上一杯茶端过去，小岛幸一接过，扬脖一口气喝光。

宋哲元望望日本姑娘脱下来的军装、军帽，有些茫然。他不解地问："姑娘，你这是……"小岛幸一的出现，打乱了他的思绪，他担心正在英国读书的大女儿会出什么事。想问又怕问，只得搓手走到一边。

"宋将军，这两位是外人吗？"小岛幸一直截了当地问。

"啊！不……"宋哲元一愣，心里突突直跳，忙不迭地说，"不，都是自己人。那位是我的副参谋长，张克侠将军，这位是我的情报处处长，都是自己人。"宋哲元指点着介绍道。

"宋将军，我真为您惭愧呀！"小岛幸一毫不掩饰自己的态度。

"怎么？我宋哲元有什么过失吗？"

"宋将军，在我的心目中，您是爱国将军。可自我最近看到您在报纸上发表的声明、谈话，您在我心中的形象变了。您知道西方叫您什么吗？"

宋哲元摇摇头，一脸茫然。

"叫您'摇摆将军'，一会儿这样，一会儿那样……"

"姑娘，你先喝口水。"张克侠担心她再说下，会因言辞激烈，引起宋哲元的反感，忙制止她再说下去。

"张副参谋长，你别拦她，让她说下去。"

宋哲元摆手拦住张克侠。尔后，又自语了一名："忠言逆耳，我听听或许有好处。"

"宋将军，我知道你的为人，才来斗胆进言。您的令爱常向我们谈起您的历史，说您如何单枪匹马闯敌营，夜袭敌人司令部；说您非常爱护部下，体恤士兵。但您可能不知道，她夜里常做噩梦、说胡话，担心您会成为汉奸、成为民族的罪人。"

"老天，你睁开眼看看吧！连我的女儿都不理解我，我成为什么人啦？"宋哲元痛苦地仰天长叹，在屋内来回走动几步，猛地，他站定在小岛幸一面前，辩白道："姑娘，难道我做错了？为避免百姓惨遭涂炭，我宋某素来爱护生灵，不忍心把华北数千万父老推向战争的深渊；我力主谈判，尽力避免发生流血冲突，难道有什么不对吗？"宋哲元激动地挥舞着双手，对天发问。

"宋将军，您别误会。"小岛幸一说着，一把撕开衣襟，从里面掏出几页纸，递上前问，"你们都懂日文吧？请看看这个材料，或可明白些什么。"

五 军部密室，日本姑娘密译情报

日本人民是热爱和平、反对战争的。日本姑娘小岛幸一冒死送来超绝密文件：日本政府派兵华北的决定。使二十九军高级将领感到震惊，也给还存有幻想的宋将军敲响了警钟。

看到日本姑娘拿出的文件，屋里的人眼睛都一亮。知情者仅从文件外观上就知道这是一份极为重要的绝密文件。宋哲元接过交给张克侠，张克侠扫一眼，又交给靖任秋，紧张地说："军长，这是日本政府派兵华北的文件，我的日语差，翻不好。"

靖任秋接过后转身走向门口："我去找个翻译来。"

"慢！这是绝密文件，走露半点风声，我的命就完了！"小岛幸一忙拦住靖任秋。

"姑娘，咱们密室里谈。"宋哲元恭敬地邀请道。刹那间，日本姑娘的形象在他眼里高大起来。面对不惧生死送来重要情报的姑娘，他心里充满了敬意。宋哲元打开侧门，把小岛幸一请进密室，又走到门口，高喊道："刘副官……"

刘副官应声而进，宋哲元走到他的面前，低声吩咐几句，刘副官点点头，转身而出。

密室内，宋哲元把密件交给小岛幸一，说："姑娘，你受累给翻译一下吧！张副参谋长记录。"

"是！"张克侠答应一声，忙备好纸、笔。

小岛幸一把台灯挪近些，用极其沉重的语调读道："超绝密。日本政府派兵华北的决定。1937年7月11日。据悉中国方面的侮日行动接踵发生，中国驻屯军对此正在隐忍静观中。一向与我合作，负责华北治安的第二十九军，于7月7日半夜，在卢沟桥附近非法射击，由此发端，不得已而与该军发生冲突。为此，平津方面形势紧迫，我国侨民濒临于殆。而我方未放弃和平解决的希望。根据事件不扩大的方针，努力作局部地区的解决。第二十九军虽答应作和平解决，但于7月10日夜，突然再次向我军攻击，造成我军相当多伤亡。而且不断增加第一线兵力，更使西苑部队南进。同时，命令中央军出动等，进行战争准备。对和平谈判并无诚意，终于全面拒绝在北平进行的谈判。"

"屁话！全是颠倒黑白的胡说八道。中央军一个人毛也没有来，哪儿来的增援？再说丢失的日军士兵早已找到，前两天我在天津还和香月清一达成停火协议了呢，谁说我拒绝谈判……"未等小岛幸一姑娘译完，宋哲元便早已气冲头顶，暴躁地连声喝骂。

"宋将军，重要的还在后面呢！"小岛幸一提醒道。

宋哲元重重地坐在沙发上，气得直哼哼。

小岛幸一接着译道："从以上事实说明，这次事件完全是中国方面有计划地武装抗日，已无怀疑的余地。"

"注意。"小岛幸一停顿一下，又继续译道，"就帝国和满洲国来说，维持华北治安，是很迫切的事，不得赘言。为维持东亚和平，最重要的是中国方面对非法行为，特别是排日侮日行为表示道歉，并为今后不再发生这类的行为采取适当的保证。由此，政府在日本内阁会议上下了重大决心，决定采取必要措施，立即增兵华北。"

"增兵华北？"宋哲元又坐不住了，站起来反问，"增兵华北，为什么还要谈判？简直岂有此理！"

"下面的这段解释为什么要与你们谈判。"小岛姑娘敲敲文件道。她又继续翻译道，"然而，维持东亚和平为帝国之夙愿，因此，政府为使今后局势不再扩大，不抛弃和平谈判的愿望，希望由于中国方面的迅速反省而使事态圆满解决。关于列国权益的保全，当予以充分考虑。"

"谢谢！太感谢你了！"小岛姑娘刚译完，宋哲元便走过去，握住她的纤细小手，连连表示感谢："这情报太重要了！及时地给我敲响了警钟。我代表二十九军、代表冀察政务委员会、代表华北的父老乡亲、兄弟姐妹们，向您表示感谢！"

"军长，你看到没有？这份派兵华北的决定，完全是狼外婆的口吻，既想吃掉小羊，又装出慈悲样。"张克侠放下笔，愤愤不平地说。尔后，张克侠关切地问："小姐，这份绝密文件，你是怎样拿到的？又是怎样到中国来的？一定冒了不少风险？"

"我……"日本姑娘俏丽的面容顿生一层愁云，她端起茶杯喝了一口水，放下茶杯，手捂脸颊，哭泣着，"我……我做了对不起祖国的事，我背叛了我的祖国，背叛了我们的大和民族，我没有脸回去了。"她强抑悲痛，拢拢自己的头发，沉思一会儿又说："今年春，我在北平会见宋将军后，返回日本，原打算说服我的舅舅香月清一不要参与这场侵华战争，至少是不要扩大这场会给中日两大民族带来不幸的战争，但我太年轻、太幼稚了。当我说明来意后，身为教育总监部本部长的他，毫不留情地让人把我扣了起来，交给我父亲，父亲又派人把我送到伦敦，到了伦敦我才知道我的男朋友常怀忠已回到中国来了，他是位华籍留学生，我俩三年同窗，产生了感情，共同参加了反法西斯组织。前不久，他见祖国危难，毅然抛弃学业，回国参加了将军手下的南苑军训团。我原想今年暑期拿到毕业证后再到中国来，可7月8日，我在广播里听到了卢沟桥事变的消息，记挂着常怀忠，也记挂着中国的百姓，我便取道日本，然后乘飞机来到天津。就在昨天晚上，我表舅正欲洗澡时，接到这份文件，他放进档案柜里，就去洗澡了，却把衣服留在办公室。我乘机打开档案柜，偷拍了这份文件，躲开侍卫，骗过门岗，连夜赶往北平。刚下火车，就被这位大胡子抓住了。我提出不见宋将军，什么也不说，他就把我带到了这里。现在，我家没有了，亲人也没有了，再也回不去了！"说到这里，小岛姑娘露出一副悲容。

"不！姑娘，日后人们会理解你今天的义举的。"宋哲元上前拍拍小岛姑娘的肩膀，劝解道。尔后又说："姑娘，我们欢迎你留下来，参加我们的工作。"

"对！姑娘，你没有背叛祖国，更没有背叛你的民族，你是怀着火一样的热忱、金子一样的心，忠于你的祖国和人民。你是为了千百万日本青年免做战争贩子的炮灰才这样做的。你这样做，可能失去你的父亲、你的表舅，但你会得到更多的亲人，四万万中国人都是你亲人，你是为了日本民族的明天和中华民族的明天才这样做的，你太高尚了。"

小岛幸一听后十分兴奋，眼里闪着欣喜的目光。

"姑娘，你有什么打算或要求吗？是不是我们给你一笔钱，你可以去美国、法国、或者回伦敦，完成你的学业？"宋哲元提议道。

"宋将军，你太小看人了！要是为钱，我就不冒这样的危险了！真是隔门缝看人！"

"姑娘不要误会，我宋哲元是个军人，不会说话，我的意思是……"

"军长，我看小岛姑娘的意思是想去南苑，参加军训团。因为呀，那里拴着她的魂呢！"张克侠拦住宋哲元的话头插话道，他逗趣着缓和屋内的气氛。

"扑哧"小岛姑娘不好意思地笑了。

"瞧瞧是不是？被我猜中了。"

"你要去南苑军训团？去找……"宋哲元半截话没有问出来，张克侠在一旁暗扯他衣襟。他把后面的话咽回去，见小岛姑娘直劲儿点头，表示同意，他一拍大腿，转身吩咐："靖处长……"

"有！"靖任秋"啪"地一个立正，听候命令。

"你要绝对保证小岛姑娘的安全，把她送到南苑军训团，面交佟副军长，注意保密！"宋哲元把最后四个字说得特别缓慢、坚决。

张克侠补充道："军长，为防万一，我看不妨让小岛改个中国名字，避免在公开场合露面。"

"不！宋将军，我行不更名，坐不改姓！我倒要看看，他们到底能把我怎么样？"小岛幸一倔强地拒绝了张克侠善意的建议，顺势把长发甩到背后，走向门口。

"靖处长，你带她休息休息去吧！我和张参谋长再商量几件事。"宋哲元吩咐完毕后，一直把姑娘送到门口才握手告别。

"唉！真没想到……"宋哲元惭愧地叹息一声，悔恨地自责道，"我，我他妈的上香月清一的当了。"他手抓着那份记录，在室内来回走了几步，最后站定窗前，拍着油光光的秃顶吩咐说："张副参谋长，你即刻通知佟副军长和各师师长，到北平政务委员会开会。"

"宋军长，我看应该把这份密件立即发往庐山，让蒋委员长知道日本人的态度是有好处的。"张克侠建议道。

"对！你马上去机要室，要他们午夜以前把这份文件快速发往庐山，用密码！"宋哲元说完走到沙发前，像匹难以负重的老马，重重地倒在沙发上。

张克侠记下这两道命令，敬礼后跨出密室，随手把门轻轻地掩上，内心暗自琢磨：该用什么办法把这份超绝密文件尽快转到地下党的手里呢？

面对属下强烈的抗日要求，宋哲元一脸愁苦地说："我也是中国人，血管里流的是军人的鲜血。出于对大局的考虑，明知道有些事不对，还得去做，真伤脑筋呀！"

战斗在特殊岗位上的张克侠既要完成使命，又要不暴露身份，工作必须天衣无缝、谨慎而又周到。否则，不但完不成任务，还有丧生的可能。他怀揣绝密文件前往机要室，脑子里却紧张地思考着，怎样才能瞒住周围的人，把这份绝密文件传出去，通过关系，安全而又尽快地把这份绝密文件送到中共地下党手里，让延安及时了解到这一重要情况呢？

张克侠正在焦急，忽然发现靖任秋由楼梯上下来，忙对他使了一个眼色，二人相约走进卫生间，装作洗手，俩人站在水池前，低声交谈，耳朵却警觉地谛听着楼道内动静。

"靖处长，你今天来得太巧了！"张克侠抓住了靖任秋的手，激动地说。

"自己人，还客气什么？"靖任秋回顾门口，没有发现可疑情况低声说，"老张，有什么任务吗？"

"你能不能抽空儿回家一趟，给母亲带点礼物回去！"

"可以，母亲搬到哪里去了？"

"还住原处，香香理发馆。"

"礼物呢？"

"一是转赠日本姑娘带来的消息，二是转告孩儿平安！"张克侠说着，掏出笔记本，撕下他记录的那几页纸各抽出一张交给靖任秋。原来，为能确保重要情报的传递，张克侠在自己的笔记本各页之间加层复写纸，故此能在记录的同时，一式两份，抽出一份，另一份还可交上去。靖任秋收起，放进贴身口袋，拍拍胸脯道："张兄，你托付的礼物我一定带到，事成你可要请客啊！"

"请客，六国饭店让你点一桌！"

"好啊！"二人握握手，相继走出卫生间。来到走廊里，他们形同陌生人一般，各奔东西。张克侠见靖任秋走出大楼，悬着的心才落回实处，他满身轻松地走向机要室，去执行宋哲元交给他的特殊使命去了。

佟麟阁得知要他即刻赶回北平，参加冀察最高级军政会议，商定对日作战计划的消息后，欢喜得竟像个孩子，又是洗脸，又是刮胡子。他洗漱完毕又走到镜子面前，特意地照照，逗得勤务兵问："佟副军长，您回北平见夫人还值当这么打扮？"

"唉，你懂什么，这是比结婚更重要的事。"佟麟阁走出门口，又叮嘱冯洪国道："冯大队长，你让各大队加紧操练，我回来后即刻比武！"

冯洪国答应一声，把佟麟阁送出南苑北门。佟麟阁和警卫队员跃马扬鞭赶往北平。多日来，简直把他忙昏了头。军长不在，一切大事小事都要他一手处理。张克侠走后，他更忙了，整夜整夜难以入寝。军长回来，召开最高军事会议，他觉得肩上的担子轻了些。

几匹战马穿过村庄，越过树林，跨过小桥，箭打似的飞向北平。

日军为切断二十九军司令部和北平的联系，时常派飞机轰炸这段路。路面弹坑累累，路旁的大树歪歪斜斜干断枝残，滚滚浓烟，在空中弥漫。

战马穿烟破雾，纵沟跳坑，如走平地。

佟麟阁伏在马背上，耳旁生风，呼呼直响，那匹战马似乎理解主人的心情，翻蹄亮掌，快如闪电。

日军飞机在空中盘旋，发现了路上奔驰的战马，吼叫着俯冲下来，丢下一串炸弹。爆炸声震耳欲聋，浓烟遮天蔽日，炮火硝烟中，佟麟阁和警卫员又奇迹般飞出。

当战马驮着佟麟阁来到冀察政务委员会时，已是大汗淋淋、气喘吁吁。佟麟阁更是热汗流淌，脸色通红。他跳下战马，把缰绳交给门卫，大步走上台阶。

站在二楼办公室窗口的宋哲元，看见佟麟阁第一个到来，早早迎到门口，二人见面，分外亲热。

"捷三弟，你好吗？"宋哲元紧紧握住佟麟阁的手问。

"明轩兄，可真想你了呀。"佟麟阁眼睛发潮。

二人手拉手来到屋里，宋哲元抓过毛巾，递给佟麟阁："捷三，先擦擦汗，有什么话慢慢说，瞧你累的。"

"没事儿，出点汗痛快！"佟麟阁擦罢汗，挂上毛巾问："家里怎样，沈伯母、嫂夫人怎样？"

"托老弟的福，老母安泰，丑妻无恙。"宋哲元打着哈哈，继而正色道，"捷三，愚兄今天可得说你几句。"

"怎么？军长对我有什么教诲吗？小弟洗耳恭听。"

"动荡之际，身为副军长，我的左膀右臂，二十九军的头面人物，怎么能在这种形势下骑马赶路，竟连警卫班也不带呢？"

"没什么，人多目标大更不安全。"佟麟阁微笑着摇摇头。

"还是小心为好，防人之心不可无啊！别像我马马虎虎，全靠运气当什么福将。用你们河北人一句土话，傻小子睡凉炕，全凭火力壮。这可不行啊！长此以往，会吃亏的！稍有闪失，我怎么向弟妹交待呢？"

"多谢明轩兄关心，今后，我一定注意。"

"对喽，这才是我的好兄弟。"

"军长，按照你的指示，我原准备将第三大队转移到保定继续教学，可学员们纷纷请缨杀敌，只得暂时作罢，特别是您带回来的几百名家乡子弟兵，个个都是好样的……"

俩人正说着，张克侠走了进来，在门口就高声喊道："捷三兄，你是不是长翅膀飞来的？人家城里来开会的还没到呢，你就捷足先登了。"

"哎，赶集上庙，远处先到嘛！"佟麟阁上前握住张克侠的手，"张老弟，山东之行辛苦了。"

"再辛苦与你佟副军长相比也差远了！佟兄，多谢你把我的家属由医院接出来，送回家，又给补交上医药费。"张克侠再次握紧佟麟阁的手，表示感谢。

"哪儿的话呢，你的事就是我的事，自家兄弟还说客套话。"

"医药费？什么医药费？"宋哲元停止翻动手里的情报。

"军长，我夫人又为二十九军生了个抗日战士。"

"喜事呀！值得庆贺，该喝点儿！张副参谋知，你真是守口如瓶啊！这么大的喜事怎么不早些告诉我，有机会咱们几个得凑一块儿，好好喝喝。"宋哲元来了情绪，兴高采烈地说着笑着。

"军长，张副参谋长为付药费把自己珍爱的大衣、金表和家里的细软都当了。"佟麟阁在一旁补充道。

"那、那你每月的薪饷呢？"宋哲元追问。

"他呀！他把军饷攒起来，都送交军务处抚恤伤员去了！"佟麟阁不顾张克侠的暗示，连珠炮一般说了出来。

"噢——是吗？"宋哲元深感意外，他走到张克侠的跟前，拍拍他的肩膀，夸奖道，"好样的，比我有出息。"

"军长，国家正值动乱之秋，身为军人，应该为您分忧哇！唉！咱们还是不说这些，快说说开会的事吧！"

"好吧，坐下来谈。别让捷三打站票了！"

　　三人各自落座，佟麟阁关切地询问："军长，此次回平，对目前局势有什么看法？今天的最高军事会议打算如何开呢？"

　　张克侠看看宋哲元，抢先代为回答："军长找你，着重商谈对日作战的计划。"

　　"太好啦！"佟麟阁两掌相击，表示赞赏，"这样的会早就该开！"

　　宋哲元手里摆弄着铅笔，敲敲桌沿说："以前，华北的局势你们也知道，我秉承蒋委员长命令，尽力与日本人周旋，想为中央争得二至三年准备时间，时机成熟后，再向日军开战。可现在看来，这是不太可能的了。你们二位知道我宋哲元的人品。我也是中国人，血管里流的也是军人的鲜血，出于大局的考虑，我明知道有些事不对，可还得去做！真是伤脑筋呀！"

　　"明轩兄，你也别太急了！世上没有过不去的河，车到山前必有路。日军进犯，我们兵来将挡，水来土掩，先打狗日的再说，管他谈判不谈判。"

　　"佟老弟，你把情况看得过于简单了！情况复杂呀！"宋哲元苦笑道："对蒋介石的为人，你我都一清二楚，他眼下巴不得咱们跟日本人打起来，他一箭双雕，借日本人削弱咱们的力量，可咱们这点儿家底，真跟日本人打，还不是吃大亏。丢了地盘，丢了军队，咱们这些后娘养的都得领老婆孩子讨饭去。别人不理解我，你们也不理解我？我宋哲元忍屈受辱，不顾别人骂我祖宗，戳我脊梁骨，为的什么？还不是让咱们弟兄们都混碗饭吃，老婆孩子有碗粥喝吗？你们以为，我愿去舔日本人的屁股，去向日本人装笑脸？你们想想，参加田岱皖一郎的吊唁仪式，我的心里好受吗？我的心在流血呀！你们知道吗？"

　　"明轩，你的思想包袱太重了！别把你肩膀压垮了。"佟麟阁往前挪挪身子，直视着宋哲元，诚恳地说，"军长，恕我直言，只要抛开私心杂念，以国家、民族为重，没什么难的！天塌下来，我们大家跟你顶着。别说丢了地盘，丢了饭碗，就是赴汤蹈火，我们也在所不辞！"

　　"军长，佟副军长言之有理呀！你想想，为支援我们抗战，事变刚十来天，我们就收到捐款几百万，连国母宋夫人都四处奔波，为抗日募捐。他们为什么，还不是为中华民族不灭种，国家不破败吗？我们连战死都在所不惜，还怕什么？我们都是穷苦人出身，大不了不要这官衔，回家种地。稀罕什么地盘儿、军队！"张克侠插话道。

　　宋哲元羞愧地低下头，叹息一声道："也是的！今天这样，明天还不知道怎样呢？谁还管孙子们的事？”

“不！军长，我们就是要管孙子们的事，才追随冯玉祥将军，跟随你闯荡天下的。”佟麟阁大声道，“军长，别人不说，靖任秋送到我那儿去的日本姑娘，你总该记得吧！我看她不简单，那才称得上侠肝义胆。那女子年龄虽不及我们的一半儿，可做出的事来让人敬佩。她抛弃优裕的生活，不顾生死，奔走他乡，那是需要多么大的勇气？难道我们这些驰骋疆场几十年的男子汉，还不如一个日本姑娘？”佟麟阁说到激动处，已不能自控，来回在屋内踱步。

“真他妈的怪！我这脑袋，整个是个榆木疙瘩，就是不开窍。你们要不说，我还绕在这些难缠的问题上呢！说句实在话，我前些日子，思前虑后，既怕得罪南京，又怕得罪日本人。现在，经你们一敲打，总算开了缝了。”

“开缝就好！”佟麟阁大仁大义地说，“糊涂一时不可怕，怕得是糊涂一世啊！”

“是啊！国家多难，咱们身为军人，应当多为国家、民族着想啊！”张克侠意味深长地说。

宋哲元站起来，活动着腰肢，踱到窗前，遥望着天空。外面阴沉沉的，预示着一场暴风雨即将来临。

“宁为岳飞死，不做秦桧生！”佟麟阁铿锵有力表述着心怀，一拳擂在窗台上，把窗玻璃震得直响。

“照你们说，我们应该抗战了？”宋哲元问。

“那还用说！天情民意！”佟麟阁抢先回答。

“宋军长、佟副军长，这是我最近拟定的对日作战计划，提交最高军事会议讨论，请二位军座过目。”说着，张克侠由文件夹内掏出一份文件递上前。

“哈哈哈，张副参谋长真是雪中送炭哪！看来今天真是三喜临门呢！”他见佟麟阁、张克侠对自己的话有些懵懂，忙解释说：“这第一喜嘛是日本小姐送来绝密情报，这第二喜是张老弟喜添贵子，第三喜是有了对日作战计划。”

“我看，还有一喜，就是召开对日作战军事会议。”佟麟阁也兴奋地表示。

“那咱们就是四喜了，”张克侠附和道。

“四喜？对！真是四喜！”宋哲元微笑着接过作战计划书，招呼一声，走！咱们看看开会的人来齐了没有？"言罢，他大步走出，腰板挺直了，脚步轻盈了许多。

"军长，您的电话，南京来的。"刘副官由侧门奔出，走到宋哲元近前低声说。

"婆婆又来了！"宋哲元苦笑一声，走进了电话间。

六 北平街上，姑娘再拒异性诱惑

朋友本该是志同道合，在民族生死存亡的紧急关头，抗日民族先锋队员王翠芝这位有正义感的姑娘，面对浑身散发着铜臭气的异性同学的献媚、纠缠，再也难以忍受，一脚踢倒皮箱，里面的金银珠宝洒了一地。

就在冀察政务委员会委员长宋哲元迫于全国人民及华北民众和二十九军广大下层官兵的强烈要求，召开华北军政会议，密商抗战事宜之际，北平各界各阶层民众，在中国共产党的领导下，也掀起更大规模的声援运动。市民们组织起来，帮助修筑工事，工人们成立起临时枪械修理队，赶赴前线，帮助修理汽车、枪械、大炮，学生们也组织起来，组织起各种讲演团、慰问队、卫生队、宣传队，赶赴卢沟桥，慰问抗战将士，全民族同心抗战的热情极为高涨。

自事变后，王翠芝就组织民族解放先锋队，到处奔走讲演，宣传抗日救国。当他们得知前线缺少修筑工事的麻袋，便建议"民先队"、"抗日救国联合会"、"华北各界救国会"等组织，倡议组织"捐献万条麻袋活动"。她们组成几百人的队伍，深入街巷、胡同，挨家挨户动员市民，把盛粮食的麻袋腾出来，把破旧麻袋补好。几天的工夫，就达到了预期的捐献目标，有了麻袋没有汽车运，他们又找来一辆辆三轮车，前骑后推，顶着炎热，运往宛平县城。

这天傍晚，王翠芝正和同学姚丽在三轮车后面推车，一男生奋力登车，拉着几十条麻袋走在西单路上，赶往西便门方向时，一辆漂亮的人力车赶上来。吴学适一身阔少打扮，坐在皮靠椅上，神气地吹着口哨。当人力车与三轮车并行时，吴学适发现了推车的王翠芝，忙吩咐车夫："靠边，停下！"

人力车停在路边，吴学适一撩丝绸大褂跳下车来，把手提箱放在路边，跑上前招呼："王翠芝，你怎么多日没去上课？"

"没工夫，太忙！"王翠芝随便应酬一声，脚步没有停下来，继续赶路。

对姑娘的冷淡，吴学适没有在意。他紧走几步，伸手招呼道：王翠芝，你停一下，我有话说。"

王翠芝停下来，低着头，眼望路旁不看吴学适一眼，她心里十分讨厌这个外表衣冠楚楚的家伙。

吴学适瞟瞟车上的麻袋，轻蔑地说："我说傻姑娘，你们就用这个能挡住日本人的大炮？几条破麻袋，能值几个钱？"

"反正比你箱子里的东西值钱！"

"笑话！我从箱子里拿出一个金元宝，买你一火车麻袋。"吴学适说着，打开皮箱拿出个金元宝炫耀着。

"小王，走吧，别理他！"姚丽在不远处招呼。

"翠芝，别走，我还有话说呢！"吴学适恳求道。

王翠芝厌恶地侧过身，催促道："有话快说。"

"翠芝，上次怪我多喝了两口酒，今后一定……"吴学适晃动着肩膀，用动听的话语，劝诱着眼前的姑娘，"跟我走吧，火车票都买好了。"他见自己钟情的姑娘不为自己的言辞所动，眼珠一转，又补充说："说你傻，你不爱听，别相信你那'万条麻袋运动'了，张学良几十万军队都没挡住日军占领沈阳；华北这十来万人更不行啦！别说一万条麻袋，一百万条也保不住华北呀！"

王翠芝讨厌地一捂耳朵："我不听，没闲工夫……"

"好！好！我不说这些，还是说咱们俩的事吧！家父准备了足够的钱，让我去美国，只是缺少助手。王翠芝，只要你同意，明天，不！今天，我们俩就可以离开这个动乱多事的国家，去开辟幸福的乐园。"吴学适像只绿头苍蝇似的围着王翠芝嗡嗡转。

王翠芝一甩袖子，转身就走。吴学适扯住她的袖子不放："我求求你，别再蛮干了。我有的是钱，我也能挣钱……"

王翠芝愤慨地说："正因为你掉在钱眼儿里，你的身上才散发着铜臭！你的人格，一文不值！我人虽穷，但爱国之心却是无法用金钱买到的！"

吴学适被王翠芝姑娘一顿冰雹般的训斥，搞得一怔。他做梦也没想到，一向温顺、文雅的姑娘会这么厉害。愣了片刻，他才纳过闷来，讥讽道："爱国心有何用？你爱国老蒋不允许，他决定放弃华北，北平保不住，平民百姓有何办法？"

"胡扯！"王翠芝瞪圆双眼，双眉似利箭竖起。

"你看，骗你我是狗！"吴学适从口袋掏出一张揉皱的《学生三日刊》，标题是：同学们不要上共产党的当。内容为："北方乃至全国的抗日民气所以如此高涨，并非日军进攻所致，全是受共产党的煽动而起，蒋委员长为和平起见，决定放弃平津。"

王翠芝颤抖着嘴唇看完，义愤满腔，"咔咔"几把撕得粉碎："卖国贼的言论，汉奸的腔调！"她猛地把碎纸摔在吴学适的脸上，扭身就跑。

吴学适见姑娘撕碎了报纸，企图劝说王翠芝同去美国的目的破产，便不顾街上的行人，一把拉住王翠芝的后衣襟，苦苦哀求："芝，我的爱，我的月亮，我的小天使，小心肝，小宝贝！只要你答应去美国，箱子里的东西都归你，十万美金，十万美金呢！凭着大刀片，几条破麻袋，是守不住北平的，日本人来了……"他想利用女子感情脆弱、心肠软的特点，用甜言蜜语打动姑娘的心，达到自己的目的。说着，他拖过箱子硬往王翠芝手里塞。

面对吴学适的人格侮辱，王翠芝再也无法忍受，她飞起一脚，踢翻箱子，里面的金银珠宝洒了一地。乘吴学适惊愕之机，王翠芝飞快地跑走了，追赶那辆满载抗日物资、代表民众百姓一片赤诚之心的三轮车去了。

王翠芝因耽误时间太久，虽然她疾步如飞，连跑了两条街，一直追到关厢也没见到三轮车的影子，便只好作罢，拖着疲惫的身子往回走，她怕再遇到吴学适的纠缠，顺着河岸往北走，想抄近路赶回学校。

战时，北平城里已实行灯火管制，大街小巷一片漆黑，路上静悄悄的，偶尔有一两辆巡逻车驶过，盘查过往行人，检查证件。每当遇此麻烦，王翠芝只得掏出佟麟阁签发的通行证，才得以闯关过卡。

这条路是土路，路面凹凸不平，很少有车辆在此行走，路旁的垂柳已有二三尺粗，两边树的枝杈在路上交叉起来，像搭起的巨大天棚。

突然，身后传来一阵汽车声。王翠芝怕招惹麻烦，忙欲躲向树荫下，汽车转弯时，汽车灯亮了。灯光照在她的身上，她几步躲到路旁，汽车驶近缓缓停了下来。车上有人说："上车吧！翠芝小姐。"说着打开了车门。

王翠芝听声音是地下党军义同志，她惊喜万分，几步跨到汽车上，忙问："是你呀？怎么这么巧？"

汽车又缓缓行驶了，军义没有过多地解释什么，只是笑笑说："巧？无巧不成书嘛！"

"军义同志，外面谣传，南京政府准备放弃平津了？"王翠芝低声问道。

军义的眉头皱成一片山脉，许久没有回答，只是一口接一口地吸烟，思考着该怎样回答姑娘的提问。汽车在僻静的街道上开得很慢。军义掐灭烟头，低声说："南京虽说没有直接表态，但多次派人与宋哲元密商，要他撤到保定。现在还很难预测时局的发展，不过情况严重啊！"

王翠芝见军义没有直接回答自己的问题，但从他说话的语气上，已预感到时局的严重。她扫一眼黑漆漆的夜空，低声问："市委有指示吗？"

"主要任务没变，继续宣传我党的抗日主张，扩大党在各界的影响。争取各种力量，支援二十九军抗战。另外，多做群众工作，把已暴露的同学组织好，一旦局势恶化，就转移出去。"

上级的指示，犹如暗夜中的灯塔，为王翠芝指明了奋斗的方向，使她这只生存于混沌世界中的小鸟，找到奋飞的目标。军义的声音虽然很轻，但却句句激动着王翠芝的心，使她热血沸腾，鼓舞她走向民族解放的战场。

暗夜中，军义借着偶尔闪烁过的灯火，朦胧可看见王翠芝脸部的轮廓。他感觉到她瘦多了。动荡岁月，一个女孩子冒着生命危险，四处奔波，如果没有献身民族解放事业的伟大奉献精神，是根本做不到这一点的。想到此，军义内心难以平静，他轻声叮嘱道："小王，你可要注意身体呀！别把身体搞坏了，身体可是革命的本钱哪！"

"请你转告母亲……"王翠芝眼里燃烧着火花，坚决地表示，"她的女儿是特殊材料做成的，是任何艰难困苦也难不倒的！"

汽车行驶在坎坷不平的街道上，不时颠簸一下，使挤坐在同一车座上的他俩靠向一块，但很快又触电般地分开了。俩人都有一丝温情在增长，但又不便言明，他们感到一种难言的幸福。

军义又问："小王，去卢沟桥慰问的事准备怎样了？用不用工人纠察队保护你们？"

"不必了，各界、各团体的人选都已布置好了。慰问品也准备好了。明天上午八点钟出发，只是有些著名学者、教授，我们没有安排去，可他们非要去。尤其是老舍先生，我们做了半天工作，他非要去不可。"

"要去可以，但要绝对保证他们的安全。回头我去联系一下，让部队上的内线关系暗中保护你们。"

王翠芝点点头，看看车外，辨别一下街道后说："我该下车了。"

军义附在司机耳边，吩咐一句，汽车停在路边一棵伞形槐树下。

王翠芝下了车，回身握住军义的手问："我们什么时候再见面？"

"日子不会太久的。"军义眸子里闪烁着火花。忽儿，他似忆起什么，又追问一句："小王，你哥哥最近有消息吗？"

姑娘摇摇头，握住军义的那只手轻轻地颤抖了一下。

汽车开走了，王翠芝站在树下，眺望着汽车消失的方向，直到汽车尾灯消失在暗夜中，她才转身走向校园。

日寇的侵略，破坏了市民恬静的都市生活。往年在这个季节，屋内闷热的夜晚，市民都到大街上、胡同口或城墙上纳凉、聊天。而今年，虽说天气炎热，但卢沟桥的炮声，增加了市民们的忧虑，他们再也没有纳凉、遛弯儿的雅兴，古都的大街上几乎是空巷无人了。

深夜，一个正在为抗战奔波的漂亮女大学生，突然被黑洞洞的枪口顶住脑袋，为尽快脱险，她费尽心思，但仍被死死纠缠，生死关头，她灵机一动，发出了求救的呼喊……

王翠芝行走在街上，开始她胆子很大，渐渐的她觉得心里发毛，总觉得身后有两个怪影儿在跟踪自己。她走快，那两人也走快；她走慢，那两人也走慢。穿过一条胡同时，她奔跑起来，身后那两人也急追起来。不好，有人跟踪。当王翠芝脑际刚一浮现这一想法时，脑门上就沁出一层热汗。自己被捕倒没什么，最主要的是明天还要她带队去卢沟桥慰问。不行，得想办法甩掉这两个尾巴。前面来到蓟门烟树地带，这里属元城墙遗址，树木苍翠，很是幽静，便于隐蔽。她急赶几步，闪身进了松林，躲到大树后。那家伙追上来，瘦瘦的高高的，头戴鸭舌帽，手插在腰间，似是随时拔出枪来，准备射击。他追到松林里，见寂静的土岗上空无一人，失去了目标，便着急起来，四下观望，尔后咋呼道："快出来吧！不出来我开枪了！你跑不了，我看见你了！"

躲在暗处的王翠芝听见那人咋呼的声音似乎耳熟，可一时又想不起在哪儿听过，她没有理睬，只是更加小心地贴紧了树身。那家伙咋呼几句，见无人应声，诅咒几句走了。

王翠芝见那家伙走远，才由树后闪出。她知道此时返回学校，还可能碰见那家伙，同学姚丽的家在城里，不妨先到她家借宿一夜。想到此，她急步出了树林，刚要拐上大街，突听耳边一声低喝："站住，不许动！"

一根冰冷的枪口抵住了她的脑袋。她的心一惊，吓出一身冷汗。但刹那间，她镇静下来，低声问："你想干什么？我是穷学生，没有钱。"

"没有钱？你就是钱，女共党！"那家伙咬牙切齿的声音，令人胆寒，尔后他又得意地说，"小娘儿们，咱们冤家路窄。上次在电车上，你耍弄了我们哥俩，让我们当众出丑。今天，你撞到网里了，看你现在还往哪儿跑！"说话间，追踪而去的那个家伙也又转了回来。

"糟了！怎么遇上这两个狗特务？"王翠芝知道，跟踪她的正是那天去颐和园回来，在电车要逮捕她的那两个坏家伙。不行，得想方设法逃出他们的魔爪，为自己，更为了革命事业。她冷冷地问："你们想把我怎么样？"

"怎么样？带你去享福，去你从来没有去过的地方！嘿嘿。"那家伙说着笑起来，然后，用枪一捅王翠芝："走吧，我的漂亮妞儿！"

在枪口的逼迫下，王翠芝被两个特务夹在中间，一前一后地走着。这工夫，那个追进树林的家伙吹开了牛皮："哥们儿，怎么样？我这个'小诸葛'名不虚传吧？我料定这小娘们往土城树林里跑，必有诡计。嗨，你猜怎么着？我给她来了个将计就计，我假装往前走，她必然往后走，这一来不就撞在你的网上了吗？不过哥们，咱们亲兄弟，明算账。这赏钱可得对半儿分，你不能独吞了！"

"去你妈的！要不是我用枪逼住她，这小娘儿们早跑了。对半儿分，没门！给你三分之一就够意思了！"两个家伙争吵着。

这时，来到城墙根，王翠芝突然发现一队巡逻的士兵走近，趁两个家伙没注意，她猛地跑过去，大喊："快来人啊！有土匪抢人了！"

两个特务一惊，举枪准备开枪，可是已经晚了。巡逻的士兵冲过来，用枪逼住两个特务："别动！"两名士兵上前缴了他们的枪。

"弟兄们！别误会，我们是'蓝衣社'的，公务在身，要抓……"

"抓你妈的蛋！"一个士兵上前捣了那家伙一枪托子，打得他直劲儿求饶，然后，他又抓住救命稻草似的喊："她是共产党……"

"妈的！老子不管什么党，我看你们两个就不像好东西。绑起来，扔到护城河里！"巡逻排长挥手命令，转而问道："你、你是干什么的？"

"我是北大的学生，家住城里。母亲病了，我来看看。回去晚了，遇到他俩，他们就欺负我！"王翠芝说着，鼻子一酸，装出要哭的样子。

"好了！快回去吧！兵荒马乱的，一个姑娘家别总往外跑！"排长挥挥手，让王翠芝先走。

"谢谢长官！"王翠芝深鞠一躬，转身消失在夜色里。

"长官，不能放她走！她是共党分子，民先队的头儿。"正被捆绑起来的两个特务还在呼喊着。

"妈的！我让你狗拿耗子！"一个士兵说着，把两条脏毛巾塞进了特务的嘴里，连推带搡地推向护城河。

深夜，王翠芝来到西四小姚家。敲开门时，吓了姚丽一跳。她们去卢沟桥送麻袋，刚来到广安门，正遇见一辆卡车，司机是小姚的表哥，准备去卢沟桥送粮食，就把麻袋装在汽车上带去了。他们回头再找王翠芝，却不见踪影，以为她回了学校。今见深更半夜来敲门，吃惊不小。王翠芝简单地把如何遇险、脱险的经过，向同学姚丽叙说了一遍，高兴得姚丽搂住她直劲儿转圈。深更半夜，也不便做饭，姚丽只得端出一些剩饭，让王翠芝充充饥。

翌日黎明，她们突然被一阵鞭炮声惊醒。正诧异间，姚丽的母亲买早点回来，手举一份报纸，笑容满面地说："好消息：中国军队重创日寇，第三次由鬼子手里夺回大铁桥！"

"是吗？"小姚顾不得穿衣服，蹦到母亲面前，抢过报纸，跳回到床上。她和王翠芝俩人，一人扯住报纸一边，同声念道："20日下午2时30分，在卢沟桥前线，日军炮兵又向宛平及其附近地区中国守军开炮轰击，守军二一九团团长吉星文及宛平县保安大队队副孙培武等负伤。我军勇猛还击，派奇兵再袭铁路大桥，经数小时浴血奋战，京汉铁路咽喉大铁桥，重回我手。"

"中国抗战军人万岁！"姚丽振臂高呼。

王翠芝继续念道："宋哲元军长为表彰驻卢守军业绩，电请南京，嘉奖有功将士……"

姚丽夺过报纸，又高声念道："平津各大学教授致电国民政府林主席、蒋院长、王部长，请即发动全力，抗敌图存！"

姚丽的母亲看到女儿这么高兴，催促道："快起吧！一会儿早点就凉了！"

"哎呀！净顾得高兴了！今天还要去卢沟桥慰问呢！"王翠芝高喊一声，赶忙跳起来，穿着衣服。

突然，尖利的空袭警报声响起。工夫不大，天空中传来日军轰炸机群的轰鸣声，大院内乱成一团。王翠芝顾不上危险，急忙从姚家出来，上了电车赶往学校。早八点，她准时参加到北平各界赴卢沟桥慰问的行列里，向浴血奋战的好儿男献上一片心意。

七 时局制肘，当代扁鹊巧医杂症

战争、和平，是人类发展漫长进程中两大主题，但在局部或某一个特定的环境下，是战，还是谈，是军事家做出的选择，而当宋将军被敌人掣肘时，战、谈难定时，是佟将军调整一下问号、感叹号的位置，便医好了宋哲元神医扁鹊也难治愈的心病。

日军不断增兵华北，宋哲元担心重走张学良的老路，左右为难。当卢沟桥前线传来捷报，我军收复平汉铁路大桥后，他立即电告南京请求出击，给日军点厉害看看，让他们坐下来乖乖谈判。同时，为驻守卢沟桥所部请功，鼓舞士气，激励全军斗志。自请功电报拍往南京，宋哲元满心欢喜期待着嘉奖和支持。不料，南京发来的电文却和他的意思大相径庭，他顿时心凉了半截，陷入进退维谷的境地。宋哲元为难了，一面是广大民众、爱国将士抗战图存的呼声；一面是政府"忍让和谈"的命令。怎么办？谈判吧，日方无诚心，二十九军中的广大官兵及华北的百姓不干，全国同胞也不答应；不谈吧，南京掐着头皮。这错综复杂的情况真伤透了宋哲元的脑筋。当再次接到南京政府发来的要他与日谈判的电报时，他失望地呆坐在办公桌前，不吃不喝，不言不语，像傻了似的，没了往日的雄风。副官送来高级香烟、茶点，他连看也不看，望着雕图琢花的屋顶发愣，像座泥胎，独守空房，暗生闷气。

见宋军长闭门谢客，闷坐屋里，这可急坏了刘副官。各师的战况、电报、信函和急待宋军长处理、签发的各种公文，很快堆了一桌子。这副官深知宋哲元的脾气，此时，极易发火，弄不好要枪毙人的。为了让宋哲元养神静气，他把要求见宋哲元出谋划策的各色人物都挡了驾。幕僚们像是走马灯似的在门口转，都满怀希望而来，败兴而去。

宋哲元失态的情况，很快传到参谋部。张克侠急得直搓手，在屋里转着弯。他清楚地知道，倘若这关口宋军长躺倒不干，各派系的权力之争会骤然加剧。内讧的结果会导致华北的局势更加混乱，日寇就会乘虚而入，唾手而得华北，渔人得利。他锁紧眉头，苦苦思索劝慰宋哲元的良策。

参谋部内，他的办公室里一刻也没有空闲过，许多人都提议由他出面，安慰宋哲元，解除他内心的疑虑，恢复常态，他没有应允。他知道宋哲元正进行着痛苦的思想斗争，安慰反而不便，只有选择恰当的时机，点拨迷津，才能根除他的症状。蓦地，他想起佟麟阁，猛拍大腿一下，暗自忖道：要解除宋哲元的思想顾虑非他不可！

他又周密地琢磨一番行动方案后，这才向其他参谋吩咐道："你们在这儿听候命令，有人找我，就说我回家了。"吩咐完后，张克侠就直奔了车库，要了一辆汽车驶出参谋部，往他家住的方向开去。汽车穿过大街，驶进柳荫茂密的小巷，快到家门时，他低声吩咐司机："不要停车，一直向前开，绕道去南苑。"

司机不解地问："张副参谋长，夫人生下小孩儿都十几天了，你还没空去再看一眼，是不是……"

"不！以后有时间再说吧！今天有重要的事要办。"他催促着司机，"快！加速！"汽车的尾部荡起一股烟尘，驶过家门口时，张克侠把脸颊紧贴着车玻璃，远望着熟悉的门楼。恰在此时，他见儿子木铁正吃力地担着一挑水，爬上高高的台阶。司机把汽车往路边上靠靠，刚要停车，张克侠低语道："不！别停车！"

汽车像奔驰的快马，瞬间驶过家门。张克侠双手紧紧捂住脸，泪水由手缝中间淌出。

自"七七事变"前夕，日寇欲借宴请北平二十九军高级军官的机会，一网拘捕抗日将领的阴谋破产后，更加强了特务刺探情报的活动。公开的和秘密的汉奸卖国贼们充当了日寇的鹰犬，在冀察政务委员会、情报处、参谋部等重要首脑部门的门口，都布置了盯梢的暗探，以便随时掌握高级将领的行踪，张克侠更是特务们监视的目标。所以，为保证每项任务的顺利完成，他都要采取相应措施，防范特务汉奸们的监视跟踪。今天为了顺利请出佟麟阁，他不得不再次做出回家的假象，以迷惑特务们的眼睛。

汽车沿着东墙根，驶出建国门，往南直插马驹桥，向西顺着南海子，由南小门驶进团河，张克侠见车后无人盯梢，这才松了一口气。那时都是土路，坑洼不平，到达南苑时，已近傍晚。一路颠簸，差不点将张克侠屁股颠裂了。一下车，张克侠不顾劳累，用凉水匆匆地擦把脸，提提精神就直接奔向佟麟阁的办公室。

炎热的七月，人坐在树荫下，手摇芭蕉扇，还顺着胸脯、脊梁沟汩汩流汗，而佟将军却全然不顾天热蚊子咬，只在脚下放着一根粗粗的用香蒿编成的蚊绳，冒着呛人的黑烟，正在聚精会神地研究着敌情。桌案上放着厚厚一摞各地送来的情报。这几日，他熬得眼窝塌陷，眉角罩上一圈黑晕，眼珠上布满血丝，日夜操劳使他的白发骤然增加了许多。见张克侠推门进来，佟麟阁连忙站起，抢步迎上前，热情地招呼道："哎呀！我说张老弟，可把你盼来了，快坐下，我有重要情况与你相商。"

张克侠走近桌子，佟麟阁搬过一把椅子让他坐下，递给他一份情报说："日寇已发觉小岛幸一小姐失踪后的去向，正派遣秘密特工队，像狗一样嗅着气味。我看不如把小岛幸一和她的男友转移到河间赵登禹师，那里或许更安全些。"

张克侠把情报看了一遍，点头赞同："我看可以，回头我跟宋军长打个招呼，不行派军部的飞机把他们送去。"

"军长现在怎么样？从早晨到现在他没派一个人来，也没来电话，我心里正着急呢！"

"唉——"张克侠长叹一声道，"军长今晨收到一封南京的电报，如呆似痴地坐着，谁也不见。到我出来时，还水米没进呢！我就是请你来啦，要说动他，非佟兄不可啊！"

"我？"佟麟阁手指自己的鼻子诧问。

"对。"张克侠肯定地说，"我估计军长的老毛病又犯了。记得前年蒋介石令他围剿察哈尔抗日同盟军。他碍于冯玉祥将军的面子，又怕得罪蒋介石丢了官，没了地盘，就像现在这样不吃不喝地呆坐着。还有一次，蒋介石要把咱们二十九军南调河南。他怕到河南人生地不熟受夹脖气，就也类似眼下这般生闷气。如今，看来他又遇到难处啦！佟兄，你得马上进城，给他吃颗顺心丸，不然，他这口气憋在肚里，会出毛病的。"

"可我也没有良药哇！"佟麟阁为难地抓着头皮发愁。他沉思片刻说："眼下使军长为难的，我考虑可能是蒋介石要他与日方和平谈判，而他的爱国之心又使他不肯违心地这样做，怕伤了广大官兵的爱国热情，左右为难，拿不定主意，才把他急成这样的。"

"副军长的见解和我分析的一样！"张克侠不住地点头，"我建议由佟兄出面，向宋军长建议我们既不在和谈这棵树上吊死，也不在高喊抗战口号这面旗下退缩。日本人不是会耍两面派，又是和谈又是备战吗？我们何不将计就计，给他来个以其人之道，还治其人之身。以毒攻毒，做好两手准备，要谈就谈，要打就打！"张克侠目光炯炯、胸有成竹地谋划着。

"妙论！话语不多，点睛之笔啊！"佟麟阁赞叹着，忙倒上一杯茶，递给张克侠。张克侠连连摆手："此外，佟兄去时多带些全国各地的报刊，向他宣传百姓对他的期望。宋军长是个直肠子的人，善听好话，你去包他药到病除。"

"好！我即刻动身！"佟麟阁说着站起，继而又自语道，"我该以什么理由求见呢？"

"噢？这个不难，就说有紧急公务。"张克侠建议，又补充道，"回头我再给刘副官挂个电话！"

"张老弟，你可真谓名副其实的'智囊'啊！"佟麟阁一拽张克侠的胳膊，"走！即刻上路进城！"

"慢点！佟兄，从早晨到现在我还没吃饭呢！你可净让我喝水了。"张克侠说着风趣话。

佟麟阁一边穿衣服，一边吩咐："勤务兵，快去端两份晚饭送到汽车上。"

"是。"恭候在一旁的勤务兵答应一声，跑向厨房。

"怎么？佟兄准备与我来个汽车旅行会餐吗？"张克侠开着玩笑，随着佟麟阁走出屋门。

院内的汽车已发动，两份便餐也及时送来。张克侠和佟麟阁坐上汽车，警卫班分乘两辆汽车，为安全起见，一前一后把他们乘坐的汽车夹在中间，驶出营门。路上，他俩边吃边谈，待赶到冀察政务委员会时，已近晚上九点钟，汽车悄无声息地驶进大门，缓缓地停下来，佟麟阁、张克侠跳下汽车，见大院内静悄悄的，整幢大楼黑黝黝的没有光亮，犹如一位沉睡的老人。

"佟副军长……"刘副官快步走过来，轻声寒暄几句后，他们小心翼翼地走进大楼。

推开办公室的房门，黑漆漆的屋内传出宋哲元低低地声音："捷三，你回去吧！我在养病。"

宋哲元的耳朵真好，就凭脚步声，他竟听出来人是佟麟阁。刘副官在一旁忙答言道："军长，副军长有紧急公务要……"

"混蛋！"宋哲元发火了。

佟麟阁虽一句话没有说，可心里的怒火却直冲头顶，他真恨不得冲上去，指着宋哲元的鼻子大吼一通：你枉为军人，受日本人的气，受南京政府的气没处发泄，竟对情同手足的部下发泄，你算什么军长？又怎么配当军长？而此刻他的胳膊却被一只手紧紧攥着，从那人的手劲儿上他感到暗示他此刻不宜冲动的分量。他努力克制着，紧紧地咬着下唇。张克侠一手拉着佟麟阁，一手扯了刘副官后衣襟一下，示意他退出。他和佟麟阁跨进门，对独自坐在黑屋子里的宋哲元说："军长，你可不要做当今的蔡桓公啊！佟副军长已找到军长的病因，为你准备了一剂良药。军长，你总不会讳疾忌医，赶走扁鹊吧？"

"扁鹊？谁是扁鹊？"宋哲元冷冷地问。

"我，佟麟阁！"佟麟阁跨前几步响亮地答道。

"你？你真有良丹妙药？"宋哲元疑惑地问。

"军长，佟副军长的药方可谓妙手回春，保你药到病除！"张克侠忙把来意点明。

"是吗？"宋哲元还是有些不相信，把"吗"音拖得很长，"那我就洗耳恭听了。"

"慢！军长，我佟麟阁半生光明磊落，从没干过见不得天日的勾当，我要求把灯打开。"

沉默……沉默，屋里谁也没有说话地僵持着，听得出三个人粗细不匀的喘息声。

"好吧！"宋哲元叹息一声，跳到地上，走到电灯的开关前，"啪"屋内一片光明。只见宋哲元赤着臂，敞着怀，挽着裤腿，灯猛然一亮，晃得他睁不开眼，他用手挡住灯光，走到沙发前，找到鞋穿上，才伸出手相让，不客气地说："请吧！我的'扁医生'。"

佟麟阁和张克侠相视一眼，坐到沙发上。

"拿来吧！"宋哲元仰靠在沙发上，伸出一只蒲扇似的大手。

"拿什么？"

佟麟阁轻轻地打了他的手一下。

"药方啊！"

"你还没说出病因呢！我怎么出药方？小心着急吃不了没火饭。"佟麟阁微笑着说。

"我，这……"宋哲元有些不好意思，瞧瞧张克侠，示意他圆圆场，出个主意。

张克侠站起来说："这样吧！宋军长先把病因写在纸上，佟副军长把药方也写在纸上，然后交给我放在桌上。说中了，军长就按药方吃药。说不对，再另请高明。你们看怎么样？"说完，他瞧着宋哲元窃窃发笑。

看着张克侠神秘的样子，宋哲元暗自嘀咕，不知这位"智囊"参谋的葫芦里卖的什么药。见佟麟阁点头同意，他也只好默许了，只是脸上仍然是一副愁苦相。

张克侠在笔记上撕下两页纸，指着靠墙的桌子说："佟副军长，你去那里写，写完扣放在桌上，你们谁也不许看谁的！"

佟麟阁表情严肃，像块雕刻的岩石塑像，他走过去，思索片刻，提笔写起来，写完扣放在桌上，踱到窗前，凝视着黑沉沉的夜空。

宋哲元把纸放在膝头上，写了一字划掉，托腮思考许久，过了大约两袋烟的工夫，他才把写好的纸倒扣放在桌上。

张克侠走到桌前，把两张纸翻过来，审视片刻，招呼道："军长，副军长，你们近前些。"当他们二人走来时，他又忙把纸扣过来说："为使军长祛除病根，佟副军长夜入办公室。你们二人，一人真心求医，一人真心治病。心诚则灵，现在揭宝。"他猛地翻过两张纸。宋哲元的那张纸除划掉的那个黑疙瘩外，还写有两个字："战？谈？"佟麟阁的那张纸也只写有两个字："谈！战！"两张纸写的字相同，只是两个字的位置颠倒一下，前者用的是问号，后者用的是叹号。

宋哲元看后一愣，即刻顿悟叹号的深刻内涵，他重重地拍了后脑勺一下，称赞道："妙方！好药啊！"他抓起佟麟阁写的那张纸，高举过顶，仰头大笑，直笑得眼泪顺着脸颊淌下来，他转对门外喊："刘副官，备宴！"

"军长，不必了！"佟麟阁阻拦道，"我要连夜赶回，防备敌人新的阴谋。具体情况，让张副参谋长和您详细谈谈吧！"

"军长，我看最好这么办！"张克侠见时机成熟，是和盘托出自己想法的时候了，他忙上前插话道，"与日寇谈判斡旋之事，交给北平市长去办，地点在他的家里。这样既可应酬日本人，向南京交差，又可以非官方会谈为由，掌握谈、战的主动权。您就抽出全部精力整饬军队，准备击败日寇的任何进攻！"

"妙哉！真是有志不在年高，无志空活百岁。你真不愧我的'智囊'

参谋啊！"宋哲元拍着张克侠的肩膀亲热地夸奖道。他上前拉住佟麟阁、张克侠的手说，"走！陪我喝一杯！"

"不！我还要赶回去！"佟麟阁再次推辞道。

"走吧！副军长，军长可比你大方多了。晚上，你只请我吃了两个干馒头一块老咸菜，肚子早就咕咕叫了。军长请客有酒，见酒不喝，不为傻乎？"张克侠打着哈哈，推着佟麟阁走出办公室。

东北王张作霖被炸死，日本人如愿以偿，侵占了东北。在华北他们又想故伎重演，但却落了空，原是一名铁路职工，保护了宋哲元乘坐的通过杨村的专列，宋将军得救了，而那位铁路工人的鲜血，却染红了铁轨、路基，还有他热爱的土地。

瞬间，冀察政务委员会办公楼内早已是灯火通明，庭院内行人不断，工作人员又在彻夜忙碌，窗口不时传出发报机的哒哒声，这座华北军政指挥枢纽又活跃起来，恢复了往日的生气。

"军长，你还不知道吧？靖处长他们情报处抓到几名日本特务机关部的人。"吃饭时，张克侠为进一步坚定宋哲元的抗战决心，边吃边说。

"在哪儿抓到的？"宋哲元显得不太关心此事。

"在廊坊。"

"廊坊？他们到那儿去干什么？那儿不是有苘忱的一一三旅驻防吗？"宋哲元吃惊地问。

"他们去安定时炸弹。"

"安定时炸弹？炸谁？"

"远在天边，近在眼前。咱们三人中官衔最高的。"

"炸我？"宋哲无深感意外。

"对！目标就是您由津返平的专列。"

"不可能吧！在天津我和香月清一谈得很好，他们提的条件，我差不多都答应了。那趟专列还是日本人提供的呢，怎么可能？"宋哲元的眼瞪大了，高声喊道。

"军长，您太忠厚了，定时炸弹就安在杨村西侧桥梁下。当时，多亏一位巡道工发现，抓起炸弹扔向远处的河里。可那位工人，却被日本人打伤……"

"是呀，我说那天经过杨村时，车窗外怎么有人吵嚷，有人呼喊：'火车轧人了'。当时，我太困，就没命令停车！"宋哲元似有所悟，赶忙问："那们工人在哪儿，我要去看他。"

"茛枕已派人护送到天津治疗了。"

"哪个医院，我要当面感谢他，我宋哲元知恩必报！"宋哲元坐不住了，扔下碗筷，站起要走。

"军长，晚了，那位老工人流血过多，他临死时留下一句话……"张克侠说着，声音哽咽，再也说不下去了。

一旁的佟麟阁也神情黯然地呆坐一旁。

"什么话？"宋哲元深受感动。

"他说：为救宋将军打日本，别说舍上一条命，就是搭上全家人，也不后悔！"

宋哲元沉默了，眼圈发红，嘴唇哆嗦着，一句话也说不出来。继而，他猛然一拳擂在桌子上，仰天长叹："养我者，父母；知我者，民众。惭愧，我宋哲元怎么敌友不分，把豺狼当做了朋友呢！"他一挥手道："捷三，克侠，快跟我回办公室，帮我出个主意吧！"

回到办公室，还未坐下，秦德纯、冯治安又急急地走进来，秦德纯说："军长，据东京消息：17日，日本召开内阁五相会议，决定动员40万日军来华。"

"还有，据报日军兵分四路，压向华北。第一路，以关东军酒井、铃木两个混成旅团，由热河向北平北侧进攻；第二路，以从朝鲜调来的川岸师团，向北平南侧进攻；第三路，以华北驻屯军河边旅团为主力，向北平东侧进攻；第四路，另有从日本本土调来的第五师团，配合海军向天津进攻。"冯治安把几份情报一一放到宋哲元面前，汇报道。

"他妈的，我不杀人，人必杀我。你们说，我们应该怎么办？"

"军长，日军目前只是刚刚形成包围平津的态势，还远远没有实现，我们应该早做准备，与日军决一死战！"张克侠怕宋哲元泄气，鼓动道。

"对！怕他个球，小日本远道而来，人生地不熟。只要我们早做准备，以逸待劳，谁胜谁负还说不定呢！"冯治安晃动拳头表示。

"军长，生死在此一举，干吧！上刀山下火海，我们跟着你！"佟麟阁大声喊道。

"军长,我建议终止三十七师南调,令石友三的保安队在西苑布防,同时,电令一三二师北移,加强北平防守。"秦德纯建议道。

"军长……"冯治安还欲说什么,宋哲元一举手止住他的话,"既然诸位都决意抗战,我宋哲元没说的!希望大家精诚团结,共赴国难!"他猛地挺身而起,庄重地说:"现在,我命令三十七师停止南调,冯治安师长……"

"到!"冯治安抢步上前,接受命令。

"命令你部加强防守,确保卢沟桥、八宝山、大灰厂、北平西侧的安全!"

"坚决执行命令。"冯治安声音洪亮高声保证,退向一边。

"秦德纯市长……"宋哲元又继续点将。

"到!"秦德纯立正而答。

"命你加强北平城防建设,维持治安,统领张维藩、陈继淹负责北平城的安全。"

"遵命!"秦德纯答应一声,退向一侧。

"佟副军长……"宋哲元带兵为帅多年,派兵布阵,轻车熟路,井然有序。

"到!"佟麟阁大步上前,行了一个标准军礼,挺胸抬头,精神抖擞地听候命令。

"命你督率军训团及南苑各部,严加戒备,保证北平南大门的安全。"

"是!"佟麟阁双脚并拢,接受了任务。

"张副参谋长……"

"到……"

"命令你立即电令河间一三二师赵登禹师长,命令他率部火速兼程北上,赶赴南苑,听候命令!"

"是!"张克侠答应一声,转身走向门外,快到门口时,又回过身建议道,"军长,乘日军集结尚未完毕。我们还不主动出击,以攻为守,消灭日军华北驻屯军。争取主动!"

"不行!中国政府还没有对日宣战,我们不能首先开战!快去执行命令吧!"宋哲元挥挥手,拒绝了张克侠的建议。至此,宋哲元再一次痛失了变被动为主动的大好时机。

张克侠还欲再说什么,佟麟阁见宋哲元沉下脸来,走过去拍拍张克侠的肩膀，二人相视苦笑着走出办公室。

"唉——"张克侠长叹一声，在走廊里不解地摇头道，"机不可失，时不再来。错过战机，悔之晚矣！"

"是啊！军长是受蒋委员长'和平未到绝望时期，绝不放弃和平；牺牲不到最后关头，绝不轻言牺牲'调子影响太深了！"佟麟阁感叹道。

台阶前，二人握别。张克侠紧紧握住佟麟阁的大手，沉痛地说："身为军人，我们尽最大努力吧！捷三兄，你要保重啊！"

"你也保重！"四只手紧紧地握在一起，眸子里闪烁着战友间相互祝愿的火花。

八　动荡之夜，男子汉夜闯女儿楼

**　　燕京大学的女生宿舍楼，一向被视为男人的禁地，但在实行灯火管制的午夜，却有一个男人悄悄走进那幢楼，他是去寻找情侣，还是另有目的……**

　　宋哲元决心抗战，极大鼓舞了二十九军广大官兵，华北民众的抗日热情也极为高涨，特别是日本人阴谋再次暗杀宋哲元的消息披露后，各界人士纷纷发表声明，支持二十九军抗战，谴责日寇的暴行。一些中间派人士也逐渐看清了日本人的真实面目，害怕遭到日本人暗算，把立场逐渐转移到抗战派一边。

　　同时，日寇也清楚地认识到，华北局势日益复杂，必须尽快全面占领，不然抗战力量一旦强大起来，对实现他们的图谋就会造成威胁。因而，在加强军事进攻的同时，暗杀、绑架、派特务造谣、制造事端也日益频繁，意在引起人们的恐慌，动摇华北军政要人抗日的决心，时局更加残酷、更加紧张了。

　　夏天的深夜，飘着蒙蒙细雨。北平实行灯火宵禁后，整座古城黑漆漆的，犹如一个沉睡的老人，沉默寡言，缺乏人间烟火的生气。

　　然而，即使在这茫茫雨夜里，中华民族的中坚人士仍在冒着生命危险，为中华民族的生存，紧张地奔波、忙碌着。

　　在通往燕京大学的街道上，一个身披雨衣的高个子男人，疾步行走着。路过一家商店门前时，他停下来，观看着墙上张贴的一幅漫画。画面模糊，他划着一根火柴，凑上前，漫画的题目是"脚踩两只船"，画的内容是：湖面上两只小船靠得很紧，相距一尺左右，一个大胖子左脚踩着一只船，右脚踩着一只船，左脚踩着的那只船舷上写着"南京"两个字，右脚踩着的那只船舷上写着"日本"两字，大胖子脑门上写着"宋哲元"三个字，宋哲元左摇右晃，神色紧张。那人看后哑然失笑，捂嘴离开。火柴熄灭了，暗夜里传出他轻轻的自语："冤枉他了。"

　　身披雨衣的人走进燕京大学校园，不知从哪间屋里传出电台女播音员娇嘀嘀的声音："本台消息：宋哲元军长发布通告。一、二十九军绝对遵

奉中央的命令，枪口不对内；二、冀察当局的主权不能任人侵犯；三、对
日交涉仍本着和平原则进行；四、政府官员不能任意撤换。再播送一遍……"
那人没有再听下去，抖抖雨衣上的雨珠，快步走去。他来到学生宿舍楼前，
穿过漆黑的楼道，迈上楼梯，摸着黑来到三楼，暗数着门号，巡视前后没
有可疑之人，轻轻地敲门。

　　门开处，露出王翠芝的脸，她一把将来人拉到屋内。屋内点着蜡烛，
只是放得很低，烛火也不太亮，王翠芝走到窗前，把遮盖窗户的床单又拉
扯一下，回过身，注视着来人。来人已脱去雨衣，借着烛火看清那人原来
是军义。他打量屋里一眼问："其他同学呢？"

　　王翠芝从抽屉里摸出一盒骆驼牌香烟递过去，回答说："她们都帮助
修工事，筹集麻袋去了。"

　　"怎么，你还抽这个？"军义指着香烟问。他抽出一支，叼在嘴上，
凑到烛火前点燃。

　　"我？这是为演戏准备的。"王翠芝倒好一杯水送上，轻声问，"局
势有什么变化吗？"

　　军义看了门口一眼，王翠芝轻步移到门后侧耳听听，把门猛地拉开，
见惨道内无人又把门掩上，释然地摇摇头说："没人！放心吧！"

　　军义从鞋底下抠出一个小纸条，递给王翠芝："市委指示。"

　　王翠芝看后，把纸条放在烛火上点燃，神情严肃地保证道："请市委放心，
这批同志我们一定安全送往游击区。"

　　军义站起，踱到小书架跟前，胡乱地翻着书架上的书问："翠芝，你看《战
场通讯》了吗？刊载杀死一木清直的那个英雄很像你哥哥，只是他姓林，
你姓王。"他从口袋里掏出报纸，递给翠芝。

　　王翠芝接过，凑到烛火前，端详着报纸上的照片，惊喜地叫道："哥哥？
是哥哥！你看。"她指着报纸让军义看："他鼻子上的这块小疤，是小时
候上山给我摘野果时扎伤的。可他为什么姓林呢？"

　　"这些见面以后再问吧！这个谜迟早会解开的。"军义忽然加重了语
气说，"翠芝，目前的局势很严重，虽然宋哲元做了抗战准备，但为时已晚，
大批日军已向华北集中，如南京不能赶快增援，北平的陷落只是时间早晚
的问题。"他走到一边捻灭烟头，又说："但是，中国人民抗战的怒火是
扑不灭的。周恩来副主席已率中共代表团去庐山谈判，要求蒋介石抗日。

迫于全国人民的压力，迫于英美的压力，蒋介石七月十七日发表庐山谈话，虽没表示坚决抗战，但已对日寇流露出不满，我们正可借此机会，宣传我党的主张，团结广大人民群众及各界爱国人士，掀起全民族抗战的高潮，我红军主力也已在延安等地集结，准备东渡黄河，向华北出动，对日作战！毛主席号召我们：时刻准备应付新的大事变！"

"毛主席！"王翠芝姑娘惊喜地自语道，心里泛起阵阵激动的浪花，神往地遐想着。

"中国亡不了。"军义接着说，"国民党政府也有许多爱国的将领，像佟麟阁将军、赵禹登将军、张自忠将军等都是这样的爱国将士，我们应当努力争取和团结他们，共同抗日。"他从怀里掏出几张请柬说："明天，南苑军训团举行阅兵式，你去看看，民先队可去 5 至 10 名。"

翠芝姑娘接过请柬，小心地放进抽屉。

警车的呼啸声由远渐近，划破夜空。

"噗——"。王翠芝吹灭烛火，屋内一片黑暗。王翠芝紧紧握住自己崇敬的异性同志的手，犹如一股暖流传遍全身。

此时，警车的呼啸声渐远，军义与王翠芝再次握手告别。军义走后，翠芝姑娘忙着准备，通知完该去的人员，天色已朦朦亮，她和衣在床上眯了一会儿，忙起身梳洗，带着其他民先队员，急匆匆赶往南苑。

紧张而又威武的军训团阅兵式正在进行。突然，有一辆日方领事的小红汽车闯进阅兵场，观众一阵骚乱。佟麟阁低声吩咐冯洪国大队长几句什么，十几名士兵奔过去，一使劲儿，把日本人的小红汽车掀翻，观众一片喝彩。

阳光透过窗前的大榕树，投射在靠窗的桌子上，重镇南苑佟麟阁的卧室兼书房布置得整洁、朴素、大方。桌上摆着纸墨笔砚文房四宝。身穿白衬衣的佟将军正在屋内激动地踱着步，茶几上放着各地的报纸：《救国时报》、《民国日报》、《世界日报》、《申报》、《晨报》等。佟麟阁走到桌前，铺好宣纸，握笔在手，饱蘸浓墨，奋笔疾书。他写完最后一笔，弃笔在桌，但仍激动得不能自已，高声吟诵道："怒发冲冠，凭栏处。潇潇雨歇，抬望眼，仰天长啸，壮怀激烈。三十功名尘与土，八千里路云和月。莫等闲，白了少年头，空悲切。靖康耻，犹未雪，臣子恨，何时灭？驾长车，踏破贺兰山缺。壮志饥餐胡虏肉，笑谈渴饮匈奴血……"

屋外有人应声和道："待从头，收拾旧山河，朝天阙！"张克侠迈步而入，佟麟阁忙上前拉住他的手："张副参谋长，真早哇！"

张克侠走到桌前，欣赏着佟麟阁的书法，称赞道："副军长这手腕上的功夫不浅啊！堪称神笔，真不愧文武全才！"

"哪里哪里！"佟麟阁连忙收起，谦虚道，"村野匹夫，乃抒胸中忧愤而已，实难登大雅之堂。"他回身搬过一把椅子，待张克侠坐下说道："张老弟，昨天你提出的'以攻为守'的方针甚合我意。我们应该果断地趁日寇立足未稳之际，集中优势兵力，以迅雷不及掩耳的动作，打他个措手不及，解除平津一带日军的武装。"

张克侠频频颔首，赞同地说："果能如此的话，最低限度可把日军驱逐到滦河以北，而以滦河做为保卫平津的最前线，抗战就可以坚持更长的时间，赢得全国人民的支持。可现在这种局面，敌中有我，我中有敌，我们处处被动，防不胜防，谈判、作战均于我军不利，迟早要吃大亏的！"张克侠站起后又无力地坐在椅子上。

"所见略同，我也有同感哪！可我连个师长的权力都没有，光杆军训团，又没有重武器，兵力太弱。你呢，也无实力调兵，真急死人！俗话说：机不可失，时不再来呀！"佟麟阁急得团团转。他走到书桌前，拉开抽屉，取出一张纸递给张克侠说："昨晚，我一夜没睡着，拟定了这几条，决心今天再次面谏军长，争取积极的进攻策略！"

张克侠念道："建议军长：一、实行军事调整，统一指挥；二、加强官兵抗战教育；三、开放民众爱国运动；四、肃清奸特。"他念完交给佟麟阁："我完全同意，首先逮捕围绕军长耳边瞎嗡嗡的汉奸之流，以绝后患。"

"唉——"佟麟阁愁苦地长叹一声道，"军长这个人啊，心慈手软，又很固执，就怕他碍于面子……"

"嘀嘀。"院中传来汽车鸣笛声。他俩探头窗外，见宋哲元乘坐的卧车驶进院子，他们赶忙快步迎出屋子。

汽车停稳后，刘副官打开车门，宋哲元缓慢地钻出汽车，佟麟阁、张克侠步下台阶，迎上前，佟麟阁握住宋哲元的手，关切地问："军长又一夜没睡吧？"

"睡个屁！睁眼闭眼脑袋里总是想着事，八百年前的陈谷子烂芝麻都倒腾出来了。你说邪门不邪门！前些年，倒头就睡，抬腿就走，响枪响炮都吵不醒我。可眼下，连窗外的麻雀叫我都心烦！"宋哲元眼泡红肿，脸上的肉松驰地耷拉着，嘴唇干干的，一副精神沮丧的样子。

"军长怕不是神经衰弱吧？该找个军医看看才好。"张克侠上前握住宋哲元的手，表示问候。

"俗话说得好：自在别当官，当官不自在。原先我在冯将军手下，啥事都不操心，躺倒就睡，睡得像死狗。哪儿像现在，还得靠药啦、针啦的陪着。"他转身对佟麟阁说，"咱们别扯闲篇子了，快去操场上看看。"

"军长不歇一会儿啦？"佟麟阁问。

"得啦，现在除去看看士兵操练舒心点儿，干什么都头疼。走吧！各界代表随后就到。"宋哲元说着，招呼人们向营房外的操场走去。

阅兵场设在南苑西侧，南小街南面的大操场上，这里平日是军训团的操场，四周杨柳成行，操场上打扫得很干净，清水泼地，草尖上滚动着晶莹的水珠。操场北侧用木板搭成一个坐北朝南、高五尺、宽两丈、长四丈的大台子，台顶上遮着一块大帆布，极像演戏的大舞台，这就是检阅台，周围插着许多彩旗，十分壮观齐整。

宋哲元带人围着操场转了一圈，满意地点点头说："人说佟副军长办事严谨、认真，钉是钉，铆是铆，果然如此，名不虚传。"

佟麟阁听后嫣然一笑："军长过奖了。为扬军威、振士气，我还邀请日方新闻机构的代表参加。一方面想借此机会，让他们见识见识咱们二十九军的刀法，一方面想杀杀他们的锐气，不知军长以为如何？"

"可以嘛。东洋人太可恶，骑脖子拉屎，还让人吃了。是得给他们点厉害的瞧瞧，要不是这肚子肥肉拖着我，我也得练两手给他们看看！"宋哲元拍着肚皮说，把随行人员都逗乐了。

"你们笑什么？不信吗？我当兵那会儿，功夫好着呢！"宋哲元骄傲地侧脸对身边的人说。即刻，他又感慨地叹道："唉，老了！好汉别提当年勇。现在是每况愈下，干大事业得靠你们啦！"

"军长刚五十挂零就说老了，未免太伤感了。"张克侠见宋哲元情绪不高，忙接过话头为他鼓气，"我们北方人有几句话：三十七八正当年，四十七八英雄汉，五十七八心不甘，六十七八还要战三战。老将黄忠，七十三还大战关羽呢！何况军长正是英雄汉的岁数，正是为国为民建功立业的时候！”

“喔？这么说我还有活头？”宋哲元满有兴致地紧紧腰带，挺挺胸脯，眼里又燃起希望之火。

“军长，我们还要追随您金戈铁马、鏖战疆场，完成收复国土的千秋大业呢，怎么会没有活头？曹孟德说‘老骥伏枥，志在千里；烈士暮年，壮心不已’。这样的人才堪称英雄豪杰。不以胜败论英雄，这可是您年轻时常说的一句话啊！楚汉之争，楚霸王项羽兵败垓下，自刎而亡，后人又有谁不仰慕他是英雄呢？”佟麟阁也开导着宋哲元，希望他振作精神，为全国做出抗战到底的表帅，坚定全国人民的抗日信心。

“好吧，那我这匹老骥，就拉着华北这辆破车，往志在千里的地方努力，你们可要努力推车啊！”宋哲元语真情切，流露出内心的忧愁。

佟麟阁拍着胸脯保证：“军长放心，我们虽没有像‘桃园三结义’那样结拜，但只要您不做对不起民族、国家的事，我誓死追随你！”

周围的人齐声说：“军长，我们誓死追随您！”

“这就好！这我就放心了！”宋哲元脸色开朗了一些，他看了周围的人们一眼说，“我的老底儿你们都知道，我这个军长是怎么当的你们也清楚。各师的情况我也不便多说，让我们戮力同心，支撑起华北危难的局面吧！”宋哲元心里有许多难言的苦衷倒不出来，他并不是不相信佟麟阁，不相信张克侠，不相信手下的随从，而是套在他脖子上的枷锁太多太重了。哪一点儿思考不周，应酬不全都可导致枷锁扣紧，使他窒息而死，他有自己的难处啊！

历史的发展造出华北的特殊局面，也就造出宋哲元这样性格复杂和自身矛盾的人，历史就是这样无情地发展的。

“军长，时候不早了，我看可以让各界代表入场了。”张克侠为使宋哲元早些摆脱苦恼，近前提醒道。

“好吧！把今天的讲稿给我，我熟悉一下。”宋哲元表示同意。佟麟阁把讲稿递给宋哲元，说了一声：“军长，我去了！”就跑向场外，组织阅兵式的入场仪式去了。

上午8时，平津各界的代表步入会场，其中有身穿长衫的学者、绅士，有大腹便便的商界巨贾，有东北流亡北平的高级军政人员，代表中还有各国驻北平的使节、参赞和新闻界的记者、编辑等。这些人前呼后拥，鱼贯而入，坐在来宾的席位上。

操场外的营房内，军号嘹亮。喊声、口令声不断，整齐的脚步声震天撼地。阅兵式的准备工作有条不紊地进行着。宋哲元看到这一派龙腾虎跃的场面，像注射了兴奋剂，焕发了昔日戎马倥偬的精神，他转对刘副官吩咐道："去！把我那套黄呢将军服拿来。"

"是！"刘副官答应一声，转身跑走。

"军长，你这是……"张克侠在一旁不解地问。

"喔！是这样。"宋哲元解释道，"来时，刘副官非让我穿将军服，我没那个兴趣，最后他说不穿也得带着，放在汽车里，还真派上用场了。"

此刻，张克侠明白，笼罩在宋哲元头上的乌云已渐渐散尽，爱国军人的激情正在使他振作起来。他指着主席台东侧的一座房子说："军长，那儿是卫兵班的宿舍，您去那里换上衣服吧！"

"好吧！"宋哲元慨然应允，采纳了张克侠的建议，挺着将军肚向主席台东侧的房子走去。

阅兵式准备就绪，操场两侧站满南苑镇十里八村赶来观看的村民和商贩，也有打打闹闹的孩子们和躲在人群里说着悄悄话的姑娘们。当宋哲元身穿笔挺的将军服重新出现在会场，登上主席台上时，立刻搏得人们热烈的掌声。宋哲元被让到中间主席位置上落座。佟麟阁、张克侠及在北平的华北军政界头面人物分坐两侧。每人面前的桌上都摆放着沏好香茶的瓷杯。

佟麟阁扫视会场一眼，低声对宋哲元说："军长，可以开始了。"

宋哲元站起，挺着胸脯，昂着脖子，用浑重的山东口音喊道："各位父亲、各界代表、驻平使节来宾们，现在我宣布：阅兵式开始！"

台上台下响起震耳欲聋的掌声和欢呼声。

宋哲元顿顿嗓子，挺起胸脯又讲道："今天，我们邀请各位参观阅兵式，一是表示抗日的决心，二是警告日军，不要欺人太甚！我们二十九军不是好惹的！我的话完了。"说完，宋哲元重新落座，感到全身轻松了许多。

台下已响起一片掌声和口号声。佟麟阁悄声问："军长，你的讲稿怎么没用？"

宋哲元醒悟地一拍大腿说："唉！我一高兴讲稿就入库了。"

一旁的张克侠见掌声已平息，悄声提醒道："副军长，该进行下一项了。"

佟麟阁站起走到台前宣布："分列式开始！"他站在前台，立正行着标准的军礼，那刚健的身躯恰似矗立在海边的一块礁石，任凭滔天巨浪的冲击；那神态更似一塑铜像，眼角、眉梢、嘴唇都带有一种神圣不可侵犯的威严。主席台上的人们都被佟麟阁的神态感染。宋哲元、张克侠等武官挺身站起，都把手举到耳边行着军礼，文职人员也都垂手而立，行注目礼。

军乐团演奏起浑厚亢奋的军乐。

整齐的脚步声由远而近，军训团的战士们手持步枪，排列成一百人的方队，迈着有力的步伐进入阅兵场，在距主席台约 50 米远的白线处，战士们"唰"地侧过脸，面向主席台，行注目礼，迈着有力的正步，通过主席台。

军训团一大队、二大队、三大队……依次通过主席台。忽儿，人们一阵激动，由一色白马组成的骑兵方队通过主席台，后面压阵的是由一色红马组成的骑兵方队，要多精神有多精神！

……

操练场边上，一辆血红色小汽车驶来奔去，荡起股股烟尘。车上两名日本记者高举着照相机，耀武扬威地肆意挑衅。

主席台上出现不满的议论声。宋哲元见状眉头紧锁，现出不快的神色。佟麟阁低声对身边的冯大队长低语几句什么，冯大队不住地点头，他奔下主席台，一招手带着十几名战士跑向小汽车。来到车前，冯大队长不由分说，拽下两名记者，交给战士扭着胳膊押到别处，余下的士兵在冯大队长指挥下，叫着号："一二三……"众人齐用力，把红色小汽车掀翻到路沟里，赢得观众一片喝彩声。

台上的日本领事原想，下面有日本人捣乱，警戒部队肯定会出面干涉，观众挤过去观看，势必破坏了秩序，影响到来宾的注意力，阅兵式就会出现混乱的局面。第二日，这件事在报纸上披露之后，一定会瓦解华北二十九军的斗志。万没料到，观众不仅没乱，反如一泓湖水，平静如镜，日领事抓耳挠腮，想不出对策。

分列式完毕，接着由学员们表演劈刀：双人对刺，二打一；拼刺刀、擒拿、武术。参加表演的学员个个身强力壮，龙腾虎跃，勇猛顽强，技法精湛，喊声阵阵。操场边上的观众时时呐喊助威。喝彩声、口号声惊天动地，充分显示出军训团官兵昂扬的斗志和饱满的精神风貌。

主席台上，一位鹤发童颜的教育界代表不禁赞道："好！二十九军训练有素，不愧为中华民族的优秀子孙！"

不少外国来宾也时不时竖指称赞。主席台侧面的王翠芝兴奋地对身旁的几位民先队的代表说："华北有希望，中华民族不会亡！"

天近中午，表演结束了。

操练的士兵列队通过主席台前时，随着整齐的步点，齐声高呼：

"抗日到底保国土，誓死不回头！"

……

阅兵完毕，军训团士兵列队在主席台前，静听着佟麟阁致闭幕词："诸位父老、各界代表、先生们、女士们：众所周知，二十九军乃至华北的民众是酷爱和平，反对战争的！但日军胆敢冒天下之大不韪，侵犯我军防地，我们一定给他们点颜色看看！"

会场上掌声骤起，如惊涛骇浪滚过。佟麟阁伸张着双臂，平息了如潮似浪的掌声。他又跨前几步举起碗大的拳头，铿锵有力地表示："我主张：文官不爱财，武官不惜死。随时秣马厉兵，枕戈待命，用生命报效国家，以谢国人对我们的厚望和期待！"

掌声再次骤起，口号声把会场的气氛推到高潮，士兵和围观的群众振臂齐声高呼："武装保卫华北！"

"打退鬼子的进攻！"

针对宋将军听命南京政府的指令，战、守，不定，华北局势危在旦夕，张克侠提出：将在外，君命有所不受！似给宋哲元吃下一颗定心丸。

太阳像吊在人们头上的一个大火球，火辣辣的，晒得人难受。刚进伏天，就热得人们喘不上来气，打不起精神。佟麟阁陪同宋哲元回到办公室时，已过午饭时间。宋哲元一屁股坐在椅子上，解开纽扣，用衣襟扇着风。佟麟阁把一台老式电扇，搬到宋哲元面前，打开电风扇让风对着宋哲元吹，问："军长，够热的吧？"

"可不！这身老虎皮，把我捂得够呛，像蒸白薯似的。"宋哲元把电扇风向调调，让电扇直吹着肚皮后，对佟麟阁说，"佟老弟，你的建议我看过了。不瞒你说，我是早就有此种想法，痛痛快快干一仗。大将军血洒疆场，英雄一世，死得壮烈！你说说：对日作战，既有名，又有利，我何乐而不为？"

他脱去黄昵将军服，扔到桌上，两手一摊，脸带愁苦相："可是不行啊！咱们是南京政府的一个军，是蒋介石的臣属。俗话说：兵听将令草听风，咱们上头有婆婆啊！君叫臣死臣不得不死啊！"说到这儿，他见佟麟阁嘴唇动动，似乎欲说什么，便又抢先说："再说，拿咱们一个军和日本国对抗，不是凶多吉少吗？我也考虑过另一个办法，另举义旗。当然不是满洲国那样的旗帜而是高举抗日的大旗。可万一失败了，你我身败名裂不算，咱们二十九军的十几万人就要和咱们一块倒霉了。胜者王侯，败者贼。结果再落个背叛政府的罪名，我们的后人怎么见人？像现在这样维持吧，蒋介石一不给枪，二不给钱，光靠民众捐款，你说咱们能支持多久？察哈尔抗日同盟军，不就是例子吗？"他心灰意冷地靠在桌子上，"啪"地关掉电扇。

"军长的苦衷我知道。"佟麟阁走到近前，把他扶坐在椅子上，又给他打开电扇，亲切地说："军长，我是为你好啊！你想想，现在是你不打鬼子，鬼子打你。到时候，老蒋把丢失国土的责任推到你的身上，百姓骂你汉奸，千古罪人！你跳到黄河也洗不清啊！"佟麟阁说到情真处，动情地滚下几颗热泪："明轩，你我都是穷人家的孩子，被社会逼迫出来闯荡江湖。我知道，像我们这样的人，要想跻身上层社会，没有军队、枪杆子，那是做梦娶媳妇，空想！如果没有军队，没有地盘，我们还不如一条狗，被人瞧不起，遭人白眼！"佟麟阁说到悲愤处，两眼喷射出激愤的目光。他近前几步，躬身到宋哲元面前，似要捧出自己的心，让他看看。尔后，又恳切地说："军长，请你想想，起初你我追随冯玉祥先生革命，根本不是为什么地盘啊！你再想想，我们是豁出性命保卫华北，留下一分生息的土地，还是让日本人把我们赶出华北，去过像乞丐似的沿街乞讨的日子，靠着别人的脸色和施舍苟活？"他见宋哲元默不作声，似在沉思。又说："反正我佟麟阁坚持抗日，一是为中华民族的生存，更是为二十九军十几万弟兄们有块立脚之地呀！大哥，你说说，丢了华北，你我完了不算，二十九军就成了离水之鱼、无林之鸟了。"

宋哲元脸上的肌肉哆嗦着，背手踱步，自言自语道："事到如今，我也没什么隐瞒的了，你们体会过当年岳飞接到十二道撤军金牌，被迫撤退的滋味吗？"他掏出一封电报，拍在桌子上："这不，上午接到南京转来庐山的急电，我本不想让你们知道，跟我担责任，像我一样痛苦。可你们不了解我的苦衷啊！也好，让你们看看，日后有人写这段历史，不骂我宋哲元是汉奸、卖国贼就知足了。”

佟麟阁拿起电报，瞅了几眼，低声念道：“念其日方所提和谈内容，与政府既定方针，尚无重大出入，为贯彻和平初衷，不予反对！”

“他是全国的委员长，最高统帅！我宋哲元算什么？也是委员长，可算个屁！你们说，我怎么办？我怎么办？”宋哲元颓丧地喊叫着，发泄着满腹怨气。他高仰着头，面对苍天，揪着衣领，围着屋内转圈，像快要发疯的困兽一般。

“奶奶的！退到保定，我至死不干！”佟麟阁把电文拍在桌子上，双手叉腰。他猛地转身，似对宋哲元军长，又似对自己讲道：“不放一枪，就放弃平津，这叫什么军人？日后有什么脸面见家乡父老，又有何脸面见故人？”

听到屋内二人激烈的争吵，张克侠走进来，他扫一眼屋内，见他们俩又不像在吵架，忙把劝解的话语咽回肚内。他走到桌前，抓起电文扫了一眼，颇感意外，意识到局势日趋严重，随时都有发生逆转的危险。倘若宋哲元抗战的决心动摇了，前一段所做的工作就可能毁于一旦，他直起身忙说：“宋军长、佟副军长，你们何必为一纸电文动那么大的肝火呢？南京的电文是不知华北的具体情况发来的。我们身为前线指挥官，有权根据实际需要决定我们的战略和大政方针。不必拘泥于南京的指示。蒋委员长庐山谈话说得好：‘我们希望和平，而不求苟安。准备应战，而决不求战’。我的理解是能和平则和平，不能和就打嘛！再说了，古人云：‘将在外，君命有所不受。’根据实际情况，保卫疆土，谁也说不出什么。我们必须抵抗！不然，抗日英雄这块牌子，一定会被人抹上狗血，咱们二十九军前些年的光辉业绩也会付之东流！”

“将在外，君命有所不受。”宋哲元自语着这句古人名语，在屋内来回徘徊了许久，最后站定在佟麟阁面前说，“好吧！佟副军长，你以军部的名义给各师发电报，今晚八时，在北平冀察政务委员会再次召开高级军事会议，商讨下一步的战略方针。”

“是！”佟麟阁马上应道。他考虑，要想坚定宋哲元的抗战信心，不是一朝一夕的事，必须按步骤有分寸地劝说，不能操之过急。

宋哲元走向门口，张克侠上前问：“军长，逮捕亲日派汉奸的事……”

“留待后议，留待后议吧！”宋哲元摆着手，快步出门，并随手把门带上，深恐张克侠追上前再说什么。

张克侠看了佟麟阁一眼，二人相视苦笑地摇摇头。

佟麟阁走到门口，拍着张克侠的肩膀劝慰说："算了，张老弟，军长就是这么个脾气！你先去陪军长吃饭，我去趟机要室后马上就去餐厅，有机会咱们再力争一下。"

"哎，你看军长的'留待后议'，是什么意思？"

"我理解，这是退身步，后议，就是以后再商量，打也行，谈也行，两种选择呗！"张克侠回答。

"是啊！军长在这一点上太圆滑了，里外都占理！克侠你可别生气呀！"佟麟阁劝慰道。

"我倒没什么，只担心军长这种姑息养奸的政策会贻害无穷的。"张克侠悻悻然，有些不快，脸上罩上一层阴云。

"先吃饭去吧！"佟麟阁拍着张克侠的肩膀，催促道，"快去吧，不然军长会见怪的。"

张克侠没有再说什么，紧紧腰带，整整风纪扣，大步跨出屋门，向餐厅走去。

九　军部会议，好男儿甩帽表忠心

军事会议上，战、和两派争吵不休，"凶神"何基沣把带有弹洞、烧焦多处的军帽甩在桌上，大声疾呼：世上还有比无故败退、丢失国土的军人更为耻辱的吗？让胆小鬼回家抱娃娃去吧！我要用大刀向鬼子讨还血债！

古往今来，历史留给后人许许多多的遗憾。卢沟桥事变的那一年，华北中国驻军十多万人，加上地方保安队、警察、武装力量，可谓数倍于日军，但在远道而来日军的进攻下，却处处被动、节节败退。原因是什么？史学家们提出一条条疑问，又寻找出一条条理由，但历史只能是作为教训，却不能使岁月的车轮倒转。要知道局势会有后来如此严峻的事态发展，华北军政当局决不会采取如此消极的做法，提出什么"以守为守"的战略。自古以来就有"以攻为守"，也有"以守为攻"的，而"以守为守"策略，实属罕见，可当时那段历史上真有这样的奇事。

当天晚上，冀察政务委员会的大院里，又被各种型号的轿车、卧车占据了地盘。院内院外警备森严，三步一岗，五步一哨。凡是门口一律加了双岗。通行的人们一律把通行证拿在手里，出示后经岗哨检查无误方可入内。严格的盘查，使每个人的心情分外沉重，感到将有重大事件发生。

傍晚，老天又合上沉重的眼皮，关闭了人们窥测太空的窗户。北平又陷入迷迷茫茫的混沌世界中，就连平时惹人喜爱的花草，摆在甬路两侧的盆桔、石榴树也在漆黑的夜色下，垂枝敛叶关闭门户，小心翼翼期待着明晨的到来。

办公大楼里黑着灯，静悄悄的没有声响，更给人以神鬼莫测的神秘感。二楼的会议室内坐满华北的政界要人和二十九军旅以上高级将领。人们的目光都注视着桌首的宋哲元，揣测着他的内心活动，宋哲元咳嗽一声，扫了分坐长条会议桌两侧的下属臣僚们一眼，低沉而有力地说："今天的会议，谁要透露给日方，如同此杯！"他站起来抓起茶杯，"啪"地一声摔得粉碎。尔后，双眼圆睁，灼人的目光掠过屋内每个人的脸，屋内鸦雀无声，只有他沉浑的声音在这不大的空间激荡。平日几个亲日派都不禁哆嗦一下，忙避开他如电似炬的目光。

宋哲元扫一眼窗户，见会议室向阳处与外界空气对流的窗户都被厚厚的绒毯盖得严丝合缝。他这才转入正题："各位同仁、将军们，今晚召开决定华北命运的高级军事会议，希望诸位智者见智、仁者见仁，各抒高见。现在的局势大家都清楚，日本人是假谈真打，南京政府是真谈假打，我们在座的各位也各有主张，其说不一，现在都摆到桌面上来，大家讨论一个万全之策吧！"说罢，他又从旁边的座位前端过一杯茶，坐下来一口口地喝起来。

会议室内空气异常沉闷。与会者们默默无语，谁都不愿开第一炮，静得能听见单调的电扇嗡嗡声。

一阵闷雷隐隐传来。闷雷并非来自天上，而是来自北平古老的街道上。一队骑兵似飓风刮向铁狮子胡同，急促的马蹄声由远而近，驰向冀察政务委员会的大门。为首的正是驻守长辛店、卢沟桥一带的一一〇旅旅长何基沣，因卢沟桥一线战事正紧，直到傍晚，要他参加会议的命令才送到他手里，他即刻由战壕内赶回旅部，带着一个骑兵班，绕道八宝山而来。在大门口，他翻身下马，把马缰扔给护兵，就要往里走。警卫排长拦住他，他出示了军部的命令。

警卫排长给里面挂了电话，许久没人接。警卫排长说："何旅长，你迟到了，电话没人接，没有军长的命令，会开之后，任何人不得通行，再说，军长的脾气对开会迟到者一律严惩。你不如回去吧！"

"怎么？你要挡老子的驾？"何基沣虎目圆睁，一瞪眼挥手道，"不管他娘的蛋，进！"带头就要往里闯。

警卫排长厉声喝道："站住！"话音刚出，门两侧立即闪出几十名全副武装的警卫部队，用枪逼住何基沣的骑兵班。

"怎么？要对我何基沣下手？"何基沣冷冷地问，手也不由自主地伸向腰间，摸住枪把。

"不，何旅长，您别误会，小人不敢。我们是在执行命令。要去，您自己去，其他人留在门外。"警卫排长深知何基沣不同于一般的军官，深得宋军长的宠爱。他不仅对部下要求严格，对自己的约束也毫不放松。在全军中，治军严谨，军纪严明，他统辖的旅是闻名全军的。为此，许多农家贫苦青年，都愿到他手下当兵。老百姓也欢迎他的部队前往驻扎，维持治安。在军长的眼里，他也深受器重。喜峰口令他率大刀队摸敌营，现在又把他放在刀刃上，让他所在的旅驻守卢沟桥。警卫排长自知惹他不起，忙缓和口气解释道。要是别人，他早就下令捆绑了。

"哼！"何基沣不满地哼了一声，狠瞪警卫排长一眼，心里暗道："今天老子没空，回头再跟你算账。"他冲骑兵班摆摆手，骑兵班退到一旁。他右手扶住刀把，左手握住枪把，大步走进。

刚迈上台阶，欲跨进门槛，"咔"两把刺刀挡住他的去路，暗中有士兵低声喝问："特别通行证。"

他掏出军官证，对方连看都没看，退给他："要特别通行证。"

"我？老子没有！"何基沣恼怒地回答，伸手就要推开刺刀，忽觉得后背被两根凉冰冰的枪口抵住。他忙收回手势："弟兄们，我是何基沣，接到军部的命令，前来开会！"他把命令掏出递上前。

"为什么迟到？"

"道路被鬼子占了，我是绕道八宝山赶来的，有重要军情向军部报告。"

暗中伸出一只手，接过军部的命令。那人背转身，用手捂住微型手电，审视着宋哲元签发的命令。那人把命令还给何基沣，轻声说："会议在二楼会议室，已开一会了。你要小心。"说完，他领何基沣穿过院子，步上台阶，在黑漆漆的楼道里试着步走到楼梯口。暗影中，警卫的士兵们个个弹上膛、刀出鞘，耳听目视着周围一切动静。见值勤督察领着一个人走来，都挺直身子行礼。他俩爬上楼梯，正遇见刘副官，督察把何基沣交给刘副官后轻声交待两句，转身下了楼，二楼他是无权进入的。

刘副官领着何基沣来到会议室门口，让他在门口稍等片刻。刘副官推门进去，伏在宋哲元耳边低语几句。宋哲元的眉头拧成核桃纹，用铅笔敲了桌沿两下，快快不快地说："让他坐后排。"

刘副官退出，在何基沣耳边低语几句，走到后边的门前，推门让他进去，给他找个座位坐下，刘副官赶忙退出。

案首，宋哲元停止踱步，转对大家说："撤退，这是蒋委员长的命令，又不是我的意思。大多数弟兄们不同意，要进攻。"说到这儿，他停住话头观察着人们的反应："试想同日军打仗，我们的大刀片能打败人家的飞机大炮吗？打败了谁还给我们地盘？还是那句老话，有军队就有权。老本输光了，就得吹灯拔蜡蹓锅台，大家散伙，什么都完了。"他又踱到会议桌前，讲话没有停止："华北是个好地方，有山有水有平原，天赐粮仓。说句玩笑话，比我们的老婆还重要。没有老婆，我们能活；没有华北，我们二十九军就不能活。咱们在座的就得受制于人。我不呆不傻何尝不知道这个道理！可守？咱们打不过日本人，退？咱们良心上过不去！"他又转到桌前："刚才争论半天，有的主张战，有的主张退，结果怎样？"

"军长的意思如何？"张克侠抬起头来问。刚才他一直在思考说服众人的理由。虽然，形势复杂、严峻，但现在华北军政内部盘根错节，不少人各怀心意，很难统一到坚决抗战的观点上。最使他忧虑的是没有一个坚持抗战的领导。宋哲元现在采取的策略是能拖就拖，能抗就抗，"骑驴看唱本，走着瞧"的江湖绿林式的方针。他不外乎靠自己闯荡江湖积累的经验，靠自己的小聪明过日子。这样怎么行？在狡猾的日寇面前必然会处处挨打，处于被动的局面。近来，张克侠很是苦恼，既怨恨自己不能坚定宋哲元的抗日决心，又担心完不成神圣的使命，对不起国家、民族。他决心再力争一下。刚才，他投石问路，试问了一句，见宋哲元没有回答，忙恳切地指出："军长，如果撤退，我们上对不起平津的父老，下对不起苦战的弟兄，更对不起四万万同胞。试想，我们拔腿走了，乡亲们怎么办啊？"

佟麟阁见宋哲元不为张克侠恳切的话语所动，上前两步，接着讲道："军长，楚霸王败退乌江，垓下被围，有人送给他一条生路，他都不愿回江东，无颜见江东父老哇！您是山东人，拿出山东大汉剽悍、骁勇、刚强、仗义的气质，为咱们二十九军、为华北的父老、为中华民族的生存抗争吧！这样，日后见到朋友，我们也好有的说，也抬得起头来做人！别让后辈儿孙骂我们是卖国贼、战场上的逃兵啊！"佟麟阁脸孔涨红，非常激动，眼泪都快要淌下来了。他猛地一挥手："军长，我们现在还没有败，还有胜的希望。北平、天津还在我们手里，卢沟桥激战数日，仍牢牢地拿在我们手里。这不已证明我们是有能力抗战的吗？再说蒋委员长在庐山发表谈话也说：'如果战端一开，那就地无分南北，人无分老幼，皆有守土抗战之责'吗？我们怎能拍拍屁股就走呢？"

"啊，诸位，这是我等十三人写的进言书。"冀北保安队司令石友三直起佝偻的腰，眼角眉梢都堆上笑褶，冲在座的人们点点头、哈哈腰之后，咳嗽一声说："我破费大伙一会儿时间念念：宋将军阁下，目前，日军大军压境，数万精锐之师兵临城下，而冀察当局兵源枯竭，粮源不齐，财源不接，武器落后。为使千年古都免遭战火摧残，黎民百姓免遭涂炭，恳请阁下高抬贵手……"

"哪儿捡来的臭婆娘的裹脚布，又臭又长透着酸气！"何基沣愤然而起，把带着弹洞和多处烧焦痕迹的军帽"啪"地甩到会议桌上，吓得石友三一哆嗦，手里的"进言书"掉到地上，被电风扇一吹，似雪片散开，飘向四处。

此时，宋哲元正面对着墙上的大地图，背对着大家，意在边观察地图，边听取各方面的意见，对这些没有看见，也毫无反应。

何基沣再也忍不住，跨前两步，高声责问："请问众位，世上还有比无故败退、丢失国土的军人更为耻辱的吗？告诉你们，我没工夫再听那些被日本人吓破胆的熊包软蛋们婆婆妈妈地闲扯淡！有种的要用大刀向鬼子讨还血债，保卫生我们养我们的国土！让胆小鬼回家抱娃娃、搂着老婆睡觉去罢！"言罢，他掉头而去，"砰"地把门关死。

"放肆！"宋哲元恼怒地低吼一声。待他转回身时，厚嘴唇被气得还在神经质地抽搐着。他呆望被甩得还在颤抖的房门，半晌无语，不知道该说什么好。

会议开到此，气氛再也热烈不起来。

宋哲元心情更加郁闷，他见大家都板着脸，不再说话，又在屋内徘徊几步，最后，走到首席位置上，拿起铅笔敲敲桌沿说："这样吧！时候不早了，会先开到这儿，咱们再等等南京的态度再说，暂时呢，咱们既不进，也不退，还是'以守为守'吧！"

"军长……"佟麟阁、张克侠等人齐声喊道，站起身走上前，还欲再陈述什么。

宋哲元视而未见，挥挥手："散会吧！"

人们的表情不一，各怀心意，不欢而散。

对日作战军事会议不欢而散，人们的心情都很沉重，宋哲元率先离去，众人也都悻悻然起身。令佟麟阁、张克侠百思不得其解的是：会前宋哲元还表示坚持抗战，为何会上又变卦提出什么"以守为守"的消极战略呢？

军官、幕僚们陆续离去，直到院内传来汽车的发动声，佟麟阁才大梦初醒般地站起来走向门口。快到门口时，见张克侠向他招手又转回来，忙迎上前问："张副参谋长，有事吗？"

"噢，刚才我差点忘了，嫂夫人下午给你来电话，你不在，我替你接的。大伯病重，需急送医院，你快抽空回去看看吧！大嫂也够难的，侍候大伯，还要带几个孩子！"张克侠近前低低地说，并递过一个钱袋："这是你的薪金！"

"愧食俸禄啊！"佟麟阁感叹一声，接过钱袋，沉思片刻又塞回张克侠手里说："老弟，麻烦你抽空派人把钱给我送回家中。我总担心南苑会出事，南苑地处平原，易攻不易守。万一失守，就什么都晚了。军部的后勤机关在那儿，我必须赶紧回去，严加防范。"说完，他冲出门口，几乎是用跑的速度奔下楼去。

"佟兄，那你也该回家看看呀！"张克侠追着他喊。见佟麟阁没有停步，张克侠急步赶上去，在楼道拐弯处，又拦住他恳求："捷三兄，你就抽空儿回家一趟吧！"

佟麟阁注视着张克侠的脸足足有10秒钟，什么也没说，只是缓缓拿开张克侠拉住胳膊的手，绕过他一步步地走下楼梯。

院内的汽车已发动，在车门口，张克侠再次拦住佟麟阁，把钱袋塞到他手里："佟兄，你就听小弟一次话吧！"张克侠恳求着，拉住他的胳膊。

佟麟阁拉开车门，前半身探进车里又退回来，把钱袋猛地掖进张克侠上衣兜里，倏然钻进车内，"砰"地带上车门。张克侠刚欲把钱袋掏出递上前，"呜——"地一声，汽车冲了出去。

张克侠感到手背上湿漉漉的，望望天空，并没有下雨。他这才意识到那是佟麟阁往他衣兜里塞钱时滴下的泪水。那是悲愤、痛苦、悔恨的泪水。佟麟阁悲愤华北不能独立抗战，痛苦空怀壮志，不能左右形势，他悔恨没有尽到孝子之心。

"噼噼啪啪"雨点摔打在树叶上，砸在土地上的声音由稀落而渐稠密，天真的下雨了。张克侠仰脸看天，几滴冰冷的雨点掉在脸上，伴着泪水淌下来。但那只是瞬间的事，他以不易让人察觉的动作擦去泪水，跳上汽车，汽车带着愤怒冲进茫茫雨夜。

在家门口，张克侠命令司机停车。他打开车门，跳下跑向院门，躲在门洞里，他目送着汽车远去，刚要敲门，"吱——"大门开了。儿子木铁衣服湿淋淋地站在门槛里，他一惊忙问："铁儿，你在这儿干嘛？"

"我等爸爸。"

他一把将木铁搂在怀里，抚摸着儿子湿湿的头发问："木铁，爸爸是不是好爸爸？"

"嗯，是好爸爸！"木铁点着头，疑惑地望着他，不明白爸爸是什么意思。

"你是不是爸爸的好儿子？"张克侠又问了一句让儿子摸不着头脑的话。

"是！"木铁迟疑地点点头。

"那、那你去屋里把爸爸的雨衣和那套便服拿来。"张克侠轻声说。

"唉！"木铁答应一声，转身往院里走，张克侠一把拉住他，嘱咐道："轻声点，不要让你妈妈知道。"

"妈妈醒着呢。是她听见汽车响，让我来开门的。"

儿子的这句话，使张克侠受到了电击一般，顿觉浑身软绵绵的没有了一点儿力气，险些瘫坐在地上。不知不觉中，张克侠拉扯着儿子的手松开了。他自惭从那日德伦坐月子，协和医院夫妻分手后，他忙于军务，赴山东促请宋哲元返津赴平，一直还没有抽空儿来回家看妻子一眼，他许诺两天后接妻子他们母子回家，诺言再次放空，连妻子是怎么回家的他都不知道。这些日子，妻子瘦了还是胖了？新生儿子是单眼皮还是双眼皮，他也不知道。此时，他站在暗夜中的门洞里，望着屋里那忽明忽暗的灯亮，他心里热乎乎的，多么想轻步走到屋里，站在未出月的妻子面前，倾诉几句思念的话语，哪怕说上几句道歉的话，他也是高兴的。他知道妻子会原谅他的，他又多么渴望躺在妻子身边睡上美美的一觉，多么渴望亲亲孩子那鲜嫩的脸蛋啊！他不由自主地走到窗前，热切地望着屋内那熟悉的一切。雨水渐大，发热的大脑被凉凉的雨水一淋，清醒了许多，他果断地摇摇头，不！现在还不是时候，妻子、儿子固然重要，而民族大业，党的任务更重要。任务还没有完成，同志们还在期待着我的消息。想到此，张克侠只是又往窗内疾扫了两眼，忙悄悄地一步一步退离窗前。

工夫不大，儿子木铁头顶锅盖，怀抱雨衣和他的一身便服，冒雨跑到门洞里。张克侠顾不得什么，飞快脱去军装，换上便服，带好军官证、钱包，又把军装塞给木铁，叮嘱道："孩子，跟你妈说爸有事，不进屋了，你要听话！"

木铁点点头，又说："爸，弟弟没奶水喝，饿得皮包骨头了。如果没有奶粉，弟弟他……"

张克侠闻言似被烟头烫了一下，沉思片刻，他掏出两张纸币递给木铁，轻声说："孩子，明天去给弟弟买袋奶粉，过两天爸爸找医生给弟弟看看。"说完掉头走进雨夜。身后，隐约传来婴儿有气无力的哭叫声和妻子那令人心肠欲碎的叹息声。

十 普通民宅，牵肠挂肚赤子多情

家，令每位赤子牵肠挂肚，特别是在沙场上征战的男人，对家更有深切的思念。上有高堂，下有妻子儿女的佟将军，驻守在离家二十几里之外的军营里，完全有时间回去看望一家老小，但为防备敌人的偷袭，他片刻不肯离军。当友人前往他家探望时，见到的更是一幅催人泪下的场面。

张克侠离开家门，来到街上。战乱年代，军政要员的家属住宅均需保密，以防特务盯梢、坏人捣乱，他不便带司机前往佟宅，只得打发司机先走了。在胡同口，他拦住一辆拉夜车的人力车，低声吩咐几声，车夫载着他跑起来。他冒雨来到东城一条陋巷里，在一所坐北朝南的古宅前下了车，付了车钱后，人力车跑走，他借着闪电的亮光，看清是东四十条四十号的门牌，便步上台阶，按响了门铃。尔后，他警觉地回头看看胡同两侧，见没有人，才放心地掸掸雨衣上的水珠。

不一会儿，院里响起一阵杂乱的脚步声。门开处，一群小鸟似的孩子等候在门口。佟麟阁的长子荣萱、次子荣芳、长女克修、次女亦农、三女亦菲、四女亦君聚集在大门内，瞪着吃惊的眼睛看着身穿雨衣的高个子男人。张克侠也很意外，想不到孩子们都来开门。他热情地上前，抱起亦君，拉着亦农，向门口内走去，笑问道："怎么？你们还都没睡？"

"我们都在等爸爸。"孩子们齐声回答。

"张叔叔，你说我爸爸长胡子了吗？"亦君摸着张克侠的下巴问。

"你说呢？"张克侠听到孩子的发问，心里有些发酸，逗着他说。

"昨天，我梦见爸爸长了白胡子，说给姐姐听，姐姐就是不信。还跟我打赌，输一根冰棍的。"亦君奶声奶气的话，使张克侠心里发热，他更紧地抱住她稚嫩的身子，又撩起雨衣给她遮遮雨，快步走向堂屋，深恐淋湿了孩子们。

堂屋里，张克侠脱下雨衣，挂在门口问："你妈妈呢？"

"妈妈到西院给爷爷熬药去了。"荣萱答道。她扯一把克修说："大妹，快去叫妈妈，就说张叔叔来了。"

"嗯！"克修答应一声，跑出门外，出门后又回身问："张叔叔，我穿穿您的雨衣。"

"穿吧！"张克侠答应一声，目送着克修披上他的肥大雨衣跑向西院。他打量屋内的摆设，比以前又少了几件，大概是卖掉或送到当铺里去了吧！房子还算宽敞，只是家具太简单，太陈旧了。佟麟阁为人正派，从不吃请受礼，秉公办事，所以和同级将军的家庭比，他的家境显得寒酸多了。他上有父母高堂，下有妻子和六个子女，全家十口人，靠每月那点儿薪金勉强维持生活，并不算宽绰，时时还要接济穷亲戚、穷朋友们，日子就显得更艰难了。

"哟，大兄弟来了。"佟麟阁夫人彭静智一脚门里，一脚门外热情地招呼道。她的头发上落满水珠，肩头也湿了。

张克侠忙上前问："大嫂，佟老伯的病怎样？"

"哎，病得不轻，一口一口地出气。麟阁不在家，孩子们又小，不顶事，我真怕万一有个好歹……"佟夫人说到这儿哽咽了。

"大嫂不必着急，先把大伯送到医院。副军长近来很忙，抽不出空儿回来，派我来家看看。"张克侠安慰着佟夫人，说着掏出钱袋递过去："大嫂，这是副军长的薪金。"他又从自己的钱包里抽出几张钞票过来："这是朋友们让我捎来给大伯看病的。"

"这、这……多谢了！"佟夫人在衣襟上擦擦手，接过钱，吩咐孩子们："快！快给张叔叔倒茶。"

"别忙乎了！我去看看大伯。"张克侠站起说着走向门口。

佟夫人在先，张克侠在后，踏着泥泞的土路来到西院。这儿更为偏僻，名为西院，其实只有两间北房，窗前炕大的一片空地上，还种有几种蔬菜，这是佟夫人挤出时间种的，用以周济生活。靠东墙有棵百年老枣树，刺向阴沉沉的夜空。这里很静，刚踏上台阶，就听见屋内有老人沉重的咳嗽声。张克侠进得屋来，见一豆灯光下，佟焕文老先生躺在炕上，身上盖着一条旧夹被，炕前有一堆沙土，盖住咳出的痰和血。佟麟阁的老母亲佟夫人靠在桌台上，戴着老花镜，借着油灯的光亮，正一针一针地缝着一件孩子的旧衣服。

"伯母。"张克侠轻呼一声，走到炕前。

佟老夫人放下手里的针线，赶忙要下炕，张克侠忙拦住她说："伯母，别下炕，您忙吧。"

身后的佟夫人忙介绍道："妈，这是麟阁的同事老张，来看爸爸的病。"

"快坐！快坐。"佟老夫人不顾阻拦，仍下炕来为客人掸掸炕沿，热情地说，"这么大的雨天，让你辛苦了。"

"没事，习惯了。"张克侠笑答道，端起窗台上的油灯，移近到佟焕文老先生近前，只见老人双目微闭，脸色蜡黄，眼窝深陷，脸颊颧骨突出，已十分瘦弱，确实病得不轻。

"爸爸，老张看您来啦！"佟夫人低声呼唤。

佟焕文老先生微启慈目，喘息了一阵，一把抓住张克侠的手说："孩子们，不要为我操心，要把国家、抗日放在心上。"说着又咳嗽起来。

待老人咳嗽稍止，张克侠起身告辞道："大伯，您安心养病，我回去让麟阁来看您。"

"不！不！"佟老先生喘成一团，额上滚下豆粒大的汗珠，用尽力气说："你们、你们可要抗日！可要精忠报国呀！"说完，老人无力地躺下闭上眼睛。

张克侠眼发热，又握握老人的手，连声答应着退出来。在门口，他拦住佟夫人说："大嫂，别送了，我即刻派人把副军长叫回来。"

"不用啦！我已派人去南苑送信去了。他的脾气我知道，此刻他是不会回家的。如果回来，老爷子也会把他骂回去的！"佟夫人呜咽着又说，"老爷子的脾气更倔。听见炮声，就让把窗户打开，说这样能听得清楚些。他说抗日的炮声能治病。"

"将门虎子，一门忠烈。"张克侠吟诵出这八个字，转身走出佟宅。他已走出很远，快到胡同的尽头时，还不断回望这座普通的庭院，感叹这里孕育了民族的精神，培养了民族的脊梁。

卢沟桥炮声隆隆，正在南苑值班的佟将军接到家人送来的消息，父亲病重，要他回家一趟，佟麟阁给夫人回信写道："国难当头，正是夫移孝作忠之时，我不能尽孝……"一曲五弦曲，道出了他复杂的心情。

因军事作战会议没有达成坚决抗战，主动出击，抓住战机，扭转被动局面的目的，佟麟阁心情郁闷，脸沉似水，心情不好，对什么都不感兴趣。自离别张克侠，出北平城向南走，在去往南苑的路上，佟麟阁一句话也没有说，对军长他该说的说了，该讲的道理他讲了，再说宋哲元又不是孩子，多说无益。作为副军长，他认为已尽到了责任。随从们见副军长不高兴，大家也都谨慎起来，一路上一直沉默地来到军营。

由北平参加军事会议回来，佟麟阁的心情久久不能平静。他一改往日日夜读兵书战策的习惯，心情忧郁地合衣躺在床上，饭也没吃，想眯一会儿，可就是睡不着。大瞪着两眼想心事，眼皮酸酸的，瞳孔直发涨，还是睡不着。他痛苦地拍着脑门，辗转侧卧，却怎么也难以平息大脑内翻腾不息的思绪。卫兵再次送来夜宵，他还是不想吃，挥挥手又让端回去。卫兵打来洗脚水，他却收拢双腿，不肯脱鞋。把卫兵打发走后，他独自一人呆躺在床上，发着愣。

起风了。夜风猛地把窗户吹开。佟麟阁烦听窗扇"嗯哒嗯哒"的响声，跳到地下，走到窗前把窗扇关闭。刚松手，窗户又被吹开，他松开手，任凭带有雨星儿的夜风吹拂着自己的面颊。

几分钟以前，佟麟阁接到老家人送来的家书，读完妻子的信，他再也不能自控，把书信捂在脸上呜咽着。他想象得出夫人侍奉病重的父亲、侍候年迈的妈妈、养育幼小的儿女是多么劳累；夫人满脸倦容，怀抱啼哭的孩子，手端药碗，是多么的艰难；他知道，此刻妻子是多么渴望丈夫回到身边，多么需要丈夫的帮助；他深切理解夫人抱子倚门，望着胡同口盼丈夫归家的急切心情。但是，妻子在来信的字里行间中不仅没有片语只言诉说自己的艰辛，反而处处充满热情，鼓励他大敌当前，应以国事为重，安心带兵作战，不要挂念家里。想到这里，佟麟阁泪如泉涌，低声呼唤道："静智，你受苦了。"

"佟将军，别难过了。"老家人出现在门口规劝道。老人走近些说："要回家就快些吧！一会儿，天就快亮啦。佟老先生病得不轻，去晚了恐怕就见不上面了。"

"哎，走！"佟麟阁呜咽着答应道。他决定回家看看，他知道自己回去并不能给妻子多大帮助，父亲也并不会因此夸赞自己孝顺。但他还是从墙上摘下衣服穿好，随着老家人匆匆走向院子。刚下台阶，忽闻卢沟桥方向又传来一阵隆隆的炮声，他迟缓地停下脚步，又缓缓转身，一步步走回房间。他的脚步沉重，像在泥泞的沼泽里艰难地跋涉，又像拖着沉重的脚镣，步点像在一点点碾着自己的心一般。站在桌旁，他高叫道："勤务员，快备来笔砚。"

勤务员闻声而进，忙将文房四宝备好，放到桌上退出。佟麟阁抓笔的手颤抖着，起行的那个字连写了几次都不满意，写完扯了，再写又扯，许久才强抑激动的心，伏案疾笔写道：

　　贤妻静智见字如面：

　　家父病重，麟阁本当亲奉汤药，以尽孝心，怎奈大敌当前，职不肯片刻离军。古人云：忠孝不能两全。此国难当头，正是夫移孝作忠之时，我不能尽孝，请代我奉汤侍匙，孝敬双亲。我当努力杀敌，以慰我妻之心。

　　　　　　　　　　　　　　　　　　　　佟麟阁顿拜

　　佟麟阁写着写着，再也关不住感情的闸门，随着笔尖在纸上的疾行，泪水大滴大滴地淌下，浸湿了信纸。

　　老家人站在一旁，目睹了佟麟阁痛切悲楚的过程，心里也酸酸的很不好受，忙上前相劝："佟将军多保重吧！你不必为难，也不必过分伤心。老朽一定把将军的意思转达尊翁，让佟老先生静心养病。"

　　佟麟阁抹去泪花，站起把写好的书信折好装入信袋，交给老家人。然后，他掉头面对墙壁，不忍再看老人家的面容。

　　老家人收好书信，告辞后，躬身退出书房。

　　听到房门"砰"的关闭声，面墙而立的佟麟阁像被人猛扎一针，浑身抖了一下，赶忙扶住了墙壁。过了许久，他才强抑难以平静的心情，转回身，在屋内踱起步来。

　　雨下大了，房檐滴着水。佟麟阁双手叉腰站在屋内向四下寻觅着，像要与谁决斗。忽然，他的目光停在墙上的一把五弦琴上，大步抢上前，抓过这件伴随他半生疆场的心爱之物，抚摸着因手指摩挲而光滑的闪着紫红光泽的琴身，无限的忧愤、哀怨顿时涌上心头。他的手指在琴弦上娴熟地抹了几下，前仰着身子，倚着窗台，面对茫茫雨夜，弹出他最心爱的曲子："秦时明月汉时关，万里长征人未还。但使龙城飞将在，不教胡马度阴山。"曲调激昂、悲壮，带着壮士未酬的英雄气概。一曲终了，他又弹起"高山流水"，琴声时而涓涓流水，穿罅入穴，奔流上前，时而激扬亢奋，蕴含着奋斗不息的精神；时而如幽咽似泣，自怜自吟，流露出对局势忧郁的心情；时而如莲花出水，洁静高雅，出于污泥而不染，体现洁身自好，不与世俗同流合污的孤傲性格。蓦地，他又弹起"十面埋伏"，琴声顿骤，似千百匹战马在奔腾，数万将士挥刀在拼杀……

"噔噔……"一阵急促的脚步声惊断了琴声，琴声戛然而止。佟麟阁站起迎向门口，冯大队长疾步而进，神色紧张地说："佟副军长，卢沟桥吃紧，电话再次中断。你听……"冯大队长走到后窗前，推开窗户，手指卢沟桥的方向。宛平县城方向炮声隆隆，战火把西北的半个天际都映红了。

佟麟阁扔下五弦琴，一挥手命令道："继续联系，给宋军长发电，请求派兵支援，卢沟桥决不能丢！一定要掌握在我们手里！"

"是！"冯大队长答应一声，率先冲向指挥部的机要室。佟麟阁随后赶到，接过冯大队长手里的电话，连声呼叫："卢沟桥，我是南苑……"

激战的卢沟桥头，突然出现被视为钢铁怪物的坦克，不怕刀砍，不怕枪打，当坦克隆隆驶近时，一位勇士身披浇上汽油的棉被，点燃后带着浑身火焰，滚向日军的坦克。

电话的另一端，斜挂在卢沟桥桥头指挥部一根木桩上。指挥部刚才落下一发炮弹，房顶掀塌了，人都埋在了里面。不知是电话筒里的呼唤声，还是轰鸣的炮声，召唤着被掩埋在废墟下的将士出来投入战斗。一个人探出来，挤开横架在身上的房梁，晃晃脑袋，抹去脸上的泥土，想推开压在腿上的一根房梁，推了几下也没推动，他冲周围喊道："来人哪！都他妈的死光了！"

附近奔过来几个士兵，惊叫着："何旅长！"

"嚎什么？老子还没死呢！"何基沣吼道。

士兵们七手八脚搬开房梁，把他拉出来。一边扑打他身上的灰土，一边关切地问："何旅长，你没事吧？"

"没事，小日本要活葬老子，可阎王爷不买账，这堵墙救了我的命。"他拍打着腿上的尘土说："你们快回去，坚决守住卢沟桥，别让鬼子摸上来。"士兵们跑走后，他听见话筒里的呼喊声，走过去抄起话筒，劈头就吼一句："嚷个球？"

当他听出对方是什么人时，立刻把声音放缓和了，大嘴一咧笑着说："佟副军长，我以为……嘿嘿，战斗很激烈，我们已打退敌人第九次进攻了。副军长放心，有我何基沣一口气，卢沟桥就在我们的手里。援兵？没有来，我们伤亡很重，急需援兵！日本鬼子已把坦克调来了……好！我们坚持！

一定坚持！"

挂上电话，何基沣登上被炸塌的指挥所废墟，目光如炬，迅速扫过卢沟桥，但见桥头两侧硝烟弥漫，河滩、桥上死尸累累，白栏杆上血迹斑斑，战士们或倚着桥栏射击，或凭借简易工事避弹。曳光弹升起，河套里亮如白昼。河床上，河堤上满是黄乎乎的鬼子兵，放着枪，弯着腰冲向卢沟桥，在机枪的扫射声中，桥上中弹的士兵像麦捆似的倒地，有的翻落桥下，溅起的浪花瞬间就消失了，在燃烧物体的映照下，水面上泛起一片腥红色。

何基沣跑进掩体，伏在较高的一段墙掩体后挥着手，放开嗓门喊："沉住气，等鬼子靠近再打。"说着，他拔出驳壳枪，快速地装满了子弹。

冲在前面的鬼子离桥身只有十几米了，守桥士兵已清晰地看清鬼子冲锋时的狰狞面容。何基沣一挥驳壳枪，大吼一声："打！"他首枪击毙冲在最前面的鬼子。

随着他如雷的吼声，步枪、机枪吐出灼人的火舌，死神逼进鬼子。烧红的铅弹，仇恨地射向鬼子，中弹后的鬼子似没根的枯草一般，摇晃几下栽倒了。后面的日军在督战军官的威逼下，踏着同伴的尚未僵冷的尸体又涌上来。被战争的魔火燃烧得失去理智的士兵，是不惧生死的。

敌机飞来，投下一串照明弹，在天灯的映照下，卢沟桥更显得雄伟、壮观、威武不屈。敌机怪叫着俯冲下来，投下一串串炸弹。卢沟桥被爆炸的烟雾笼罩了。在敌机投弹扫射下，桥上许多士兵中弹牺牲。鬼子靠近桥底，架起云梯，爬上桥来。中间地段再次出现缺口，情况万分紧急。

何基沣见状，眼珠都红了，他"唰——"地拔下身边一个战士腰间的大刀，怒吼一声："有种的弟兄们，上！"

士兵们见旅长冲上去了，个个也不甘示弱，从各自的掩体里跃出来，冒着弹雨，高唱着《大刀歌》冲上去，与爬上桥来的鬼子混战在一起。一时间，卢沟桥上刀枪相碰，喊杀连天，血溅桥身。

敌机再次飞来，见两军厮杀在一处，只得投下几枚照明弹飞走了。坚守西堤岸的金营长率队赶来增援。枪停了，炮息了，两军在这座中外驰名的古桥上展开了白刃格斗。被民族正义感激荡得热血沸腾的中国士兵，用血肉之躯保卫卢沟桥，捍卫着民族的尊严。鬼子的后续部队被阻止住，爬上桥来的鬼子渐感不支，纷纷败退。孙常虎挥刀砍死一个鬼子，另一个鬼子转身欲逃。他抢前两步，抱住他的腰，举起扔进滔滔的河水中。

突然，守卫西桥头的士兵如潮水一样败退下来。何基沣吃惊不小，举目一望，西桥头岱王庙后，烟尘弥漫。几辆钢铁怪物般的坦克吼叫着冲过来。何基沣跑前两步，怒吼道："站住！谁再跑，我就劈了他！"漫逃的士兵被震慑了，纷纷站住。何基沣手持大刀一指："冲回桥头，守住阵地。"他又率队冲回桥头阵地，命令所有武器瞄准坦克开火。坦克却像没事似的，隆隆开进，链带碾着死尸，压过战壕、工事，荡起股股烟尘，逼向桥头。许多士兵初次见到这种钢铁怪物，见它不怕枪打，不怕手榴弹炸，未免心里发毛。何基沣蹲在掩体后，眼看隆隆驶近的坦克，搔着头皮，一时竟也拿不出制服钢铁怪物的办法。机枪猛烈射击，子弹打在坦克的铁板上，冒出点点火花，但却奈何它不得，坦克仍若无其事地驶近。

营长金大中眼喷怒火，爬到何基沣跟前请求道："旅长，给我一个排，我日他姥姥。"

何基沣果断地高喊："八排归金营长指挥。"周围的二十几名战士匍伏着来到金营长面前。金营长猛地脱掉小褂，甩手扔到桥下，高声呼喊："弟兄们，立功的时候到了，跟我上！"他抓起几颗手榴弹，提起大刀，顺堤坡向前滚去。士兵们也学他的样子，滚向敌人的坦克。此时，身穿保安队服装的林大壮刚奉王县长之命，给何旅长送来一份情报，办完事后，还没来得及走，见情况紧急，他也滚下堤坡。何基沣急得眼珠子都快要瞪出来了，他见冲上去的战士，在坦克上机枪的扫射下倒下好几个，心急火燎，愤怒地喝道："机枪掩护！"几挺机枪同时吼叫起来。

金营长连滚带爬来到坦克侧面，猛然跃起，抢起大刀，劈向坦克，坦克迸溅出几道金星。后面坦克的驾驶员发现目标，扫来一阵枪弹，金营长倒在血泊中。第二辆坦克驶近，隆隆声震醒金振中，他见坦克驶到眼前，忙把身上的手榴弹缠在一起，拉断手榴弹的引线，就势滚向一旁。

狡猾的日军驾驶员见一团手榴弹冒着烟躺在前面，忙紧急倒车。"轰"手榴弹爆炸了。坦克哆嗦一下，冲破迷雾，又隆隆开进了。

此时，孙常虎抱来几床被子，提来一桶汽油，他把被子泼上汽油，然后披在身上，点燃后，像一团火球，不！更像一颗熊熊燃烧的炮弹冲向坦克。

众人惊呼："快扔下被子，不然会烧死你的。"

火神，燃烧的火神冲向坦克。敌人的枪弹打在他的身上，他趔趄几步栽倒了。尔后，他又顽强地站起，一步一步地迎着敌人的坦克走去。一阵枪弹扫来，他又摔倒了。但他没有死，一点点艰难地爬向坦克。日军坦克驾驶员见一团燃烧的烈火弹打不怕，有些慌神，忙欲掉头逃去，但为时已晚，火神钻入坦克腹下，随着"轰隆"一声巨响，坦克燃起大火，成为一堆废铁。跟在后面的那辆坦克见状掉头欲逃，林大壮狠命地把一束手榴弹塞进链带下，身子往后一仰滚出丈余，火光一闪，又一辆侵略者赖以吹嘘的现代化新式武器，在中国士兵勇敢献身精神的打击下瘫痪了。两辆坦克燃起大火，后面的坦克掉头逃跑。

何基沣奔上前，抱起昏迷的金营长，转头呼喊："担架！"

两位铁路工人抬着担架奔过来，放好担架。何基沣亲手帮助工人把金营长放到担架上，叮嘱道："快！快送医院！"两位工人抬起担架就走。何基沣忙喊住他们："慢！我派人送你们去医院。"

"长官放心，你们打鬼子就是我们的亲兄弟，不用派人送，留下你们的人多打鬼子吧！"说话的正是掩护王翠芝逃走，给佟麟阁打电话的那位司机师傅。何基沣深受感动，感慨地说："百姓们待我们太好了，恩重如山。我们当多杀鬼子，报答国人的支持！"

两位工人抬着担架疾步而去，刚走到一片小树林前，前面的工人被绊了一下，险些摔倒，地上有人哼了一声。他冲后面呼喊道："这儿还有一位伤员呢！来人哪，这儿还有位伤员呢。"

十一　卢沟桥上，何基沣再逞凶神威

卢沟桥上被炮弹震昏划伤的何基沣，苏醒后挺身站起，厉声道："混蛋，不许说我负伤了，动摇军心，军法从事。"

激战的卢沟桥畔，不仅有众多的参战人员，还有来自北平前来慰问、救护伤员的抗日青年学生等，王翠芝和同学姚丽听到有人喊那里有伤员，忙闻声跑来，急问："师傅，伤员在哪儿？"

司机师傅用手一指地上："在那儿。"在燃烧的树枝映照下，司机师傅忽然认出了王翠芝，惊喜万分地说："姑娘，是你？"

"啊？是您？"王翠芝上前紧握住他的大手，非常兴奋地说，"我们又走到一起来了，上次多亏了您。"

"嗨！说那干啥！快救伤员去吧！"司机师傅摇着手，抬着担架走了。

王翠芝放下担架，俯下身来，将伤员扶起来，见他额头上有血迹，掏出手绢去擦拭他脸上的血迹，一张纸掉在担架旁。伤员正是林大壮，刚才他翻身滚离坦克，被爆炸的气浪推下堤坡，摔倒在树林旁，脸上的伤是树茬扎的。此刻，他口干舌燥，干裂的嘴唇翕动着："水、水……"

王翠芝寻视周围后，对姚丽说："你先照顾他一会儿，我去找点儿水。"说着，她把林大壮交给姚丽，转身走了。

昏迷中的林大壮听到耳熟的东北乡音，猛然睁开眼，眼望着火光中跑走的姑娘后影，急切地问身边的女学生："小姐，刚才跑走那个姑娘叫什么？"

"王翠芝！"姚丽见躺在地上的伤员猛不丁苏醒，问出这句话，随口答道。

林大壮急问："她的家是东北吗？"

姚丽疑惑地看着他，不知他是何人，干嘛问这个，迟疑地点点头。

"妹妹……"林大壮猛地坐起，站起来急追过去。姚丽猝不及防，吓得往后一闪，一把没拉住，让林大壮跑走了。她站起来紧赶几步，眼见那人很快消失在激战的暗夜里，再也难以辨认，只得作罢。"妹妹……"林大壮呼喊、奔跑、寻找着。但这里地处战场，一片漆黑，来来往往的除去战士，就是参加战地救护的学生、医护人员，还有搬运弹药的工人、农民，各种身份、来自各地的人混杂在一起，多是生面孔。他呼喊得嗓子发干，跑得双腿发酸，累得满头大汗，再也没有见到妹妹的影子。他失望地靠在桥栏上，自责地怨恨白白失去这么好的兄妹相逢机会，痛悔自己鲁莽、粗心。歇息片刻，他转念一想，也许抬担架的那位姑娘知道妹妹的下落，我何妨不去找她，打听一下。不然，这样瞎闯，即使是碰对面也难以相认呢。他们兄妹失散多年，妹妹已长成大人了！想到此，林大壮匆匆走向桥头，刚欲去找那个抬担架的姑娘，"轰隆隆"，鬼子进攻的炮声，再次震撼了古老的卢沟桥。

"何旅长负伤了！"不远处传来士兵们的惊呼声。

林大壮一惊，放弃了寻找妹妹的打算，朝呼喊声方向跑去。

林大壮跑近前，见何基沣倒在血泊中，两个士兵正欲扶起他。何基沣挺身而起，一把抹去脸上的血迹，厉声骂道："混蛋！不许说我负伤了。动摇军心，军法从事！"他扶住半截木桩，喘息一会儿，又无力地坐在沙包堆上，挥手命令道："各部队立即抢修工事，谁敢再言后退半步，当场处决！"

士兵们听到命令，忙散开抢修工事，打扫战场，补充弹药。林大壮被何基沣的刚强劲儿所感染，眼含热泪，投身到保卫卢沟桥的战斗行列里。

何基沣在两个士兵的搀扶下，来到仅剩半间屋顶的掩蔽所里。他抱起屋里的一只水桶，"咕咚咕咚"喝了一气凉水，抹抹嘴，抓起电话筒，高声呼叫道："北平，北平，卢沟桥还在我们手里，请军长放心！"话刚说完，便一头栽倒在墙角里。卫兵急忙扑上去，抱起何基沣，连连呼喊着："何旅长……"他见何基沣昏迷不醒，呼吸急促，此时，挂在半空中的话筒还在响着。卫兵忙抢过话筒喊道："喂？军长，何旅长他负伤了！"他哽咽着再也说不下去，扔下话筒，扶起何基沣，背起他跑向临时救护所。

何基沣伤势很重，头上、前胸被炸伤了，往外渗着鲜血，加上被爆炸气浪冲击，被震昏过去，已不醒人事。来到救护所，军医见是何旅长负伤了，赶忙跑上前，忙着止血，包扎，足足忙了半个多时辰，何基沣才恢复知觉。他缓缓地睁开眼，见许多人围着他正忙着救护，一挺身没坐起来，知道自己负伤了，用手一抹脸问："这是哪儿？"

"这是卢沟桥救护所。"军医答。

"噢？我还以为是西天呢！"他戏谑地逗趣道。

一句话，把在场的人都逗笑了。

卢沟桥开战后，驻守北宁线铁路平津段上廊坊镇的官兵，几乎天天看见日军增援前线的列车通过，却不能拦截，就连日军运输军火的汽车坏在军营门口，上头非但命令不准拦截，还要帮助日本人修好汽车。士兵们都快气炸了肺，但兵听将令草听风的传统，使他们眼睁睁目送日本人去打中国人却无能为力，岂不怪哉。

卢沟桥事变之后，日军为尽快占领平津、吞并华北，对北宁铁路线的重要军事目标、交通要道，都进行了战略包围，只是碍于需要和谈做幌子，才没有发动全面的进攻。他们的目标是第一步先攻卢沟桥，图占北平，然后回过头来吃掉天津。不料，卢沟桥守军顽强抵抗，打破了日军的如意算盘，为了尽快实施上述战略目标，日军决定先截断平津的联系，使二十九军在华北的两个主要城市首尾不能相顾，进而是各个击破，他们把攻击的矛头，指向平津之间的一座三等小站：廊坊。

在卢沟桥守军浴血奋战之际，平津铁路之间的廊坊车站，也燃起了抗日的烽火。

廊坊是安次县的一个小镇，北宁铁路从镇中穿过，位置恰居平津两地的中间，地理位置十分重要。廊坊主要街道在铁路南侧，路北仅有三四条狭窄的街巷，别看廊坊镇不大，却是平津铁路之间的大站。因此，二十九军为保护平津铁路，在此驻防了三十八师一一三旅二二六团。同时旅部率特务连与团部同住路南。当时，驻军在"七七事变"之后，军事作了一些调整，一营驻车站东侧的石灰坞，三营驻在路北的营房内，团迫击炮连驻路北一个货栈内，机枪连驻在路北不远的小村内。这里无山无水，地势平坦，全镇都是平顶房屋，无险可守。卢沟桥燃起烽火后，部队才在这里构筑起简单的防御工事，街道上以麻袋填土堵塞，房顶上垒起各种掩体。

日寇为谋得北宁铁路全线为其侵略华北服务。觊觎廊坊车站很久了，对于廊坊的战略地位日方也早已垂涎三尺，但考虑到天津仍为二十九军驻守，过早占领会受到天津、北平华军的夹击，腹背受敌，才未敢过早采取军事行动。二是如占领廊坊等于关闭北平的门户，大量的侵华日军和战略物资运不进来，就会影响日军吞并华北的计划。所以，卢沟桥打响后，廊坊站只是发生过几次中日双方的小摩擦，没有响起激烈的炮声，而中国军队难以压抑的抗日怒火却如熔岩烈火般地喷发了。

晨曦撕破厚重的云层，把淡淡的光亮投射到铁轨上，如两把长剑伸向北方。晨风中，持枪站哨的王春山谛听卢沟桥方向传来的炮声，如痴如醉，却又一副忧心忡忡的样子。站台上走过来全部武装的宋连长，他精神抖擞，跳下站台，踩着路基上的石碴走过来，脚步很响，可王春山却似没有听见，仍痴迷地望着远方。

宋连长见哨位如此麻痹，有些恼火，近前后大喝一声："王春山，你睡着了？"

王春山被吓得一哆嗦，转身见是连长来了，赶忙行礼："报告连长，我……"

宋连长刚欲再说王春山几句，忽见他脸上挂着泪痕，软下心来，冷冷地问："怎么？又想家了？没出息，男子汉大丈夫动不动就流泪，鼻子往哪儿放？"

"连长，你别冤枉人！想家？我王春山光棍一条，自从跟上二十九军，就从来不知道什么叫想家。我哭，我流泪，是为咱们二十九军的弟兄们。连长，你说说，卢沟桥都打起来这么多天了，不见咱们的队伍去增援，却整天见日本鬼子一汽车一汽车开过去。汽车坏了，还要咱们帮助修，路不平还要咱们给垫平，我的心里不好受！"王春山说着大嘴一咧，真的哭起来。他这一哭，宋连长受了感染，也觉得心里不是滋味，转身欲走，却又回过身来，低声说："你小子少管闲事，兵听将令草听风！上司让你怎么干就怎么干。不然小心你的脑袋，别活得不耐烦了。"

"活着，我看这样窝窝囊囊地活着，还真不如落个抗令不遵，跟日本鬼子干一仗，死个痛快！"王春山追前两步，恳求道，"连长，我们大家伙儿都信任你，你去求求刘振三旅长，让他跟张师长说说，把咱们调到前线跟鬼子干上一仗吧！"

"怎么？刘旅长去庐山受训回来了？"

"回来了，不信？有人看见他了，说是跟驻守卢沟桥的吉星文团长一块儿回来的。还听人说他们约定，准备狠狠地跟鬼子打上一仗，让东洋鬼子再次尝尝咱们老牌二十九军大刀队的厉害。"

"真的？"宋连长眼睛一亮，有些不信地问。

"我们班长讲的，昨晚上是他的岗，还能有假！"

"行！我马上去旅部，跟刘旅长说说去！"宋连长兴奋地大步离去。

王春山一把抹去泪痕，面对着传来隆隆炮声的卢沟桥，紧紧地攥起了拳头。

旅部住在廊坊镇铁路南一处宅院宽敞的房子里，这里原为镇上一家商号的院子，卢沟桥战火一起，主人早逃得不知去向。令宋连长奇怪的是，往日去旅部盘查得很严格，必须问清目的方才允许进去，而今天哨兵却格外和气。他踏上台阶时，哨兵招呼一声："宋连长来了。"手一挥，放他进了旅部。宋连长知道，这一处带有天津特色的宅邸，门道旁的耳房及西厢房为警卫排居所，东厢房为团部，宽大的三间北正房为旅部，西侧为旅长刘振三的卧室，东侧为参谋长李树仁、副旅长梅贯一二人的办公休息室，中间较大的一间为作战指挥室。他绕过院内的海棠树，刚欲向旅长卧室而去，却听见作战指挥室内传来团长崔振伦的招呼声："那儿屋里没人，都在这儿呢！"

宋连长赶忙奔向作战室，隔着敞开的窗户，见屋内聚集许多人。全团连以上的军官差不多都在这里。他走进后，营长邢炳南对他说："刚才通知开会，你去查哨了！快找个地方坐下，正在商量对日作战的大事。"

宋连长赶忙找个空位坐下，全神贯注地听起来。此时，正值二二六团团长崔振伦汇报备战情况："旅长，卢沟桥打响后，我们二二六团的措施是首先准备把随军眷属限期送走，团部移往路北，便于指挥作战；加紧构筑工事，同时，在万庄、落垡及廊坊车站三站，把车站和街市隔离开，各街口都用旧枕木、麻袋堵塞起来，再挖一道壕沟，并在屋顶上垒起各种类型的掩体……"

"扯淡……"刘振三打断崔振伦的汇报，从首席位置上站起来，走了两步，点燃一支纸烟说："你汇报说这么准备，那么准备，可一件也没落实。团部还在铁路南，跟旅部混住在一起，日本人一阵炮弹，旅部、团部还不是一锅端了，怎么指挥？再说，你构筑的工事呢？你挖的壕沟呢？这且不说，听说日本人的汽车天天在咱们眼皮底下通过，去打卢沟桥，去屠杀咱们的同胞，身为军人，你们的脸往哪儿放？"他说到激愤处，手指哆嗦着，烟灰抖了一地。

"刘旅长，你别激动！"参谋长李树仁劝解道，"弟兄们的抗日情绪是高涨的，准备也是充分的。可宋军长由天津返回北平，经过廊坊时，看见咱们构筑的工事，下令非得拆除了。"

"真有此事？"刘振三气得额头上的青筋暴涨，突突直跳。

　　"不光这些，前不久，北平方面与日方达成协议，认为卢沟桥冲突是地方事件，要求就地解决。规定日军列车过往，不经廊坊驻军许可不准放行，来往列车得向廊坊通报，可日方经过张璧等人，时常打着我方军列的牌子，偷运军火。而日军的兵力，大多是靠汽车，或徒步通过的，我们无能为力呀！"副旅长梅贯一心情沉重地说。

　　"旅长，我说几句。"后排一位中尉级军官站起来喊道，"旅长，我叫杜巍，是驻守杨村的第二营五连连长。您知道，我们五连驻的路口，正是日军来往车辆必经的交通要道。眼看着日本鬼子一车车辎重和军队日夜不停地开往卢沟桥，打我们的友军，全连弟兄们的肺都快气炸了。我们天天请缨杀敌，想打狗日的鬼子一个措手不及，截断日军增援卢沟桥的运输命脉，可上级就是不批准，弟兄们气得连饭都吃不下去了。最使弟兄们气愤和难堪的是前天，一辆日本鬼子拉弹药的汽车陷进泥窝里，走不动了，正堵在连部门口，我怕鬼子有诈，多次请求把鬼子的军火给截下，可上司的命令却是让我们帮助日本人把汽车给拉出来，还要我们给鬼子司机送饭送水，我们不干，就把我们连给调走了。"杜连长说着，流下伤心的眼泪。

　　刘振三眼睛喷火，怒视着参谋长李树仁、副旅长梅贯一，二人惭愧地低下头，避开刘振三的眼光。尔后，李树仁站起，低声说："弟兄们，这事是我拦下的，可我也是不得已而为之啊！当时，杜连长请示我说，官兵都忍不下去了，非打不可，实在不行，他们脱去军装，装扮成土匪，离开杨村防地，到别处去干，我和副旅长商量后，请示师部、请示北平，他们就是不允。并说，如有破坏停战和谈的行为，立即枪毙！这是当时的电话记录！"言罢，李参谋长由口袋内掏出一张纸，缓缓地放在桌上。然后垂下头，脚步沉重地离去。

　　"旅长，我也有责任。"团长崔振伦站起来说，"我团驻守廊坊，本应把廊坊变为日军不可逾越的屏障，支援卢沟桥苦战的友军。可我们都做了些什么呀！昨天傍晚，天津车站传来紧急通知：日军兵车一列开向北平。知道这消息后，我即刻带兵赶到站台上，想阻止日军列车通过。可那时，时间紧迫，日军列车已到落垡，距杨村只有一站之遥。情况紧急，我赶急找到车站站长商量阻止日军列车通过的办法。考虑到我团的任务是守卫廊坊车站，阻止日军列车通过，打吧，上级不批准；合理阻止吧，又没有办法。既要避战，又要守土，我们这兵当得难呀！多亏站长李益三建议，唯一的办法，就是下令让铁路职工一跑了之，没有信号，日军列车不敢进站，神仙也没办法。我认为可行！立即让李站长号召工人逃跑。这才阻止了日军列车的通过。可这终非长久之计呀！"崔振伦团长一席话说得大家心里沉甸甸的，屋内一时静下来，人们都在思考着对付日本人的办法。

"叮铃铃。"桌上的电话铃声，打破了作战指挥室暂时的沉寂。副旅长梅贯一抄起话筒："喂，哪里？对！我是廊坊。什么？有一列日军兵车要开往北平？什么时间？"话筒内的声音没有来得及回答，就响起激烈的打斗声。继而，传来一声枪响，一个人声音微弱地叮嘱道："千万别让日本人的兵车……通过！！"紧接着，那人惨叫一声，似有刺刀扎进他的后背，又隐约传来几句日语的嘀咕声。

话筒"啪"地一声掉在地上，一阵盲音。

人们知道，这是通话者用生命报告了这一消息。

作战指挥室里鸦雀无声，将领们心情沉重，默默为这位不知名的死难同胞致哀。

"奶奶的！"刘振三上前接过话筒，"喂，给我接师部，我找师长张自忠接电话。什么？他不在。你是谁？副师长李文田？我是一一三旅旅长刘振三，据情报说，日军有一列军车要开往北平，我们请示师部让我部采取行动，拦截狗日的。"

"什么？没有宋军长的命令不许行动！那我们怎么办，就装熊包软蛋，让日本人通过去打我们的弟兄？什么？让日本人的列车进站或通过，就是不许日军出站进街，这是什么命令？如果此办法不行，下一步怎么办？"刘旅长正在向上级请求指示，孰料对方却"啪"地挂断了电话。他木呆呆地望着话筒发怔，一句话说不出来。

一团巨大的阴影骤然袭上心头，作战指挥室内人们心情沉重。梅贯一站起来，摆摆手道："各位先回去吧！我们先商量一下，再做决定吧！"

军官们站起身纷纷离去，刚到门口。身后传来刘振三的铿锵话语："你们记住，谁要是在日本人面前装孬种，看我不把他的卵子挤出来，当泡儿踩，算我不是男子汉！"

宋连长回望一眼，见刘振三旅长表情痛苦，紧紧地抿着嘴唇，似把万语千言憋在心里，目光复杂地望着大家走出去。只这回眸一望，宋连长就把这一表情深深印在脑海里。

十二　平津铁路，日寇施奸廊坊失守

一趟日军军车驶来，停在廊坊火车站上，名义上是抢修电线，却突然涌出大批日军，偷袭中国守军。《孙子兵法》中的"兵不厌诈"，又一次成为日军进占廊坊的作战信条。中国守军顽强抵抗，不料上峰却命令他们放弃阵地，撤回兵营。结果在日军飞机的狂轰滥炸下，兵营一片火海。

随着日寇进攻的步伐加快，天气也越来越闷热，防守廊坊车站的二十九军一一三旅将士的心里更加着急，歼敌机会一次次失去，日本人不断增兵，威胁着他们的安全。自旅部会议后，各营、连长回去传达，将有日军列车通过，准备战斗后，官兵们的心情更加紧张。部队以排、班为单位，纷纷将几天前拆除的工事又急急抢修起来。人们这个憋气呀！没工事让修工事，有工事让拆工事。如今，又让抢修工事，天热得连狗都躲进荫凉处，长吐着舌头喘气。可人呢？还得在太阳底下干活儿，一动一身汗。可听说这回真要和日本人打仗，士兵没有任何怨言，大汗淋漓地抬着麻袋，挖着壕沟。负责警戒的大眼瞪小眼监视着天津的方向，防备日军的偷袭。

下午 4 时 30 分，一列日军列车果然驶来，廊坊守军立即戒备，信号灯亮出绿灯，准许日军通过，而日军列车根本没有通过之意，却缓缓停在站台上。车门开处，跳下几名日军官佐。按照事先安排，安次县公安局长带着一个翻译急步上前。

"诸位，此处不能停车，这是中方、日方共同签订的停战协议规定的。"公安局长苏林秉承刘振三旅长的旨意，上前劝阻正在涌下车来的日军。

"我们是为抢修电线来的，你们的官大大的允许！"日军中一位满脸粉刺、矮胖似冬瓜的中佐挤上前，说着用手指指脑袋，证实批准他们停留的中国官员很大。

"上司允许，我们命令的没有接到，还是请贵军赶快上车回去吧！"苏林脸上强堆笑容，企图以礼貌感动日军，不至惹出什么麻烦。

"巴格！"胖冬瓜抢上前，手指苏林道，"你的小小的，我的大大的，让你们刘旅长来讲话！"车站上下来的日本人越来越多，苏林急得头冒热汗，只得跑出站台。

此时，刘振三还在与师部联系。不知怎的，电话刚接通，一句话没说，电话突然又断了。他赶忙命人去查线。苏林一头撞进来，一边抹着脸上的汗水一边说："刘旅长，日本人非要见你，说我官小！不跟我谈！点名要跟你、跟崔团长谈！"

"糊涂！我能去吗？我去你来指挥军队？"

一句话把苏林问得直翻白眼，一时答不上话来。

"刘旅长、崔团长都不能去，日本人比狐狸还狡猾。谁知他们安的什么心，要是把你们扣做人质怎么办？"副旅长梅贯一提醒道。他转问苏林道："站台上，日军最大的官衔是什么？"

"最大的是中佐！"苏林回答。

"那好办，让副团长杨遇春、李参谋，他们一道去！记住，不管说什么都不许日军下站台，更不许上街！"刘振三吩咐。

"刘旅长，我看别跟日本人磨牙斗嘴的了，日本人来的也不多，把他们一窝儿端了得了！"崔振伦团长气愤地说。

"你懂什么，没有上级命令，后果你承担还是我来承担？"参谋长李树仁抢白道。

夕阳西下，副团长杨遇春、李参谋、苏林等人返回站台，见到一中队日军士兵和几十名通讯兵正在站台上构筑工事，架设通讯设施。他们大吃一惊，急忙奔过去，找到日军冬瓜中佐。严词抗议道："中佐先生，这里是中国驻军重地，你怎么让你的下属任意在此构筑工事呢？"

"哈哈！刘旅长，久仰你的英名，今日相会，有幸大大的。"冬瓜中佐正在查看地图，突见几名中国军人站在面前，以为苏局长把刘振三给请来了，赶忙迈动着两条短腿，抢步上前，欲握中国军人的手。

"他不是刘旅长，是副团长杨遇春，这是李参谋。"苏林把中方代表介绍给日方官佐。

"这个，关系的没有。"冬瓜中佐十分狼狈，伸出的手停在半空，瞬间脸上挤出笑容："杨团副，咱们初次相识，交个朋友吧！"

"中佐先生，日军未经我方允许，在站台上擅自构筑工事、架设电线，是违背协议条款的。"杨团副见冬瓜中佐不谈正事，再一次提醒道。

"噢！他们是为抢修电线，怕突遭袭击不得已才这样做的！来，我们朋友大大的，不谈这个，咱们合个影吧！现在光线正好！"冬瓜中佐故意拖延时间。说着话，他一招手围上来几名日军，强行把杨团副、李参谋、苏局长等人拉到一块儿，日军也挤上来几名军官，合拍照片。拍完合影，冬瓜中佐又急步赶到杨遇春面前，拉住他的手说："我们朋友大大的，咱俩拍个合影吧！"

"合什么鸟影！"杨遇春一把甩开冬瓜中佐的手，厉声道，"赶快命令你的手下停止构筑工事，马上离开廊坊！否则发生冲突，责任全部由你方承担！"

"杨的朋友，着急的不必！我们完成任务就会离开的。"冬瓜中佐拍着杨团副的肩膀，故作亲热状说。

此时，又有几节车厢内涌下来成群的日军，他们分成三四个组列、每组四五十人，全副武装带着工具，分头出站，选择有利地势，凭借地物构筑工事。杨团副等人看到这一切，十分焦急，忙抢步到冬瓜中佐跟前，高声喝喊："中佐先生，赶快命令你的部下停止构筑工事，回到列车上去！"

"停止，可以呀！不过嘛，你方必须退出营房，让日军居住，方可停止！"继而，冬瓜中佐脸上的肌肉痉挛着，提出更为无理的要求。

"操你的奶奶！"杨团副至此才明白，日军照相、谈判都是为了拖延时间。他再次被日本人欺骗了，无法强压满腔怒火，挥着拳头冲上去，欲与冬瓜中佐拼个你死我活，周围的日军个个持枪在手，冬瓜中佐也握紧了刀把。

苏林局长、李参谋见此，忙拉住杨团副，把他架出鬼子的人群，劝说："杨团副，硬拼不是办法，咱们还是先回去，请示团长、旅长后，再想别的办法吧！"

中方代表一行踏着日方新挖的战壕，再次败下阵来，趔趔趄趄地走下廊坊车站。

杨遇春等人回到旅部，刚欲汇报在火车站上与日军交涉情况，看见刘振三旅长正火气十足地打电话："副师长，日军非但不走，还要我军让出营房！什么？不能让出营房。敌人硬要进怎么办？挡住日军？如何挡法？开枪不行，我没办法，知道了，总之驻地不能让出，也不能先敌开火！"刘振三"啪"地挂上电话，不满地发着牢骚："这是当的什么兵啊！敌人闯进家门来，还不让动手打，有这么窝囊的吗？"言罢，跌坐在椅子上，苦闷地抽起烟来。

杨遇春刚欲汇报，却被团长崔振伦一扯衣袖，二人悄步退出。来到院内，崔团长低声道："你别说了，刘旅长都知道了！他气得自打昨晚到现在还没吃饭呢。"

"那怎么办？就眼睁睁看着日本人白白占了车站？"杨遇春憋闷在肚子里的火还没有熄灭，不服气地问。

"唉——，听天由命吧！"崔振伦长叹一声。

二人走出团部。他来到三营九连时，九连已吵成一锅粥，有的士兵大骂："妈的，日本鬼子都把工事修到家门口了，当官的也不让打。真是兵熊熊一个，将熊熊一窝！"

"可不是，看人家何基沣旅长就是够男子汉，敢跟日本人硬碰硬，再瞧咱们，武大郎卖豆腐，人熊货软！"站在门外，崔振伦进不是退不是，心里真如打翻了五味瓶，说不上是什么滋味。责怪士兵们吗？连他也被日本人的挑衅行为激怒得恨不得脱光膀子大干一场了，可上司有命令，他这当团长的又有什么办法。再说前不久发生的"丰台失马"、"察北事件"、"冀东事件"，理由都在中国人手里，可最高当局硬压迫冀察当局，向日本人赔礼道歉，处分了中国军人。崔振伦知道：他这个军人当得很累，别看这个不大的官衔，也是十几年来爬冰卧雪，枪林弹雨中闯荡，死伤多少回，用命才换来这般拳头大的官，不易呀！干吧！窝心；不干吧，觉得可惜。无奈，只得逆来顺受地忍耐着。想到此，他咳嗽一声，走进连部。

见团长突然而至，屋内的人很紧张。连长宋再先抢先站起，神情紧张地招呼："啊！团长来了。我们……那个……"他一紧张竟说不出话来。

崔振伦摆摆手："大家坐吧！"

士兵们落座后，还是很紧张，没有人敢说话。崔振伦走到窗前，静听了一会儿铁路方向传来的日军修工事的声音，沉重地说："刚才大家的活，我都听见了！你们说得对，骂得好！我是太熊了，不配做你们的团长，更不配做男子汉……"

"团长……"宋再先的话没有再说下去，眼泪却先流了下来。

"弟兄们，你们骂吧！骂的狠些。骂得越狠，我心里越好受，谁让咱当这个窝囊的兵呢！"

"团长……"士兵们齐纷纷站起，内疚地垂下头，屋内死一般地沉寂。

"连长，鬼子开始在街对面，对着连部门口修工事了！"门口传来一声带着哭腔的声音，紧接着，王春山一头闯进，没来得及观察、询问屋内的详情，泪流满面地恳求："连长，让我们打吧！"

宋再先没有说话，只是看了团长一眼，王春山抢先一步，"扑通"一声跪地，就仰面哭求："团长，弟兄们再也忍不下去了！就让我们打吧！"

"团长，就让我们长一回中国军人的志气，打吧！"屋内的人纷纷上前，齐声请求。

"我的好弟兄！"崔振伦返身上前，把王春山扶起来，擦去他脸上的泪珠道："我对不起你们，让你受委屈了。"他走到宋再先面前，低声吩咐起来，宋连长脸上的愁云逐渐散去，他一拳擂在门柱上："好！就这么办！不能让日本鬼子太猖狂了！"

夜幕，在闷热的白天消逝之后，终于降临了。廊坊，这座往日秩序井然的车站，今晚又多一些杂音。东洋人的话语声、铁锹挖掘土地及大皮鞋踏动路石的声音，不时传向四周。与此同时，车站四周监视日军动静的中国士兵的喘息声，越发急促了。深夜11时，当隐蔽在列车内的日军主力，再次涌下车厢，翻越车站外面的栅栏，欲强行进占廊坊街道时，王春山，这个中国最普通的士兵，首先打响了自卫的枪声。

枪声一响，犹如发起进攻的信号，愤怒已极的中国士兵立即把弹雨泼向车站上的日军。机枪、步枪、手榴弹响成一片，打得日军狼狈而逃。

遭到猝然打击的日军先是惊慌失措，但很快地镇静下来，组织了强有力的反击，无奈在中国军队的进攻下，他们渐渐败退进车站建筑物内，顽强死守，等待援兵。

早就红了眼的中国士兵，不顾鬼子猛烈地扫射，发起一次次顽强的冲锋，使车站上的包围圈越缩越小。

战斗打响，旅部内很是兴奋。刘振三急忙向师部报告："师长，日本人向我们进攻了。我们不能再等挨打，请师部指示，我们怎么办？"继而，话筒内传出："育如（刘振三的字），你拿着话筒不要放下，我马上请示师长。"

话筒内传来丝丝的电流声。此时，车站方向的战斗更激烈。这时，崔振伦带着宋再先、王春山赶到旅部，没进门就喊："刘旅长，您看，这事怎么办吧？没有人命令，这小子就开了枪！"

"是啊！旅长！我不在，他们受不了日本人的气，就还手了！身为连长，我有责任！请求长官免我的职吧！"宋再先赶忙检讨。

"不！跟团长、连长都没关系，是我王春山集合五挺机枪，先打鬼子狗日的，我请求长官处罚我！"王春山挺胸上前，毫无畏惧。

此刻，话筒内又传出声音："你们要忍耐，张师长去北平谈判去了，不要坏了大局。快放弃攻占车站的计划，将部队撤回原驻地，听候处理。怎么解释？告诉弟兄们，调解矛盾的列车马上就到！"说罢，电话内没有了声音。

刘振三听着电话，如同一盆凉水兜头浇下，顿时凉到脚跟。握住话筒的手微微发抖，刚才崔团长他们说了什么，他一句也记不起来了，只是茫然望着屋里的人。

"刘旅长，我们请求惩处，请把责任推给我们！"

"责任！什么责任，你们打得好！给我出了一口恶气！我要嘉奖你们，去！你们快去干你们的，管他狗日的什么调解不调解！"刘振三大声呼喊着，发泄着胸中的怨气。

"好啊！有旅长这句话，我王春山脑袋掉了也不后悔！"王春山说着，敬礼后快步跑出。

刘旅长今天这是怎么了？崔振伦、宋再先疑惑地对望了一眼，也离开了旅部。

"旅长，您要三思而行啊！这样蛮干后果不堪设想啊！还是应从长计议为好啊！"参谋长李树仁见旅部没有外人，伏在李振三的耳边，细声阐述起自己的主张……

在中国军队高级决策人物的"和谈"梦的左右下，节节胜利的廊坊中国守军奉命撤回营房，等待所谓"调解"人员的到来，错失由日军手里夺回车站的良机。7月26日拂晓，在一一三旅数千将士的渴望下，由天津方向驶来一列火车，没遇任何阻拦，长驱直入，驶进廊坊车站，车门大开，走下来的根本不是什么"调解"代表，而是一身黄乎乎的日军，后援之敌首先由残破的车站建筑物内，接出被围困的日军。而后，抢占地势架起大炮，轰击已遵命撤回营房的中国守军。中国守军这时才如梦方醒，日方的调解不过是缓兵之计，忙仓促应战。无奈营房既无险可守，又丧失了进攻的大好时机，各部队联络中断，被迫抵抗。突闻飞机的嗡嗡声由远而近，9架日机由天津方向飞来，在廊坊上空稍事盘旋侦察之后，即向毫无防空设备、防控武器的中国守军营房低空轰炸扫射，投下一批又一批炸弹。霎时间，营房内一片火海，站台上的日军同时向外发起攻击。此后，敌机以9架为编队，不间断地轮番轰炸廊坊守军营房，不到上午 10 时，守军营房已成一片废墟。

驻守廊坊的中华民族热血男儿，没有在日寇的淫威面前怯懦，他们顽强拼杀，打退日寇的一次次进攻，直到下午，守军才撤离了廊坊车站，转移到桐柏镇，寻觅着再次歼敌的时机。

月光惨淡，映照在铁路两侧的青纱帐内一队队正在行进的中国士兵身上。他们虽说衣衫不整，但却脚步轻快，手持大刀，身背手榴弹，准备偷袭白天靠飞机、大炮侵占廊坊车站的日寇。王春山头上缠着绷带，肩扛一挺机枪，在跨越一条小沟时，脚下一滑，险些摔倒，多亏身后的人一把扶住。他定睛一看，正是连长宋再先，赶忙感激地一笑，问："连长，白天你报销了几个鬼子？"

"没数！反正少说也有五六个吧！你呢？"宋再先接过机枪，扛在肩上问。

"我比您多，开始时，我一梭子机枪就打倒好几个，后来又扔出五个一捆的手榴弹三捆，怎么着也得消灭十多个日本鬼子。"王春山自豪地说。尔后，他又有些不放心地问："连长，上级追查下来，会怎么处分咱们！"

"处分什么？今天下午我听团长说，和谈无望，遇敌就打！要不咱们怎么敢主动去打日本人。"

"这就好了！没有了夹板，咱就更不怕东洋鬼子了！"王春山如释重负地说了一句，脚步迈得更轻更快。

"不许说话！"黑暗中传来前头下达的命令。

"不许说话！"连长转达给王春山。王春山回身重复一句，身后的人依次传达下去。

廊坊车站到了。站台上那熟悉的灯光，使战士们一阵激动。当看到灯光下徘徊的日本鬼子时，他们眼里又燃起仇恨的火焰。没有信号弹、没有枪声，崔振伦团长只是挥了一下手，几名暗影处的战士如猛虎般跃出，闪电般地扑到鬼子哨兵跟前，鬼子听到动静，转过身刚要喊，大刀片寒光一闪，鬼子已身首异处。紧接着，掩蔽在青纱帐内的战士们勇敢地冲上路基。"哒哒"，鬼子发现了，扫来一阵枪弹，几名战士被打倒，而身后的战士又潮水般涌上前，面对着日寇狂风般的弹雨，面对随时可能夺去生命的枪弹，为夺回失去的土地，他们勇敢地冲了上去。

十三　广安门外，香槟酒险迷将士眼

北平通往卢沟桥方向的重要城门广安门，是日本人觊觎许久的目标，多次图谋都未得逞。一天傍晚，日军官樱井带领翻译，抬着几箱香槟酒，来到广安门城楼上，表面上前来慰问、联络感情，其实没安好心。果不其然，随后骤至的是载有几百名日军的大卡车隆隆驶来……

与此同时，1937 年 7 月 26 日，在这个月色昏暗的夜晚，当廊坊驻军部分官兵为夺回被日寇强占的车站、奋勇拼杀之际，北平城的西南门户广安门，也爆发了一场值得歌颂、名垂史册的英勇战斗。

广安门位于北平的西南，是北平外城的西南门，扼守北平通往丰台、卢沟桥方向的交通要道。这一天，日军步兵第二联队第二大队，乘火车通过廊坊、黄村等车站，来到丰台。日军下车后，立即分乘 26 辆卡车，由丰台驶向北平，企图乘中国军队还没有发觉日方增兵之前，强行闯进北平城。日军的汽车呼啸着，辗过路上雨后的积水，车棚上架着一挺挺机枪，飞快驶向广安门。广安门危在旦夕，日寇阴谋一旦得逞，后果不堪设想……

北平是三朝古都，有两千多年的历史。勤劳勇敢的人民在建造城貌的同时，也修建了大小几十座城门，成为古都建筑文化的一个重要组成部分。广安门在北平外围城墙的城门中算不上第一位的，比永定门、德胜门略逊一筹，但由于扼守着通往卢沟桥的要道，自战事以后，地理位置日益重要起来。日本人为截断北平城与卢沟桥的联系，决心首先抢占广安门，孤立卢沟桥。为此，他们进行了周密的策划。当天傍晚，日方为麻痹中国守军，冀察政务委员会日方顾问樱井带领翻译等人，抬着几箱香槟酒来到广安门，以慰问、联欢、联络感情为名，把驻守广安门的守城部队二十九军一三二师刘汝珍团一个连、班以上军官请到城门楼内，边喝酒，边提出此行的要求。他堆起满脸笑容，说："各位，日方使馆卫队野外演习归来，傍晚由此返城，还需诸位高抬贵手，行个方便吧！"

"这个我们可做不了主，等我们请示后再说吧！"连长说完，放下酒杯，抓起电话，请示营长李延赞。连长得到允许后，他刚刚抓起酒杯，就听见汽车声，他奔出城门一看，见日军既不像使馆卫队演习归来，也不是仅局限一百人，而是足有几百人的野战部队。他情知不妙，发觉上当，立即呼喊："快关城门！给我开火！"

日军车队刚刚驶到，见城门欲关，立即开火，强攻城门。

中国守军立即还击，抛下成束手榴弹，乘敌人稍退，忙赶紧关闭了城门。城楼上的樱井见事情败露，乘乱逃走，连长挥手一枪，击中樱井，那家伙顺马道滚下，跳城墙逃进小巷内。

双方激战，日军被打得落荒而逃。退出城门后，架起大炮，猛烈地轰击着他们企图侵占的目标。

第四章

拒通牒军长扬国威　　守南苑沙场伟丈夫

一　作战室内，宋将军不辱使命

面对日军要二十九军屈服的最后通牒，宋哲元义正词严地喝道："我姓宋的不是泥捏的！"并命令副官："把日本人给我轰出去！"

日军在侵占廊坊、马驹桥，完成战略上包围北平的势态之后，为达到不战而降二十九军的目的，通过秘密的、公开的渠道多次劝诱宋哲元停止抵抗，放下武器，均遭宋哲元严词拒绝。日军见软的、硬的均不能达到目的，便昼夜增兵华北，以图扭转军事上的劣势，掌握战局的主动权。七月下旬，侵华日军经多日筹划，增兵华北已达到优势，认为武力解除二十九军的武装已不成问题，决心用军事征服宋哲元将军，把他们眼中这支国民党抗日武装的中坚力量赶出华北，消灭或者击溃，拔去眼中钉。

战局的发展，终于使宋哲元逐步清醒了过来，至此最后关头，他抛弃了对日幻想，选择了抗战。此时，铁狮子胡同的冀察政务委员会所在地，紧张的战时气氛已笼罩了整座大楼。人们走路的脚步特别轻，频率却十分急促。机要室内，电键哒哒地响着，男女不同的嗓音在呼叫着各自的讯号，说话声、呼叫声混成一团。

宋哲元戎装披挂，提着雪白的小棍，烦躁不安地在办公室里踱着步，像只被关在笼子里的老虎，寻觅着冲破这牢笼的出口。

一个参谋轻步而进，声音十分急促地报告："军长，卢沟桥吃紧，何基沣旅长负伤，需火速增援！"

宋哲元对参谋的报告似乎充耳未闻。他叉足而立，无动于衷，像失去思维能力的愚人痴汉似的面墙站立着。另一个参谋奔进来，见到宋哲元的神态，迟疑地停住，往回退了一步，皱皱眉，但还是走到宋哲元近前，低声说："军长，廊坊电话接通，日军数十架飞机轰炸我军阵地，车站失守。他们请求出击夺回阵地，另外……"参谋说到这儿，见宋哲元沉默不语，脸色铁青，越发难看，忙停住话音，没敢再说下去。又一个参谋奔进来，急急地喊道："军长，南京催问和谈……"

宋哲元猛然转身，面对他们，"啪！"把手中的小棍折断抛到窗外，狂怒地吼道："滚！都他妈的给我滚！"

参谋们惊慌退出，宋哲元飞起一脚踢上门，仰身倒进安乐椅上，双手紧紧地捂着耳朵，他再也不愿听这种杂乱无章、使他心烦意乱的声音。

"报告。"刘副官推门而入，秦德纯领着松井随后进屋。宋哲元正欲发火，瞥见身后来人，眼球一转，收敛了怒气，故作平静地问："什么事？"刘副官指指身后说："秦市长带着日方代表松井求见。"

"求见……"宋哲元斜视门口几眼，慢腾腾地站起来，面对墙壁，看也不看松井一眼，讥讽道："都进来了，还谈什么求见，简直是扯淡！"

秦德纯听出宋哲元的话里有责怪他的意思，忙跨前两步，想解释什么："军长，我……"

宋哲元倒背在身后的手冲他摆摆，表示不愿再听他说什么。

秦德纯把快到嘴边的话忙咽回，噎得他直翻白眼。他无奈地看看松井，给他努努嘴，示意他上前和宋哲元直接讲话。

松井跨前两步，双手恭敬地奉上一张纸说："宋军长，这是香月清一司令给阁下的通牒。"

"念！"宋哲元像被人抽了一皮鞭，浑身抖动一下，厉声命令道。但他却仍面对墙壁，不看屋内任何人一眼。

刘副官上前从松井手里接过通牒，翻他两眼，见松井正狂傲地高昂着头，一副天不怕地不怕的劲头，决定要给他点颜色瞧瞧，杀杀他的锐气。刘副官抖动两下念道："通牒……"

宋哲元不动声色地命令："省去开头，念主要的。"此刻，他的浑身气得哆嗦着，手指捏得"嘎叽嘎叽"直响。

"日方要求：一、将卢沟桥及八宝山附近的二十九军三十七师，于本月27日正午前退到长辛店附近；二、将北平城内驻守的三十七师，与西苑该师之部队，同时退往平西区域，至迟于28日正午为止，须迁至永定河以西地带，嗣后仍须将所部军队，运往保定以南：三、……"

宋哲元猛然转身，上前劈手夺下通牒，三把两把扯得粉碎，脸色涨得通红，顺手把碎纸屑扔出窗外，愤愤骂道："通牒，通你娘的屁！"

松井未曾料到宋哲元态度如此强硬。他脸上的横肉神经质地抖动，咬牙切齿地说："宋的，你的二十九军的必须于限定 24 小时之内退出北平。否则，皇军就以大炮、飞机攻城！"

"请你告诉香月清一狗日的，我姓宋的不是泥捏的！"他手指门外喊，"把他轰出去！轰出去！"宋哲元愤怒地厉声吩咐着手下执行命令。

刘副官断喝道："滚！"

松井还欲说什么，刘副官上前推了他一把，把他赶出屋门。

秦德纯近前两步劝道："军长，你可不要因一时鲁莽而……"

"不要说了，我的市长大人！为人要正派，得做有骨气的中国人。"宋哲元语峰犀利，给秦德纯来了个大窝脖，呛得他白着眼珠，许久找不到答复的话，一甩袖子走出屋门。

宋哲元转身指示刘副官说："你立即拟个电文，电告南京，电告全国，我宋哲元决心固守北平。"

这时，又有几个人涌入，齐声道："军长，不能打呀！日本人飞机多、大炮多、坦克多，不出三天，北平就要变成碎粉，片瓦不存哪！"

"妈的！又来添乱。"宋哲元暴躁地抓起墙上的马鞭，"我、我揍死你们这帮软骨头，中国的许多事就坏在你们这类人手里。"

几个说客惊恐后退，抱头鼠窜而去。这伙人来到庭院内。一位绅士模样的家伙一拍油光的脑门说："这儿不行，咱们不如去找石友三。"几个人密谋着走了。

宋哲元赶走松井，轰开亲日派，心情顿觉畅快些。他躺在安乐椅上，吩咐道："刘副官，一会儿你以我的名义，给南苑发封电报，要他们务必提高警惕，严加防范！"

初恋是美好的，也是难以忘怀的。但战争的阴影却冲散了一对相依相恋、感情挚深的情侣。思恋的痛苦折磨着他，特别是当他目睹别人美满的爱恋之时，见景思人。战争的间隙，好男儿也洒下几颗热泪。

战争的阴云，笼罩了华北。

　　为防止北平失守，华北军政首脑不断调兵遣将，调整布防。同时，也在思考：日寇在卢沟桥碰了壁，但他们决不会就此善罢干休，他们下一个作战目标是哪里呢？在宋哲元拒接通牒之后，日方也铁下心来，武力解除二十九军的武装，占领全华北。攻击目标，北平门户：南苑。

　　此时的南苑，早已森严壁垒。佟麟阁指挥军训团在南苑镇外围新挖了一条宽两丈、深一丈的大沟，防范敌人坦克的进攻，挖出的土又在沟后筑起一道房顶一般高的大围壕，围壕上筑有暗堡、机枪阵地，并在东、西、南、北四周的最高处各修了三个掩蔽指挥部，便于观察敌情，指挥作战。同时，又在大土壕的里面修了一条两米深、一米宽的暗道，便于运送兵力。这样的阵地，虽算不上现代化的立体防御工事，但在当时也是费了一番苦心的。

　　这天，冯大队长吃罢早饭，扛着铁锹经过西营房往南走，想到机场南面的阵地上去检查一下工事。忽然，他在树荫下站住了，呆呆地看着远处，壕外一块玉米地里，两个青年男女正在把一米多高的玉米秸一垅垅地压弯，用草绳扎住。男的是军训团的常怀忠，旁边的是日本姑娘小岛幸一，他们说着笑着忙碌着，使人觉得他们好像不是在为防范敌人的进攻做准备，而是在进行田园牧歌式的愉快劳动。说起小岛幸一也真够倔犟的，佟麟阁多次劝她注意躲避日寇间谍的耳目，她就是不以为然。当她听说要把她转移到保定的决定后，死活不依。最后把她强送上飞机，谁知她到保定没几天，又偷着跑回来，一定要和常怀忠在一起，站在反抗日寇侵略的最前线。

　　冯大队长悄悄走近，见常怀忠将玉米秸搬弯，小岛幸一灵巧地系着扣。他俩合作得很好，好似一对农家夫妻那样幸福美满。注目着日本姑娘苗条的身段、迷人的笑脸、银铃般的笑声，冯大队长脑海里映出另一个日本姑娘的音容笑貌，蓦地忆起他的初恋……

　　他在日本留学的日子里，结识了一位端庄秀丽的日本姑娘。当时，他也正是风华正茂，书生意气，满腹经纶，一腔热血，对自己，对祖国都有美好的憧憬。他热恋着那位日本姑娘，愿与她结成秦晋之好，把自己的一颗赤诚的心，奉献给钟情他的异国姑娘，日本姑娘也一往情深地爱着他。樱花时节，东京的公园留下了他们的笑声；富士山下，留下了他们喁喁情话。"九·一八事变"一声炮响，轰毁了他热恋的迷梦，中日两国关系恶化。他草草结束了留学生的生活，返回灾难深重的祖国。离别的时刻，日本姑娘泪洒衣襟，肝胆欲裂，他也怅恨青天，撕肝裂胆，如不是当着许多人，他也会泪流满面。起初，他瞒着父亲和日本姑娘保持书信来往。后来，父亲知道了，把他叫到跟前，训斥道："我们身为中国人，不能爱一个敌对国家的姑娘，如果我们不是军人，也许可以保持这种关系，但你却是将军的后代、军人的身份，两国就要见仗，难免人家说长道短，说我投敌卖国，出卖情报。到时你就是长八张嘴也分辩不清。"

他当时不服，与父亲争辩。为执行军法，父亲让士兵把他捆在树上，杖背四十。把他打得皮开肉绽，好几天下不了地。事后，他对父亲哭诉道："这样叫我日后怎么做人呢？"

父亲流着老泪，抚摸着他刚刚结疤的后背，很是心疼。垂泪道："儿呀！你看过辕门斩子吧！正人先要正自己，才能立于不败之地啊！打了你我心里也不好受。等到中日两国和平友好的日子，你再去找你那心爱的日本姑娘去！那时，父亲决不拦你！"

是啊，光阴荏苒，六个年头过去了，自己热恋的日本姑娘怎样了？她还在爱我吗？冯大队长的眼睛湿润了，他抹去泪水，毅然转过身，却见佟麟阁站在身后正注视着他。他忙敬个礼道："副军长……"

"怎么，心里不好受吧！"佟麟阁笑问道，感慨地说，"是啊！如果不是战争，你们青年人正是学习、恋爱的好时光。可现在，光思念怀旧不行啊！走，咱们检查工事去！"

"是！"冯大队长答应一声，随佟麟阁沿着大土壕走去。他们边走边谈，佟麟阁回身说："军长决心抗战，对全军将士鼓舞很大！"

"是啊！"冯大队长颇有同感地说，"亡羊补牢，犹未晚矣！"他拍着正在修工事的士兵们的肩膀说："副军长，您看他们劲头多足！"

穿过一片树林，他们来到正在玉米地里忙碌的战士们跟前。战士们见佟副军长和冯大队长走过来，忙放下手里的活儿立正行礼。

佟麟阁回过头，指着绿油油的庄稼说："弟兄们，这可是农民的命根子，你们辛苦点，不能让老百姓受损失。"

"副军长放心。"一个士兵站前一步回答，"我们都是贫苦出身，深知每一粒粮食都来之不易，决不能糟害百姓快要到嘴的粮食。"

佟麟阁满意地点点头，挥着手道："大伙儿快干吧！"说完和冯大队长等人也压起玉米来。

天空中飘浮着朵朵白云，雄鹰在低空盘旋。

二　南苑阵地，冯玉祥赠剑抗倭

正当南苑军训团同仇敌忾，准备迎击日寇进犯的时候，爱国名将冯玉祥将军，送来一把宝剑，借以激励抗战将士的勇气，其用心良苦，后人当悟。

正在佟麟阁率人忙于南苑外围布防之时，两匹战马飞奔而来。近前之后，传令兵、刘副官翻身下马，近前报告："佟副军长，冯玉祥将军上午前来军部，坐了一会儿，视察了工事。冯将军前来找您不在，留下东西走了。"

"怎么。家父这么快就走了？"冯大队长直起腰惊问道。

"老将军说，他要赶往庐山开会，在此换乘飞机。他要求把这包裹立即送给佟副军长。"

佟麟阁接过包裹递给冯大队长，示意他打开。冯大队长打开黄锦缎面的包袱，露出一个精制的杏黄色小木匣，匣宽5寸、厚3寸、长约3尺，上配一把镀金小锁，钥匙插在锁孔内，轻轻一拧，"叭哒"启开匣盖，里面放着一把镀金镶银，雕龙刻凤的宝剑。冯大队长托送到佟麟阁面前，佟麟阁在军装上使劲擦擦手，取出剑鞘，抽出宝剑，烈日下，寒光闪烁，夺人二目，剑柄上镌刻着八个烫金小字："誓杀倭寇，尽忠报国。"佟麟阁审视良久，脸色越发严肃。挥手命令冯大队长："集合部队。"

外围阵地上，黄土坡前，军训团列成整齐的三个方队，佟麟阁在队前激动地徘徊。

冯大队长跑上前报告："副军长，集合完毕。"

佟麟阁登上土坡，高声喊道："弟兄们，爱国同胞们。"

学员们"哗"地立正，齐刷刷注视着队前他们敬佩的副军长。

佟麟阁跨前几步，威严地发出口令："稍息。"他高举起宝剑问，"你们看这是什么……"

"宝剑！"学员们齐声答。

"对！是宝剑。这是咱们二十九军的老前辈冯玉祥将军赠给咱们的，勉励咱们：誓杀倭寇，尽忠报国！我们能不能做到？"佟麟阁语言激昂地喝问道。

"能!"学员们异口同声,声震四野。

"弟兄们,你们家有父老、兄弟姐妹、妻室儿女,却背井离乡,不远万里,投身到抗战前线,这种爱国精神是难能可贵的。"

佟麟阁右手向西北一指又说:"弟兄们,卢沟桥炮声响了,豺狼已露出利齿,我们还能睡觉吗?"

学员们奋臂高呼:"不能,我们要刻苦练兵。"

"对!我们要向岳飞那祥,精忠报国!"佟麟阁挥着胳膊,号召着面前这些热血沸腾的青年。

冯大队长带领士兵高声呼喊:"副军长,我们请缨杀敌,誓死报国!"

此时,小岛幸一姑娘也站在常怀忠的身边,随声呼喊着。她从踏上中国土地的那一刻起,就把自己投身到中国人民的抗日洪流之中,并为自己成为反侵略战士中的一员感到骄傲和自豪。

被日方视为民族叛逆的小岛幸一,受重托再次返回警备森严的天津日军司令部,她面对的不再是自己的表舅,而是凶残的日军指挥官,面对非人的虐待,她巧妙周旋,但最终还是被狡猾的日酋识破……

冯将军赠剑,极大地激发了军训团学员们的爱国热情,大家情绪高涨,练兵、修工事,都十分卖力气。佟麟阁、冯洪国他们陪刘副官再次检查了南苑的外围工事,认为没有什么漏洞,才满意地坐下来休息一会儿。

"副军长,有你坐镇南苑指挥,军长可放心多了。"刘副官扫一眼外围工事说。

"哪里,现在最愁的是对敌情不熟,知己知彼,百战不殆嘛。"佟麟阁说。

"应该派一个人打进日军司令部去搞些情报。"刘副官赞同道。

佟麟阁点点头,当他的目光落在远处忙碌的日本姑娘小岛幸一身上时,眼睛一亮,似有了什么良策。

天快晌午,各大队学员的队伍被带走了。冯大队长走到小岛幸一的身边低声说:"姑娘,跟我来一下。"小岛幸一随着冯大队长来到土坡后的树荫处,佟麟阁正在等她。小岛幸一上前行礼报告:"副军长。"

"来!你坐。"佟麟阁指着一块较为干净处说,"是这样,日军进攻的时间迫在眉睫，可我们却还不能掌握进攻的时间和兵力布署。我们想请你去一趟，不知你意下如何？"

小岛幸一姑娘的头垂下了。

"虽然你去有些便利的条件，但也非常危险，很有可能被狡猾的敌人识破，就再也回不来了。如果你感到为难，我们就再想别的办法。"佟麟阁解释说。他看到小岛幸一垂下头，以为她有难处，不肯前往。

"不！"小岛幸一抬起头，坚决地说，"副军长的意思我明白，我去！请您给我弄些猪血，我化化妆，就说我不堪忍受艰苦的生活，杀死哨兵跑回去的。"

"行！"佟麟阁慨然允诺，又问，"你还有什么要求？"

"副军长，我想让怀忠和我一块儿去！"小岛幸一脸上泛起红晕，有些不好意思地说。

"可以！"佟麟阁爽快地应允道，"好！你去准备一下，傍晚，我让警卫连派人配合你'逃'出去。"

"是！"小岛幸一敬礼后跑走了。冯大队长上前提醒道："副军长，让他俩一块儿走，要是都不回来，岂不糟了？"

"不会！他们不是那种反复无常的人，都是难得的好人啊！再者，不用则已，用而不疑。这是兵家需要牢记的呀！"佟麟阁摆摆手，拉着冯大队长走出树林。

傍晚，南苑镇西边，响起一阵密集的枪声。许多人呼喊着：

"站住！跑不了啦！"小岛幸一满身鲜血拉着常怀忠跑进高粱地。他俩刚跑到四五里远的西红门村东，就被从庄稼地里闯出来的一伙面罩黑纱的家伙拦住了去路，用枪逼住他俩。

一个日本特务打开手电，照照小岛幸一，又照照小本里的照片，冷笑一声："幸一小姐，恭候你多日了，带走！"

"混蛋，我是逃出来的！要面见你们司令！"小岛幸一用日语威严地喝骂一声，吓得两个特务倒退两步。

特务队长一转眼珠，喝斥手下人说："愣着什么，快送小姐去天津！"

深夜时分，当小岛幸一和常怀忠被押送到天津日本国华北驻屯军司令部时，作战指挥部内正召开高级军事会议，香月清一戎装整齐，手提指示棍站在地图前，他扫了屋中央会义桌两侧垂手而立的日本军官一眼，咳嗽一声说道："武士们，大东亚圣战的序幕现在拉开了。"

军官们立正高呼："天皇万岁！"

香月清一踌躇满志地说："帝国已完成对华北的战略包围，精锐师团已进入攻击地点，50万陆军正陆续来华。"

军官们一阵兴奋，议论纷纷。

香月清一用手指敲了桌沿一下说："现在，本司令宣布：大日本中央统帅部对华作战的计划，参谋本部决定……"

顷刻间，会议室内鸦雀无声，一片寂静，狂热好战的军国主义分子像吸足海洛因的烟鬼，个个精神气儿十足，静候战争贩子的指令。

就在此刻，隔壁会客室里的小岛幸一根据这里把守森严的气氛和阵阵呼喊万岁声，猜测到这里正在召开着什么重要秘密会议，她转动着眼珠，想摆脱特务们的监视。旁边屋内传来抽水马桶的放水声，她想出了一个主意。忽儿，她站起问："厕所在哪儿？我要去厕所。"

特务们想拦，但一转念，如果香月清一改变了主意，她毕竟是司令的外甥女啊！那时，责怪下来连个退身的余地都没有，不如顺水推舟，白送个人情，就放小岛幸一出来了。

在两个特务的监视下，小岛幸一走进厕所。事有凑巧，女厕所和会议室仅一墙之隔，加上因天热厕所的窗户没关，会议室的窗户也没关，隐约可听见香月清一的声音。小岛幸一走进女厕所，蹲在大便坑上，插好隔板的插销，忙掏出笔，迅速地写起来：

"……三、指导作战要点：

（一）与中国驻屯军进行作战，在平津地区特别是在以上作战地区，对中国军队尽力加以打击，十分沉重的打击。

（二）在情况迫不得已时，对青岛及上海附近作战。

（三）由于战况的演变，特别是由于和第三国（意指苏联）的关系，应以最低限度的兵力，占领平津地区，并策划持久占领。

（四）对第三国，应严密警戒，要动员必要兵力，派到满洲。

（五）另外以五个师归中央直辖，用以适应形势变化，做好准备。"

小岛幸一紧张地记录着，生怕落下一个字。她的手哆嗦着，脸上冒着汗，脑子里反复思考着这么重要的情况怎样才能送到南苑呢？她很发愁，楼道内传来脚步声，她忙解开裤，蹲在便坑上。进来的是个日本女人，她见小岛幸一正在大便，忙点点头退出去。小岛幸一又紧张地谛听着，不肯放过一个声音。

作战指挥室内，香月清一用小棍指点着挂在墙上的平津地图，强调道："根据我宣读的统帅部对华作战的精神，皇军一面要强攻卢沟桥，确保切断北平的命脉，控制丰台的优势，使驻丰台的日军免去后顾之忧；一面必须尽快占领南苑，抢占飞机场，阻止二十九军部队与外界的空中联络，关闭北平的南大门！不然的话，丰台我军就有可能受到南苑、卢沟桥华军夹击的危险！"香月清一说到此，环顾室内一眼，顿了一下又说："截止目前为止，虽然战端已起20多天，但南京仍未派一兵一卒来平津，也未给二十九军以实质性援助。这足以说明，蒋介石还处在观望态度。凭目前二十九军的原始武器，大刀片同现代化的武器大日本皇军对抗，简直不堪一击啊！"说到得意处，香月清一忍不住笑起来。

日军官们也得意忘形地三呼："万岁！"

"帝国的武士们。"香月清一忘乎所以地进行着战争的宣传动员，煽动着狂热的军国主义情绪："我们第一步黑虎掏心先拿下南苑，和丰台成犄角之势，然后以平津间的铁路为防线，以北宁铁路为后方，造成内线作战的战略，占领北平，直逼天津，并以此消灭津浦、平汉两路之华方部队。简而言之，天皇为你们铺平了征服中国的道路，诸君正值建功立业之机，奋勇前进，中国的土地就在你们脚下！"

"万岁！万岁！"日酋们连连狂呼，震得隔壁厕所里的小岛幸一耳鼓膜直疼。

特务们在敲厕所的门，催促小岛幸一快点回去。小岛幸一不敢久留，忙走出厕所，恰值散会，她转身走进会客室，紧挨常怀忠坐下，乘特务们不注意，借系鞋带的机会，把一张纸悄悄地塞进常怀忠鞋帮里。

"咔咔……"皮鞋的铁掌踏在水泥地板上有节奏的响声停在门外，特务们知道是香月清一司令到了，忙站起身恭候在门旁。

香月清一推门而进，故作惊讶地喊道："啊呀！我的宝贝回来啦！"

小岛幸一为迷惑敌人，忙站起亲热地叫道："表舅。"她一指常怀忠介绍道："表舅，这就是我曾经给您说起的男朋友常怀忠。"

香月清一踱到常怀忠近前，脸带笑容地问："你的好？"

常怀忠没见过这样的阵势，神情异常紧张，不知该怎样应付香月清一的问话。

香月清一勃然变色，厉声问：“你的奸细大大的！你们带着什么的任务回来的？”

“这，你……”常怀忠更加慌乱，不知如何回答。

“表舅。”小岛幸一抢步上前说，“我们忍受不了中国军队的艰苦生活，杀死看守跑出来的。你看这不是溅了满身血吗？”

“你的撒谎。”香月清一一把推开小岛幸一，逼视常怀忠道，“奸细的一个也不留，统统的死啦的。”

一句话提醒了一个特务，他讨好地报告：“司令，刚才小岛幸一在女厕所蹲了半天，会不会……”

“巴格！”香月清一一听更火了，没容他说完，一个嘴巴把那个特务扇倒在门后，他又喊句日语，闯进来四个日本女军人，强拽活拉把小岛幸一拉到隔壁，里面传来小岛幸一姑娘的尖叫声。不一会儿，一个女警官奔进来报告：“司令，搜身已毕，没有发现任何可疑的物证，只有一支笔。”

香月清一接过笔审视良久，在手掌上划两下说：“喔？笔刚才还真写过字，再搜一下，看她写的情报在哪儿？”

女警官答应一声，奔出去，隔壁传来小岛幸一愤怒的吼骂声。香月清一对特务们吩咐道：“你们的好好看住她的！我去看看！”他说完，跨出会客室奔进审讯室，见女警官们正在按胳膊，压腿地在小岛幸一身上乱翻乱摸。他跨到跟前，一手挽住小岛姑娘的头发，提起她的脑袋，瞪着凶狠的目光，厉声逼问：“你的，情报的藏在哪儿？说！”

松井风风火火地奔进来，急声叫道：“司令。”

香月清一气咻咻地松开手，发狠道：“先便宜你，一会儿再跟你算账。”他随着松井走出审讯室，来到作战指挥室内。松井回身掩上门，迫不及待地说：“司令，卢沟桥华军又增兵了。”

“什么？你说什么？南苑的情况如何？”香月清一急切地问。

“南苑还没动静。不过，据情报说宋哲元已电令驻守河间的赵登禹的一三二师驰援南苑，赵登禹已率劲旅一团出动！”松井赶忙禀报道，心里“咚咚”直打小鼓，小心地察看着上司的脸色。

“你的，立即电令通县的日军、皇协会，立即进攻团河，阻止赵登禹部接近南苑。同时命令丰台、黄村、廊坊及北宁线的皇军向南苑进发，明天拂晓发起进攻，一定要抢在赵部增援部队的前面，占领南苑，堵死北平的南大门。"

"那……那卢沟桥呢？"松井又追问一句。

"猪猡的你是！卢沟桥的也要占领！"香月清一发着火，他从墙上摘下战刀，抽刀在手，歇斯底里地吼着，"拿不下卢沟桥，攻不下南苑，统统的死啦死啦的！"

"哈噫。"松井双腿并拢，喊了一声，奔出作战指挥室，与正要进门的土肥原撞个满怀，俩人谁也顾不上说什么，各自揉着红肿的额头跑走了。

三 卢沟桥上，王冷斋痴言心声

华北战局错失良机，日趋险恶，文官报国无门，武将杀敌不能。卢沟桥头，二人借酒浇愁，倾吐着心声，王冷斋说："我不是白痴，更不是酒鬼。我看不公跟前的事，心里难受啊！"何基沣说："今日功罪，留待后人评说吧！"

深夜，激战间隙的卢沟桥，出现少有的寂静。河水冲刷着鏖战后的战场，洗涤着岸边鹅卵石上和青草叶上的血迹。哗哗的流水声，更容易引起人们的遐想。一轮残月升起，银灰色的月光洒在经过战火洗礼的古建筑上，更增几分愁思，更多几分诗意。

东桥头上晃晃悠悠走来一个身影，踉踉跄跄地顺着桥中间的交通壕走向桥中间。

何基沣挎着受伤的左臂、右手提着短枪巡哨过来，见一个黑影摇摇晃晃走来，身子一歪，险些摔倒，忙抢上前扶了一把，仔细一看，吃惊非小，见是王冷斋。忙问："王县长，你这是去哪儿？"

"去哪儿？"王冷斋抬起头说，"找你，找你喝点儿！"说着晃晃手里的酒瓶。

何基沣一愣，知道王冷斋有些醉了，忙把他扶坐在沙包堆上："王县长，你醉了，回去休息吧！"

"醉？我没醉，这儿清醒着呢！"王冷斋指指自己的脑壳说。他递过酒瓶又说："何旅长，喝点儿。"

"不！"何基沣摆手拒绝道，"战场上有纪律，不许喝酒！"他扶起王冷斋说："王县长，我送你去歇息吧！"

"我，我……我睡不着哇！"王冷斋手抓着自己的胸脯，恨不得扒开燃烧着烈火的胸膛，让那颗燃烧着的心见见凉风冷却下来。他凭着桥栏凝视着远处日军的阵地说："大敌当前，我怎能睡得着呢？"

何基沣搀扶王冷斋的手缓缓松开了，他心里也很郁闷，像压块千斤重石，喘不上气来。脚下河水流淌，水声哗哗，远处有低沉的炮声，近处有稀落的枪声。河套里燃起几堆大火，顺风时不断传来阵阵低吟声，日军正在焚化死尸，吟诵祈祷歌，超度白天阵亡将士的魂灵。他们也是人，也是吃五谷杂粮、有七情六欲的人，可为什么非要发动战争呢？他百思不得其解。

王冷斋拉住何基沣的手，感慨地说："何旅长，我老了，比不上你们了！但我不是白痴，更不是酒鬼，我看不公眼前的事，我心里难受啊！"说着，他的两行老泪淌下来。踉跄地走到桥栏旁，猛然把酒瓶扔进河里，似在表白心迹，又似在说给何基沣听："反正，反正只要我还有一口气，就不会为日本人干事，也不会一见鬼子就吓得腿发软，更他妈的不会举着白旗去投降。我就是我，王冷斋。"王冷斋满面悲容，叹口气又说："何旅长，你还年轻。我劝老弟一句话：功名利禄都不过是过眼烟云，莫要看得太重了。只有为民族，为民众做点好事，日后清明节，百姓们才肯到你的坟前献上一束鲜花，否则，将来要骂名千载啊！"

何基沣点点头，表示明白王冷斋话语的深刻含义。

王冷斋准备离去，他拍拍何基沣的肩膀，语重心长地叮嘱道："何老弟，你好自为之，珍重日后的前程吧！"

"哎！"何基沣眼含泪花，颔首应允。他明白在眼下这种尔虞我诈的社会里，特别是在错综复杂的冀察局势及险恶的战场上，难得有人说句肺腑之言。今见王冷斋这位专员，把自己视为知己，吐露出心里话，很受感动。他上前紧紧握住王冷斋的手，心情复杂地说："王县长请放心。我何基沣决不会当汉奸。今日功罪，留待后人评说吧！"

王冷斋告别何基沣走了，何基沣目送着夜色中王冷斋渐渐远去的背影，一丝惆怅涌进心田。继而，他仿佛看到一道巍峨的长城渐渐升起。顿时，他的身上热血奔腾，充满了力量，他猛力挥动着胳膊，活动着筋骨，准备同日寇进行新的搏斗。

北平南面的团河，原为皇家苑囿最大的一个行宫，毁于八国联军之手。后成为二十九军的被服厂，当赵登禹亲率先遣团由几百里之外的河间赶来，前往南苑增援时，却突遭数倍日军袭击，被困团河，苦战多时，血流成河，才得以突围，与南苑守军汇合。不想，刚突出日军一个陷阱，又陷入日军新的包围圈中。

卢沟桥抗战虽受各种干扰，但守军在全国人民的支援下，越战越勇，打退无数次日军的进攻，在日军猛烈的炮火攻击下，宛平城与卢沟桥始终坚如磐石，使日军的进攻计划连连受挫。特别是二十九军大刀队，经常夜袭鬼子的阵地，取得赫赫战果，使当时不少日军，提起二十九军大刀队便不寒而栗，胆颤心惊。卢沟桥、宛平县城这两个互为犄角的古建筑，再一次显示了其坚不可摧的战略地位，也体现了中国人民抵抗外侮的决心和力量。

与此同时，被视为平南门户的南苑镇也笼罩在战争的阴云之中。原陆军检阅使冯玉祥将军的司令部院内，佟麟阁副军长伫立在月光下，面色严峻，正谛听着南面团河方向的激烈枪声，心情十分焦急。

上午，他接到北平电话，告诉他一三二师师长赵登禹已由河间受命北上，亲率先遣团已过永定河，正在向南苑急驰。自从军部进北平后，佟麟阁心里空荡荡的，总觉得仅靠眼下这点儿兵力，要阻止日军的进攻是困难的。得知赵登禹将军前来增援，他的心里踏实多了。对于赵将军，佟麟阁不仅熟悉，而且真可堪为兄弟。对他的家世也可谓了如指掌。

赵登禹，字舜诚，山东省菏泽市城西赵楼村人。他少年投身到冯玉祥将军部下，先任卫士、卫士长；后任连长、团长、旅长，在与敌作战中，屡建奇功，特别是在长城喜峰口抗击日寇的战斗中，更是身先士卒，令人钦佩。那年，1933年1月，日军占领山海关，3月9日，日军铃木师团在热河追击撤退的中国军队，直抵长城喜峰口，大有向关内推进之势。驻扎在河北省蓟县的赵登禹部接到命令，冒风雨急行军，火速赶到喜峰口，先敌一步抢占了关口两侧高地和长城一线山头。部队尚未部署完毕，日军便向喜峰口发动猛烈进攻。赵登禹与佟麟阁、张自忠部密切作战，发挥近战火力，打退日军无数次进攻。日军人马越聚越多，凭借精良的武器装备，猖狂进攻。赵登禹怒不可遏，手挥大刀，迎上敌群，展开肉搏，将日军死死堵住，战斗十分激烈。阵地多次失而复得。其间，日军又增调五千余人和大批重炮，发誓拿下喜峰口。第二天，日军重炮猛轰赵登禹部阵地，一批又一批飞机低空俯冲，狂轰乱炸。霎时间，山崩石飞、硝烟弥漫，阵地上一片火海，形势十分危急。赵登禹凭借多年作战积累的经验，沉着命令将士暂时撤离，伏卧在各峰峦幽僻之处，避开日军飞机炮火杀伤。日军狂轰滥炸持续三个多小时后，赵登禹部没还一枪一弹。日军认为中国军队早已化为灰烬，遂再次冲锋，欲抢占我方阵地。这时，赵登禹才率部队悄悄进入阵地，待日军接近战壕时，他一声怒吼，万弹齐发，打得日军猝不及防，死伤累累。

紧接着，赵登禹一挥大刀，率先杀入敌阵。日军不断增援，赵登禹越杀越勇。一口气砍倒几十名日军，浑身溅满鲜血。他左腿负伤，卫兵急忙脱下衬衣为他包扎，劝他退后指挥。赵登禹胳膊一挥，甩开卫兵，大声喊道："肢体受伤，是小纪念！战死沙场，才算大纪念呢！"接着又如一只雄狮冲入敌阵。大刀舞动，血肉横飞，日军望而生畏。在他的鼓舞下，将士们奋勇杀敌。激战到日落，日军寸土未得，死伤大半，只得败退。

经过两天两夜浴血奋战，打退了日军无数次进攻，赵登禹部牢牢地守住了喜峰口。在决定偷袭敌人时，赵登禹鼓舞大家说："抗日救国，军人天职。养兵千日，报国时至。只有不怕牺牲，才能救亡。今天我们绕至敌后，与日本鬼子拼个你死我活，要让小日本知道，我们中华民族也有不怕死的军队。"他的一席话，说的与会军官热血沸腾，纷纷请战，甘愿血洒疆场。是夜，赵登禹包扎好伤口，拄着拐杖，亲率一部分战士，攀悬崖，走峭壁，越过滦河，绕到日军后面的炮兵阵地和特种兵营宿地，发动突然袭击。一时间，正在酣睡的日军头顶上杀声震天，无数手榴弹把敌营炸成一片火海，许多日军还没弄清怎么回事就上了西天。这一仗，把日军野炮营砍杀殆尽，得大炮18门和许多装甲车、枪械，并烧毁日军大批辎重粮草，狠挫了日寇的锐气。自那次战役后，赵登禹也和佟麟阁，张自忠等人一起，被誉为抗日英雄。赵登禹的一〇九旅编为一三二师，赵登禹荣任师长。不仅如此，赵登禹还凭着一腔浩然正气，多次挫败敌人阴谋。在"察北事件"、"热西事件"中他不畏强暴，维护了民族尊严。

想到这些，佟麟阁更加渴盼着赵登禹的早些到来，共同制定南苑外围的御敌计划，商定作战方针。可自中午后团河方面响起激烈的枪声，他的心就越发不安了。经连续派出多批侦察员探知：赵登禹率一团行至团河时，突遭大批日军围截，正在激战。团河原为皇家苑囿团河行宫所在地，自遭八国联军焚烧抢掠后，已成为一片废墟，只是那儿有两座土山，扼住通往北平的要道。故此，为防万一，他早将手枪营调往此处，守护军部被服厂和团河。可那里兵力薄弱，是难以抵抗日军进攻的。所以，佟麟阁接到确切情报后，立即派出一团人，直往团河，接应赵师长突出重围，向南苑转移，可时至半夜，还不见赵登禹所部下来，他怎能放心呢？

"副军长，快回去歇一会儿吧！您在这儿已站快一个小时了。"廊下走出警卫员，提醒道。

佟麟阁不为所动，在院内踱了几步，挥手道："来人，速去骑兵团传达命令，要他们立即向团河出击，我要亲自去接赵师长。"

"副军长您去不得，团河方面情况不明，太危险。再说这里也需要您指挥，您怎能离开呢？"警卫连长从厢房内赶出来，劝阻道。

"少废话！快去执行命令。"佟麟阁说着，走回屋内，忙着扎上武装带、挎上手枪，带着警卫员走向院内。忽然，院门外传来一阵急促的马蹄声，他正在诧异，就见一群士兵，簇拥着一位为首的彪形大汉，满身征尘，帽子布满灰烬，衣服也挂了好几个口子，风尘仆仆地跨进院来。佟麟阁定睛一看，来人正是赵登禹，他大步抢上前，握住赵登禹的手热情地说："舜诚弟，你把我想得好苦啊！"

"我也想你呀，只是在团河被鬼子绊住了脚，多亏你派人接应，才突出重围。"赵登禹见到佟麟阁也很兴奋，两双大手紧紧地握在了一起。二人携手走进屋内，赵登禹关切地问："佟兄，南苑情况如何？"

"暂时还没动静，不过我有一种预感，鬼子不会轻易绕过南苑的。"

"先别说什么鬼子不鬼子的了，我可一天没吃饭了。"赵登禹一屁股跌坐在椅子上，疲倦地伸着懒腰。

"这好办！"佟麟阁转对门外吩咐，"来人，去厨房给赵师长端两碗猪肉，拿10个麻花卷子来！"

"我的妈呀，你要撑死我。"赵登禹笑道。

"呵，你认为给你一个人吃呢，告诉你，我也是午饭、晚饭都没吃呢。"佟麟阁说着，端过一壶温茶递给赵登禹。

赵登禹也不客气，接过茶壶咚咚一口气喝光。

饭菜上来，二人也不谦让，风卷残云，扫荡干净。赵登禹抹抹嘴说："唉！要是再有二两酒就好了！"

"欠着！今天本该我尽地主之谊，请你饱餐一顿，可现在顾不上了。打完这一仗，北平最有名的馆子，让你点菜怎么样？"佟麟阁歉意地说，他命人撤去碗筷。恰在此时，电话铃突然响起来。佟麟阁走过去，抓起话筒："啊，对，我是佟麟阁。噢，军长吗？舜诚啊，他在！"他把话筒给赵登禹："军长找你！"

赵登禹挺身而起，接过话筒："喂，我是登禹，军长有什么指示吗？什么？任命我为南苑方面指挥官？这……军长，佟副军长他对南苑熟悉，况且德高望重，还是让他做指挥官，我做他的副手吧！"

佟麟阁一把夺过电话："舜诚，你让什么，你做指挥官是我推荐的。这几天，我胸部受伤的地方感到憋闷，说话都困难，恐怕难当重任。"他对话筒里大声说："军长，我坚决支持军长的决定，服从舜诚的命令，请向全军传达任命吧！"

"捷三兄……"

"舜诚弟……"

二十九军中两位堪称最亲密、同征战、共患难20多载的战友紧紧握手、拥抱，千言万语无从说起。单是国家、民族的责任感，就已把他们两颗心紧紧地连在了一起。许久，二人才由激动中平静下来，走到地图前。佟麟阁拉开帷幕，抓起指示棒说："这是南苑军事分布图。军部进北平后，这里的兵力还有军部卫队旅、手枪队，骑兵九师留守处，军官教导团、平津大学生军训团，装甲汽车大队，共约七千人，但多是后勤部队……"

"怎么，南苑重镇就只有这么点儿兵力？"赵登禹惊问道。他做梦也没想到，局势如此严重。又问："不是说有特务旅两个团，苈忱三十八师两个团、骑兵九师三个团、以及高炮营两三万人吗？"

"咳，那都是对外宣传。以前，这些部队是在这儿驻过，前不久都调走了，这不，高炮营前几天也被调往城里了！"佟麟阁抱怨道。

"这还守个屁！巧妇难为无米之炊啊！"赵登禹神情黯然，刚才的兴奋情绪顿消，显得有些沮丧。

"舜诚，时至今日，我们也只好不得已而为之吧！只要我们精诚合作，也许不会太糟糕。"佟麟阁宽慰着赵登禹，尔后又说："舜诚弟，现在南苑的防守，基本上分为两部分：一是以槐房、红房子、南小街为西线，称为西侧防线；二是以三营门、万源路为一线，称为东侧防线。据我们推测：西线担任防范从黄村、丰台方向日寇进攻的任务；东线担任防范从通县、马驹桥方向日寇的进攻任务。我意你带的先遣团经团河战斗，对西线地形较熟，你部就负责加强西线防务。再则，你的后续部队陆续到达也好联络，就由你负责西线防务，指挥全局，我侧重东线及南面防务，配合你的行动，不知舜诚弟以为如何！"

"捷三兄的吩咐，我敢不执行！"赵登禹开着玩笑。

"哟！这里真热闹哇！"张克侠一步迈进，高声道。他与赵登禹分手，还是那次共同去山东乐陵去接宋哲元速返平津时。赵登禹从山东回到天津后，为更好地统率部队，他就直接去了保定。今天来到南苑，已过了10多天了。战争年代，战友情深。一日不见，如隔一月。二人见面，分外亲热，又是握手，又是拍肩。佟麟阁命人又搬来一把椅子，让大家落座。尔后笑着说："舜诚，你先让咱们的张老弟给你介绍一下南苑的详细情况。我去布置一下，通知张寿龄教育长、孙玉田旅长，咱们马上开个团、旅长军事会议，商定一下南苑全面防守的问题。"佟麟阁说着，歉意地笑笑，大步走出屋门。

"赵师长，南苑的情况是这样的。"张克侠把椅子移近些，坐在赵登禹对面，扳着手指说："南苑大部分是后勤机关。军训团虽抗日热情高涨，但他们没有经过实战锻炼，战斗力不会太强。还有，部分将士受'和谈'烟幕蒙蔽，战斗观念不强，加上南苑工事简陋，易攻难守，形势很严重啊！"

张克侠的话语，为赵登禹敲起警钟，他的神情越发严峻起来。

"不过，你不必过分担心。"张克侠见赵登禹心情沉重，又给赵登禹鼓励道："别看南苑军训团的学员他们年轻，没上过战场，但他们抗战热情高，原打算把他们转移到保定继续求学，但他们多次请缨杀敌，才留下来的。还有一部分军训团学员，主要以农民为主，大多是宋军长从山东乐陵招募来的，是他的家乡子弟兵，也很勇敢！"

"张副参谋长，你认为南苑防守的薄弱点是什么？"赵登禹思虑一会儿问。

"一是工事不坚固，只有南面、西面有道大沟，筑有战壕、土墙，东面、北面防御极为简单，只有军营围墙，缺少钢筋水泥修筑的地堡、掩体、交通壕，一旦交战，如日军施以猛烈炮火，配以飞机轰炸，后果不堪设想啊！"

"唉呀，为什么不早做准备呢？"赵登禹埋怨道。

"唉——一言难尽哪！"张克侠激愤地一拳擂在桌子上，站起身走向一边。他摊着两手又说："舜诚，你想想，连北平城里修筑的工事，军长都让拆了，南苑他会让修新的工事吗？再说动辄得花钱，钱从哪儿来？没有钱，说出大天来也办不了事啊！"

这时，门外传来一阵脚步声。佟麟阁刚踏上台阶就喊："舜诚，你看谁来了？"

赵登禹、张克侠迎向门口。佟麟阁陪同教育长张寿龄、冯洪国、骑兵旅旅长孙玉田等几位团、旅长走进来，众人热情地拉住赵登禹的手，相互问候别后的情况，说些思念的话语。

"别都站着，快坐下来说话。"佟麟阁招呼大家，并命侍卫搬来椅子，安排各位落座。

是夜，南苑重镇内的兵营早已熄灯，万籁俱静，唯有指挥部内依然灯火明亮。

激战的前夜，驻守平南门户的中国军队，再次召开了部分军事首脑会议。然而，会议商定的防御计划和作战方案还没有来得及执行，令人痛心的厄运，已张开血盆大口，悄悄地逼近了。

四　外围战壕，马洪国勇救人质

激战的南苑外围战场上，突然寂静下来，日军押解着日本姑娘小岛幸一逼近我方阵地。佟将军见状，忙命令："停止射击。"日军隐蔽在人质的身后，一步步向中国守军的阵地走来。怎么办？人们都捏了一把汗。

抗战之初，国民党军队中，二十九军是抗日最坚决的部队之一，而南苑保卫战中，折损两位将军，佟麟阁、赵登禹，致使中国人民痛失两员战将，但其殉难经过，却很少有人详细记载、披露，77年后，世人该知晓这段历史了。

凝重的笔墨曾写下南苑抗战，这历史上沉重的一页。

1937年7月28日拂晓。朦朦的夜色中，平南重镇，号称天子脚下第一镇的南苑还沉浸在梦乡中，而田野中的青蛙、林鸟却被众多的脚步声惊醒，青蛙跳进水里逃生，林鸟惊飞，窜上夜空。脚步声由远渐近，由轻渐重，田野中的土路上、树林里，行进着一队队荷枪实弹的日军，他们放轻脚步，近似奔跑一般，悄悄逼进沉睡中的目标。大批日军犹如围捕鹿群的饿狼，闪动着贪婪、凶残、狡诈的目光，悄悄占领了南苑外围有利的地形。启明星即将隐去时，南苑镇的东、南、西三个方向，猝然先后升起三颗红色信号弹。这表明：日军对重镇南苑的战略包围已经完成。

信号弹的发射，引起南苑守军的警觉。掩蔽在战壕工事里和衣而睡的士兵纷纷惊起，随着低沉的口令声，迅速进入阵地。弹上膛、刀出鞘，屏声敛气，瞪起双眼，观察着敌情。自从昨天，距南苑十几里的团河打响后，他们就吃在战壕，睡在战壕。日夜防备日军的突然袭击。

烟雾渐渐散尽，阵地内外的景物逐渐明朗。日军知道南苑守军早有防备，只得放弃了偷袭的计划，改为强攻。他们人生地不熟，没有立即进攻，怕天黑中了埋伏，只得龟缩在树林里、青纱帐中，等待着黎明的到来。大战前的拂晓显得静极了，静得使人心虚。

曙色中，佟麟阁率领各队指挥官登上黄土堆起的制高点，站在掩蔽部的望孔后，用望远镜观察着对面日军的情况。他发现远处高秆庄稼地里大批的日本陆军在运动，树林里隐藏着大炮、骑兵，稍远处的公路烟雾迷朦，日军的坦克、汽车正隆隆驶来。他愤愤骂道："奶奶的，来者不善呢！"

"副军长，"掩蔽部门外传来喊声。佟麟阁转身一看，见冯大队长跑进来，气喘吁吁地递上一份电文说："这是南京政府拍来的电报……"

佟麟阁没有接，挥挥手示意冯大队长念。

冯大队长站前两步，抖抖电文念道："据悉，日方要求，日空军要求视察北平外围二十九军阵地，看我方有无和平诚意。电令各师团，不准对日方飞机射击，以免破坏和谈。此外，如日方与我方冲突，以自卫守土为原则，不主动求战为盼。"

佟麟阁听罢，沉吟半晌，并无他语。他的脸色阴沉，眉头拧成一个川字。许久，他才问了一句："军长知道吗？"

"这上面有他的签字。"冯大队长收起电文回答，忧郁地望着佟麟阁。

"唉！"佟麟阁长叹一声，一拳打在墙上，激愤地骂道，"糊涂，都是他娘的吃糨子长大的，糊涂哇！"

"轰轰。"日军开炮了，炮弹在土壕内外爆炸。一时间，一抱粗的大柳树被削断，房屋被炸塌，围墙被炸毁。滚滚的浓烟笼罩了南苑，战争的硝烟破坏了农村乡镇静谧的气氛。

一发炮弹落在附近，掩蔽部里的房顶哗哗落土，冯大队长靠近瞭望口，提醒道："副军长，快回指挥所吧，这儿目标太大。"

随着日军炮火的延伸射击，日军的攻击开始了。大批鬼子嚎叫着冲上来，南苑守军阵地上，轻重机枪猛烈开火，扫射冲上来的鬼子。弹雨织成仇恨的火网，阻击着日军的冲锋。经过一阵激战，鬼子在前沿阵地上丢下几十具尸体狼狈地退了回去。工夫不大，日军又组织起新的进攻，股股弹雨又再次撞在坚固的堡垒上。

此时，在南苑南营房正面的阵地上，蓦然，双方都停止了射击。四五个鬼子押解着常怀忠和小岛幸一姑娘由树林里钻出来。他俩的相貌很快被壕沟上的战士们认出来。阵地上出现死一般的寂静。掩蔽所前的瞭望口后，正在举着望远镜观察敌情的佟麟阁看到这一切，他惊呆了。他万没想到此时此刻会有这样意料不到的情况发生，忙转身对冯大队长吩咐："你快去前沿阵地，命令暂时停止射击，一定要保护日本姑娘的安全。"

冯大队长庄重地点点头，飞步跑出掩蔽所。

小岛幸一和常怀忠被推到阵地前200米时，就已明白了日军的企图。

他们再也不肯向前迈步，不管鬼子拿枪托戳他们的后背，砸他们的腿，还是低声恐吓，他俩就只是向后挺着身子，死也不迈步，走一步退两步，扭着身子拼命反抗。身后的高粱地里，足有好几百名鬼子躲在半人高的高粱垄里，像蝗虫一样爬上来。他们想喊，嘴被堵住；想打，双手被剪捆在身后。见他俩死也不再迈步，押解他们的鬼子兵，凶残地用刀尖顶住他们的后背，扎了许多血口子，汩汩流着血。鬼子的用意是显而易见的，想用他俩做盾牌，摸过高粱地的空阔地带，接近我方阵地。怎么办？观察到这一切的佟麟阁心急火燎，急得搓着大手，思考着对策。

见常怀忠、小岛幸一不肯向前迈步，又冲上来几个鬼子，用枪口指着他俩的太阳穴，扯出塞在他们嘴里的毛巾，连推带拽逼近我方阵地，鬼子威胁着他们："快喊，让他们投降，不然就打死你们。"

"弟兄们，开枪吧，不要管我们。"常怀忠喊。

"中国朋友们，开枪吧。我们身后有伏兵。"小岛幸一也用清脆的嗓音提醒着我方阵地上的士兵。

"刷——"鬼子官拔出战刀，抡起劈向常怀忠。

"当！"鬼子军官手里的战刀被打飞。

刹那间，常怀忠、小岛幸一趁鬼子兵一愣神儿的时机，挣脱撕掳，往前猛跑几步，忽地趴在地上。

鬼子们跃起想去追赶，中国阵地上顿刻卷起一阵狂风似的弹雨，打倒了冲上来的鬼子。

常怀忠、小岛幸一打着滚儿，接近我方战壕。

在机枪的掩护下，战壕内冲出几名战士，经过一番激战，抢回了小岛幸一和常怀忠。

隐蔽在树林里的日军指挥官山本太一郎看到小岛幸一和常怀忠被救走，气得七窍生烟。本来香月清一司令官把小岛幸一和常怀忠交给他，是作为进攻南苑的一张王牌。不料刚刚打出，就被南苑守军出其不意地抢了过去。这样，不仅白白使他损失了一张王牌，而且回去后也无法向香月清一司令官交待。他气得手发抖，吼道："开炮，给我炸平南苑。"

日军依仗着飞机大炮，对只有简陋武器步枪、大刀片的南苑守军，进行狂轰滥炸。一名学员用步枪击落一架日机，得到佟将军的赞赏……

日军的火炮向只有简陋武器和原始防御工事的南苑守军头上猛烈地倾泄着炮弹。傍晌，数十架轰炸机又像老鸹似的，遮满天空。轰鸣声、俯冲时的尖叫声震耳欲聋，声传数十里。日军飞机擦着树梢做低空盘旋飞行后，再次飞回，羊拉屎似地投下一串串炸弹。阵地上一片火海，镇上的居民区也遭到轰炸，房屋、柴垛、树木燃起冲天大火，浓烟遮天蔽日，天愁地惨，日月无光。

时值正午，天热人渴，苦战半日的士兵们没有工夫喝水，渴得嘴唇干裂，嗓子发痒，咽口唾沫也要皱皱眉头。

"哎呀，有人给我们送瓜来了。"突然不知谁喊了一声。士兵们扭头看去，只见从南小街居民区冲出两个肩挑西瓜筐的商贩模样的人。他们绕开倒塌的房屋，躲过敌机的轰炸，向前沿阵地飞奔而来。不少士兵为之愕然，连声呼喊："回去！快趴下！"

那两个人听也不听，身影在浓烟烈火中时隐时现。不一会儿，他们越过残桓断壁，跑到战壕边。

士兵们忙把他们拉进战壕，责备道："老乡，这里危险。"

"嘿嘿……"商贩一笑，抹去脸上的汗水，从筐里掏出西瓜，切开分送到士兵面前，热情地说："大热天，解解渴。"

"慢点！慢点！尝尝我这个。"另一个商贩又抱出一个更大个的西瓜说："弟兄们，吃瓜时加点小心，别硌了牙，刚才一串子弹打在筐上，保不准这里面有铁家伙呢！"

"老乡，你的瓜里有铁瓜子，你发大财了。"有个士兵说着玩笑话，把周围的人都逗乐了。

"老伯，你们也是小本生意，留着卖钱糊口吧！"一个叫姜平的学员深受感动，感激地说。

"你们，你们这是小看我们。"商贩一脸生气的样子，又抱起一个大西瓜递上前说："我们这是对你们打鬼子的一点敬意，西瓜虽轻情义重嘛。你们要是不打鬼子，别说给你们送西瓜，喝凉水都得你们自己去提。"说着，他硬把切好的西瓜角直劲儿往战士们手里塞，嗔怪道："你们不吃，难道还能留给鬼子呀！"

士兵们不再谦让，坐在战壕里吃着沙甜可口的西瓜。这时，天空中又传来飞机的嗡嗡声，姜平猛地扔掉瓜皮，抓起步枪，大喊："老乡快走！

鬼子的飞机又来下蛋(弹)了。"

12架日军的飞机分4组,成"品"字形,擦着树梢掠过阵地的上空,气浪把树叶吹得哗哗直响,掀起股股烟尘,震得人们耳鼓嗡嗡发麻,什么也听不清,从地面上仰脸可看见飞机驾驶员清晰的面孔。

"他奶奶的。"姜平愤愤地骂道,"老蒋的飞机打、打抗日同盟军很凶,这会儿不知上哪儿孵窝去了,出来和日本飞机较量较量,也算有种!"他把枪口瞄准天空,招呼道:"弟兄们,对准飞机,打他个狗日的。"

"小姜,没有命令。"有个士兵提醒道,"蒋委员长不许开枪打飞机!"

"管他娘的让不让!许他炸我们,就许我们打!"另一名士兵赞同地附和道,也瞄准飞机,手指扣向扳机。

"宁肯死在军法处的枪口下,也比让日本人飞机炸得没尸首了强!"

"对!奶奶的,先打飞机要紧。"周围许多士兵响应,纷纷把枪口瞄向天空。飞机在天边绕回来,准备第二次俯冲。

"听我的,咱们一齐打,举枪!"姜平呼喊着。

阵地上的步枪、机枪抬起枪口,对准天空还未能瞄准好,敌机呼啸着掠过,扫下串串子弹,打得地面上直劲儿冒黄烟。好几名士兵中弹倒地。

日军飞机再一次飞回头顶,"哒哒"地扫射,向阵地上倾泄着弹雨。士兵们举枪射击,飞机飞得太快,谁也没瞄准就又斜掠过去了。

姜平吼道:"别乱开枪!瞄准打!"他们根本没受过防空训练,也没进行过打飞机的教育。武器又落后,打一枪换一回子弹,遇到这种场合,十分恐慌,合着眼就搂了火。姜平见几次都没打中飞机,十分着急,他两眼喷火,挥着手喊:"别心慌,对准飞机前面几米处开枪!"

也许是欺负中方没有高射武器的缘故,也许是日军驾驶员蔑视中国士兵的射击,也许是感谢中国当局不许射击的命令,日军飞机越飞越低,快要贴着屋顶,在守军阵地上飞来飞去,又是扫射又是投弹,耀武扬威地炫耀着现代化的武器,气得战士们紧贴着地面干生闷气。

"打!"姜平的吼声刚出口,"啪啪啪"几十条枪齐放,黑烟过后,飞机又若无其事地飞开。

阵地对面的日寇陆军,见飞机轰炸我军阵地得手,压住我军的火力,又重新集结兵力,准备冲锋。

太阳西斜,乌云越积越多,半边天堆满乌云,压得天像块灰布垂下来。

南苑的守军已打退鬼子的十余次冲锋。自晨至午，枪声不断。敌机飞去一批，又来一批，轮番轰炸，南苑镇已多处起火，在敌机扫射、投弹下，修筑的工事多处被炸毁，不少战士壮烈牺牲。这些初上战场的学员士兵，用血肉之躯抗御着强大日军的进攻。在他们倒下的地方，热血殷红了片片黄土，宛如开出一朵朵褐红色的玫瑰花。

姜平半倚半靠在战壕的前沿上，两眼盯住飞机，他脖子酸痛，脸淌热汗，枪管发烫。他不顾这些仍顽强地瞄着飞机。飞机又转回来，带着股热浪，直飞过来。他猛地跃出战壕，站在壕岗上，仰端着步枪，扣响了扳机。与此同时，敌机扫下的一串子弹，击中他的前胸，血从伤口猛地涌出，他仰身倒在战壕里。被击中的飞机机翼一侧，猛地窜向高空，屁股上冒出一股浓烟，机身拼命挣扎，左摇右晃，无力地斜飞出去，下一会儿倒栽葱地摔在远处的田野里，随着一声巨响，升起一股浓烟。

阵地上一片欢呼。几个士兵上前救起姜平，抬向后方。

担架刚到指挥部包扎所，佟麟阁闻讯赶来。他手拿击落敌机的那支步枪，摸着姜平的额头连声说："好样的！好样的！不愧抗日的英雄。"他一边轻轻为姜平拭去脸上的汗渍，一边对站在一旁检查伤势的军医嘱咐道："一定要尽全力抢救。"

在日军的猛烈进攻下，南苑镇东面防线被突破。日军马上有冲进司令部的危险，紧急关头，佟将军大喊："警卫连集合，准备出击。"

佟麟阁慰问完姜平后，又来到日本姑娘小岛幸一的床头，日本姑娘挣扎着想坐起来，佟将军忙按住她说："姑娘，谢谢你，中国人民都把你当做朋友，你带来的情报怀忠已送给我，太感谢你了。"

小岛幸一见佟将军给了她这么高的评价，激动得眼内盈满泪花，紧紧握住佟麟阁的手不愿放开。

"这里很危险，条件又差，我们本想把你转移到北平去，但归路已被敌人封锁。你再坚持一下，我们正在想方法。"佟麟阁抚摸着小岛幸一的小手，安慰这个勇敢的日本姑娘。

"我的关系的没有！坚持的没问题！"小岛幸一坚定地表示，说完她就咬紧嘴唇不再说话，昨天，她受严刑拷打已遍体鳞伤。今天，在阵地前日军又拷打了她。此刻，疼痛使她额上沁出大颗大颗的汗珠。

"真是好姑娘！"佟麟阁背过身去，不忍再看姑娘那张因伤痛而扭曲的脸，一个传令兵奔进包扎所报告："副军长，赵师长电话。"

"知道了。"佟麟阁握握小岛幸一的手，大步跨出包扎所，急忙跑向指挥部。

此刻，指挥部内的电话筒里传出的呼喊声混和着枪声及爆炸声，多声部的战争旋律足以显示西线战斗的激烈和残酷。佟麟阁接过话筒："喂？请报告战况。"

话筒内一个人大声呼叫："喂，平南指挥部，我要佟副军长，西线防守吃紧，请火速送来弹药，派人增援。"

"我是佟麟阁，请赵师长讲话。"佟麟阁从耳机内，谛听到南苑西线战斗激烈，枪炮声震耳欲聋，他急需赵登禹师长汇报战况，了解全局，以便做出正确的判断。

"副军长，我是赵登禹。"话筒内很快传来赵登禹的声音。

"舜诚，你那里情况怎样？"

"还好，日本鬼子被打死几百人了，可我们损失也不小。最可气的是小鬼子的飞机，令人头痛，你那里怎样？"

"我这里也不妙，战斗很激烈。请你一定要守住！坚决守住！我正在向宋军长要求增援兵力，援兵到后，立即增援西线！"佟麟阁呼喊时，桌上另一部电话骤然响起，佟麟阁放下这部电话忙又抓起那部电话，高声喝问："什么？日军突破东面阵地？混蛋！告诉郑大章要他守住，增援马上就到。"

佟麟阁扔下话筒，冲到门口，冲院内高喊："警卫连集合，准备出击！"

"副军长，您不能去呀！那里太危险！"警卫连长劝道。

"东营门守不住，南苑就危险了！我必须去，快集合部队随我出击！"佟麟阁拔出手枪，上好子弹，带队冲出指挥部，顺着交通壕，火速向东营门运动。警卫连长不敢怠慢，率领早已严守待命的警卫连紧跟其后，保护着佟麟阁。炮弹在战壕的左右爆炸，以往繁华的重镇此刻在燃烧。佟麟阁身先士卒，奔跑在炮火之中，高大的身躯更显英武、矫健，他敏捷地跨过一道道战壕，跳过一条条深沟，时而爬行，时而滚身，躲枪避弹，冲过敌人的火力封锁区，率队迎击敌人。

南苑东营门，是防守比较薄弱的阵地，此时已硝烟滚滚，围墙和事先放置的障碍物已被日军炮火炸成一片废墟，鬼子已突破外围防线，占领大土壕，冲进二道防线的围墙内，潮水般地由围墙缺口处涌进来。

阵地上已很少有枪声，守军将士几乎全部阵亡，情况万分危急。佟麟阁飞步跨越战壕冲过来，他手举驳壳枪高喊："瞄准前面的鬼子，狠狠地打！"

警卫连的战士不同于其他部队战士，他们个个身强力壮，受过多年训练，武器又好。此刻，早已人人急红眼睛，听到命令，即刻投入战斗。一阵排子枪，把冲进围墙的鬼子打个措手不及。据守第二道防线的士兵见佟副军长亲自带队支援，斗志猛增，一阵猛烈的射击后，日军败退，像被惊起的羊群退出围墙的豁口，警卫连一鼓作气，夺回了东营门外的外围阵地。

佟麟阁提着枪，沿着阵地视察，转问身后的营长："你们旅长呢？骑兵不出击，还不净挨打？告诉他，骑兵非出击不可！"

"是！我一定把副军长的意思向旅长转达！"军官答应一声跑走了。

警卫连长近前劝道："副军长，你快回指挥部吧！这儿不安全。"

佟麟阁笑笑，无所谓地说："子弹又没长眼睛，哪儿能正打在我身上。大将战死阵前，不死阵后！怕蚊子咬，还不睡觉了！"他们沿着战壕慰问伤员，沿途见到尸体，就吩咐士兵们说："一会儿你们找点人，把尸体掩埋了，免得尸露旷野，烈士九泉之下也不安宁。"

他们又转到围墙缺口前，佟麟阁对防守东营门的军官吩咐："你们赶快派些人弄几辆坏汽车来，堵在这儿。再挖道深沟，防备鬼子的坦克冲进来。今天鬼子的坦克没能发挥威力，外围阵地前的深沟起大作用了。"

警卫连长站在一旁，嘴张几下，终于鼓足勇气问："副军长，我们的炮团为啥不开炮哇？"

"唉——"佟麟阁长叹一声，似有许多难言之苦地摇摇头，嘴角呈现出一丝苦笑。此刻，只有他心里明白，前几天炮团就被宋军长悄悄地调走了。然而，他不能明说，以免影响士气。

"副军长——"传令兵飞跑而来，上气不接下气地报告，"副军长，冯大队长让我向您报告，南苑与北平的联系突然中断，北面也发现了鬼子的部队，我们被包围了……"

"闭嘴！再胡说我枪毙了你！"佟麟阁截住传令兵的话，没容他再说下去，生恐这不祥的消息会引起士兵的恐慌，动摇军心。

战场上形势发展，瞬息万变。特别是指挥官一言一行都可能引发意想不到的效果。在战局不利、敌强我弱的情况下，指挥员稍有失误，都可能影响将士的情绪。将不在勇，而在于谋。佟将军更加深谙此道。他布置完东门防务，暗拉传令兵的衣袖，俩人来到僻静处后，他回身急切地问："北边情况到底怎样？慢慢说！说得详细些。"

传令兵刚才见佟麟阁发火，被吓呆了。这会儿，他见佟副军长态度很诚恳，便把冯大队长要他转述的情况，详细复述了一遍。得知北边情况如此危险，佟麟阁深知不妙，他紧皱眉头，思索一下，立即在笔记本上写了几句话，撕下交给传令兵。嘱咐道："你拿着这封信，马上赶到西侧防线，找到赵登禹师长，把这封信给他，并将敌情报告给他！让他早有准备。"

"是！"传令兵答应一句。转身跑走，刚跑出十几步，佟麟阁又高喊道："请转告赵师长，我立即赶到北面，打退敌人的进攻，打开通向北平的道路。"

传令兵答应一声，弯下腰冒着炮火飞跑而去。

五　沙场激战，佟麟阁东挡西杀

北平南面重要门户南苑镇被日军团团包围，军训团苦战一日，援兵仍不来增援。此时与外部交通中断，电话线也被切断，电台被炸毁，骑兵旅悄悄撤走，日军从东面、南面突破南苑的防守阵地，逼近司令部。佟麟阁仰面高呼：苍天负我！

由于指挥失控，战局形势发展越来越危险了，佟麟阁心急似火，他找来东线防务指挥官，向他们交待了防务重点后，即刻带着警卫连赶往南苑北面的三营门。

三营门得名源于古代左营、中营、右营的编制，而并非现代军队中的三营。南苑自古以来，就是兵家必争之地，历来驻有军队，守护着北平的南大门。二十九军驻防北平后，南苑成了重要的军事驻地，三营门即成了南苑的北大门，扼守着南苑通往北平的唯一公路。这里因面对北平，没有修筑壕沟、工事，地势平坦。唯一可作为防守屏障的只有一条四五丈宽的小河。河水很浅，涉水可过，岸边临时架起一道铁网。正对公路的营门，有一座木桥，靠桥头建有一座两层楼高的炮楼，目的是靠这一制高点，控制河北一片开阔地段。佟麟阁率队赶到三营门时，守护在这里的部队，已在抢修工事，设置路障。他吩咐警卫连立即投入警戒后，自己爬上炮楼，举着望远镜，从瞭望孔内观察着通往北平方向的动静。果然，远处树林里正荡起阵阵烟尘，似有敌人大部队在运动；西北面、东北面青纱帐内，也隐隐约约似有军队在调动。他最担心的事终于发生了，日军从北面进攻南苑，极为危险。既可陷南苑守军腹背受敌的险境，又可切断南苑通往北平的交通，使南苑处于孤军作战的境地。南苑万一失守，部队撤向北平，失去工事为依托，鬼子就会从两侧掩杀，那样后果不堪设想啊！他忧心重重地观察着，思考既安全又可靠的作战方案。此时，赵师长要在就好了，有他在身边，总可以商量一下，万一南苑守不住了，用什么办法才能保证南苑驻军安全撤出呢？

突然，身边的警卫员惊呼一声："副军长，你看，那儿有一辆汽车，朝这里开过来了。"

佟麟阁忙举起望远镜，见北平方向的公路上，一辆敞篷汽车飞快驶来。

南苑上空的敌机也发现了这个目标，企图炸毁这辆来自北平方面的汽车，一架敌机俯冲过来，投下一串炸弹，汽车被爆炸的烟雾吞没了。眨眼间，汽车又从烟雾中钻出来，在弹坑累累的公路上左绕右拐，躲避着飞机的轰炸扫射，路上荡起一股烟尘，汽车快速驶来。

这是谁呢？此时冒着生命危险赶来，一定有重要军情传达。佟麟阁的心揪紧了，手里的望远镜不由自主地随着汽车的飞奔而移动，心也不安地跳起来。

奔驰的汽车连续躲过飞机轰炸、扫射，飞快驶向三营门。日军驾驶员显然被汽车驾驶员娴熟的驾车技术激怒了，飞得更低，擦着树梢追逐，先投弹后扫射，一阵硝烟卷起又把汽车吞噬了。

佟麟阁见此，惊叫一声，一拍大腿道："唉！完了！"及至看到路沟里有人向这里跑过来时，他才松了一口气，抹去额上的冷汗，转身对警卫连长吩咐："快！快派几个人去接应一下。"

来人不是别人，正是副参谋长张克侠。昨夜，他参加完军事会议，受佟麟阁等人之托，连夜赶回北平，去军部向宋哲元汇报会议情况。现在，他又身负重要使命，赶往激战的南苑，前来传达军长的重要命令。

佟麟阁没有能够等到张克侠赶到，便被参谋喊回指挥部，那里许多重要情况要他去处理。

此时，南苑保卫战已进入到了最激烈、最残酷的时刻。日军见地面攻击效果不够理想，多方受阻，损失惨重，便加紧了炮火攻击和飞机轰炸。日机又飞来一个编队，对南苑中国驻军营房实施了"地毯式"轰炸。炮弹不断在阵地和营房内爆炸，镇内镇外一片火海。

佟麟阁赶回军训团指挥部时，见所有房屋已成废墟。院里的树荫下，民先队员、北平学联的学生们还在帮助救护伤员，他很是感动，他考虑到战争残酷，以及难以预料的结局。他心里一动：不能让这些人久留下去了，否则太危险！他跨到一堵旧墙上，高声道："各界同胞们，战局恶化，为保证各位的安全，请赶快转移吧！"

"不！"一个民先队员正在给伤员换药，抬起头来高声反对，"佟将军，你们打鬼子，命都不要了，我们怕什么？"

"我们是军人，守土有责！"佟麟阁严肃地说，又转对院门外喊，"警卫连。"

"到。"警卫连长飞跑进来，恭候一旁垂手听令。

"你带领部队，马上掩护院里的伤员和诸位迅速向北平突围。"

"那副军长您……"

"快行动！"佟麟阁打断警卫连长的话，挥着手，果断地下了命令，"少废话，不要管我！晚了就走不了啦！"

"是！"警卫连长答应一声，一举手枪，冲院里的人们喊，"谁也不许乱跑！跟我来！"

时至此时，人们见到战局恶化，再留下来，对守军非但帮不了忙，反而增加许多不便，只得跟随警卫连的战士，撤出指挥部，他们边向外跑，边挥手和佟麟阁告别："佟军长，多保重！"他们冲出指挥部，躬着腰，冒着呼啸而来的枪弹，踏着倒蹋的房屋，隐蔽着撤向北小街。

日军向驻守平南重铺南苑的中国守军发起全面进攻，东西南北，四面炮声隆隆，枪声激烈，许多地段的外围阵地被突破。第二道防线也岌岌可危。告急的电话不断打到指挥部，请求增援。可佟麟阁手里已无兵可派，机动部队全部调到阵地上，连警卫连也不在身边，他只得吼叫着命令告急求援的官兵坚持。此时，南苑镇与北平的联系早已中断，电台也已被日军炮火炸毁，电话线被日军掐断，北平为什么不派救兵？为什么不增援？佟麟阁心里冒火，可这火又无处发泄，只得憋在心里，像患了心绞痛似的隐隐作痛。

东营门再次告急。佟麟阁率领由军部后勤机关组成的增援部队刚冲出指挥部，一排炸弹飞来，在炮弹爆炸声中，佟麟阁重重地栽倒了。

佟麟阁睁开眼时，见已被抬回指挥部，副参谋长张克侠正把他抱在怀里。他非常艰难地翕动着干裂的嘴唇问："你怎么来了？"

"唉——"张克侠长叹一声道，"你们这儿和北平的联系中断以后，军长十分着急，命令传令兵前来送信，要你们向北平转移，可他又不放心，怕命令送不到，愁得他在屋里团团转，砸桌子踢板凳的，我就自告奋勇来了，也好与佟兄同甘共苦啊！"说着他小心地擦去佟麟阁脸上的血迹。

佟麟阁虽努力控制着，疼痛仍使他的脸上滚出大颗大颗的汗水。张克侠握住他的手问："副军长您怎么样？"佟麟阁摇摇头，苦笑一声。

"佟兄，别难过，你们坚守一天，凭着现有兵力和简陋的武器，抗击比你们多几倍的敌人，已使日寇闻风丧胆了。副军长快下令转移吧！"

"不能转移！"佟麟阁坚决地说，并挣扎着欲站起来，固执地摆着手，

"我能守住南苑，不能撤退！"说罢猛一挺身坐起来，张克侠忙扶住他。

"噔噔……"冯洪国大队长风风火火，满头大汗地跑来报告："副军长，郑大章那小子往南撤了，让出东营门阵地，手枪营也放弃了第三道防线，鬼子正从东面、西面冲进来，向……"

张克侠忙摆手不让冯大队长再讲下去，委婉地劝说道："副军长，转移吧！留得青山在，不怕没柴烧。"

"不行！赵师长他们还在西侧防线坚守，我不能……"佟麟阁再次拒绝。他仰面悲怆高呼："苍天负我！"

佟麟阁率领部队被迫向北平转移，被日军围困破砖窑之中。面对强敌，仍组织部队顽强抵抗。战斗正残酷之际，一位日本姑娘不顾弹雨，跑向窑顶，对日军进行喊话，意在唤起他们的良知，但这一切如同对牛弹琴，换来的却是更强烈的炮击。

日军越来越逼近了，如再不撤退，就有被包围的危险了。张克侠再一次督促佟麟阁转移。他转告佟将军说："副军长，快走吧！赵师长那里，军长已派人送去转移的命令了。"

"那就转移吧！"佟麟阁痛苦地说完这几个字之后，便紧紧地闭上了眼睛，两颗悲愤的泪珠溢出眼窝。此时，警卫连长已带队伍把各界代表护送到安全地带，心中惦记着佟麟阁的安全，又带一个排的兵力火速返回指挥部，现在听说要转移，忙命战士牵来一匹战马，把佟麟阁扶上马背，相互掩护着撤向南苑的北营门。

军训团的先锋部队一阵猛打猛冲，把日军的包围网撕开一个大口子，突破了南苑北面日军的防线，分成前后两个梯队，交替掩护着撤出南苑。军训团虽然属于新组建的部队，但军纪严明，训练有素，作战勇猛。一批掩护，一批撤退，退而不乱，有条不紊地向北平方向转移，多次挫败日军堵截追杀的企图。

围追堵截军训团的日军，是河边旅团黑本联队三大队。使黑本大佐恼火的是，情报称南苑镇只有二十九军的首脑机关和后勤给养地，没有重兵把守，可一攻而下。没有想到激战一天，南苑没占领，还使他的部队受到重创。司令部来电话指责他作战不利，要他不惜一切代价，拦截阻击南苑守军，全歼在郊外，不许他们撤回北平。听到这个命令，他眼都红了，马上率领着大批日军追杀上来。

在南苑北面的北大红门南侧。黑本带领日军终于追上撤退的军训团。前面，他派出机械化部队堵住去路。后面，派大队人马追击，两侧迂回包围，意在天黑之前把军训团消灭在郊外。

北大红门的地势低洼，生有大批大批的芦苇，只是芦苇还没有长高，不便藏身，反而利于日军的骑兵拼杀。日军凭借现代化的交通工具，运动兵力快，再加上飞机轰炸，大炮袭击的火力拦截，很快把军训团里三层外三层，铁桶似地包围在一片荒地里，枪声越来越密，军训团兵力越打越少，弹药不足，情况万分危险。军训团临时据守在一块青松翠柏参天的坟地里，日军根本不给军训团喘息的时间，如海边狂涛恶浪一般冲上来，打下去，打下去，冲上来。佟麟阁腿部负伤难以走路，只得骑马察看地形，布置部队反击。突然，战马被流弹击中倒在地上，把佟麟阁摔下，他被死马压住。张克侠看见忙从大树后跑出，冒着弹雨把佟麟阁由死马下救起。

冯大队长蓬头垢面，提着手枪趔趄着跑来呼喊："副军长，鬼子把我们的先锋部队拦住，部队突不过去，退路断了。"

佟麟阁什么也没说，只是紧紧地抿着嘴唇。他艰难地爬上坟地中最高的一个大坟头，站在坟尖上观察周围的地形。他见坟地东面有个大砖窑，忙跑下坟头，挥手命令："一大队据守坟地，二三两个大队，立即抢占东侧的窑地，死守待援！"

部队很快抢占了窑地。北方的窑地多建在地势较高、有土烧砖或土质粘性的地方，一到雨季就闲下来，秋、冬、春三个季节是烧砖的好季节。现正值夏季，大土窑空着，像个巨大的马蹄矗立在平原上。窑道顶为拱形，是用整砖垒砌而成的半圆型，高有6尺，宽有4尺，可供两人对面而行，供进坯出砖时窑工们走的，佟麟阁、张克侠、冯大队长等指挥人员退进窑道，忙着布防。见窑场有几架春天未能烧完的土坯和几十架没有来得及拉走的砖，佟麟阁忙命令士兵建起临时工事。

日军见军训团被围住，忙收紧了包围圈，马不停蹄向军训团发起进攻。军训团在兵员渐少、弹药不足的情况下，英勇顽强地抗击鬼子一次又一次的进攻。日军求胜心切，不惜血本，除派出一批又一批日军士兵充当炮灰外，又用猛烈炮火轰击这一狭小的包围圈，敌我双方，损失惨重。

天色渐渐阴暗，宛似一块巨大的灰布遮住了阳光。日军四架飞机飞临砖窑阵地上空，投下一连串炸弹，在窑顶窑坡爆炸。

轰炸中正在窑口指挥作战的佟麟阁再次被弹片击中大腿，鲜血像泉水似的喷出。他手捂伤口跌倒在地，鲜血很快殷红了裤子。士兵们把佟麟阁架进窑道。张克侠忙撕下内衫为他包扎。

佟麟阁一把扯掉血布又冲出窑道，举枪寻找着射击的目标。

张克侠跑到窑道口，命令两名战士把佟麟阁架回，给他包扎，大声呼喊："佟副军长，你冷静点，现在还不是拼命的时候！这里不是久留之地，天黑后要组织部队突围，保存抗日的力量。"

"张老弟，没想到哇！"佟麟阁忽然抓住张克侠的手，难过地说，"我万没想到我佟麟阁会有今日，咱们二十九军会有今日，国家会有今日啊！"他抽泣一会儿，又感慨万千地说："中国要不打内战，日寇决不敢这么猖狂。我们也不至于这么兵熊将软啊！"

"捷三兄，不必过度悲伤，关羽不是还有走麦城的时候嘛。中国亡不了，这只东方的睡狮已醒过来了。"他劝慰着悲痛欲绝的佟麟阁说，"国共两党第二次合作抗战就要开始了。"

"国共早该合作，团结抗战，这样中国才有希望！"佟麟阁非常感慨地说，"历史证明，合则强，分则弱。可惜呀、可惜，没有采纳你的'以守为攻'的主张，不然何以落得这般下场？晚了，晚了！一切都晚了！悔之晚矣！"佟麟阁说到此处，失望地摇着头，痛悔地一拳又一拳地捶着窑壁。

"不！"张克侠尽力劝慰佟麟阁那颗破碎的心，生怕他因一时气急，心力交瘁，伤口恶化，忙劝解道，"副军长，请你相信，中国人民终将打败日寇，重建强大昌盛的中国！"

"强大昌盛的中国。"佟麟阁喃喃自语着，眼里闪烁着希冀的目光，发自肺腑地喊道："愿这一天早些到来吧！"

不知何故，战场寂静下来，他们正在诧异，一个士兵奔来："副军长，不好了，那个日本姑娘跑到窑顶上，向日本鬼子喊话去了。"

佟麟阁听罢，手扶墙壁，吃力地站起："走！快扶我去看看！"

他和张克侠来到窑道口，探头一望，见小岛幸一身穿洁白的日式服装，手摇一条红围巾，正立在窑顶上，北风吹拂着她乌黑的长发，轻拂着她的脸颊，撩起她的裙襟。她犹如一尊和平女神的塑像，矗立在这血与火、生与死的悬崖上。她微微前倾着身子，一只手叉腰，一只手成喇叭形放在嘴边冲日军阵地方向呼喊："同胞们，大哥哥小弟弟们，你们的敌人不在中国，而在日本，敌人是天皇、是发动战争的军阀！他们强迫你们远离家乡、远离亲人，前来充当炮灰。士兵们，调转枪口，反击强迫你们前来卖命的罪魁吧！弟兄们……"她用流利的日语呼喊着。

"唉呀！这太危险，快把她拉下来！"佟麟阁命令身边的士兵。他非常担心小岛幸一的安全，生怕她出什么意外，而给日寇留下什么造谣的口实。他一猫腰不顾伤痛，冲上窑顶。

小岛幸一姑娘出现在窑顶上，对面阵地上的日军士兵就惊呆了。他们万没有想到，在这个远离故国的战场上，竟还有这么漂亮的日本姑娘出现，会用那充满磁性、阴柔之美的女性日语，向他们喊话。看到她，他们想起了家乡，想起了各自热恋的姑娘，也想起了兄弟姐妹，更想起生育他们的父母。他们侧耳谛听着她的讲演，一时竟忘记了射击，忘记了身处厮杀正酣的战场。

隐蔽在几百米外树林里的日军指挥官黑木，此刻正往脖子上抹红药水，刚才一根飞溅的树枝落在他脖子上，扎了大口子，鲜血直冒。忽儿，战场上的枪声停止了，他惊问身旁的军官们："什么的干活？枪声停止的怎么回事？"

指挥部的军官们相互张望，谁也不敢回答。日本姑娘小岛幸一的声音隐隐传来："士兵们，放下武器回家吧！不要为军国主义再卖命了！"

黑本恶狠狠地骂了一句，猛地站起。眼见军心瓦解，气得他两手哆嗦，"唰——"地抽出战刀，一指窑地军训团阵地，狼似地嗥叫道："开炮！给我开炮，把她炸死！"

冯大队长冲上窑顶连背带把小岛幸一拖下来。佟麟阁站在窑顶，观察着附近的地形。张克侠担心窑顶危险，连喊他好几声，催他快下来，佟麟阁也不肯。张克侠跑上窑顶，拉着佟麟阁的衣袖说："副军长，快下去，这儿地势高目标大！"

"日本姑娘都不怕，我们还在乎！"佟麟阁挣脱着张克侠的拉扯，围着窑顶转圈观察敌情。他对紧追在后的张克侠说："情况紧急，抗敌事大，个人安危是小。率队突围事关全局！一定慎重！"

"副军长——"警卫连长跑上来报告，"赵登禹师长他……"警卫连长再也说不出，捂脸痛哭。

　　从警卫连长悲戚的面容上，佟麟阁不需再问什么，便已预感到巨大的不幸已然发生。他的耳边不啻炸响一个惊雷，身体晃了几晃，坚持没有倒下。转对西南正在激战的黄亭子方向，默默站立，许久没有说话。只是眼窝里噙满泪花，把碗大的拳头攥得紧紧的……

六　奉命突围，赵登禹为国捐躯

　　被困南苑的赵登禹部在重创日军后，奉命转移。途中，他不幸被敌机扫射击中，倒在血泊之中，弥留之际，赵将军擦去卫兵脸上的泪，微笑着说："这孩子，哭什么？军人战死沙场，原是本分，没有什么值得悲伤的。北平城内还有我的老母亲，你们回去告诉她老人家，忠孝不能两全，他的儿子为国死了，也算对得起祖宗了。请她老人家放心吧！"

　　原来，赵登禹将军昨晚与佟麟阁决定，分别防守南苑东、西两侧防线后，他稍微休息一会儿，便带着警卫赶到前沿察看地势，准备根据南苑实际情况，调整一下西侧防线的兵力布署。孰料日军在攻占团河后，并未善罢甘休，在得到增援后，又如恶狼般扑向南苑，打破了赵登禹固守南苑的计划。

　　凌晨，疲劳多日的赵登禹躺在临时搭起的木板床上，酣声如雷。赵登禹军旅生涯多年，养成了标准的军人素质，躺倒能睡，站起能走，举枪能打，坐下能吃。不仅如此，别看赵登禹已是快四十的人了，走路仍是抬头挺胸，腰杆笔直，一派标准的军人风度，被人称为"打虎将军"，深为冯玉祥将军喜爱。深夜四点，侦察连长匆匆赶来，来到门口，却被警卫拦住："不行！赵师长刚睡着！有情况明天再说！"

　　"情况紧急，我必须立即面见赵师长。"

　　"在急也不能打扰他，他的眼都熬红了！我求求你！"警卫一改强硬态度为求告。侦察连长心软了，没有再说什么，走到一边，点燃一支香烟。

　　西北卢沟桥方向炮声隆隆。侦察连长再也忍不住，猛然扔掉吸完的烟，大步跨上台阶。警卫还想阻拦，侦察连长用力一扒拉，把警卫推到一旁，抢步进屋，大声喊道："报告！"

　　赵登禹闻声挺身坐起，揉揉红肿的眼皮，走向门口，急切地问："怎么？有什么重要情况吗？"

　　"师长，日军第二十师团由黄村向团河北集结，东南西马驹桥方向也有日军大部队开来。估计很快就会有大的军事行动。此外，驻丰台方向的日军也已向南苑西北出动，我以为……"

　　"我要的是准确的情报，和正确的判断，什么以为、大概，全不是军事侦察员应该说的。"赵登禹有些不满,从挎包内掏出地图。旁边参谋人员也早惊醒,见此忙上前帮助摊开地图,把马灯举到近前,细心查看。侦察连长上前,指点着日军集结、活动的地区。赵登禹面容严峻,审视着敌情,不断地在标出的地区上做标记。他有些恼怒地责备道:"为什么不早些报告,一分钟的拖延,就可能全盘皆输!"

"师长,您的警卫员怕打扰您休息,所以……"

"会有此事?"赵登禹猛然站起,几步抢到警卫员面前,气愤地盯住那个有些不知所措的小伙子,一字一顿地问,"这是真的吗?"

"师长,我怕耽误您休息,就……"

"混账!怕耽误我睡觉,就不怕我脑袋丢了?不怕兄弟们白流血?"

侦察连长赶忙上前,恳求道:"师长,现在发火不是时候,赶快向军部报告敌情吧!"

"先给你记上账,以后有空再说!"赵登禹气咻咻地转开身,大步走到地图前,思索一会儿,转对参谋果断吩咐,"你立即拟个电文,急电我师第一旅刘景山部、第二旅王长海部丢掉一切辎重,轻装赶赴南苑增援,中午12点,不!上午10点,务必赶到!不然,要他们提着吃饭的家伙见我!"

身边的参谋唰唰记完,交给赵登禹签字,轻声提醒:"一旅二旅刚到永定河,200多里路5个小时,恐怕赶不到。是不是再宽限几个小时?"

"糊涂!日本人马上就要动手了,别说晚几个小时,就是差几分钟,我们的脑袋就都保不住了!等他们来了,黄花菜还不都凉了?"赵登禹说着,在电报上签上名字,把笔一扔,再次走到地图前,又仔细研究起敌我双方兵力态势分布情况。

突然,参谋轻步而进,走到赵登禹身边,低声说:"师长,现在电台正在广播军长自卫守土的通电呢!"

"赶快打开收音机。"赵登禹很是兴奋。

参谋遵命,走到全师唯一的一台干电池收音机前,拧开旋钮,收音机内一阵丝丝的电波干扰声后,传出宋哲元那浑厚的山东口音的声音:"……哲元自奉命负冀察军政之责,两年来,以爱护和平为宗旨处理一切,以谋华北地方之安宁,此国人所共谅,亦中日两民族所深切认识者也。不幸于本月7日夜,日军突向卢沟桥驻军袭击,我军守土有责,不得不正当防御。11日双方协议撤兵,恢复和平。不料日军于21日又炮击我宛平县城及长辛店驻军，于25日晚又突向我廊坊驻军猛然攻击，继以飞机、大炮肆行轰炸。于26日晚又袭击我广安门驻军，27日早3时又围攻我通县驻军，进逼北平、南苑、北苑，已在激战中，似此日日增兵、处处挑衅，我军为自卫守土，除尽力防卫听候中央解决外，谨将经过事实聚成奉闻……"

参谋见赵登禹侧耳谛听，搬过一把椅子，示意让他坐下，接着又递上一支烟，划着火柴，准备给他点燃。赵登禹摆手拒绝，继续侧耳细听："……国家存亡，千钧一发。伏乞赐教，是所祈祷。"

广播完毕，赵登禹还在聆听，似有些言犹未尽，不太满意。继而，他摇摇头，喃喃自语："军长觉悟得太晚了！态度还不够坚决！缺少烈性男儿的大丈夫气魄！"

此时，参谋刚要关掉收音机，突然听见里面又传出播音员声音："下面广播冀察最高当局任命消息，宋哲元军长报请蒋委员长批准。为适应守土形势，特设北平城防司令部，委冯治安师长为卫戍司令，张维藩为戒严司令，秦德纯为总参议。同时，任命佟麟阁为平南指挥官，赵登禹为南苑指挥官，何基沣为平西指挥官，冀北保安队火速进城，防守北平……"赵登禹关上收音机，闭口不语，脸上若有所思。

"师长，你被任命为指挥官，是升了还是降了？要是升了，有空儿您可得请客呀？"

"唉——"赵登禹苦笑一声，"什么升了降了，国难当头，大敌当前，还讲这些，打退日本鬼子，保卫平津！这才是咱们好男儿的根本！"他说着抓起手枪。"走！咱们去连队看看，让他们多加防范，别让日本人偷袭占了便宜！"

淡淡的晨曦中，赵登禹带着警卫员、参谋，察看散发着泥土芳香的战壕、工事。

就在晨曦刚刚破晓之际，赵登禹按照侦查连长的指点，确实发现远处似有大规模日军在运动，似比预料的还要严重。他马上赶到前沿指挥所，向北平报告了敌情，刚把通往佟麟阁平南指挥部的电话接通，还没有来得讲话，日军突然发起炮轰，一阵排炮轰过，电话里死寂无声。他一面命人快去抢修被炸断的电线，一面命令部队做好战斗准备。

一场猛烈的炮击之后，黄乎乎的鬼子由高粱地、树林里、壕沟后爬出来，扑向南苑西侧外线防御工事。赵登禹还没来及与各部队协调、研究如何作战，日军就向他所分守的防线，伸出了魔爪。

鬼子刚一露头，没有多少作战经验，初次参战的军训团学员就噼噼啪啪打起枪来。枪声稀落，构不成威胁，也对鬼子造不成严重杀伤。

鬼子渐近，可以看得清那些来自东洋年轻炮灰的面容。学员们慌神了，手忙脚乱，头冒热汗，顾不得瞄准，就把子弹打了出去。赵登禹见状，急得他飞跑到阵地前沿，高声喊："不要乱开枪，听我的命令！"

士兵们见指挥官站在最前沿，心里稍安了一些，迅速地装上子弹、瞄准，赵登禹等到鬼子冲到只有十几米远时，厉声道："举枪！放！"

"啪啪……"一阵排子枪弹雨射出，冲在前面的鬼子栽倒一片，后面的稍微犹豫一下，又不顾生死地冲上来。又是一阵排子枪，又倒下几十个鬼子。日军的机枪猛烈扫射，我军也时有伤亡，战士们像麦捆一样，中枪倒地。

攻击南苑西侧防线的是日军第二十师团与中国驻屯军步兵旅团。他们刚开始攻击时，先是试探性的，在得知南苑守军没有什么重型武器后，继而便开始施以更猛烈的炮火，狂轰滥炸。同时，辅以坦克进行冲锋。

南苑守军也越战越勇，多次挫败日军的强攻。他们在日军炮轰时，都躲进战壕，待鬼子冲到十几步远，才投以密集的手榴弹，把鬼子炸的鬼哭狼嚎。上午，日军飞机赶来助战。日本人欺负中国军队中没有空中增援，没有防空武器，敌机顺着战壕扫射、投弹。初次参战的军训团学员被飞机吹起的烟尘迷得睁不开眼，无法射击。敌机十分疯狂，一批投完弹飞走，又来一批，整个阵地一片火海，硝烟弥漫。

赵登禹见年轻的战士在敌机的狂轰滥炸下，成片倒下，十分痛心。他与几名团营长商量后认为，只有与日军混战在一块儿，才能避免敌机的大量杀伤。研究好对策后，待日军再次冲进时，赵登禹驳壳枪一挥，高声道："弟兄们，冲上去，对着鬼子打！"他一马当先，挥枪击倒几名日军，拔出大刀，跃出战壕、率众冲杀过去。

两军相拼，刀枪相搏，杀声惊天动地。敌机见交战双方混战在一起，恐怕伤到自己人，盘旋一阵后，无奈地飞走了。

中国守军众将士见赵登禹师长亲自冲锋陷阵，士气倍增，一鼓作气把鬼子杀退一里多，击毙、砍死日军无数。突然，日军败退的林子后，扫来一阵猛烈的机枪子弹，冲在前面的战士相继栽倒。

赵登禹恐怕中敌埋伏，忙大喊一声："不要追了！快退回阵地！"

　　时过正午，日军见正面攻击没有奏效，狡猾的河边旅团抽出部分兵力，向南苑北面迂回包抄南苑守军后路。河边旅团隶属北宁路日本驻屯军司令官香月清一亲自统率，旅团长为河边正三，是日军侵华主犯。此师久在中国驻守，多次与二十九军打交道。这次在向北平中国驻军发起总攻时，担任攻击南苑西测防线任务，在遭到中国驻军多次有力反击后，他们吸取教训，很少发动进攻，而是借助其现代化的武器，见中国空军没参战，更加狂妄，一遍又一遍地扫射、轰炸。中国驻军因是仓促应战，各部队配合不协调，加之电讯通信联络中断，造成混乱局面。除去佟麟阁指挥的军训团、赵登禹指挥得所部外，有的部队为保存实力，在敌人初次攻击后，就轻易地退出外围阵地，更令人痛心的是骑九师的骑兵还没有集合，敌机就飞临了军营上空，炸弹命中马廊，燃起大火，战马还被拴在马桩上，就被炸死、烧死，被倒塌的房屋砸死，以往英勇骁战的骑兵，还没有参战，发挥骑兵的威力，就被击溃。在佟麟阁、赵登禹部与日军苦战之际，少数部队已悄悄撤退，根本没有服从指挥部的命令。在此情况下，赵登禹苦撑南苑西侧防线，及至中午，他接到北平军部宋军长的命令，立即传令部队向北平转移，可传达命令、集结部队的结果，前沿阵地上还只有几百人，细一询问才知，三十八师一一四旅，骑兵师残部、特务旅已向南突围，气得赵登禹脸色铁青，发恨道："他妈的！我算什么南苑方面指挥官，撤退都不与我打招呼！"危急中，他想起一三二师第一旅、第二旅，现在身边要是有这两旅兵力，就可以给日本人来个反包围，跟日军决一死战，再决雌雄。他想到此忙找到参谋，劈口就问："第一旅、第二旅为什么还没到！不是电令他们上午十时一定到达吗？"

　　"师长，永定河上游降了大雨，河水流急，没有渡船，他们还没有过永定河呢！"参谋嗫嗫地回答，不敢正视赵登禹那冒火的眼睛。

　　"混蛋，贻误战机！我饶不了他们！"赵登禹怒吼，将手中布满血迹的大刀砍向一段土墙。

　　"师长，快向北平转移吧！日军已突破东面、南面的防线，向这面冲过来了！"侦察连长喊道。

　　"来了正好！他赵爷爷正等着他呢！"赵登禹说罢，抢刀又要杀回！

　　此时，一名传令兵快步跑来，近前行礼后报告："赵师长，这是佟副军长给您的敌情通报。"说着，从衣袋内掏出一封被汗水侵湿的情报，那张纸被汗水侵透,一时难以开展,赵登禹用力一扯,那纸分为几片,上面的字迹已模糊不清,只有"佟麟阁"三个字签名清晰可见。传令兵喘着粗气说:"赵师长,佟副军长让我转告您,南苑北面已发现日军,他请您行动时要严加防备,保证安全!"

此时,又有几架日军飞机飞临上空,一阵猛烈轰炸,吞没了正在集结准备转移的部队。赵登禹待爆炸的气浪过后,从掩埋他多半身的泥土中爬出,边拍打着身上的泥土,边咒骂着疯狂的日军。突见一名浑身血污的士兵,跌跌撞撞奔到近前,急切地说:"赵、赵师长,张克侠副参谋长命令,让你们从东北角突围,在大红门与佟副军长汇合,向、向北平……"话没说完,那人颓然倒地,大睁着两眼死去。

赵登禹上前在士兵鼻子前摸摸,见已无气息,强忍悲愤的泪水,脱下身上那件破烂不堪的上衣,盖在士兵的脸上。

"哒哒",不远处传来日军机关枪的扫射声。同时,南面、西面都发现日军正向这边冲来。侦察连长跺脚道:"赵师长,您快走吧!不然就来不及了!"说着,他一挥手,参谋和几名侍卫上前,连拉带拽,把赵登禹推上一辆卧车,簇拥着赵登禹撤向北平方向,侦察连长率队阻击着追赶的日军。

赵登禹带领着所部且战且退,杀开一条血路,收拾残部,拼命向北平方向大红门一带枪声最为激烈的地方转移,意在与佟麟阁所率突围的部队汇合,一块儿撤进北平。

日军第二十旅团旅团长河边坐在侦察机上,居高临下,追逐着撤向北平的南苑守军西线部队,他发现东线、西线两批中国军队汇合的意图后,立即调兵遣将,想在中国军队没有汇合之前,分别歼灭。

天色渐晚,赵登禹所部经过一番苦战,终于把敌人的包围网撕开一个口子,一阵猛打狠拼,突围到南苑北,北大红门南中间的黄亭子一带。再有二三里路就要与佟麟阁汇合了,两支中国突围部队已可遥遥相望。日酋河边旅团长急红了眼,紧急电令调来大批飞机。同时,为地面日军指示攻击目标、重点,图谋分而歼灭华军。

黄亭子一带地势平坦,没有山峦、树林,部队无险可守,完全暴露在日军的火力之下。日军飞机一批批飞来,投下一枚枚炸弹、燃烧弹,把夜空照的亮如白昼。中国军队仅凭仓促撤退时带来的步枪、手枪、少量机枪,难以构成猛烈火网,压制日军的进攻,渐渐失去还手能力。汽车被炸坏,赵登禹下车步行，边抵抗边撤退。日军攻击更加凶猛，飞机扫来一串机枪子弹，正在指挥部作战的赵登禹身中数弹，倒在血泊中。

"师长……"附近的参谋、卫兵扑上前，扶起他，急切地呼唤道，"赵师长，您怎么样？"

赵登禹从昏迷中醒来，凄然一笑，看到他正躺在卫兵怀里，身边围了许多人，缓缓地摇了摇头，轻声说："没事！"他一咬牙，欲挺身坐起来，却没成功。胸部的几处枪伤往外淌着鲜血，参谋急忙用毛巾去裹伤口。卫兵看见敬爱的师长受此重伤，伤心地流下行行热泪。赵登禹吃力地抬起手来，轻轻擦去卫兵脸上的泪珠，微笑着说："这孩子，哭什么？军人战死沙场原本是本分，没有什么值得悲伤的。北平城内还有我的老母，你们回去告诉她老人家，忠孝不能两全！他的儿子为国死了，也算对得起祖宗了。请她老人家放心吧！"

"赵师长，你要挺住！我们一定要把你背回去！"卫兵含泪呼喊。赵登禹含笑摇摇头，吃力地用手指指北平的方向，一句话没有说出，缓缓地合上了那双令日寇见之胆寒的大眼，壮烈牺牲，时年仅 39 岁。

三天后的 7 月 31 日，南京政府发布褒恤令，追赠赵登禹为陆军上将，生平事迹，宣付史馆，以彰忠烈，抗战胜利后，北京的一条街道命名为赵登禹路。但这已是后话。

卫兵和参谋等人哭成泪人，正欲背起赵将军遗体，敌机复又飞临上空，又扫下来一阵罪恶的弹雨，扔下一颗颗炸弹，他们纷纷倒在赵将军遗体旁，一团团浓烟烈火将中国将士的身躯吞没了。

担任阻击日军追击任务的侦探连长，明白赵师长临终时手指北平的意思，见此地再也守不住，抱起一挺机关枪，大喊一声："想活命的弟兄们，跟我冲啊！"

赵登禹部一阵拼杀，杀开一条生路，在佟麟阁部的接应下，终于突出重围、与军训团汇合在了一起……

七　窑场拼杀，佟将军殉难沙场

佟将军身负重伤，生命垂危。他说话的力气渐弱，吐出的音符是"保卫国土，军人天职，马革裹尸，死而无憾。"尔后，瞳孔失去光泽，一代抗日名将，陨落在保家卫国的沙场上。

在被日军重兵围困的窑道内，佟麟阁听完赵登禹部下侦察连长的简单叙述后，得知了赵将军英勇献身的经过，悲痛地大喊一声："舜诚兄弟，我一定给你报仇！你放心去吧！"他说着一把挣脱众人的扶持，不顾伤痛，冲出窑道，再次爬上窑顶，一边观察敌情，一边指挥作战。

日军的包围圈越来越小，形势十分危急。张克侠知道，佟麟阁得知赵登禹牺牲的噩耗，悲痛欲绝，抱定了必死的决心。但此时此刻的他不能头脑发热，他冷静地思考、分析一下形势后，又与其他几位军官交换意见后，认为此地不能久留，应尽快转移，保存实力，再图别策。下定决心后，他飞快跑上窑顶，奔到佟麟阁近前，恳求道："副军长，赶快组织突围吧，不然……"

"轰——"没容张克侠把话说完，日军一颗炮弹命中窑顶，在他们身边爆炸，一股气浪，把他俩掀下窑顶……

日军为全歼这批撤向北平的抗日中坚力量，开始了更猛烈的炮击，弹丸之地的窑场顿时笼罩在火海之中。尽管日方炮火猛烈，并一次次地发起攻击，企图在华军没有来得及增援的情况下，占领这座炮火中巍然矗立的砖窑。但中国守军部队没有后退一步，他们一边抵抗，一边派人冲出窑道，去抢救被炮轰击震下窑坡的佟麟阁、张克侠。日军的炮火太猛了，冲出去的战士不断地倒下，前面的被炸倒，后面的又冲上去，真可谓前仆后继。坚守在窑地外围的部队作战更勇猛、更激烈，几次与日军短兵相接，展开了肉搏战。经过一番苦战，终于再次打退日军进攻，把佟麟阁、张克侠救下来抬回窑道内。张克侠醒来，见战士正在给他包扎胳膊上的伤口，忙挣扎坐起。他见佟麟阁头部受重伤，额头淌着鲜血，忙在冯大队长扶持下，凑到佟麟阁近前，轻声呼唤："副军长，佟副军长，你怎么样？"

佟麟阁听到有人呼唤，许久才艰难地睁开眼，打量周围一下，吃力地问：

"附近有增援部队的消息吗？"窑壁上的小油灯豆大的火苗摇曳着，照在佟麟阁蜡黄的脸上，时明时暗，令人焦灼。

冯大队长蹲下轻声回答："副军长，中央军关征麟部抵达固安、良乡一带后，就不再前进，恐怕……"

"我不是问中央军，我是问北平方面的援军？"佟麟阁生气地打断冯大队长的话。他对中央军动作迟缓、远水解不了近渴，早已十分不满，也不抱什么希望。

"这个……这个……"冯大队长支吾几声没有再说什么，把快到嘴边的话又咽了回去。

剧痛使佟麟阁大口大口地喘息着。他用臂肘支撑起身子，挣扎欲起。

张克侠、冯大队长俩人忙把他扶着躺下，劝他不要动。

佟麟阁喘息一会儿，费力地翕动着嘴唇说："突……突围！部队分为两……支，分散敌人，又便于行动，还可互相策应。"他使尽全身力气说完这几句话，声音渐渐微弱下来，"快！快！保卫国土，军人天职，马革裹尸，死而无憾！"他再也发不出声音，闭上眼喘息一会儿，又缓缓睁开眼，用热切留恋的目光再次逐个端详战友们。一会儿，忽然，他紧握住张克侠的手抽搐一下旋即松开，大睁着的眼睛上下眼皮跳了几下，继而瞳孔逐渐失去了光泽。

"刷——"一道蛇形闪电划破苍穹，照亮大地，照亮窑道，佟将军虎目圆睁，面带遗憾，死不瞑目。

"轰隆隆。"一声巨雷在窑顶炸响，带着愤怒的呐喊，滚向遥远的天际，老天怒吼了。

张克侠轻轻为佟将军合上眼皮，站立起来脱帽致哀。窑道内的全体将士脱帽致哀，闻此噩耗，无不痛哭流泪，痛悼爱国名将的壮烈殉国。

"哗——"暴雨如注，窑坡上、坏架旁，雨水，血水，泪水流在一起，汇成股股激流，奔涌向前，老天也在为抗日英雄泪洒天下。

张克侠举起手枪，发出战斗命令："一大队为先锋，警卫连负责保护佟副军长的遗体和伤病员居中，二大队由我带队为右翼，三大队由冯大队长带队为左翼，保持相当距离，即刻突围！记住：哪怕剩一个人也要突出去！突出去之后，在久敬庄村南的枣树林里集合，不管遇到多大阻力，也要往外冲，冲出去就是胜利，有没有决心？"

"有！"窑道内传出闷雷似的吼声。

"立即行动！"张克侠一挥手枪，率先冲出窑道。突围的部队似两股铁流向正躲在树下、沟渠旁避雨的日军冲去。风雨太暴了，搬倒缸似的，浇得人睁不开眼，迈不动步，就在连麻雀也被狂风暴雨的淫威吓破胆，有的折断翅膀飞不起来，有的躲在避风处，恐惧地颤栗着的时候，军训团开始了突围。

雨点击打着水面，泛起一串串水泡。学员们抬着佟将军遗体冒雨突围，芦苇地里，晃动着他们艰难跋涉的身影。

"砰。"一声响后，紧接着是连珠般的枪声像爆豆一样响起，好在雨大天黑，鬼子不知道有多少人突围，只是胡乱地放着枪，部队刚突破日军的阵地，就遇上了日军堵截部队的拦击。茫茫雨夜，两军展开拼死冲杀，在泥水里拼刺格斗，被复仇的火焰燃烧着的军训团战士，把刺刀扎进仇敌的胸膛，把子弹射进敌人的头颅。真可谓杀得天愁地惨，日月无光。

在冲过一条小河时，日军凭借有利地形，猛烈扫射，不少战士壮烈牺牲。直到友邻部队绕到敌人背后，前后夹击，才突过小河。常怀忠搀扶着小岛幸一，随着警卫连的队伍突围。左右两翼部队为掩护他们打开一道血口，拦截着两侧冲上来的敌人，使他们得以突破日军的一道又一道防线，向北平方向前进。突然，一股日军迎面冲来，一下子把警卫连的队伍冲散。警卫连长挥刀力战三个鬼子，经过一阵激烈拼杀，当他砍倒第三个鬼子时，已累得瘫坐在地，胳膊酸疼，连举刀的力气也没有了。当第三个敌人又端着刺刀冲上来时，他只得闭上眼，等待着死神的降临。

"当。"警卫连长耳边响起一枪，他睁开眼睛一看，是身后不远处小岛幸一向那个鬼子放了一枪。那家伙中弹后还往前一扑，想把刺刀扎到他的身上，没走两步，像半口袋粮食一样"扑通"栽倒在地。警卫连长感激地说："谢谢你！"挣扎着站起，捡起鬼子的步枪，拄着向前走，没迈两步，脚下一绊摔倒在地，努力几次也没能站起，只得手拽着高粱秸，一步步向前爬。忽儿，他触到一个人，借着闪电，看清正是佟副军长的尸体，抬担架的两名队员都已牺牲在一旁。无奈，警卫连长只得把佟副将军放在背上向前爬。他只爬了十几步，就再也爬不动了，周围又没有战士，想喊又怕招来鬼子。他痛泣着用战刀挖了个浅浅的坑，把佟副军长尸体放进去，脱下上衣盖在佟将军头上，跪着掰下一些高粱叶，盖住佟副军长的尸体后，又捧上几捧湿土，草草掩埋后，插上三棵高粱秸做好标记。"咚咚咚"磕了三个响头，一步一回头地走了。

杀出重围的军训团，在久敬庄边的枣树林集合时，已不足百人。张克侠清点人数时，警卫员连只有两个战士冲出来，问他们佟副军长的下落如何，两人摇着头说只顾拼杀，没有看到，急得张克侠直劲儿跺脚。

此时，冯大队长也赶来了，他已成为泥人，得知佟副军长遗体失踪的消息，急得他直骂娘，原地打转不知该怎么办？

张克侠冷静地思考一会说："冯大队长，光着急没有用，咱们俩各带一个班回去找一找，但千万记住：黎明前，一定要返回！"

"好吧！"冯大队长答应一声，带领一班人消失在黑夜中。

张克侠率领军训团残部向北平突围，风雨交加，漆黑一片，在突破日军的阻击中，佟副军长遗体失踪了，为找回佟副军长遗体，他不顾死活，带队再次杀回敌阵，又是一番血雨腥风的较量，结果未能如愿。

张克侠安顿好突围出来的部队，又忙率领一队人马，奔回刚刚厮杀过的战场。他们走过高粱垅，走过玉米地，翻过白薯秧，找遍芦苇塘，凡是他们走过、厮杀过的地方都找遍了，仍然没见到一点儿佟将军的遗体的踪影。

天近拂晓，张克侠与冯大队长相遇了，两人的双手紧紧握在一起，虽然他俩只分离了两三个小时，却像分别了半个世纪。谁也没问对方情况如何，只是从各自失望的眼神中就看到了答案。他们痛悔兵力单薄，不敢在狼群里久呆。张克侠分开密匝匝的高粱叶，望望东方的天空，已见亮色。后半夜的雨虽小了点，可一直没停。昨天，战士们苦战了一天，又奔跑一夜，浑身各骨节像生了锈，两腿像灌了铅，再也不听大脑的指挥了。别说战斗、奔跑，连走路的力气也没有了。

东方渐渐呈现一片曙色，如果不是阴天下雨，该是启明星高挑的时刻了。附近传来日军的军号声，张克侠只好对冯大队长说："咱们先回去吧！把伤员病号的事安置好再想别的办法！"

冯大队长苦于没有良策，只得点头同意。两队人马汇成一股，沿着田间小路，拖着疲惫不堪的身子向北走。"张副参谋长，快来看。"走到前面的哨兵忽然惊叫道。

张克侠抢步跑上前，见高粱地头的有片足有四五亩地的大苇塘，塘边横躺竖卧着七八具鬼子尸体。还有一具血肉模糊的军训团战士尸体，上前辨认，有人认出那是常怀忠，看来他是用手榴弹与抓住他的鬼子同归于尽的。塘边一密草处，有人轻声地呻吟着。张克侠等人近前。借着东方微弱的曙色，认出伤者正是小岛幸一。她浑身多处负伤，脸上已很难分辨出皮肤的颜色。直到此时，她手里还紧握着短枪。

张克侠连忙蹲下，扶起小岛幸一，轻声呼唤："姑娘，姑娘……"

小岛幸一吃力地张张嘴，一股血水从嘴角淌出，她又昏迷过去。张克侠见状，忙冲身后的战士招招手道："快！快背上她！"他帮助把小岛幸一放到一个战士背上，带领着部队，绕过苇塘，踏着雨水，深一脚，浅一脚地行进着。

他们到达久敬庄村边的枣树林时，天色已大亮，陆续又有一些失散的战士找到这里。清点完人数，他们听见四处枪声不断，不敢久留，商量一下后，即刻向北平转移。

军训团的余部刚刚来到永定门南的木樨园，突然看见一队臂戴红十字袖章的救护队，张克侠上前一问，得知他们是中国红十字会组织的救护队，准备前往战区救护伤员。他忙找到救护队队长欧秋夫，简明地介绍了大概情况后，低声嘱托："恳请你们一定派人找到佟麟阁将军、赵登禹将军遗体，秘密运回北平，切勿走露消息，落入日本人手里。"张克侠说着，掏出一张照片。上前递给欧秋夫，说："这是佟将军近照，赵将军我这里没有照片，但他的军装上有标记。"

"长官放心，我们一定尽力。"救护队长从眼前这位军官军服破烂、神情疲惫的神态上，已预感到南苑之战的残酷。对佟麟阁、赵登禹将军他早闻大名，听说他们二人战死疆场，十分悲痛，强忍着泪水，调头急走几步后又返回问："长官，二位将军尸体遗失的地点大概在哪儿？"

"这……"张克侠一时难以回答。他沉思片刻说："可能就在黄亭子和北大红门旧窑场北面庄稼地一带吧。"

"哦，我知道一点儿。"躺在担架上的小岛幸一忽然睁开眼，吃力地说："突围到小河南岸那块高粱地时，部队被冲散，我还看见有人背着他。过河后，就……"话没说完，她又昏迷过去了。

"快！快送战地救护所！"张克侠挥手催促抬担架的战士。

战士们把小岛幸一抬走了。张克侠转对救护队长欧秋夫说："情况就这些，重点在小河南，小河北我们都找遍了。"

"张将军，你快去休息吧！"救护队长欧秋夫望望衣衫褴褛、神色疲惫的张克侠安慰说，"放心吧！有消息我们会尽快地通知你！"欧秋夫说完，整整雨衣，摆摆手，带领担架队，冒着阵阵晨雨，赶往激战后的战场。

张克侠把队伍带进城，安顿好苦战过后的战士吃饭、休息，他草草吃了几口饭，忙在部队上找了一辆汽车，赶往铁狮子胡同，刚进大楼，就听见宋哲元在机要室里呼喊着："南京、南京，日军向华北发动全线进攻，南苑失守，卢沟桥危险，通县和张家口也都在激战，请派兵火速增援。"张克侠推开机要室的门，走到宋哲元身边，轻声唤道："军长……"

"啊！张副参谋长你可回来了。"宋哲元扔下话筒，上上下下把张克侠打量一个够，拍着他的肩膀说："回来就好！回来就好！"他拉起张克侠，奔进作战室。"唰——"地拉开墙上帷幔，露出华北地势图，拿起指示棍，指指点点地讲着各地的情况。许久，他才醒悟张克侠一直没吱声，只是面沉似水地呆站着。蓦地，他像忆起什么，忙问："怎么就你一个人回来了，佟麟阁副军长呢？他在哪儿？"张克侠再也忍不住，猛地甩开宋哲元的手，坐到椅子上，抱头痛哭起来。

宋哲元不解地摸着谢顶的秃头问："咦？怎么了？你今天怎么了？佟麟阁他到底在哪儿？"

"他、他为国尽职了。军长，赵师长他也……"

"啊！捷三、舜诚，我的好兄弟！"宋哲元大吼一声，像被人用木棒狠击了一下，只觉浑身发软，双眼发直，瘫坐在地图前。

张克侠扑上前扶住宋哲元，急切地呼喊着："军长、军长，你……来人！来人呢！"

刘副官等人奔进，把宋哲元扶到沙发上。宋哲元被过分的悲痛急得背过气。他紧咬牙关，脸色铁青，身体挺得笔直，憋得"吭吭"直咳嗽，喘不上气来。张克侠忙着掐他的人中，活动腿脚，又吩咐刘副官说："快！快去叫车，把军长送医院。"

刘副官奔出，楼内一阵忙乱。

工夫不大，楼道里传来杂乱的脚步声，宋哲元也呼出一口气，嘴里喷着唾沫叫道："伤我左膀，断我右臂，痛煞我也。"尔后，他一着急又昏迷过去。

刘副官和大夫们把宋哲元抬上汽车，张克侠也奔出来，追到汽车旁，叮嘱刘副官说："你一定要把军长生病的消息封锁，不要让……"忽儿，他觉得胸口发闷、腿发软，眼前的景物、人、汽车、树木、楼房都在旋转。他意识到这是因劳累引起的虚脱造成的头晕所致。他命令自己：挺住，一定要挺住！他伸手去扶前面的树干，没有扶住，只觉得头重脚轻，眼前一片漆黑，顿时失去知觉，坠进了无底的深渊之中。

也不知过了多久，电话铃声把张克侠吵醒，他睁开眼一看，已是下午。他正躺在医院的病床上，屋里的一切都是白的，显得十分的洁净和谐。他多少日子没有躺下来好好地睡一觉了。此刻，他觉得眼皮发涩、头发沉，浑身各部位的骨节都疼，犹如重感冒发高烧一样，浑身无力，脑袋昏沉，床对他的吸引力太大了。但此时此刻张克侠哪里躺得住？他几次抬起头，想站起来都因浑身酸痛无力，不得不重重地躺下，身体像散了架一般，再也不听大脑的指挥。他自责地揪着头发，却又不由自主地合上眼皮，昏昏欲睡。

电话铃声不知倦怠地响着。召唤着昏睡的张克侠。他暗自告诫：记住，你不是普通人，有更重要的任务要你去完成。难道你就这样垮下去？就这样软弱吗？张克侠告诫着激励着自己。他猛地运足力气站起，一步步走到电话机前抓过话筒："什么？佟将军的尸体找到了！好！注意保密。我马上就去。"

他挂上电话，转身向外就走。他感到腿发软，犹如踩在棉花上一般，一脚踏空，急忙扶住墙壁，才没有倒下。他一步一步挨到门前，拉开门，护士小姐站在门外。见张克侠晃晃悠悠地要走，忙说："先生，您很虚弱，需要静养。大夫吩咐你不要乱动，快回去躺下来！"女护士不容分说，上前扶住张克侠，将他扶回到床前。

"不！小姐，我能行！"张克侠挣脱护士的搀扶，又摇晃着走向门口。他刚来到门外，正遇上刘副官急急走来。忙上前低声问："刘副官，宋军长病情怎样了？"

"军长清醒过来了，我看不碍事的。他主要是气急攻心，休息一下就会复原的。刚才，他又挥退大夫、护士，独自痛哭了一场，眼睛肿得桃儿似的。"刘副官见张克侠跟跄着要走，忙问："张副参谋长，您病得这样重，要去哪儿呀？"

"佟副军长的遗体找到了，我要赶快去安排一下。"张克侠近前些悄悄地说。

"喔？我的车在门口，坐我的车去吧！"刘副官把张克侠扶下楼梯，来到楼前停车坪上。他一招手，一辆小汽车驶过来。刘副官拉开车门，张克侠坐到车上，探头车窗外，又叮嘱道："刘副官，你要照顾好军长，有什么消息尽快通知我。"

"知道了。"刘副官摆摆手，转身上了楼。

蒙蒙细雨中，小汽车刚要驶出医院大门，张克侠隔着车窗看见驻守天津的三十八师师长张自忠，乘坐小汽车由对面飞快驶来。他忙吩咐："停车！"

汽车未停稳，张克侠便抢步跳下汽车，挥手高声喊道："荩忱……"

刚欲拐进医院大门的卧车戛然刹住，张自忠跳下汽车，见是张克侠，他赶忙迎上来："哟，这不是克侠老弟吗？"

"您怎么来了？天津方面情况怎样？"张克侠握着张自忠的手，关切地询问。

"唉——穷于应付，焦头烂额呀！"张自忠愁苦地笑笑，尔后又问，"你这是去哪儿？没别的事，跟我去见军长吧！他发急电让我赶来，我还弄不清什么事呢？"

"不行！捷三兄的遗体找到了！我去安排一下！"

"捷三、舜诚的事我都听说了！可惜呀！太可惜了！南苑一役，竟损我二十九军两员大将，真是令人痛心！"张自忠说着，眼圈发红，声音哽咽。

"荩忱，你先去见军长，我去去就来！"张克侠再次握住张自忠的手。

二人告别，各自调头离去。

第五章

喝苦酒张自忠临危受命　辞北平宋哲元伤心吐血

一　北平军部，宋哲元选贤拯残局

华北局势已成死棋，宋哲元感到再无回天之力。困境之中，他想脱身，而北平这盘残局，留下谁收拾合适呢？他着实费了一番心思，左挑右选，他选中了张自忠，但又有谁愿喝这杯苦酒呢？张自忠万般无奈，明知是火坑也只得跳下去。

张自忠，字荩忱，也是一位抗日名将。他1891年8月11日出生于山东省临清县唐国村，早年在天津政法学堂求学时，受资产阶级革命思想的影响，秘密加入同盟会，后弃笔从戎，投奔陆军二十镇三十八旅八十七团团长车震。军旅生涯中，结识了冯玉祥，颇受冯将军赏识，并由连长逐步晋升为中将师长，特别是在喜峰口抗击日寇的战斗中，更是大显神威。他率领的三十八师董升堂团和杨干三营，由当地猎人带路，绕行山间小道，秘密接敌。在喜峰口至潘家口之间狭长谷地中，偷袭敌炮兵阵地，消灭日军炮兵一个连，焚毁日军大批辎重。尔后，又率队杀了一个回马枪，把喜峰口阵地对面的日军打个措手不及，缴获大批武器。大长中国军队威风，一役扬名天下，成为著名的抗日英雄。

1936年5月，张自忠身为二十九军三十八师师长，驻防华北名城天津。同时，兼任天津市市长。天津，自鸦片战争后，成为对外交往的重要口岸，在帝国主义强加给中国的许多不平等条约保护下，天津地区建有日、英、法、意等帝国主义的租界地，情况极为复杂。特别是二十世纪30年代中期，第二次世界大战爆发前夕，天津更是风云莫测的地区。各国、各种势力在天津勾心斗角、相互倾轧，成为随时可能引发各种势力矛盾激化的火山口。张自忠曾拒任天津市市长，宋哲元坚持不允。他只得勉为其难。在此期间，张自忠迫主津政，忍辱待时，为常人之所不能为，力保天津平安。他不义气用事，又不屈服于帝国主义的淫威，坚守民族尊严。就在张自忠任天津市市长不久，天津英租界巡捕毒打人力车夫激起公愤。张自忠为挫败英巡捕的狂傲态度，令人通知数千车夫全部进入华界，一律不在英租界拉座儿。这个措施顿时造成英租界交通困难。在英国领事馆向中国方面请求解决时，张自忠提出惩办行凶者，保证不再重犯的要求。英领事无可奈何，只得接受了条件，乖乖地赔偿了中国人力车夫的损失。

张自忠的汽车停在医院内，他刚走下汽车，就见宋哲元在侍卫的搀扶下，走下台阶。他忙迎上前，行礼后报告："军长，三十八师师长张自忠奉命赶到！"

"哟！荩忱呢！"宋哲元抢前一步，拉住张自忠的手，热情地说，"你来得好！我正需要你帮我一把呢。"

"军长，您的身体怎样？"张自忠关切地问。

"唉，马马虎虎吧！"宋哲元紧紧拉住张自忠的手道，"荩忱，快走！他们可能等急了！"

"咱们去哪儿？他们是谁呀？"

"马上去进德社，冯治安师长，秦德纯市长，张维藩司令，他们都等着你呢。"刘副官在一旁插话道。

"军长，您的身体病成这样，还是先卧床休息几天吧！"张自忠见宋哲元眼泡浮肿，目光无神，神情沮丧的神态，关切地劝阻道。

"唉！这个时候我怎么躺得住呢！"宋哲元报怨道。尔后又一语双关地说，"三国时，刘备有关、张、赵、马、黄五虎上将。他可高枕无忧，称霸一方，我宋哲元可就惨了！"

"军长，您的意思是……"张自忠听出宋哲元话里面的内涵，可他还有些不大明白，进一步追问道。

"没什么！随便说说罢了！"宋哲元突然觉得刚才的话说得不太得体，忙岔开话题。一拉张自忠道，"荩忱！我的汽车让张副参谋长坐着出去了。眼下，我可得上你的车了！咱们车上谈！"

"欢迎！"张自忠说着亲自拉开车门，让宋哲元上去。然后，自己也上了汽车。

汽车缓缓驶出医院,在摩托车、警车的保护下,穿街越巷,向北平铁狮子胡同进德社冀察政务委员会办公室驶去。

车上,宋哲元显得十分劳累,默默注视着车窗外的街景,一言不发,气氛有些沉闷。

张自忠几次欲开口,打探一下,让他应召赴平的原因,话到嘴边却未说出。他从宋哲元的神态上,看出今天不比往常,以往生死与共的战友,今天显得隔膜起来,宋哲元似憋着什么话,可又不愿直言说出;不说吧,又似不甘心,一副心事重重的样子。

沉默许久,宋哲元抚摸一下张自忠的肩膀,心情复杂地问:"荩忱,凭良心说,我宋哲元够不够朋友?"

张自忠久久端详宋哲元的脸,想读懂这位久经沙场、咤诧风云、军旅生涯的伴侣,他视为兄长的内心隐秘。继而,他庄重的点点头。

"我够不够男子汉?"宋哲元再次追问。

张自忠没有说话,只是动情地抓住宋哲元的手,紧紧握住又使劲摇摇,千言万语都在这充满感情的动作中表达出来。

"可我算什么人呢!蒋介石逼我,日本人玩弄我,民众百姓骂我,我这是为谁呀?为我宋哲元?我亏心!我是为二十九军保住华北这块地盘,有咱哥儿们一块儿吃饭的一亩地儿啊?"宋哲元动了感情,拍着胸脯发泄着怨气。

"军长!不!大哥,我理解你!您如果有什么难办的事,我张自忠给你担着,若要有二心,让我死无葬身之地!"

"这就好,这就好!"宋哲元泪花闪闪,不断地轻拍着张自忠握住他左手的手背,充满了感激之情。他长叹一声后,仰望着车顶,喃喃自语,"荩忱,我心有苦衷啊!"

"军长有什么苦衷尽管言明,天塌下来我张自忠跟大哥顶住,要砸,砸咱们两个,我张自忠决不含糊!"

"刎颈之交者,张荩忱也!唉!一言难尽哪!"宋哲元欲言又止。此时,汽车已驶到进德社门前。

"嘀嘀……"一阵清脆的喇叭声,打断了他俩的谈话,汽车驶进大门,停在院内。

卫兵拉开车门，宋哲元步履蹒跚地走下汽车，张自忠从另一侧门下来后，忙上前搀扶。

这时，秦德纯、冯治安、张维藩等人奔下台阶，迎上前来。

"军长，我们都急坏了，刚给您打完电话，说您已出来了。正要派人去接您呢！"秦德纯显出十分关心的样子说，并上前扶住宋哲元。

"接我干吗？什么事你们瞧着办吧！"宋哲元态度立时冷下来，发起无名火，推开搀扶，独自跨上台阶。

秦德纯被宋哲元不冷不热的一瓢水，浇得一怔，退后两步。继而，脸上堆满笑容，陪着小心道："瞧军长说的，您不在谁敢做主啊！家有千人，一人主事！这不，上午，我将战况电告蒋委员长和何部长，并要求中央部队最好由津浦路北上进攻冀北，截敌后路。同时，令绥远出兵察北，中央空军紧急出动，配合我二十九军作战。中午，又电求绥东的汤恩伯，要他侧击日军后方，至今迟迟不见消息，真急死人了。"

"是啊！秦副军长真够辛苦的！是不是应该报请南京政府，给你发一块抗日英雄的奖牌呀！"张自忠最看不上秦德纯媚上压下的作风，同时，怀疑他暗中与日本人交往过密。此刻见面，见他在这种时候，净说些表白功劳，吹捧自己的话，十分气愤。其实，二十九军内部派系之间的争斗一天也没停止过。只是在日军侵略、民族危机的形势下，相互克制，才没有大的磨擦。地域之间的首脑人物大多面和心不和，早有间隙，只是在宋哲元的统领、斡旋下，矛盾才没有表面化。

"你！你污辱人，我跟你没完！"秦德纯言罢，挥拳冲了上去。刚才，他看见张自忠自天津赶来，心里就暗吃一惊，说实在的，他在二十九军里面弄个副军长，又兼任北平市长，有许多人是不服气的，全仗着他在南京有靠山，才谋得这个位置。别人他不怵，最怵的就是赵登禹、张自忠、冯治安这几个握有兵权的师长。赵登禹死了，他少了一个政敌。今见又来了个张自忠，心里老大的不高兴。所以，刚才故意冷落他，既没上前打招呼，也没握手。没想到张自忠当众出他的丑，立时火起来，不过，他的心里胆怯，动起手来，准得吃亏，只是装装样子而已。见他发火欲去打张自忠，身边的人赶忙拉住，劝解。

"吵什么吵！此乃国难当头之际，还有空闲磨牙斗嘴，都给我进去！马上召开会议！"宋哲元脸色铁青，厉声怒吼。众人见最高长官发了火，也不敢再吱声，只得悻悻迈上台阶，相继而入。

宽大的会议室内，已没有了往日的整洁、优雅的气氛，沙发椅前的茶几有的歪斜，有的堆满瓜皮、水果；花架上那盆米兰，被风吹折、搭拉着倒向一侧，墙上挂的名人字画，有的脱落、有的卷起。宋哲元走进来见此情景，十分恼火，大喊一声："来人！"侍卫应声而进，侧立于一旁。

宋哲元发火道："混蛋！养你们都是白吃饭的吗？这是怎么搞的？"他指桑骂槐，敲打着部下。

"宋军长，这是前不久秦市长和张维藩司令在这里接见日方代表松井机关长、寺平辅佐官弄的！他们要求保留原样，想让新闻界的拍照片的，没想到……"侍卫怯怯地答。

"哼！没想到的事多了，快给我收拾了！"宋哲元挥手道。

侍卫们又赶忙奔进来，一通地打扫、整理，会议室内才算整洁。

"军长，这事我还没来得及跟您说，那天，那几个日本人在这里足足磨了两个多小时，非要见您，我们才……"张维藩见宋哲元气得胖脸上的肉直哆嗦，赶忙上前解释，想圆圆场。

"算了！过去的事就算了！"宋哲元觉得火已发得差不多，不然别人会下不来台，忙摆摆手说，"各位请坐吧！"

华北冀察政务委员会的主要头脑人物陆续落座，刚才的小插曲，已在每个人心里袭上一层阴影。他们再也高兴不起来，会议室里顿时少了往日那种活泼、和谐的气氛。

宋哲元坐下后，突然看见茶几下的地上丢有一张纸，他拿起一看，原来是那份日军对二十九军的最后通牒。那天，松井向秦德纯递交最后通牒，秦德纯怕担责任，拒绝接受。松井恼怒地将通牒掷地，后经寺平建议，秦德纯才带他们去找宋哲元的。趁侍卫给大家沏茶之机，宋哲元拿过通牒专注地看起来：

昨天，二十五日夜，我军派往廊坊掩护通讯设备的一部分军队，遭到贵军不法射击，因而引起两军冲突，不胜遗憾之至。

追究惹起上述事态之原因，不得不归究于贵军对于和我军签订协定事项缺乏执行的诚意，依然不改挑衅的行径。如果贵军仍抱有不扩大事态之意图，首先应将部署在卢沟桥、八宝山方面的三十七师，于明日中午前撤退到长辛店附近；又北平城内的第三十七师，由北平城内撤出，和驻西苑的三十七师部队一起，先经过平汉线以北地区，于本月二十八日中午前，转移到永定河以西地区，然后再陆续开始将上述部队送往保定方面。倘若不按上述方案执行，则认为贵军毫无诚意，抱歉的是：我军不得已只好采取单独行动，因此引起的一切后果，应由贵军负责。

　　　　此致
第二十九军军长宋哲元阁下

　　　　　　　　　　　　日本军司令官陆军中将香月清一
　　　　　　　　　　　　昭和十二年七月二十六日

　　宋哲元看完日军最后通牒，联想近日来的战况，心里越发坚定了一个决心。平津守不住了，怎样走才算最体面呢？看来，日本人是动了真格的，要把我姓宋的挤走。走？不光彩！不走又怎么维持下去呢？虽说三十七师一部今天上午向丰台之敌发动攻击，因日军主力已开往南苑与北平之间参加围攻南苑的战斗。兵力空虚，我军收复丰台，可不久又丢了。南苑、丰台失守，北平已成一座死城，守下去凶多吉少。看来，还是"三十六计，走为上策"。走，又该怎样走呢？

　　这时，参加会议的人已陆续走进来，人们一眼看见宋哲元专心致志地看着什么，忙屏声敛气，走到空位上坐下，不敢大声喧哗。

　　人们奇怪：以往都是大家先到，宋哲元后到，传令官高喊："宋军长到。"人们齐刷刷站起，行注目礼表示欢迎。今天，最高长官先到，自己后到，不免有些心虚。宋哲元收起那份通牒，缓缓地扫过会议室内每个人的脸，一个想法逐渐成熟。他猛然站起，声音悲愤地高声道："全体起立。"

　　众人一惊，"唰——"地站起。

　　宋哲元悲痛地说："首先，让我们为在南苑保卫战中，壮烈殉国的佟麟阁将军、赵登禹将军以及死难的二十九军将士致哀！"人们纷纷脱帽。

　　轰隆隆，一声巨雷滚过。窗外，树枝摇曳，一阵暴雨骤至。

　　人们心情悲痛，想起佟麟阁、赵登禹昔日的音容笑貌，不觉眼窝发酸，滴下行行热泪，会议室内有人轻声啜泣。足足有三分钟，宋哲元才缓缓地说："礼毕，各位请坐！"

　　"诸位！"宋哲元清清嗓子，高声道，"今天，我把大家请来，召开一次决定咱们二十九军命运的会议。"他的目光缓缓扫过大家的脸，又说："佟副军长，赵师长为国捐躯，我与大家心情一样，十分悲痛。可我们不能光会落泪呀！平津怎么办？二十九军怎么办，华北又怎么办？大家都出出主意，想想办法吧？"

会议室内人们默默无语，宋哲元的目光一一扫过众人的脸，秦德纯能留下吗？这人很有心机，且善谋多虑，只是阳刚之气不够。冯治安留下？他的三十七师在卢沟桥及京西多次与日军交锋，勇武有余谋略不足。张维藩此人虽说掌握着几个旅的保安队，也有一定的势力，但缺乏全局作战经验，恐怕难担此任。当他的目光扫过张自忠时，突然一亮，对！接任我的最合适人选当推荩忱。刚才，在汽车上他几次欲把话说透，可总觉得时机不够成熟，窗纸才没有点破，现在看来已是时候了。宋哲元提高嗓声又问："大家发表看法吧！南京多次来电，要我退守保定，组织第二道防线，可现在平津这种局面，我怎忍心一走了之，谁又来接替我呢？"

"军长，日本方面我比较熟悉，打了多次交道。跟南京何应钦部长我也交往深厚，如您放心，我秦德纯愿担……"秦德纯抢先表白。他觊觎平津头把交椅的位置已很久了，只是没有机会。今见宋哲元有退走之意，立即表态。

"你不能留下！捷三、舜诚刚去，军部没个得力帮手哪儿行？"宋哲元早就对秦德纯存有戒心，未等他把话说完，就抢先截住他的话茬儿。

"军长，我们不能轻易退走，我的三十七师还在苦战！丰台已被我们夺回，卢沟桥也还在我部手中。再说二十九军，还有十几个旅没有投入战斗。"冯治安反对道。

"冯师长，你的部队夺回丰台又怎样？还不是又丢了？廊坊、南苑都丢了，北平还能守多久？再说，这不是我宋哲元的意思，是南京政府的命令！命令，你懂吗！"宋哲元说着，把几封电报拍在桌上，背着手，在屋内踱步，"哪个愿为我宋哲元分忧，接管我的职务？"宋哲元心情焦躁，高声问道。

此时，人们都在琢磨、掂量。显然，留下来接任冀察政务委员会委员长的人，必然要与日寇周旋，弄不好身败名裂，落个汉奸的下场。应酬不好日本人，随时会有生命危险。人们明白：宋哲元的"金蝉脱壳""丢车保帅"之计，必须要找一个"替身"的，留者是要担风险的，除非卖身投靠当汉奸。

众人不语。忽然，宋哲元掩面哭泣："捷三，舜诚，你俩走了！丢下我，谁来为我分忧啊！我宋哲元心里苦啊！"

宋哲元落泪，许多人为之恸容。

张自忠狠狠地捻熄手里的半截香烟，站起来说："军长别伤心，办法总是有的。"他安慰宋哲元几句，见他止住哭声，转对大家道："诸位，现在战与和都成了问题，看情况事情不会一下子得到解决。为了国家、民族的长远利益，为了我们二十九军能及时脱离被敌人包围的险境，既然委员长秉承中央命令，决定撤到保定。目前，我愿为军长分忧，这个任务我分担，个人毁誉在所不辞！"

"啪啪。"人们兴奋地齐声鼓掌。

"那好！"宋哲元一把抹去泪痕，高声道，"现在，我任命三十八师师长张自忠接替我的冀察政务委员会委员长职务。同时兼任绥靖主任和北平市长。"

张自忠对于宋哲元的任命没有感到高兴，只是默默地坐下来，既没有提什么反对意见，也没有像以往那样晋升时的欢欣。尔后，宋哲元开始布署撤退事宜，都说些什么，他一句也没有听清，脑子里嗡嗡响着，思考着如何应付下一步的被动局面。

"荩忱，该吃晚饭了！"

冯治安招呼一声，张自忠才如梦初醒般站起。他抬头一看，会议室里的军官们早已散去，空荡荡的只剩他一个人，门口，冯治安正在向他招手。

张自忠站起来，步履沉重地走向门口，他上前一把拉住冯治安的手问："冯师长，你说我能做好吗？"

"咳！不谈这些，咱们先去吃饭吧！"

"不！我一定要问个明白。"张自忠一把甩开冯治安，大步流星般赶到宋哲元的办公室，连门都没顾得敲，一步撞进去。

宋哲元正在写什么，看见张自忠进来，赶忙站起："噢，是荩忱哪，你来得正好！"他拿起刚写好的纸说："这是我对你的任命，有我这道手谕，谁敢不服从你的命令，你先斩后奏。我给你担着！"说着，宋哲元双手捧着手谕，恭敬送上。

张自忠接过后，轻声念道："(一)冀察政务委员会委员长由张自忠代理；(二)北平绥靖主任由张自忠代理；(三)北平市市长由张自忠代理。"张自忠看过后，又递还给宋哲元，心情矛盾地说："军长，您看我干得了吗？要不，我还回天津去了！"

宋哲元见张自忠拒绝接受手谕，勃然变色，大发雷霆："哼！我们二十九军是有令必行！你们平日口口声声说服从我，怎么在此重要关头，竟不服从了呢！"

听见宋哲元的吼声，秦德纯走进来，站在门口。尔后，轻步走近宋哲元劝解道："军长，您别发火，张师长是在跟您开玩笑！是吧！"

张自忠再也受不下委屈，泪水夺眶而出："敢情你们都成了民族英雄，我成了什么呢？北平若不能守，我岂不成了汉奸！"

宋哲元摆摆手，示意秦德纯出去。他回身关上门，上前拉住张自忠的手，坐在沙发上，安慰他说："荩忱，我知道这样做委屈了你。我也是不得已而为之啊！你想想咱们二十九军这几位屈指可数的将领，能够独挡一面的还有谁？佟麟阁、赵登禹先我们走了。想想他们，想想二十九军十来万弟兄们，想想华北父老乡亲，我们个人受点委屈又有什么？说真的荩忱，平津战势不利，倘若南京政府追究其责，首先受过的还不是我宋哲元吗？我们鞍马劳累，征战几十年，死多少次，流多少血？为了什么？冯玉祥将军还不是你我的榜样吗？即使我平安撤退到保定，吉凶也是难测呀！谁能保证蒋介石不找个借口兴师问罪呢？难哪！守亦难！走亦难！我们活着就难哪！"宋哲元说着，动了感情，眼圈又红了，泣不成声。

"大哥！不！军长，你别说了！我明白了！"张自忠上前一把抱住宋哲元，含泪泣别，"大哥！这杯苦酒我喝了！你放心走吧！"

"荩忱，凡事你多个心眼儿，别太实了！对亲日派的一些家伙加点小心！"宋哲元叮嘱道。

"嗯！"张自忠含泪而答，拣起那张任命手谕，折好放进口袋里。

"宋军长，外面的车准备好了！"张维藩推开屋门道。

宋哲元突然发火："你们催什么命，我和荩忱还有好多话没说呢！"

"军长，你们走吧！别再耽搁了！"张自忠扶起宋哲元，挽着他走出冀察政务委员会办公室，把他一直送上汽车，随后又问："军长，您还有什么吩咐吗？"

宋哲元摇摇头，二人握握手。

侍卫正欲关闭车门。蓦地，宋哲元似突然想起什么，焦急地问："荩忱，怎么没见到张克侠副参谋长，他去哪儿啦？"

二　一门忠烈，佟将军移柩柏林寺

北平沦陷已难避免，佟麟阁遗体一时难以安葬，也无法转移，张克侠不愧"智囊"，在安慰佟将军家属之后，灵机一动，巧妙地安置了佟将军灵柩，在日本人的统治下八年没有被发现。这难道不是奇迹吗？

即将移师保定的宋哲元，临走之际，总觉得遗落下点儿什么，直到快上车时，才想起怎么没有见到他的"智囊"副参谋长张克侠。

见宋军长询问，张自忠忙回答："军长，傍晚，我在医院门口见到他，他说捷三的遗体已被找到，他去安置了。"

"这就好！"宋哲元放心了。他吩咐张自忠说："荩忱，张副参谋长回来后，你让他尽快赶往保定，那里许多事需要他去做呢！"

"军长的命令我一定转达，让他尽快赶往保定！"张自忠说着关上车门。

宋哲元由车窗上伸出手来，再次和张自忠握手。

汽车缓缓驶出，张自忠依次和冯治安、张维藩握手，当轮到秦德纯时，他犹豫一下，但还是伸出手来握住秦德纯那有些冰冷的手，微笑着说："秦兄，你大人不计小人过，言语不周，还请多担待呀！"

"不客气，咱们南边见！"秦德纯摆摆手道。

汽车缓缓驶出进德社的大门。张自忠目送着汽车远去，这才转回身。蓦地，防空警报拉响，他大喊一声："快熄灯！"

敌机飞临上空，进德社内一片漆黑。

张克侠去了哪里呢！张自忠走进黑漆漆的大楼时，不免为张克侠的安全担起心来。张克侠赶到佟宅时，天已傍晚，刚进院门，就见佟夫人和一群孩子正躲在院里的核桃树下啜泣。他轻步走上前安慰道："大嫂节哀，捷三兄死得壮烈！死得英勇！你不必过分伤心了，照顾伯父伯母和孩子们要紧啊！"

佟夫人把脸紧紧地靠在核桃树上，低低地抽泣着，泪水似断线的珠子，一对对滴下。张克侠强忍悲痛，把最小的孩子揽在怀里，轻抚着孩子的秀发安慰佟夫人道："大嫂，眼下战局恶化，要尽快安置佟将军遗体，不能让日本人知道哇。"

"哎——"佟夫人擦着眼泪答应道,"孩子他张叔,你看该怎么办呢?我一个妇道人家,要不是还有这一群老的、小的,我还不如随他去呢!"说着佟夫人又流起泪来。孩子们见母亲伤心,也像小鸟一样围上来,有的扯衣襟、有的抱腿、有的搂腰,大声嚎哭。

张克侠鼻子发酸,忙掉过脸去,强忍几乎溢出的眼泪。他让旁人把孩子们领走后,上前轻声说:"我有个办法,不知大嫂意下如何?"他往前又迈一步,见近处没人注意,低低地说:"北新桥的柏林寺,是个隐秘的处所,老方丈与佟将军十分要好,我看不如先把棺柩暂时寄在他那儿,等时局好转,再隆重安葬。"

"那……那儿不会被人知道吗?"佟夫人有些不放心。

"大嫂放心,老方丈为人诚恳,颇有爱国之心,又仰慕佟将军的为人,保守秘密,不成问题。"

此时,城外传来隐隐约约的炮声。天空中,又有十几架日军飞机掠过。张克侠催促道:"大嫂快拿主意吧!"

"就依你吧!"佟夫人长叹一声,泪水又流下来。哽咽一会儿,佟夫人说:"我怕二老得知此事,把他们都安置到邻居家去躲着了,此事还瞒着二老呢,你看……"

"大嫂做得对,过些日子再告诉二老也好。"张克侠说着,在佟夫人带领下,来到堂屋,见冯大队长和红十字救护队队长欧秋夫等人都在,忙过去和他们依次握手。

"张副参谋长,我们只找到了佟将军的遗体,赵将军遗体我没有找到,十分抱歉。"欧秋夫歉疚地说。

张克侠还能说什么呢?昨天的恶战,死伤几千人,在几十里的两军厮杀过的战场上寻找一具尸体,何其艰难!他只是紧紧地握住救护队长欧秋夫的手,连声道谢。然后他走到临时停放佟将军遗体的灵堂前,只见佟将军平静地躺在一张木板床上,穿着刚买来的寿衣,盖着一条黄色寿被,头上的伤口缠着纱布,脸已洗过。床头的方桌上,摆着几样简单的供品,点燃着几支蜡烛。张克侠退后一步,庄重地行个军礼,暗暗发誓:"佟将军,请安息吧!抗日的大业,自有后人承担。"他走到一边,把冯大队长叫到近前,低声吩咐了几句什么,冯大队长忙招呼来了几个人,跑向门外。张克侠忙着帮助佟夫人料理后事,佟夫人找出两张白纸,用剪刀剪成纸钱,放在佟将军遗体的方桌前。孩子们又在灵前摆上几束从自家院子里采来的鲜花。依次走到灵前，对着父亲的遗体深深鞠躬，向着疼爱过他们的父亲告别。

工夫不大，冯大队长领人抬进一口棺材。

孩子们看到这可怕的东西，顿时意识到慈爱的父亲，将要永远地离开他们，孩子们扑上去，伏在佟将军身上嚎啕大哭。

佟夫人点燃纸钱，燃烧的火舌，映红了佟夫人那因操劳过度而憔悴的脸。此刻，佟夫人一改往日慈祥的面容，脸色显得越发坚毅刚强。

"儿呀！"一声痛切肺腑的呼唤声，由院门那儿传来，众人举目看去，见佟焕文老先生闻知佟将军阵亡的噩耗，不顾邻居的百般劝阻，搀着老伴儿颤颤微微地走来。他大病未痊愈，身子很弱，走路像没根的草，摇来晃去。佟夫人忙跑出去，把公婆二老扶到堂前。佟老夫人几步扑到床前，看见儿子的遗体，失声痛哭，身子一歪，晕了过去。欧秋夫等人忙上前，和众人一齐把佟老夫人抬到一边的床上抢救，佟老夫人苏醒后掩面哭泣，一旁的彭静智也轻声呜咽，轻轻地替婆母小心地擦着泪水。

佟焕文老先生没有哭，他慢慢走到床前，仔细地抚摸着儿子的遗体，动作轻而又轻，像怕惊醒了熟睡的儿子。

"佟大伯，人死了不能复活，您不要难过，千万要保重啊！"张克侠轻声劝慰着老人。

"我不难过！不难过！"佟老先生摇着头自语着，脸上露出一丝勉强的笑容，"他为民族而死，没有辱没家门。"老人说着，走到正在哭泣的老伴、儿媳面前说："麟儿死得壮烈，死得英勇，你们不要悲悲切切的，让日本人和汉奸快活，让邻里邻居笑话！"佟老先生又转对孙子孙女说："你们记住，你爹是怎么死的！做人就要像你们的父亲那样，生为国生，死为民族而死。"说完，佟老先生神情凛然地一挥手吩咐道："装棺！"佟老先生背过脸去，不忍看儿子的遗体一眼，两颗浑浊的泪珠溢出眼窝，挂在布满老人斑的脸上。

张克侠一摆手，冯大队长和救护队长欧秋夫等人一齐动手，把佟麟阁的遗体小心捧起，轻轻地装殓进棺材。

"当当。"一根根铁钉随着锤子的起落钉进棺盖。

锤子每砸一下，就像砸在佟将军夫人的心上一样，她的心随着锤声淌着血，一点点地破碎了。如果不是靠在桌子上，手扶着墙壁，她早就摔倒了。佟焕文老先生表情严肃庄重，扶着老伴儿静静地站在一旁。孩子们止住哭泣，没有眼泪、没有悲伤，胸中燃烧着复仇的怒火。

锤声在佟宅震响，当最后一颗钉子砸进棺木里时，张克侠找出一张3寸宽、1尺长的白纸，在上面写上"先府君胡先生之灵"的字样，贴在了棺前。

佟夫人见到丈夫死后还要改名换姓，再也支持不住，昏厥过去，人们又是一阵忙碌。

掌灯时分，一辆马车载着佟将军遗体的灵柩，冒着蒙蒙细雨，离开了东四佟宅那条幽暗的胡同。张克侠、冯大队长、佟景芳、佟克修等人护送着灵柩，跟在马车后，默默地走着。

南苑失守，佟麟阁、赵登禹二位将军牺牲了，举国悲痛。日寇侵略的炮声，使千百万中国人民在觉醒，在城市、在乡村，在崇山峻岭的山区和广袤的大草原，正燃起抗日的熊熊烈火。正义的呼声正在日益高涨，无数热血的华夏子孙在奋斗，他们为争得中华民族重见天日的时刻早日到来，在险恶的环境里出生入死，与反动势力展开殊死的搏斗。佟将军的灵柩就这样草草地寄厝在了北新桥外的柏林寺。日寇统治下的八年，人们一直保守着这个秘密，直到抗战胜利，才举行追悼大会，将佟将军灵柩下葬在香山脚下的黄土里。

二线工作，历来是对敌斗争的重要战场。身负特殊使命的张克侠深夜来到香香理发馆，旧北平内一处僻静的小巷内。在这里，他见到了日思夜想的"娘家人"，得到了新的工作指示，同时，也由此看到了明天的曙光。

也是在这个蒙蒙雨夜里，在古城北平的一处僻静的街道上。一辆人力车的轱辘辗着水花缓缓地转动。车篷的座位上，一对相互依偎的青年男女正在喁喁私语，犹如一对正在热恋的或正在度蜜月的幸福情侣。细听他们的谈话内容，却与这种亲密的样子大相径庭。男的把礼帽压得低低的，盖住眉眼，悄悄说道："佟麟阁、赵登禹两位将军的牺牲，极有可能会动摇宋哲元的抗战决心。市委指示，一面努力发动群众守城，再督促宋哲元一把，一面做应付最坏情况的打算。"

女青年戴着一顶法式小凉帽，借着摆动帽沿位置的机会，转动着一对明亮的眼睛，观察着周围的情况，耳朵贴近男青年，专注地谛听着每一个音符，另一条手臂搭在男青年的臂膀上，凡遇行人或车辆驶过，他们就依偎得更紧。

"你们学联，民先队的善后工作做得怎样？"男的低声问道。

女的轻声回答："暴露的同学已转移了两批，其他的同学也已准备好，随时可以撤退，留下的同学都已做好了妥善安排。"

在一处浓荫茂密处，男的又说："对你们的工作，市委表示满意，同时让我转告你，前两批撤离的同志已安全到达指定地点，在那里的土地上扎下了根，很快就会开花结果的。"

"他们都是好青年。"女的感慨地说，忽而又问，"现在有一批教授学者也要求去延安，怎么办？"

"这个上级已有所考虑。除个别年轻的以外，尽量都动员他们南撤。因为这批人是民族的精华、国家的栋梁，山那边条件差、生活艰苦，对他们做学问、搞科研不利，我们不能耽误他们的事业。战争结束后，我们还要建设，还要搞科研！"

"我也这么想，中华民族要振兴，科学技术一定要上去！"女的表示赞同。前面驶来一辆汽车，车灯掠过街道。车夫机警地拐进旁边的胡同。，

男的又说："上级让我通知你，原想把你留下来做地下工作，考虑到你可能已暴露，会引起敌人的注意。因此，决定北平战事结束，送你去延安。"

"啊！"女的欠身站起，惊呼道，"去延安，这是我的夙愿。"

男的伸手扯她坐下，小声嗔怪道："看你，高兴得都忘记在哪儿了。这儿是在老虎的嘴里，千万麻痹不得！"

"我、我一高兴就忘了。"女的自责地摇着头小声说。

男的笑了笑："记住了就好，免得犯错误。"他转问另一个话题道："你哥哥有消息吗？他在卢沟桥哪个部队？"

"唉——"女的拢拢秀发说，"都怪我，上次去卢沟桥抢救伤员，见了面不相识又跑散了。同学们说他也在找我，真不凑巧。"

"可惜呀！"男的惋惜地说，并发着感慨，"千载难逢啊，真可谓踏破铁鞋无觅处，相逢时刻不相识啊！"

人力车停在浓密的大槐树下，女的跳下车后，与车上的男青年告别。望着姑娘疾步消失在胡同里的身影，男的低声道："翠芝，多么可爱的姑娘啊！"

他摸出烟盒，掏出一支香烟，划火点燃香烟，火柴燃烧的刹那间，照红

了军义那机警、睿智的脸庞。他挥挥手，人力车拉着他跑向枪声不断的西郊。

　　这天傍晚，张克侠把佟麟阁的灵柩安置在柏林寺后，已是晚八时左右。他把佟将军的儿女送回家，佟夫人非留下他吃晚饭，他不肯。猛地想起应尽快和地下党取得联系，汇报佟将军牺牲的经过，他只是喝下一瓢凉水浇浇心火，就跑了出来。来到街上，他要了一辆出租车，赶往位于古楼大街的秘密联络点。十字路口，他下了车，打发了车夫之后，左拐右绕来到"香香高级理发馆"门前。他警觉地回望了四周，见没有可疑的人影跟踪、盯梢，这才敲响香香理发馆的玻璃门。门轻启一缝，掌柜的见是张克侠，忙拉开门往里让："里面请，里面坐！"

　　理发馆早已停业，里面空荡荡的没有顾客。

　　掌柜的把张克侠领进后院的屋里，军义正坐在里面看报纸，见掌柜的陪着一名军官进来，忙放下报纸上前相迎。

　　掌柜的介绍道："这是老张。"又指指军义说："这是市委领导军义。他已在这儿等你多时了。你们谈吧。"掌柜的机敏地拉上窗帘走了。

　　"同志。"这两个字眼把两颗陌生的心沟通了，两个人的四只手紧紧地握在一起。

　　油灯又拨亮了一些。张克侠和军义隔桌而坐，面对交谈。军义开门见山地说："老张同志，党对你的工作十分满意，你们二十九军所以能抗战，是你近年来在二十九军高级将领中做了许多弥合工作，宣传党的抗日主张的结果。你的工作促进了他们的团结，粉碎了亲日派瓦解、拉拢、腐蚀二十九军高级将领的阴谋。"张克侠听到领导同志高度评价了他的内线工作。他有些不安了，局促地搓着大手，惭愧地低下头说："军义同志过奖了，二十九军没有能'以守为攻'，华北的局面处处被动，我是有责任的。"

　　"不过，责任不全在你，党十分清楚，单靠你们二十九军，抗日不会成功。卢沟桥抗战的意义在于唤醒了一个沉睡的民族，并为全国的国民党军队树起一面抗日的大旗。同时，促进了第二次国共合作的发展。确切地说，卢沟桥抗战，揭开了全民族抗战的序幕，是中华民族迎接民族解放斗争的曙光。"

　　随着军义的话语，张克侠郁闷的心情豁然开朗，笼罩在他脸上的乌云逐渐散去。他激动地再次握住军义的手说："感谢党对我们做内线工作同志的鼓励，感谢党对我们的工作的高度评价。"

军义端起茶杯，喝下一口放下，继续说："市委让我转告你，你的报告已呈送党中央。中央研究后，认为你不宜到陕北去，二线工作更重要，更能发挥你的作用，要你在秘密的岗位上继续为党工作！"

"我服从组织的决定。"张克侠坚定地表示道。既而沉痛地说："每当看到同志们被害，大片国土沦陷。真恨不得立即拿起枪，拼一家伙痛快。可我这身虎皮，唉！"

"我也有同感。"军义理解张克侠的心情，拍着他的肩膀说，"有时，我也真巴不得横刀立马，到两军阵前杀个痛快，可不行啊！党需要有的同志吃得好些、穿得好些，然而他们的心灵，精神却在备受折磨，需要他们在第二线上的战斗，这工作既光荣又艰巨。党需要我们，信任我们。努力吧！一定要出色地完成这项神圣的使命！"

张克侠再也坐不住，激动地在室内徘徊，思考党的这一决定的正确意义。军义却认为他有什么难言的困难，忙问："你的家庭有什么困难吗？"

"不！我不是这个意思。就是有天大的困难，也能克服！"张克侠解释道。沉思片刻，他近前说："我有个大小子，多次跟我说要到外面闯炼闯炼。他妈妈也有这个意思，我怕跟着我，在这个浑浊的环境里学坏。我想让组织上把他送到陕北去。"

"这个可以考虑。把你家的地址给我。"

张克侠在笔记本上写下家庭地址并撕下一页交给军义。军义收好，再次握着张克侠的手说："党感谢你，为革命输送了一位青年，增添了一份力量，有你的精神，何愁日寇打不败！"

"哦，还有一事。"张克侠像忆起什么说，"这次南苑突围，一位日本姑娘负了伤，我把她安置在古楼北街吴家大院。她是位不错的日本姑娘，我的意思是让她去延安，呼吸新鲜的空气，日后，对我们的抗战事业一定有帮助！"

"你说的是小岛幸一吗？"

"你怎么知道她的名字？"

"内线的同志转告我们的。"

"是她！她的男朋友在战斗中牺牲了，她也表现的非常勇敢。"张克侠深为敬佩地说。他掏出小岛幸一的地址、照片，递给军义，又说："拿这个跟她联系就可以了。"

"老张，你放心，你的长子和小岛幸一的事，组织上都会妥善安置，你就放心工作吧！"军义说着从衬衫衣领中抠出一张二指宽的小纸条，轻声说："这是北方局给你的指示。"

张克侠接过急看，字条上写着：一切行动听中央周副主席指示。他看完后心里翻起激动的浪花，暗自呼唤："周副主席，自北伐战争至今，已经11年没见到您了。"他划根火柴，把纸条烧掉，火光中，他的脸膛容光焕发，十分激动。

掌拒的探进头来提醒道："时间不早了。"

军义为张克侠斟满水说："老张，为配合卢沟桥的防守，我党领导的燕山游击队、斋堂纵队正向平西一带活动，配合你们抗击日寇。望你们能事先建立联系，不要发生误会！"

张克侠也给军义的茶杯里斟满水，举起茶杯说："来，咱们干了这杯茶，待来日庆功宴上，你我一定再好好喝几杯！"

军义站起，举起茶杯，两位工作在不同战线上的共产党员，心里都翻腾着难以平息的浪涛。张克侠站起坚定地说："请你转告上级党，我一定努力工作。"

"我一定把你的情况，如实向母亲汇报。你放心吧！"军义见张克侠站起要走，突然问道，"克侠同志，听说张自忠已由天津来到北平，局势会不会发生逆转？"

"是的，张自忠是到北平了。情况可能有变，但张自忠这个人本质是好的，虽说对日方存在着某些幻想，但他是经得起考验的。"

"你对他了解吗？不妨详细谈谈。"军义颇感兴趣，又把张克侠按坐在椅子上。

"对张自忠我是了解的，远的不说，就拿今年3月，他以冀察平津军政工商考察团的身份，代表宋哲元赴日考察说吧，当前往日本名古屋参加展览会，开幕式时，他作为中国官员代表剪彩，看见展览会对面的建筑物上，挂着伪满国旗，张自忠认为这是对中国的污辱，拒绝剪彩，并向日方提出抗议。直到日方取下伪满国旗，他才参加了剪彩。在日期间，日方多次提出所谓'中日联合经营华北铁路，联合开采矿山'的要求，企图逼他在'中日经济提携条约'上签字。张自忠断然拒绝，并提前回国。"

"干得漂亮！不愧冯将军的爱将！"军义听张克侠讲到精彩处，高声称赞。

"今年5月，英国领事馆在天津举行宴会，庆祝英皇加冕，在来宾席上的安排上，把一日本驻屯军司令田岱皖一郎安排为'最高来宾'，张自忠得知后，十分愤慨，他强硬地对英领事表示抗议，认为英租界为中国领土，日军驻津系不平等条约的产物。国际场合，不能喧宾夺主。若以田岱皖一郎为最高来宾，中国方面绝不出席！最后结果，张自忠以最高来宾的身份出席宴会，维护了国家的尊严。"张克侠继续介绍道。

"看来外界盛传的张自忠在访日时，与日方订有'密约'，日本赠其巨款之说，纯属无稽之谈了！"军义恍然大悟道。

"还有比这更甚的！说日本人送给张自忠一个美人，闹得张自忠的家人都骂他汉奸。他妻子在他回家时不给开门！其实，这都是汉奸为拉拢他，故意施放的烟幕弹！"张克侠愤愤地说。

"这样就好了！有张自忠这样具有民族气节的抗日名将，中国的明天大有前途。"军义很是兴奋。

"但是，天有难测风云！我建议党组织应早做准备，以充分的准备迎接更为复杂的情况！"

"你放心吧！组织早有这方面的思想准备！"军义手扶着张克侠的肩膀，把他送到门口，再次握着他的手嘱咐道："老张，多加保重！"

"你也保重！"张克侠狠劲儿摇摇战友的手，毅然掉头，大步而去。从他坚定有力的步伐里，军义似乎看到了战斗在第二战线上的张克侠战胜任何困难的决心和力量。

目送着张克侠渐渐远去的背影，军义心里默默地为他祝愿着。

蓦地，军义似想起什么。转回身从壁橱内拿出一个纸包，快步跑向门口。一阵急赶，他在巷口赶上张克侠，急急叫道："老张，等一会儿。"

张克侠停住脚步、转回身，见军义飞跑而来，回走几步问："怎么，还有什么事吗？"

"唉！你忙了一晚上，到这时还没吃饭，饭馆早已关了门，这儿还有十几个水煎包，你带着走，一会儿压压饥吧！"军义说着，把那个纸包递上前。

"不，你留着吃吧！现在城里戒严，搞点吃的不容易！"张克侠推辞道。其实，他早已饿得前心贴后心了。他还是南苑突围后，在城南吃了两碗面条。

时近半夜，找点吃的很困难，可他怎忍心吃战友仅存的这点儿口粮呢。

"啰嗦什么？快拿着！"军义不容张克侠再说什么，把纸包塞进张克侠手里，转身飞快地跑进巷子里。

三　西苑机场，张克侠泣谏守华北

飞机旁，张克侠对即将登机而去的宋哲元高喊："军长，你这样一走，毁了你的前半生的功名啊！一失足成千古恨，军长，你要三思啊！"然而，这一切并没有改变宋哲元的行动方针，但当他乘坐的飞机飞临卢沟桥上空时，他却不顾日军炮火的射击，要求飞行员盘旋三圈，因为，他心里依然眷恋着这片古老的土地。

战友的关怀，同志的情义，温暖着张克侠的心。他内心一阵激动，强抑几乎溢出的泪水，打开纸包，边赶路边香甜地吃起来。夜很深了，行人寥寥。张克侠思考着近来发生的变化，联想到近日自己的亲身经历，霎时间，他觉得成熟了许多。走出小巷，他在街上，拦住一辆人力车，急急地赶往冀察政务委员会。宋军长怎样了？张自忠来北平又有什么打算？二十九军下一步怎么办？一连串问题萦绕在脑际，他心神不安，急欲见到宋军长，了解事态的动向。市区内，枪声不断，警车飞驰，军车呼啸。种种迹象表明：已经或者将要发生重大变故。张克侠焦虑不安，只得连声催促车夫快快赶路。

人力车赶到冀察政务委员会门口时，车夫已是满头大汗。付完车费，张克侠急步奔上台阶，门两侧的士兵向他敬礼，他都没来得及还礼，便奔进大门。眼前零乱不堪的景象使他大吃一惊，满院的纸屑，各窗口半开半闭，星星点点的光亮，面对这副惨景，张克侠浑身冰凉，自责地摇头道："来晚了！"忽儿，他看见刘副官手提大包小包的东西由楼内出来，忙迎上前喊了一声："刘副官！"

刘副官急忙跑过来，压低声音问："张副参谋长，你去哪儿了？快把我急死了，到处找你找不到。"

"怎么啦？出什么事了？"张克侠瞅着正往车上抬箱子、搭柜子的人群问。

"唉——"刘副官长叹一声，拉住张克侠的手躲开人流来到办公室，反身插上门，回过头凄切地说，"张副参谋长，军长走了。"说着哭起来。

"走了，去哪儿啦？你快说呀！"张克侠抓住刘副官，急切地问。

"军长去西苑机场了，准备去保定。"

"那你为什么不劝他留下！"

张克侠预感到要出事，但没料到形势会这么快便急转直下，难以收拾。他一把抓住刘副官的衣领，把他推倒在椅子上，又一把扯开自己的衣襟，气得双手叉腰，在屋内发泄着怨气。此时，他一反往日沉稳理智的性格，焦躁地从房间的这一头走到那一头。

"副参谋长，你去机场劝说军长留下吧！还来得及。"刘副官从来没见过张克侠发过这样大的火，眼光怯怯地望着他，小心翼翼地轻声建议道。一句话提醒了张克侠，他抓起了桌上的军帽，说了声："我去找他！"几步跨出屋门。

"喂？你听我说……"刘副官追出门口，见张克侠已跳上一辆汽车，冲出大门，消失在夜色里。

张克侠心急火燎。他知道，宋哲元的撤走，不仅会动摇军心，而且可能影响整个华北的抗战局面。所以，他决心去尽最大努力说服宋哲元留下来。汽车在漆黑的夜色里急驰。张克侠仍嫌车速慢，不住地催促司机："快！加大油门，开大灯……"

西苑机场的简易停机坪上，一架飞机轰鸣着引擎欲飞。跑道两侧，指示灯忽明忽暗地闪烁着。宋哲元身披银灰斗蓬，焦急地在飞机旁踱着步，舱门打开，云梯放下，宋哲元缓步迈上云梯，身后紧跟几个提箱挎包的官员。

张克侠乘坐的汽车旋风一般驶来，戛然刹车。车未停稳，张克侠冲出车门高喊："军长！"他推开正欲上飞机的人们，跑上云梯。

刚要迈步进舱门的宋哲元听见有人喊，转回身见是张克侠飞奔而来，深感意外，诧异地问："张副参谋长，有事吗？"

张克侠登上云梯，近前把宋哲元拉下来，离开人群稍远些，情真意切地请求道："军长，您不能走哇！"

宋哲元沉下脸来，甩开张克侠的手，不耐烦地说："冀察政务委员会已由张自忠接替我，全权维持局面，我到保定布置第二道防线。"

"军长，您想到没有？"张克侠急切地问。他的目光期待地望着宋哲元又说，"全军将士都在苦战，你一走，军心就散了！再说卢沟桥还在我们手里，通县伪保安团即将反正，局面将要好转。如果你离开北平，一切都要付之东流啊！"

"胡说！我呆下去有什么好处？我已经损失了一个副军长、一个师长和好几千人马，我不能再拿老本和日本人拼了，不能再损失了。再说兵家有句名言，欲进则退嘛。我的副参谋长！"宋哲元说罢，转身走向飞机。

"军长，"张克侠跨前两步，拦住宋哲元再次恳求道，"全军将士都在看着主帅呢。你不能弃全军于不顾，弃平津的父老于不顾，一走了之啊！"

"你！你！你难道要毁了我，毁了咱们二十九军？"宋哲元怕耽搁下去，影响飞机起飞，急得满脸流汗，跺着脚发狠道。

"军长，一步棋错，全盘皆输，你这样一走，毁了你前半生的功名啊！一失足成千古恨，军长，你要三思啊！"

宋哲元脸色铁青，气得手脚冰凉，厚嘴唇哆嗦着说不出话来。虽然，张克侠的话句句像钢针刺着他的心，使他尚未泯灭的良心一滴一滴地淌着鲜血，受到正义的谴责。但是，他决心已定，难以更改，不待张克侠再说下去，挥手喊道："来人！来人哪！把他架上飞机！"

卫兵们拥上来，不容分说，架起张克侠的胳膊，把他架上云梯，推进机舱。张克侠呼喊着："我不走，我不走……"

舱门关闭，待命欲飞的飞机滑出跑道，腾空而起，一个银亮的白点冲向露出晨光的天空。

机舱内，宋哲元泪流满面，他把鼻子紧贴在椭圆形机舱玻璃上，借着点点灯火，深情地往下凝望着。他深知：他这一走可能一生永远地离开这片古老的土地。在华北这块土地上，不仅有他的欢乐，也有他的痛苦和悲哀。喜峰口抗战，他对得起国人，那是他最欢乐的时期。而"一二·九"学生运动，蒋介石下令，他执行了，他的马鞭上染上了进步青年们的鲜血，成为他一生中的憾事。

卢沟桥抗战，静思自己也是功过难断。他感到，他这多半生是在混沌中度过的。他悔恨交加，有苦难言。反省自己的过失，他真想找个没人的地方大哭一场。宋哲元透过机舱的窗口，深情地凝望着大地的轮廓。忽儿，他转身命令驾驶员说："往回飞，我要再好好看看北平！"

驾驶员和领航员听到他的命令，面面相觑，小心翼翼地提醒："军长，日军的炮火随时可能……"

"少啰嗦！我都不怕，你们怕什么？死比活着好！"他看也不看舱内的任何人，发着脾气。

飞机掉转机头，调整航向，飞回北平的上空。

东方大亮了。宋哲元贪婪地俯视着古城北平的全貌：这里有巍峨的白塔，有富丽堂皇的宫殿，有碧波荡漾的昆明湖，有终年香火不断的寺庙，还有广袤的平原，层连叠嶂的群山，更有几百万勤劳的百姓和灿烂的文化古迹。

飞机超低空飞行，缓缓地在北平上空盘旋。

机长走到宋哲元身边提醒道："军长，飞走吧！不然，汽油不够到达保定的了。"

宋哲元默不作声，用一双颤微微的大手紧紧捂住脸颊，泪水泉水般由手指缝中淌出。

机长侧过头，示意驾驶员调整航向，飞机向西南飞去。

忽儿，不知谁惊叫一声："快看，卢沟桥。"

宋哲元猛然趴到飞机窗前，只见波光潋滟的永定河水曲折地自西北向东南流淌，卢沟桥上二十九军的部队正如洪水一般，向西退去。

一阵撕心裂肺的疼痛袭上心头，他顿觉一股咸热的液体猛冲喉咙，他大叫一声："惜哉，哲元生不逢时，生不逢时啊！""哇——"他一张嘴喷出一口鲜血，昏迷过去。

张克侠奔上前，急切地呼喊："军长……"

国破家亡，身为宛平县百姓的父母官儿，王冷斋当做何种选择，留下来当汉奸？他至死不干；随着军队南撤，他不忍丢下百姓。万般无奈，走投无路的他只好纵身跳向浑浊的永定河里，但他能洗清吗？

此时，卢沟桥上也正行进着撤退的二十九军部队。

东桥头的街道两旁，站满了泪眼巴巴的百姓。眼下，百姓们已失去往日对抗战部队的热情。男人们表情严肃，目光呆滞，冷眼旁观，一副听天由命的神情；女人们垂眉敛目，低着头，躲在人群后，默默垂泪；年轻人紧握双拳，眸子里燃烧着愤怒的火焰。

宛平县城西门威严门城门楼上，身穿灰布衣褂的宛平县督察专员、县长王冷斋手扶墙垛口，痴痴地望着撤向卢沟桥以西的军队，一颗颗悲愤的眼泪滴到城墙上，他双手紧紧扒住墙垛角，低诉着："我不走，我不走……"

"王县长，您还是走吧！"林大壮站在一旁劝说着，上前欲扶王冷斋站起来。

王冷斋推开他的手："你不懂啊！"他又摇头又摆手地说："亡国之奴，如同丧家之犬，丢失国土如同割去身上的肉啊！"他一指被日军炮火炸得零乱不堪的城墙，又说："如今，国土不整，山河破碎，黎民百姓惨遭涂炭，凡有一丝爱国之心的人，谁能坐视无睹，无动于衷呢？"

"您为国家已尽全力了。还是珍重身体要紧啊！"林大壮劝解着。

"不行啊！林壮士。身为五尺男儿，不忧国不忧民，贪图个人苟且偷生，岂不如同草木吗？"王冷斋热泪涟涟，深为有志不能报国感到痛悔。

林大壮长这么大，很少被什么感动得流泪。此时，他被王冷斋悲切的话语所打动，泪水也不禁簌簌落下，两人面对而泣。

两架日军飞机飞临卢沟桥上空，轰炸撤退的中国军队。

永定河上，撤退的军队人喊马嘶，乱成一团。

林大壮生怕飞机再来轰炸宛平县城，伤了王冷斋。忙止住眼泪，告诫王冷斋道："王县长，您在这儿别动，我去去就来。"说完，他站起身奔下城楼。

夕阳移动，心力交瘁的王冷斋扶着城墙，沿着马道，一步步走下来。他穿过大敞四开的城门，步履艰难地来到西门外、卢沟桥头的卢沟晓月石碑前，翕动着干裂的嘴唇，凝视着石碑上乾隆皇帝御笔所题"卢沟晓月"四个大字，像要把这一切牢牢地刻印在脑海里。天热肚饥，他感到头晕眼花，想上前扶住什么，一步踏空，摔倒在石碑前。他半跪半爬地来到矗立在桥头的汉白玉雕刻的华表前，抚摸着盛世年代的珍品，心中似有万语千言、百种思绪、千股愁肠难以倾诉。他踏着弃扔在桥上的零乱衣物、枪支弹药，步履蹒跚地来到卢沟桥上。

他抱着石狮子亲吻着，对这里的一切都十分眷恋。面对浊浪滚滚的河水，王冷斋低低地哀泣着："祖先啊！你的不孝子孙愧对你啊！"他拍打着石栏，泪水滴到河水里。对世事、对人生：他心灰意冷，感到满腔的忧愤无处诉说。他如痴如呆，自言自语道："卢沟桥啊卢沟桥，你的子孙无能，使你蒙受耻辱，让野兽猥亵了你圣洁的玉体，愧对你啊！卢沟桥。"王冷斋抚摸着弹痕累累的桥栏和被打得五官不全的石狮子，痛哭失声，他呜呜咽咽地倾诉着一个有良心的炎黄子孙的哀怨和心声。

哭诉了一会儿，王冷斋跌跌撞撞，跌倒了爬起来，走几步又摔倒，也不知用了多长时间，摔了多少跤，他来到桥中间。此刻，他万念俱灰，仰望苍天，伸张双臂，似在企求什么。脚下一绊，他趴伏在桥栏上，喘息一阵后，喃喃自语道："冷斋，你生在动乱的岁月，赤心报国，却不能挽救祖国的危亡，更不能拯黎民于水火，空负壮志，一事无成，徒白少年头啊！冷斋，你想做忠臣志士，却处处受阻。现在军队撤了，日本人就要来了，你怎么办？是卖身投靠，还是为国死节？"

卢沟桥上寂静无声，军队南撤，百姓或逃或躲，空荡荡的桥上、桥下，难见人影，死气沉沉，再也没有了往日的生机。唯有一幕幕历经战争摧残后的惨状，令人触目惊心。王冷斋衣冠不整、满脸泪痕、披头散发、呼天问地。大地无声，苍天不应。王冷斋竖耳谛听，只有永定河流水哗哗。他低头望望那日夜奔流不息的河水，逐渐萌生了效法屈原，身投汨罗江，以死报国的念头。他已看破红尘，不愿再苟活人世，自语着："与其大鱼吃小鱼，小鱼吃淤泥，不如去也。"他撩起长袍后，跨上桥栏……

"王县长、王县长……"林大壮呼喊着跑来。原来他刚才奔下城去。好不容易找来一辆独轮车，跑回到城墙上，却不见了王冷斋的身影。他四处寻找，猛然发现王冷斋走向桥中间河水最深最急的地方，他预感到大事不好，从城门楼上飞奔而下，呼喊着跑来，就在王冷斋正欲往河里跳的一刹那，抓住了他的腰带，把他拉上桥来，架着走向桥头。

"林壮士，你别管我，我不想活了！"王冷斋挣扎着，不肯回去。他转对林大壮说："你自己走吧！我身为国家官员，不能保国守土，只有一死，以尽天职！"

林大壮哪里肯松手，连搀带抱把王冷斋拽到独轮车前。王冷斋听林大壮说，要他离开县城，送他回家，一口回绝，怎么也不肯上车。林大壮苦苦相劝道："王县长，您还是走吧！有人还愁打不走小日本？君子报仇，十年不晚。"林大壮说着，不由分说，抱起王冷斋，扶上独轮车，推起就走。

没走几步，王冷斋往下一跳，摔倒在地上。林大壮上前相搀，王冷斋抱住路旁的一棵小树死不撒手。林大壮怎么掰也掰不开，急得他满头大汗。

周围响起激烈的枪声，偶尔传来鬼子粗野的嗥叫声。林大壮见情况紧急，再拖下去，就有被鬼子活捉的危险，忙"扑通"跪在地上，手指砖墙，含泪恳求道："王县长，您不要命了，我也不活了。就让我先碰死在您的面前吧！"说着，他举头就要向墙上撞去。

王冷斋忙扑上前抱住他，二人泪流一处。

　　"林壮士，别这样！你还年轻，打鬼子需要你，需要你啊！我走，我走……"

　　林大壮爬起来，把王冷斋扶上独轮车，推起车快步奔出宛平县城，沿永定河大堤，向南走去。

　　滔滔的永定河水，后浪推着前浪，顽强地滚滚流去。

四 天津抗敌，好男儿壮志也难酬

天津又称"天津卫"，自古就是古都北平的天然屏障，也是华北第二大城市。日军见北平陷落已是早晚之事，只要拿下天津，北平已属一座死城，既而增兵天津。驻守天津的中国守军为支持北平抗战，率先发动反击，虽说初战告捷，但由于指挥不当，终于功亏一篑，而历史已永远地铭记下天津守军英勇抗战的光辉业绩。

1937 年 7 月 28 日夜，宋哲元率冯治安、秦德纯、张维藩等撤往保定，留下一纸任命，张自忠全权处理收拾残局。翌日，张自忠到冀察政务委员会就职。他将原华北冀察政务委员会委员秦德纯、萧振瀛、戈定远、刘哲、门致中、石敬亭、石友三、周作民等免职，增补张壁、张荣允、杨兆庚、潘毓桂、江朝宗、冷家骥、陈中孚、邹泉荪等为委员。同时，任命潘毓桂为北平市公安局长。他此举意在于缓冲日本对于华北的进犯，孰料事与愿违，日军已经利用那批死心塌地出卖民族利益卖身投靠的老牌汉奸组织伪政权，早把他这个所谓"最高权力"的人物，抛在了一边。

张自忠一边力图苦撑着北平这艘凄风苦雨中的破船，一边惦念着他的部队：二十九军三十八师数万将士，及他们驻守的天津。他多年训练培养的部队，没有给他丢脸，在北平重镇南苑失守的第二天，天津也爆发了反抗日本帝国主义侵略的战斗，为二十九军华北抗战，写下了光辉的一页。

天津战斗于 7 月 29 日凌晨开始，这次战斗是由二十九军驻天津的第三十八师部队主动发起的……

战斗的前一夜，三十八师召开团、旅长紧急会议，地点是在副师长李文田的公馆里。

北平开战之后，天津市面也很不平静。实行宵禁后，街道上行人稀少，时有荷枪实弹的巡逻队沿街走过，皮鞋踏在水泥地上，整齐有力，齐唰唰的脚步声，在暗夜传出很远，使人心生畏惧。一辆吉普车飞快驶来，在公馆前"吱——"地尖叫一声，缓缓停下。大门口把守的卫兵把枪一横，低声喝道："口令？"

"胜利。"车内答应一声，一只手递出一份证件。卫兵接过证件，走到门房前灯光下，他仔细端详一会儿，一按门铃，两扇大铁门徐徐启动，卫兵走到车前，把证件还给车内，低声道："李旅长，会议地点在二楼北侧第二个房间，您快去吧！走西侧楼门。"

汽车驶进院内，大铁门又徐徐关闭。

汽车沿着甬路，驶到楼前，车门开处，三十八师独立第二十六旅旅长李致远跳下汽车，他三十来岁，高身材、宽肩膀，在门灯的映照下，身着全副戎装的他更显精神。他回身对司机吩咐几句，然后，大踏步跨上台阶。门口早有士兵迎上来，对他行礼致意。在侍卫的带领下，他来到会客室门前，侍卫推开门后，他见天津保安队队长宁殿武、三十八师手枪团团长祁光远均已在座。见李致远旅长来到，宁殿武、祁光远忙站起来，握手问候。宁殿武年纪四十多岁，中等身量，浓眉大眼，鼻子稍尖，多年军旅生涯，养成他的豁达，见人总是满脸笑意，可能是经常打牌、喝酒的缘故，脸色有些发黄；祁光远身高马大、块头足，头号军装穿在他身上，还紧绷绷的，快要把扣子撑掉。大家落座后，没说两句，就扯到时局和北平方面战况上来了，相互诉说着小道听来的消息。

"张师长去北平好几天了，也没有消息，真急人！"祁光远炮筒子脾气，拍着大腿抱怨道。

"可不！市长不在，你们说我这保安队怎么维持治安？士兵经常吵着打日本，上司没命令，咱这芝麻粒大的官儿哪敢做主啊！"宁殿武也发着牢骚。

说话间，李文田副师长拿着地图，带着几个作战参谋走进来。近日来，他因师长张自忠不在，天津的军政两摊子大事忙得他团团转，休息不好，眼圈发黑，脸带倦容。他走进会客室，对赶忙起立迎候的众人说："坐吧！大家坐吧！"

李文田命参谋在屋中央放上一张桌子，摊开地图。李致远、祁光远、宁殿武等人立即凑上前。李文田敲敲地图说："诸位，客套话就不说了！今天咱们就解决一个问题，对鬼子打不打？怎么打？他掏出一盒炮台香烟，散给每人一支。然后，自己点燃，狠吸一口。又说，"咱们三十八师的五个旅，刘振三的一一三旅守廊坊，已跟日本人干起来了，黄维钢的一一二旅驻守小站，其余的两个旅都驻守在外地，现在天津市郊我三十八师有祁团长的一千多人，有宁队长的保安队三个中队，加上武装警察部队一千五百多人，独立第二十六旅两个团三千人，共约五千多人。此外，黄维钢的一一二旅可随时由小站向天津增援，我们的兵力还是数倍于日军的。"李文田把没有来得及吸而熄灭的香烟捻碎在烟灰缸内，又说："日军在市中心海光寺驻有一个联队，有十几门炮，东局子机场停有三十多架飞机，一个步兵中队驻守；天津总站、东站还各有一小队日军。此外，大沽口外还有日军兵舰和海军陆战队。而市区日军只有一千多人，我们五个干一个，还是有把握的！"

"那就打吧！还商量什么？"祁团长抢先表态。

"不过，北平方面直到现在还没有命令。战与不战，如何应付当前局面，还是大家拿出主意吧！"李文田言罢，拖过一把椅子坐下来。

"北平没命令，万一出现差错，谁来负责？我意还是等等再说吧！"宁殿武为人谨慎，态度犹豫。

"等什么？再等黄瓜菜都凉了！趁现在天津日军兵力空虚，先打狗日的再说！最次也能分散日军兵力，援助北平的三十七师抗战，要是日本人增兵天津，再想打也晚了。"李致远一听宁殿武要等北平的命令就恼火，坚决反对道。

"对！李旅长的话有道理，前些日子，咱们总是压制广大官兵的抗日热情，可咱们不能总是眼瞅着日本人打咱们的弟兄无动于衷啊！虽说与北平的联络中断，接不到命令，但师长的脾气大家是了解的，贻误战机，是他最不能饶恕的！"李文田支持对日即刻作战的观点。他考虑一下说："诸位，放手干吧！有什么责任我担着。"他的话给在坐的每个人吃下一颗定心丸，各自纷纷出主意、想方法。最后，一套较为完整的作战方案初步形成。

"现在，我宣布……"随着李文田庄重的话声，与会者挺身而起，心嘭嘭跳着，期待着对日作战命令的颁布："天津对日作战总指挥由三十八师副师长李文田担任，副总指挥由三十八师独立第二十六旅旅长李致远担任。同时，命令保安队一中队攻取东车站，由保安队队长宁殿武负责指挥；手抢团全部、配独立二十六旅一个营及保安队第三中队攻占海光寺日军兵营，由祁光远团长负责指挥；独立第二十六旅、配保安队二中队，攻占天津总站及东局子日军飞机场，消灭守敌，烧毁飞机，由独立二十六旅旅长李致远旅长负责指挥；武装警察负责各战场交通和向导。攻击时间：明晨一时。同时开始！"

"坚决执行命令！"军官们齐声回答，声音响亮，充满了信心。

　　凌晨，激战前的天津一切都还在沉睡中。由于阴着天，天上没有月亮，没有星光。如没有战事，此刻当为人们沉入梦乡之际。而1937年7月29日凌晨，这个数百万天津人难忘的日子却酝酿着一场生与死的较量。会议后，李致远即刻命令该旅团长朱春芳亲自带队攻占天津总站。同时，命令手枪连作为预备队集合待命。总指挥部就设在西南哨门，李文田副师长、李致远旅长守候在指挥部内。

　　秒针突突地跳动着，当指向总攻击时间一点时，部队因徒步奔跑、路途比较远，还没到达。可先期到达的一营长和两位排长，因怕别的地方打响了，守候东局子机场的敌人有了准备，他们三人猛虎般跃出，扑到两个站岗的日军面前，两名日军刚刚听到动静，把刺刀端起没来得及刺，锋利的大刀已砍向他们脖颈。嚓嚓两声轻微的响声过后，两颗日军头颅落地，尸体摔倒。恰巧，机场内开出一辆小汽车，司机看到岗哨被杀，吓得惊叫一声，转弯想跑，营长一甩匣枪，"啪啪"把车内的鬼子击毙。汽车撞向岗亭，燃起大火。此刻，部队刚刚赶到，潮水般涌进机场大门。

　　近日来，日军飞机频繁起落，轰炸廊坊、团河、南苑等地。驾驶员都疲倦地睡在飞机下，听见机场门口枪响，他们慌忙爬上飞机，开动发动机，准备起飞。中国士兵们冲进机场，一阵猛打，冲到跑道上。不知是谁，在暗夜中高吼一声："把汽油倒在飞机上，快点火烧狗日的。"

　　哗哗，一桶桶汽油泼向飞机，有的心急，竟连桶带油一齐扔向敌机，几个胆大的士兵掏出火柴，跑向飞机，嚓，没着！嚓！又没着……有人失声高叫："不好了，火柴被汗沤湿了！"

　　"快用枪打！用刀砍哪！"有人吼叫着冲向敌机。

　　"哒哒！"日军发现了中国勇士的意图，猛烈射击，阻击中国士兵接近飞机。一批批中国军人倒下，又有一批批中国士兵冲上前。

　　终于，有一架飞机被点着。其余的纷纷滑向跑道，飞向夜空。中国士兵急了，挥起大刀猛砍飞机轱辘、翅膀，有的抓住正在起飞的飞机起落架，想拖住飞机。飞机起飞，把中国士兵带出几十丈远，后面的发现了，奔上前拽住那个士兵的腿，十几个人你拉我，我拉他，拖成一串，但人哪能拖住飞机。飞机升空后，只好放手，跌伤了不少士兵。不畏生死的中国士兵，总算找到被日军欺压多年、发泄怒火的机会。他们用枪打，用大刀砍，用刺刀刺，用手榴弹炸，并不顾烧得发烫的飞机碎片烫手，狠命去揭，揭下来后高举着燃烧的碎片，再去点燃别的飞机。霎时间，机场上烟火冲天，喊杀声惊天动地。中国士兵的勇敢精神，吓得日军抱头鼠窜。他们乘胜猛追，把日军压迫进机场办公楼和营房的工事。仓皇起飞的飞机没有地面指挥，天黑看不清目标，在机场上空乱转。遗憾的是，中国军队没有重武器，事先也没向士兵们讲授怎样打飞机，只是乱杀乱砍，致使十几架飞机逃走。仅烧毁十几架敌机。

躲进坚固工事里的日军，凭借现代化武器，拼死抵抗。中国军队的步枪、手枪，压制不住敌人的火力，几次冲锋都没有冲进去，伤亡越来越大，丧失了全歼日军的时机。

天亮后，日军飞机对我军猛烈轰炸、扫射，我军只得退进隐蔽地形，与敌人相持。

攻击东车站的部队，用偷袭的办法，在两个小时内顺利占领了东车站，消灭了车站守敌。

攻击海光寺的部队，却因日军工事坚固，并配有十几门迫击炮向我军轰击，没有得手。

一阵阵激烈的枪声，迎来了黎明。天亮之后，当市民们得知中国军队已和日本鬼子干起来了，从心里感到振奋，纷纷前往中国驻军营房慰问。他们冒着敌机扫射轰炸的危险，给部队送去早饭、茶水、西瓜、毛巾、衣物，凡有中国军队通过的街道，市民们都夹道欢迎，不断鼓掌，高呼口号。最令人感动的是汽车司机，他们主动接送部队、转移伤员、运送弹药，有的司机主动帮助炮兵将高射机枪和小炮，安装到卡车上，运送到前线，有力地支援了部队作战。

然而，天津对日作战，并没有按照三十八师部分将领设计的意图如期发展。因战前准备不足，作战经验不丰富，没有重武器和行之有效的攻击办法，最主要的是士兵不尚明了为何对日作战，战局如何发展等至关重要的问题，致使作战初期靠偷袭取得的优势逐渐丧失。在日军猛烈炮火下，只知靠不怕死，生拼硬打，过早地损失了有生力量。战斗进行到下午一点，情况就已十分不利了。

临时指挥部内已乱成一团，预备队纷纷调上前线，而三令五申电令增援的黄维纲一一二旅迟迟不到。敌机轰炸得很凶，市政府被炸起火。廊坊、塘沽之敌纷纷增援天津。前线要求援军的电话、报告，纷纷到来。

　　副总指挥李致远在派出最后两连兵力支援东局子机场后，便赶到李文田的指挥部说："副师长，情况不妙哇！"对战局的进一步发展，他很是忧虑。

　　"是的！我也正在想办法呢！久拖下去，我们有被日军包围的危险。你看……"李文田正在看一份情报，他敲打情报说："这不，山海关开来一列日军，廊坊车站开来两辆装甲车。塘沽开来一小火轮日军。要知如此，咱们早该把铁路炸了！或派部队堵击日军，使他们不致于这么快赶来！"李文田站起，把情报推给李致远。

　　"副师长，世上没有卖后悔药的，快想办法吧！"李致远胡乱翻了几下那几份情报，扔在一边。

　　"副师长……"随着一声喊，宁殿武、祁光远抢进门来，他俩已换上便衣，进屋后，他俩咕咚坐在椅子上，张着口喘粗气。

　　"怎么换上便衣了？海光寺打得怎样？"李致远急切地问。

　　"完了！人全打光了！"宁殿武十分沮丧。

　　"惨呢！阵地上的人不多了！路上到处是汉奸和日本特务，没办法才换上便衣的。"祁光远叹口气，蹲到水桶前，舀起一瓢凉水，咚咚喝下去。

　　"副师长……好汉不吃眼前亏，咱们撤吧！"

　　"撤？怎么向天津市民交待？老百姓待咱们多好啊！修工事、送食物，撤了对得起他们吗？再说怎么向张师长交待？"李致远反对说。

　　"是啊！撤？是不够光彩。可留下来凶多吉少，对市民危害更大。"李文田把桌上文件归拢一下，站起来说，"诸位，我以三十八师副师长兼总指挥名义宣布：部队即刻撤出战斗，向静海、马厂两地集结。"

　　"副师长，这恐怕不妥吧？"李致远反对道，"撤退也不能这么草率，而应有计划地撤退，咱们这些辎重、财产，都还没有来得及转移，不能留给鬼子。再说，白天行动，目标大，容易被敌机发现，遭受轰炸，损失就大了。"

　　"嗯！这个可以考虑！"李文田点头表示赞同，继而又道："不过，恐怕转移不能等到天黑了。拖延得越久，越危险。还是早些脱离险境的好！"说到这儿，李文田转问祁光远、宁殿武道："你们二位的意思呢？"

　　"我们听您的。"祁光远抢先说。

　　宁殿武也点点头。

　　"这样吧！"李文田看看手表，说，"现在两点。一小时准备，3点钟准时撤出战斗！向静海、马厂转移，听候命令！"言罢，他将桌上的文件收拢，装入公文包，带领警卫员，走出指挥部。

李致远无奈，瞧瞧祁光远、宁殿武，长叹一声，步履沉重地走出指挥部。

1937年7月29日下午3时，二十九军三十八师驻天津所部在经过十几个小时激战、重创天津日军后，在日军不断增兵的压力下，退出天津。他们用鲜血和生命，为英雄的城市天津，写下了武装抵御外侮的辉煌篇章。

傍晚，华北第一大城市天津陷落。自此，开始长达8年之久的苦难岁月……

通县古称通州，是平东的重要门户。当年，日军为侵占华北，在通县扶植汉奸殷汝耕，成立了所谓的"冀东防共自治政府"，但当卢沟桥抗战的炮声轰响后，具有民族正义感的张庆余、张砚田率兵反正，此义举在日寇背后捅了一刀，不亚于后院起火，给侵华日军当头一棒……

在中华民族抵御外侮的历史上，构成华北抗战雄浑交响曲的，应还有一曲重要的乐章：驻通县伪冀东保安队在张庆余、张砚田率领下的反正义举。

通县古称通州，距北平20公里，是北平的东大门。这里是连接华北、冀北、东北、冀东及大运河运粮古道的枢纽，地理、战略位置都十分重要。1933年5月，蒋介石政权与日本帝国主义订立《塘沽停战协定》之后，划冀东为不驻军地区。同年12月，汉奸殷汝耕割据冀东22县，在日军的扶植下，在通县成立所谓的"冀东防共自治政府"，并将原国民党于学忠部两个特警总队，改编为冀东保安队。但名称虽然更换，内部人事却依然为原部人马。

冀东保安队第一总队队长张庆余、第二总队队长张砚田虽说被迫在伪政权下供职，但却身在曹营心在汉，在全国人民日益高涨的爱国热情激励下，一直与驻北平的二十九军上层人士有联系，伺机反正。

张庆余，河北省人，早年加入哥老会，原为河北省政府主席于学忠部。1935年7月商震继任河北省政府主席后，改编为河北保安队，仍驻原防。张砚田与张庆余经历相似。二人视为兄弟。1937年7月27日晨3时，日本驻屯军第二联队主力袭击驻通县城外的二十九军独立第三十九旅第二团第一营，双方激战一个多小时，第一营在"青纱帐"掩护下，向西南撤退，日军飞机失去轰炸目标，只得在城南一带低空盘旋。此刻，保安队教导团刚刚集合完毕，日军飞机误认为是二十九军部队，立即投弹、扫射，保安队气急了，用机枪向低空飞行日机射击，当即有一架日机被击中受伤逃走，日军飞机的轰炸，引燃了保安队起义的导火索，他们在日军后方的火药库上燃起武装抗日的烈焰。

29 日凌晨 2 时，在天津守军向日军发动进攻一小时后，驻通县的伪冀东防共自治政府保安队突然调转枪口，以闪电般的动作，封闭通县城门、断绝市内交通，占领电信局及无线电台，并派兵包围冀东伪政府，把汉奸殷汝耕从被窝内掏出，五花大绑捆起来。同时，张庆余又派兵前往西仓，捉拿日本特务机关长细木。

细木闻听通县城内枪声四起，料知有变，率领特务数十人抵抗。他见冲进来的都是身穿保安队军服的中国士兵，大声嚷道："巴格，你们都给我速回本部，勿随奸人捣乱，否则皇军一到，你们休想活命……"

"砰砰"。细木的话还没喊完，就被一阵乱枪击毙。其余见势不妙，四散逃命。保安队乘胜追击，把特务们尽数歼灭。

日军驻通县的部队约有 300 多人，连同警察宪兵及日侨约为 700 人，当城内枪声四起后，日军得知保安队起义，吓得惊惶失措，遂集合全部兵力于兵营内，负隅顽抗，以待外援。包围日军兵营的保安队沙子云部，奋勇冲锋。由于日军工事坚固，火力猛烈，激战至天明，仍没有攻进去。仅冲锋的前沿阵地，保安队就牺牲了 200 多人。张庆余赶来，他满脸流汗，浑身被汗水沤透，他伏在一堵矮墙后观察着敌情，心里似燃起一把火：若在短时间内不能攻破日军兵营，日军开来大部队援兵，内外夹击，义军就有全军覆灭的危险。他发现西仓有座油库，堆放着许多桶汽油，眼睛一亮，高声呼喊："弟兄们，现在冲不进去，改为火攻，有能力从汽油库搬汽油一桶到日军兵营四周的，即赏现大洋二十。"

士兵们激于抗日爱国义愤，闻命勇跃争先。工夫不大，一桶桶汽油堆满日军兵营四周，张庆余见汽油运到，高声命令："点火！"

刹那间、油桶被点燃，黑烟弥漫，火光冲天，喊杀声沸腾起来。各种火力齐射猛扫。在炮兵掩护下，保安队乘势攻入日军兵营。一阵短兵相接，激战到上午 9 时，日军除部分逃命外，大部被歼。

在冀东保安队反正的同时，距通县不远的顺义县也掀开武装反抗日寇侵略的序幕。日军驻顺义约 200 人，通县保安队打响后，保安队一总队苏连章团也乘日军不备，实行夜袭，将日军驻顺义之敌来了个"刀割韭菜，一茬净"，全部消灭。

战到中午，日本驻屯军司令部得知冀东伪保安队在其后院放火，又急又气，一面从四面派兵，实行包围态势，赶赴通县，一面派遣十几架飞机，从午时起，轮番轰炸保安队兵营、阵地，保安队眼见飞机越飞越低、越炸越猛，可手里的手枪、步枪对肆虐的日军轰炸机，却无能为力，只得狂奔乱跑。这下，更为日机得手，几个小时的轰炸，保安队死伤惨重。苏连章见实在难以支持，大呼一声："弟兄们，各寻活路去吧！"言罢，他自先脱去军服，把手枪一扔，逃出城外。

第二总队队长张砚田见机不妙，也乘敌机轰炸混乱之机，不辞而别，自向天津方向逃去。当官的如此，保安队士兵没了约束，一轰而散，各自逃走。

战至傍晚，张庆余接到一连串不祥的消息。自感通县难守，忙集合保安队残部，冲出通县，押解着汉奸殷汝耕，奔北平方向，投奔二十九军而来。

南苑失守，丰台有日军。他们绕过北平东城门，想由北平城北的德胜门入城。孰料来到城下，高声叫门，城门非但没开，反而投下几颗手榴弹，冲出一股日军，把毫无防备的保安队打个四散而逃，汉奸殷汝耕乘机也被日军抢走。直到此刻，张庆余才大梦初醒，二十九军已于昨晚撤退，北平已陷日军之手。无奈，他再次集合部队撤向保定。那汗、那血、那泪滴洒在这片热土上。

通县伪军反正的义举虽然失败了，但却表明中华热血男儿不甘忍受外族欺压的反抗性格。同时，为张庆余、张砚田、苏连章及几千名伪保安队队员迷途知返，为抗击外寇做出贡献，写下前半生光辉的一笔，不少人牺牲在这片土地上，为自己坎坷的人生旅途，画上闪光的句号。

出乎通县反正义军预料的是，在他们苦战后，退出通县，突围前来北平，投靠二十九军时，孰料因通讯手段落后，根本不知北平战局发展的近况，更没有料到宋哲元已撤往保定，他们在德胜门外突遭日军袭击后，只得收拾旧部，向保定方向转移。最令他们遗憾的是罪行累累的汉奸殷汝耕也乘机脱逃，混进城内，在日寇的羽翼下隐居在六国饭店，暂时逃避了正义的惩罚。八年后，日本人被赶出中国，殷汝耕终被抓捕处死，这自当为后话。

五　华北阴霾，张自忠碰壁巧出逃

**　张自忠接替宋哲元的职务收拾华北残局，他本想重振旗鼓，为国家、民族，做点有益的事。不料事与愿违，不但处处碰壁，别说连朋友的命保不住，自己也处在危险之中，不得已他只得住进医院，化妆出逃……**

宋哲元南撤后，张自忠虽说升任冀察政务委员会委员长之职，但他却不开心，活得也不自在，特别是近来，各地不佳的战况不时传来，更令他食不甘味。两天来，他忙于整饬内部，调整各个方面的关系，忙得他头昏脑涨，连上街看看市容的时间都没有。直到此时，他才感到做一任地方官儿的艰难。没钱找你，没粮找你；军队找你，公安找你；教育文化也找你，忙得他头痛。这哪儿像在军队，一个令下去，部下就去执行了。而眼下他均感陌生了，却还得苦撑着。

天津激战、冀东保安队反正，这些消息传进北平，张自忠十分激动，他立即抓起电话，准备通知部队前往增援，谁料不是电话打不出去，就是对方没人接。派人查询，原来北平周围的二十九军部队均已悄然撤走，只剩下城北还有两个独立的三十九旅，二十七旅驻守北苑。气得张自忠破口大骂：“奶奶的，让我驻守北平，部队都抽走了，还守个球毛！”

张自忠气得吃不下饭，来回在屋内踱步。正在焦急，忽儿，政务处长杨兆庚悄步而进。此人年过四旬，多年追随宋哲元，负责后勤政务工作。此时，却一改常态，身穿便服，头戴礼帽，架着眼镜，如不细看，很难认出此人。他近前后，轻声说：“张委员长……”

张自忠听到这个称呼，浑身一震，犹如被人猛抽了一鞭，霍然转身，刚要发火，见是老熟人，摆摆手道：“兆庚啊，你这就见外了！别人喊我什么，我不在乎！你是自家人，还羞辱我干吗？说实在的，你喊我委员长，还不如杀了我，我张自忠行得正、站得直，现在，外面许多人骂我汉奸、卖国贼！说宋军长是我挤兑走的！我、我他妈的冤枉啊！”张自忠发火，把杨兆庚吓得发了毛，站在那儿发愣，如小学生挨老师的训一样。张自忠可没发现这个，仍然兀自发火道：“什么他娘冀察政务委员会委员长、绥靖主任、北平市长，这是三根绳索，要把我勒死。我明白！我懂！”

杨兆庚见张自忠的火越发越大，忙回身掩上门，近前低声说："委员……"那个长没有出口，忙改嘴道："张师长……"

"不！我也不是什么师长。我的三十八师五个旅撤走的撤走，被打散的打散！我还算什么师长？"张自忠把桌子拍得啪啪响，额头上青筋突凸，很是激动。

"荩忱，你的苦衷我知道，你是临危受命，接任这个烂摊子，缓解了宋军长的压力，使二十九军能顺利脱离日军纠缠，在保定重新集结、给日本人更有力的打击。荩忱，试想，没有你接任，宋军长他能走吗？虽说他把你留下，受了许多委屈。可你想过没有，这避免了北平文化古都的惨遭破坏。这是他对你的信任哪！"杨兆庚一席话，说得张自忠冷静下来。

张自忠抽出两支烟，递给杨兆庚一支，自己叼上一支，扫了杨兆庚一眼的装束问："兆庚，你怎么这身打扮，洋不洋、土不土的，像个汉奸！你的军服是不是穿着不合身？我打个电话，要他们再给你订做一身。"

杨兆庚摇摇头说："我这是为了方便，不至于惹出什么麻烦！"

"呸！"张自忠吐出轻烟，双目圆睁，"什么意思？"

"荩忱，你还不知道吧？你这儿已被监视起来了。"

"监视我？为什么？"

"这个还用我说吗？日本人怕你不听话呗！"

"他妈的！老子从来也没听过日本人的话！"他几步跨到电话机前，抓起话筒，"喂，我要公安局……"

"咔哒"，杨兆庚上前按住了电话机。他摇摇头，狠狠心道："荩忱，看来我得跟你说实话了！"他把张自忠拉到沙发上坐下。然后，走到门前，把门插上，走回沙发前侧身坐在一侧，他看着张自忠的眼睛，语气沉缓地说："荩忱，上午日本人给我们开了一个会。"

"我们……？都有谁？"张自忠预感到情况的不妙，虽说有些震惊，表面上佯装冷静。

"有江朝宗、冷家骥、邹泉荪、吕均、周履安、潘毓桂，还有几个你不认识的人。日本人方面有赤藤、笠井、西田，后来去的还有今井武夫、松井。"杨兆庚说着，在张自忠火辣辣的目光逼视下，重重地垂下了头。

"什么内容？"张自忠从牙缝间迸出这几个字，把手指节攥得咯吱咯吱响。

　　"日本人要在北平组织维持会。会上，松井宣布江朝宗任维持会会长，冷家骥为北平总商会代表，邹泉荪为银行公会代表，自治会吕均及原市政府的周履安和公安局长潘毓桂为维持会委员。日本宪兵队长赤藤、原顾问笠井及西田仍为维持会日方顾问。"杨兆庚小心翼翼地述说着，生怕张自忠火起，把他给枪毙了。

　　"喝，你们干得满不错呀！"张自忠怒火燃烧，压抑着没有喷发。尔后又问："这些龟儿子都挺满意？没有反对的吧？"

　　杨兆庚点点头，嗫嚅着说："他们都很满意，只有江朝宗提出，他年过70岁，会长一职恐难胜任，不如由吴佩孚担任更合适。"

　　"喝！他娘的，还真有礼有让的！兔子、狐狸一窝骚嘛！"

　　"不过！江朝宗的提议让日本人给否了。日本顾问今井说，吴佩孚出马恐怕要生出许多事端，惹出许多纠纷。江朝宗不再谦让，当了会长。"

　　"不错嘛，北平又出来一个会长。"张自忠咬着牙根，猛然挺立，断喝一声，"他妈的！我把他们这些乌龟王八蛋全部抓起来，一律枪毙，看他们还敢不敢再去舔日本人的屁股！"

　　"荩忱，使不得！"杨兆庚拉住张自忠，把他按坐在椅子上，流下两行热泪说，"荩忱，平津大势已去，头来之前，我接到宋军长从保定打来的电报，天津已失陷，北平通县的保安队反正也兵败退向保定。西苑、八宝山、大灰厂都落入日军之手。我们孤军被困了！"

　　"不！北苑还有我张自忠独立三十九旅，城内还有二十七旅。共一万多人，夺回失地还有希望。"张自忠猛地挣脱杨兆庚的拉扯，奔向电话机。

　　"哼！别提你那个独立旅了！他们早投降了日寇，升起了太阳旗！"杨兆庚冷冷地说。

　　"胡说！再胡说八道我毙了你！"张自忠满脸涨红，他"唰——"地抽出手枪，逼视杨兆庚道，"你胆敢再污辱我的部下，我就在你的脑袋上钻个洞！"

　　"张师长，你毙了我，我也要说。"杨兆庚挺身而起，迎着张自忠的枪口走去，他高昂着胸脯，看也不看那冷森森的枪口一眼，继续说道，"昨晚，北苑战斗结束后，三十九旅旅长阮玄武，你所谓的最忠诚的部下，你的爱将潜入城内，派人携带黄金等贵重礼品，到日军武官室联系自动解除武器，向日军投降。明天，日军奈良支队将在日本顾问樱井带领下，前往北苑，与该旅参谋长接头，接受独立三十九旅的投降！"

"住口！再说我真的扣动扳机了！"张自忠端枪的手哆嗦着，步步后退到窗子前。

"你开枪吧。荩忱。我愿死在你的枪下，"杨兆庚泪流满面，继续走向那黑洞洞的枪口。"即使你今天不打死我，我也活不了，日本人也饶不了我。我今天来，不是自动的，是我回家后，发现我老婆已经上吊，她在绝命书中写道：'兆庚，我爱你，你是抗日英雄宋将军的部下；我恨你，你参加了冀察政委会。我身为女人，自愧有你这样的丈夫！'荩忱，你们身为男人，难道连个女人都不如吗？"

"当啷。"张自忠手里的枪掉在地上。他上前抱住杨兆庚，痛哭失声："兆庚，我的好兄弟……"

"荩枕……"杨兆庚也把张自忠搂得紧紧的，犹如快要溺死的人，抓住了一根救命的稻草。

悲伤过后，二人又回坐到沙发上。张自忠安慰杨兆庚道："你不要担心，你就在我这儿住着，看日本人敢把你怎么样？"

"荩忱，你就安全了？古人云：'走兔尽，猎狗烹'啊！"杨兆庚提醒道。

"敢？他日本人敢动我？我看不出他们长几个脑袋。"

杨兆庚摇摇头："人家组织维持会，别说没有你，连知道都不让你知道，这不是明显的要甩开你嘛？"

"可张璧、江朝宗等人是我把他们提起来的，他们能过河拆桥，忘恩负义？"

"那些人有奶便是娘，翻脸不认人。荩忱，你可要早做准备呀！"

"大丈夫可杀不可辱，我张自忠决不当汉奸！"

"可你一旦发生不测，又有谁理解你的苦心呢？我大丈夫能屈能伸，应另谋生路。你还年轻，国家、民族还需要你。冯玉祥将军、宋哲元军长是很器重你的。"

"可我在北平刚就任几天，就弄成这样灰溜溜的局面，还有什么脸面去见军长，去见二十九军的弟兄呢？"

"荩忱，面对北平这样不可收拾局面，你如脱离此地，更显出你并非卖身投靠，不愿与之同流合污啊！"

"有道理！可我怎能脱身呢？"张自忠不断颔首，表示首肯。

杨兆庚蘸些茶水，在桌面上写了一个字："逃。"

"逃？"张自忠眼睛一亮。一把抓住杨兆庚的手，连声说，"谢谢！兆庚兄弟！"

"当当"突然传来敲门声，"委员长，日本客人到！"

张自忠、杨兆庚惊起。张自忠打开侧门，说："你先进去躲一会儿。"

杨兆庚转身欲去，回身忙把桌上的字擦掉，轻步走进侧门。

张自忠打开房门，见松井、樱井站在门口，心里很诧异。但他很快恢复平静，既不冷也不热，回身走向沙发，淡淡地问："二位，怎么有空儿到我这儿来了！"

"噢，张桑。我们前来看看，你的辛苦大大的！来人！"松井满脸堆笑，迈着方步踱进屋来，仔细打量屋内。随着他的招呼，进来一名浓妆艳抹的日本女人，手里捧着一个托盘，上放几包烟土，恭敬地走上前。松井拿起一包，放在鼻子下嗅嗅，然后又放回原处："张桑，我们得知你从天津来得匆忙。没带来这个……"他指着白面纸袋说："现在这个给你，二千两上等货色，犒赏你——我们的张委员长……"

"啊——这个我已经戒掉了，请你们带回去吧！"

"戒掉了？"松井和樱井二人对视一眼，仰面大笑。松井走到壁橱前，猛地拉开，拿出一杆烟枪，笑问："这是什么？"

"我是从今天开始戒的，这玩意儿还没来得及扔呢！"张自忠说着，走上前拿起烟枪，"咔叽"一声折断，走到窗前，把烟枪扔向窗外。

"痛快！张将军就是痛快！"松井虽觉尴尬，但却口不对心说着奉承话。

"烟土的不要，我们大日本帝国很是欣赏。那么，这位嫔媚多艳小姐，张将军是一定喜欢的了！"樱井接过嫔媚多艳手上的托盘，把她推到张自忠的跟前，厉声道："张将军是难得的英雄，你要尽心伺候，让他满意哟！"

那女子粉脸如霞，听到吩咐，深鞠一躬："张将军，请您多加关照！"

"不必！"张自忠果断地摆手道，"我们中国的传统道德是一夫一妻。请顾问阁下体谅我的苦衷，遵从我们中国的风俗习惯，将这个女人带走！我不愿再看到她！"

日本女人被羞辱得面红耳赤，低头跑走。

松井、樱井见连续两招儿失败，脸上的气色很不正常。松井嘴唇抽搐着，恶狠狠说："委员长阁下，既然你不领情，也就算了。但我们的心尽到了。

我们大日本帝国愿借助你的威望，重建华北新秩序。这是具体条款，请在上面签字吧！"说着，递过文件夹、钢笔。

张自忠没有接笔，转身走回到沙发前，坦然坐下，高跷着二郎腿，不紧不慢道："签字可以，但要看什么条款。"

松井追过去，递上文件夹："请张将军过目。"

"我没那个兴趣，请念念吧！"

松井火冲头顶，却被樱井用眼色制住。松井无奈，开口念道："关于冀察政务委员会与大日本帝国合作的条款：一、要求张自忠委员长通电反蒋，脱离南京政府；二、共同反共，取缔所有排日团体；三、共同开发华北矿藏……"

"够了！"张自忠勃然而起。他这一嗓子把屋内的人吓得一哆嗦。

"怎么？张将军拒绝签字吗？"樱井咬着牙问道，手不由自主地摸向手枪，门口也挤进几名日本宪兵，虎视着张自忠。

"我、我头痛……有什么事明天再商量吧。"张自忠见形势不妙，眼珠一转推诿道。

"张将军既然身体不适，也可从长计议。不过嘛，我们今天要抓一个人。"松井眼露凶光。

"抓人？谁？"张自忠闻言一惊，他知道日本人这是在杀鸡给猴看，紧张地问。

"张将军放心，我们要抓的不是你，而是杨兆庚。"松井背着手踱向一边，一副趾高气扬派头。

"为什么？他是我冀察政委会的委员。"

"他背叛皇军，暗中给宋哲元写情报，送信人已被我们抓获了。"

"他没有来这里！"张自忠极力压抑着恐慌，故作平静地说。

"没来这里，张将军不会一个人喝两杯茶吧！"松井一挥手，"来人！给我搜！"

"慢！这是我冀察政务委员会所在地，不许随便抓人！"张自忠怒喝道。

"你的冀察政务委员会？告诉你：天津、北平都被大日本帝国给占了，你这个委员长该听谁的还不明白吗？"

张自忠如遭雷击一般，颓然倒在沙发上。

"搜！"松井一挥手，几个宪兵冲向内室。

"砰。"房门开处，杨兆庚跨出门口，大声道，"不用搜！我来这里，不关张将军的事，是我私自躲进来的！他不知道！"

"兆庚！你……"张自忠跃起来欲冲过去，却被日宪兵用枪挡住。

"委员长。不！荩忱，记住！走兆庚的路！"

杨兆庚呼喊着，被日宪兵架住走向门口。忽儿，他挣脱宪兵，冲向玻璃窗，高喊道："荩忱，走兆庚的路！"

"砰砰。"松井、樱井手中的枪响了，已经跨上窗台的杨兆庚背部中弹，晃动两下，一头撞向玻璃窗，"哗啦"一声，坠向楼外。

"兆庚！"张自忠撕心裂肺地呼喊一声，扑过去。然而，窗外黑漆漆地飘着零星小雨，他什么也没有看见。碎玻璃扎破了他的手，鲜血顺着窗框淌下来。

夜里，张自忠怎么也睡不着了，他只要一闭眼，就做噩梦，不是杨兆庚回首呼喊时悲壮的场面，就是松井、樱井狰狞的面容。他喃喃自语："走兆庚的路……"反复念叨多遍，不得其解。他披衣下床，来到写字台前，拔出笔，铺好纸，一遍又一遍地写"走兆庚的路"这几个字。蓦地，他悟出这几个字是句含义深刻的暗语。走，意指"辶"部首，组合"兆"为"逃"的内容，暗示他快逃，脱离险境。可怎么才能脱身呢？他踱到窗前，向外面观察，不但楼下已换上了日本人的岗哨，院外还不时有日军的巡逻队走过。张自忠在窗前站了许久，直到感觉有些凉意，才回身躺倒在床上。

张自忠病了，发高烧、说胡话，时而昏迷。第二天，他被送进了东交民巷德国人办的医院。醒来后，已是第四天的傍晚。从前来探望他的好友嘴里，他了解了许多不幸的消息：三十九独立旅降日，被改编为伪保安队，二十七独立旅被缴了械，被改编为警察。平津已完全陷入敌手。伪维持会已接替冀察政务委员会的权力。至此，张自忠幻想以新成立的冀察政务委员会缓冲二十九军和日寇矛盾的梦彻底破灭了。他再次想到"走兆庚的路"那句话。暗下决心，先逃出魔窟，再举抗战大旗。实现终生夙愿：生当做人杰，死亦为鬼雄。

深夜，张自忠在德国医院突然失踪。他在友人的帮助下逃向天津，后到烟台、南京，三年后，在湖北枣阳南瓜店与日作战中，壮烈殉国。

翌日，北平彻底沦陷。然而，抗日的怒火却在华北、在全中国熊熊燃烧起来。

六　悬崖峭壁，作恶者梦归西天去

战争使一对兄妹失散，但共同的追求，又使他们兄妹在战乱中重逢。出卖同学的败类追来，引来日本鬼子，把她逼向悬崖边。一阵枪响，倒下的却是作恶者。然而，更残酷的战斗在兄妹相逢中开始了。

卢沟桥下游的一处茂密的芦苇荡里，行进着一队青年农民打扮的庄稼人。所不同的是他们手里没有拿镰，也没有扛锄，而是各自手里提着火枪、步枪，身背大刀。这些人正是共产党领导的燕山游击队。他们沿着芦苇塘内曲折的小路来到河边，踏着浅浅的河水，拨开芦苇前进着。忽儿，一个孩子似的童音喊道："队长，又漂过来一个。"

"扑通——"，有人跳进河里，搏浪击水，把落水人救起拖到岸边。这个落水人正是林大壮。

原来，他用独轮车把王冷斋送回家后，谢绝了王冷斋的挽留，独自顺永定河向南走，想去寻找抗日的队伍。忽然，他听到河边传来妇女的呼救声，忙循声跑过去，见树林里有两个日本兵，按着一名妇女正要强施暴行，那女子虽已被按住手脚，仍百般挣扎。林大壮见此情景，怒不可遏，几步抢上前，挥刀砍倒一个鬼子。另一个见势不妙，撒腿就跑，谁知他腰带已解开，裤子滑到膝盖绊腿，没跑两步，摔倒在地，急得哇哇大叫。林大壮冲上前，一刀结果了他的狗命。忽听一阵脚步响，抬头一看，见不远处有四五个鬼子向他奔来，身后是滔滔的河水，再无退路，忙喊了那妇女一声："快跑。"他一纵身跳进河里，一个猛子扎到河里，躲避着鬼子的射击。他憋着一口气。连游带冲就是好几十米，可他水性差，几个浪头打来，就蒙了头，连喝好几口水，后来就昏了过去，顺流漂下来。

林大壮被救上来后，吐出满肚子浑汤，才逐渐苏醒过来。他巡视四周，见面前站着的人们朴实的打扮、和蔼的话语，才明白自己遇见了好人，得救了。他翻身坐起，趴在地上连磕三个响头，连声道："感谢诸位救命之恩，容当后报！"

"小队长，支队长命令咱们向香山挺进，执行新任务。"通讯员跑过来传达命令。

"集合。"游击队长发出命令。战士们从树丛中、沙丘后跑出，在苇塘中一块长满茅草的荒地上集合待命。从他们站队的速度上看，这是支新组建的队伍，连立正、稍息做得都不规范。不但没穿军装，连武器也是捡撤退二十九军散落遗失的枪支，好几个人手里还握着大刀、长矛、木棍，但个个身强力壮，精神饱满。

队伍集合好后，那个被叫做队长的，走过来对林大壮说："老乡，我们走了，请你多保重吧！"

说完他带着队伍走了。林大壮望着渐渐远去的队伍，心想：我无家无业，何不参加这支队伍。想到此，他猛地一拍大腿，站起来，飞跑着追上去。林大壮追上队伍，跑到队长跟前说："长官，我跟你们走，你们要不？"

"小老弟，我们是打鬼子的！你不怕？"队长拍着他的肩膀问。

"怕！谁怕谁是孬种！"

"你不怕掉脑袋？"

"不怕！"林大壮摇摇头说，"我都报销十几个鬼子了，早就不怕了。"

游击队长打量他一番，问："会使枪吗？"

林大壮点点头。游击队长从肩上摘下一支步枪，扔给林大壮："拿着，跟上队伍！"

"是！"大壮惊喜地答道，扛着枪，追上行进中的队伍，队尾又多了一个五大三粗的东北汉子的身影。

游击队绕过卢沟桥，沿着永定河河堤向西北方向插过去。他们穿村庄、越铁路、跨山岗、涉溪流、踏沙滩、钻密林，向支利箭，飞快地向指定地点前进。

天蒙蒙亮时，游击队到达指定的山坳，队长摊开地图，察看了地形，稍加休息后，就命令队伍潜伏到岩石后、丛林中、树林里。

山林里静极了，鸟儿啁啁鸣叫，在枝头上跃来跳去，十分快活，根本不知道这里潜伏了什么人。林大壮伏在草丛上，模模糊糊睡着了，朦胧中听到有人轻声喊："山下有人来了。"他拨开草丛，向山下极目远眺，只见晨雾中似有几十位身穿学生装的人爬上山来。他失望地说："唉！我以为打鬼子的伏击呢，谁知是几个女的。"

"不许说话！"队长低声喝道，山林里静下来。

林大壮把青草往两边分分，从岩缝中往山下鸟瞰着、等待着。山脚羊肠小路上，一群学生打扮的青年兴致勃勃地走来。王翠芝蹦蹦跳跳走在队首，她今天很快活。多少天来，她被周围险恶的环境所困扰，神经始终绷得紧紧的。如今忽然置身在寂静的山林里，备感惬意。她呼吸着新鲜的空气，不时采摘着路旁的野花，摇晃着路旁的小树，像孩子一样欢乐。转过一道山岗，她回身招呼身后的伙伴："喂，出笼的小鸟快飞呀！别让接我们的人等急啦。"清脆的喊声宛如黄鹂的叫声，山鸣谷应，在群峰中回荡，久久萦绕。

几个剪着齐耳短发的女大学生和小岛幸一手拉手跑上前，雀跃、嬉戏着，似无忧无虑的儿童在玩耍。小岛幸一跳上一块岩石，回首俯瞰脚下的青山树海，霞光在树林中投下五彩缤纷的光环。她双手放在胸前，赞颂道："太美了！胜于东京的公园，不亚于富士山的风光。"

"喂，让她作首诗好不好！"一个女学生提议。

"好！"几位女同学拍着掌赞同道。

小岛幸一轻甩秀发，站到一块更高的岩石上，挺着胸，面对群山、蓝天、绿海，用纯熟的汉语朗声道来：

> "中国，我的第二故乡，
> 东洋三岛的风啊！
> 鼓起我理想的风帆。
> 而我的船儿，
> 要在中国首航。
> 两个民族肤色一样，
> 心地同样善良。
> 中国、日本，
> 一衣带水，
> 日本、中国
> 友好邻邦。
> 可恨的帝国梦想，折断友好使者的翅膀。
> 我们年轻的心啊！
> 却盼友谊地久天长
> ……"

　　小岛幸一的即兴诗作刚念完，就赢得了一片热烈的掌声。男生们正巧爬上来，也鼓着掌叫着好。王翠芝见木铁愁眉不展，忙上前关切地询问："小兄弟，你不舒服吗？"

　　木铁摇摇头说："我想家，想妈妈。"

　　"哈哈……"他的话引得人们开怀大笑。木铁撅起嘴，脸红红的，眼泪快要掉下来。

　　"小兄弟，等打走了日本鬼子，我送你回家。"王翠芝开导着木铁，对其他人挥挥手道，"快赶路吧！"

　　青年们又像自由的鸟儿飞向山林。

　　"啪啪"山下传来两声枪响，一个男生扶着一棵树身，回望脚下的山路，惊叫一声："鬼子追来了。"

　　大家顺着他手指的方向望去，果不其然，山下公路上，停下一辆敞蓬汽车，十几个鬼子跳下车，提着枪狂奔而上。

　　王翠芝见鬼子追来，深感意外。但她很快镇定下来，安慰大家说："别慌，男同学保护好木铁，女同学保护好小岛幸一，快往山上林密处跑。"

　　学生们顺着山路，磕磕绊绊拼命地跑。有人跌倒了，别的同学忙上前去搀扶，爬起来又跑。

　　山下隐隐约约传来吴学适的喊声："王翠芝，别跑了，皇军接你们回去。"他狼一样的嚎叫声，使山林里的鸟儿惊飞，野兔逃蹿。

　　王翠芝跑过一道山梁，就再也跑不动了，她张大嘴巴喘着粗气，气恨地骂道："这个狗汉奸！"

　　姚丽也惊叫道："不好了，吴学适带鬼子抓我们来了。"

　　学生们闻讯乱成一团，乱哄哄地向山上跑去。

　　"同学们别怕！"王翠芝安慰着同学们，"山高林密，便于藏身，鬼子找不到我们。你们快往北跑！快！"

　　同学们翻过山脊，向茂密的松树林跑去，见同学们都已藏进松树林，王翠芝边跑边向山顶边呼喊着："你们抓不住我！"她把敌人的注意力吸引过来。在吴学适的带领下，鬼子死追不放，嚎叫着："站住！花姑娘的站住！"

　　王翠芝跑着跑着重重地摔倒了，膝盖磕破了，渍出血来。此刻，她顾不得擦一擦，手足并用，攀上巨石。到了山顶，奔跑中的王翠芝猛地停下脚步，慌乱中，她跑上悬崖峭壁，低头一看，怪石嶙峋，深不见底，令人头晕目眩。她折回身，想往回跑，一排鬼子堵住去路，个个平端着步枪，六个黑洞洞的枪口指着她。王翠芝寻视左右，均无生路，她一步步退向悬崖，毫无惧色地盯着这伙披着人皮的豺狼。吴学适嬉皮笑脸地逼近说："美人，早晨，我去找你，正巧碰见你出门。我就去报告了皇军。翠芝，我是为你好，跟我回去吧，有享不尽的荣华富贵。"说着话，他凑上前欲拉王翠芝的手。

"啪。"一记响亮的耳光，打得吴学适踉跄了几步，险些栽倒。

"打？打我也不生气。跟你说，那天碰见你，让你跟我去美国，你不去！我也没有去成。眼下，我是华北文化发展维持会副会长啦。怎么样？跟我回去，做官太太吧！"吴学适揉着脸颊又凑上来，厚颜无耻地说："芝，从见到你的那一天起，我就被你迷住了。跟我回去吧！跟我有福享。"

"呸！"王翠芝用极其厌恶、仇恨的目光盯着这个人面兽心的伪君子，一口唾液吐到他的脸上。

站在不远处的鬼子看着笑话，讥讽道："花姑娘的厉害，扎手的。"吴学适脸上的肌肉抽搐着，眼里放射着凶残、贪婪、狠毒、阴险、狡诈的目光。他狠狠地抹去脸上的唾沫，像恶狗一样扑向王翠芝，两人扭打着滚向了悬崖。

"啪啪"，清脆的一阵排子枪声响过，几名鬼子纷纷倒地。听到枪声，吴学适惊慌失措，他放开撕掳的王翠芝站起来就要跑，王翠芝趁吴学适呆愣的刹那间，运足力气猛力一推，大喝一声："你下去吧！"

吴学适光注意响枪的地方，根本没料到刚爬起来的王翠芝会有这一手，他连喊也没喊出，带着他的亲日发财的梦想，跌下悬崖，结束了他毫无意义的一生。

此刻，王翠芝姑娘再也支持不住，昏倒在悬崖边上。

游击队战士和同学们跑上前，救起王翠芝。

当林大壮扶起她，来到一处较为平坦的草地上时，王翠芝苏醒过来，一眼看见了林大壮鼻子上的小疤，她猛地拉住林大壮的手，叫了一声："哥哥。"就又昏迷了过去。

起初，众人都惊呆了。不知王翠芝在喊谁，她和林大壮是什么关系。姚丽知道王翠芝的身世，指着林大壮说："他们兄妹失散多年了，现在才重新见面。"听了姚丽的介绍，众人唏嘘不止，感叹他们妹找哥、兄寻妹的坎坷命运，也为他们的重逢而高兴。

　　林大壮热泪盈眶，摇晃着王翠芝呼唤道："妹妹，妹妹，哥哥一直在找你啊！"

　　"轰轰。"追击炮的炮弹向山顶上轰击。

　　哨兵奔过来报告："小队长，鬼子又追来了。"

　　"准备战斗！"游击队长挥着胳膊发出命令，战士们纷纷握枪在手，寻找着掩蔽的物体，准备抗击冲上山来的敌人。

　　小岛幸一捡起一支步枪，木铁也抓起一支枪，想拉开枪栓顶上子弹，却不知怎么弄，急得他要哭。

　　王翠芝已醒来，在林大壮的搀扶下，翻身坐起，请求道："给我一支枪。"林大壮见妹妹实在虚弱，又把她扶坐在一块岩石上，捡起一支枪，递给妹妹。教给她怎样拉开枪栓，怎样上子弹，怎样瞄准，怎样射击。

　　山顶上，农民、工人、学生纷纷拿起刀枪，准备同进犯之敌浴血奋战，捍卫民族的尊严，保卫家乡，保卫华夏民族世代繁衍生息的土地。他们不惜用自己的血肉之躯，筑成中华民族新的、坚不可摧的伟大长城。

　　炮火硝烟中，岩石迸溅，树木燃烧，游击队战士英勇作战，打退了日寇一次又一次的进攻。那一副副钢毅的身躯，犹如一座石像，屹立在战火纷飞的崇山峻岭间。

　　真正的故事并没有结束，而是刚刚开始。

附录：

历史不会忘记

岁月沧桑，转瞬间，卢沟桥事变已 77 周年，当年的仁人志士或已壮烈殉国、血染沙场，或已作古。但那悲壮的历史一页，早已写入中华民族光荣的御敌史。前不久，笔者走访了当年抗战将领的遗属，现采撷几个片段，以昭后世，以警今人……

抗日名将何基沣坚守卢沟桥

"到今年 7 月 7 日，卢沟桥事变已 77 周年了。时间正好是一个甲子又 17 年。那时出生的人，已经有了孙子、重孙子。因而，有关卢沟桥抗战的真实情况，要告诉后人一代一代地讲下去。"在北京西城区宝产胡同一处小院内，原国民党二十九军第三十七师一一〇旅旅长、卢沟桥抗战的指挥者之一，何基沣将军的妻子、原全国政协委员，现已 90 多岁高龄的宋晓菡女士如是说。

何基沣将军是河北省藁城县北席村人。他 16 岁报考了保定陆军军官学校，后又考进北平陆军大学，在冯玉祥将军的西北军，因作战勇敢，逐渐晋升为副旅长。"九一八事变"后，他深感国土日益沦丧的悲愤，在当年的喜峰口抗战中，他率先带两个骑兵营去夺喜峰口。进攻之前，他给部队官兵训话说："现在，国家多难，民族多难，我们是老百姓养育的军人，理当以死报国。"而后，他率领骑兵，挥舞马刀向敌人冲锋。日军占据山顶，地形有利，武器精良，负隅顽抗。骑兵营反复冲杀，直到夜间，才把喜峰口夺回来。仅他一人，就斩杀日军十多名，后被日本人称为"凶神"。

长城抗战后，何基沣升任旅长，因卢沟桥战略位置重要，是北平的咽喉。因而，军长宋哲元便把何基沣放在了刀刃上，驻守宛平、长辛店、西苑一线。

当时，二十九军处境十分险恶，日军经常举行以中国为假想敌的演习。何基沣据此也对部队进行备战教育，敢于硬碰硬地跟鬼子对着干。一次，日军举行野外演习，我军也针锋相对举行更大规模演习，两军在丰台中街相遇，互不让步，僵持了半天，鬼子蛮横地把中国军队指挥官架走了。何基沣闻讯后，命令军队把丰台日军兵营包围起来，鬼子胆怯才放回我们的军官。

1937年7月7日，日军为达到侵占华北的野心，借口演习时丢失一名士兵，强行要求进入宛平县城搜寻，实质上是假道伐虢、守卫宛平县城的二十九团三营营长金振中把情况电告旅部，何旅长立即命令："不许日军进入宛平县城。部队进入阵地，防备敌人偷袭。"

日军在诈取宛平县城的阴谋失败后，便改为强攻。何基沣怒不可遏，亲临前沿阵地指挥还击，打响全民族抗战、共御外侮的第一枪。

当时，卢沟桥守军在全国人民的声援、支持下，奋勇杀敌，不仅保住了宛平县城，还多次夺回卢沟桥、平汉铁路桥，给日军以大量的杀伤。当何基沣奉命与日军谈判时，他义正辞严地驳斥了日军要求中国军队撤出宛平县城的蛮横无理要求，态度威严地说："中国人不是好欺负的，中国的领土一寸也不能让人践踏。"日方代表恼羞成怒，拔刀直逼何基沣，他毫无惧色地掏出手枪，双方对峙，直至日酋无奈地放下战刀。

卢沟桥抗战，坚持了20多天。在蒋介石"消极抗战"的影响下，驻守卢沟桥的守军被迫南撤。何基沣率部边打边撤，阻滞了日军的进攻。

此后，何基沣升任一七九师师长。在保卫大名府的血战中，他率部抗击日军三天两夜的围攻，在弹尽援绝的情况下，大名府失守。何基沣悲愤已极，仰天长叹，留下了"不能打回北平过元旦，无颜以对燕赵父老"的遗言，开枪击中右胸，以自杀抗议南京政府的消极抗战。

何基沣在养伤期间，认真反思前半生走过的人生之路，思考救国之策。他途经武汉时，在八路军办事处见到周恩来，后又到延安，毛泽东、刘少奇、朱德等领导人接见了他，使他看到了中国革命的希望。不久，他秘密加入中国共产党，成为一名忠诚的共产主义战士。

按照中央的指示，何基沣仍回国民党军队工作。1948年，他与张克侠率领所部七十七军和五十九军23000人于淮海战场前线起义，加入人民解放军的战斗行列，为解放全中国立了功。

解放后，何基沣曾任水利部副部长、农业部副部长等职，当选为一、二、四届人大代表，全国政协一、三届委员和第五届常委。何基沣将军与世长辞后，遵照遗嘱，他的骨灰一部分洒在卢沟桥，一部分洒在当年的淮海战场上，实现了他毕生的追求。

宋晓菡谈起何将军，心中充满了敬佩之情。耄耋之年的她仍在屋里摆着他们夫妻的合影，墙上挂着何将军的遗像。当年，何基沣驻守卢沟桥时打鬼子的动人事迹也不时成为她教育年轻人的话题。在离别那个洁净、种满鲜花的小院时，她连声告诉笔者："告诉年轻人啊！不要忘记先人的爱国精神，不要忘记先人为国捐躯的伟大壮举。"

"智囊"将军张克侠力促抗战

三十几年前，当笔者涉足卢沟桥事变题材、从事有关文学创作时，就对二十九军中传奇人物张克侠充满了敬佩之情。而当这位"佩剑将军"走完他战斗的一生之后，许多年轻人对这位为推动和促成二十九军奋起抗战、做出特殊贡献的优秀共产党员充满惊险的战斗历程或许就鲜为人知了。

进入6月，北京已闷热难耐，几经奔波、联系之后，在全国政协台港澳联络局，笔者见到张克侠将军的孙子张权。他告诉笔者说，他父亲木铁（张光天，张克侠将军长子）因病在上海疗养，不能接待采访，但却托他将张克侠将军的有关材料面交笔者，以示对采访工作的支持。

早在1929年，张克侠就被当时任中央组织部长的周恩来发展为特别党员，要他不可暴露身份，由中央直接派人与他接头。在此之前，他曾参加过北伐战争，并去莫斯科中山大学深造。"九一八"事变后，他协助冯玉祥将军组织过察哈尔抗日同盟军，后又利用与冯将军连襟的关系，进入二十九军任副参谋长，从事秘密抗日工作。为弥合当时华北军政高级人物的裂痕，宣传中国共产党的抗日主张，推动二十九军抗战做了大量工作。1937年5月，他得知有人秉承蒋介石消极抗日的旨意，给宋哲元拟定了"以退为守"的消极对日防御方案，他除当面否定外，又与地下党取得联系，提出自己的初步意见，经北方局向党中央请示后，制定出一个集中兵力于平、津、保地区，趁日军增援之前，以二十九军十多万之众，一举消灭在华北的日军。此建议以书面形式，面呈宋哲元。

张克侠是坚定的抗日派，日本人对他恨之入骨，多次想谋害他。日本特务收买了他的司机，一次，在南池子路口经过时，司机突然开车撞向一棵大树，多亏张克侠眼明手快，拽了一把方向盘，汽车撞坏，司机毙命，张克侠迅即钻出汽车。当附近的特务赶来，准备以车祸假象暗害他时，他已机敏地躲进一条小胡同脱险了；还有一次，三个日本浪人在汉奸的指引下，闯进张克侠的家，企图加害他，多亏侍卫早有防备，打跑了日本浪人，才保全了他们家人的性命。

同时，张克侠还利用自己的特殊身份，把从地下党那儿获得的敌人情报，及时转告宋哲元，使二十九军避免受到损失。那年 6 月，北方局获得日本特务机关部拟在平津一带寻衅滋事，并得知冀东汉奸殷汝耕伪组织正在训练一批特务。宋哲元得此消息后，下令紧急防范。一日，通州一带日军以"演习"为名进驻北平城郊，城内东交民巷日本驻屯军也武装埋伏，汉奸殷汝耕派遣 20 多名武装特务，化妆成北大、师大、燕大等校学生，身藏短枪，潜入城内，准备到深夜后，鸣枪暴动，制造所谓"学生、士兵反日暴动"事件，届时，城内外日军借口镇压暴动，突然袭击二十九军首脑机关，解除二十九军武装，制造第二个"沈阳事件"，乘机占领北平和华北。守城部队由于事先得到情报，严加防范，特务们一进城就被跟踪。傍晚，这批特务被一网打尽，城内外日军白白埋伏一夜，因未得到出动讯号，未敢轻举妄动，偷袭计划破产。

卢沟桥事变爆发后，张克侠又协助佟麟阁指挥作战，为坚定宋哲元的抗日决心做了大量工作。针对宋哲元对和谈抱有幻想，他反复阐述必须抗日的重要意义，并把我党制定的"以攻为守"的作战方针适时地向宋哲元提出来，并进言宋哲元说："作战固然有困难，但也有克敌制胜的条件，在民族生死存亡的关头，不战将成为民族罪人，战而不胜也可向人民交待。"不料，宋哲元既不甘心接受"以退为守"的方针，又没有勇气实行"以攻为守"的建议，错误地实行了"以守为守"的消极战略，痛失歼敌良机，被迫撤离，致使北平落入日军之手，卢沟桥抗战失败。

北平陷落前，张克侠及时将有关宋哲元南撤的消息通知地下党，并协助转移了近万名抗日同志，使他们免遭日寇杀害。此后，他又只身去追赶队伍，投身抗日战争的烽火硝烟中，1948 年，在淮海战役的主战场徐州附近的贾汪与何基沣将军一起，率部起义，汇入人民解放军的百万雄师之中，为解放全中国南征北战，立下赫赫战功。

解放后，张克侠又投身到绿化祖国的事业里，任林业部副部长等职，并曾当选为第四届人大代表、全国政协第五届常务委员，1984年7月7日，卢沟桥事变47周年之际，在北京病逝。

木铁同志在回忆父亲张克侠的文章里，还满怀深情地说，父亲一生刚正，不但自身投身革命，还严格要求子女献身祖国。他就是在父亲的影响下，走上革命道路的。卢沟桥事变后，他们一家被困在北平，日夜担惊受怕，四处躲藏，逃避日伪汉奸的抓捕，直到第二年，才逃出魔掌，开始背井离乡的8年流浪生活。

1948年，木铁参加学生运动，被特务列入黑名单，在地下党的安排下，进入晋察热辽解放区。后又调到城工部、北平军管会工作，并随大军南下，参加解放海南岛战役，1950年他写血书参加志愿军入朝作战，归国后考取人大新闻系，毕业后一直在中央新闻电影制片厂从事新闻工作。他说，父亲的一生，是战斗的、革命的一生，无论是二十九军"智囊人物"，还是佩剑将军，以至被敌人称为"叛将"的岁月，他都没有泯灭其共产主义的坚定信念，并为之孜孜不倦地追求奋斗。倘若他老人家九泉有知，1997年7月1日，我国已恢复对香港行使主权，一定会备感欣慰，因为他为之奋斗的目标和宏伟的革命事业，已然实现或正在实现。

儒将佟麟阁血洒沙场

在北京南10公里处，有一重镇名曰南苑。这里是京南的重要门户，战略位置十分重要。当年冯玉祥将军曾在此驻扎，并发动"北京政变"为推动国民革命做出贡献。此后，他的陆军检阅使署成为二十军军训团团部，后又做为二十九军军部，成为当年日军飞机轰炸和攻击的重要目标。

77年的风雨沧桑，当年被炸后的惨状早已不复存在，在以后的几经修缮后，又将大门恢复了原貌，有关部门已将此处改为宇翔园，建成宾馆，开辟为"南苑街道爱国主义教育基地"、"丰台区青少年爱国主义教育基地"。而今，这里林茂草绿、花艳松青、鸟声不断。但大门后左侧的一块高1米、宽约1.5米的长方型白条石上镌刻着：中日友好树。碑后刻写着丸一中日友好访中团团长友成久德、副团长荒木克己、东条辛吉及26名团员的名字。

据知情者介绍，访中团团长友成久德是当年侵华日军的卫生员，年仅 17 岁。余下的访中团团员从姓氏可以看出，他们的前人多是参与侵华战争的主犯，他们来此立碑，是来替前人赎罪，还是忏悔先人的罪行？从立碑的行动上就可一目了然。然而，作为抗日英烈的后裔，又有谁能淡忘 77 年前那惨痛的一页呢？

"1933年，我父亲参加冯玉祥将军组织的抗日同盟军，任察哈尔省主席、兼抗日同盟军第一军军长，因他琴棋书画、诗辞歌赋都行，被称为'儒将'，深为冯先生赏识。他们很快攻下多伦等被日军占领的国土，但后因南京制肘，冯玉祥被迫下野，我父亲也退隐香山。卢沟桥事变前，华北形势异常复杂，我父亲忧国忧民，在二十九军将领多次联袂相邀下，出任二十九军副军长兼南苑军训团团长。他招募爱国学生 1700 多人，编为三个大队。他预见到中日战争不可避免，在给学生做抗日动员时说："日军进攻，二十九军首当其冲。如我不抗日，你们可以把我绑到天安门，挖我双眼，割我双耳！"在北京复兴门附近一所普通的单元楼房里，原北京市西城区政协副主席、二十九军副军长佟麟阁之子佟兵动情地告诉笔者。

"卢沟桥事变时，宋哲元将军去山东乐陵省亲，我父亲一方面在南苑召开军事会议，商讨对日作战方案；一方面电令驻卢守军：如日军进攻，坚决抵抗，誓与卢沟桥共存亡，卢沟桥即尔等的坟墓，不得后退一步。同时，他又委派张克侠等人去山东，促请宋哲元将军速返。他对部下慷慨陈词道：'中日战争是不可避免的。日寇进犯，我军首当其冲，战死者光荣、偷生者耻辱。荣辱系于一人者轻，而系于国家民族者重。国家多难，军人应马革裹尸，以死报国'。"

"令人痛心的是当时政府腐败，二十九军抗战又被多方制约，十几万的军队，在初始时日军几千人、近万人的情况下，没有抓住战机，反而一错再错，致使日军逐渐增兵华北，形成对北平的包围态势，这才定下前无古人、后无来者的消极抵抗方针：'以守为守'。即使在这种险恶的环境中，我父亲丝毫也没有动摇他的抗战决心，在日军大兵压境的险恶情况下，他仍在南苑组织阅兵式，壮我中华神威。

"自卢沟桥炮响之后，我父亲就没有回过家，即使他由南苑进城开会，路过家门口时，也匆匆而过，片刻不肯离军。当时，我爷爷重病卧床，母亲拉扯我们一群小燕儿似的孩子，既要照顾重病的爷爷、哺养我们，又要惦念征战的丈夫，日子过得艰难啊！记得南苑抗战的前几天，爷爷病情突然加重，母亲派人给父亲送去一封信，要他回家看看，当时父亲已坐镇南苑，无暇回家，只好给母亲写回一封信说：'贤妻静智见字如面，家父病重，麟阁本当亲奉汤药，以尽孝心，怎奈大敌当前，职不肯片刻离军。古人云：忠孝不能两全。此国难当头，正是移孝作忠之时，我不能尽孝，请代我奉汤侍匙，孝敬双亲。我当努力杀敌，以慰我妻之心。夫麟阁顿拜。'此后不久，日军进攻南苑，我父亲本可以随军部撤进北平，保全性命，但他不忍心丢下军训团学员，因而抱定必死信念，抗战到底。

"1937 年 7 月 28 日，那是我们一家难忘的日子，炮声阵阵，不时由南苑方向传来，我们担心父亲的安全，谁也吃不下，睡不着。29 日，父亲的侍卫来了，抬回父亲的尸体。并说：'昨天，佟将军指挥部队苦战一天，多处负伤，在指挥部队向北平转移时，在北大红门突围时被炮弹击中，血染沙场。'我记得父亲失去了左臂，头上、身上全是伤，军装都被血染红了……"说到此处，已过耄耋之年的佟兵声音哽咽了，泪眼昏花。

"当时，我母亲受不了噩耗的打击，神经受到刺激，只知用冰块、盐水反复擦洗父亲的脸，很少说话。为了不让重病的爷爷、奶奶受到失子的打击，我们一直不敢告诉他们二老。因情况紧急，安葬父亲已来不及，又怕敌人加害我们。后来，只好买了一具棺椁，将父亲装殓，秘密地寄厝在北新桥柏林寺院内的松林里。寺内老方丈仰慕父亲是位抗日英雄，保守秘密 8 年，直到抗战胜利，才举行追悼会，移灵柩到香山。那时，帮过大忙的老方丈已作古西去了。"

"亡国奴的日子太苦了，我亲眼看到日本宪兵汽车在街上横冲直撞，轧死中国人，扬长而去，连停都不停。日本鬼子随便殴打中国人，视我们为草芥。所幸的是，在中国共产党倡导的抗日民族统一战线领导下，我们终于打败日本帝国主义。抗日战争的胜利，是中国近百年来唯一的一次抗击外敌侵略的伟大胜利，同时，也为新中国的诞生，为我们今天能顺利收回香港的主权打下了坚实的基础。"

"我是党培养出来的知识分子，我真心感谢共产党。毛主席让人民翻了身，邓小平让人民富起来，国力增强了。想想 77 年前抗战爆发时情景，那是一副什么样子？军阀混战、民不聊生，中华民族到了最危险的关头，今天，我们收回了香港的主权，没有共产党的领导，能实现仁人志士抛头颅、洒热血为之追求的目标吗？收回香港，太令人心情激动了。"

"你们要写纪念抗日战争爆发 77 周年的文章，这太好了。年轻人应该体验抗日的艰辛、屈辱，应该有后顾之忧。一个民族如果不知道历史，就不能富强。"佟兵先生在送别笔者时，语重心长地讲出了上面一段话。

"打虎将军"赵登禹殉难大红门

在北京有两条街是为纪念抗战烈士命名的，一条是佟麟阁路，一条是赵登禹路。这在北京是很少有的，此举的意义就在于弘扬他们的爱国主义精神，以示后人对爱国英烈的纪念。

"这儿就是当年抗日名将赵登禹牺牲的地方。"当地老人手指着路边一处柳树茂盛的地方说。没有任何标记，没有纪念碑，荒草萋萋，如不是有知情者指证，有谁能相信这里曾发生过激烈的战斗，又有谁相信这里曾倒下一位"打虎将军"抗日名将赵登禹呢？

"卢沟桥事变那年，哥哥 4 岁，我才两岁，我有个妹妹还未出生。听人讲，父亲的二十九军一三二师远在河间驻防。7 月 27 日，他奉命率先遣团驰援，刚到团河，即遭日军截击，双方激战多时，他才率部突围赶至南苑，被任命为南苑方面指挥官。与佟将军坚守南苑。第二天拂晓，日军以步兵三个联队、炮兵一个联队、飞机 40 多架，向尚未得到休息和补养的父亲所部进攻，双方反复冲杀，最后他奉命转移时，在北大红门中了敌人埋伏，被机枪扫射，打中双腿。士兵前去救护，他吃力地抬起手来，抹去卫兵脸上的泪珠，微笑着说：'这孩子，哭什么？军人战死沙场原是本份，没有什么值得悲伤的。北平城内还有我的老母亲，你们回去告诉他老人家，忠孝不能两全。她的儿子为国死了，也算对得起祖宗了。请她老人家放心吧。'说完，用手指北平，壮烈牺牲，时年 39 岁。"赵登禹将军的女儿、原北京市政协委员、民革北京市委副秘书长赵学芬在追忆其父壮烈殉国时，声音悲痛地说。

"其实，我父亲早在'卢沟桥事变'前，就已是抗日名将了，他是山东省菏泽赵家楼村人，十几岁便参军，原是冯玉祥将军的卫兵，屡立战功，升至副旅长。在喜峰口抗战中，他带队绕到日军背后，偷袭敌重炮阵地，砍杀日军无数，为喜峰口抗战胜利奠定了条件。

"同时，在此之前，他就已因爱憎分明被誉为'打虎将军'。那年，父亲在湖南衡阳驻防，为执行任务要经过一座山，当地猎户告诉他，山上有只猛虎，经常伤人、伤家畜，劝他绕道走。可父亲为尽快完成任务，决意走近路。上山后，他果然遇见了那只猛虎，一阵生死较量后，他将老虎打死，自己也累得瘫坐在地。打虎他是猛将，同时，父亲又极富怜悯之心。在张家口驻防期间，手下捕得两只红狐狸，原本有人要打死弄皮去卖，父亲知道后，命人制止，派人饲养，后又怕养不活，派人专程送到北平动物园，并亲笔写信言明此事经过。"赵学芬说着，捧上赵登禹将军写给动物园园长的亲笔信。"

当言及赵登禹将军牺牲后的那段苦难经历时，赵学芬也是深有感触："父亲牺牲后，被随从草草掩埋在天罗村附近。当天夜里，龙泉寺的和尚知道后，冒险把尸体抬到庙里，用棺椁盛殓后，反复刷了13道油漆，以便保存。为保密没有姓也没有名，放在一个很小的房间里，用两个宽条凳支撑。方丈告诉我们：赵将军是爱国将领，他们有责任保护尸体。为安慰我们一家孤寡，和尚劝慰我们说：'你们不要难过，赵将军没有死，夜里他还在操练军队呢。'当时，我年幼，竟信以为真，直到1946年，为父亲举行追悼会时，我才相信父亲永远不会回来了。8年抗战，我们的日子苦啊！"赵学芬言到此处，已是泪眼盈盈。

"现在好了！中国人民站起来，收回香港、澳门主权就是一个证明。但我们对抗日战争宣传得还不够，要教育孩子们勿忘国耻，应把抗战的一些内容写进课本，把爱国主义教育、精神文明建设落到实处。前不久，中宣部公布100个爱国主义教育基地，这个举措太好了。青少年如对近代史知之甚少，怎样面对将来纷纭复杂的国际社会？倘若再有人侵略我们，他们又当如何？所以，我们不应忘记昨天，不能忘记过去屈辱的历史。知耻而奋进，才能自强啊！"作为日本侵华的受害者、日军暴行的目击者、苦难岁月的见证人，赵学芬以肺腑之言，结束了笔者对她的采访。

记住那段历史

"历史不会忘记，中国人民更不会忘记。日寇侵华，使中国人民死难

3500万人，损失高达6000亿美元。仅南苑一役、二十九军就死难5000余人，光大学生就有1000余人殉难，其精神上的损失更是难以估量。"坐落在卢沟桥畔、宛平县城内的中国人民抗日战争纪念馆馆长沈强说，"抗日战争是悲壮的战争，是中华民族完全的胜利，是中国彻底洗雪国耻的胜利。为人民解放战争的胜利，为新中国的诞生奠定了基础。所以，我们更要纪念，因而在抗日战争全面爆发的卢沟桥，我们建起这座纪念馆。30年来，已接待观众8000多万人，每年400万人次，有30多个国家、11万外宾也来此参观。日本村山首相及许多国家的武官也曾来此。但我们还做得不够，在抗日战争爆发77年之际，国家又投资近亿元，扩建了纪念馆，建起抗日战争资料馆，并将原有的展厅扩展为6个，增强了'日军暴行'、'人民战争'等内容，突出日寇侵华给中国人民带来的深重灾难，以及中国人民为赢得这场战争所付出的巨大牺牲。同时，展厅辅之以音响、光学等现代化设备，使各展厅内容更逼真、更具感染力。总之，为了明天更美好，我们决不能忘记过去！"

是的，我们没有忘记过去，党和国家领导人邓小平、江泽民、胡锦涛、习近平等都曾前往中国人民抗日战争纪念馆视察，邓小平同志在古稀之年还为纪念馆题写了馆名。日前，习近平主席出席纪念全民族抗战爆发77周年，并携国共老战士代表为独立自由勋章雕塑揭幕，发表重要讲话，参观抗日战争纪念馆。

我们的人民也没有忘记。每年清明节，坐落在卢沟桥畔的赵登禹将军之墓和香山脚下的佟麟阁将军之墓，都有许多少年献上花环、花圈，以示后人对献身祖国英雄们的敬仰之情。

作者
2014 年 07 月 08 日

后记

有着800多年历史的卢沟桥,是古都北京的地标性建筑,曾是著名燕京八景之一,不仅风景秀丽,文物价值极高,还是首都北京重要的战略要地,更是北京英雄城市的象征。

我自幼生长在永定河河畔的大兴,距卢沟桥和南苑近在咫尺,父亲曾是29军老战士。自幼,他和村里的许多乡亲就给我讲29军抗战的故事,耳濡目染,给我留下深刻印象。30多年前,我大学毕业回到家乡,在县文化馆、宣传部,从事文史工作,业余时间,我开始创作反映卢沟桥29军抗战的文学作品。卢沟桥、宛平城、南苑、团河、廊坊、文史馆,我去了无数次,前往考察,并采访了著名抗日名将的家属和后裔,佟麟阁的儿子佟兵、赵登禹的女儿赵学芬、张自忠的女儿、何基沣的妻子宋晓菡、儿子等……他们都给予充分肯定和支持。最初创作了长达8万字的电影文学剧本《卢沟晓月》,受到著名剧作家欧阳山尊的高度评价,1984年剧本刊发中在外电影杂志上。

此后,我又在此基础上再接再厉,创作长篇章回小说《血染卢沟千古月》,时任民革中央主席屈武先生欣然题写书名,中国作家协会副主席、著名作家端木蕻良题词:弘扬民族正气,壮我中华神威。此书由燕山出版社出版,著名作家刘绍棠作序,浩然、张锲等及新闻记者近百人出席,与会者给予高度评价,首都几十家刊物刊发书评、书讯。

1997年,我再次修改此书,由新华出版社出版,著名作家柯岩作序。今年,适值卢沟桥事变77周年,为迎接、纪念2015年世界反法西斯战争胜利暨中国人民抗日战争胜利70周年,我冒着酷暑,不顾双腿浮肿,将其修改为《卢沟桥抗战》,目的就是"前事不忘,后事之师",警醒人们,不要忘记卢沟桥事变那壮烈的一幕。

历史就是历史,事实就是事实。

让我们警钟长鸣,为实现中华民族的伟大复兴而努力!

作者
2014年08月05日